Christine Feehan confesse écrire depuis toujours. Plus jeune, elle forçait ses dix sœurs à lire tout ce qu'elle créait. Désormais, ce sont ses filles qui relisent ses manuscrits ! Elle vit dans la belle région montagneuse de Lake County, en Californie, avec son mari et ses onze enfants. Elle adore la randonnée, le camping, le rafting et la vie en plein air. Elle pratique les arts martiaux depuis plusieurs années et a même été professeur de self-defense.

Du même auteur, chez Milady :

GhostWalkers :
1. *Jeux d'ombres*
2. *Jeux d'esprit*

www.milady.fr

Christine Feehan

Jeux d'ombres

GhostWalkers – 1

Traduit de l'anglais (États-Unis) par Frédéric Grut

Milady

Milady est un label des éditions Bragelonne

Titre original : *Shadow Game*

Suivi d'un extrait de : *Mind Game*

ISBN : 978-2-8112-0574-4

Bragelonne – Milady
60-62, rue d'Hauteville – 75010 Paris

E-mail : info@milady.fr
Site Internet : www.milady.fr

À mon frère Matthew King, mille mercis pour m'avoir aidée dans les recherches pour ce livre. Je remercie également McKenzie King pour son sourire énergique et pour l'aide qu'elle m'a apportée.
Je tiens aussi à remercier Cheryl Wilson. Je ne sais pas ce que je ferais sans elle.

Chapitre premier

Le capitaine Ryland Miller appuya la tête contre le mur et ferma les yeux, terrassé par l'épuisement. Il pouvait passer outre à la douleur dans sa tête, semblable à des lames lui déchirant le crâne. Il pouvait faire abstraction de la cage dans laquelle il était enfermé. Il pouvait même oublier momentanément que, tôt ou tard, il finirait par commettre une erreur, et que ses ennemis le tueraient. Mais il ne pouvait réprimer la culpabilité, la colère et la frustration qui enflaient en lui comme une lame de fond depuis que ses hommes pâtissaient des conséquences de ses décisions.

— *Kaden, je n'arrive pas à contacter Russell Cowlings, et toi ?*

Ryland lui-même avait persuadé ses hommes de participer à l'expérience qui les avait conduits derrière les barreaux de ces cages de laboratoire. C'étaient tous de bons gars. Loyaux. Des soldats qui avaient voulu servir leur drapeau et leurs compatriotes.

— *Cette décision, nous l'avons tous prise.* (Kaden répondait à ses émotions, et ses mots vibrèrent dans l'esprit de Ryland.) *Personne n'a réussi à joindre Russell.*

Ryland jura dans sa barbe tout en se passant la main sur le visage, comme pour essayer d'effacer la douleur causée par les conversations télépathiques qu'il entretenait avec ses hommes. Le lien mental qui les unissait n'avait cessé de se renforcer à mesure qu'ils s'évertuaient à le consolider, mais seuls quelques-uns d'entre eux parvenaient à le maintenir plus d'un bref instant. Ryland devait donc servir de passerelle commune et, à force, son cerveau s'épuisait.

— *Ne touchez pas aux somnifères qu'ils vous ont donnés. Méfiez-vous de tous les médicaments.*

Il jeta un coup d'œil aux petites pilules blanches posées bien en évidence sur sa table basse. Il aurait aimé pouvoir les faire analyser. Pourquoi Cowlings ne l'avait-il pas écouté ? Avait-il pris ces somnifères dans l'espoir d'y trouver un peu de répit, même brièvement ? Il devait sortir ses hommes de là.

— *Nous n'avons pas le choix, nous devons agir comme si nous étions en territoire ennemi.*

Ryland prit une profonde inspiration et expira lentement. Il sentait qu'il n'avait plus le choix. Il avait déjà perdu trop d'hommes. Sa décision allait faire d'eux des traîtres et des déserteurs, mais c'était la seule manière de leur sauver la vie. Il devait trouver un moyen pour qu'ils s'échappent du laboratoire.

— *Le colonel nous a trahis. Nous n'avons pas d'autre solution que nous évader. Récoltez des informations et serrez-vous les coudes du mieux que vous le pourrez. Attendez mon signal.*

Il sentit alors les remous autour de lui, les vagues sombres d'antipathie intense, presque haineuses, qui précédaient le groupe approchant de la cage où il était enfermé.

— *Quelqu'un vient…*

Ryland interrompit abruptement la communication télépathique avec les hommes qu'il était en mesure d'atteindre. Il se tint immobile au centre de sa cellule, tous les sens en éveil, pour tenter d'identifier les nouveaux arrivants.

Cette fois-ci, le groupe était restreint : le professeur Peter Whitney, le colonel Higgens et un garde. Que Whitney et Higgens tiennent à ce point à la présence d'un garde armé malgré les barreaux et l'épaisse paroi de verre qui les séparaient de lui prêtait à sourire. Toutefois, Ryland prit soin de garder une expression impassible lorsqu'ils arrivèrent près de la cage.

Il leva la tête, ses yeux gris acier aussi froids que de la glace. Menaçants. Il n'essaya pas de minimiser le danger qu'il représentait pour eux. Ils l'avaient créé, puis trahi, et Ryland voulait qu'ils aient peur. Il éprouvait une immense satisfaction à l'idée qu'il les effrayait… non sans raison.

Le professeur Peter Whitney marchait en tête. Whitney le menteur, le mystificateur, le géniteur de monstres. Le créateur des GhostWalkers, ces soldats fantômes que le capitaine Ryland Miller et ses hommes étaient devenus. Ryland se leva lentement en faisant sciemment jouer ses muscles, tel un fauve s'étirant paresseusement et sortant ses griffes pour tuer le temps.

Il posa son regard de glace sur leurs visages et s'y attarda, ce qui les mit mal à l'aise. Un regard sinistre. Un regard de mort. Il projetait délibérément des images macabres, avec le désir, et même le besoin, de les voir craindre pour leur vie. Le colonel Higgens détourna la tête, regarda les caméras, puis le garde, et observa avec une appréhension évidente l'épaisse paroi de verre qui s'ouvrait. Même si de solides barreaux le séparaient toujours de Ryland, Higgens regrettait visiblement l'escamotage de la vitre, se demandant quelle était désormais la puissance du capitaine.

Ce dernier se prépara à l'assaut qu'allaient subir son ouïe et ses émotions. Au flot d'informations indésirables qui allait le submerger. Au bombardement de pensées hostiles. Au dégoût que lui inspiraient la dépravation et l'avarice camouflées derrière les masques de ceux qui lui faisaient face. Il resta de marbre, pour ne rien trahir de ses pensées. Il ne voulait pas qu'ils sachent ce qu'il lui en coûtait de barricader son esprit ouvert aux quatre vents.

— Bonjour, capitaine Miller, dit aimablement Peter Whitney. Comment vous portez-vous ce matin ? Avez-vous dormi ?

Ryland le regarda sans cligner des yeux, tenté par l'idée de forcer les protections mentales de son interlocuteur pour découvrir qui se cachait réellement derrière. Quels secrets y dissimulait-il ? La personne que Ryland avait par-dessus tout besoin de comprendre et de décrypter était protégée par une barrière, naturelle ou artificielle. Aucun de ses hommes, pas même Kaden, n'était parvenu à s'immiscer dans l'esprit du professeur Whitney. À cause des protections dont ce dernier s'entourait, ils n'avaient pas réussi à en tirer la moindre donnée pertinente, mais les ondes générées par son remords ne manquaient jamais de les submerger.

— Non, je n'ai pas dormi, mais j'imagine que vous le savez déjà.

Le professeur Whitney acquiesça d'un signe de la tête.

— Aucun de vos hommes ne prend ses somnifères. Vous non plus, d'ailleurs. Y a-t-il une raison à cela, capitaine Miller ?

Les émotions chaotiques émanant de ses interlocuteurs frappèrent Ryland à la manière d'une puissante vague, comme chaque fois. Avant, il en tombait à genoux, mis à l'agonie par son cerveau, terrassé par ses capacités surnaturelles et par l'insupportable vacarme qui régnait dans sa tête. Mais il se maîtrisait beaucoup mieux désormais. La douleur était toujours là, comme si des milliers de lames s'enfonçaient dans son crâne dès qu'une émotion extérieure l'envahissait, mais il parvenait à la camoufler derrière la façade de son calme glacial et menaçant. Après tout, il était bien entraîné. Les soldats de sa trempe ne montraient jamais leurs faiblesses devant l'ennemi.

— L'instinct de conservation me semble une excellente raison, répondit-il en tentant de réprimer les vagues de douleur générées par le maelström d'émotions qui l'assaillait.

Ses traits restaient toujours aussi neutres, car il refusait de laisser voir à ses visiteurs ce qu'il endurait.

— Qu'entendez-vous par là ? demanda Higgens. De quoi nous accusez-vous, cette fois, Miller ?

La porte du laboratoire avait été laissée grande ouverte, ce qui n'était pas dans les habitudes de l'entreprise, généralement très à cheval sur la sécurité. Une femme entra d'un pas décidé.

— Désolée pour le retard ; la réunion a duré plus longtemps que prévu.

L'assaut de pensées et d'émotions faiblit avant de s'interrompre complètement, ce qui permit à Ryland de retrouver une respiration normale. De penser sans souffrir. Le soulagement était aussi instantané qu'inattendu. Ryland reporta aussitôt son attention sur la retardataire. Il se rendit compte qu'elle semblait capable de capturer les émotions les plus intenses et de les tenir à distance, comme une sorte d'aimant. Et quelle femme ! Elle lui parut si belle qu'il en eut le souffle coupé. Alors qu'il la regardait, il aurait pu jurer que le sol bougeait sous ses pieds. Il jeta un coup d'œil à Peter Whitney et vit que ce dernier observait de très près ses réactions face à la nouvelle venue.

D'abord gêné que Whitney l'ait surpris en train de la dévisager, Ryland comprit que le chercheur connaissait les capacités psychiques de la femme. Elle amplifiait les pouvoirs de Ryland et le soulageait des émotions et des pensées superflues. Whitney savait-il exactement l'effet qu'elle exerçait ? Il attendait clairement une réaction de sa part, et Ryland décida donc de le priver de ce plaisir en ne laissant rien paraître.

— Capitaine Miller, permettez-moi de vous présenter ma fille, Lily Whitney. Le professeur Lily Whitney. (Peter ne quitta pas un instant des yeux son interlocuteur.) Je lui ai demandé de se joindre à nous ; j'espère que cela ne vous dérange pas.

Ryland en resta complètement abasourdi. La fille de Peter Whitney ? Il expira lentement et haussa ses larges épaules avec nonchalance ; une autre manifestation de force. Mais il était sous le choc. Tout son être se figea. Se calma. Se concentra sur la nouvelle venue. Il l'étudia. Ses yeux étaient magnifiques, mais méfiants. Intelligents. Perspicaces. Comme si elle aussi le reconnaissait, d'une manière très élémentaire. Ses prunelles étaient d'un bleu superbe, aussi profond que le cœur d'un bel étang limpide. Des yeux dans lesquels il serait facile de perdre l'esprit et la liberté. Elle était de taille moyenne, ni trop grande, ni vraiment petite. Elle portait un tailleur gris-vert qui semblait souligner chacune de ses généreuses courbes féminines. Elle boitait légèrement, sans que l'on puisse deviner pourquoi. Mais surtout, à la seconde où il avait vu son visage, dès le moment où la jeune femme était entrée dans la pièce, l'âme de Ryland avait semblé se tendre vers la sienne. Comme s'il la reconnaissait. Il cessa de respirer et resta là, figé, comme hypnotisé par son arrivée.

Elle le regardait elle aussi, et il savait que ce qu'elle voyait n'avait rien de rassurant. Au mieux, il ressemblait à un guerrier. Au pire, à un sauvage. Il n'existait aucun moyen d'adoucir son expression, de cacher les cicatrices sur son visage, ou de faire disparaître la barbe de plusieurs jours qui assombrissait son menton volontaire. Son corps trapu de soldat était particulièrement développé au niveau du torse, des bras et des épaules. Ses cheveux, épais et noirs, avaient tendance à onduler lorsqu'ils n'étaient pas plaqués sur son crâne.

— Capitaine Miller.

Sa voix était apaisante, douce, agréable. Sexy. Une sensation de chaleur lui pénétra aussitôt l'estomac.

— Ravie de vous rencontrer. Mon père s'est dit que je pourrais lui être utile dans ses recherches. Je n'ai pas vraiment eu le temps d'étudier les données, mais je serai heureuse de vous apporter mon aide.

Jamais une voix ne l'avait fait réagir avec une telle intensité. Son timbre semblait l'envelopper tel un drap de satin, lui frottant et lui caressant la peau, au point que la sueur commença à perler sur son front. L'image était si forte que, pendant quelques secondes, il ne put rien faire d'autre que la regarder, imaginant son corps nu se tordre de plaisir sous le sien. Une telle réaction, alors même qu'il était en train de lutter pour sa survie, avait quelque chose de profondément choquant.

Une rougeur subite teinta le cou de Lily avant de colorer délicatement ses joues. Elle battit de ses longs cils, baissa les paupières puis détourna les yeux pour reporter son attention sur son père.

— Cette pièce est très dépouillée. Qui a eu l'idée de l'aménager ainsi ? Personnellement, je m'y sentirais mal, même l'espace de quelques jours.

— Comme une souris de laboratoire, vous voulez dire ? demanda Ryland avec douceur, décidé à leur faire comprendre qu'il n'était pas dupe de leurs intentions et qu'il savait pourquoi ils avaient fait venir la jeune femme. Parce que c'est exactement ce que je suis. Le professeur Whitney dispose de tout un tas de cobayes humains pour ses petites expériences.

Lily leva brusquement les yeux vers lui. Elle haussa un sourcil.

— Veuillez m'excuser, capitaine Miller, peut-être ai-je été mal informée, mais n'étiez-vous pas volontaire pour cette mission ? demanda-t-elle d'un ton plein de défi.

— Le capitaine Miller s'est en effet porté volontaire, Lily, dit Peter Whitney. Il ne s'attendait pas que les résultats soient si accablants, pas plus que moi d'ailleurs. Je cherche un moyen d'inverser le processus, mais jusqu'ici, toutes mes tentatives ont été vaines.

— Je ne pense pas que ce soit la solution, déclara sèchement le colonel Higgens.

Il jeta un regard chargé de colère et de désapprobation à Peter Whitney, fronçant ses sourcils broussailleux.

— Le capitaine Miller est un soldat. Il s'est porté volontaire pour cette mission et j'insiste formellement pour qu'il la mène à son terme. Le processus ne doit pas être inversé, mais amélioré.

Ryland n'avait aucun mal à déchiffrer les émotions du colonel. Ce dernier ne voulait en aucun cas que Lily Whitney ait le moindre contact avec lui ou ses hommes. Tout ce qu'il souhaitait, c'était que Ryland soit emmené hors du labo et abattu. Mieux encore, disséqué, afin qu'ils puissent tous voir ce qui se passait dans son cerveau. Le colonel Higgens avait peur de Ryland Miller et des autres membres de cette unité paranormale. Et il était homme à détruire tout ce qu'il craignait.

— Colonel Higgens, je ne pense pas que vous compreniez exactement ce que ces soldats sont en train de vivre, ce que leur cerveau est en train de subir.

Le ton impatient du professeur Whitney semblait indiquer qu'il s'agissait là d'un vieux sujet de discorde.

— Nous avons déjà perdu plusieurs sujets…

— Ils connaissaient les risques, rétorqua Higgens en regardant Miller avec hargne. Cette expérience est capitale. Ces hommes doivent être en mesure de faire ce qu'on leur demande. Si tragique soit-elle, la mort de quelques individus est une perte acceptable au regard de l'importance des aptitudes qu'ils ont développées.

Ryland ne se tourna pas vers Higgens. Ses yeux, scintillants, restaient rivés sur Lily Whitney, tandis que son esprit se tendait vers elle, s'emparait d'elle et se refermait comme un étau.

Lily releva brusquement la tête et poussa un soupir de protestation. Elle baissa les yeux vers les mains de Ryland et le vit refermer lentement les doigts, comme s'il serrait un cou épais. Elle secoua la tête en signe de désapprobation.

Aussitôt, Higgens fut secoué d'une toux rauque, à mi-chemin entre le grognement et l'aboiement. Il ouvrit grand la bouche à la recherche d'oxygène. Peter Whitney et le jeune garde se précipitèrent à la rescousse du colonel et tentèrent de desserrer le col rigide de son uniforme pour l'aider à respirer. Higgens chancela, mais le scientifique le rattrapa et le coucha sur le sol.

— *Arrêtez*, dit une voix douce dans la tête de Ryland.

Le soldat haussa vivement les sourcils et darda ses yeux brillants sur ceux de Lily. La fille du professeur était télépathe, cela ne faisait plus aucun doute. Elle semblait très sereine, le regard imperturbablement posé sur le sien, pas le moins du monde intimidée par le danger qui émanait de lui. Elle était d'un calme olympien.

— *Il est prêt à sacrifier mes hommes jusqu'au dernier. Nous ne sommes pas des objets dont il puisse se débarrasser comme bon lui semble.*

Il était tout aussi calme qu'elle et ne cédait pas un pouce de terrain.

— C'est un crétin. Personne n'est prêt à sacrifier ces hommes. Tout le monde sait à quel point ils sont précieux ; et il ne vaut pas la peine que vous commettiez un meurtre.

Ryland se détendit et expira doucement, vidant à la fois ses poumons et son esprit. Il tourna résolument le dos à l'homme qui se tordait de douleur au sol et se mit à arpenter sa cellule, dépliant lentement les doigts.

Higgens se remit à tousser violemment, les yeux noyés de larmes. D'un doigt tremblant, il désigna le capitaine Miller.

— Il a essayé de me tuer, vous êtes tous témoins.

Peter Whitney soupira et se dirigea d'un pas lourd vers l'ordinateur qui se trouvait à l'autre bout de la pièce.

— Je commence à me lasser de vos mélodrames, colonel. Une poussée de puissance se traduit systématiquement par un pic à l'écran. Là, il n'y a rien. Miller est enfermé dans une cage à toute épreuve ; il n'a rien fait du tout. Soit vous essayez de saboter mon projet, soit vous en voulez personnellement au capitaine. Dans un cas comme dans l'autre, je vais écrire au général pour lui demander expressément de nommer un autre officier de liaison.

Le colonel Higgens jura de nouveau.

— Je ne veux plus entendre parler d'une quelconque inversion du processus, Whitney, et vous savez ce que je pense de la présence de votre fille dans cette expérience. Ce n'est pas d'un autre cœur à vif que nous avons besoin… c'est de résultats !

— Je dispose des autorisations maximales de sécurité, colonel Higgens, et je suis entièrement dévouée à ce projet. Je n'ai pas encore toutes les données nécessaires, mais je peux vous assurer que je ferai le maximum pour obtenir les réponses désirées.

Tout en disant cela, Lily regardait l'écran de l'ordinateur.

Ryland pouvait lire dans ses pensées. Elle ne comprenait pas plus les données du moniteur que les paroles de son père, mais elle voulait le couvrir. Elle inventait tout à mesure qu'elle parlait. Sans se départir d'une once de son sang-froid. Il n'avait plus souri depuis des temps immémoriaux, mais il en ressentit soudain l'envie. Il resta le dos tourné au groupe, ne sachant pas s'il serait capable de garder son sérieux tandis qu'elle mentait au colonel. Lily Whitney n'avait aucune idée de ce qui était en train de se passer ; son père ne lui avait fourni que très peu de renseignements, et elle improvisait au fur et à mesure. L'antipathie que lui inspirait Higgens, renforcée par le comportement inhabituel de son père, l'avait poussée dans le camp de Ryland.

Ce dernier ignorait totalement ce que Peter Whitney avait en tête, mais il savait que le scientifique était embourbé jusqu'au cou. Cette expérience, qui consistait à améliorer les capacités psychiques et à mettre sur pied un groupe de combat, était son projet, le fruit précieux de ses recherches. Whitney avait persuadé Ryland de l'intérêt de l'expérience. Il lui avait assuré que ses hommes ne risqueraient rien, et qu'ils pourraient mieux servir leur pays. Ryland, qui pouvait désormais lire dans la plupart des esprits, ne parvenait pas encore à pénétrer celui du scientifique, mais il était à présent convaincu que, quelle que soit l'idée finale de Whitney, elle n'aurait rien de bénéfique, ni pour lui, ni pour ses hommes. Les activités de la Donovans Corporation n'étaient pas bien claires. Ryland n'était sûr que d'une chose : cette société s'intéressait avant tout à l'argent et au profit personnel, pas à la sécurité nationale.

— Savez-vous lire le code que votre père utilise pour ses notes ? demanda Higgens à Lily Whitney en se désintéressant soudain de Miller. C'est du chinois, si vous voulez mon avis. Pourquoi est-ce que vous n'écrivez pas comme tout le monde ?

Cette dernière question avait été lancée au professeur Whitney sur un ton agressif.

Ryland se retourna sur-le-champ et posa ses yeux gris et pensifs sur le colonel. Il ne parvenait pas tout à fait à le cerner. Son esprit, en perpétuel mouvement, changeant, ne cessait d'élaborer des formules et de développer de nouvelles idées. On aurait dit un gouffre noir, tordu, sinueux et truffé de pièges.

Lily haussa les épaules.

— J'ai grandi avec ces codes ; bien sûr que je sais les déchiffrer.

Ryland sentit croître l'étonnement de la jeune femme tandis qu'elle observait les combinaisons de chiffres, de symboles et de lettres qui couvraient l'écran.

— Je peux savoir pourquoi vous fourrez le nez dans mes fichiers privés, Frank ? demanda sèchement Peter Whitney à l'adresse du colonel. Quand j'aurai un rapport à vous communiquer, je mettrai de l'ordre dans les données et vous donnerai un texte complet et parfaitement mis au propre. Ce qui se trouve dans mon ordinateur ne vous regarde pas, ni ici, ni dans mon bureau. Il contient des dossiers sur les recherches que j'effectue, et vous n'avez aucun droit de vous immiscer dans mes affaires personnelles. Si vos hommes s'approchent de mon travail, je vous ferai refuser l'accès à Donovans en moins de temps qu'il en faut pour le dire.

— Ce projet n'est pas le vôtre, Peter, riposta Higgens en lançant des regards noirs à la ronde. C'est aussi le mien, et, comme c'est moi qui le dirige, vous devez me communiquer absolument tout ce que vous savez. Vos rapports n'ont ni queue ni tête.

Ryland observa Lily. Elle se taisait et écoutait. Elle absorbait les informations, recueillait les impressions, s'en imprégnait comme une éponge. Elle paraissait détendue, mais il l'avait très nettement vue jeter un regard à son père dans l'attente d'un signe, d'un indice qui lui indiquerait comment gérer la situation. Mais Peter Whitney n'en fit rien, et ne la regarda d'ailleurs même pas. Lily camoufla à merveille sa frustration. Elle tourna de nouveau les yeux vers le moniteur, laissant les deux hommes à cet autre sujet de discorde, visiblement aussi ancien que le précédent.

— Je veux qu'on fasse quelque chose à propos de Miller, dit Higgens comme si Ryland ne pouvait pas l'entendre.

— *Pour lui, je suis déjà mort*, murmura Ryland dans l'esprit de Lily Whitney.

— *C'est rassurant pour vous et vos hommes. Il essaie de forcer mon père à poursuivre l'expérience, pas à y mettre un terme. Il n'est pas satisfait des découvertes et il n'est pas d'accord sur le fait que le projet représente un danger pour vous tous.*

Lily garda les yeux rivés sur l'ordinateur sans le moins du monde trahir le fait qu'elle était en train de communiquer avec lui.

— *Il n'est pas au courant. Higgens ne sait pas que vous êtes télépathe.*

L'évidence lui apparut soudain, aveuglante comme un rayon lumineux. Brillante, colorée et riche en possibilités. Le professeur Whitney cachait les capacités de sa fille au colonel et à la Donovans Corporation. Ryland comprit qu'il tenait là un secret explosif. Une information dont il pourrait se servir pour négocier avec le professeur. Un élément qui lui serait peut-être utile pour sauver ses hommes. Son enthousiasme soudain dut se lire dans son esprit, car Lily se retourna pour l'observer d'un air pensif.

Peter Whitney jeta un regard mauvais au colonel Higgens. La patience du scientifique était visiblement à bout.

— Vous voulez qu'on fasse quelque chose ? Qu'est-ce que vous entendez par là, Frank ? Qu'est-ce que vous avez en tête ? Une lobotomie ? Le capitaine Miller s'est soumis à tous les tests que nous lui avons présentés. Avez-vous des raisons personnelles de lui en vouloir ? (Le profond mépris que Whitney ressentait à l'égard de Higgens était clairement audible.) Capitaine Miller, si vous avez eu une aventure avec la femme du colonel Higgens, vous auriez dû m'en avertir immédiatement.

Lily haussa les sourcils et Ryland sentit l'amusement envahir tout à coup l'esprit de la jeune femme. Son rire était doux et cajoleur, mais ses traits ne trahissaient rien de ses pensées.

— *Alors comme ça, vous êtes un don Juan ?*

Lily dégageait quelque chose de paisible et de serein, et l'atmosphère en était saturée. Kaden, le bras droit de Ryland, avait cette même qualité. Il faisait taire les parasites et réglait les fréquences pour les rendre claires et précises, utilisables par tous, même par les moins doués de ses hommes. Il était peu probable que le père ait procédé à des expériences sur sa fille. Cette idée lui donnait la nausée.

— Riez tout votre soûl, Peter, rétorqua le colonel avec un petit sourire méprisant, mais vous rirez moins lorsque la Donovans Corporation croulera sous les procès et que vous aurez le gouvernement fédéral sur le dos pour avoir négligé votre travail.

Ryland ne fit pas attention à la dispute. Jamais il n'avait été à ce point attiré par une femme, et il ne voulait pas que Lily quitte la pièce. Il avait besoin qu'elle reste. Et il souhaitait de tout cœur qu'elle soit étrangère à la conspiration qui le mettait en danger de mort. Elle ne semblait pas en être consciente, mais son père faisait certainement partie de ceux qui tiraient les ficelles.

— *Mon père ne tire aucune ficelle.*

Sa voix était indignée et légèrement hautaine, comme celle d'une princesse s'adressant à un subalterne.

— *Vous n'êtes même pas au courant de ce qui se passe ici, alors comment pourriez-vous savoir ce qu'il fait ou pas ?*

Sa réponse était plus rude qu'il l'avait voulu, mais Lily ne s'en offusqua pas. Elle ne répondit pas et se concentra sur l'écran de l'ordinateur.

Elle n'adressa pas la parole à son père, mais Ryland sentit qu'elle faisait un mouvement vers lui, qu'un léger échange se créait entre eux. Il le percevait plus qu'il le voyait, et sentait croître l'étonnement de la jeune femme. Peter Whitney ne donna aucune indication à sa fille ; au lieu de cela, il reconduisit le colonel Higgens vers la porte.

— Tu viens, Lily ? demanda le professeur Whitney en s'arrêtant lorsqu'il fut dans le couloir.

— J'aimerais étudier tout cela, papa, dit-elle en désignant l'ordinateur. Cela permettra au capitaine Miller de m'expliquer quel est son rôle dans cette expérience.

Higgens se retourna vivement.

— Je ne pense pas qu'il soit très prudent de rester seule avec lui. C'est un homme dangereux.

Lily ne se départit pas de son calme, ses sourcils noirs formant une arche parfaite. Elle gratifia le colonel d'un regard aristocratique.

— Vous ne vous êtes donc pas assuré que les locaux étaient sécurisés, colonel ?

Le colonel Higgens jura encore et sortit bruyamment de la pièce. Alors que son père lui emboîtait le pas, Lily s'éclaircit légèrement la voix.

— Si tu as besoin de mon aide, il serait souhaitable que nous discutions sérieusement de ce projet.

Le professeur Whitney la considéra, le visage parfaitement impassible.

— Je t'attendrai *Chez Antonio* pour le dîner, et nous passerons tout en revue après le repas. Je tiens à connaître ton analyse.

— Fondée sur quoi, exactement ?

Ryland ne décela pas le moindre soupçon de sarcasme, mais devina qu'il était bien présent dans l'esprit de la jeune femme. Elle était en colère contre son père, même si Ryland n'arrivait pas à comprendre pourquoi. Cette partie de son esprit lui était interdite, dissimulée derrière une haute et épaisse muraille qu'elle avait érigée pour se protéger de son intrusion.

— Lis mes notes, Lily, et vois ce que tu comprends du processus. Peut-être découvriras-tu quelque chose qui m'a échappé. Il me faut trouver un nouvel angle d'approche. Le colonel Higgens a peut-être raison. Il existe peut-être un moyen de poursuivre l'expérience sans revenir sur ce que nous avons déjà fait.

Peter Whitney refusa de regarder sa fille dans les yeux et préféra se tourner vers Ryland.

— Dois-je demander la présence d'un garde armé dans cette pièce avec ma fille, capitaine ?

Ryland observa le visage de l'homme qui avait ouvert les vannes de son cerveau pour le rendre ultrasensible aux stimuli. Il ne décela aucune mauvaise intention, seulement de l'inquiétude.

— Les innocents n'ont rien à craindre de moi, professeur Whitney.

— Entendu.

Toujours sans le moindre regard pour sa fille, le professeur quitta le laboratoire et ferma derrière lui.

Ryland était à ce point accaparé par la présence de Lily qu'il sentit l'air s'évacuer lentement de ses poumons lorsque la porte du laboratoire se referma et que le verrou glissa doucement en place. Il attendit un battement de cœur. Puis un autre.

— Vous n'avez pas peur de moi ? demanda-t-il d'une voix plus rauque qu'il l'aurait souhaité.

Il n'avait jamais eu beaucoup de chance avec les femmes, et Lily Whitney était indubitablement trop bien pour lui.

Sans le regarder, celle-ci continua d'étudier les symboles à l'écran.

— Pourquoi le devrais-je ? Je ne suis pas le colonel Higgens.

— Même les techniciens du laboratoire me craignent.

— Parce que c'est le sentiment que vous souhaitez leur inspirer, et que vous amplifiez délibérément leurs propres peurs.

Sa voix indiquait que la conversation ne la désintéressait pas totalement, même si son esprit restait focalisé sur les données de l'écran.

— Depuis combien de temps êtes-vous ici ? reprit-elle.

Il fit volte-face, s'avança jusqu'aux barreaux et les empoigna.

— Ils vous intègrent dans le projet et vous ne savez même pas le temps que mes hommes et moi avons passé dans ce trou à rats ?

Elle tourna brusquement la tête. Des mèches de cheveux, échappées de son chignon, vinrent lui caresser le visage. Même dans la lumière bleue et tamisée du laboratoire, sa chevelure resplendissait.

— Je ne sais rien de cette expérience, capitaine. Rien du tout. Nous sommes dans le centre le plus sécurisé que possède la corporation, et même si je dispose de toutes les autorisations nécessaires, ce n'est pas mon domaine de recherche. Le professeur Whitney, mon père, a demandé mon opinion, et j'ai reçu la permission de la lui donner. Est-ce que cela vous pose un problème ?

Il observa son visage à la beauté classique. Des pommettes hautes, de longs cils, une bouche pulpeuse… tout indiquait l'aisance et l'origine privilégiée. Même ses satanés talons hauts étaient chics. Sexy, mais chics.

— J'imagine que vous avez à votre service une domestique sous-payée dont vous ne vous rappelez même pas le nom et qui ramasse les vêtements que vous jetez dans votre chambre.

Cette remarque éveilla toute l'attention de la jeune femme. Elle franchit les quelques mètres qui séparaient l'ordinateur de la cage, son pas lent et nonchalant trahissant sa légère claudication. Même avec ce handicap, elle se déplaçait avec grâce et fluidité. Toutes les cellules du corps de Ryland s'éveillèrent pour lui rappeler de manière implacable qu'il était un homme et elle une femme.

Lily pointa son menton vers lui.

— L'éducation que vous avez reçue laisse à désirer, capitaine Miller. Pour votre gouverne, je ne jette pas mes vêtements pas terre. Je les range dans ma penderie.

Elle détourna les yeux de son interlocuteur pour les river brièvement sur le tas d'habits qui jonchait le sol de la cage.

Pour la première fois de son existence, Ryland se sentit gêné face à une femme. Il se conduisait comme un imbécile.

Un petit sourire se dessina sur les lèvres de Lily.

— Vous vous comportez vraiment comme un imbécile, assena-t-elle, mais heureusement pour vous, je suis d'humeur indulgente. C'est une chose que nous autres, les nantis, apprenons dès que l'on nous met la proverbiale cuillère en argent dans la bouche.

Ryland avait honte. Il n'était peut-être pas né dans un milieu favorisé, mais sa mère lui aurait tiré les oreilles pour les mauvaises manières dont il venait de faire preuve.

— Je suis désolé, je n'ai aucune excuse.

— Non, en effet. Rien ne peut excuser la grossièreté.

Lily passa lentement devant les barreaux, jaugeant la taille de sa prison.

— Qui a conçu vos quartiers ? reprit-elle.

— Plusieurs cages ont été fabriquées à la hâte lorsqu'on a jugé que nous étions devenus trop puissants et que nous présentions un danger si nous restions ensemble.

On avait séparé les membres de son unité pour les répartir aux quatre coins du complexe. Il savait qu'ils commençaient à souffrir de l'isolement. Les expériences qu'on leur faisait continuellement subir devenaient pénibles, et il s'inquiétait de ne plus pouvoir maintenir la cohésion. Il avait déjà perdu quelques hommes ; il n'avait pas l'intention d'en perdre un seul autre.

La cage avait été spécialement conçue pour protéger les scientifiques des représailles. Ryland savait que son temps était compté ; cette crainte sourdait en lui depuis plusieurs semaines. Ils avaient érigé une épaisse paroi en verre pare-balles tout autour de sa cellule, en pensant que cela l'empêcherait de communiquer avec ses hommes.

Il s'était porté volontaire pour cette mission et il avait convaincu les autres de le suivre. Tous se retrouvaient désormais emprisonnés, étudiés, sondés, utilisés à des fins qui n'avaient plus aucun rapport avec l'objectif premier. Plusieurs hommes étaient morts et avaient été disséqués comme des insectes, prétendument dans un but scientifique.

Ryland devait faire évader les autres avant qu'ils subissent le même sort. Il savait que Higgens avait l'intention de tuer les plus forts d'entre eux. Ryland était certain que cela aurait l'apparence d'« accidents », et que cela ne tarderait pas à arriver s'il ne trouvait pas le moyen de libérer ses hommes. Higgens poursuivait un objectif qui lui était propre. Il voulait utiliser les soldats pour son avancement personnel, non pour la cause de l'armée ou du pays qu'il était censé servir. Mais Higgens craignait ce qu'il ne contrôlait pas. Ryland n'avait aucune intention de perdre ses hommes au profit d'un traître. Il était responsable de leurs vies.

Cette fois-ci, il adopta une tactique plus prudente, parlant sur un ton détaché et essayant de ne pas faire paraître dans ses pensées les soupçons qu'il portait sur le père de Lily, au cas où cette dernière serait en train de lire dans son esprit. Les cils de la jeune femme étaient d'une longueur incroyable et formaient une lourde frange qu'il trouvait fascinante. Il se rendit compte qu'il la dévisageait, incapable de se comporter autrement que comme le dernier des imbéciles. Il se retrouvait pris au piège comme un rat, ses hommes risquaient de mourir et, pour couronner le tout, il était en train de se ridiculiser devant une femme. Une femme qui était peut-être son ennemie.

— Tous vos hommes se trouvent dans des cages similaires ? On ne m'en avait pas informée.

Sa voix restait parfaitement neutre, mais sa contrariété ne faisait aucun doute. Il la sentait indignée, malgré ses efforts pour le cacher.

— Je ne les ai pas vus depuis plusieurs semaines. On nous interdit de communiquer. (Il désigna le moniteur.) C'est une source d'irritation constante pour Higgens. Je parie que ses hommes ont essayé de déchiffrer le code de votre père, et qu'ils se sont même servis de l'ordinateur, mais qu'ils n'en ont rien tiré. Vous arrivez à le lire ?

Elle hésita brièvement, imperceptiblement, mais Ryland la sentit se raidir soudain, sans toutefois le quitter des yeux.

— Mon père s'est toujours servi de codes. Je considère les choses comme des systèmes mathématiques. Nous jouions souvent lorsque j'étais petite : il changeait fréquemment de code pour me donner des problèmes à résoudre. Mon esprit…

Elle hésita, comme pour peser le pour et le contre. Elle était en train de se demander à quel point elle pouvait faire preuve de franchise avec lui. Il voulait la vérité et l'incitait silencieusement à la lui donner.

Lily garda encore quelques secondes le silence, ses grands yeux rivés sur ceux de Ryland, puis crispa légèrement les lèvres. Elle releva le menton de manière infime, mais il observait toutes ses expressions, jusqu'aux moindres nuances, et il comprit que cela lui coûtait de dire la vérité.

— Mon esprit a besoin d'une stimulation constante. Je ne sais pas comment l'expliquer autrement. Si je n'ai pas de problème complexe auquel réfléchir, je ne me sens pas bien.

Il entraperçut l'éclair de douleur dans ses yeux, fugace, mais indéniable. Le professeur Peter Whitney était l'un des hommes les plus riches au monde. Sa fortune avait peut-être conféré une confiance inébranlable à sa fille, mais elle ne pouvait pas lui faire oublier qu'elle était un monstre… comme lui-même. Comme ses hommes. Comme ce en quoi son père les avait transformés. En GhostWalkers, attendant que la mort les fauche, alors qu'ils auraient dû former un groupe d'élite avec pour mission de défendre leur pays.

— Dites-moi, Lily Whitney, si le code existe bien, pourquoi l'ordinateur ne peut-il pas le déchiffrer ?

Ryland baissa la voix pour éviter d'être entendu des espions éventuels, mais il laissa son regard étincelant rivé sur celui de la jeune femme, l'empêchant de détourner les yeux.

Lily ne cilla pas. Elle paraissait toujours aussi sereine. Même dans le cadre morne du laboratoire, elle était d'une incroyable élégance. Elle semblait tellement hors de sa portée qu'il en eut le cœur serré.

— J'ai dit qu'il écrivait toujours en code, pas que je comprenais celui-ci. Je n'ai pas encore eu le temps de me concentrer dessus.

Son esprit lui était si totalement fermé qu'il comprit qu'elle mentait. Il haussa un sourcil.

— Vraiment ? Dans ce cas, préparez-vous à des heures supplémentaires, parce que personne ne semble en mesure de décrypter la façon dont votre père a réussi à amplifier nos capacités psychiques. Et personne ne trouve le moyen de revenir en arrière.

Elle tendit la main avec grâce, presque nonchalamment, et empoigna le rebord du bureau, faisant blanchir les jointures de ses doigts.

— Il a amplifié vos capacités naturelles ?

Le cerveau de la jeune femme se mit à manipuler l'information dans tous les sens, comme s'il s'agissait d'une pièce de puzzle qu'elle devait insérer à sa place.

— Il ne vous a vraiment rien expliqué, n'est-ce pas ? la provoqua Ryland. On nous a fait passer des tests spéciaux...

Elle leva la main.

— Qui les a fait passer, et qui était concerné ?

— La plupart de mes hommes appartiennent aux Forces spéciales. On a demandé aux membres des différentes branches de se prêter à des évaluations psychiques. Leurs capacités devaient être couplées à certains critères : l'âge, la fréquence et le type d'entraînement au combat, la capacité à travailler sous la pression, l'aptitude à rester sans ordres pendant de longues périodes, la loyauté… La liste était interminable, mais curieusement, quelques personnes se sont montrées intéressées. L'armée a lancé un appel spécial aux volontaires. À ce que j'ai compris, diverses branches de la police ont fait de même. Ils cherchaient à former un groupe d'élite.

— Et c'était il y a combien de temps ?

— J'en ai entendu parler pour la première fois il y a quatre ans. Cela fait un an que je suis ici, dans les laboratoires Donovans, mais toutes les recrues sélectionnées, moi y compris, ont été formées ensemble dans un autre complexe. Pour autant que je sache, nous n'avons jamais été séparés. Ils voulaient que nous formions une unité très soudée. Nous avons appris à utiliser des techniques de combat faisant appel à nos capacités psychiques. L'idée était de créer une brigade d'intervention capable d'agir sans être vue. Elle devait servir à démanteler des cartels de la drogue, des réseaux terroristes, ou même pour le combat contre une armée ennemie. Cela fait plus de trois ans que nous y travaillons.

— C'est une idée complètement folle. Qui en est à l'origine ?

— Votre père. Il l'a imaginée, et il a convaincu le pouvoir en place qu'elle était réalisable, avant de nous persuader, moi et mes hommes, que cela contribuerait à la sécurité du monde où nous vivons.

La voix de Ryland Miller débordait d'amertume.

— Et quelque chose a mal tourné, devina Lily.

— C'est la cupidité qui a tout envenimé. Peter Whitney, qui possède presque toute la Donovans, a signé un contrat avec le gouvernement. J'imagine qu'il ne pouvait résister à un ou deux millions supplémentaires sur son compte en banque.

Elle laissa passer un long moment avant de répondre.

— Je doute que mon père ait besoin de plus d'argent, capitaine Miller. Les sommes qu'il verse chaque année aux œuvres de charité suffiraient à subvenir aux besoins d'un petit État. Vous ne savez rien de lui, et je vous suggère de garder vos opinions pour vous tant que vous ne serez pas en possession de tous les éléments. Et pour votre information, il s'agit plutôt d'un ou deux milliards, si ce n'est plus. Si la corporation disparaissait du jour au lendemain, son mode de vie n'en pâtirait pas le moins du monde.

Elle n'avait pas élevé la voix, mais ses paroles vibraient d'intensité.

Ryland soupira. Son regard vif n'avait pas dévié d'un millimètre.

— Nous n'avons aucun contact avec notre hiérarchie. Toutes les communications extérieures passent par votre père ou par le colonel. Nous n'avons pas notre mot à dire sur notre sort. L'un de mes hommes est mort il y a quelques mois, et on a menti sur les causes de son décès. Sa mort est une conséquence directe de cette expérience et de l'amplification de ses capacités ; son cerveau n'a pas résisté à la surcharge et au pilonnage incessant. On a déclaré qu'il avait eu un accident sur le terrain. C'est à partir de là que nous avons été coupés de notre commandement et séparés. Depuis, nous sommes gardés en isolement.

Ryland la regardait fixement d'un air sinistre, empli de colère, comme pour la mettre au défi de le traiter de menteur.

— Ce n'était pas le premier mort, mais je jure devant Dieu que ce sera le dernier.

Lily passa la main dans ses cheveux parfaitement lisses. C'était son premier signe d'agitation. Le geste eut pour effet d'éparpiller ses pinces et de faire retomber de longues mèches sur son visage. Elle se taisait et laissait le temps à son cerveau d'ingurgiter ces données, tout en rejetant les accusations qu'il venait de formuler contre son père.

— Savez-vous précisément ce qui a tué cet homme ? Courez-vous tous le même danger ?

Elle posa cette question d'une voix si basse qu'elle franchit à peine le seuil de ses lèvres.

Ryland répondit tout aussi doucement pour éviter que des oreilles indiscrètes entendent leur conversation.

— Son cerveau était complètement exposé, pris d'assaut par toutes les personnes et les choses avec lesquelles il entrait en contact. Il ne pouvait plus se protéger. Nous parvenons à fonctionner en tant que groupe parce que quelques-uns d'entre nous sont comme vous. Ils éloignent de nous le bruit et les émotions brutes. Cela nous donne de la puissance et nous permet de travailler. Mais sans cet effet magnétique… (Il s'arrêta et haussa les épaules.) C'est comme si des tessons de verre ou des lames de rasoir s'acharnaient sur le cerveau. Son corps a lâché d'un seul coup : attaques, hémorragies cérébrales, la totale. C'était un spectacle horrible et je peux vous dire que je n'ai pas apprécié de voir comment nous allions tous finir. Pas plus que les autres membres de l'unité.

Lily posa les doigts sur sa tempe et, le temps d'une seconde, Ryland eut la sensation d'une douleur lancinante. Il plissa les yeux, le visage soudain grave.

— Approchez.

La souffrance de son interlocutrice déclenchait en lui une réaction physique. Les muscles de son ventre se nouèrent et devinrent aussi rigides que douloureux. Tout ce qu'il y avait de mâle et de protecteur en lui se réveilla et le submergea du besoin impérieux d'atténuer son malaise.

Les immenses yeux bleus de la jeune femme se firent immédiatement méfiants.

— J'évite les contacts physiques.

— Parce que vous ne voulez pas savoir ce que ressentent réellement les autres, n'est-ce pas ? Vous êtes réceptive, vous aussi.

L'idée que son père s'était peut-être servi d'elle comme cobaye horrifiait Ryland.

— *Depuis combien de temps êtes-vous télépathe ?*

Pire, la perspective de ne jamais la toucher lui était insoutenable. De ne jamais sentir sa peau sous ses doigts, sa bouche collée contre la sienne. L'image était si nette qu'il pouvait presque en goûter la saveur. Même ses cheveux excitaient son désir. Cette masse épaisse, brillante et soyeuse ne demandait qu'à être libérée des pinces qui la maintenaient encore pour que ses doigts y courent librement.

Lily haussa nonchalamment les épaules, mais un soupçon de rougeur passa furtivement sur ses pommettes saillantes.

— *Depuis que je suis née. Et en effet, il n'est pas toujours agréable de connaître les secrets les plus sinistres des gens. J'ai appris à respecter certaines limites. Peut-être mon père s'est-il intéressé aux phénomènes psychiques parce qu'il souhaitait m'aider. Je ne sais pas quelle est sa véritable motivation, mais je peux vous assurer que ce n'était pas son enrichissement personnel.*

Elle expira lentement.

— Cela a dû être terrible pour vous de perdre ne serait-ce qu'un de vos hommes. Vous devez être très soudés. J'espère pouvoir trouver le moyen de tous vous aider.

Ryland sentait qu'elle était sincère, mais malgré tout ce qu'elle avait dit, il se méfiait toujours de son père.

— *Le professeur Whitney est-il télépathe ?*

Il savait qu'il avait laissé un peu trop libre cours à ses fantasmes, mais cela ne semblait pas la déranger. Lily gérait avec aisance l'intensité du lien qui s'était créé entre eux. Et il savait que cette connexion était aussi forte d'un côté que de l'autre. Il fut pris d'un désir soudain de la secouer, de briser ne serait-ce qu'une fois les barrières de son calme apparent et de voir si un feu brûlait sous cette glace. C'était une idée pour le moins saugrenue, vu la gravité de la situation.

Lily secoua la tête tout en lui répondant mentalement.

—*Nous avons procédé à de nombreuses expériences, et nous sommes parfois parvenus à nous connecter télépathiquement dans des conditions extrêmes, mais l'effort venait uniquement de moi. J'ai dû hériter ce talent de ma mère.*

—Lorsque vous le touchez, parvenez-vous à le lire ? demanda Ryland avec curiosité.

Il devait bien admettre que l'homme n'avait pas beaucoup évolué depuis la préhistoire. Le désir qu'elle éveillait en lui était brut et brûlant, plus fort que tout ce qu'il avait pu connaître jusque-là. Il était incapable de contrôler les réactions de son corps face à elle. Et Lily le savait. Contrairement à Ryland, elle semblait calme et indifférente, alors que lui était troublé jusqu'au tréfonds de son être. Elle menait la conversation comme si elle ignorait qu'une tempête de feu risquait à tout moment de se déchaîner. Comme si le sang de son interlocuteur ne bouillait pas et que son corps, rigide comme de la pierre, n'agonisait pas de désir. Comme si elle ne s'en rendait même pas compte.

—Rarement. Il fait partie de ces personnes qui disposent de barrières naturelles. Je crois que c'est parce qu'il croit dur comme fer aux talents psychiques, contrairement à la plupart des gens. Comme il en est conscient en permanence, il s'est probablement forgé une protection naturelle. J'ai découvert que beaucoup de gens avaient des barrières plus ou moins solides. Certaines sont impossibles à franchir, tandis que d'autres sont dérisoires. Et vous ? Vous en êtes-vous aperçu, vous aussi ? Vous êtes un télépathe très puissant.

—Approchez.

Elle laissa son regard bleu flotter un instant sur lui, puis se détourna.

— Non, capitaine Miller, j'ai beaucoup de travail.

— Vous êtes lâche.

Il prononça ces mots doucement, sans la quitter de ses yeux avides.

Elle leva le menton et le fusilla du même regard de princesse hautaine.

— Je n'ai pas de temps à perdre avec vos petits jeux, capitaine Miller. Je ne sais pas ce que vous imaginez, mais vous vous trompez.

Il baissa les yeux jusqu'à sa bouche. Elle était parfaite.

— Je ne crois pas.

— J'ai été ravie de vous rencontrer, trancha Lily en lui tournant le dos et en s'éloignant sans hâte, toujours aussi calme.

Ryland ne protesta pas et se contenta de la regarder partir sans qu'elle daigne lui lancer un dernier regard. Il lui intima silencieusement l'ordre de se retourner, mais en vain. Elle ne fit même pas l'effort de remettre la paroi de verre autour de sa cage, laissant cela aux gardes.

Chapitre 2

La mer était houleuse. Les vagues montaient très haut et s'abattaient comme dans un chaudron bouillant de colère noire. L'écume s'accrochait aux falaises, puis les vagues se retiraient pour mieux revenir à l'assaut et s'écraser plus haut encore. Elles semblaient voraces et déchaînées, mues par une volonté meurtrière. Les eaux sombres et abyssales s'étendaient devant elle, comme un œil noir aux aguets. À l'affût. À sa recherche.

Lily s'éveilla brusquement, haletante. Ses poumons la brûlaient. Elle appuya sur le bouton qui commandait l'ouverture de la vitre. Légèrement désorientée, elle se dit que ce n'était qu'un rêve, rien de plus. Une bouffée d'air frais lui fouetta le visage et elle inspira longuement. Elle remarqua avec soulagement qu'ils étaient déjà dans la propriété et qu'ils approchaient de la maison.

— John, peux-tu arrêter la voiture ? J'ai envie de marcher.

Elle parvint à maîtriser sa voix malgré les battements affolés de son cœur. Elle détestait ces cauchemars qui hantaient son sommeil.

Lily avait voulu rêver du capitaine Ryland Miller, mais ses songes n'avaient été que de mort et de violence. Elle avait rêvé de voix qui l'appelaient, de la Mort qui lui faisait signe d'approcher de son doigt osseux.

Le chauffeur la regarda dans le rétroviseur.

— J'ai remarqué que tu portais des talons, dit-il. Tu te sens bien ?

Elle aperçut son propre reflet. Des yeux pâles, trop grands pour son visage, des cercles sombres. Elle faisait peur à voir. Elle releva le menton.

— Les talons ne me dérangent pas, John. Ça me fait faire de l'exercice.

Elle devait évacuer les souvenirs du cauchemar. Le sentiment oppressant de danger et de traque ne manquait jamais d'affoler son cœur. Lily essaya de faire comme si de rien n'était et évita le regard de John dans le rétroviseur. Il la connaissait depuis toujours, et s'inquiétait déjà des ombres qu'il voyait dans ses yeux.

Pourquoi avait-il fallu qu'elle ait l'air si terne et si peu intéressante juste le jour où elle rencontrait enfin un homme avec lequel elle se sentait des affinités ? Il était si beau. Si intelligent. Si… tout. Elle était entrée dans le labo sans l'once d'une information, et elle en était sortie en passant pour une idiote plutôt que pour une femme d'une extraordinaire intelligence. Miller sortait probablement avec des blondes minces à la poitrine généreuse, des femmes qui buvaient ses paroles. Lily se passa une main sur le visage dans l'espoir d'effacer les cauchemars qui refusaient de la laisser en paix. De se débarrasser de l'image de Ryland Miller incrustée dans sa tête. Il était parvenu, elle ne savait comment, à l'envahir jusqu'au plus profond de sa chair et de ses os.

« Approchez. »

Sa voix avait transpercé son corps, chauffé son sang, l'avait fait fondre intérieurement. Lily n'avait pas voulu le regarder. Elle n'était que trop consciente de la présence des caméras. Du fait qu'elle ne savait décidément rien des hommes. Le comportement de son père la laissait perplexe, tout comme l'irrépressible attirance qu'elle éprouvait pour Ryland Miller. Elle s'était enfuie comme une voleuse, pour retrouver son père et lui demander ce qu'il se passait.

La limousine ralentit, puis s'arrêta sur la longue route pavée qui serpentait dans l'immense propriété jusqu'à la maison de maître. Lily en descendit hâtivement, car elle ne voulait pas risquer de s'embarquer dans une nouvelle conversation. John se pencha par la vitre de sa portière et l'étudia longuement.

— Tu refais des insomnies, Lily.

Elle lui sourit et passa la main dans la masse épaisse de ses cheveux noirs. Le chauffeur affirmait entamer la soixantaine, mais elle lui donnait facilement dix ans de plus. Son attitude était celle d'un parent plus que d'un chauffeur, et elle le considérait d'ailleurs comme un membre de la famille.

— Tu as raison, répondit-elle. J'ai de nouveau ces drôles de rêves qui me viennent parfois. Mais je me rattrape en faisant la sieste dans la journée. Ne t'en fais pas pour moi, ce n'est pas la première fois que cela m'arrive.

Elle haussa les épaules d'un air dédaigneux.

— En as-tu parlé à ton père ?

— En fait, je comptais le lui dire pendant le dîner, mais il m'a encore posé un lapin. Je pensais qu'il serait dans son labo, mais il ne répond ni au téléphone, ni à son bip. Tu sais s'il est déjà rentré ?

S'il était à la maison, elle aurait deux mots à lui dire. La confronter ainsi à Miller sans lui donner la moindre information sur la situation était impardonnable.

Cette fois-ci, elle était furieuse contre son père. Miller n'avait rien à faire dans une cage, enfermé comme une bête sauvage. C'était un homme, un homme intelligent, loyal envers son pays, et les choses qui se déroulaient au sein des laboratoires Donovans devaient cesser sur-le-champ. Et qu'est-ce que c'était que cette histoire avec les ordinateurs et les codes de son père ? Il avait écrit des pages et des pages de charabia en faisant croire à tout le monde qu'il s'agissait de notes sur ses travaux. Elle ne pouvait pas le conseiller si elle n'avait aucune donnée sur laquelle se fonder. Père ou pas, le professeur Peter Whitney avait beaucoup d'explications à lui fournir, et son absence au restaurant lui paraissait extrêmement lâche.

L'impatience se lut sur le visage du chauffeur.

—Ah, cet homme… Il lui faudrait un assistant qui le suive comme son ombre et lui donne régulièrement un coup de pied aux fesses pour lui rappeler qu'il vit sur Terre.

Le célèbre scientifique était connu pour sa distraction, notamment envers sa fille, et cela mettait John en colère. Quel que soit l'événement ou l'occasion – anniversaire, sortie, remise de diplôme – le professeur Whitney oubliait systématiquement. Le chauffeur avait assisté à chacun de ces grands jours et vu Lily engranger honneur après honneur sans qu'un seul membre de sa famille soit présent. John Brimslow avait du mal à admettre que son patron néglige autant sa fille.

Lily éclata de rire.

—C'est ce que tu dis de moi quand je suis au travail et que j'oublie de rentrer ?

Elle garda les yeux sur le bouton supérieur de la veste du chauffeur, espérant être passée experte dans l'art de camoufler ses émotions. Elle avait l'habitude de l'étourderie de son père. Leur rendez-vous au restaurant n'était pas assez important pour qu'il y ait eu une seule chance qu'il s'en souvienne, et, en temps normal, elle aurait pris son absence avec indulgence. Lily était elle-même si souvent concentrée sur ses projets de recherche qu'elle en oubliait de manger, de dormir ou même de parler à ceux qui l'entouraient. Elle aurait eu mauvaise grâce à critiquer ce défaut qu'elle partageait avec son père. Mais cette fois-ci, il n'échapperait pas à de solides remontrances, et elle allait le prendre entre quatre yeux pour qu'il lui raconte tout ce qu'elle voulait savoir sur le capitaine Miller et ses hommes, sans lui laisser la moindre chance de se défiler.

Son chauffeur sourit sans une once de culpabilité.

— Bien sûr.

— Je serai à la maison dans quelques minutes. Préviens Rosa, s'il te plaît, pour qu'elle ne s'inquiète pas.

Lily s'éloigna de la voiture en faisant un petit signe de la main et se détourna pour que John ne puisse plus voir son visage. Elle savait qu'elle avait maigri, que cela faisait ressortir ses pommettes, et que c'était loin de flatter ses traits. Les cauchemars avaient fait apparaître des cernes noirs sous ses yeux et tomber ses épaules. Elle n'avait jamais été franchement jolie, avec ses yeux trop grands et sa claudication, pas plus qu'elle n'avait jamais eu la minceur d'un top model. Ses courbes étaient apparues alors qu'elle était très jeune, et malgré tous ses efforts, son corps conservait obstinément un aspect très féminin. Jusqu'ici, elle ne s'était jamais vraiment préoccupée de son apparence, mais à présent…

Lily ferma les yeux. Ryland Miller. Pourquoi ne pouvait-elle être irrésistiblement attirante, juste une fois ? Miller n'était pas beau, il était trop fruste pour cela, trop bestial. D'ailleurs, elle n'avait jamais été séduite par la beauté classique. Mais il était tellement sexy. Une chaleur envahit son corps rien qu'à cette évocation. Et la manière dont il la regardait… personne ne l'avait jamais regardée ainsi. Il semblait vouloir la dévorer.

Elle ôta ses escarpins et examina la maison. Elle adorait San Francisco, et le fait de vivre dans les collines qui surplombaient la ville était pour elle une source de joie renouvelée. Leur demeure était un manoir à l'européenne, haut de plusieurs étages et orné de balcons et de terrasses qui lui conféraient un charme élégant et romantique. La maison comportait plus de pièces qu'elle et son père n'en auraient jamais l'usage, mais ils en aimaient jusqu'au moindre recoin. Les murs étaient épais et les pièces spacieuses. C'était son refuge. Son sanctuaire. Elle en avait tant besoin.

Une petite brise agitait ses cheveux et caressait agréablement son visage. Après un cauchemar, le sentiment de danger disparaissait généralement au bout de quelques minutes, mais ce ne fut pas le cas cette fois-ci, et la tension qu'elle ressentait devenait inquiétante. La nuit commençait à tomber. Elle leva les yeux vers le ciel et regarda les filaments gris se fondre dans les nuages de plus en plus sombres et venir voiler la lune. Le crépuscule était comme une douce couverture qui l'entourait petit à petit. Des rubans de brume se mirent à flotter sur les pelouses en terrasses, telle de la dentelle s'enroulant autour des arbres et des buissons.

Lily tourna lentement sur elle-même pour admirer les pelouses ondoyantes et soigneusement entretenues, les arbustes et les arbres, les fontaines et les jardins artistiquement agencés. L'immense terrain qui s'étendait devant la propriété était toujours impeccable, sans la moindre feuille ou le moindre brin d'herbe pour en altérer la perfection. Mais derrière la maison, les bois étaient laissés à l'état sauvage. La nature lui donnait toujours une impression d'équilibre, de calme et de tranquillité. Sa demeure lui offrait une liberté qu'elle ne trouvait nulle part ailleurs.

Depuis son plus jeune âge, Lily était différente des autres. Elle avait un don, ou un talent, comme disait son père. Elle considérait plutôt cela comme une malédiction. Lorsqu'elle touchait les gens, elle avait accès à leurs pensées, même les plus enfouies. Des choses qui n'étaient pas censées être dévoilées. De sinistres secrets, des désirs inavouables. Ce n'était d'ailleurs pas le seul de ses dons. Sa maison était son refuge, un sanctuaire doté de murs suffisamment épais pour la protéger des émotions intenses qui l'assaillaient nuit et jour.

Heureusement, Peter Whitney semblait équipé de barrières naturelles, ce qui, petite, l'avait empêchée de lire dans ses pensées lorsqu'il la bordait le soir. Mais il avait néanmoins limité les contacts physiques au minimum et toujours pris soin de ne jamais abaisser ses barrières lorsqu'elle était près de lui. Il avait également tout fait pour s'entourer de gens dotés eux aussi de protections psychiques innées, de manière que leur maison soit pour elle un lieu de repos. Les gens qui s'étaient occupés d'elle pendant son enfance étaient devenus sa famille, des personnes qu'elle pouvait toutes toucher sans crainte. Pour la première fois, Lily se demanda comment son père avait su que ses employés seraient immunisés contre ses pouvoirs.

Ryland Miller était entré dans sa vie de manière totalement inattendue. Elle aurait juré avoir senti la terre bouger sous ses pieds lorsqu'elle l'avait vu pour la première fois. Il avait ses propres dons et talents. Lily savait que son père le considérait comme un homme dangereux. Elle sentait qu'il l'était, mais sans pouvoir dire comment. Un petit sourire étira ses lèvres. Il représentait certainement un danger pour toutes les femmes qui croisaient son chemin. En tout cas, il exerçait sur elle un effet indéniable. Il fallait absolument qu'elle coince son père et le force à l'écouter, pour une fois. Elle avait besoin de réponses que lui seul serait en mesure de lui donner.

Une bouffée d'angoisse lui noua l'estomac, et elle posa une main sur son ventre, se demandant pourquoi cette impression de menace persistait. Elle savait qu'une inquiétude aussi intense était à prendre avec le plus grand sérieux. En poussant un petit soupir, elle se dirigea résolument vers la maison. Le chemin qu'elle emprunta était étroit, pavé d'ardoises bleu-gris. Il contournait le labyrinthe et traversait le jardin aromatique pour mener à une entrée latérale.

Lily posa le pied sur l'escalier d'ardoise, et la terre vacilla. Elle se rattrapa des deux mains à la rampe en laissant tomber ses chaussures. Il lui fallut quelques secondes pour se rendre compte qu'il ne s'agissait pas d'un tremblement de terre. Le mouvement lui rappelait celui du pont d'un navire secoué par les vagues. Elle entendit le clapotis de l'eau contre le bois, un son creux qui lui résonnait dans la tête. La vision était si forte que Lily sentit l'odeur de l'air marin et les embruns qui aspergeaient son visage.

Son ventre se serra et ses doigts se crispèrent jusqu'à faire blanchir les jointures. Elle sentit encore le roulis des vagues. Elle leva le visage vers le ciel qui s'assombrissait et vit les nuages menaçants qui tourbillonnaient furieusement au-dessus d'elle à la manière d'un cyclone, sombre et implacable, la traquant sans interruption. Lily lâcha brusquement la rampe et ouvrit la porte de la cuisine à toute volée. Elle entra en titubant, claqua la porte derrière elle et s'appuya contre le mur en haletant. Elle ferma les yeux et ses poumons se gorgèrent de l'air de son foyer, de son refuge. Elle était à l'abri derrière les murs épais. Elle n'avait plus rien à craindre, tant qu'elle ne cédait pas au sommeil.

L'odeur du pain fraîchement cuit emplissait la cuisine. La pièce était vaste, carrelée et scintillante. Elle se trouvait chez elle. Lily tapota sur la porte.

— Ça sent bon, Rosa. Tu as préparé le dîner ?

La petite femme potelée se retourna vivement, un grand couteau dans une main et une carotte dans l'autre. Ses yeux noirs écarquillés trahissaient la surprise.

— Lily ! J'ai failli avoir une crise cardiaque ! Pourquoi n'es-tu pas passée par la porte d'entrée, comme tout le monde ?

Lily éclata de rire. Elle avait l'habitude de se faire réprimander par Rosa, et elle avait besoin de retrouver ses habitudes.

— Pourquoi est-ce que je devrais emprunter la porte d'entrée ?

— Quelle est l'utilité d'une porte d'entrée si personne ne s'en sert jamais ? répliqua Rosa.

Elle vit d'un coup d'œil le visage pâle de la jeune femme, son regard fiévreux, puis ses pieds déchaussés et ses bas déchirés.

— Qu'est-ce qui t'est encore passé par la tête ? Et où sont tes chaussures ?

Lily fit un geste vague en direction de la porte.

— Mon père a-t-il appelé ? Il était censé me retrouver *Chez Antonio*, mais il n'est pas venu. Je l'ai attendu pendant une heure et demie, ça a dû lui sortir de la tête.

Rosa fronça les sourcils. Comme toujours, il n'y avait aucune indignation dans la voix de Lily, qui paraissait vaguement amusée à l'idée que son père ait encore une fois oublié un rendez-vous. Rosa avait envie de tirer les oreilles à son employeur.

— Ah, cet homme… Non, il n'a pas appelé. Tu as mangé ? Tu maigris à vue d'œil, Lily, tu vas finir par ressembler à un garçon.

— Je ne maigris pas de partout, Rosa, la contredit-elle avant de hausser les épaules, bravant le regard furieux de la cuisinière. J'ai vidé la corbeille de pain du restaurant ; il était frais, mais loin d'être aussi bon que le tien.

— Je te prépare une assiette de légumes, et je t'assure que tu vas la manger.

Lily lui sourit.

— Ça me va.

Elle se hissa sur le comptoir sans tenir compte du regard réprobateur de Rosa.

— Rosa ? reprit-elle en commençant à pianoter nerveusement avec son ongle. J'ai découvert une chose très troublante me concernant, aujourd'hui.

Rosa se tourna vivement vers elle.

— « Troublante » ?

— Depuis des années, j'évolue au milieu d'hommes en costume-cravate, attirants, beaux, avec un compte en banque suffisamment garni pour faire le bonheur de mon père, mais pas un seul ne m'a jamais attirée. Je crois que je ne les ai même jamais remarqués.

Rosa ébaucha un sourire.

— Ah !… tu as rencontré quelqu'un. Tu as enfin sorti le nez de tes livres assez longtemps pour t'intéresser à un homme.

— « Rencontrer » n'est pas le mot exact, ergota Lily.

Elle voulait à tout prix éviter que la gouvernante répète ses confidences ridicules à son père. Il la retirerait sur-le-champ du projet s'il pensait qu'elle éprouvait de l'attrait pour le sujet qu'elle était censée observer.

— Je l'ai simplement aperçu. Il a des épaules incroyables et il m'a paru…

Elle ne pouvait pas dire « affreusement désirable » à Rosa. Elle se contenta donc de s'éventer de la main plutôt que de terminer sa phrase.

— Oh, je vois… il est sexy. Un homme, un vrai, donc.

Lily éclata de rire. Rosa parvenait toujours à faire fuir ses démons.

— Mon père ne serait pas très content s'il t'entendait parler comme ça.

— Une reine de beauté pourrait se pavaner entièrement nue devant ton père, il ne la remarquerait même pas. À moins qu'elle soit capable de parler sept langues en même temps.

Rosa déposa une assiette de crudités dans les mains de la jeune femme.

— L'image est si sordide que je ne veux même pas y penser, dit Lily en descendant souplement du comptoir. J'ai une soirée studieuse en perspective. (Elle envoya un baiser à Rosa tout en se dirigeant vers la porte.) Le nouveau projet sur lequel je travaille me pose quelques problèmes. Papa me l'a donné sans la moindre information et je n'y comprends rien. (Elle soupira.) J'aurais vraiment eu besoin de lui parler ce soir.

— Parle-moi, Lily, je pourrai peut-être t'aider.

Lily attrapa une pomme dans le compotier et l'ajouta à son assiette.

— Tu sais bien que c'est impossible, Rosa, et d'ailleurs, tu lèverais les yeux au ciel en disant que ce ne sont que des inepties. C'est un projet de la Donovans Corporation.

Rosa leva effectivement les yeux au ciel.

— Tous ces secrets… Ton père a toujours voulu jouer aux espions, et voilà qu'il t'entraîne là-dedans.

Lily ne put s'empêcher de sourire.

— Si seulement il s'agissait d'espionnage ! Mais ce n'est que de la paperasserie et du travail de laboratoire, rien de très palpitant.

Avec un petit signe de la main, elle s'engagea dans le spacieux vestibule sans un regard pour les gigantesques pièces qui le bordaient. Elle avait une prédilection pour la bibliothèque, et elle s'y rendit directement. Elle préférait travailler là plutôt que dans son bureau. John Brimslow avait certainement déposé sa serviette sur la table, là où elle avait l'habitude de s'installer.

— Parce que je suis tellement prévisible, marmonna-t-elle. M'arrivera-t-il, seulement une fois, de surprendre quelqu'un ?

Grâce à John, le feu flambait déjà dans l'âtre et la pièce était chaude et accueillante. Lily se jeta dans le fauteuil moelleux sans même regarder sa serviette, qui contenait son ordinateur portable et le travail qu'elle avait emporté à la maison. Si elle en avait eu l'énergie, elle aurait mis de la musique, mais elle était exténuée. Elle ne se rappelait plus la dernière fois qu'elle s'était volontairement laissée aller au sommeil, sans appréhension. Une fois endormie, ses protections naturelles s'évanouissaient et la laissaient vulnérable aux attaques. En temps normal, les murs épais de la maison lui apportaient un sentiment de sécurité. Mais ces derniers temps…

Lily soupira et laissa ses paupières se fermer. Elle était si fatiguée. Les petits sommes qu'elle s'accordait durant la journée et pendant les heures de travail ne suffisaient plus à compenser. Elle avait l'impression qu'elle pourrait dormir plusieurs semaines d'affilée.

—*Lily!*

Presque aussitôt, elle entendit le vacarme persistant de l'eau. Elle se redressa d'un bond et regarda autour d'elle en clignant des yeux pour ajuster sa vision.

Elle n'avait pas de stabilisateur, aucun point d'ancrage qui la retienne au monde réel, hormis la sécurité de sa maison. Mais elle se trouvait en terrain familier, et espérait que cela aiderait. La chose inconnue qui rôdait à l'extérieur, chevauchant les vagues d'énergie pour la trouver, semblait insister. Lily inspira profondément, ouvrit résolument son esprit et escamota toutes ses barrières mentales pour recevoir le flux d'informations.

Les vagues se précipitèrent violemment en elle. Le bruit était assourdissant, au point qu'elle mit les mains sur ses oreilles pour tenter d'en affaiblir le volume. L'odeur de l'eau salée lui emplit les narines. Elle vit des entrepôts, flous, comme si sa vue n'était pas nette. La puanteur du poisson était très forte. Elle n'avait aucune idée d'où elle se trouvait, mais les entrepôts se faisaient de plus en plus petits, comme si elle s'en éloignait.

Elle eut un haut-le-cœur et dut empoigner les rebords du fauteuil, car ses jambes ne la soutenaient plus. Elle perçut un mouvement. Ils s'éloignaient de la rive. Elle sentit l'odeur du sang. Et autre chose. Une odeur familière. Son cœur s'arrêta, puis se mit à tambouriner de peur.

— Papa ?

C'était impossible. Que ferait-il sur un bateau en pleine mer ? Il détestait naviguer.

Peter Whitney n'avait pas de vrais dons de télépathe, mais, au fil des ans, il avait multiplié les expériences avec Lily et avait parfois réussi à établir une connexion ténue avec elle. Lily s'empara frénétiquement du coussin du fauteuil de son père et le serra dans ses mains pour favoriser sa concentration.

— Papa, où es-tu ?

Il était en danger. Elle sentait les vibrations tout autour de lui, la violence latente dans l'air. Il était blessé. Sa tête, leurs deux têtes, explosaient de la douleur causée par la terrible blessure. Elle la sentit lui déchirer le corps, comme elle déchirait celui de son père. Lily respira profondément pour essayer de surmonter la douleur et le choc, et pour tenter d'atteindre son père.

— *Où es-tu ? Il faut que je le sache pour t'envoyer de l'aide. Est-ce que tu m'entends ?*

— *Lily ?*

C'était la voix de son père, si faible, presque un écho, comme s'il était en train de disparaître.

— *C'est trop tard. Ils m'ont tué. J'ai déjà perdu trop de sang. Écoute-moi, Lily, tout repose désormais sur toi. Tu dois régler cela. Je compte sur toi pour tout arranger.*

Elle percevait sa peur, son immense détermination malgré sa faiblesse. Ce qu'il essayait de lui faire comprendre était pour lui de la plus haute importance. Elle réprima sa panique et son envie d'appeler à l'aide. Elle étouffa la réaction naturelle d'une fille envers son père et mobilisa toute la puissance de son esprit pour maintenir la connexion.

— *Dis-moi ce que tu veux, je le ferai.*

— *Il y a un laboratoire, une pièce dont personne ne connaît l'existence. Toutes les informations dont tu as besoin s'y trouvent. Arrange tout, Lily.*

— *Où ça, Papa ? À Donovans, ou ici ? Où dois-je chercher ?*

— *Il faut que tu trouves. Tu dois te débarrasser de tout, les vidéos, le disque dur, toutes mes recherches, ne laisse rien entre leurs mains. Cette expérience ne doit plus jamais être reproduite. Tout est là, Lily. C'est ma faute, mais c'est à toi de réparer mes erreurs. Ne fais confiance à personne, pas même à nos employés. Une personne de la maison a découvert ce que j'étais en train de faire. J'ai été trahi.*

— *Chez nous ?*

Lily était horrifiée. Leurs employés de maison travaillaient pour eux depuis sa plus tendre enfance.

— *Il y a un traître chez nous ?*

Elle prit une nouvelle inspiration, emplissant ses poumons d'air pour mieux se concentrer.

— Papa, dis-moi où tu es, rien de ce que je vois ne m'est utile. Laisse-moi t'envoyer de l'aide.

— Les hommes sont prisonniers. Tu devras les délivrer. Le capitaine Miller et les autres, sors-les de là, Lily. Je suis désolé, mon cœur. J'aurais dû te dire dès le début ce que je faisais, mais j'avais trop honte. Je pensais que la fin justifiait toujours les moyens, mais je ne t'avais pas à mes côtés, Lily. Ne l'oublie pas, et ne m'en veux pas. Rappelle-toi que je n'avais jamais eu de famille avant toi. Je t'aime, Lily. Trouve les autres personnes et répare mes erreurs. Aide-les.

Le corps de Lily se contracta lorsqu'elle sentit qu'on tirait son père sur le pont. Elle comprit que la ou les personnes qui le tiraient le croyaient inconscient. Elle eut la vision fugace d'une chaussure, d'un poignet et d'une montre, puis plus rien.

— Papa ! Qui est-ce ? Qui te fait du mal ?

Elle tendit la main, comme pour le retenir, le garder auprès d'elle. Comme pour empêcher l'inévitable.

Le silence se fit. Elle était toujours reliée à lui : elle se balançait au rythme du bateau, elle percevait l'odeur de la mer et sentait la douleur qui ravageait le corps de son père. Mais il s'était vidé de son sang sur le pont, et de la plus grande partie de ses forces. Il ne lui restait plus qu'une petite étincelle de vie. Il devait lutter pour trouver les mots et les images, pour communiquer avec elle.

— Donovans. Lily, laisse-moi partir. Tu ne peux pas m'accompagner.

Il disparaissait rapidement. Lily ne pouvait pas accepter de rompre le lien.

— Non !

Elle ne le laisserait pas mourir seul. C'était au-dessus de ses forces. Elle sentait la brûlure des cordes sur ses propres poignets. Il avait fermé les yeux. Elle ne vit pas le visage de son meurtrier. Mais elle sentit le choc contre le bastingage, puis le plongeon dans l'eau glacée.

— *Romps le contact!* rugit une voix.

C'était un ordre ferme lancé par un mâle puissant. La voix masculine était si forte, si autoritaire, que Lily rompit le lien avec son père mourant, et se retrouva dans la bibliothèque, seule, désorientée, vacillant sur ses pieds, un sourd gémissement de douleur sortant de sa gorge contractée.

Elle se força à reprendre le contrôle de son esprit et évacua toute sa panique pour tenter de rétablir le contact avec son père. Elle ne trouva que le vide le plus total. Un gouffre noir. Elle tituba jusqu'à la cheminée, s'agenouilla et vomit dans le seau en laiton où était entreposé le petit bois. Son père était mort. Balancé à la mer comme un sac d'ordures, pour qu'il se noie dans les eaux glacées. Qu'avait-il voulu dire en désignant Donovans comme le coupable? Donovans n'était pas une personne, mais une corporation.

Elle se balançait, les bras serrés, à la recherche de réconfort. Elle ne pouvait pas sauver son père, elle savait au fond de son cœur qu'il avait disparu à tout jamais. Elle entendait ses propres pleurs, assaillie d'une douleur si profonde qu'elle en était presque insoutenable. Son instinct lui disait d'aller chercher le réconfort auprès de John et de Rosa. Mais elle ne bougea pas. Elle resta à genoux devant le feu en se balançant d'avant en arrière, le visage noyé de larmes.

Jamais Lily ne s'était sentie aussi seule. Malgré son don, elle n'avait pas été capable de sauver son propre père. Si seulement elle l'avait laissé la contacter plus tôt. Mais elle avait tout fait pour se protéger. En dépit de ses souffrances, il avait résisté et établi la connexion de force. Il n'avait aucun réel talent de télépathe, mais avait tout de même réussi l'impossible, afin qu'elle lui promette de tout arranger. Elle se sentait frigorifiée, vide et effrayée. Et tellement seule.

La chaleur pénétra tout d'abord dans son esprit. Elle arrivait en un flux régulier qui pénétrait au plus profond de son remords et de son chagrin. Elle se répandit dans tout son corps et s'enroula autour de son cœur.

Il lui fallut plusieurs minutes avant de se rendre compte qu'elle n'était pas seule. Quelque chose, *quelqu'un* avait franchi les épais murs protecteurs de la maison et avait profité de l'état de faiblesse dans lequel elle se trouvait pour pénétrer son esprit. Le contact était puissant, plus qu'elle n'en avait jamais fait l'expérience, et typiquement masculin. *Elle sut alors qui c'était.* Le capitaine Ryland Miller. Elle l'aurait reconnu entre mille.

Elle aurait tant voulu qu'il la console, tant voulu accepter ce qu'il avait à lui offrir, mais il avait détesté son père. Il l'avait accusé de l'incarcération et de la mort de ses hommes. Ryland Miller était un homme dangereux. Avait-il quelque chose à voir dans le meurtre de son père ?

Lily retrouva brusquement ses esprits. Elle essuya ses larmes, verrouilla son cerveau et remit ses murailles protectrices en place aussi vite que possible. Ce n'était pas son père qui lui avait ordonné de rompre le contact d'une voix aussi inflexible. Quelqu'un avait partagé leur connexion. Quelqu'un avait entendu tout ce que son père lui avait murmuré. Cette personne avait été assez puissante pour interrompre la connexion qu'elle avait maintenue avec son père. Cela lui avait probablement sauvé la vie, car elle n'avait rien pour se rattacher à la réalité pendant que son père se noyait dans la mer gelée. Ryland Miller, l'homme qui lui avait envoyé cette chaleur et ce réconfort. Le prisonnier enfermé dans une cage, dans les sous-sols des laboratoires Donovans. Elle aurait dû reconnaître immédiatement sa voix. Son ton impérieux et arrogant. Et elle aurait dû remarquer le moment où il avait accédé à la connexion qu'elle avait établie avec son père.

Tant qu'elle n'en saurait pas plus, elle ne pourrait pas se permettre d'entrer en communication télépathique avec qui que ce soit. Pas même avec une personne qui lui avait sauvé la vie. Et surtout pas avec Ryland Miller, qui avait certainement ses propres raisons d'agir et qui accusait son père d'être à l'origine de ses malheurs actuels. Lily frissonna et posa la main sur son cœur douloureux. Elle devait se concentrer pour comprendre ce qui se passait et trouver qui était responsable de la mort de son père. Son chagrin était si intense qu'il l'empêchait presque de réfléchir, mais cela ne lui était d'aucun secours. Il lui fallait refouler cette blessure à vif pour laisser le champ libre à son cerveau.

Elle ne voulait pas se remémorer la dernière joute entre son père et Ryland Miller, mais il ne lui était plus possible de l'ignorer. Le capitaine n'avait pas spécifiquement menacé Peter Whitney, mais il n'avait pas eu besoin de paroles pour cela. Il débordait de puissance et son comportement était une menace à lui seul. Il était évident que son père souhaitait la libération de Miller, mais Lily n'avait tout simplement pas assez de données à sa disposition pour en déduire qui était son ennemi. Le colonel s'était ouvertement opposé à son père au sujet des expériences menées en secret dans les laboratoires Donovans.

Résolument, Lily se rassit et regarda obstinément les flammes. Elle ne pouvait faire confiance à personne, ni chez elle, ni au travail, et ne devait donc pas montrer qu'elle était au courant de la mort de son père. Elle n'avait jamais été très douée pour jouer la comédie, mais elle allait y être forcée si elle voulait tenir sa promesse. Rien ne lui prouvait que le coupable se trouvait au sein de Donovans. La police ne croirait jamais qu'elle était entrée en communication télépathique avec son père quelques minutes avant sa mort. Que lui restait-il à faire ?

Elle eut du mal à se lever. Elle ressentait un énorme poids sur les épaules, et ses jambes tremblaient. Il fallait qu'elle nettoie le seau à petit bois. Rien ne devait laisser croire qu'il s'était passé quoi que ce soit d'inhabituel. Elle gagna la salle de bains la plus proche en remerciant le ciel qu'il y ait si peu de gens dans son immense demeure. Qui pouvait bien être le traître contre lequel son père l'avait mise en garde ?

Rosa ? Cette chère Rosa ? Du plus loin qu'elle s'en souvenait, Rosa Cabreros avait fait partie de sa vie. Elle avait toujours été là pour la consoler, pour discuter de tout ce dont les jeunes filles ont envie de parler. Lily n'avait jamais regretté l'absence de sa mère, car Rosa avait toujours été là pour elle. Elle vivait et travaillait à demeure et était entièrement dévouée à Peter et Lily Whitney. Impossible qu'il s'agisse de Rosa. Lily rejeta immédiatement cette possibilité.

John Brimslow ? Il était aux côtés de Peter Whitney depuis plus de temps encore que Rosa. Officiellement, il lui servait de chauffeur – il avait beaucoup insisté pour porter l'uniforme et être la seule personne à prendre soin des voitures – mais il s'occupait aussi du reste de la propriété. Son existence était centrée sur le domaine des Whitney, et à part Lily, c'était la personne la plus proche de Peter.

Le seul autre résident permanent était Arly Baker, un homme d'une cinquantaine d'années, grand et mince, avec un front bombé et d'épaisses lunettes. Un fanatique de technologie, un genre de savant fou, comme il le reconnaissait lui-même avec fierté. Grâce à lui, la propriété était truffée de gadgets technologiques dernier cri. Il était responsable de la sécurité et de tout ce qui touchait à l'électronique. Il avait été le confident et le meilleur ami de Lily pendant son enfance, celui avec qui elle aimait discuter de choses importantes. Il lui avait appris à démonter les objets et à les remonter, et l'avait aidée à fabriquer son premier ordinateur. Arly était une sorte d'oncle, ou de grand frère. Un membre de sa famille. Il ne pouvait pas être le coupable.

Lily passa les mains dans son épaisse chevelure noire et acheva d'ôter les dernières pinces, qui s'éparpillèrent tout autour d'elle sur les carreaux brillants. Elle réprima encore un sanglot. Il y avait également le vieux Heath, âgé d'au moins soixante-dix ans, qui s'occupait toujours de l'entretien du jardin et vivait dans un petit cottage au cœur de la forêt, derrière la maison. Il avait passé sa vie sur le domaine, où il était né et où il avait grandi avant de prendre la suite de son père en tant que jardinier. Il était d'une loyauté sans faille envers les Whitney et leur propriété.

— Cela me fait horreur, papa, murmura-t-elle. Tout cela me fait horreur. Je suis obligée de soupçonner des gens que j'aime. Cela ne tient pas debout.

Pour la première fois de sa vie, elle regretta de ne pas pouvoir lire dans les pensées des employés de la maison. Elle allait tout de même essayer, pour la première fois de toutes ces années. Son père les avait choisis avec soin pour la sécurité et le bien-être de sa fille. Pour qu'elle puisse mener une vie aussi normale que possible.

Elle ramena le seau près de l'âtre et s'ingénia à le remettre exactement en place. Elle savait que ces précautions étaient exagérées. Que personne ne viendrait vérifier l'emplacement du seau. Elle s'attardait sur des choses insignifiantes pour occuper son esprit et éviter de succomber au chagrin.

Qu'avait dit son père ? Il lui avait fait promettre de tout arranger. Mais qu'entendait-il par « tout » ? Cela avait semblé très important pour lui, mais elle n'avait pas la moindre idée de ce qu'il avait voulu dire. Qu'était-elle censée arranger ? Et à quoi avait-il bien pu travailler dans son laboratoire secret ? Son dernier souhait avait été qu'elle libère Ryland Miller et ses hommes. Qu'avait-il voulu dire par sauver les autres ? Quels autres ?

— Lily ? (John Brimslow ouvrit la porte et passa la tête par l'embrasure.) J'ai appelé ton père plusieurs fois, mais sans réponse. Rosa a téléphoné chez Donovans. Il en est parti en fin d'après-midi. (Sa voix trahissait l'inquiétude.) Ton père avait-il prévu un discours ce soir, pour une collecte de fonds par exemple ?

Lily fronça les sourcils, feignant de réfléchir alors qu'elle n'avait qu'une envie : éclater en sanglots et se jeter dans ses bras. Elle n'osait pas le regarder dans les yeux. Malgré le faible éclairage, il remarquerait les traînées que les larmes avaient laissées sur son visage. Elle secoua la tête.

— Il devait me retrouver *Chez Antonio* pour dîner. J'ai attendu plus d'une heure, en vain. J'ai laissé un message au restaurant au cas où il arriverait, pour le faire prévenir que j'avais renoncé à l'attendre et que j'étais rentrée à la maison. C'est tout ce que je sais. Est-ce qu'ils ont dit s'il était parti avec quelqu'un ? Peut-être est-il allé dîner avec une personne du laboratoire.

— Je ne crois pas que Rosa ait posé la question.

— Tu as regardé sur l'agenda de son bureau ? demanda-t-elle avec difficulté, car sa gorge lui faisait mal.

John poussa un petit grognement.

— Allons, Lily, tu sais bien que le bureau de ton père est un fouillis sans nom, et même si nous trouvions quelque chose, qu'en ferions-nous ? Avec ce code secret qu'il utilise, tu es la seule à pouvoir déchiffrer son agenda.

— J'irai y jeter un coup d'œil, John. Il est certainement retourné au labo et n'a pas envie de décrocher. Appelle l'accueil et demande s'ils l'ont vu revenir.

Elle était fière de si bien jouer son rôle. De sa parfaite maîtrise. Elle donnait l'impression de n'être pas vraiment inquiète, mais plutôt amusée de la légendaire distraction de son père.

— Si ce n'est pas le cas, demande s'il est parti avec quelqu'un. Dis-leur aussi de vérifier si cette voiture grotesque qu'il s'entête à vouloir conduire est sur le parking.

Au fond d'elle-même, elle entendit des pleurs et comprit qu'il s'agissait de sa propre voix. C'était un son d'une intensité effrayante, et elle se demanda comment elle parvenait à s'adresser à John d'une manière aussi naturelle.

L'espace d'un instant, elle sentit de nouveau la chaleur l'envahir. L'entourer, la caresser. C'était une sensation silencieuse, mais très puissante. Unité. Réconfort. Ses émotions étaient trop fortes, et ses protections ne parvenaient pas à les contenir.

Alors qu'elle approchait de la porte et du chauffeur, Lily se tordit volontairement le pied sur le tapis oriental et trébucha. Elle se rattrapa à la veste de John et s'écrasa contre lui, assez fort pour les secouer tous les deux.

John la saisit et la remit sur ses pieds. Par ce contact, Lily voulait s'assurer que John était innocent et qu'elle pouvait compter sur lui, mais aucune information ne lui parvint. Malgré ses efforts, l'esprit du chauffeur, comme toujours, était hermétiquement fermé aux intrusions.

— Ça va, Lily ?

— C'est juste de la fatigue. Tu sais comme je deviens maladroite quand je ne dors pas assez. On va finir par être obligés de se débarrasser du tapis de papa.

Elle essaya de sourire, mais en vain. Elle n'avait pas envie de croire que John puisse être le traître. Elle ne voulait pas penser au corps de son père reposant au fond de l'océan.

Seule la chaleur qui se répandait en elle lui permit de marcher jusqu'au bureau de Peter Whitney. Elle recevait de l'aide d'un quasi-inconnu qui avait peut-être souhaité la mort de son père. Elle s'assit devant le bureau et regarda sans réellement les voir les innombrables papiers et les piles de livres. Elle ne tenait le coup que grâce à la chaleur et au courage que cette source inattendue lui insufflait. Ryland Miller. Était-il son ennemi ? Si elle n'avait pas été si préoccupée par sa propre protection, elle aurait compris beaucoup plus tôt que son père était en danger. La personne qui avait prévu de le tuer était peut-être déjà venue dans cette pièce. Le traître vivait chez elle.

Ryland Miller s'assit lourdement sur la seule chaise digne de ce nom qu'on lui avait fournie. Le chagrin de Lily Whitney l'étouffait, l'écrasait comme une grosse pierre posée sur sa poitrine pour l'empêcher de respirer, et la douleur de la jeune femme lui transperçait le cœur comme un couteau. De la sueur perlait sur sa peau. Comme lui, Lily parvenait à amplifier les émotions, déjà suffisamment puissantes pour parcourir les ondes d'énergie qui les reliaient. L'effet combiné de leurs pouvoirs rendait ces émotions pratiquement incontrôlables.

Peter Whitney avait été son seul espoir. Il n'avait eu aucune confiance en lui, mais il avait réussi à le convaincre, à force d'efforts psychiques, de l'aider à mettre au point un plan d'évasion. Il lui avait fallu une énorme concentration et une dose non négligeable de surcharge pour réussir à relier tous ses hommes par télépathie, afin qu'ils puissent profiter de la nuit pour discuter. Tous attendaient désormais que Ryland parvienne à dissiper le chagrin de Lily. Il admirait la manière dont elle essayait de surmonter la mort de son père. Il ne pouvait pas s'en empêcher. Elle ne savait pas vers qui se tourner, en qui avoir confiance, mais il percevait l'intensité de sa résolution.

Lily. Ryland secoua la tête. Il avait l'impérieux besoin de l'atteindre. Il voulait la consoler, trouver un moyen d'apaiser sa douleur, mais il était enfermé dans une cage, et son équipe attendait ses ordres. Avec un soupir, il ferma les yeux, se concentra et envoya le premier message.

— *Kaden, tu sortiras avec le premier groupe. Nous devons réussir du premier coup, sinon ils doubleront la sécurité. Vous devrez tous vous tenir prêts. J'ai travaillé sur les ordinateurs et les serrures électroniques, ça ne me posera pas de problème…*

Chapitre 3

En temps normal, Lily souriait distraitement aux gardes lorsqu'elle passait sous le portique de détection de métaux. Elle l'avait fait si souvent qu'elle n'y pensait même plus. Mais à présent, plus rien n'était pareil. L'immense enceinte, avec ses hautes clôtures électriques et ses rouleaux de fil barbelé, la multitude de gardes et de chiens, les hideuses rangées de bâtiments en béton et leurs dédales souterrains… cet environnement avait été sa deuxième maison durant toute sa vie. Elle n'avait jamais véritablement réfléchi aux mesures de sécurité ; à ses yeux, ce n'était rien d'autre que de la routine. Désormais, elle était à chaque instant consciente que quelqu'un avait assassiné son père. Quelqu'un qu'elle côtoyait probablement tous les jours.

Lily s'engagea dans l'étroit couloir et leva la main pour saluer les gardes armés. Elle trembla intérieurement en les voyant approcher à grands pas. Elle s'attendait presque qu'ils s'emparent d'elle pour l'enfermer dans l'une des cages souterraines. Elle souffla lorsqu'elle les vit passer devant elle, lui lançant à peine un regard. Arrivée au deuxième ascenseur, elle composa les dix chiffres de son code personnel. Les portes s'ouvrirent et elle s'y engouffra.

L'ascenseur descendit sans bruit jusqu'aux niveaux inférieurs, cachés dans les entrailles du complexe. C'était là son monde, les laboratoires et les ordinateurs, les blouses blanches et les équations sans fin. L'infaillible système de sécurité, les caméras, les codes, les clés. Sa vie. Son monde, le seul qu'elle ait jamais connu. Un univers dont la rigueur l'avait rassurée jusque-là. Mais elle se sentait désormais oppressée à l'idée d'être ainsi surveillée. Les laboratoires Donovans avaient été construits juste au sud de San Francisco. L'immense complexe avait un petit air inoffensif, avec ses nombreux bâtiments contenus derrière la grande clôture. La plupart des laboratoires étaient en fait en sous-sol, et sévèrement gardés. Même lorsque l'on passait d'une section à l'autre, la sécurité était omniprésente.

Elle tentait de rester calme, mais son cœur battait à tout rompre. Elle était en train de s'engager dans un jeu du chat et de la souris avec l'assassin de son père. Et elle allait revoir Ryland Miller. Cette perspective était presque aussi dérangeante que le fait de revenir au laboratoire. Il lui était impossible de passer outre à l'attirance mutuelle qui existait entre eux ; chaque pensée, chaque mouvement ne faisaient que la magnifier.

Elle se pencha au-dessus du scanner rétinien et ajusta son œil contre la lentille de la porte blindée qui barrait l'accès à l'antre de son père. Elle pénétra dans le labo, attrapa en passant une blouse blanche au portemanteau et la boutonna par-dessus ses vêtements sans même ralentir le pas. Quelqu'un l'appela et elle répondit d'un signe de la main tout en continuant d'avancer.

— Professeur Whitney ?

L'un des techniciens la força à s'arrêter. Lily le regarda en prenant soin de garder un visage impassible. Les vagues de compassion la submergeaient presque.

— Je suis désolé… nous sommes tous désolés pour votre père. Nous espérons qu'on le retrouvera rapidement. Avez-vous eu des nouvelles sur sa disparition ?

Lily secoua la tête.

— Pas la moindre. S'il a été enlevé pour de l'argent, personne n'a encore demandé de rançon. Le FBI pense que ses ravisseurs se seraient déjà manifestés. Il n'y a rien eu du tout, juste le silence.

Elle s'emparait de toutes les émotions qui émanaient du technicien. Ce dernier n'avait de toute évidence rien à voir avec le meurtre de son père. Il était sincèrement sous le choc de la disparition soudaine de son patron. Il appréciait et respectait Peter Whitney. Lily lui sourit.

— Je vous remercie de votre sollicitude. Je sais que son absence est un choc pour tout le monde.

Pour l'instant, Lily ne pouvait pas s'autoriser à penser à son père ni à quel point il lui manquerait. Elle ne voulait pas songer à sa solitude et à sa peur. Elle ne pouvait pas parler, elle n'osait pas. Ses émotions étaient brutes, presque à fleur de peau. Elle avait attendu toute la semaine, déchirée entre l'impatience et l'horrible angoisse de voir le président de la corporation lui demander de reprendre les travaux de son père. Par peur de paraître trop pressée, elle était restée enfermée chez elle pour faire son deuil, pleurant en secret, loin de ceux qui lui étaient le plus chers, tout en planifiant avec soin ce qu'elle devrait faire pour démasquer le meurtrier de son père.

Elle avait fouillé son immense maison à la recherche d'un laboratoire secret, mais les pièces, cachées ou pas, étaient si nombreuses que la tâche lui semblait impossible. Il existait des passages secrets menant au sous-sol ou aux greniers. Elle avait méticuleusement étudié les plans de chaque étage, mais sans succès. Jusqu'ici, elle n'avait pas trouvé le domaine privé de son père, et elle espérait qu'il lui avait laissé un indice dans son bureau de Donovans.

Lily passa rapidement entre les fioles et les brûleurs, traversa deux pièces remplies d'ordinateurs et s'arrêta devant une nouvelle porte. Elle appuya fermement la main contre le scanner digital et se pencha pour prononcer sa phrase cryptée, puis attendit que l'ordinateur analyse la combinaison de son schéma vocal et de ses empreintes digitales pour confirmer son identité. La lourde porte coulissa et elle entra dans une salle beaucoup plus grande que les précédentes.

L'éclairage du laboratoire était tamisé et donnait à la pièce une paisible ambiance bleutée. Celle-ci était remplie de plantes et de petites fontaines s'écoulant goutte à goutte. Les bruits d'eau accentuaient encore l'atmosphère calme qui régnait en permanence dans le laboratoire. Un enregistrement de l'océan formait le fond sonore, un apaisant va-et-vient de vagues sur une plage.

— Comment s'est passée sa nuit ? demanda Lily après avoir salué le technicien aux cheveux bruns qui s'était subitement redressé sur sa chaise lorsqu'elle était entrée.

Elle connaissait Roger Talbot, l'assistant de son père, depuis cinq ans. Elle l'avait toujours apprécié et respecté.

— Pas très bien, professeur Whitney ; il n'a pas dormi, encore une fois. Il fait les cent pas comme un fauve. Son taux d'agressivité et d'agitation augmente quotidiennement depuis une semaine. Il n'a cessé de vous réclamer et refuse catégoriquement de coopérer pour les tests. Je deviens fou à force de le voir tourner en rond.

Lily lui jeta un regard acéré.

— Si les rapports sont exacts, son ouïe est extrêmement fine, Roger ; je doute que cette dernière déclaration lui fasse très plaisir. Ce n'est pas vous qui êtes enfermé, n'est-ce pas ?

Sa voix était basse, mais trahissait une pointe d'agacement.

— Je suis désolé, s'excusa immédiatement Roger. Vous avez raison, rien ne m'autorisait à faire un commentaire aussi peu professionnel. Le colonel Higgens me rend nerveux.

Il s'est montré extrêmement difficile. Sans votre père pour jouer le rôle de bouclier, nous sommes tous…

— Je vais voir ce que je peux faire pour l'éloigner quelque temps, répondit-elle pour le rassurer.

— À propos de votre père… (Sa voix s'interrompit sous le regard de la jeune femme.) Ça doit être très difficile pour vous, essaya-t-il à nouveau.

Lily analysait ses émotions comme elle l'avait fait avec le premier technicien. Roger ignorait ce qui était réellement arrivé à son père et était impatient de voir revenir son supérieur. Elle inclina la tête.

— Oui, c'est difficile de ne pas savoir ce qui lui est arrivé. Faites donc une pause, Roger. Vous l'avez bien mérité. Je vais rester ici un moment, je vous biperai lorsque je partirai.

Roger balaya la pièce du regard, comme s'il pensait qu'ils n'étaient pas seuls. Il baissa la voix.

— Il est de plus en plus puissant, professeur Whitney.

Elle suivit son regard jusqu'à l'extrémité du labo et attendit une seconde, le temps que son cerveau assimile cette information.

— Qu'est-ce qui vous donne cette impression ?

Roger se massa les tempes.

— Je le sens. Lorsqu'il s'arrête de marcher, il devient très calme ; il reste assis, parfaitement immobile, et il se concentre. Alors, les ordinateurs s'affolent, les alarmes se déclenchent, tout le monde court dans tous les sens, mais c'est une fausse alerte. Je sais que ça vient de lui. Et je crois même qu'il est capable de communiquer avec les autres. (Il se pencha encore plus près.) Ce n'est pas le seul à refuser de participer aux tests ; les autres également. Ils ne sont pas censés pouvoir communiquer, avec les épaisses parois et tout le reste, et pourtant j'ai l'impression d'être en face d'une sorte de cerveau collectif. Personne ne coopère.

— Ils sont tous isolés les uns des autres.

Elle porta une main à sa gorge, le seul signe trahissant son agitation.

— Vous êtes resté trop longtemps enfermé avec lui, reprit-elle. Mon père vous a choisi pour votre tempérament calme, mais vous vous laissez effrayer par les rumeurs.

— Peut-être, mais il change, et je n'aime pas ça. Votre père a disparu voilà plus d'une semaine, professeur Whitney, et le capitaine Miller n'est plus le même. Vous comprendrez mieux lorsque vous le verrez. Quand je suis avec lui, il me paraît invincible. J'ai peur de vous laisser seule avec lui. Peut-être vaudrait-il mieux faire venir des gardes dans le labo.

— Cela ne ferait qu'accentuer son agitation, et vous savez qu'il a besoin de calme. Plus il y a de gens autour de lui et plus c'est dur pour lui. Il a été formé dans les Forces spéciales, Roger, ce qui me pousse à dire qu'il a toujours eu confiance en lui. (Lily se passa le pouce sur la lèvre inférieure.) Je n'ai rien à craindre de lui.

Alors qu'elle prononçait ces mots, un frisson de peur lui parcourut la colonne vertébrale. Elle n'était pas certaine que c'était la vérité, mais elle parvint à conserver une attitude détendue.

Roger hocha la tête pour admettre qu'elle avait raison. Il prit son manteau et s'arrêta à la porte pour lui donner un dernier conseil.

— Appelez à l'aide si nécessaire, professeur Whitney.

Elle acquiesça.

— Bien sûr, Roger, merci.

Lily regarda longuement la porte fermée et en profita pour respirer calmement et s'imprégner de l'atmosphère paisible de la pièce. Le laboratoire était entièrement insonorisé, ce qui le protégeait des bruits extérieurs. Elle se passa la main sur le visage et prit une dernière inspiration avant de se tourner résolument vers la pièce cloisonnée à l'autre bout du laboratoire.

Le capitaine Ryland Miller l'attendait en faisant les cent pas comme un tigre en cage. Elle s'y attendait. Il avait certainement senti sa présence dès l'instant où elle avait posé le pied dans le complexe. Ses yeux gris luisaient de colère, tels des nuages orageux, trahissant la violence des émotions que contenait son masque impassible. La force de son regard la toucha droit au cœur. Ils s'observèrent mutuellement à travers le verre épais de la cage. Ses cheveux noirs étaient ébouriffés, mais le spectacle qu'il offrait la laissa sans voix. Il savait comment lui faire de l'effet, et il en abusait sans vergogne.

— *Ouvrez-la.*

Les mots scintillèrent dans l'esprit de la jeune femme, consciente que les dons de télépathe du capitaine se renforçaient chaque fois un peu plus.

Son cœur se mit à battre la chamade. Docilement, elle composa le code qui activait le mécanisme. La lourde paroi de verre coulissa, et il put la regarder à travers les épais barreaux.

Il s'approcha à la vitesse de l'éclair. Elle fut surprise par sa rapidité. Elle s'était crue à l'abri, hors de sa portée, mais il lui saisit le poignet et l'attira contre les barreaux.

— Vous m'avez laissé seul ici, comme un rat dans une souricière, gronda-t-il, la bouche tout près de son oreille.

Lily ne se débattit pas.

— Un rat ? Je dirais plutôt un tigre du Bengale.

Mais son cœur fondit lorsqu'il prononça le mot « seul ». La pensée qu'il soit resté seul dans sa cage de verre lui brisait le cœur.

Il continuait néanmoins à la regarder furieusement, et elle poussa un petit soupir.

— Vous saviez que je ne pouvais pas revenir sans invitation officielle. Je ne l'ai reçue que ce matin. Si j'avais essayé plus tôt, ils auraient trouvé cela suspect. Il fallait que ce soit eux qui me le demandent. J'ai tout fait pour ne montrer aucun intérêt, et vous savez très bien pourquoi.

Elle haussa la voix, juste assez pour être entendue par les micros.

— Vous êtes certainement au courant de la disparition de mon père. Le FBI croit à un meurtre. Je dois m'occuper de tous ses projets en plus des miens, et avec tout le travail que j'ai ici comme à la maison, j'ai peur que mon temps ne soit très précieux.

Elle leva intentionnellement les yeux vers la caméra pour lui rappeler qu'ils n'étaient pas seuls.

— Vous croyez que je ne les vois pas ? siffla-t-il, la colère altérant le timbre profond de sa voix. Vous croyez que je ne sais pas qu'ils m'observent manger, dormir et pisser ? Vous auriez dû venir immédiatement.

La jeune femme haussa les sourcils. Elle avait beaucoup de mal à rester impassible. Son regard se fit brûlant.

— Vous avez de la chance que j'aie seulement pu venir, capitaine Miller.

Elle fit un effort surhumain pour garder une voix calme, car elle avait une furieuse envie de se déchaîner contre lui.

— Vous savez que mon père a disparu. (Elle baissa encore un peu plus la voix.) Vous étiez là avec nous, n'est-ce pas ? Comment osez-vous vous mettre en colère contre moi !

L'espace d'un terrible instant, elle sentit les larmes refaire surface, et les refoula hâtivement.

Alors, la voix du soldat changea du tout au tout. Elle baissa d'une octave et murmura dans son esprit, les unissant l'un à l'autre comme par un lien.

— *Vous ne pensez tout de même pas que j'ai quelque chose à voir avec sa mort.*

L'intimité de sa voix coupa le souffle à Lily. Mieux, il l'enveloppait de chaleur et de réconfort, caressant doucement de son pouce la zone sensible à l'intérieur de son poignet. Elle tenta de nouveau de retirer son bras, par réflexe, par instinct de conservation. Mais les doigts du soldat se resserrèrent autour de son poignet comme une menotte. Ils étaient chauds et incroyablement forts, mais son geste était très doux.

— Ne vous débattez pas, Lily, tous les gardes du complexe se précipiteraient à votre rescousse.

Il y avait une pointe de nervosité dans sa voix, comme s'il n'arrivait pas à décider s'il devait rire ou se fâcher de l'accusation qui planait dans l'esprit de la jeune femme.

— *Pouvez-vous ordonner à distance à un homme de tuer quelqu'un ?*

Elle refusait de détourner les yeux et lui répondait de la même manière, d'esprit à esprit.

— *En êtes-vous capable ?* insista-t-elle mentalement.

Ryland était hypnotisé par le bleu profond des pupilles de Lily qui lui renvoyaient l'image de son âme. Il n'était pas certain de vouloir voir ce qu'elle voyait. Et il n'était pas certain de pouvoir lui montrer ce qu'il était devenu. Il y avait trop de colère en lui.

La voix désincarnée du garde grésilla dans le haut-parleur.

— Vous avez besoin d'aide, professeur Whitney ?

— Non merci, tout va bien.

Lily gardait les yeux rivés sur ceux de Ryland Miller. Pour le mettre au défi. L'accuser. Le voir.

Les doigts du prisonnier encerclaient toujours son poignet comme un étau, mais son pouce continuait à caresser son pouls affolé, comme pour la calmer. Il se taisait sans cesser de la regarder.

— *Dites-le-moi. En êtes-vous capable ?*

— *Qu'en pensez-vous ?*

Elle l'étudia longuement en laissant son regard percer son masque et découvrir le prédateur qui rôdait sous la surface.

— *Je pense que oui.*

— *Qui sait. C'est peut-être possible, si la personne est déjà pleine de malveillance et capable de tuer ; si elle a envie de tuer, il est possible que je puisse la manipuler pour la pousser à le faire.*

— *J'ai perçu votre antipathie pour mon père. Vous pensez que c'est lui qui vous a mis dans cette situation, et qui est responsable de la mort des membres de votre unité.*

— *Je n'ai pas l'intention de le nier, ce serait un mensonge. Mais vous me touchez. Lisez en moi, Lily. Est-ce que je suis impliqué dans la mort de votre père ?*

Elle promena ses yeux bleus sur son visage et croisa les siens, gris et scintillants.

— *Me ferez-vous croire que vous ne pouvez pas me cacher votre véritable nature ? Je ne vois que ce que vous voulez bien me laisser voir.*

— *Je ne pleure pas sa disparition, je l'admets, mais je n'ai demandé à personne de le tuer.*

— *Peter Whitney était mon père et je l'aimais. Je pleure sa disparition.*

Ce qu'elle faisait, en effet, au plus profond d'elle-même, là où personne ne pouvait la voir. Elle se sentait seule. Désespérée. Vulnérable.

Le pouce de Ryland la caressa encore, l'enveloppant d'une nouvelle onde de chaleur et faisant s'affoler son pouls.

— *J'aurais été inconscient de tuer le seul homme susceptible de nous sauver la vie.*

— Je suis désolé qu'il ne soit plus là, Lily, désolé pour ce terrible malheur, lui murmura-t-il doucement.

Son autre main se posa sur les cheveux de Lily et s'y attarda juste assez pour lui couper le souffle.

— *Vous m'avez laissé seul. Je ne pouvais pas vous consoler. Je vous sentais, Lily, vous et votre chagrin, mais je ne pouvais pas vous réconforter. Vous saviez que j'étais là lorsque c'est arrivé, et que je savais la vérité. Il était inutile de rompre le contact avec moi. Vous aviez besoin de moi, Lily, et j'avais fichtrement besoin de vous. Vous auriez dû me parler. Je comprends que vous ayez ressenti le désir de vous isoler, mais vous auriez dû me parler.*

Elle n'avait aucune envie d'admettre ce que sous-entendaient ces derniers mots. Sa vie était déjà suffisamment compliquée comme cela. Elle n'avait ni besoin, ni envie de Ryland Miller. Elle décida de tenter d'obtenir des informations.

— *Comment pouviez-vous être là avec nous ? Mon père n'avait aucune capacité télépathique, comment avez-vous réussi à vous connecter à lui ? Comment avez-vous rompu le lien qui me permettait de lui parler ?*

— *Je me suis connecté grâce à vous, bien sûr. Votre angoisse était si intense que vous avez réussi à entrer en contact avec moi, même dans cette prison conçue spécialement pour m'isoler psychiquement.*

Son cœur fit un bond. Sa réponse suggérait qu'un lien existait entre eux. Un lien solide. Elle essaya de comprendre et l'observa longuement, prudemment, tâchant de voir outre son masque et de contempler l'homme qui se cachait derrière. Elle l'étudia sévèrement. Il n'était pas particulièrement beau, mais ses épaules étaient larges et sa carrure musclée. Ses cheveux étaient épais, et si noirs qu'ils en paraissaient presque bleus. Ses yeux étaient glacials, de la couleur de l'acier. Sans pitié. Tranchants. Des yeux si froids qu'ils en brûlaient. Sa mâchoire était énergique, et sa bouche bien dessinée la captivait. Il se déplaçait avec grâce et fluidité, puissance et coordination, mais aussi avec un soupçon de méfiance. Il lui avait l'air d'un être de pure magie, et ce depuis la seconde où elle avait posé les yeux sur lui. Elle ne pouvait pas se fier à un sentiment aussi soudain et intense.

— *Lorsque le colonel Higgens est venu avec mon père, pouviez-vous lire en lui ? Était-il impliqué dans sa mort ?*

Chaque muscle du corps de Ryland se tendit sous son inspection. Son regard était direct, évaluateur, spéculateur. C'était tellement Lily. Le fait d'avoir pénétré son esprit lui permettait de la découvrir beaucoup plus intimement. Le cerveau de la jeune femme traitait les informations à une cadence très rapide, mais lorsqu'il s'agissait de choses plus personnelles, elle se montrait beaucoup plus circonspecte et prenait son temps avant de décider ce qu'elle allait faire. Il avait envie d'écraser la soie de ses cheveux noirs entre ses puissantes mains, d'enfouir son visage dans les mèches odorantes et d'inhaler tout son être. Elle exhalait un parfum frais comme un parterre de roses. Sa chevelure chatoyait même sous la lumière bleutée ; lustrée, brillante, elle le fascinait.

— *Higgens ne cachait pas son antipathie pour votre père. Ils n'étaient d'accord sur rien. J'arrive à capter ses émotions lorsqu'il diffuse de la colère, mais il ne s'approche jamais suffisamment de moi pour que je le touche. Et il fait bien attention à garder ses affaires hors de ma portée. Mais je n'ai détecté aucun complot contre votre père.*

Les yeux de la jeune femme étaient presque trop grands pour son visage, cernés de cils épais et teintés d'un bleu incroyable, inattendu pour une femme aussi brune. Et sa bouche… Il avait passé beaucoup trop de temps à fantasmer sur ses lèvres.

Lily inspira profondément puis expira lentement. Le regard de Ryland était étonnamment chaud. Affamé. Comme s'il la dévorait des yeux. Et ses pensées s'étaient subitement transformées en fantasmes érotiques. Elle tenta de ne pas se laisser affecter. Elle tourna un instant la tête vers les caméras de surveillance.

— *Je reprends ses recherches. Vous devez être patient. Je ne suis pas mon père, et je dois tout revoir pour me mettre au niveau.*

Elle s'adressait aux caméras et aux yeux qui les observaient en permanence.

— *Je pars de zéro.* (Son poignet était chaud là où son pouce l'avait caressé.) *Et arrêtez de me regarder comme ça, cela ne facilite pas les choses.*

Elle s'éloigna de la cage, puis se retourna pour lui faire face avec un air décidé.

Ryland l'observa avec intérêt tandis qu'elle le regardait calmement. Elle avait été ébranlée l'espace d'un instant, mais elle retrouva très vite son attitude de princesse froide et hautaine. Il avait très envie de la secouer de nouveau.

— *Je ne peux pas m'empêcher d'éprouver ce que je ressens quand je suis près de vous.*

Il rendit sa voix plus grave et plus rauque, délicieusement suggestive.

Lily cligna des yeux. Elle rougit mais soutint fermement son regard. Elle ne manquait pas de courage, il ne pouvait pas lui enlever cela.

Elle s'avança jusqu'aux barreaux et les empoigna.

— *Vous ne vous êtes jamais demandé pourquoi notre lien était si fort ? Ce n'est pas naturel.*

Ryland étudia son visage un long moment, puis posa ses mains par-dessus les siennes.

— *Cela me paraît tout à fait naturel.*

Sa voix avait le don de lui caresser la peau comme s'il l'effleurait de ses doigts. Le ventre de Lily se noua, et son cœur lui parut fondre sans qu'elle puisse rien faire pour l'en empêcher.

— *Je ne crois pas qu'il soit possible de ressentir une telle attraction physique sans une sorte d'amplification.*

— *Comment le savez-vous ?*

Elle pointa le menton dans sa direction et ses yeux se firent menaçants.

— *Alors ? C'est vrai ? Est-ce que vous ressentez ce genre de connivence chaque fois qu'une femme se trouve dans la même pièce que vous ?*

L'éclat de ses yeux donna envie à Ryland de la faire passer à travers les barreaux. Le désir de l'embrasser était si fort qu'il se pencha vers elle.

Lily recula brusquement, alarmée.

— *Ne faites pas ça !* (Elle jeta un nouveau regard en direction des caméras.) *Vous savez que ce n'est pas réel. Pensez avec votre cerveau, pas avec d'autres parties de votre anatomie. Nous devons réussir à avoir une vue d'ensemble, et ne pas nous contenter des pièces du puzzle.*

Elle avait raison. L'attirance dépassait tout ce qu'il avait jamais vécu. Elle frôlait l'obsession. Son corps était rigide et douloureux, et il savait parfaitement pourquoi. Non que cela fasse d'ailleurs la moindre différence. Dès l'instant où elle était entrée dans la pièce, il avait été totalement obnubilé par la jeune femme.

— *Qu'est-ce que c'est, à votre avis ?*

— *Je n'en sais rien, mais je vais le découvrir. Mon père avait un comportement bizarre le dernier jour, vous vous souvenez ? Il m'a demandé de le rejoindre ici. J'étais occupée et je lui ai répondu que je préférais reporter ma visite à un autre après-midi, mais il a insisté, et il m'a presque ordonné de venir.*

Elle leva les doigts pour lui faire signe de la lâcher.

Leurs voix étaient trop basses pour être entendues, et ils faisaient tous deux attention à ne pas tourner leur visage vers les caméras, afin qu'on ne puisse lire sur leurs lèvres, mais le langage corporel pouvait être tout aussi révélateur. Ryland lui obéit, très lentement.

Lily fit un pas en arrière pour leur permettre à tous les deux de respirer. Le contact direct augmentait l'attirance physique. L'air entre eux se chargeait d'électricité et se faisait si crépitant qu'elle avait l'impression qu'il prenait une vie propre.

—*Il ne m'a rien dit, ni sur vous, ni sur ce qu'ils faisaient. Je suis entrée dans le laboratoire, je vous ai vu, et…*

Elle se tut et ils se regardèrent. Dans une rare démonstration d'agitation, elle se passa la main dans les cheveux, une main tremblante qui fit immédiatement ressentir à Ryland l'envie, le besoin de la prendre dans ses bras pour la consoler.

—*…la terre s'est mise à trembler*, finit-il doucement. *L'enfoiré. Il observait nos réactions, Lily. Ce satané scientifique sans cœur nous examinait comme deux insectes sous son microscope.*

Elle secoua la tête pour protester, mais il voyait qu'elle était en train de réfléchir. Il n'y avait qu'une solution possible. Soit son père s'était attendu à ce qu'il se passe quelque chose entre eux lorsqu'elle était entrée dans la pièce, soit il n'avait rien prévu. Ryland ferma un instant les yeux devant la force de la douleur qu'elle ressentait. Elle était profonde et écrasante. Quelle mouche l'avait piqué ? Lily venait de perdre son père, et n'avait pour l'instant aucune envie de découvrir quel salopard il était en réalité. Son accusation irréfléchie avait anéanti la jeune femme.

—Lily.

Il prononça son nom à voix basse, un murmure caressant. Une excuse. Il le souffla pour le rendre sensuel. Pour qu'il les relie sur-le-champ.

— Arrêtez ! dit-elle sèchement. Si ce n'est pas réel, si nous sommes manipulés dans le cadre d'une expérience, nous devons nous en assurer.

— Peut-être n'est-ce pas le cas, suggéra Ryland qui désirait que ce sentiment soit réel.

— Je vous stabilise, c'est tout. Cela ne va probablement pas plus loin que ça. Nous sommes différents, et j'ai une sorte d'aimant émotionnel en moi qui amplifie…

Sa voix mourut tandis qu'elle s'évertuait à trouver une explication logique.

— C'est forcément cela, capitaine Miller…

— Ryland, l'interrompit-il. Dites mon nom.

Elle dut prendre une grande inspiration. Il parvenait à donner aux simples sons de son prénom un caractère d'intimité.

— Ryland, consentit-elle à prononcer.

Comment aurait-elle pu résister ? Elle avait l'impression de le connaître depuis toujours. Comme s'ils ne faisaient qu'un.

— *Nous sommes attirés l'un par l'autre et, d'une certaine façon, nos dons accentuent ces sentiments*, reprit-elle. *C'est forcément cela. C'est votre odeur.*

Il éclata de rire. Il y était si peu habitué qu'il parut aussi étonné qu'elle.

— *Alors, selon vous, le lien explosif qui nous unit n'est rien d'autre qu'une amplification de nos phéromones ? C'est impayable, Lily.*

Elle parvenait à le faire rire malgré la situation dans laquelle ils se trouvaient. Lily Whitney était décidément une femme extraordinaire et pleine de surprises.

— *Vous savez,* ajouta-t-elle, *les phéromones peuvent très facilement piéger les gens qui ne se méfient pas.*

Il secoua la tête.

— *Je crois que nous sommes tout simplement attirés l'un par l'autre, mais n'en parlons plus, si vous préférez.*

— *Quelle qu'en soit la raison, capitaine...*

Un bref sourire illumina ses yeux et elle se reprit.

— *Pardon. Ryland. Je crois que nous avons assez de pain sur la planche comme cela. J'ai lu tous les rapports que mon père a transmis au colonel – on m'en a donné des copies –, mais ils n'expliquent en rien comment il a réussi à faire tout cela.*

Elle le regarda droit dans les yeux.

— *Vous avez entendu ce qu'il m'a dit. Il pense que vous êtes retenu prisonnier. Je n'arrive pas à trouver le laboratoire dont il m'a parlé avant de mourir.*

Elle hésita un moment, et il sentit son cœur se déchirer.

— *J'ai besoin des informations cachées dans cette pièce pour vous aider.*

— *Vous ne pensez tout de même pas être en mesure d'inverser le processus alors que votre père n'y est jamais parvenu ?*

» *Vous devez les trouver, Lily. Quelles qu'elles soient, elles sont capitales. Je ne sais pas si mes hommes pourraient survivre à l'extérieur. Et si Higgens a gain de cause, il fera éliminer certains d'entre nous. J'ai comme l'impression que je suis le premier sur sa liste.*

Lily se détourna, de peur que le choc se lise sur son visage.

— *Je ne sais pas si je peux l'inverser, ou même si c'est nécessaire, mais réfléchissez un instant. Vous avez tous subi de terribles effets secondaires. La paranoïa peut-elle en faire partie ?*

Lily lui demanda mentalement de jouer la comédie pour la caméra. Si elle ne parvenait pas à convaincre Higgens de son impartialité et de sa bonne volonté à son égard, elle courait le risque d'être écartée du projet.

— Je trouverai le labo, Ryland, mais nous devons gagner du temps. Montrez-vous un peu plus coopératif, ou Higgens pourrait bien agir avant que nous ne soyons prêts. Vous avez certainement un contact au sein de l'armée à qui je peux m'adresser.

Son intuition lui disait que Ryland voyait peut-être juste, que Higgens voulait poursuivre l'expérience et que Ryland Miller gênait le colonel.

— Je ne sais pas du tout à qui me fier. J'avais confiance en Higgens.

Ryland se remit à tourner en rond dans sa cage, comme s'il réfléchissait à la question. Il se passa les deux mains dans les cheveux pour le bénéfice de la caméra.

— Je n'avais pas envisagé les choses sous cet angle. Le colonel Higgens nous a toujours soutenus, mais lorsqu'il nous a enfermés et séparés, j'ai eu l'impression qu'il…

Il laissa volontairement sa phrase en suspens.

— Qu'il vous avait trahis. Abandonnés. Coupés de votre hiérarchie.

Ryland hocha la tête.

— Un peu de tout cela.

Il se laissa tomber lourdement sur une chaise et la regarda avec des yeux scintillants. Les prémices d'un sourire se formèrent dans son esprit.

— Je ne pensais pas que les nantis étaient d'aussi bons comédiens.

Il la taquinait, mais admirait le calme avec lequel elle jouait son rôle et aiguillonnait ses propres répliques. Avec son intelligence et sa vivacité d'esprit, elle s'intégrerait à merveille dans son équipe.

— Vous avez quelque chose contre l'argent ?

Elle aussi le taquinait.

— Seulement parce que vous en avez trop. Cela vous met hors de ma portée.

Lily ne tint pas compte de sa réponse, ce qui était la solution la plus sage.

— Je crois que cette possibilité de paranoïa causée par l'expérience est une hypothèse à prendre en considération.

Il acquiesça d'un signe de tête.

— Je veux voir mes hommes. Je dois m'assurer qu'ils vont bien.

— C'est une requête tout à fait raisonnable. Je vais voir ce que je peux faire.

— Vous essayez de m'agacer.

— J'essaie de vous faire rire. Votre chagrin m'écrase comme une pierre.

Ryland appuya ses mains sur ses tempes.

Lily se repentit immédiatement. Plus d'une fois, elle avait senti le tranchant des émotions qu'elle ne pouvait empêcher d'entrer en elle. La communication télépathique était difficile, et son utilisation prolongée franchement douloureuse. Elle avança jusqu'à la cage et en agrippa les barreaux.

— Je suis désolée, Ryland, je ne peux pas m'empêcher de pleurer la disparition de mon père. Je vous fais du mal, n'est-ce pas ? Cela arrangerait-il les choses si je remettais la paroi de verre en place ?

— Non.

Il se massa une dernière fois les tempes et se leva de sa chaise en s'étirant. Elle ne put s'empêcher de remarquer le léger frémissement de ses muscles.

— Je vais bien. Ça va passer.

Il s'approcha tranquillement d'elle et lui prit la main.

La secousse les frappa comme un éclair. Lily s'attendait presque à voir voler des étincelles.

— *Ça ne passera pas, n'est-ce pas ? Nous sommes…*

Elle ne termina pas sa phrase, incapable de toute pensée rationnelle lorsqu'il était à ce point concentré sur elle.

Elle vit briller ses dents blanches le temps d'une fraction de seconde.

— *Complémentaires*, suggéra-t-il. *Nous sommes complémentaires.*

Elle tenta de lui soustraire sa main. Il ne la lâcha pas, un éclair d'amusement mâle dans les yeux. Au contraire, il la leva lentement jusqu'à la chaleur de sa bouche et passa la langue entre chacune de ses jointures.

La sensualité de ce contact la fit frissonner. Sa peau semblait prendre feu à chaque mouvement de sa langue. Il leva la tête et la regarda droit dans les yeux. Tout en elle s'immobilisa ; même son cœur semblait avoir cessé de battre. Elle ne lisait plus aucun amusement dans ses pupilles, seulement le désir brut, un désir qu'il n'essayait nullement de cacher. C'était un défi. Une promesse. Elle retint son souffle.

— *La caméra.*

Elle lui rappela qu'ils étaient surveillés et se débattit pour lui retirer sa main. Il s'accrocha.

— *Quelle relation entretenez-vous avec Roger ?*

La question, totalement inattendue, la prit de court. Il y avait un soupçon de tension dans sa voix, et une menace glaciale brillait dans ses yeux. Elle battit des paupières.

— *Roger ? Quel Roger ?*

— *Roger, le technicien qui a tellement peur de moi qu'il souhaite la présence de gardes armés. (Elle perçut une ombre de mépris dans sa voix.) Comme si ça pouvait l'aider.*

— *Qu'est-ce que Roger vient faire là-dedans ?*

— *C'est exactement ce que je suis en train de vous demander.*

— Vous êtes complètement fou ? J'essaie de vous aider. Nous sommes victimes d'une énorme conspiration et il y a un assassin dans la nature. Roger n'a rien à voir avec tout cela.

— Professeur Whitney ? dit une voix par l'interphone. Avez-vous besoin d'aide ?

— Si elle avait besoin d'aide, mon pote, ça se verrait, répondit sèchement Ryland en regardant la caméra bien en face, comme pour mettre l'observateur invisible au défi de se montrer.

— Roger a tout à voir là-dedans, au contraire. Il bavait d'admiration devant vous.

— Ce sera inutile, merci.

Lily sourit à la caméra et retira brutalement sa main de celle de Ryland.

— Je crois que l'enfermement commence à vous peser. Voulez-vous bien vous concentrer sur ce qui est important ?

— C'est important pour moi.

— Ryland.

Ne comprenait-il donc pas que ce qui se passait entre eux était forcément artificiel ? Amplifié, tout comme l'avaient été ses capacités psychiques ? Les pouvoirs du soldat étaient beaucoup plus précis lorsqu'elle était présente. De toute évidence, elle avait une action amplificatrice.

— Je suis désolé, je sais que cela vous met mal à l'aise, mais ça empire. J'ai l'impression d'être revenu au temps des cavernes, lorsque les hommes traînaient leur femme par les cheveux. Je vous jure, Lily, que c'est très douloureux pour moi. Répondez simplement à ma question et rassurez-moi.

Lily étudia le visage du soldat. Elle y lut de la souffrance, passée et présente.

— Pourquoi est-ce que tout cela n'a ni queue ni tête pour moi ?

Son univers avait toujours été équilibré, par nécessité. Son père, tout en la protégeant contre le monde extérieur, lui avait aussi donné de nombreuses occasions de développer son esprit et d'accumuler des connaissances. Il lui avait ouvert tellement de portes. Il avait été bon, prévenant, aimant.

Elle savait que Ryland Miller pensait que son père les avait trahis, lui et ses hommes. Peter Whitney avait procédé à une expérience sur des êtres humains, et quelque chose avait mal tourné. Elle devait découvrir de quoi il s'agissait, et comment la situation en était arrivée là. L'attirance que Ryland et elle éprouvaient l'un pour l'autre menaçait leur bon sens. Lily était une personne pragmatique, logique et sérieuse. Elle n'avait généralement aucun mal à mettre ses émotions de côté lorsque cela se révélait nécessaire.

— Moi non plus, je n'y comprends rien.

— *Bon Dieu, Lily, la jalousie me dévore tout vif. C'est hideux et méprisable, et je déteste me voir comme cela.*

— *Roger est quelqu'un de bien, un ami, mais je ne l'ai jamais vu en dehors de ce bâtiment. Et je n'en ai aucunement l'intention.*

Ryland appuya le front contre les barreaux et inspira profondément pour contrôler les remous de son ventre. De petites gouttes de sueur perlaient sur ses tempes.

— *Qu'est-ce qui est en train de m'arriver ? Vous le savez ?*

Lily secoua la tête et dut se retenir de dégager les boucles rebelles qui retombaient sur le front du soldat.

— *Je trouverai, Ryland. C'est la première fois que cela vous arrive, à vous ou à l'un de vos hommes ?*

Il releva la tête pour la regarder avec un mélange d'agitation, de colère et de désespoir.

— *Kaden est capable de nous soulager de nos émotions les plus violentes pour nous rendre les choses plus supportables. Je pense qu'il est un peu comme vous. Quand nous sommes tous sur le terrain et qu'il est présent, les choses se déroulent de manière plus fluide et les signaux sont transmis plus clairement. Notre puissance de projection augmente. Au moins trois des autres sont comme lui, à des degrés moindres. Nous essayons de faire en sorte que l'un d'entre eux reste en permanence avec nous lorsque nous sommes sur le terrain.*

—*Et l'homme qui a récemment trouvé la mort en exercice?*

Ryland secoua la tête.

—*Il était seul et il a foncé droit chez l'ennemi. Le temps qu'on le rejoigne, il était trop tard, son esprit était parti. Il n'a pas réussi à supporter la surcharge de bruit. Nous ne pouvons pas l'éteindre comme une radio, Lily. Et vous, en êtes-vous capable?*

Elle savait qu'il ne posait pas cette question pour sa seule édification. Elle était au courant du souci qu'il se faisait pour ses hommes et elle l'admirait pour cela. Elle percevait le poids écrasant de sa lourde responsabilité.

—*Au fil des ans, j'ai appris à ériger des barrières pour me protéger. Je vis dans un environnement où tout est très contrôlé. Cela me permet de reposer mon esprit et de me préparer au bombardement du lendemain. Je pense que vous et les autres pouvez apprendre à vous forger des protections mentales.*

—*Qui vous l'a appris?*

Lily haussa les épaules. Elle avait toujours dû se protéger, et elle avait appris à le faire dès son plus jeune âge.

—*Étant née avec ce don, je crois que mon cerveau a tout de suite cherché des moyens de me protéger. C'est encore relativement nouveau pour vous. Votre cerveau est exposé à trop de choses, et trop vite. Il est dépassé et n'arrive pas à monter ses protections.*

—Sauf si les barrières ont définitivement disparu.

Il dit cela d'une voix sinistre, sans se soucier des micros. Il était pris d'un désir soudain d'arracher les barreaux, de déchirer quelque chose. Il devait trouver un moyen de sauver ses hommes. Tous étaient de bons soldats, dévoués et loyaux, des hommes qui s'étaient sacrifiés pour leur pays. Des hommes qui lui avaient fait confiance et qui l'avaient suivi.

— Bon Dieu, Lily.

Un chagrin brut filtrait à travers la tempête de ses yeux. Elle en eut presque le cœur brisé.

— *Je visionnerai les vidéos de votre entraînement ce soir. Je trouverai la solution, Ryland*, lui assura-t-elle. *Je trouverai les informations nécessaires pour sauver les autres. Accordez-moi juste un peu de temps.*

— *Très sincèrement, je ne sais pas de combien de temps mes hommes disposent, Lily. Tous risquent de craquer. Si j'en perds ne serait-ce qu'un seul… Vous ne comprenez pas ? Ils ont cru en moi et m'ont suivi. Ils ont mis toute leur confiance en moi et je les ai menés droit dans un piège.*

Elle sentait désormais les éclats de verre lui déchirer la tête. C'était un homme d'action et on l'avait enfermé dans une cage. La frustration et le chagrin finiraient par avoir raison de lui.

— *Ryland, regardez-moi.*

Elle le toucha et glissa la main entre les barreaux pour enrouler les doigts autour des siens.

— *Je trouverai les réponses. Faites-moi confiance. Quoi que cela implique, je trouverai un moyen de vous aider, vous et vos hommes.*

Un court instant, il la regarda dans les yeux et lut dans ses pensées, percevant ce qu'il en coûtait à la jeune femme de s'ouvrir encore plus à lui. Il hocha la tête, convaincu.

— *Merci, Lily.*

Chapitre 4

Les murmures ne cessaient pas. Leur bourdonnement lui envahissait la tête et la rendait folle. Chaque fois qu'elle glissait dans le sommeil, les voix étaient là, lui emplissant l'esprit, sans qu'elle puisse saisir pour autant ce qu'elles disaient. Elle savait qu'il y avait plus qu'une seule voix, plus qu'une seule personne, mais elle n'avait pas la moindre idée de ce qui se disait. Elle savait simplement que c'était un murmure de conspiration. Que ces voix portaient en elles un grand danger et un avant-goût de violence.

Lily était couchée dans son immense lit et regardait le plafond en écoutant les battements de son cœur. Elle avait depuis longtemps éteint la musique douce qu'elle mettait généralement pour couvrir les sons qu'elle ne parvenait pas à bloquer complètement, car elle ne lui était ce soir d'aucune utilité. Elle ne parviendrait plus à s'endormir. Elle n'en avait même plus envie. C'était trop risqué. Les voix l'appelaient, douces et persuasives, des voix évocatrices de danger et de tactiques.

Elle s'assit au milieu des gros oreillers éparpillés contre la tête de lit en bois sculpté. D'où venaient-elles ? Qui disait tactique disait entraînement, peut-être de nature militaire. Entendait-elle Ryland et ses hommes en train de se servir de leurs capacités de télépathes pour mettre au point un plan d'évasion ? Était-ce possible ? Ils se trouvaient à des kilomètres de chez elle, enfermés à plusieurs dizaines de mètres sous terre, leurs cages entourées de parois en verre. Ses barrières à elle étaient épaisses. Était-elle donc à ce point reliée à eux qu'elle était en quelque sorte réglée sur leur fréquence ? Comme une onde radio, une bande sonore, exactement la bonne ?

— Qu'as-tu fait, papa ? demanda-t-elle à voix haute.

Installée dans le cadre confortable de sa chambre, elle laissait son esprit réfléchir à ce qu'elle avait appris des bandes vidéo qu'elle avait vues et des dossiers qu'elle avait lus. Elle se demandait comment son père avait pu se permettre d'écrire des rapports aussi incomplets sur ses activités. Pourquoi diable avait-il pris la peine de remplir ses banques de données avec un tel charabia ? Le fichier était marqué « confidentiel », et on ne pouvait théoriquement y accéder qu'en entrant son mot de passe et ses codes de sécurité, mais Higgens avait de toute évidence réussi à passer outre.

La douleur lui martelait la tête, tels de petits points blancs flottant dans un vide noir. Le contrecoup de la télépathie. Elle se demanda si Ryland souffrait lui aussi de ces répercussions d'un usage prolongé. Cela lui était sûrement arrivé ces dernières années. Elle avait lu les rapports confidentiels sur l'entraînement que les hommes avaient enduré. Tous avaient subi de terribles migraines, résultat de l'utilisation de leurs dons psychiques.

Résignée, elle rejeta son édredon et enfila sa robe de chambre sans prendre la peine de serrer la ceinture autour de sa taille. Elle ouvrit la porte-fenêtre du balcon et sortit dans la fraîcheur de la nuit. Le vent rejeta aussitôt son épaisse chevelure en arrière, et des mèches lui fouettèrent le visage et le dos.

— Tu me manques, papa, murmura-t-elle doucement. J'aurais tant besoin de tes conseils.

Agacée par les cheveux qui lui passaient devant les yeux, elle saisit la lourde masse et, de ses doigts habiles, en fit une tresse lâche. Son regard suivit les traînées de brouillard blanches qui s'enroulaient autour des arbres, à moins d'un mètre des pelouses ondulantes. Elle aperçut un mouvement du coin de l'œil, à l'extrémité des parterres de fleurs, une silhouette sombre disparaissant dans l'ombre.

Surprise, Lily recula et se réfugia dans l'obscurité rassurante de sa chambre. Le domaine était protégé, et pourtant il ne s'agissait pas de l'ombre d'un animal ; l'intrus marchait sur deux jambes. Lily s'immobilisa et scruta la nuit et le brouillard pour tenter de distinguer le jardin en contrebas. Ses sens lui hurlaient un avertissement, mais elle était en surcharge émotionnelle et pensait que ses peurs venaient du murmure continuel des voix plutôt que d'une véritable menace. Arly avait peut-être engagé un gardien supplémentaire sans l'en avertir. Peut-être l'avait-il fait après la disparition de son père. Il avait voulu lui adjoindre un garde du corps permanent, mais elle avait fermement refusé.

Lily saisit le téléphone et appuya sur le bouton qui composait automatiquement le numéro d'Arly. Il décrocha dès la première sonnerie, mais sa voix était endormie.

— Tu ne dors jamais, Lily ? (Arly bâilla ostensiblement dans le téléphone.) Qu'est-ce qu'il y a ?

— J'ai vu quelqu'un sur la pelouse. Dans la propriété. Aurais-tu engagé de nouveaux gardiens, Arly ? demanda-t-elle d'une voix accusatrice.

— Bien sûr que oui. Ton père a disparu, Lily, et mon premier souci, c'est ta sécurité, pas tes notions loufoques de vie privée. Tu as une maison de quatre-vingts pièces, bon Dieu, et un terrain assez grand pour t'y perdre. Je pense qu'on peut engager quelques hommes de plus sans risquer de leur rentrer dedans. Maintenant raccroche et laisse-moi dormir.

— Tu ne peux pas embaucher qui que ce soit sans autorisation.

— Si, je peux, figure-toi ! On m'a donné carte blanche pour protéger tes fesses comme bon me semble, et c'est bien ce que j'ai l'intention de faire. Maintenant arrête de me casser les pieds.

— « Professeur Whitney » ne serait pas de trop, rouspéta-t-elle. Et qui a eu la bêtise de te donner un tel pouvoir ?

— Ma foi, nul autre que vous, « mademoiselle Lily », répondit Arly. C'est stipulé dans mon contrat, que tu as toi-même signé.

Lily soupira.

— Quel truand tu fais… Tu as fourré ce papier dans le tas de ceux que j'avais à signer, n'est-ce pas ?

— Tout à fait. Ça t'apprendra à signer des trucs sans même y jeter un coup d'œil. Maintenant va te coucher et laisse-moi dormir.

— Si tu m'appelles encore une fois « mademoiselle Lily », je me servirai de tes tibias pour m'entraîner au karaté.

— C'était une marque de respect.

— C'était du sarcasme. Et quand tu te recoucheras, tout jubilant et fier du bon tour que tu m'as joué, n'oublie surtout pas qui de nous deux a le QI le plus élevé.

Sur cette dernière et pathétique pique, Lily raccrocha. Elle s'assit sur le bord de son lit et éclata de rire, tant pour cette conversation que pour le soulagement qu'elle lui avait procuré. Sa frayeur avait été beaucoup plus grande qu'elle avait voulu l'admettre, même à elle-même.

Elle adorait Arly. Elle aimait toutes les facettes de sa personnalité, même ses horribles manières et la façon dont il lui grognait dessus comme un vieil ours. *Un ours décharné,* corrigea-t-elle avec un petit sourire. Il détestait qu'on lui parle de sa maigreur, presque autant qu'il avait horreur qu'on lui rappelle que Lily avait un QI plus élevé que lui. Elle n'y avait recours qu'en de rares occasions, principalement lorsqu'il avait le dessus et qu'il était particulièrement content de lui.

Elle traversa le couloir pieds nus et descendit l'escalier en colimaçon sans allumer la lumière. Elle connaissait à la perfection le chemin jusqu'au bureau de son père et espérait que son odeur, qui y planait toujours, la réconforterait. Elle avait demandé que personne, pas même les femmes de ménage, ne pénètre dans la pièce, sous prétexte qu'elle seule pouvait fouiller dans ses papiers ; en vérité, elle n'avait pas envie que l'odeur de la pipe, incrustée dans les meubles et dans sa veste, disparaisse.

Elle ferma la lourde porte en chêne pour se couper du reste du monde, et s'installa dans le fauteuil préféré de son père. Les larmes lui vinrent immédiatement, envahissant sa gorge et lui brûlant les yeux, mais elle les ravala résolument. Elle appuya la tête contre les coussins, comme son père l'avait fait si souvent lors de leurs conversations. Elle promena son regard dans le bureau. Sa vision de nuit était acérée et elle n'avait aucun mal à reconnaître chaque détail de la pièce, qu'elle connaissait par cœur.

Les étagères montant jusqu'au plafond étaient symétriques, les livres parfaitement alignés et classés dans l'ordre alphabétique. Le bureau était tourné vers la fenêtre selon un angle très précis, la chaise à cinq centimètres du bord. Tout était parfaitement en ordre. C'était typique de son père. Lily se leva et flâna dans la pièce en touchant ses objets. Sa précieuse collection de cartes géographiques, soigneusement étalée pour en faciliter la consultation. Son atlas. À sa connaissance, il ne l'avait jamais ouvert, mais il était placé bien en vue.

À gauche de la fenêtre se trouvait un ancien cadran solaire. Un grand baromètre de Galilée en verre était posé sur l'étagère la plus proche de l'imposante horloge à balancier. À côté du baromètre reposait un épais sablier, entouré de spirales de plomb. Lily le souleva et le retourna pour regarder les grains de sable s'écouler dans le fond. Mais ce qu'il avait possédé de plus précieux était le gros globe terrestre posé sur un socle en acajou. Très souvent, au cours de leurs conversations nocturnes, ils avaient étudié cette sphère parfaite, en coquille d'ormeau incrustée de cristaux.

Elle en toucha la surface lisse et fit glisser ses doigts sur la coquille polie. Le chagrin la submergea. Elle s'écroula dans le fauteuil le plus proche et entreprit de se masser les tempes.

Le « tic-tac » de l'horloge résonnait particulièrement fort dans le silence du bureau. Le son lui martelait la tête et troublait sa solitude. Elle soupira, se releva avec impatience et se dirigea vers l'horloge dont elle caressa respectueusement le bois finement sculpté. C'était un meuble magnifique, aux dimensions particulièrement imposantes. Derrière la vitre biseautée, le mécanisme fonctionnait avec précision et le gigantesque pendule doré se balançait avec régularité. À chaque heure, à côté d'un chiffre romain doré, une planète distincte sortait d'une double porte ornée d'étoiles filantes, faites de pierres précieuses éclatantes tournoyant dans un ciel sombre et émaillé de lunes. À midi et à minuit, toutes les planètes apparaissaient ensemble pour une impressionnante figuration du système solaire. À 3 heures, on voyait émerger un soleil brillant qui tournait sur lui-même. Quant à la lune, elle surgissait à 9 heures, faisant de cette horloge un véritable coffre aux merveilles.

Lily avait toujours adoré cet objet, même s'il eût été plus à sa place dans une autre pièce, où le bruyant « tic-tac » n'aurait pas constamment dérangé la réflexion. Lily se détourna de cet admirable chef-d'œuvre et se jeta dans un fauteuil. Elle étendit les jambes et regarda ses pieds sans les voir. Il y avait neuf planètes, le soleil, la lune et la présentation du système solaire au grand complet, mais la nuit, l'emplacement de la lune restait étrangement vide. Lily avait toujours été vaguement agacée par l'irrégularité de l'apparition lunaire, par ce défaut dans cette mécanique de haute précision. Cela la gênait tellement qu'elle avait même supplié son père de la faire réparer. C'était le seul objet en sa possession qui n'était pas en parfait état.

Elle leva lentement la tête et riva les yeux sur les dorures du chiffre neuf. Des images apparurent dans son esprit ; le dispositif se mit en place, et elle le vit à la perfection, tel qu'il avait toujours fonctionné. Elle se redressa sur sa chaise et regarda intensément l'horloge. Elle eut une montée d'adrénaline, porteuse d'une joie soudaine. Et d'une grande peur.

Lily comprit qu'elle avait résolu l'énigme du laboratoire secret de son père. Elle ferma soigneusement à clé la porte du bureau puis retourna devant l'horloge et l'étudia sous tous les angles. Prudemment, elle ouvrit la porte en verre. Avec une grande douceur, elle fit effectuer neuf rotations à l'aiguille des heures pour la placer sur le chiffre neuf du cadran. Elle sentit une petite encoche qui lui indiqua qu'elle avait découvert quelque chose.

La façade de l'horloge coulissa sur le côté et révéla une ouverture dans le mur. Retenant son souffle, Lily trouva et ouvrit facilement la porte, puis pénétra dans l'espace étroit pour se retrouver face à des murs. Le passage ne menait nulle part. Lily fronça les sourcils et passa les mains le long des parois dans l'espoir de trouver quelque chose. Rien.

— Bien sûr que non. L'horloge. C'est dans l'horloge.

Elle se retourna pour regarder la porte de l'horloge. Le système solaire était gravé sur le fond métallisé. Le soleil doré, radieux et offert au regard. Elle appuya vigoureusement dessus avec le pouce.

Le sol entre les murs coulissa pour révéler un escalier très raide sous le plancher. Lily sonda les ténèbres de ce gouffre, la bouche soudain asséchée, le cœur battant la chamade.

— Un peu de courage, Lily, murmura-t-elle.

L'amour immodéré qu'elle avait porté à son père faisait qu'elle était tout à coup terrifiée de ce qu'elle allait peut-être trouver dans son laboratoire secret.

Elle inspira profondément et s'engagea dans l'escalier. À sa grande horreur, lorsqu'elle posa le pied sur la quatrième marche, la trappe se remit en place au-dessus d'elle dans un silence sinistre qui lui fit froid dans le dos. Dans le même temps, une faible lumière se mit à rougeoyer le long des marches pour illuminer sa descente. Elle se sentit immédiatement gagnée par la claustrophobie, par l'affreuse sensation d'être enterrée vivante. L'escalier était aussi raide qu'étroit, certainement pour le rendre plus difficile à détecter entre les murs du sous-sol.

— *Lily ?*

La voix tourbillonna dans sa tête.

— *Lily, parlez-moi. Vous avez peur, je le sens, et je suis coincé dans cette maudite cage. Êtes-vous en danger ?*

Elle s'immobilisa sur les premières marches, étonnée de la clarté de la voix de Ryland Miller dans sa tête. Il était si puissant. Lily comprenait pourquoi il terrorisait tant le colonel Higgens. Ryland Miller était peut-être capable de pousser quelqu'un à tuer. Ou même à se suicider.

Ryland jura, proférant des mots crus et brutaux pour évacuer sa frustration.

— Bon Dieu, Lily. Je vous promets que, si vous ne me répondez pas, je réduirai cette cage en miettes. Vous me mettez à l'agonie. Vous le savez ? C'est comme si vous m'enfonciez un couteau dans le cœur. J'ai besoin de vous rejoindre, de vous protéger. Je n'ai aucun contrôle sur cette sensation.

Le désespoir du soldat s'immisça dans sa peur. Elle percevait la force et la sauvagerie de ses émotions. Le capitaine Ryland Miller, qui ne perdait jamais son calme, qui était insensible à la pression, ne se contrôlait plus dès qu'il s'agissait d'elle, et se consumait comme un feu de brousse qu'aucun d'eux ne pouvait espérer contenir. Lily expira lentement et fit un énorme effort pour surmonter son aversion des espaces confinés.

Elle se tenait sur les marches, sa conscience aux aguets. Les murmures avaient disparu tout d'un coup devant la force de la voix de Ryland. Elle empoigna la rampe en se demandant de quoi elle avait eu peur : de la découverte imminente des secrets de son père, ou bien du fait que le lien qui l'unissait à Ryland Miller se renforçait d'heure en heure ? La supplication rauque de sa voix lui était irrésistible. La tension semblait le mettre à vif, et il était visiblement très anxieux de la savoir indemne.

— La plupart des gens dorment, à cette heure de la nuit. Que faites-vous ? Une séance de spiritisme avec vos amis ? Je vous reçois très clairement. Je me demande qui d'autre vous entend également.

Elle sentit l'air sortir des poumons de Ryland et la tension quitter ses muscles noués.

— *De quoi avez-vous eu peur ?* demanda-t-il.

— *Des voix. Les vôtres. Elles…* (Lily chercha comme les lui décrire.) *C'était comme un millier d'abeilles…*

— *En train de bourdonner dans votre tête*, finit-il à sa place.

Sa voix lui donna un regain de confiance. Elle leva les yeux vers la trappe et vit les mêmes caractères gravés sur la porte. Elle n'était pas prise au piège. Contrairement à Ryland et à ses hommes, elle pouvait sortir si elle le voulait. Elle commença à descendre les marches.

— *Je sais que vous comptez vous échapper, Ryland. C'est ce à quoi vous réfléchissez tous la nuit. Vous avez trouvé le moyen de communiquer avec les autres et j'arrive je ne sais comment à vous entendre.*

— *Je suis désolé, Lily. Je n'avais aucune idée du mal que nous vous faisions. Je ferai de mon mieux pour camoufler mes pensées, et je demanderai aux autres d'en faire autant.*

Elle hésita un court instant.

— *Je crois que je l'ai trouvé. Le laboratoire secret de mon père. Ne prenez aucune initiative inconsidérée tant que je n'ai pas vu ce qu'il contient.*

— *Nous ne pouvons pas courir le risque de rester ici, Lily. Higgens a un plan pour nous éliminer. Il faut que je contacte le général Ranier. Je ne sais pas s'il vous croira, car Higgens a menti à nos supérieurs sur ce qui se passait ici. Le colonel est un officier bardé de décorations et très respecté. Il ne va pas être facile de persuader les gens que c'est un traître.*

Lily le croyait volontiers. Higgens l'avait évitée et avait préféré laisser à Phillip Thornton, le président de la Donovans Corporation, le soin de lui demander de prendre la suite de son père. Mais le colonel Higgens avait piraté le mot de passe et les codes de l'ordinateur de Peter Whitney pour contourner son dispositif de sûreté intégrée afin d'éviter que ses travaux s'autodétruisent si quelqu'un y accédait sans autorisation. Elle savait que toutes les données contenues dans l'ordinateur de son père chez Donovans n'étaient que du charabia sciemment installé là. Des codes et des formules qui n'avaient rien à voir avec une expérience psychique.

— Je crois que mon père a commencé à soupçonner Higgens d'avoir quelque chose en tête, ainsi qu'un complice au sein du labo. Il n'y a rien dans les ordinateurs de Donovans, et Thornton a envoyé des hommes récupérer l'ordinateur personnel de mon père dans son bureau. Je l'avais déjà vérifié, il ne contenait rien d'utile lui non plus.

— Vous avez regardé les vidéos des entraînements ?

Il y avait de la douleur dans sa voix.

Le cœur de Lily se serra pour lui. Elle avait visionné les bandes les plus anciennes et avait vu deux des membres d'origine de l'équipe devenir de plus en plus instables et violents au cours de la deuxième année de l'expérience. Ryland Miller avait payé le prix fort en même temps que ses deux amis. La scène avait été très pénible à visionner ; elle n'osait imaginer ce qu'avaient ressenti les trois hommes qui l'avaient endurée.

— L'expérience aurait dû être interrompue dès ce moment-là.

L'escalier descendait toujours, comme s'il menait aux entrailles de la Terre. Il était parfois si serré entre deux pièces de la maison qu'elle se sentait sur le point de suffoquer. Mais l'air s'écoulait et la lumière rougeoyait, la guidant en deçà du sous-sol.

— J'ai dit au professeur Whitney que nous étions tous en danger, mais Higgens l'a persuadé de continuer. Il lui a décrit toutes les choses dont nous étions capables. Il n'existe aucune équipe comme la nôtre au monde ; nous pouvons pénétrer dans un camp ennemi sans être repérés. Nous fonctionnons dans le silence le plus total. Nous sommes des GhostWalkers, Lily, et Higgens recherche le succès à tout prix. Même si nous craquons et qu'il doit nous éliminer. J'ai moi-même dû tuer l'un de mes amis, et en regarder un autre disparaître. J'en ai perdu un troisième, Morrison, il y a quelques mois, mort des suites

d'une hémorragie cérébrale. C'était un type bien qui méritait autre chose que toutes ces souffrances. D'une manière ou d'une autre, je sauverai ceux qui restent, Lily. Je dois les mettre en sécurité.

Elle était enfin au pied de l'escalier, face à la porte close qui menait au laboratoire de son père. Elle connaissait tous ses codes de sécurité et tous ses mots de passe, mais la porte était équipée d'un scanner à empreintes digitales.

— *Je suis désolée, Ryland. J'espère en apprendre beaucoup plus. Vous ne pourrez pas faire sortir vos hommes d'un endroit aussi bien gardé sans un plan solide. Leur potentiel d'extrême violence a déjà été démontré, et vous courez le risque de les perdre comme vous avez perdu votre ami Morrison. Ce n'est certainement pas ce que vous voulez. Je viendrai demain pour vous dire ce que j'ai trouvé.*

Elle fit son possible pour ne pas éprouver de culpabilité. Son père aurait dû insister pour mettre un terme au projet, mais il avait pourtant accepté d'enfermer les hommes plutôt que de trouver un moyen de leur redonner une vie normale. Elle avait honte de Peter Whitney, et elle le vivait très mal.

— *Bon sang, Lily, je ne supporte pas de vous sentir à ce point rongée par le chagrin. Vous n'êtes pas coupable. Vous n'en saviez rien et ce n'est pas votre faute. Quand je perçois votre douleur, cela me déchire de l'intérieur.*

Lily était consciente que le lien qui les reliait se consolidait. L'attirance physique, émotionnelle et psychique était augmentée et amplifiée par une chose enfouie profondément en chacun d'eux et qu'ils ne pouvaient contrôler. Elle secoua la tête en espérant retrouver l'usage de la logique qui lui avait toujours permis de résoudre tous les problèmes. Son lien avec Ryland Miller était inconfortable et inattendu. C'était vraiment la dernière chose dont elle avait besoin dans une situation de plus en plus dangereuse et complexe.

— *Je vous tiendrai au courant de mes découvertes,* répéta-t-elle, lui faisant comprendre qu'elle ne l'abandonnait pas.

— *Vous êtes sûre d'être en sécurité ? Whitney a laissé entendre qu'il avait été trahi par un membre de votre maison.*

Elle eut l'impression qu'il rongeait son frein, tourmenté de ne pouvoir être à ses côtés pour lui prodiguer le réconfort, voire la protection dont elle avait peut-être besoin. Son cœur réagissait à sa frustration, à son désir d'être près d'elle, à la manière dont tout son être tendait vers elle. Il se frayait un chemin dans son âme. Elle avait beau renforcer ses défenses, encore et encore, il parvenait toujours à dire ou à faire quelque chose qui la touchait.

— *Personne ne sait que je suis là, Ryland. Tout va bien se passer.*

Elle coupa leur connexion et plaça soigneusement sa main contre le scanner, à peu près sûre que le scientifique avait pensé à entrer les empreintes de sa fille dans la mémoire de l'appareil.

La porte coulissa silencieusement. Lily entra sans aucune hésitation. Les lampes clignotèrent une fois lorsqu'elle enclencha l'interrupteur, puis éclairèrent vivement la pièce. Plusieurs ordinateurs étaient alignés contre le mur de gauche. Au centre se trouvait un petit bureau, entouré de plusieurs étagères chargées de livres. Le laboratoire était aussi bien équipé que ceux de la Donovans Corporation. Son père n'avait pas regardé à la dépense pour son refuge privé. Lily observait la pièce, se sentant à la fois incrédule et trahie. De toute évidence, il s'était servi de cet endroit pendant des années.

Lily fit le tour, découvrit les rangées de bandes vidéo et de CD-Rom, la petite salle de bains sur la droite, et une porte menant à une autre pièce. Cette dernière disposait d'un mur d'observation sous la forme d'une glace sans tain. De l'autre côté, elle vit ce qui avait l'air d'un dortoir d'enfants.

Elle eut un haut-le-cœur. Elle appuya la main contre son ventre et regarda à travers la vitre, et de vagues souvenirs commencèrent à affluer dans son esprit. Elle avait déjà vu cette pièce, elle en était certaine. Elle savait que, si elle y entrait, elle trouverait une autre salle de bains, ainsi qu'une grande salle de jeux derrière la double porte qu'elle apercevait.

Lily n'entra pas. Elle se contenta de rester calmement là où elle était, observant les douze petits lits – des lits d'enfants – et retenant ses larmes. Son père lui avait dit qu'il avait entrepris de colossales rénovations dans la maison, qui était déjà immense à l'origine, parce qu'il adorait les manoirs anglais, mais Lily comprit que ce qu'elle avait devant les yeux était la véritable raison des travaux. Elle savait que l'escalier menant au laboratoire passait entre les pièces du rez-de-chaussée. Le laboratoire se trouvait dessous, entièrement caché, et elle avait déjà constaté que les plans de la maison n'en indiquaient pas l'existence. C'était pour protéger ces pièces, et pas elle, que la maison avait était conçue ainsi.

Lily posa la main sur sa bouche tremblante. Elle avait vécu dans cette pièce. Elle se rappelait même lequel de ces lits avait été le sien. Elle détourna les yeux et étudia attentivement le laboratoire.

— Qu'est-ce que tu manigançais ici ? demanda-t-elle à haute voix, appréhendant la réponse et le fait qu'elle était déjà en train de mûrir dans la logique de son cerveau.

Le dortoir et ses petits lits la rendaient malade. Le bourdonnement dans sa tête était plus fort que jamais, semblable à un essaim d'abeilles furieuses qui la piquaient et lui causaient une telle douleur qu'elle appuya les mains sur ses tempes pour tenter d'atténuer les élancements.

— Ce ne sont que des souvenirs, murmura-t-elle pour se donner du courage.

Elle n'avait d'autre choix que celui d'affronter son passé.

À contrecœur, elle avança jusqu'au bureau de son père et alluma l'ordinateur portable posé exactement en son centre. Alors que la machine se mettait en marche, elle remarqua son propre nom écrit sur un agenda. En dessous se trouvait une lettre manuscrite, écrite à la hâte. Elle était rédigée dans l'un de ces codes étranges qu'elle connaissait bien et qu'elle se rappelait du temps de son enfance.

Elle la prit en passant les doigts sur l'encre de l'écriture. Elle lut les mots de son père à haute voix, comme si elle espérait ainsi le ramener à la vie.

« Ma fille chérie, je sais que mes erreurs passées me rattraperont bientôt. J'aurais dû agir depuis longtemps. J'aurais dû te dire la vérité, mais j'avais trop peur de voir disparaître l'amour que je vois briller dans tes yeux lorsque tu me regardes. »

La lettre comportait plusieurs pâtés et ratures aux endroits où il avait hésité.

« Tout ce qui concerne ton enfance a été enregistré. N'oublie pas la femme extraordinaire que tu es devenue, tout comme l'enfant extraordinaire que tu étais. Pardonne-moi de ne pas avoir trouvé un moyen de te dire tout cela en face. Je n'en ai pas eu le courage. »

D'autres ratures suivaient, l'une d'entre elles si appuyée que le stylo avait percé le papier.

« Tu es ma fille, dans tous les sens du terme. Mais du point de vue biologique, tu ne l'es pas. »

Lily relut cette phrase, encore et encore. « Mais du point de vue biologique, tu ne l'es pas. » Elle s'assit lentement sur la chaise sans quitter ces mots des yeux. Son père lui avait toujours répété que sa mère était morte quelques heures après sa naissance.

« Je ne me suis jamais marié et je n'ai jamais rencontré ta mère. Je t'ai trouvée dans un orphelinat, à l'étranger. Il n'y avait rien sur tes parents, juste un dossier sur tes extraordinaires capacités. Je t'aime de tout mon cœur, Lily. Tu seras toujours ma fille. L'adoption s'est déroulée en parfaite légalité et tu hérites de tout. Cyrus Bishop est en possession de tous les papiers. »

Cyrus Bishop était l'un des avocats de Peter Whitney, celui en qui il avait le plus confiance et auquel il faisait appel pour toutes ses affaires personnelles. Lily s'affaissa contre le dossier.

— Et ce n'est pas le pire, n'est-ce pas, papa ? Tu aurais facilement pu me dire que j'avais été adoptée, au lieu d'inventer une histoire aussi tordue.

Elle expira lentement et jeta un coup d'œil sur sa gauche, vers la longue pièce. Le dortoir. Où étaient installés tous ces petits lits.

Elle se souvenait de voix. De jeunes voix. Qui chantaient. Qui riaient. Qui pleuraient. Elle se rappelait ces pleurs.

« Je t'ai dit que tu n'avais pas de grands-parents. Je ne mentais pas. Toute ma famille est morte. C'étaient des gens sans vie, Lily, sans émotions. Ils étaient intelligents et riches des deux côtés, mais ils ne savaient pas aimer. Enfant, je les ai à peine vus, sauf lorsqu'ils venaient me gronder parce que je ne répondais pas à leurs attentes. C'est ma seule excuse. Personne ne m'a appris à aimer avant que tu débarques dans ma vie. Je ne sais même pas quand ou comment c'est arrivé. À un moment, je me suis aperçu que j'étais heureux de me réveiller le matin et de te voir. Mes parents et mes grands-parents m'avaient laissé une fortune déraisonnable, et j'avais hérité de leur intelligence, mais ils ne m'avaient rien laissé en termes d'amour. Dans ce domaine, c'est toi qui m'as tout apporté. »

Lily tourna la page.

« J'avais une idée. Elle était bonne, Lily. J'étais sûr de pouvoir trouver des personnes dotées d'un début de pouvoir psychique que j'aurais amplifié en leur laissant la bride sur le cou. Tu trouveras toutes mes notes dans l'ordinateur portable. Les résultats figurent sur les bandes vidéo et sur les CD que j'ai enregistrés en même temps que mes observations détaillées. »

Lily ferma les yeux pour refouler les larmes soudaines qui la brûlaient si intensément. Elle savait ce que révélerait le reste de la lettre et elle ne voulait pas l'affronter.

— *Lily ?*

La voix était ténue cette fois-ci, lointaine, comme si Ryland était exténué.

— *Qu'est-ce qui ne va pas ?*

Elle ne voulait pas qu'il sache. Ni lui ni personne. Elle força ses poumons brûlants à inspirer. Elle ne savait pas si c'était elle-même qu'elle protégeait ou bien son père, seulement qu'il lui était impossible de révéler la vérité à cet instant.

— *Rien. Ne vous inquiétez pas. Je suis en train de lire des notes sans intérêt.*

Elle perçut un soupçon d'hésitation, comme s'il ne la croyait pas, puis il disparut de son esprit.

Lily reporta son attention sur la lettre.

« Je suis allé chercher douze petites filles à l'étranger. J'avais choisi des pays du tiers-monde, des endroits où l'on se débarrassait des enfants. Je les ai trouvées dans des orphelinats où personne ne voulait d'elles et où elles auraient fini par mourir, ou par connaître un sort encore plus tragique. Toutes avaient moins de trois ans. Si je n'ai pas pris de garçons, c'est parce que les filles étaient beaucoup plus nombreuses. Il est rare que les parents abandonnent leurs fils dans ces pays-là. Je recherchais des critères très spéciaux, auxquels vous répondiez toutes, toi et les autres petites filles. Je vous ai toutes amenées ici et j'ai travaillé avec vous pour amplifier vos capacités. Je prenais grand soin de vous, j'avais embauché une nounou qualifiée pour chacune d'entre vous, et, je dois bien l'admettre, j'avais fini par me convaincre que la vie que je vous offrais était mille fois meilleure que celle que vous auriez connue dans vos orphelinats. »

Lily jeta la lettre sur le bureau et se mit à faire les cent pas, assaillie par une poussée d'adrénaline.

— Alors, si je comprends bien, papa, je suis une orpheline d'un pays du tiers-monde que tu as ramenée avec onze autres petites chanceuses pour qu'elles te servent de cobayes ! Nous avions des nounous, et probablement des jouets, donc il n'y avait rien à redire.

Elle était furieuse. Furieuse ! Et elle avait envie de pleurer. Mais elle se contenta de revenir s'asseoir devant le bureau.

Comment avait-il bien pu trouver des traces de capacités psychiques chez des enfants de moins de trois ans ? Qu'avait-il recherché chez ces petites filles ? À sa grande honte, Lily voulait la réponse à cette question presque autant qu'elle était outrée par ce que son père avait fait.

« Au départ, tout se déroulait à merveille, mais j'ai commencé à me rendre compte qu'aucune d'entre vous ne tolérait le bruit, et que vous ne supportiez pas la présence de la plupart des nounous. J'ai alors compris que vous engrangiez un trop grand volume d'informations et qu'il n'y avait aucun moyen d'en arrêter le flux. J'ai alors fait de mon mieux pour vous fournir une atmosphère apaisante et relaxante, et embauché des employés imperméables à vos pouvoirs. J'ai quelquefois dû renforcer leurs barrières naturelles, mais cela semblait efficace. »

La suite comportait davantage de ratures, signe d'une agitation extrême de la part de Peter Whitney.

« La lumière bleue avait un effet bénéfique, tout comme le bruit de l'eau. Tout se trouve dans les rapports que j'ai sortis pour toi. Mais les problèmes ne se sont pas arrêtés là. Certaines des filles ne pouvaient rester seules sans toi ou deux ou trois autres petites. Tu semblais les aider à fonctionner en les apaisant de la surcharge de bruits et d'émotions. Sans toi, elles devenaient quasi catatoniques. Les crises étaient fréquentes, sans parler d'une multitude d'autres soucis. J'ai compris alors que je ne pouvais pas gérer autant d'enfants victimes de problèmes aussi importants. Je me suis mis en quête de nouveaux foyers pour les autres fillettes. Ce ne fut pas difficile, avec la somme d'argent que je proposais aux parents adoptifs. Et je n'ai gardé que toi. »

Lily appuya le talon de sa main contre son front douloureux.

— Pas parce que tu m'aimais, papa, mais parce que c'était moi qui te causais le moins de soucis.

Elle le voyait très clairement : son père, alors un jeune homme, choisissant logiquement l'enfant qui lui apporterait le moins d'ennuis. Il savait que le mieux aurait été d'abandonner l'expérience, mais il ne pouvait s'y résoudre, après tout le temps, tous les efforts, tout l'argent qu'il y avait consacrés. Il l'avait donc gardée.

— Et toutes ces autres petites filles, qui essayaient de s'en sortir sans aide, sans savoir ce qui clochait chez elles ? Tu les as abandonnées. Si ça se trouve, la moitié d'entre elles sont mortes aujourd'hui, ou en asile psychiatrique.

Elle luttait de nouveau contre les larmes. Comment avait-il pu commettre un acte aussi cruel ? C'était si atroce, si contre nature.

« Je te connais tellement bien, Lily. Je sais que je te fais de la peine, mais je dois te dire toute la vérité, sinon tu n'en croiras rien. Mon amour pour toi a grandi au fil des ans, et j'ai compris petit à petit ce que je devais réellement à ces autres enfants. Je n'ai aucune excuse pour les avoir négligées de la sorte. Je suis responsable des problèmes qu'elles rencontrent sûrement dans leur vie actuelle. J'ai engagé des détectives privés pour les retrouver. J'ai pu en localiser certaines, et tu pourras lire leurs dossiers. Les résultats de mes ingérences ne te plairont pas plus qu'à moi. Je sais que tu m'en voudras et que tu auras honte de moi. »

Lily leva la tête.

— Je t'en veux déjà, et j'ai déjà honte, dit-elle. Comment as-tu pu faire cela ? Pratiquer des expériences sur des gens, sur des enfants… Papa, comment as-tu pu ?

Elle tenta de se souvenir des autres petites filles, mais il ne lui revenait que le son de petites voix mêlées de rires et de larmes. Elle se sentit une affinité pour ses anciennes camarades. Elles étaient désormais des femmes, seules dans le vaste monde, sans la moindre idée de ce qui leur était arrivé. Où étaient-elles toutes aujourd'hui ? Elle avait envie de lâcher la lettre de son père et de chercher les rapports des détectives. Mais elle se força à en reprendre la lecture.

« Tout ce que je peux dire, c'est qu'à l'époque je n'avais ni cœur, ni conscience. C'est toi qui as introduit ces deux éléments capitaux dans ma vie. J'ai beaucoup appris de toi. En t'observant grandir et en lisant l'amour dans tes yeux lorsque tu me regardais. Toutes ces années au cours desquelles tu me suivais comme mon ombre en m'abreuvant de questions et en contestant tout ce que je te disais… Chacun de ces jours est un trésor pour moi. Malheureusement, Lily, tu sais comment fonctionne mon cerveau. J'ai veillé sur toi pendant des années, je t'ai protégée du mieux que j'ai pu, mais je voyais ton potentiel, et je pensais au bénéfice que notre pays pourrait tirer d'une équipe très soudée. »

Lily secoua la tête.

— Ryland.

Elle murmura ce nom comme pour le protéger.

« Je pensais que mon erreur avait été de choisir des sujets aussi jeunes. Au départ, cela semblait logique, car le développement de leur cerveau n'en était qu'à ses premiers stades ; je pouvais tourner cela à mon avantage, leur apprendre à utiliser les zones passives qui attendaient d'être éveillées. Mais ces petites filles étaient trop jeunes. Je me suis alors dit qu'en prenant des hommes hautement entraînés et disciplinés, je ne rencontrerais pas les mêmes problèmes. Je savais qu'ils pourraient s'entraîner, se blinder, ériger les barrières nécessaires à leur repos. Tu avais toi-même réussi à le faire, et je pensais qu'un homme adulte serait plus fort, et qu'un militaire serait plus apte à obéir et à tirer le meilleur parti possible de l'entraînement. »

Lily soupira et tourna la page.

« Mais encore une fois, tout a mal tourné. Les CD et les rapports te mettront au courant des problèmes rencontrés. Il n'existe aucun moyen d'inverser le processus, Lily. J'ai essayé de trouver une solution, mais ce qui est fait ne peut plus être défait, et ces hommes, ces petites filles devenues des femmes et toi-même devrez tous vivre avec ce que j'ai fait. Je n'ai aucune réponse à donner à Ryland Miller. C'est à peine si je peux encore le regarder en face. Je pense que le colonel Higgens et un employé de Donovans cherchent à mettre la main sur les rapports afin de les vendre à d'autres pays. On m'a suivi, et mes bureaux ont été fouillés, à la maison comme au travail. Je crois que Miller et ses hommes sont en danger. Tu dois faire passer un message au général Ranier (le supérieur direct du colonel Higgens) et le mettre au courant de ce qui se passe. Je n'arrive pas à le contacter. Tu le connais bien et je suis persuadé qu'il te répondra. Je lui ai laissé un nombre incalculable de messages lui demandant de m'appeler ou de venir chez Donovans, mais en vain. »

Lily regarda les symboles familiers, désireuse d'entendre la voix de son père. Mais malgré sa douleur et sa colère, elle ne pouvait rien changer à ce qu'il avait fait.

« J'ai ouvert des comptes en banque pour l'équipe de Miller, au cas où. Si j'échoue, tu devras les aider à ma place. Tu dois leur dire la vérité. Sans quelqu'un comme toi, sans ta capacité à les soulager du bruit et des émotions, ils devront faire des efforts perpétuels pour trouver un peu de calme, ou bien ils finiront par mourir de surcharge. Regarde les films, lis les rapports. Ensuite, tu devras trouver le moyen de minimiser les dégâts et d'apprendre à ces hommes et à ces femmes à vivre comme tu as vécu. Dans un environnement protégé, utile à la société, mais avec une vie digne de ce nom. Je t'en prie, pense à moi avec tout ton amour et toute ta compassion. J'ai peur, Lily, peur pour toi et moi, et peur pour tous ces hommes. »

Lily resta un long moment la tête baissée et les épaules tremblantes. Les larmes lui brûlaient les yeux mais ne coulaient pas. Elle ne s'était pas du tout préparée à cela, mais, curieusement, elle n'était pas aussi choquée qu'elle aurait dû l'être. Elle connaissait son père, elle savait qu'il pensait que les lois étaient trop contraignantes et ne faisaient qu'entraver les recherches dans les domaines médicaux et militaires. Son nom était prononcé avec grand respect dans de nombreux cercles. Il avait toujours été au-dessus de tout reproche, mais il avait pourtant procédé à des expériences sur des enfants. C'était impardonnable.

Lily se leva du bureau et se dirigea vers les bandes vidéo. Elle regarda les rayonnages de cassettes. Sa vie, exposée devant ses yeux. Toutes soigneusement numérotées de la main de son père. Elle n'allait pas voir ses premiers pas, comme dans la plupart des films familiaux, ni ses remises de diplômes à l'université, mais un documentaire froid sur une petite fille dont les talents psychiques naturels avaient été amplifiés par un homme qui affirmait l'aimer.

Elle avait peur de ne pas pouvoir en supporter le visionnage. Elle ne pouvait même plus aller chercher le réconfort auprès de son père. Il gisait au fond de l'océan. Assassiné. Elle fut parcourue par un frisson. Peter Whitney avait certainement été tué à cause des informations qui étaient désormais en sa possession. Quelqu'un voulait savoir comment il s'y était pris pour augmenter les capacités psychiques d'une personne naturellement douée. Son père n'avait expliqué le procédé à quiconque, ni aux chercheurs de la Donovans Corporation, ni au colonel Higgens, ni au général qui le chapeautait.

De ses doigts tremblants, Lily prit la première bande sur l'étagère. Si Ryland Miller et ses hommes étaient encore en vie, c'était parce que son père n'avait pas fourni ces informations. Pourquoi auraient-ils tué le seul homme en mesure de les leur donner ? S'ils ne pouvaient pas les obtenir de cette façon, ils pouvaient certainement tenter une autre approche.

Un accident fournirait un sujet mort à même d'être disséqué. Ils pourraient ouvrir son corps et l'étudier dans l'espoir de trouver les réponses tant désirées. S'ils parvenaient à utiliser les pouvoirs que les travaux de son père avaient libérés, ils disposeraient alors d'une puissance inimaginable.

La mort de Morrison avait-elle réellement été accidentelle ? Sa crise avait-elle été causée par les expériences de son père, ou bien lui avait-on administré un produit afin de le tuer pour pouvoir ensuite l'examiner ?

Lily savait qu'elle avait beaucoup d'informations à assimiler en très peu de temps. Elle inséra donc la bande-vidéo dans le magnétoscope et commença à regarder.

Bouleversée, Lily observa la petite fille aux yeux immenses se livrer à des « jeux » des heures durant. La voix de son père, parfaitement froide, énonçait des données et décrivait ses capacités croissantes. Elle tenta désespérément de se couper de toute émotion, à l'instar de son père qui étudiait imperturbablement la petite fille en proie à des migraines et des vomissements. La lumière l'agressait, les sons lui déchiraient les oreilles ; elle pleurait, se balançait, gémissait, tandis que Peter Whitney continuait à filmer et à parler de sa voix impersonnelle et monotone.

Lily regarda ces images, écœurée de voir l'homme qu'elle appelait son père, l'homme qu'elle aimait comme tel, faire subir de telles tortures à un enfant. Il filmait tout pendant que la nounou faisait son possible pour consoler la fillette. Il lui demandait même de s'écarter pour qu'il puisse faire des gros plans de Lily se collant les mains sur les oreilles. À plusieurs reprises, alors qu'elle s'était déconnectée de l'extérieur pour se recroqueviller dans son monde intérieur, il s'était énervé et avait ordonné à la nounou de l'isoler des autres afin « qu'elle ne les infecte pas avec ses tactiques de retrait ».

Lily arrêta la bande, le visage noyé de larmes. Elle ne les avait même pas senties couler. Sa main tremblait lorsqu'elle poussa la porte de la pièce où elle avait passé tant de temps à être formée. Plusieurs mois à être filmée et étudiée. Son souffle se bloqua dans sa gorge. Comme Ryland et ses hommes. Elle devait à tout prix les faire sortir des laboratoires Donovans. Elle devait trouver un endroit sûr et protégé pour décortiquer toutes ces informations et chercher le moyen de les aider.

Lily s'allongea sur le troisième lit à partir de la gauche. Son lit. Elle se recroquevilla en position fœtale et se boucha les oreilles avec les mains pour étouffer le bruit de ses propres sanglots.

Chapitre 5

Russell Cowlings ne répondait toujours pas. Arrivé à la centième de sa série de pompes, Ryland continua à réfléchir à chacune des étapes de son plan d'évasion. Il avait réussi à réunir télépathiquement tous ses hommes, sauf un. Russel n'avait ni répondu, ni été perçu par aucun d'entre eux depuis plusieurs jours.

Impuissant, Ryland jura tout en continuant à s'entraîner. Il devait convaincre Lily que tous ses hommes étaient en danger. Il n'en avait aucune preuve concrète, mais il le sentait. Dans son cœur et dans son âme, il le savait. Si leur séjour dans les cages des laboratoires Donovans se prolongeait, ils disparaîtraient tous, un par un. Comme Russell.

Submergé par la rage, Ryland se releva et se mit à faire les cent pas dans sa prison. Il avait mal à la tête d'avoir maintenu si longuement le lien télépathique avec son équipe pour discuter de leurs chances de survie à l'extérieur s'ils parvenaient à s'échapper. La conversation avait duré plus longtemps que d'habitude et ils avaient continué à déclencher les alarmes et le système de sécurité, ce qui leur avait coûté un surcroît d'énergie. Il se massa les tempes pour lutter contre la nausée.

Tout à coup, la douleur le percuta violemment. Il tomba à genoux. *Lily.* Il se plia en deux, comme si un couteau s'était fiché dans son ventre. Comme si un rocher lui écrasait la poitrine. C'était une affliction comme il n'en avait encore jamais ressenti, et n'aurait jamais voulu connaître. En cet instant, plus rien ne comptait que son désir de la trouver. De la consoler. De la protéger. Ce besoin palpitait en lui et envahissait tout à la fois son corps et son esprit.

Il commença à établir la passerelle qui les reliait. Une passerelle solide et sûre qui lui permettrait de traverser les frontières du temps et de l'espace.

Lily rêvait d'une rivière de larmes. Des larmes qui emplissaient la mer et s'écrasaient sur la rive. Elle rêvait de sang, de douleur, d'hommes monstrueux rôdant dans la pénombre. Elle vit un homme s'agenouiller près d'elle, la prendre dans ses bras et la serrer très fort contre lui, la berçant pour tenter de la réconforter. Lorsqu'il constata qu'il ne parvenait pas à arrêter ses larmes, il se mit à embrasser son visage en suivant le sillon mouillé de ses yeux à sa bouche. Il l'embrassa, encore et encore, la couvrant de baisers longs et engourdissants qui la privaient de la capacité de penser, de respirer, et qui annihilaient même sa peine.

Ryland. Elle le connaissait. L'amant de ses songes. Il s'était introduit dans son cauchemar pour la secourir.

— Je me sens si vide, si perdue.

Même dans son rêve, sa voix lui semblait très lointaine.

— Vous n'êtes pas perdue, Lily, répondit-il avec douceur.

— Je ne suis rien. Je ne suis nulle part chez moi. Je n'ai personne. Vous ne comprenez donc pas que rien de tout cela n'est réel ? Il nous a privés de notre vie, de notre libre arbitre.

— Vous faites partie de mon univers, où les frontières n'existent pas. Vous êtes une GhostWalker. Peu importe comment tout cela est arrivé, Lily, nous n'avons pas le choix. Nous sommes faits l'un pour l'autre. Restez avec moi.

Ryland se leva et lui tendit la main.

— Qu'allons-nous faire ? murmura-t-elle en lui attrapant la main.

Elle était surprise de se trouver à côté d'une cage, en dehors des murs épais de sa maison. Loin des secrets enfouis sous terre.

— Où allons-nous ?

Il referma les doigts sur les siens, fort et rassurant. Le cœur de la jeune femme battit plus vite à son contact.

— Où aimeriez-vous aller ?

— N'importe où, tant que c'est loin d'ici.

Elle voulait s'éloigner de ce laboratoire et des secrets cachés sous les étages de sa maison. Le poids de ce qu'elle venait d'apprendre était si lourd qu'elle ne parvenait presque plus à respirer.

Ryland aurait voulu qu'elle ait suffisamment confiance en lui pour lui révéler ce qui l'avait mise dans cet état, mais il se contenta de prendre sa main et de l'emmener dans la nuit.

— Que faites-vous ici, Ryland ? Comment se fait-il que vous soyez ici avec moi ?

— Je peux me déplacer dans mes rêves. Raoul, que nous surnommons Gator, peut contrôler les animaux. Sam peut déplacer des objets. Notre groupe possède beaucoup de talents, mais contrôler ses rêves est un don assez rare.

— Merci d'être venu à ma rescousse.

Lily pensait réellement ce qu'elle venait de dire. Elle ne savait pas du tout pourquoi il la rendait si sereine, elle qui avait été si secouée, mais le fait de marcher à ses côtés, serrée contre son épaule protectrice, lui procurait une impression de paix.

Ils se promenèrent dans les rues sombres, sans vraiment se soucier d'où ils allaient, simplement heureux d'être ensemble.

— Parlez-m'en, Lily.

Ryland se tenait tout près d'elle, comme pour la protéger de son corps imposant.

Elle secoua la tête.

— Je ne veux pas y penser, pas même ici.

— Vous êtes en sécurité, avec moi. Je vous protégerai. Dites-moi ce qu'il vous a fait.

— Il ne m'aimait pas. Voilà ce qu'il m'a fait, Ryland. Il ne m'a jamais aimée.

Elle refusait de le regarder. Elle gardait les yeux tournés obstinément vers la nuit, et son expression était si triste que le soldat en eut le cœur brisé.

Ryland la prit dans ses bras et la serra contre lui en la transportant dans le temps et dans l'espace. Loin des laboratoires et des cages. Loin de la réalité, en un lieu où ils sentaient le vent souffler sur leur visage et où ils pouvaient être ensemble, rien qu'eux deux. L'esprit de Lily s'agrippa désespérément à ce répit qu'il lui offrait. Leurs corps volaient en toute liberté, portés par leur imagination, mais leur chagrin les accompagnait dans leur monde onirique. Non seulement sa propre peine, mais aussi les soucis de Ryland.

— L'un de mes hommes ne répond pas, Lily. Je n'arrive pas à le contacter.

Elle savait où il voulait en venir.

— Je le trouverai. Demain, je demanderai à m'entretenir avec tous les hommes. J'ai théoriquement accès à tout le monde. Lequel est-ce ?

Elle baissa la tête, accablée par le remords.

— Russell Cowlings. Mais je ne vous reproche rien, Lily, même si c'est ce que vous croyez. Votre père…

— Je ne veux pas parler de lui.

Les frontières de son rêve commençaient à s'effacer face à la brutalité de la réalité.

Ryland prit son visage dans ses mains.

— J'ai vu ses yeux lorsqu'il vous regardait. Il vous aimait énormément. Quels qu'aient été ses crimes, Lily, il vous aimait, ça ne fait aucun doute.

Elle leva les yeux vers lui, ses longs cils trempés de larmes.

— Vraiment ? C'est ce que je croyais, mais il existe toute une pièce remplie de bandes vidéo intitulées « Lily » qui prouvent le contraire.

Ryland baissa la tête et l'embrassa à pleine bouche, mû par le désir de la soulager de sa peine. Son baiser était d'une douceur exquise, tendre et enjôleur. Un baiser qu'il voulait innocent. Réparateur. Il avait voulu la consoler, mais son corps était en feu. Il le sentait dans ses veines, dans son ventre, dans le renflement de son entrejambe. Les flammes lui brûlaient la peau de manière totalement inattendue.

Lily se fondit en lui, docile et consentante. Sa bouche s'ouvrit à la sienne et elle lui passa les bras autour du cou. Il sentit les seins généreux de la jeune femme s'écraser tout contre les muscles puissants de sa poitrine. Une aura d'énergie sembla se former entre eux, craquant et crépitant, comme douée d'une vie propre. Un va-et-vient permanent de sa peau à la sienne. De petits éclairs lui fouettèrent le sang. Ses bras se resserrèrent comme pour mieux la posséder.

Lily leva la tête pour le regarder, scrutant avidement son visage à la recherche de réponses. Rien n'aurait pu la préparer à ce désir physique aussi soudain qu'intense. La sensation était si forte qu'elle l'effrayait. Elle secoua silencieusement la tête, comme pour refuser l'évidence.

Ryland le lut sur son visage et laissa échapper un grognement.

— Lily, vous ne voyez donc pas que ce qui se passe entre nous est plus que simplement physique ? Je vous désire, je ne vous le cacherai pas, mais je me sens triste quand vous êtes triste. Je veux par-dessus tout vous rendre heureuse, et savoir que vous êtes en sécurité. Vous occupez mes pensées en permanence. Vous refusez de voir ce qu'il y a entre nous. Lorsque je croise votre regard, j'y vois de sombres nuages. L'explication de ce lien qui nous unit vous importe-t-elle donc tant ?

— Rien de tout cela n'est réel, Ryland. Vous êtes ici avec moi, vous me parlez parce que vous sentez ce que je désire, mais cela ne rend pas la situation plus réelle pour autant. C'est un rêve que nous partageons tous les deux.

— J'ai senti votre besoin par-delà le temps et l'espace, et je sens encore que vous avez besoin de ma présence. Cela n'est-il pas révélateur, Lily ?

— Ce n'est tout de même qu'un rêve, Ryland.

— Un rêve néanmoins assez réel pour que nous risquions d'y rester prisonniers. Parcourir les songes n'est pas facile, Lily.

Il laissa retomber ses bras, incapable de la forcer à le toucher.

Mais Lily ne supportait pas l'absence de contact physique avec lui ; elle lui prit la main et entremêla ses doigts dans les siens.

— Comment ça, « d'y rester prisonniers » ? Prisonniers du rêve ?

Il haussa ses larges épaules.

— Personne ne sait exactement comment cela fonctionne. C'est votre père qui m'a conseillé d'être prudent. Il m'a dit qu'il était trop difficile d'assurer la stabilité de la passerelle, et qu'une personne empruntant la même onde pourrait me suivre et me blesser si je ne faisais pas attention. Et que, si j'étais retenu prisonnier dans mon rêve, je risquais de rester dans cet univers onirique sans pouvoir revenir dans le monde réel. Je serais dans un rêve permanent, et mon vrai corps tomberait dans une sorte de coma.

Ryland la regarda et vit qu'elle souriait. Elle réagissait exactement comme il s'y était attendu, assimilant les données avec beaucoup d'intérêt.

— Je ne savais pas du tout que c'était possible. Vos hommes peuvent-ils parcourir les rêves ?

— Quelques-uns, oui. Nous nous sommes rendu compte que c'était très rare, et que cela demandait énormément de concentration. Encore plus que pour maintenir le lien télépathique pendant un grand laps de temps.

Il prit la main de Lily et la mit sur sa poitrine pour que sa paume repose sur son cœur. Son pouce frôlait le dos de sa main en de petites caresses qu'elle ressentait jusqu'au bout des orteils.

— J'aimerais visionner les données enregistrées et consulter les notes de mon père pour voir ce qu'il en pensait. Je ne comprends pas comment cela peut paraître réel à ce point. Je sens votre peau. (Elle passa son autre main sur la poitrine de Ryland.) Votre saveur.

Son goût était toujours dans sa bouche, sur sa langue... Il s'était incrusté au plus profond d'elle, en des lieux dont elle ne réussirait plus jamais à l'extirper.

— Et pourtant, nous pourrions être n'importe où. Absolument n'importe où.

Il lui tira la main et Lily se rendit compte qu'ils se trouvaient dans un parc, entourés par des arbres. Des feuilles argentées scintillaient sous la lueur de la lune.

— Comme je suis privé d'arbres dans ma cage, je viens parfois ici.

Lily rit de plaisir et leva les yeux sur Ryland. Son sourire s'effaça immédiatement et son cœur se mit à battre la chamade. C'était à cause de la manière qu'il avait de la regarder. L'intensité de la faim qu'il éprouvait pour elle, et pour elle seule. Le désir brut qu'il n'essayait jamais de lui cacher. Son regard brûlant la dévorait jalousement et disait clairement qu'elle était à lui.

La chaleur envahit le corps de la jeune femme, enflant en tourbillons au plus profond de son être et la mettant de plus en plus au supplice. Les doigts de Lily s'écartèrent sur la poitrine du soldat. Elle pensa un instant à lui retirer sa chemise pour sentir la chaleur de sa peau. Elle voulait se fondre en lui, peau contre peau, pour mêler leurs corps et leur sueur.

— Arrête, dit doucement Ryland.

Il lui bascula le menton pour l'embrasser sur la bouche. Mais cette fois-ci, son baiser n'avait plus rien d'innocent ni de réconfortant. Sa main remonta le long de son chemisier en soie pour se refermer sur son sein.

— Je ressens ce que tu ressens. Ton désir émane très fort de toi, et je n'arrive plus à penser correctement.

Son pouce caressa la pointe de son sein à travers le tissu et il pencha à nouveau sa tête vers la sienne.

— Tu ne portes rien sous ce chemisier ?

Elle chancela sous l'effet de son baiser. Des flammes se mirent à danser dans ses veines et des explosions de couleur éclatèrent derrière ses paupières fermées. Ryland lui coupait le souffle, mais en même temps lui apportait une énorme bouffée d'oxygène. Le poids de son sein reposait dans la chaleur de sa paume, et chaque muscle de son corps se raidissait et réclamait que les choses aillent jusqu'à leur terme. Le temps d'une fraction de seconde, Lily laissa son corps dicter les actions de son cerveau. Elle l'embrassa avec la même férocité, avec la même exubérance. Sans la moindre pensée ou retenue.

Elle le voulait. Elle rêvait souvent de l'homme idéal, de ce qu'il devrait être, de ce qu'il serait. Dans tous ses rêves, elle s'était libérée de ses inhibitions. Et l'homme idéal était enfin là. Son homme. Debout devant elle, sans qu'elle puisse rien y faire.

Les mains de Lily se déplacèrent instinctivement sur son corps musclé, en se l'appropriant aussi fermement que lui s'appropriait le sien. Elle était audacieuse et sûre d'elle, incapable de contrôler l'incendie sauvage qui la ravageait. Elle entendit un rugissement dans sa tête, un kaléidoscope vertigineux de sensations, de flammes et de couleurs pures. Soie et satin. Soirée aux chandelles. Tout ce dont elle avait toujours rêvé, et bien plus encore. Elle s'abandonna à lui en souhaitant vivre un rêve. Ne plus rien sentir que son obsession et son sentiment de lui appartenir.

Lily se raidit et rejeta la tête en arrière pour regarder le visage de Ryland. Elle pouvait y lire la passion, l'instinct de possession. L'amour cru. Elle repoussa avec force la masse compacte de son torse en secouant la tête.

— Non, ça va trop loin, change-le. Change ce rêve.

Il prit son visage entre ses mains.

— C'est notre rêve à tous les deux. Ce n'est pas seulement le mien, Lily.

— C'est bien ce que je craignais, murmura-t-elle.

Lily posa son front contre sa poitrine en essayant de remplir ses poumons d'air et de s'éclaircir les idées.

— C'est la première fois de ma vie que je ressens cela pour quelqu'un.

Ryland posa la paume sur sa nuque. Ses lèvres lui effleurèrent le sommet du crâne.

— C'est un reproche ? J'aime mieux cela que le contraire, Lily, répondit-il avec un soupçon d'amusement dans la voix.

Elle leva la tête et lui lança un regard courroucé.

— Tu sais parfaitement ce que je voulais dire. C'est vrai, je ne peux pas me retenir de te toucher.

Même en rêve, son aveu lui fit monter le rouge aux joues.

— Ferme les yeux, ordonna-t-il doucement.

Lily sentit ses lèvres lui effleurer les cils. Lorsqu'il releva la tête, elle ouvrit les yeux, étonnée. Elle se trouvait dans son musée favori. Un endroit qui la réconfortait toujours. Elle s'y rendait souvent et s'asseyait quelquefois sur les bancs pour admirer la beauté des tableaux. Les toiles ne manquaient jamais de l'apaiser. Pour une raison inconnue, lorsqu'elle se trouvait dans le musée, entourée de ces inestimables œuvres d'art, elle parvenait à se fermer aux émotions des autres visiteurs et à profiter de l'atmosphère paisible de l'endroit.

— Comment as-tu deviné ?

— Que tu aimais venir ici ?

Il lui prit la main et l'attira jusqu'à une toile représentant une scène fantastique remplie de dragons et de guerriers.

— Tu y as pensé plusieurs fois. Comme c'était important pour toi, ça l'était pour moi aussi.

Lily lui sourit avec des yeux débordants d'amour. Elle ne pouvait pas s'en empêcher. Elle était touchée qu'il ait échangé l'environnement sauvage de son propre rêve pour le remplacer par son musée.

— Je ne sais pas trop ce que je porte sous ces vêtements, Ryland.

Elle eut un petit rire doux et engageant. Elle savait qu'elle ne devait pas, mais c'était plus fort qu'elle.

Ryland l'embrassa encore, incapable de résister à la tentation. Elle le regardait avec ses yeux trop grands pour son visage et sa bouche appétissante. Lily le bouleversait jusqu'au tréfonds de son âme. Il leva la tête et examina ses vêtements. Son chemisier était en soie fine, et une longue jupe lui couvrait les jambes. Il haussa un sourcil.

— Très joli.

— Je trouve aussi. Mais tu dois deviner ce que je porte en dessous.

Ryland sentit tous les muscles de son corps se contracter. Chacune de ses cellules se mit en alerte. Il la parcourut avidement des yeux, à la recherche d'indices pour résoudre ce mystère. Lily poussa un petit rire et lui fit visiter la pièce pour lui montrer ses toiles préférées.

Alors qu'ils se tenaient devant la grande sculpture en cristal d'un dragon ailé, Ryland avança négligemment la main et passa les doigts sous l'étoffe du chemisier. Tranquillement. Le bout de ses doigts frôla sa peau nue.

— Est-ce que tu portes des sous-vêtements, Lily ? Il faut que je sache.

C'était la vérité. Cela lui semblait être la chose la plus importante du monde.

Elle passa la main sur la poitrine du soldat. Elle savait pertinemment ce que son geste avait de provocant, mais cela n'avait plus aucune importance. C'était un rêve, et elle comptait bien en tirer tout le profit possible. En rêve, elle pouvait laisser libre cours à ses désirs, et elle désirait Ryland Miller.

— Et tu crois vraiment que je devrais aborder un tel sujet dans un lieu public ?

Ryland rit doucement.

— On ne peut pas dire qu'il y ait foule cette nuit. Je leur ai demandé de fermer le musée pour nous. C'est une visite privée. Et je n'arrive pas à penser à autre chose qu'à tes sous-vêtements, Lily. Je meurs d'envie de savoir si tu es complètement nue là-dessous, ou bien si tu portes quelque chose.

Ses doigts descendirent encore et arrivèrent jusqu'à la rondeur de son sein.

— Il faut que je sache.

— Qu'est-ce que tu fais ? demanda Lily d'une voix haletante.

La main de Ryland glissa le long de son chemisier, comme pour en épousseter l'étoffe, mais s'attarda sur la pointe sombre de ses seins cachés derrière le mince tissu. Le corps de Lily s'éveilla instantanément, les tétons dressés, le buste tendu et douloureux.

Il effleura de nouveau sa poitrine. Lentement. Sans se presser. Cette fois-ci, il défit un bouton. Son chemisier légèrement béant lui offrait une vue imprenable sur son décolleté. Elle était magnifique, avec ses seins ronds et fermes qui se balançaient doucement sous la soie. Elle ne portait pas de soutien-gorge, comme il l'avait deviné. Son corps réagit instantanément et se rigidifia, débordant de chaleur.

— Je ne sais pas pourquoi, chérie, mais cet endroit m'excite terriblement, lui lança-t-il avec un large sourire, sans le moindre soupçon de pudeur, une lueur coquine dans le regard.

Les yeux de Lily brûlaient de désir. Leurs doigts étaient entremêlés et il la déséquilibra pour l'attirer contre lui. Leurs deux corps s'imbriquèrent à la perfection.

Au milieu de la pièce remplie de tableaux centenaires, il approcha sa bouche de celle de la jeune femme. Elle sentit son désir, une passion chaude et masculine qui alluma aussitôt une flamme similaire au creux de son ventre. Elle se noya dans sa force et dans sa soif, sentant les mains de Ryland glisser le long de ses formes à travers le tissu de sa jupe.

Le cœur de Ryland se mit à battre la chamade lorsqu'il constata la nudité de la jeune femme. Son membre se raidit jusqu'à la douleur, et son ventre prit feu. Il n'y avait rien sous la jupe. Sa bouche se fit encore plus chaude et il l'attira plus près de lui. Des éclairs le traversèrent lorsque son entrejambe à vif sentit le contact de la chair.

— Il nous faut un lit, Lily, lui souffla-t-il dans la bouche. Tout de suite. Je crois que le banc fera parfaitement l'affaire.

Elle l'embrassa, frottant délibérément son corps contre le sien et appuyant avidement ses seins contre sa poitrine tout en effleurant les muscles de son dos.

— Ce n'est pas la peine, on n'a pas le temps de chercher un lit. Et sache que je n'ai pas un centimètre carré de tissu sous ma jupe.

Cela n'avait aucune importance, c'était un rêve. Elle pouvait se permettre de sombrer dans l'érotisme sans la moindre inhibition. Elle ne voulait pas revenir à la réalité. C'était Ryland qu'elle voulait.

Ce dernier semblait ne plus pouvoir respirer.

— Est-ce que l'attente t'excite, Lily ? Parce que, moi, je suis dur comme un roc.

— Je ne m'en serais jamais doutée.

Elle se moquait de lui par pure provocation. Sans Ryland, le monde serait terne et froid. Il serait vide, et la conscience d'avoir été trahie lui percerait le cœur comme un poignard.

— Il y a des caméras de surveillance, lui rappela-t-elle, déterminée à rester avec lui dans le cadre qu'ils s'étaient fixé.

Pour trouver un semblant d'intimité, il l'attira dans un petit renfoncement où étaient exposés trois tableaux d'un peintre qu'il ne connaissait pas.

— C'est un rêve, donc ça ne compte pas, n'est-ce pas ?

Sa bouche était ardente et déchaînée, délibérément dominatrice, et exigeait une réponse de sa part. Elle s'ouvrit à lui comme une fleur, chaude et humide, sa langue aussi décidée que la sienne. Avec une respiration lourde, il s'assit sur le petit banc et étendit les jambes, tant pour soulager son érection de la tension de son jean que pour attirer la jeune femme entre ses cuisses.

— Mais qu'est-ce que tu fais ?

Le souffle de Lily semblait s'être bloqué dans sa gorge, et son corps se mit à trembler de volupté lorsqu'il entoura sa cheville de ses doigts et commença lentement à soulever sa jupe. Cela aviva en elle une brûlure instantanée, et ses muscles se contractèrent. Elle le voulait de toute son âme et ne désirait plus qu'une chose : qu'il entre en elle et la comble. La température de la pièce sembla s'élever de plusieurs dizaines de degrés. Elle attendait, immobile, tous ses sens au diapason de la main de Ryland qui encerclait sa cheville comme un bracelet.

Lentement, il fit remonter sa main le long de sa jambe, caressant l'arrière de son genou, effleurant sa cuisse. Il lui fit écarter les jambes pour l'exposer plus pleinement.

La lente apparition de la peau de Lily déclencha une explosion de chaleur au creux du ventre de Ryland. Il avait l'impression de dévoiler une toile de maître. Exquise. Magnifique. Pour lui et pour lui seul. Sous les boucles sombres de sa toison, son sexe moite luisait de désir. Il pencha la tête pour goûter la saveur de son intimité. Sa langue la caressa doucement, comme pour s'enivrer d'elle. Le corps de Lily se crispa et se convulsa. Il l'effleurait de ses doigts en prenant tout son temps, mémorisant chaque repli secret. Lorsqu'elle lui agrippa l'épaule, en une supplication silencieuse, il enfonça deux doigts au plus profond d'elle-même et lui arracha un cri d'extase.

Il savait que ce qu'ils étaient en train de faire était dangereux. Ils pouvaient se faire prendre dans ce rêve et y rester perdus ensemble à jamais, mais il n'aurait pas pu s'arrêter même si sa vie en dépendait, ce qui était d'ailleurs peut-être le cas. Ryland ne savait en fait que peu de chose sur cette faculté d'explorer les rêves. L'excitation et le plaisir pur le submergeaient par vagues si intenses qu'il avait du mal à se dire que tout cela n'était pas vrai. Le désir rendait Lily si belle. Il adorait le trouble et la sensualité de son visage, la chaleur de son corps et la sensation de ses muscles qui se contractaient fermement autour de ses doigts. Il adorait la confiance totale qu'elle lui accordait, même si pour elle ce n'était qu'un rêve érotique.

Ses doigts s'enfoncèrent plus profondément en de longs mouvements insistants qui la faisaient bouger à son rythme. Le corps de Lily se raidit, chaud et humide autour de ses doigts. Lorsqu'il sentit arriver la culmination de sa jouissance, il retira ses doigts, l'attira vers lui et enfonça sa langue en elle. Elle eut un orgasme violent qu'il partagea avec elle, les vagues d'explosion, le liquide bouillant, l'intensité du plaisir qui éclatait dans son corps comme dans son esprit.

Les jambes de Lily ne la soutenaient plus. Elle tremblait, comme prise de convulsions. Elle ouvrit les yeux et le regarda. Le visage de Ryland lui sembla si parfait qu'elle frôla de la main sa mâchoire couverte de cicatrices. Elle voyait à quel point il était tendu ; sous son jean, son sexe gonflé semblait dur comme de la pierre. Elle baissa la main et descendit la fermeture Éclair pour libérer le membre comprimé, raide et engorgé par le désir.

— Lily. (C'était une protestation. Une supplication.) C'est trop risqué. On ne peut pas, bébé, pas ici.

Mais il était déjà trop tard ; elle avait déjà soulevé sa jupe pour le chevaucher, sur le banc, sous les regards choqués – ou peut-être indulgents – des portraits suspendus aux murs.

— Je n'arriverai jamais à maintenir la passerelle en place si tu me distrais, lui dit-il en posant les mains sur ses hanches pour mieux la soulever.

Elle s'installa lentement sur lui. C'était une véritable torture. Elle était si chaude, si humide, si étroite qu'il eut presque du mal à s'enfoncer en elle. Il ne put s'empêcher de pousser un grognement, un bruit rauque de plaisir mêlé de douleur. Les muscles de Lily, toujours sous l'effet de la jouissance, se resserrèrent autour de lui lorsqu'elle commença à bouger.

— Qu'ils viennent, Ryland, murmura-t-elle sur un ton diabolique, ses yeux bleus rivés sur les siens. Ça m'est bien égal qu'ils nous trouvent ensemble. Tu sais quel effet cela fait de te sentir si profond en moi ?

Les paroles de la jeune femme le firent presque voler en éclats. Il savait ce que cela faisait d'être en elle, de la sentir le chevaucher, moite et languissante, de se jeter violemment, presque sans volonté propre, au plus profond de son corps. Encore et encore, vite et sans relâche, sans se soucier du fait qu'ils risquaient de se retrouver à jamais prisonniers de ce rêve. Plus rien ne comptait en ce moment que l'assouvissement animal de leur désir mutuel.

Un rugissement se mit à grossir dans sa tête. Les flammes lui brûlaient le ventre. Les muscles de Lily s'enroulaient autour de lui si intensément que, lorsqu'il explosa à son tour, un hurlement s'échappa de sa gorge. Pendant quelques secondes, il eut l'impression de voir une myriade de couleurs éclater tout autour de lui. Il s'agrippa à elle et inspira à plusieurs reprises pour tenter de se ressaisir. Serrés l'un contre l'autre, ils attendirent que leurs cœurs reprennent un rythme normal et que leurs poumons s'emplissent de nouveau.

Ils perçurent alors des murmures. Des visiteurs tardifs arrivant au musée ; des intrus dans leur monde onirique. À contrecœur, Lily se dégagea de Ryland et sentit sa semence couler le long de sa cuisse. Comment ces personnes étaient-elles parvenues à envahir leur rêve ? Elle regarda autour d'elle et vit les alarmes se mettre à clignoter. Tout autour d'eux, des flashs éblouissants semblaient les pointer d'un doigt accusateur. Deux êtres contre nature qui n'appartenaient plus au monde réel.

Ryland voulut la retenir et la serrer contre lui, conscient du chagrin qui l'envahit lorsqu'elle se dégagea de lui. Il l'embrassa fébrilement. Ses mains couvrirent son corps de caresses avides et impatientes. Lorsque leurs bouches se mêlèrent l'une à l'autre, un tourbillon de feux d'artifice explosa autour d'eux, un ouragan d'éclairs rouges, orange et blancs.

Lily sentait les muscles de son amant sous ses doigts ; elle entendait les lourds battements de son cœur contre sa poitrine. Une nouvelle salve de feux d'artifice éclata dans sa tête, déchirant son âme de zébrures rougeoyantes. Toute cette lumière la gênait, la tirant hors de son univers érotique, de son monde d'amour et de réconfort, pour la faire revenir à la réalité, où le sable n'avait cessé de se dérober sous ses pieds depuis sa naissance. Malgré tous ses efforts pour se cramponner à son rêve, les éclairs lumineux clignotèrent tel un avertissement insistant dans sa tête et l'enlevèrent sans pitié des bras de Ryland pour la faire revenir dans la réalité froide du dortoir.

Lily regarda autour d'elle, légèrement désorientée, et dut cligner plusieurs fois des yeux pour éclaircir sa vision. La pièce était envahie d'une lumière rouge qui clignotait comme un signal d'alarme. Elle descendit du lit, surprise de sentir son corps endolori et brûlant, encore à vif, réclamant l'étreinte de Ryland. Elle avait un besoin impérieux de lui. Il ne servait à rien de se voiler la face ; l'intensité de son désir était écrasante. Elle l'avait senti contre sa peau nue, senti ses caresses sur son corps. Elle entendit le faible cri de protestation du soldat s'évanouir lorsqu'elle s'éloigna du lit en titubant. Lorsqu'elle s'éloigna du rêve.

La lumière rouge lui faisait mal aux yeux et semblait lui enfoncer des épingles dans le cerveau, le lacérer de coups de fouet cuisants. Elle passa dans la pièce extérieure et chercha en hâte les commandes des caméras qui devaient forcément se trouver là. Elle appuya sur un bouton qui alluma l'écran au-dessus de sa tête. Elle vit le bureau de son père, plongé dans le noir. La porte, qu'elle avait fermée à clé, était désormais grande ouverte. Une silhouette sombre se déplaçait dans la pièce et fouillait les tiroirs du bureau.

L'intrus était vêtu de noir et portait un masque qui ne laissait paraître que ses yeux. Il faisait trop sombre pour que Lily les distingue clairement. En retenant son souffle, elle le vit examiner l'horloge, puis se détourner pour faire passer la lumière de sa lampe sur les rangées de livres ornant l'étagère. En l'observant bouger, sans le moindre mouvement superflu, elle comprit que l'homme était un professionnel. Il n'avait même pas regardé l'ordinateur, comme s'il savait d'emblée qu'il n'en tirerait rien, pas plus que l'agenda de son père, placé juste à côté.

Il sortit quelques livres au hasard, les feuilleta, puis les reposa méticuleusement à leur emplacement d'origine. Pourquoi donc fouillait-il le bureau de son père sans se donner plus de peine ? Où voulait-il en venir ?

L'intrus jeta un coup d'œil à sa montre et sortit de la pièce, non sans s'être retourné pour vérifier que tout était bien en place. Il ferma doucement la porte, et Lily ne vit plus que la pièce vide sur l'écran.

Lily passa la main à son poignet et se rendit compte que l'appareil de téléalarme qu'Arly avait insisté pour lui faire porter en cas d'urgence était resté sur sa table de nuit, où elle l'avait posé dans un geste d'exaspération. Pour des raisons évidentes, il n'y avait pas de téléphone dans le laboratoire secret de son père. Elle remonta rapidement l'escalier, fit faire neuf tours à l'aiguille de l'horloge gravée dans le plafond pour la placer en face du chiffre neuf, et regarda la porte secrète s'ouvrir.

L'intrus avait certainement installé du matériel de surveillance, et elle devait le localiser avant qu'il le mette en marche. Elle allait avoir besoin de l'accès au laboratoire pour étudier les documents, et elle ne pouvait pas se permettre qu'on l'espionne. Elle décrocha le téléphone et pressa le bouton pour composer le numéro de la chambre d'Arly.

— Je suis déjà sur le coup, mon ange. Il a déclenché une alarme silencieuse en passant la porte du bureau de ton père, annonça Arly sans détour. Reste dans ta chambre pendant qu'on l'encercle.

— Je me trouve dans le bureau et il a caché des mouchards un peu partout. Très efficaces, tes nouveaux gardiens, Arly, répondit Lily.

— Ne bouge surtout pas, Lily, répliqua sèchement Arly avec une pointe de peur dans la voix. Pourquoi est-ce que tu n'es pas cachée sous ton lit, comme toute femme normalement constituée ?

— Demande-toi plutôt comment il a réussi à entrer alors que la propriété est censée être impénétrable, espèce de gros macho. Et comment est-ce qu'il a fait pour ouvrir la porte sécurisée du bureau ? Il aurait eu besoin d'empreintes digitales, Arly. Celles de mon père. Il a franchi trois systèmes de sécurité. Il n'était pas au courant pour l'alarme, mais il connaissait tout le reste.

— Écoute-moi bien, Lily, ferme la porte à clé et ne l'ouvre à personne sauf à moi. Je viendrai te chercher lorsque je serai sûr qu'il n'y a plus rien à craindre.

— Je ne suis pas vraiment inquiète, Arly. Papa et toi avez tout fait pour que je sois en mesure de me défendre. Ils ont peut-être eu mon père, mais je peux t'assurer que je ne serai pas une cible facile.

Arly jura et raccrocha abruptement le téléphone. Lily s'en moquait. C'était lui l'expert en sécurité. Il avait accès à des fonds illimités qui lui permettaient d'installer les gadgets les plus récents et de garder un temps d'avance sur tout le monde, mais quelqu'un avait malgré tout réussi à pénétrer dans la maison et contourné les systèmes de sécurité qu'elle avait enclenchés en fermant la porte à clé.

Lily tremblait de colère. Elle n'avait aucune intention de se laisser effrayer par un inconnu dans sa propre demeure. Elle ne se laisserait pas intimider et n'allait certainement pas se cacher sous son lit. Elle ne savait pas comment démêler les amis des ennemis, mais elle allait tout faire pour y parvenir et rétablir l'intégrité de sa maison.

Lily commença à chercher les mouchards que l'intrus avait forcément laissés derrière lui. Les tiroirs, la table basse… elle refit le même chemin et trouva facilement les livres qu'il avait manipulés. Son cerveau avait assimilé l'ordre de ses déplacements. Il avait cru avancer au hasard, mais pour Lily, tout apparaissait selon une configuration précise. Le hasard avait toujours un certain ordre, invisible au commun des mortels, mais très clair pour elle. Elle détruisit les mouchards à mesure qu'elle les trouvait. Arly pourrait toujours fouiller la pièce plus tard, mais elle était sûre de les avoir tous découverts.

Elle voulait que l'intrus soit arrêté et interrogé. Elle voulait connaître le nom du traître qui vivait à ses côtés. Elle voulait les noms des conspirateurs au sein de la Donovans Corporation et de l'armée. Serrant les lèvres, elle aligna les vestiges du coûteux matériel d'espionnage sur le bureau.

— *Dis-moi, Lily. Parle-moi. Ouvre-moi ton esprit.*

— *Tu me déconcentres trop.*

Elle n'avait pas envie de lui parler. Elle ne le pouvait pas. Trop de choses se bousculaient dans sa tête. Lorsque Ryland se trouvait dans son esprit ou près de son corps, elle était dominée par le remords et par une chaleur intense, pas par la logique froide.

— *Mon esprit est suffisamment ouvert pour que tu me contactes à tout moment, que je le veuille ou pas.*

Elle était choquée de la distance qui semblait la séparer de Ryland, comme si les pouvoirs du soldat s'étaient amenuisés.

— *Tout à l'heure, j'ai découvert que tu pleurais et que ton chagrin me submergeait, et maintenant je sens qu'il se passe autre chose. Bon Dieu, je suis enfermé dans cette cage comme un animal et je ne peux pas venir à toi. Je me suis épuisé à maintenir la passerelle entre nous. Ma tête…*

Le cœur de Lily se serra lorsqu'elle perçut la douleur dans sa voix. Elle sentait sa frustration. Sa voix avait quelque chose de sauvage, une nuance dure et implacable qui la mettait en garde contre le danger qu'il représentait. Elle réfléchit aux possibilités qui s'offraient à elle. Avant tout, elle devait éviter que Ryland Miller s'évertue à la contacter et finisse par succomber à la surcharge. Leur rêve érotique commun l'avait épuisé, et il aurait été dangereux de le pousser au-delà de ses limites. Lily s'assit lourdement dans le fauteuil de son père.

— *Ce n'est rien. Un intrus. La maison est équipée d'un système de sécurité aussi perfectionné que celui de Donovans, mais un homme est tout de même parvenu à entrer.*

Durant le court silence qui suivit, elle le sentit se détendre un peu.

— *Tu aurais dû me contacter immédiatement.*

La réprimande l'irritait autant qu'elle l'effrayait. Elle ne voulait pas qu'il se fasse une fausse idée d'elle et qu'il croie qu'elle avait besoin de protection. Elle savait que Ryland devait avant tout se reposer. S'il continuait à se forcer à maintenir le contact, il risquait de saturer.

— *Je sais que j'ai émis des émotions extrêmes, mais j'espère que tu comprends qu'entre le meurtre de mon père, la découverte des expériences qu'il a menées et l'attirance physique pénible et très inconfortable que j'éprouve soudain pour toi, je subis une grosse pression. Tu diffuses de la colère et tu ne te contrôles presque plus, mais comme je suis dans ta tête, je sais que tu es capable de la plus parfaite maîtrise. N'oublie surtout pas que je suis une femme indépendante, tout à fait capable de se défendre. J'espère que tu ne te fais pas de fausses idées sur moi.*

Il y eut un long silence. Lily jouait distraitement avec les petites pièces électroniques sur le bureau, les tournant et les retournant, créant des motifs pour s'occuper l'esprit. Elle se rendit compte qu'elle retenait son souffle en attendant sa réponse. En attendant quelque chose de lui. Le silence s'allongeait et sembla durer une éternité.

— *Une attirance physique pénible et très inconfortable ? Merci bien pour ces paroles, Lily. Je suis tout à fait conscient que nous ne sommes pas du même monde. Tu es intelligente, belle, et si sexy que je n'arrive plus à respirer quand je me trouve dans la même pièce que toi. Je suis désolé si le besoin que j'ai de te protéger te dérange de quelque manière que ce soit, mais cela fait partie de ma personnalité. Je manque peut-être de douceur, et je ne suis pas franchement beau à voir, mais j'ai une cervelle, bon Dieu. Je vois exactement ce que tu es.*

Lily sursauta lorsqu'on frappa à la porte et son cœur se mit à battre malgré elle.

— *J'aime ton physique, Ryland. J'aime tout en toi.*

Malheureusement, c'était la vérité. Elle l'admirait, lui et son besoin de protéger tous ceux qui l'entouraient. Elle soupira. Ils n'avaient pas le temps nécessaire pour un entretien à cœur ouvert.

— Arly est là.

Lily n'aurait jamais dû le lui avouer, mais elle adorait le physique de Ryland. Tout en lui l'attirait, et cela lui faisait peur. Elle se rebellait devant l'intensité de leurs sentiments, si explosive qu'ils en perdaient l'un comme l'autre le contrôle. C'était tout à fait contraire à sa nature. Son père avait-il fait autre chose que ces expériences méprisables menées sur de jeunes enfants, puis sur des hommes ? Avait-il décidé d'influer une nouvelle fois sur le cours de sa vie ? Avait-il trouvé le moyen d'augmenter l'attirance physique entre deux personnes ?

— Non ! Lily, je ne sais pas ce que tu as pu découvrir d'aussi dévastateur, mais ce qui existe entre nous est bien réel.

— Tu n'es pas né comme ça. Tu as été amplifié.

Un nouveau coup, plus fort, retentit, accompagné de cris étouffés. Lily soupira et se dirigea vers la porte. Elle était fatiguée. Épuisée. Elle voulait fermer les yeux et dormir pour l'éternité. Rêver pour l'éternité, mais même cela lui serait interdit si ce qu'elle soupçonnait était vrai.

— Mais c'est désormais réel, Lily. Je ne peux plus rien y faire. Je ne pourrai jamais plus rien y faire. Si ton père t'a impliquée dans une expérience qui nous touche tous les deux, nous n'y pouvons rien ni l'un ni l'autre, tout comme je ne peux pas empêcher les informations de submerger mon esprit.

— Il faut que j'en sois sûre, Ryland. Mon univers est totalement bouleversé.

Elle composa le code d'ouverture de la porte et laissa entrer Arly. Il semblait fou d'inquiétude, mais il se remit rapidement et lui jeta même un regard renfrogné lorsqu'il la vit, le sourcil haussé, attendant calmement qu'il lui résume la situation.

— On ne l'a pas eu.

Il leva la main pour couper court aux protestations de Lily.

— Il est très fort, Lily. Un vrai professionnel. J'aimerais bien savoir comment il connaissait nos codes et nos systèmes de sécurité. Il était en train d'installer des mouchards et quelques caméras dans ton bureau.

Elle expira lentement.

— Il savait où se trouvait mon bureau dans une maison de quatre-vingts pièces ? Personne ne les connaît toutes, pas même moi. Comment un parfait inconnu peut-il disposer de ce genre d'informations, Arly ? Il est venu tout droit dans le bureau de mon père, il y a placé des mouchards, puis il est allé faire de même dans le mien. Qu'est-ce que ça signifie ? lui demanda-t-elle d'un ton de défi en inclinant la tête.

— Que je ne maîtrise pas la sécurité de la maison et que tu es en bien plus grand danger que je le pensais. (Arly se frappa la paume du poing.) Bon Dieu, Lily, quelqu'un les informe, c'est forcé. Il connaissait la disposition de la maison et il s'est échappé comme un fantôme.

Lily se raidit. Ryland était-il capable de franchir la sécurité de sa maison ? Il était entraîné à pénétrer en toute discrétion chez l'ennemi. Existait-il d'autres GhostWalkers ? Des hommes dont elle ignorait l'existence et qui travaillaient pour son ennemi ?

— Est-ce possible ? Y en a-t-il d'autres ?

— Je suis désolé, Lily, je pensais que la maison était inviolable.

— Nous devons regarder de plus près les employés de jour et étudier leur passé à la loupe.

— Est-ce possible, Ryland ? Y en a-t-il d'autres ?

Arly secoua la tête.

— Les employés de jour n'ont pas accès aux données de nos systèmes de sécurité. Ils pourraient éventuellement donner la localisation de ton bureau ou celui du professeur Whitney, mais il est impossible qu'ils aient les codes. Et les empreintes de ton père. C'est du travail de pro du début à la fin, Lily, avec un financement en conséquence.

— *Il pourrait y en avoir d'autres. Il paraît qu'ils ont rejeté certains candidats, des hommes qui ne répondaient pas exactement aux critères. Il est possible qu'ils aient été recrutés ailleurs.*

— *Tu penses que cela a été le cas ?*

— *Dieu seul le sait.*

Ryland semblait au bord de l'épuisement.

Lily maudit silencieusement son père. Elle chercha du regard une chaise où s'asseoir. Comment un seul homme avait-il pu faire autant de dégâts dans la vie d'autrui ? Et comment avait-elle pu ne rien soupçonner ?

— Lily ?

Arly la prit par le bras et l'escorta jusqu'au siège le plus proche.

— Tu es toute pâle. Tu ne vas pas t'évanouir, ou me faire un de ces trucs de bonne femme, quand même ?

Lily émit un petit rire qui sonnait à la fois aigre et distant.

— Un de ces trucs de bonne femme ? Où est-ce que papa a bien pu dégoter un misogyne dans ton genre, Arly ?

— Je n'ai rien contre les femmes. Je ne les comprends pas, c'est tout, lui rétorqua-t-il en s'accroupissant à côté d'elle et en lui saisissant le poignet pour prendre son pouls. Je suis génial et beau à tomber, je peux emberlificoter n'importe qui, mais les femmes tremblent à mon approche. Pourquoi donc ?

— Peut-être à cause de ton rictus de mépris lorsque tu prononces le mot « femme ». (Lily lui retira son poignet.) Tu as travaillé avec mon père pendant des années. J'ai grandi avec toi, je te suivais comme un petit chien…

— En m'assommant de questions. Personne ne m'a jamais posé autant de questions que toi.

Il sourit soudain. Elle surprit un éclair de fierté dans ses yeux.

— Je n'avais jamais besoin de te dire les choses deux fois, reprit-il.

— Est-ce qu'il t'est arrivé de l'aider dans ses expériences ?

Le visage d'Arly se referma subitement et son sourire s'effaça.

— Tu sais bien que je ne parle jamais des affaires de ton père, Lily.

— Il est mort, Arly.

Elle garda les yeux rivés sur les siens, à l'affût de la moindre réaction.

— Il est mort et tu ne peux pas protéger les choses qu'il a faites.

— Il est porté disparu, Lily.

— Tu sais qu'il est mort, et je crois que c'est à cause de l'un de ses projets. (Elle se pencha vers lui.) C'est ce que tu penses toi aussi.

Arly recula.

— C'est possible, Lily, mais quelle différence ça fait ? Ton père connaissait des gens que le commun des mortels souhaite ne jamais avoir à rencontrer. Son esprit cherchait toujours des moyens de créer un monde meilleur, et en pensant comme il le faisait, il s'est mis à côtoyer la lie de la société. Il pensait que cela l'aiderait à comprendre comment fonctionnaient les gens.

— Est-ce que tu aimais mon père ? demanda Lily sans détour.

Arly soupira.

— Lily, je le connaissais depuis quarante ans.

— Je le sais. Mais est-ce que tu l'aimais ? En tant que personne ? En tant qu'homme ? Le considérais-tu comme un ami ?

— Je respectais Peter. Je le respectais énormément et j'admirais son intelligence. C'était un être exceptionnel, un véritable génie. Mais il n'a jamais eu d'amis, à part peut-être toi. Il ne parlait pas aux gens, il s'en servait pour tester ses idées, mais il n'a jamais fait l'effort d'entrer dans l'intimité de personne. Il se servait des autres au profit de ses propres intérêts… Oh, pas pour l'appât du gain, il était au-dessus de cela, sa fortune était colossale, mais pour ses innombrables idées. Pendant toutes les années où je l'ai connu, je ne crois pas qu'il m'ait jamais posé la moindre question personnelle.

Elle leva le menton.

— Tu savais qu'il m'avait adoptée ?

Arly haussa ses frêles épaules.

— Ne l'ayant jamais aperçu en compagnie d'une femme, je me doutais que ce devait être le cas, mais nous n'en avons jamais parlé. Si tu n'étais pas sa fille du point de vue biologique, il a certainement fait tout le nécessaire pour que tu le sois du point de vue légal. Tu es la seule personne qu'il ait jamais aimée de toute sa vie, Lily.

— Tu savais qu'il avait accueilli d'autres enfants dans cette maison ?

Arly semblait mal à l'aise.

— C'était il y a si longtemps, Lily.

— Et les hommes ? demanda-t-elle à brûle-pourpoint en scrutant attentivement sa réaction.

Arly leva la main.

— Je détourne les yeux et je me bouche les oreilles dès que cela touche l'armée. C'est comme ça, Lily.

— Je ne te poserais pas la question si ce n'était pas important, Arly. Je crois que le projet sur lequel il travaillait chez Donovans, quelque chose pour l'armée, s'est emballé, et qu'on l'a tué pour obtenir des informations qu'il n'a pas voulu donner. On me demande de reprendre le projet et de découvrir les données manquantes. J'ai besoin de toutes les pièces du puzzle. Y a-t-il eu des hommes dans la maison récemment ? Des hommes avec lesquels il a peut-être travaillé ?

Arly se leva et commença à faire les cent pas dans la pièce.

— Si j'ai réussi à conserver mon emploi et ma place dans cette maison pendant plus de trente ans, c'est parce que je sais me taire.

— Arly, dit doucement Lily, mon père est mort. Ou bien tu m'accordes ta loyauté, tu travailles pour moi et tu fais partie de ma famille et de ma maisonnée, ou bien tu ne le fais pas. J'ai besoin de ces informations pour rester en vie. Tu dois décider de ce que tu veux faire.

— Je t'ai accordé ma loyauté à la seconde où j'ai posé les yeux sur toi, répondit Arly avec raideur.

— Dans ce cas, aide-moi. J'ai l'intention de découvrir ce qui se passe et qui a tué mon père.

— Laisse tout cela à la police, Lily. Ils finiront bien par trouver une piste.

— Est-ce qu'il a fait venir des hommes ici ? Des militaires ? Combien de temps sont-ils restés ?

Lily ne quittait pas des yeux le visage de son agent de sécurité et l'empêchait de détourner les siens.

Arly inspira profondément.

— Je suis sûr qu'il a fait venir trois hommes, et je sais qu'ils ne sont pas repartis le jour même. Je ne les ai jamais revus et je ne les ai pas vus repartir. Il ne les a pas amenés dans ce bureau, mais dans les pièces du premier étage de l'aile ouest.

— Qui t'emploie, moi ou le gouvernement des États-Unis ?

— Enfin, Lily, comment peux-tu me poser une telle question ?

— Réponds-moi, Arly.

Elle avança la main et la referma autour de son poignet. Légèrement. Mais ses doigts trouvèrent tout de même sa ligne de vie et cherchèrent ses émotions. La vérité qui était en lui.

Instinctivement, Arly tenta de reculer, mais elle resserra son étreinte.

Elle appela mentalement Ryland.

— *Tu peux lire en lui ?*

— *Non. Je n'en suis pas capable, même lorsque tu amplifies ses émotions pour moi. Il faudrait que nous soyons dans la même pièce, ou que je touche quelque chose qui lui appartient pour avoir la clarté nécessaire. Sois prudente, Lily, il va se rendre compte que ton comportement est inhabituel.*

— Je ne travaille pas pour le gouvernement, répondit Arly fébrilement.

— Est-ce que tu travailles pour la Donovans Corporation ? demanda Lily.

Arly retira brutalement son bras et recula précipitamment en manquant de trébucher.

— Mais qu'est-ce qui te prend ? Tu me reproches tout ce qui est arrivé ? Tu penses que c'est ma faute ? Que c'est à cause de moi que ton père à disparu ? Il est vrai que je l'ai laissé conduire cette épave qu'il aimait tant, alors que je savais pertinemment qu'il pouvait se faire attaquer par des dingues en tout genre.

Lily laissa tomber sa tête entre ses mains.

— Je suis désolée, Arly, sincèrement. Ma vie est complètement sens dessus dessous. Je ne t'accuse pas de la mort de papa. Personne n'aurait pu l'empêcher de conduire cette voiture. Il l'adorait. C'est juste qu'il ne se considérait ni comme une personne riche, ni comme une célébrité, et qu'il n'imaginait pas que ses excentricités puissent offusquer certaines personnes. Tu le sais. Ce n'était pas ta faute, pas plus que ce n'était la mienne. Mais un membre de cette maisonnée fait passer des informations et nous devons trouver qui.

Arly s'assit par terre et la regarda fixement.

—Ce n'est pas moi, Lily. Tu es mon unique famille. La seule. Sans toi, je serais totalement seul au monde.

—Est-ce que tu sais pourquoi mon père m'a fait venir ici ?

—J'imagine qu'il voulait une héritière. (Il désigna l'immense demeure de la main.) Il voulait laisser tout cela à quelqu'un.

Elle se força à sourire.

—J'imagine que c'est ça.

—Tu as l'air fatiguée, Lily, va te coucher. J'ai signalé l'effraction et je m'occuperai de la police. Ce n'est pas la peine que tu leur parles.

—Arly, je veux le contrôle total de l'aile est de la maison. De toutes les pièces de chaque étage de cette aile. Je veux que l'extérieur soit sécurisé, mais je ne veux voir ni caméra ni détecteur de mouvements à l'intérieur. Je veux l'intimité la plus complète. Un endroit où je pourrai être sûre d'être parfaitement seule une fois la porte refermée. Et personne d'autre ne doit être au courant. Tu t'en occuperas personnellement.

Il hocha lentement la tête.

—Tu ne veux pas au moins envisager de prendre un garde du corps ?

—J'y réfléchirai, promit-elle.

—Et porte ton émetteur. C'est la moindre des choses, après tout le mal que je me suis donné pour l'incorporer à ta montre. (Arly hésita, puis prit une grande inspiration.) Il y a un tunnel sous le sous-sol. Il parcourt toute la propriété et mène à deux sorties séparées. Ton père s'en servait pour recevoir des gens en toute discrétion.

— J'aurais dû m'en douter. Merci, Arly. Tu me le montreras ?

Il hocha la tête à contrecœur.

— Je t'y emmènerai dès que la police sera partie.

Chapitre 6

Ryland attendait, ses yeux couleur mercure brûlant d'émotion. Dès qu'il posa le regard sur Lily, le souvenir de sa bouche sur la sienne s'éveilla en elle. Elle sentit aussitôt son corps s'enfiévrer puis se ramollir, prêt à répondre à toutes les sollicitations. Elle retint son souffle et goûta de nouveau sa saveur, sa présence. Elle le sentit en elle, la remplissant, devenant partie intégrante de son être.

—Arrête, Ryland.

Il était en colère après elle. Elle s'était coupée de lui. Il n'avait pas réussi à l'atteindre, même dans son sommeil. Ryland avait décidé de lui dire ce qu'il pensait de ce comportement, mais dès qu'il la vit, il oublia ses résolutions. Les cercles sombres qu'il discernait sous ses yeux le désespéraient. Ces cernes étaient récents. Elle souffrait et il n'avait pas l'intention de l'accabler davantage. Il contint le tsunami émotionnel qui l'envahissait et parla doucement.

— Ce n'est pas moi. Je te jure que ça ne vient pas de moi.

— Si, c'est toi. Ton imagination est… fertile et tu l'émets très fort.

C'est alors qu'il vit le besoin qu'elle ressentait de le repousser loin d'elle. Il avait cru que cela venait du rêve érotique qu'ils avaient partagé, et qu'elle se sentait gênée ou intimidée en sa présence. Tout cela, il aurait pu le surmonter. La persuader. La tenter. Mais Lily ne croyait pas en lui, tout simplement parce qu'elle ne pouvait croire en personne.

C'était la faute de Whitney. Ryland le maudissait de l'avoir laissée dans un tel état.

— Lily.

Il prononça son nom tendrement. Pour l'attirer. L'enjôler.

— Merci d'être venue. Je sais que tu vis des moments très pénibles.

Les yeux bleus de la jeune femme s'agrandirent de surprise. Ryland était heureux de voir que cette émotion y avait remplacé la méfiance. Il hasarda un sourire.

— Viens, parle-moi.

Lily le regarda bien en face, observa ses cils soyeux, sa mâchoire résolue, les cheveux noirs qui lui mangeaient le front. Sa coupe militaire avait disparu depuis longtemps, remplacée par des boucles rebelles et hirsutes qui lui conféraient un charme fou.

— J'ai besoin de te parler, mais pas comme ça. Il faut que je trouve le moyen de me rendre quelque part avec toi, dans un endroit où il n'y aura ni micro, ni caméra.

De ses yeux gris et calmes, Ryland observait paisiblement son visage. Lily détourna les siens en rougissant légèrement malgré sa détermination à paraître sereine. Elle avait rêvé de cet homme. Des rêves vibrants d'étreintes coupables et de transports passionnés. Elle n'avait pas été seule dans ce rêve. D'une manière ou d'une autre, Ryland s'y était immiscé. Il avait partagé tous ses fantasmes, il l'avait touchée, embrassée. Elle ferma les yeux et se remémora la manière débridée dont elle l'avait chevauché, sans la moindre inhibition. Seulement un rêve. Elle avait voulu s'en échapper, mais s'était jetée dedans à corps perdu. Et il le savait.

— Lily, c'était magnifique.

— Je n'ai aucune intention d'en discuter.

Ryland n'insista pas, car il ne voulait pas accroître son malaise. Il avait su qu'elle était la femme de sa vie dès l'instant où il avait posé les yeux sur elle. Elle ne s'en doutait peut-être pas, mais cela n'avait aucune importance. Lui le savait, et ne renoncerait pas.

— Je peux désactiver les caméras et les micros. Je le fais depuis quelque temps, je les allume et je les éteins. Au début c'était pour m'entraîner, mais désormais, c'est dans l'espoir de les inciter à commettre une négligence. Ils en ont maintenant tellement l'habitude qu'ils ne viennent plus vérifier immédiatement. Inutile de me parler ainsi.

Tant mieux, car c'était trop intime et elle se méfiait de l'intensité de ce qu'ils partageaient. Elle craignait que les liens se renforcent chaque fois qu'ils communiquaient par télépathie. Pire, elle craignait pour la santé du soldat. Elle sentait sa douleur constante, l'épuisement de ses forces. Et elle n'avait pas la moindre idée de ce que pouvaient être les conséquences d'une utilisation prolongée de la télépathie. S'il pouvait éliminer la menace des caméras, c'était mieux pour eux. Mieux pour lui. Son désir de le protéger frisait l'obsession. Et elle avait peur que quelqu'un surprenne leur conversation.

Lily leva les yeux sur Ryland et se noya dans le désir brutal qu'elle y découvrit. Personne ne lui avait dit que cela se passerait ainsi. Une faim sauvage lui dévorait les entrailles, lui échauffait le sang et générait un besoin si fort et si fondamental qu'elle ne supportait presque plus d'être séparée de lui.

Elle se détourna, incapable de le regarder plus longtemps. Il devinerait, lui qui lisait si facilement en elle. Ils n'avaient plus aucun contrôle sur le lien qui les unissait. Parfois, elle se disait avec effroi que, s'il quittait sa cage, elle ferait n'importe quoi avec lui, ici même, caméra ou pas.

— Arrête, dit Ryland d'une voix rauque, comme voilée de douleur. Je suis coincé dans cette cage. Cette fois-ci, c'est toi qui laisses divaguer ton imagination. Tu me troubles au point que je n'arrive plus à réfléchir correctement.

— Je suis désolée, murmura-t-elle.

Elle savait qu'il pouvait l'entendre. Elle ne se retourna pas et continua à regarder ailleurs.

— Ça fait des jours que tu ne dors pas, tu ne veux pas prendre quelque chose ?

— Tu sais ce qui m'empêche de dormir. Toi non plus, tu ne dors pas. Pire, tu as peur de t'endormir.

La voix de Ryland était si basse qu'elle semblait couver comme un incendie. Elle effleurait sa peau, infiltrait ses pores, lui caressait le corps comme si chacune de ses cellules était consumée d'un insatiable désir.

— *Quand je dors, je rêve de toi. De ton corps sous le mien. De mon corps au plus profond du tien.*

Elle savait qu'il rêvait d'elle, de leurs corps entremêlés. Elle partageait ses rêves érotiques, ses fantasmes débridés qu'elle n'avait aucun espoir de satisfaire dans la réalité.

— C'est une complication inattendue.

Elle se racla la gorge, car sa voix était rauque et sonnait étrangement.

— Rien de plus, Ryland. Nous pouvons la surmonter si nous faisons preuve de discipline.

— Regarde-moi.

Lily leva les yeux. Elle ne put s'empêcher de marcher jusqu'à lui. Les mains de Ryland trouvèrent les siennes entre les barreaux et elle perçut l'intensité de l'énergie qu'il diffusait dans la pièce afin d'interférer avec le matériel électronique.

— Qu'est-ce qu'il y a, ma puce ?

Il s'approcha d'elle, silencieux, calme, son corps grand et musclé la frôlant à travers les barreaux comme pour la protéger.

— Parle-moi. Dis-moi ce que tu as trouvé.

Lily écouta le son des vagues qui formait le fond sonore du laboratoire. C'était un bruit apaisant, même si les vagues semblaient furieuses. Elle les imaginait se précipitant sur la rive et s'écrasant sur les rochers. L'écume jaillissait et inondait l'air de gouttelettes blanches. Elle aurait aimé pouvoir rugir comme elles et s'évader dans la fureur de l'océan et de ses émotions ; mais elle devait se contenter d'écouter une bande magnétique.

— J'étais l'objet d'une expérience, Ryland.

Elle prononça ces mots si doucement qu'il dut tendre l'oreille.

— Voilà ce que je représentais pour lui. Un sujet d'expérience, pas une fille.

Le fait de prononcer ces paroles à haute voix amplifiait encore le sentiment de trahison. Son monde s'écroulait.

Il garda le silence en la serrant à travers les barreaux, sentant la douleur tapie en elle, réelle et bien vivante. Ryland ne voulait surtout pas commettre d'impair. Lily était au bord de l'effondrement, et il décida donc se taire.

La jeune femme prit une longue inspiration, puis expira lentement.

— J'ai trouvé son laboratoire secret. Tout y était. Les bandes où l'on me voit, ainsi que d'autres enfants. La pièce où il nous logeait, où nous mangions, où nous dormions et où il nous faisait subir ses expériences. J'avais un régime très sain, on me donnait la meilleure nourriture possible, et je ne regardais que des programmes éducatifs. C'était la même chose pour les livres. Tous les jeux étaient conçus pour renforcer mes capacités psychiques et améliorer mon éducation. (Elle se passa une main tremblante dans les cheveux.) Je n'en savais rien du tout, il ne m'en avait jamais parlé, pas une seule fois. Je ne m'étais jamais doutée de rien.

Ryland avait une envie désespérée de la prendre dans ses bras et de la protéger de tout le mal qu'on pouvait lui faire. Il maudit silencieusement les barreaux qui les séparaient. Rien n'aurait pu être plus douloureux pour Lily. Peter Whitney avait été son père, son meilleur ami, son mentor. Ryland se pencha encore un peu et frotta son menton contre le sommet de la tête de la jeune femme, dont les cheveux s'accrochèrent à la barbe naissante. C'était une petite caresse, un geste d'affection, ou de tendresse.

Lily lui était reconnaissante de garder le silence. Elle n'aurait peut-être pas pu tout lui dire s'il avait protesté ou s'il s'était montré trop compatissant. Sa foi et sa confiance étaient ébranlées. Les fondements de son univers anéantis.

— Il a dit…

Sa voix trembla et se fissura.

Le cœur de Ryland fit de même. Il se rendit compte qu'il lui serrait la main beaucoup trop fort et dut faire un effort pour relâcher sa poigne. Elle ne sembla pas s'en apercevoir. Elle s'éclaircit la voix et reprit.

— Il a commencé ses essais d'amplification psychique sur des orphelines, des petites filles venant de pays où trop d'enfants sont laissés à l'abandon. Grâce à sa fortune et à ses relations, il a pu faire entrer aux États-Unis celles qu'il considérait aptes à l'aider. J'en faisais partie. Je n'avais pas de nom de famille, Ryland, rien d'autre que Lily. Les cobayes… (Elle s'éclaircit la voix.) C'est ce que j'étais, Ryland, l'un de ces cobayes. Il nous a directement installées dans son laboratoire souterrain. Il nous entraînait et nous soumettait à des expériences tous les jours, exactement comme ce que vous avez vécu.

Elle le regarda. Ses yeux étaient noyés de larmes. Avant qu'elle ait eu le temps de les faire disparaître, Ryland baissa la tête jusqu'à la sienne et les aspira. Il goûta ses larmes. Embrassa doucement ses paupières. Tendrement. Lily cilla, confuse.

—Continue, Lily, dis-moi tout.

Elle leva la tête pour observer son visage. Le chagrin qu'il lut dans ses yeux bleus le rendait malade. Mais quelque chose dans le regard du soldat dut la rassurer. Elle inspira profondément et reprit.

—Il se disait que, de toute façon, personne ne voulait de moi ni des autres petites filles, et qu'il nous offrait un foyer convenable, des soins médicaux et des repas assurés. Plus que ce qu'aurait été notre lot quotidien là où il était venu nous chercher. Voilà l'excuse qu'il se donnait pour fermer les yeux sur son comportement. Il n'a même pas fait l'effort de retenir nos prénoms, et il nous a donc baptisées de noms de fleurs, de saisons, ou de choses comme Pluie ou Tempête.

Elle arracha ses mains à celles de Ryland et serra le poing pour le poser sur ses lèvres tremblantes.

—Nous n'étions rien du tout pour lui. Rien de plus que des rats de laboratoire.

Il y eut un court silence, durant lequel leurs regards se croisèrent.

—Comme moi. Comme mes hommes. Il a reproduit l'expérience sur nous.

Lily hocha lentement la tête, puis s'éloigna de la cage avant de revenir vers lui, gagnée par une colère implacable. Ryland observa les ombres qui occultaient son visage pâle tandis qu'elle faisait les cent pas, incapable de tenir en place. Il était de tout cœur avec elle. Elle rendait les coups de la seule manière qu'elle connaissait, avec sa cervelle, en passant les informations au tamis de sa logique.

—Et le pire, c'est que tous les problèmes qu'il a rencontrés ici avec vous, il les avait déjà eus avec nous. Mon Dieu, Ryland, il a lâché ces petites filles dans la nature, sans protection, sans personne pour prendre soin d'elles, dès qu'elles ont commencé à l'encombrer.

Sa voix était si basse qu'il l'entendait à peine. Elle était submergée de honte, comme si elle endossait la responsabilité des actes commis par son père.

Ryland passa la main à travers les barreaux et essaya de lui saisir le bras pour l'attirer contre lui, mais elle avait recommencé à marcher, renfermée, recroquevillée sous ses émotions.

—Je n'ai jamais vu ses données, Ryland. Je n'ai jamais eu l'occasion de découvrir comment il s'y est pris. Ce qu'il a fait relève du génie ; c'était mal, mais néanmoins génial. Il a remarqué que les anciens antidépresseurs comme l'amitriptyline diminuaient les capacités psychiques, tandis que les inhibiteurs sélectifs de la recapture de la sérotonine avaient un effet soit neutre, soit facilitant. Papa a pu procéder à l'autopsie d'un extralucide. Le sujet présentait des récepteurs de sérotonine dans l'hippocampe et dans le complexe amygdalien sept fois plus développés que la norme.

—Je suis perdu.

Elle agita négligemment la main et continua à marcher sans le regarder.

—Ce sont des parties du cerveau. Peu importe, écoute-moi jusqu'au bout. De plus, il s'agissait d'une sous-espèce de récepteur doté de caractéristiques bloquantes tout à fait inédites. Il a séquencé la protéine, trouvé le gène associé, puis il l'a cloné avant de l'insérer et de le développer dans une lignée cellulaire de culture. Il a résolu le problème de la structure de la protéine grâce à une modélisation informatique, puis a modifié un inhibiteur de la recapture de la sérotonine déjà existant pour l'adapter au ligand qu'il venait de découvrir. Le plus dur a été de faire en sorte que la molécule reste soluble dans les lipides de manière à lui permettre de franchir la limite sang/cerveau. Et bingo ! D'un seul coup, la radio était réglée sur la bonne station.

— Ma puce, je ne comprends pas un traître mot de ce que tu me racontes.

Sans s'en rendre compte, Lily avait peu à peu oublié son chagrin pour laisser son enthousiasme scientifique reprendre le dessus.

— Tu peux m'expliquer ça plus simplement ?

Lily continua à faire les cent pas, ses mouvements rapides et saccadés trahissant son tumulte intérieur ; c'était plus à elle-même qu'à lui qu'elle s'adressait.

— Tous les sujets n'avaient pas les mêmes dons. Comme pour les mauvais haltérophiles, la solution passait par les médicaments. La mise en œuvre d'un triple programme d'entraînement fut un trait de génie. Chaque méthode offrait un moyen d'amplifier les capacités naturelles. Il a également utilisé les influx électriques, comme cela a été tenté pour la maladie de Parkinson dans l'espoir de stimuler l'activité cérébrale. Mais les petites filles ont toutes commencé à dépérir de surcharge sensorielle. Il a alors découvert qu'il y avait quelques aimants dans le groupe, autour desquels les autres gravitaient. Il pensait que cela venait de leur jeune âge. Elles se mirent à souffrir d'importants troubles physiques et émotionnels. Des crises entraînant des hémorragies cérébrales, de l'hystérie, des terreurs nocturnes, des symptômes traumatiques. Je pense que ce sont les décharges électriques qui ont causé les hémorragies cérébrales, mais je dois encore approfondir la question. Ce n'étaient que des enfants. Nous n'étions que des enfants.

Elle se détourna de Ryland et croisa les bras.

— Il a désactivé nos filtres naturels, puis il les a toutes abandonnées. J'étais un sujet. C'est comme ça qu'il m'appelait. « Le sujet Lily ».

Elle tourna les yeux vers l'ordinateur, une expression d'abattement sur le visage.

— Lorsqu'il a compris que les petites filles allaient finir par souffrir de séquelles irréversibles, il leur a hâtivement trouvé des familles d'accueil, il a inventé une explication plausible pour leurs problèmes, et il s'est lavé les mains de leur sort. Il m'a gardée parce que j'étais un aimant et qu'il espérait se resservir de moi.

Elle tourna alors la tête, ses yeux bleus assombris par la douleur.

— Ce qu'il a fait.

— Lily.

Son nom leur était douloureux à tous les deux. Son nom si beau, si pur et élégant. Aussi parfait qu'elle. Ryland avait envie d'étrangler son père de ses propres mains. Il savait que cela ne s'arrêtait pas là. Peter Whitney était un scientifique obnubilé par la réussite. En tant qu'être humain, il n'aurait jamais volontairement fait de mal à son prochain, mais il était sans pitié quand il s'agissait de ses méthodes. Ryland l'imaginait parfaitement « acheter » les petites orphelines à un pays qui voulait s'en débarrasser. Il disposait de la fortune et des relations nécessaires.

— Lorsqu'il décida de recommencer, il se servit d'hommes adultes, déjà rompus à la discipline. (Elle le regarda.) Je ne connais même pas mon vrai nom.

Ryland parvint à l'attraper par la manche et à l'attirer jusqu'à lui. Il la plaqua contre les barreaux, tout contre lui, et ne put se retenir de passer les bras autour d'elle. Elle lui résistait, mais il la fit venir jusqu'à l'abri de son épaule, à côté de son cœur, qui lui appartenait.

— Tu t'appelles Lily Whitney. Tu es la femme que je désire à mes côtés nuit et jour. Je veux que tu sois la mère de mes enfants. Je veux que tu sois mon amante. Je veux que tu sois la personne vers laquelle je puisse me tourner lorsque tout va mal.

Elle émit un petit gémissement de protestation, un cri venu du plus profond de sa gorge, et essaya de lui échapper, mais il prit son visage entre ses mains et se pencha au-dessus d'elle pour la protéger instinctivement des caméras, même si celles-ci ne fonctionnaient pas.

— Je sais que tu n'es pas en état d'accepter ce que je suis en train de te dire, mais tu étais tout l'univers de Peter. C'était un homme qui ne connaissait ni joie ni amour, dominé par sa soif de connaissances. J'ai vu la manière dont il te regardait. Il t'aimait ; ça n'était peut-être pas le cas au début, mais il a appris à t'aimer. Il t'a fait entrer dans sa vie peut-être pour de mauvaises raisons, mais s'il t'a gardée, c'est parce qu'il t'aimait. Il ne supportait pas l'idée d'être séparé de toi. Tu lui as fait découvrir ce qu'était l'amour.

Ryland aurait dit n'importe quoi pour soulager sa douleur, mais tandis qu'il prononçait ces mots, il sentait qu'ils étaient vrais.

Lily secoua la tête. Elle n'osait pas le croire, car s'il se trompait, ce serait un nouveau poignard qui lui déchirerait le cœur.

— Comment peux-tu en être sûr ?

Ses yeux gris scintillaient de sincérité.

— J'en suis sûr. Rappelle-toi ce qu'il t'a dit. Il voulait que tu retrouves les autres et que tu t'occupes d'elles. C'était des autres petites filles qu'il parlait. Il savait qu'il avait mal agi et il a essayé de rattraper cela en leur trouvant des familles et en leur laissant un patrimoine. C'était mal, Lily, mais il ne considérait pas les choses sous le même angle que le commun des mortels.

Il avait lu les intentions de son père dans l'esprit de la jeune femme et utilisait sans vergogne ces informations.

Elle fit un geste de la main.

— Elles sont quelque part, là-dehors. Il a fouillé dans leurs esprits, il a enclenché une chose qu'elles ne peuvent plus arrêter, il les a dépouillées de tous leurs filtres naturels ; il nous a toutes laissées sans défense. (Elle leva les yeux vers lui.) Higgens et les employés de Donovans ne doivent jamais apprendre l'existence de ces petites filles. S'ils les trouvent, ils les utiliseront… avant de les tuer.

— Il faut que tu détruises les bandes, dit Ryland. C'est le seul moyen de protéger tout le monde, Lily, et de protéger d'autres personnes à l'avenir. Ton père le savait, sinon il ne t'aurait pas demandé d'effacer les données. Ils n'ont rien pu tirer de ses disques durs. Il a veillé à ne rien enregistrer d'utile là où ils auraient pu le trouver.

— Ces bandes sont peut-être ma seule chance de trouver des indices sur le moyen d'inverser le processus, Ryland. Si je m'en débarrasse, nous ne pourrons plus revenir en arrière.

— On le savait déjà, mon cœur. Peter le savait aussi. Il a reproduit son expérience, d'une manière un peu plus raffinée, avec des sujets plus âgés et plus disciplinés, mais le résultat a été le même. Dépressions, crises, états de choc. Surcharges sensorielles.

— Je dois toutes les visionner. Je ne peux pas prendre le risque de manquer le moindre détail. J'ai une excellente mémoire visuelle. Je n'oublie pas ce que je lis ni ce que je vois. Cela va prendre du temps. Mon père avait des soupçons sur au moins deux décès, Ryland, et je m'inquiète pour toi et pour tes hommes. Il voulait vous faire sortir d'ici, au point de demander mon aide. Maintenant que j'ai lu son rapport, je crois qu'il avait de bonnes raisons de s'inquiéter. Tout comme lui, je pense que vous n'êtes pas en sécurité ici. Mon père a enregistré ses conversations téléphoniques avec plusieurs responsables militaires, mais personne n'a voulu prendre la décision de limoger Higgens. Je ne sais pas jusqu'où s'étend la corruption dans la hiérarchie. Là-dessus, tu t'y connais plus que moi. Tu dois décider en qui nous pouvons avoir confiance. Je vais essayer de sonder le général Ranier, mais je n'ai pas encore pu le joindre. C'est un vieil ami de la famille.

Il hocha la tête, ses yeux gris intensément rivés sur le visage de la jeune femme.

— Lily, il faut que nous parlions de la nuit dernière. Nous ne pouvons pas faire comme s'il ne s'était rien passé.

Lily secoua la tête. Il voulait lui faire croire qu'il pouvait tomber amoureux d'elle alors qu'il ne la connaissait même pas. Ils ne savaient rien l'un de l'autre. Il pensait la rassurer en lui montrant qu'elle pouvait faire naître un sentiment amoureux chez quelqu'un, mais cela ne faisait que renforcer sa conviction que son père avait amplifié leur attirance mutuelle.

Ryland Miller et ses hommes avaient besoin d'un refuge. Elle ne pouvait pas s'éloigner de lui alors qu'il avait un tel besoin d'elle.

— Arly, mon agent de sécurité, m'a montré les deux entrées d'un tunnel qui traverse la propriété pour mener jusqu'à ma maison. Mon père s'en servait lorsqu'il recevait des visiteurs en secret.

— Tu es sûre de pouvoir faire confiance à cet homme ?

Lily haussa les épaules.

— Je ne suis plus sûre de rien, Ryland. Je ne peux qu'espérer qu'il est dans mon camp. Toute l'aile est de la maison sera prête à vous cacher, toi et tes hommes. Outre mes appartements, elle compte une quinzaine de pièces, et on peut y vivre en parfaite autarcie. Arly est en train d'y faire passer discrètement des vivres, et vous pourrez y établir votre base, mais il y a des patrouilles et des caméras de surveillance à l'intérieur comme à l'extérieur. Je te donnerai les codes nécessaires pour entrer.

— Merci, Lily.

Il était très fier d'elle. Elle était courageuse et prête à se mettre en danger pour ses hommes. Pour lui.

— Je pense que Higgens va tenter d'arranger de nouveaux accidents, et je crois qu'il a un ou deux GhostWalkers à son service, à moins qu'il n'ait débauché l'un de tes hommes. Et si c'est le cas, votre évasion est vouée à l'échec.

— Mes hommes ne sont pas des traîtres, répondit-il d'un ton sans appel.

— Je n'aurais jamais cru qu'un membre de ma maisonnée trahirait un jour mon père, mais c'est pourtant ce qui est arrivé. Je n'aurais jamais cru qu'un employé de Donovans participerait à son meurtre, mais c'est ce qui s'est passé. Et je n'aurais jamais cru mon père capable d'aller chercher une petite fille dans un orphelinat et d'en faire un cobaye pour ses expériences, et c'est pourtant ce qu'il a fait. Ne compte pas trop sur la loyauté, Ryland, ou cela risque de te jouer de mauvais tours.

Silencieux, il percevait les vagues de chagrin et de honte qui la submergeaient.

— Je suis déjà allée voir tes hommes sous prétexte de leur demander leur coopération pour des tests supplémentaires. Je n'ai pas réussi à trouver Russell Cowlings. D'après le registre, il a eu une crise il y a plus d'une semaine et a été transféré d'urgence à l'infirmerie. J'ai vérifié là-bas, et ils ont autorisé son transport en hélicoptère vers un hôpital vingt minutes après l'avoir admis. Cela ne tient pas debout. Si son état était aussi critique, ils n'auraient pas dû le transférer si vite. J'essaie de retrouver sa trace, mais j'ai peur qu'il se soit évaporé dans la nature. Son dossier semble avoir disparu. J'ai laissé un message à Higgens, mais il ne m'a pas rappelée.

— Bon Dieu, Lily !

Ryland laissa tomber la tête et serra les poings.

— Russell est quelqu'un de bien. C'est injuste.

— Non, c'est vrai, répondit-elle. Rien de tout cela n'est juste.

— Lily…

La jeune femme posa les yeux sur le visage de Ryland, retenant les mots qu'il s'apprêtait à prononcer.

Elle secoua la tête.

— Je ne veux pas que ce qui s'est passé entre nous aille plus loin. Ce n'est pas naturel, et cela me fera toujours peur. Tu ne me connais pas, comment peux-tu croire que tu es amoureux de moi ? Je ne me connais pas moi-même. Nous n'avons jamais discuté.

— J'ai arpenté ton esprit. Je sais quel genre de femme tu es. Je sais exactement qui tu es, Lily, même si tu penses le contraire. Je sais ce que tu as fait, ce que tu es en train de faire pour nous. C'est extraordinaire, quoi que tu puisses en penser.

Il avait repris son poignet, et caressait du pouce la zone sensible à l'intérieur de son avant-bras. Les yeux dans les yeux, il porta la main de la jeune femme à sa bouche, et goûta sa peau du bout de sa langue.

— Tu es vraiment mauvais joueur, Ryland.

Celui-ci sourit et un éclair passa dans ses yeux, réveillant les flammes qui couvaient au plus profond d'elle.

— Pour moi, ce n'est pas un jeu, Lily. Je t'ai vue. J'ai su que tu étais faite pour moi dès le moment où j'ai posé mon regard sur toi. La situation dans laquelle nous nous trouvons n'a aucune importance. Tu es là pour toujours. Tu es réelle.

À contrecœur, il lui lâcha le poignet, et elle s'éloigna des barreaux à reculons, la main serrée contre son corps.

Ses jointures étaient brûlantes, comme marquées au fer rouge par le fulgurant contact de sa bouche.

— Et si tu penses être en parfaite sécurité, poursuivit-il, je te rappelle que les caméras ne fonctionnent pas.

— Je suis désolée, murmura-t-elle en sachant qu'il l'entendait.

Elle ne se retourna pas et continua à lui cacher son visage. C'était humiliant de ne pas être capable de maîtriser les élancements de désir qu'elle ressentait chaque fois qu'elle se trouvait en sa présence. Jusque-là, Lily avait toujours contrôlé sa vie, mais elle se sentait désormais totalement déstabilisée.

— Regarde-moi.

Elle secoua la tête.

— Tu es une vraie petite trouillarde, dis-moi ! lança-t-il pour la provoquer.

Elle se retourna à ces mots. Ses yeux lui lancèrent des éclairs et elle redressa les épaules.

— Il vaudrait mieux pour toi que je ne sois pas une trouillarde, si tu veux avoir une petite chance de t'en sortir.

Il jura et crispa les poings. Il se força à inspirer, tenta de se calmer et se concentra sur elle. Elle gardait toujours la tête froide, et cela l'agaçait profondément. Il la désirait dans le pire sens du terme, il avait une envie impérieuse d'elle. Et les rêves communs n'avaient rien arrangé. Ils n'avaient fait qu'accentuer son désir.

Le besoin qu'il avait d'elle le dévorait nuit et jour depuis la minute où ils s'étaient rencontrés. Il le ressentait à travers tout son corps. C'était pour lui une véritable obsession. Il voulait partager avec elle tous les fantasmes qui le hantaient.

— Je suis désolé, Lily. Ce n'est pas toi qui es enfermée dans cette cage. Mon corps n'est que douleur, et mon esprit hurle sans interruption. C'est comme si des marteaux-piqueurs me perçaient le crâne.

Lily perçut la vérité nue dans sa voix et avança précipitamment jusqu'à la cage pour l'observer plus attentivement.

— Mon Dieu ! Ryland !

Il était trop tard pour la protéger. Il avait tenté de maintenir les barrières du mieux que le lui permettait sa faiblesse. Mais il ne pouvait pas s'empêcher de la protéger. Elle améliorait ses capacités, elle les amplifiait, et il avait le même effet sur elle. Elle sentit sa douleur et la lui renvoya avec une intensité décuplée. Il agrippa les barreaux de sa cage et les serra avec une telle force que ses jointures blanchirent.

— Pourquoi ne m'as-tu pas laissée voir ça ?

Elle s'immobilisa, saisie par la compréhension.

— Hier soir. Quand tu maintenais la passerelle entre nous, tu le faisais tout seul.

Elle passa la main entre les barreaux et lui caressa tendrement le visage.

— Ryland, tu ne dois pas te mettre en danger pour moi. Les voix que j'entendais, c'était toi en train de vérifier que tes hommes allaient bien. Tu forces trop tes talents. Il faut que tu te reposes, que tu penses à toi.

Il saisit sa main et la plaqua contre sa bouche.

— Je me reposerai quand ils seront en sécurité. C'est moi qui les ai persuadés de participer à cette expérience, pour la plupart. J'ai toujours pu faire des choses dont les autres étaient incapables. Je voulais faire plus encore. J'aimerais pouvoir accuser ton père, le professeur Whitney. Mais je trouve que son idée était géniale, l'idée de pénétrer dans le camp ennemi et de forcer par télépathie les soldats adverses à détourner les yeux sur notre passage. Ensemble, mes hommes et moi étions invincibles.

La douleur était réelle, une pluie d'éclats de verre qui lui transperçaient la tête. Son pouls s'était accéléré et de petites gouttes de sueur perlaient sur son front.

— Ryland, je te prescrirais volontiers des somnifères, mais j'ai peur de leurs effets. Je peux te trouver quelque chose moi-même, mais cela prendra un peu de temps. Il faut que tu te reposes et que tu laisses ton esprit se détendre.

Il secoua la tête.

— Je ne prendrai aucun médicament. Fais-moi juste sortir d'ici, Lily. Je me reposerai une fois en sécurité avec toi.

Dans sa bouche, ces mots prenaient un tour très intime. Lily ne put se résoudre à protester. Ryland lui avait procuré tellement d'énergie. À elle, mais aussi à ses hommes. Il pensait à tout le monde sauf à lui.

Il lui sourit, un bref éclair de malice lui passant dans les yeux.

— Je pensais à moi, la nuit dernière, Lily, pas seulement à toi.

Elle rougit, malgré sa détermination à ne prêter aucune attention à ses allusions répétées à la nuit précédente.

— Les gardes doivent commencer à se faire du souci pour moi, ça fait longtemps que je suis là. Tu ferais mieux d'économiser ton énergie et d'arrêter de brouiller les systèmes de sécurité. Tu as de la famille, Ryland ? demanda-t-elle dans l'espoir de le faire changer de sujet.

Il laissa la jeune femme retirer ses mains, car il avait besoin de s'asseoir. Il se dirigea vers le lit et s'étendit en fermant les yeux pour empêcher la lumière tamisée de lui transpercer la cervelle.

— Ma mère m'a élevé seule, Lily. Tu imagines le tableau. Une très jeune mère célibataire sans aucun avenir.

Il y avait un sourire dans sa voix, qui montrait clairement à quel point il adorait sa mère.

— Mais elle n'avait aucune envie de se plier aux règles de la société. Elle m'a donné naissance contre l'avis de tout le monde, et a suivi des cours du soir pour décrocher son bac. Elle avait un emploi, mais a continué à suivre des cours pour obtenir un diplôme universitaire.

— C'est impressionnant.

Lily s'assit sur une chaise à côté de la cage alors que l'ordinateur se remettait à clignoter et que les moniteurs reprenaient vie. C'était le signe que Ryland les avait libérés de son emprise.

— Elle t'aurait plu, confirma-t-il. Nous vivions dans une vieille caravane, au milieu d'un parc sordide. Mais notre caravane était la mieux tenue du voisinage. Elle était entourée de fleurs et de plantes. Ma mère les connaissait toutes par leur nom et me faisait arracher les mauvaises herbes. (Ryland se passa le dos de la main sur le front.) Nous le faisions ensemble, en fait. Elle disait qu'il fallait toujours discuter de tout.

Un petit sourire réticent se dessina aux coins des lèvres de Lily.

— Est-ce que je sens poindre une petite leçon ?

— C'est possible. J'allais y venir.

— Je n'en doute pas.

Lily lança un regard sévère au garde qui venait d'entrer précipitamment dans le laboratoire.

— Avez-vous une raison de nous déranger pendant notre entrevue ?

Sa voix était parfaitement calme. Ryland ne pouvait s'empêcher d'admirer l'impression de confiance qui se dégageait d'elle, et le ton hautain qu'elle employait pour s'adresser au garde. Elle considéra l'intrus avec un air parfaitement impassible. En son for intérieur, Ryland était fier que cette princesse glaciale brûle d'un feu si vif rien que pour lui.

Le garde s'éclaircit la voix, visiblement mal à l'aise.

— Excusez-moi, professeur Whitney, mais les micros grésillent, les caméras de surveillance ne fonctionnent pas, et…

— C'est souvent le cas, l'interrompit-elle. Y voyez-vous une raison de violer une règle capitale et d'entrer dans un laboratoire pendant que j'y mène un entretien privé ?

— Non, madame, répondit le garde en sortant à la hâte.

— Tu es censé te reposer, gronda-t-elle ensuite Ryland.

— C'est ce que je fais, répondit-il innocemment.

— Tu n'arrêtes pas de diffuser des pensées érotiques.

— Ah bon ? (Il tourna la tête et lui sourit.) J'étais justement en train de me pencher sur la question. Je ne crois pas que cela vienne de moi.

— Vraiment ?

Il commença à secouer la tête, puis se ravisa.

— Oui, j'ai passé pas mal de temps à méditer là-dessus. Kaden est lui aussi un amplificateur, mais, lorsqu'il entre dans la pièce, je ne ressens aucune attirance physique pour lui.

Lily étouffa un rire dont l'écho se répercuta dans tout le corps de Ryland. Sa voix suffisait à le toucher. Il sourit malgré la douleur lancinante dans sa tête.

— Réfléchis un peu à tout ça, Lily. C'est toi qui génères toutes ces pensées sexuelles à mon égard, et comme tu es une amplificatrice, elles sont particulièrement intenses.

Il faisait de son mieux pour garder un ton innocent.

— Tu as disjoncté, ou quoi ? Tu ne sais pas mentir, Ryland. Je parie que, petit, tu te faisais attraper chaque fois que tu essayais.

Elle ne savait pas pourquoi, mais l'imaginer petit garçon aux cheveux bouclés lui faisait fondre le cœur.

Ryland rit doucement à l'évocation de ces souvenirs.

— Cela n'avait rien à voir avec la qualité de mes mensonges. Ma mère avait des yeux derrière la tête. Rien ne lui échappait. Je ne sais pas comment elle faisait, mais elle savait toujours tout. Elle devinait ce que j'allais faire avant même que je le fasse.

Lily éclata de rire, un son qui avait l'effet d'une caresse sur le corps de Ryland.

— Je suis sûre que tu devais tout avouer sans t'en rendre compte.

— Probablement. Elle était très stricte en matière d'éducation. Je n'aurais jamais osé être mauvais élève. Elle fermait parfois les yeux sur le désordre de ma chambre, ou sur mes incessantes parties de foot avec les copains, mais pas une seule fois je n'ai pu échapper à mes devoirs. Elle vérifiait tout mon travail scolaire et insistait pour que je lise des livres tous les soirs avec elle.

— Quel genre de livres ?

— Nous avons lu toute la littérature classique. Sa voix donnait vie aux histoires. J'adorais l'écouter lire. C'était mille fois mieux que la télévision. Bien entendu, je ne le laissais pas voir, je râlais pour lui faire croire que je lui faisais une faveur en lisant avec elle, dit-il avec une ombre de regret dans la voix.

— Elle savait, dit fermement Lily.

— Ouais, j'imagine que oui. Elle savait toujours tout.

Lily retint ses larmes.

— Qu'est-ce qu'il lui est arrivé ?

Il y eut un petit silence.

— Un jour, je suis venu lui rendre visite sans la prévenir, et elle a décidé de me cuisiner l'un de ses fameux petits plats.

Nous sommes allés en voiture à l'épicerie. Un ivrogne a grillé un feu rouge et nous est rentré dedans. J'ai survécu, mais pas elle.

— Je suis vraiment désolée, Ryland. Ce devait être une personne extraordinaire. J'aurais beaucoup aimé la rencontrer.

— Elle me manque. Elle avait le don de toujours dire ce qu'il fallait au bon moment.

Tout comme Lily. Il commençait à se dire qu'elle aussi possédait cette qualité.

— Tu penses qu'elle avait des dons psychiques ?

— Ma mère ? Peut-être. Elle savait des choses. Mais c'était surtout une mère formidable. Elle me disait qu'elle avait suivi des cours et lu des livres pour apprendre à élever un enfant, répondit-il avec une pointe d'amusement. Visiblement, je ne réagissais pas comme les gamins des bouquins.

— Ça, j'en suis sûre.

Lily avait envie de le prendre dans ses bras pour le consoler. Elle percevait sa douloureuse solitude et en souffrait elle aussi. Elle étouffa un grognement. Malgré toute la validité de ses arguments, plus elle passait de temps avec Ryland et plus elle se sentait attirée par lui. Le besoin de le sentir heureux et en bonne santé était en train de devenir une condition essentielle de son propre bonheur.

— Je lui ai causé beaucoup de soucis, avoua-t-il. J'étais toujours fourré dans des bagarres.

— Étrangement ça ne me surprend pas.

Elle le regarda en haussant un sourcil, mais ce fut le petit sourire qui planait sur ses commissures qui capta son attention.

Il s'assit sur le rebord de son lit et se passa les deux mains dans les cheveux.

— L'endroit où nous vivions nous valait beaucoup de remarques désobligeantes. À maman comme à moi. Je n'étais encore qu'un gamin et pensais que je devais la défendre et prendre soin d'elle, de nous.

— Tu n'as pas changé, lui fit-elle remarquer. C'est une caractéristique qui ne manque d'ailleurs pas de charme.

Elle soupira avec regret, car elle savait que le temps lui était compté. Elle aimait sa compagnie et sa conversation.

— Je dois y aller, Ryland. J'ai beaucoup d'autres projets à gérer. Je repasserai te voir ce soir avant de partir.

— Non, Lily, pars directement.

Il planta son regard gris fermement sur le sien et se leva malgré la fatigue qui envahissait tous ses muscles. Il avança jusqu'aux barreaux, et chaque pas semblait lui enfoncer des pointes acérées dans la tête.

Elle inspira avec bruit.

— Tu ferais peut-être mieux d'attendre.

— C'est un risque que je ne peux pas me permettre de courir, Lily. Sauve-toi loin et ne reviens pas.

Elle hocha la tête, la bouche quelque peu crispée. Plongée dans ses réflexions, elle lui présentait son profil, et Ryland en profita pour se délecter de sa silhouette voluptueuse. Lily n'avait aucun angle aigu, et son corps était une symphonie de courbes féminines. Sa blouse blanche, négligemment jetée sur ses vêtements, ondulait à son rythme, laissant parfois entrevoir ses seins généreux. Lorsqu'elle marchait, le tissu de son pantalon se tendait sur ses fesses rondes et attirait son regard. Son corps était une tentation permanente à laquelle il devait éviter de penser s'il ne voulait pas se consumer de désir. Elle serait sienne. Elle marcherait à ses côtés, dormirait contre lui, prendrait vie, se désagrégerait entre ses bras. Ils étaient faits l'un pour l'autre. Il fallait simplement qu'elle l'accepte.

— Vous recommencez, capitaine, lui dit-elle sur un ton de douce réprimande, en rougissant.

Il referma les mains sur les barreaux. Ses paumes le démangeaient du désir d'éprouver la douceur de sa peau.

— Non, pas encore, Lily, répondit-il entre ses dents sans se soucier de savoir si elle pouvait l'entendre.

Elle resta un moment immobile, étrangement désemparée.

— Fais bien attention à toi, murmura-t-elle avant de lui tourner le dos et de le laisser seul face à sa douleur, à sa culpabilité et à la cage qui le retenait prisonnier.

Chapitre 7

La nuit était étonnamment froide. Lily frissonna en levant les yeux vers le fin croissant de lune. Des nuages noirs tournoyaient dans le ciel et atténuaient l'éclat des étoiles au-dessus de sa tête. Le vent soulevait ses vêtements et faisait voler quelques mèches sur son visage et ses yeux. Des traînées de brouillard tourbillonnaient dans le vent, s'accrochant aux épais barbelés de la clôture et s'avançant vers elle comme des griffes effilochées. Elle sentait la tempête arriver du large.

— Professeur Whitney ! Je pensais que vous étiez rentrée !

Un garde de haute stature sortit de l'ombre. C'était l'un des plus âgés et des plus expérimentés. En le regardant attentivement, elle se demanda s'il avait fait l'armée.

Elle feignit l'effroi et fit un petit bond, comme s'il l'avait surprise.

— Vous m'avez fait peur, je ne vous ai pas entendu arriver.

— Que faites-vous ici ?

Il y avait une trace d'inquiétude dans sa voix.

Lily ne portait pas de veste. Elle frissonna dans le vent glacial.

— Je prends l'air, répondit-elle simplement. Que ce soit pour dormir ou travailler, j'hésite à rentrer de peur d'affronter l'absence de mon père.

Elle passa les doigts dans son épaisse chevelure.

— Il fait froid dehors, professeur Whitney. Je vous raccompagne à votre voiture.

Sa prévenance fit monter les larmes aux yeux de la jeune femme et lui serra la gorge. Le chagrin commença à la submerger, cuisant, vif et douloureux. Toute la journée, elle avait étouffé sa peine et le secret de la mort de son père. Elle l'avait tenue à distance en se plongeant dans le travail tout en planifiant méticuleusement les conséquences de l'évasion. La culpabilité générait en elle des émotions violentes. Si l'un des hommes se blessait en s'échappant, c'était à elle que la faute incomberait. Peter Whitney lui avait dit ce qu'il voulait, il lui avait fait part de ses dernières volontés, mais au bout du compte, c'était elle qui devrait endosser la responsabilité.

Les Whitney avaient déjà commis suffisamment d'erreurs, et cette fois encore, elle se demandait si elle n'allait pas faire plus de mal que de bien. Et si les soldats ne pouvaient pas survivre en dehors du laboratoire ? Leur fuite fournirait à Higgens l'excuse idéale pour exterminer tous ceux qui se mettraient en travers de son chemin. Elle ferait de tous ces militaires des déserteurs.

— Professeur Whitney ?

Le garde lui saisit le bras.

— Excusez-moi, tout va bien, merci.

Lily se demanda si le jour viendrait où tout irait bien à nouveau.

— Ma voiture est garée dans le parking derrière le premier mirador. Ne vous donnez pas la peine de m'accompagner, tout va bien, je vous assure.

— J'allais par là de toute façon, lui répondit-il en l'entraînant dans la direction qu'elle avait indiquée et en se plaçant à côté d'elle pour la protéger du vent.

Tandis qu'ils marchaient, un grand silence se fit en elle. Ce qu'elle soupçonnait devenait de plus en plus certain. Elle sentit les mouvements et la présence des autres dans la nuit. Des caméléons – des GhostWalkers, comme ils se nommaient eux-mêmes –, des fantômes qui se fondaient dans n'importe quel environnement, toujours à l'aise, de nuit, dans l'eau, dans la jungle et les arbres. Ils étaient des ombres parmi les ombres, capables de contrôler leur cœur et leurs poumons, capables d'évoluer parmi leurs ennemis sans être vus. Lily sentait la vibration de leur énergie tandis qu'ils se déplaçaient dans le complexe sécurisé et forçaient les gardes à détourner la tête par la simple puissance de leur esprit.

Il avait été décidé que Lily s'éloignerait des laboratoires pour disposer d'un alibi imparable, mais elle s'était attardée sur les lieux, paralysée par la culpabilité et la peur. Il était difficile d'entrer par effraction dans le complexe, mais beaucoup plus simple d'en sortir. Ryland Miller et ses hommes possédaient des dons psychiques plus ou moins développés. Elle savait que Ryland avait prévu d'attirer le colonel Higgens dans sa cellule afin que les soupçons pèsent sur lui, la dernière personne à l'avoir vu avant son évasion. Ryland libérerait ses compagnons. Les hommes resteraient tout d'abord groupés, car leurs capacités individuelles seraient bénéfiques au groupe, mais une fois hors du complexe, il serait beaucoup plus prudent de se disperser et de se rendre, seul ou par deux, vers leur destination : sa maison.

Elle tourna nonchalamment les yeux vers la silhouette des bâtiments, des miradors et des installations. Elle se sentait étonnamment oppressée. Elle n'arrivait pas à les voir, mais elle les percevait. Ils évoluaient dans le périmètre sécurisé comme les fantômes qu'ils disaient être. Un chien aboya quelque part sur sa droite et son cœur manqua un battement. L'animal se tut tout à coup, comme si on le lui avait ordonné. Le garde resserra la main posée sur son bras, soudain mal à l'aise.

Il tourna la tête en direction de l'animal. Lily fit semblant de trébucher pour détourner son attention.

— Je suis désolée, dit-elle d'une voix plus essoufflée qu'elle l'aurait voulu lorsqu'il la rattrapa et la retint. Il fait sombre ce soir. La tempête arrive plus vite que prévu.

— Elle va être violente, d'après les prévisions. Vous devriez rentrer avant qu'elle commence, lui conseilla-t-il. Les rafales pourraient dépasser les 160 kilomètres-heure, et vous n'avez qu'une petite voiture.

Elle avait volontairement refusé la limousine qu'on avait mise à sa disposition, sachant que chaque véhicule finirait par être suspecté et qu'une limousine pouvait facilement faire sortir plusieurs fugitifs du complexe.

Face à l'inquiétude du garde, elle manqua de se trahir. Elle était beaucoup plus tendue qu'elle le pensait ; la peine qu'elle éprouvait pour son père bouillonnait sous la surface et menaçait d'éclater au grand jour. Mais elle venait aussi de comprendre le rôle qu'elle avait joué dans les expériences de son père. De comprendre celui qu'elle jouait dans l'évasion et qui lui tiraillait la conscience. Elle craignait que quelqu'un soit blessé ou tué, cela la rongeait au point de lui donner envie de hurler. Les larmes montèrent et troublèrent sa vision. La vie de ces hommes allait-elle être meilleure hors du complexe, où ils n'auraient plus personne pour les protéger ? Elle devait se forcer à se dire qu'au moins on ne pourrait plus leur faire volontairement du mal.

— Vous tremblez, professeur Whitney, observa le garde. Vous feriez peut-être mieux de rentrer et de passer la nuit ici.

Il s'arrêta au milieu de la cour, la forçant à s'immobiliser aussi.

Lily se contraignit à adopter un ton guilleret.

— Je vais bien, je suis simplement un peu secouée. J'ai eu plusieurs semaines pour m'habituer à la disparition de mon père, mais l'idée d'affronter une maison vide en pleine tempête me fait très peur. Nous discutions beaucoup. Il n'y a plus que du silence maintenant.

Soudain, un éclair zébra le ciel, illuminant le complexe et ses environs d'une lueur blanche et aveuglante. Lily aperçut avec horreur la silhouette sombre d'un homme à quelques mètres d'eux. Il avait les yeux rivés sur eux. Concentrés. Fixes. Des yeux de prédateur. Sa main bougea et elle aperçut le scintillement d'un couteau. *Kaden.* Elle le reconnut immédiatement. C'était l'un des plus doués.

Lily se jeta entre le fantôme et le garde. Elle déséquilibra ce dernier et ils se retrouvèrent par terre, les membres enchevêtrés. L'éclair avait disparu, les laissant prisonniers de l'obscurité, vulnérables. En heurtant le sol, Lily se cogna la tête si fort qu'elle poussa un petit cri. Le garde jura, se remit rapidement sur ses pieds et lui tendit la main pour l'aider à se relever. Au même moment, le tonnerre gronda très fort. Le ciel s'ouvrit et la pluie se mit à tomber à torrent.

— Vous ne devriez même pas penser à conduire si vous avez aussi peur de l'orage, lui dit-il en la maintenant immobile pour l'observer attentivement.

Elle se rendit compte qu'il avait regardé dans la direction opposée. Il n'avait pas vu la menace presque invisible qui était passée si près d'eux. Il était tout à fait possible qu'ils soient entourés de fantômes. Cette idée envoya une décharge d'adrénaline dans les veines de Lily. La pluie lui coulait sur le visage et ses vêtements étaient trempés. Valait-il mieux qu'elle retourne dans le bâtiment, ou qu'elle se rende à sa voiture ? Où le garde serait-il le plus en sécurité ?

Un éclair déchira le ciel nuageux, électrisant l'atmosphère et faisant trembler le sol sous leurs pieds. Le complexe fut de nouveau brièvement illuminé. Kaden s'était fondu dans la nuit, mais elle eut le temps d'apercevoir un autre visage. Deux yeux gris implacables la dévisagèrent puis se fixèrent sur le garde qui la tenait toujours par les bras. Ryland était proche, si proche qu'elle n'aurait eu qu'à tendre la main pour le toucher. La lueur disparut dans un grondement de tonnerre et l'obscurité reprit ses droits.

Lily s'effondra contre le garde, terrifiée par le masque menaçant qu'elle avait lu sur le visage de Ryland. C'était un expert du combat à mains nues et des arts martiaux. Ses grandes mains étaient porteuses de mort. Elle ne savait pas quoi faire, ni qui protéger. Devait-elle monopoliser l'attention du garde, ou bien l'avertir du grand danger qu'il courait ?

— *Détends-toi, mon cœur.*

La voix traîna paresseusement dans sa tête et caressa ses sens comme un gant de velours.

— *Je ne ferai aucun mal à ton héros. Et file te mettre à l'abri avant d'attraper une pneumonie.*

Un grand soulagement l'envahit. Elle leva son visage trempé vers le ciel et sourit sans raison.

— *On n'attrape pas une pneumonie à cause d'une simple averse.*

— Nous devons partir tout de suite, dit le garde en la tirant par le bras pour la faire avancer. Je vous ramène au bâtiment, c'est trop dangereux de rester dehors.

— D'accord, répondit-elle aussitôt.

— *Deux de mes hommes n'ont toujours pas réussi à sortir. Éloigne-le des labos.*

— Mais je n'ai pas le courage de retourner au laboratoire ce soir. Allons plutôt à la cafétéria, improvisa-t-elle prestement.

Le garde passa un bras autour des épaules de Lily pour essayer de la protéger de la pluie, puis, en courant, ils traversèrent la vaste cour pavée jusqu'à la plus grande rangée de bâtiments. Lily regardait par terre pour voir où elle posait les pieds lorsque la foudre frappa encore. L'éclair était cette fois-ci tombé beaucoup plus près. Il fit trembler les vitres et ébranla les miradors, et l'un des vigiles poussa un cri d'alarme.

— Ces hommes devraient sortir de là ! hurla-t-elle à l'instant où le tonnerre éclatait.

Le vacarme était assourdissant et faillit les renverser. Lily avait encore mal aux oreilles du bruit de l'impact.

— Les miradors sont équipés de paratonnerres, ils n'ont rien à craindre, la rassura le garde.

Il hâta néanmoins le pas, la forçant à faire de même.

Il venait à peine de terminer sa phrase qu'ils entendirent une énorme explosion. La foudre venait de tomber sur le mirador. L'impact généra une pluie d'étincelles, un véritable feu dans le ciel, rougeoyant sous l'averse. Lily, affolée, tournait la tête en tous sens tout en se protégeant le visage, tentant désespérément de les apercevoir une dernière fois, mais les silhouettes sombres avaient disparu, la laissant seule avec le garde dans la tempête qui faisait rage.

Un grand sentiment de dénuement l'envahit. Jamais aucune sensation ne l'avait autant vidée de ses forces.

Le bras du garde la propulsa dans le bâtiment principal au moment même où l'alarme se mettait en marche.

— Ce n'est sans doute rien, dit-il. La sirène se déclenche régulièrement sans raison ; il doit y avoir un faux contact, ou bien c'est la tempête, mais je dois y aller. Restez bien à l'abri de la pluie.

Il lui tapota le bras pour la rassurer et partit.

Lily regarda par la fenêtre, sans prêter attention à son corps et à ses vêtements trempés. Elle espérait ardemment avoir pris la bonne décision. Ryland était parti avec ses hommes. C'était à elle qu'il revenait de les aider à retrouver une place dans le monde. Elle ne savait pas du tout si elle en était capable. Pas plus qu'elle ne savait si l'eau qui coulait sur son visage était des larmes ou des gouttes de pluie.

Elle appuya le front contre la vitre et regarda devant elle, les yeux dans le vague. Comment les hommes réussiraient-ils à survivre dans un monde rempli d'émotions brutes, de violence et de douleur ? La surcharge de stimuli risquait de les faire sombrer dans la folie. Il était utopique d'espérer qu'ils gagneraient tous sa propriété sans encombre. Comment Ryland Miller survivrait-il si elle n'était pas là pour le protéger du reste du monde, même pendant quelques heures ? Il y avait tellement de chances qu'il se retrouve séparé des autres. Il enverrait les hommes les plus faibles avec Kaden et protégerait leurs arrières. Elle le savait et elle l'acceptait. Ryland s'occuperait des autres avant de songer à sa propre sécurité. C'était ce qui lui plaisait tant chez lui.

Si elle les avait laissés dans le laboratoire, les hommes n'auraient jamais eu aucun espoir de connaître le repos. Ils auraient été utilisés, observés, traités comme des cobayes, pas comme des êtres humains ; elle avait déjà remarqué que les gardes et les techniciens ne les considéraient plus comme des personnes à part entière. De toute évidence, le colonel Higgens voulait leur mort, et elle se doutait qu'il les faisait périr au cours d'accidents arrangés pendant les tests. Elle pourrait au moins leur fournir assez d'argent pour qu'ils trouvent un endroit où vivre en paix, reclus peut-être, mais en vie. Ils seraient en sécurité. Et Peter Whitney, tout comme Ryland Miller, avait pensé que le risque en valait la peine. Elle devait se satisfaire de cette pensée.

Une fois la tempête calmée, elle se dirigea vers sa voiture. Le complexe était sens dessus dessous, les gardes couraient dans tous les sens sous le halo des lumières qui illuminaient violemment la nuit pour ratisser l'ombre des bâtiments, comme en quête de proies. Le crépitement de la pluie n'assourdissait pas totalement les cris d'affolement et le vacarme ambiant, tandis que se répandait la rumeur de l'évasion des GhostWalkers. Les cages étaient vides et les tigres dans la nature. La peur se propageait comme une maladie. Lily en sentait les ondes frémissantes émaner des gardes qui s'affairaient autour d'elle. Le complexe était en quarantaine et elle n'avait plus aucun moyen d'en sortir.

L'intensité des émotions était écrasante. Elle espérait que Ryland et ses hommes étaient loin d'ici. Pour l'instant, ses propres barrières vacillaient, pilonnées par la peur et le stress qu'émettaient les gardes et les techniciens. Elle se rendit à son bureau pour y attendre le retour au calme, les mains sur les oreilles pour étouffer les hurlements des sirènes. Lorsque le bruit cessa enfin, elle fut soulagée. Le silence soudain lui faisait l'effet d'un baume apaisant. Lily prit une longue douche dans sa salle de bains privée et choisit de nouveaux vêtements parmi ceux qu'elle gardait lorsqu'elle passait la nuit au bureau, ce qui arrivait fréquemment.

Elle ne fut pas surprise lorsque deux gardes lui demandèrent de l'accompagner jusqu'au bureau du président où l'attendaient un officier de liaison et les cadres de Donovans. Elle obéit avec un petit soupir réticent. Elle était épuisée, tant physiquement que psychiquement, et ne rêvait que de s'isoler du monde extérieur.

Thomas Matherson, le bras droit de Phillip Thornton, l'attendait pour la mettre au courant de la situation.

— Il se trouve que le général Ronald McEntire était en train de visiter le complexe ce soir. Il a appelé le général

Ranier, le supérieur direct du colonel Higgens, pour lui demander s'il pouvait participer à cette réunion.

Matherson ouvrit la porte et la laissa passer devant lui.

Lily n'arrivait pas à croire à cet heureux hasard. Un général qui ignorait tout de l'expérience en cours. Si elle trouvait le moyen de lui parler en tête à tête, elle pourrait lui faire part de ses soupçons à l'encontre du colonel Higgens. Les terribles douleurs qui lui nouaient l'estomac commencèrent à se calmer.

La grande salle était dominée par une immense table ronde. Chaque place était occupée et toutes les têtes se tournèrent vers elle. La plupart des hommes firent mine de se lever lorsqu'elle entra, mais elle leur fit signe de se rasseoir.

— Messieurs.

Elle parlait doucement, la voix aussi posée qu'à son habitude. Elle savait que son visage exprimait la sérénité la plus parfaite. Elle s'y était longuement entraînée.

Phillip Thornton fit lui-même les présentations, manifestant ainsi sa contrariété. En temps normal, il laissait les tâches qu'il considérait comme subalternes à son assistant.

— Le professeur Whitney a récemment accepté de reprendre les travaux de son père. Elle est en train d'étudier ses données et d'essayer de nous en faire un tableau clair.

Sans prêter la moindre attention à cette introduction, le général lança un regard furieux à Lily.

— Professeur Whitney, mettez-moi au courant de cette expérience.

C'était un ordre, sec et définitif, et les yeux du général débordaient de colère.

— Que savez-vous déjà ?

Lily était prudente. Elle voulait sonder le militaire. Temporiser. Laisser aux hommes le temps de trouver les itinéraires prévus pour leur évasion. Elle regarda subrepticement le colonel Higgens et haussa un sourcil interrogateur.

Celui-ci hocha presque imperceptiblement la tête pour lui donner son aval.

— Disons que je ne sais rien.

Matherson tira une chaise pour Lily et l'installa à côté du général, en face de Phillip Thornton. Elle le remercia d'un sourire et prit son temps pour s'asseoir.

— Je suppose que toutes les personnes présentes disposent des certificats de sécurité nécessaires ?

— Bien entendu, répondit sèchement le général. Dites-moi ce que je dois savoir sur ces hommes.

Lily posa les yeux sur lui.

— Ils proviennent de toutes les branches de l'armée. Mon père, le professeur Whitney, cherchait un genre d'hommes bien particulier. Bérets verts, Navy SEALs, Forces spéciales, Rangers, des éléments très spécialisés et capables d'évoluer dans des conditions très difficiles. Je crois qu'il en a également sélectionné dans la police. Il voulait des hommes extrêmement intelligents et des officiers de haut rang. Il voulait des personnes capables de faire preuve d'initiative si la situation l'exigeait. Et chacun d'entre eux devait montrer une forte prédisposition aux capacités psychiques.

Le général souleva un sourcil et regarda durement le colonel Higgens.

— Vous étiez au courant de ces inepties et vous les avez approuvées ? Et le général Ranier aussi ?

Higgens acquiesça.

— L'expérience a été validée dès le début, et elle s'est révélée intéressante.

Il y eut un bref instant de silence pendant lequel le général sembla assimiler ce qu'il venait d'apprendre. Il se tourna vers Lily.

— Et comment a-t-on testé leurs capacités psychiques ?

Lily regarda Higgens, comme pour l'appeler à l'aide. En le voyant rester impassible, elle haussa les épaules.

— La sélection a été très simple. Le professeur Whitney, c'est-à-dire mon père, avait mis au point un questionnaire qui mettait en avant les tendances à l'acuité psychique.

— Telles que…, l'encouragea le général McEntire.

— Telles que la capacité à se souvenir de ses rêves et à les interpréter, la fréquence des impressions de déjà-vu, le besoin pressant d'appeler un ami lorsque celui-ci a des ennuis, la tendance à accepter la notion de voyance parce qu'elle semble « naturelle »… tout cela est positivement associé aux prédispositions psychiques.

Le général ricana.

— Foutaises. Nous avons interrompu ce genre de programmes voilà des années. Rien de tel n'existe. Vous avez pris des éléments de valeur et vous les avez manipulés pour les inciter à croire qu'ils étaient des êtres supérieurs.

Lily essaya de se montrer patiente, car elle voulait que le général comprenne l'énormité de ce que l'on avait fait subir à ses hommes.

— Bien entendu, ce que nous ignorons encore sur les mécanismes biochimiques de la voyance dépasse de beaucoup ce que nous savons, mais de récentes avancées dans le domaine de la psychologie neurocomportementale ont renforcé nos hypothèses. Nous savons par exemple que le don de voyance est déterminé par les gènes. Tout le monde a entendu parler de personnes capables de réaliser des exploits paranormaux. Ce sont des génies psychiques. (Lily chercha un moyen de le lui faire comprendre.) Comme Einstein l'était pour la physique, ou Beethoven pour la musique. Vous saisissez ?

— Je vous suis, dit le général d'une voix sinistre.

— Nous savons que la plupart des grands physiciens ne sont pas des génies, pas plus que la plupart des concertistes ne sont des enfants prodiges. Mon père a mis au point un programme pour sélectionner les candidats ayant une prédisposition à la voyance, puis un autre pour entraîner et amplifier leur potentiel. Imaginez un culturiste. Son corps est le résultat d'un potentiel génétique, d'un entraînement rigoureux, et...

Elle laissa sa phrase en suspens et se retint à la dernière seconde d'ajouter « probablement de drogues de synthèse ». Moins ils aborderaient ce sujet, mieux cela vaudrait.

Elle n'avait aucune intention d'entrer dans le détail devant toutes ces personnes, et surtout pas devant Philip Thornton et le colonel Higgens. Son père avait pris toutes les précautions pour que ses formules ne tombent pas entre n'importe quelles mains ; elle n'allait certainement pas les révéler à ceux qu'elle soupçonnait justement d'avoir fomenté sa mort.

Le général poussa un léger soupir et se renfonça dans son fauteuil. Il se massa les tempes en la regardant.

— Cela commence à paraître très plausible. Comment a-t-il réussi à le faire fonctionner ? Tous les pays du monde procèdent à des tentatives semblables depuis des années, et ils n'ont rencontré que des échecs.

— Le professeur Whitney a emprunté simultanément plusieurs voies.

Elle tapa du pied en essayant de trouver le moyen de décrire cela en termes simples.

— Chaque objet dont la température dépasse moins deux cent soixante-treize degrés Celsius ou zéro kelvin émet de l'énergie. Les organismes biologiques ont tendance à se concentrer sur certaines fréquences et à en filtrer d'autres. Cela demande de l'énergie.

Voyant le général froncer les sourcils, Lily se pencha vers lui.

— Imaginez un réfrigérateur. Le plus souvent, on ne se rend compte que le moteur fonctionne que lorsque celui-ci s'arrête, et que l'on est soulagé par le silence. Ces « filtres » sont gérés par le système nerveux autonome. On pense généralement qu'on ne peut pas les contrôler consciemment. Mes propos vous paraissent-ils clairs ?

Le général hocha la tête, et Lily poursuivit.

— Il existe néanmoins de nombreux exemples frappants de contrôle du système nerveux autonome. Certaines techniques de rétroaction biologique permettent de réduire le rythme cardiaque, la pression sanguine ou encore la température corporelle. Les maîtres zen et les yogi sont réputés pour leur maîtrise de ce genre de choses. L'acte sexuel prolongé, chez un homme, est un autre exemple d'intervention somatique sur le système nerveux autonome.

Le général se renfrognait de nouveau.

— Ce que je veux dire, c'est que l'énergie essentielle aux activités paranormales est pratiquement réduite à néant chez les adultes à cause de l'activité de ces filtres autonomes. Le professeur Whitney a trouvé le moyen d'atténuer l'effet du système de filtration grâce à des techniques corporelles et mentales enseignées par les maîtres zen.

Le général se passa la main sur le visage et secoua la tête.

— Vous êtes en passe de me convaincre...

Lily garda le silence en priant pour qu'il comprenne et qu'il se mette du côté des soldats. Elle pensa à Ryland et à ses hommes, seuls dans la tempête, et espéra qu'ils étaient tous indemnes.

— Poursuivez, je vous en prie, professeur Whitney, l'encouragea le général en tapotant la table de son crayon, ce qui trahissait son agitation.

— En étudiant les scanners cérébraux de voyants révélés, mon père a découvert que les zones du cerveau qui influent sur la prescience sont les mêmes que celles qui causent l'autisme : l'hippocampe, l'amygdale et le néocérébellum. Il a également trouvé d'autres liens. Il y a plus de prédispositions aux capacités psychiques chez les autistes que dans le reste de la population. De plus, les autistes vivent en surcharge sensorielle ; ils souffrent probablement d'un défaut au niveau des filtres. Dans leur cas, diminuer les filtres ne produit que du bruit, comme une radio mal réglée. On crée alors des autistes, pas des médiums.

— Donc, si je comprends bien, il a rencontré des problèmes.

Lily soupira avec regret.

— Oui, c'est exact. Au départ, les hommes étaient réunis dans une caserne classique afin d'y renforcer leur solidarité. Le but était de former une unité d'élite dont les membres pourraient mettre leurs talents en commun dans le cadre de missions à haut risque. L'unité a reçu une formation sur le terrain, mais également en laboratoire. Les hommes ont dépassé toutes les attentes. La plupart ont même montré une aptitude pour la télépathie.

— Donnez-moi des détails.

— Ils pouvaient communiquer entre eux sans parler à voix haute ; c'était un échange de pensées, faute de meilleure image. Le professeur Whitney leur a fait passer des scanners, et leur activité cérébrale était d'une intensité incroyable. Certains devaient se trouver dans la même pièce pour communiquer de cette manière, tandis que d'autres y parvenaient même depuis l'autre bout du complexe.

Lily jeta un autre coup d'œil au colonel Higgens.

— Vous comprenez le profit que l'on pourrait tirer d'une telle capacité en mission. D'autres étaient capables d'« entendre » les pensées des gens qui se trouvaient à côté d'eux. Toutes ces aptitudes ont été répertoriées, général, filmées et enregistrées, si vous voulez les voir par vous-même. Certains sujets pouvaient « lire » l'histoire d'un objet rien qu'en le tenant entre leurs mains. Les talents étaient variés. Psychométrie. Lévitation. Télékinésie. Télépathie. Certains n'en avaient qu'un, d'autres montraient des capacités dans plusieurs domaines à des degrés variés.

Lily inspira profondément, puis expira lentement.

— Nous avons rencontré des problèmes inattendus, et le professeur Whitney n'est pas parvenu à les résoudre.

Sa voix dénotait un regret sincère. Elle mit les mains autour de la tasse de thé chaude que lui avait apportée Matherson.

— Il existe une réaction appelée tachyphalaxase. Le corps sent que ses récepteurs sont surchargés et les éteint. Comme si, tout d'un coup, la radio ne donnait plus que de l'électricité statique. Certains sujets ont subi des crises incessantes sous l'effet de l'hyperstimulation. L'un d'entre eux est même devenu fou, ou autiste, pour être plus précise. Un autre a succombé à une hémorragie intracrânienne après avoir reçu une blessure à la tête.

Ce n'était pas l'exacte vérité ; elle sentait qu'il existait une autre explication pour cette hémorragie intracrânienne, mais ne voulait pas s'avancer sur la base d'une simple hypothèse.

— Mon Dieu, dit le général en secouant la tête.

Higgens s'éclaircit la voix.

— Il y a également eu des crises psychotiques, mon général. Deux sont devenus violents au point d'en être incontrôlables. Même les autres ne pouvaient rien faire pour eux.

Lily sentit le remords lui ronger les entrailles.

— Dès l'identification du problème, le professeur Whitney a essayé de créer une atmosphère apaisante et insonorisée, un refuge où les hommes seraient à l'abri de la douleur émise en permanence par les gens qui les entouraient. Il en a équilibré l'atmosphère à l'aide d'une lumière tamisée et de bruits naturels relaxants pour soulager leur cerveau de ces assauts continuels.

— Sont-ils vraiment capables d'influer sur le jugement des gens et de les forcer à leur obéir ? demanda le général McEntire. Ces hommes auraient-ils pu hypnotiser votre père pour le pousser au suicide ? On a retrouvé sa voiture sur le port, et la police pense sérieusement qu'il est aujourd'hui au fond de l'eau.

Lily retint une exclamation.

— Est-ce que vous insinuez que ces hommes sont liés à la disparition de mon père ? C'était la seule personne capable de les aider.

— Pas nécessairement, professeur Whitney. Peut-être en êtes-vous capable, vous aussi, fit remarquer le colonel Higgens. Il est possible que Ryland Miller l'ait compris. Il a entendu votre réponse lorsque j'ai fait l'erreur de vous demander en sa présence si vous pouviez déchiffrer les codes de votre père.

Un frisson parcourut la jeune femme lorsqu'elle entrevit la vérité dans toute son horreur. Elle avait condamné son père à mort en répondant par l'affirmative à la question du colonel. Elle se souvint du changement soudain dans l'attitude de Higgens, qui avait tout à coup cessé de se disputer avec son père pour la regarder non plus avec hostilité, mais avec intérêt.

— Je suis désolé de vous imposer cela, Lily, dit Phillip Thornton. Je sais que vous avez du chagrin et que vous

vous êtes donné énormément de mal pour tenter de démêler cette affaire.

Lily se força à sourire et balaya ses inquiétudes d'un geste de la main.

— Je ne vois aucun inconvénient à essayer de vous aider, Phillip. Après tout, il s'agit également de ma société.

Elle détenait en effet un grand nombre de parts, et profita de l'occasion pour le lui rappeler.

— Avez-vous la moindre idée de ce qui a pu se produire ? J'ai parlé longuement avec le capitaine Miller ce matin. Il m'a semblé très coopératif, et il a même admis que la paranoïa était un effet secondaire de l'expérience. Il faisait l'éloge du colonel Higgens, puis lui témoignait soudain la plus grande hostilité. Je lui en ai fait la remarque et il y a réfléchi très sérieusement. Son esprit est rapide et logique.

— Il a en effet demandé à me voir, admit le colonel Higgens. J'y suis allé, et il est vrai qu'il m'a dit des choses dans ce sens. (Il se massa le front.) La cage était parfaitement fermée lorsque j'ai quitté la pièce. La vidéo de surveillance pourra le prouver.

— Les caméras étaient de nouveau hors service, dit Thornton.

Le silence se fit abruptement. Tous les regards se tournèrent vers le colonel. Il se redressa sur sa chaise et regarda hargneusement l'assistance.

— Je vous répète que la cage était fermée. Je ne l'aurais ouverte en aucun cas, même avec un garde armé dans la pièce. Pour moi, le capitaine Miller est un homme dangereux. Avec son équipe, il est presque invincible. Nous allons lancer toutes nos forces disponibles à leurs trousses.

— J'ose espérer que vous n'envisagez pas d'éliminer ces hommes, répondit le général en regardant fixement Higgens.

— Ils ne nous en laisseront peut-être pas le choix, répondit le colonel.

— Si vous permettez, messieurs, intervint Lily, il y a toujours le choix. Vous ne pouvez pas abandonner ces hommes parce qu'ils ont commis un acte désespéré. Ils subissaient une pression colossale. Je crois que nous devons prendre un peu de recul et trouver le moyen de les aider.

— Professeur Whitney, savez-vous combien de temps ils réussiront à survivre en étant directement exposés au bruit et aux émotions du monde extérieur ? demanda Phillip Thornton. Cette situation est-elle une bombe à retardement ?

Lily secoua la tête.

— Très franchement, je n'en sais rien.

— Que se passera-t-il s'ils deviennent violents ? demanda le général.

Il faisait tourner un crayon entre ses doigts ; il tapa sur la table avec la mine et caressa doucement la gomme avec le pouce, comme si elle pouvait effacer ce qu'il était en train d'entendre.

— Est-ce une possibilité ? (Il scruta les visages autour de la table.) Une possibilité réelle ?

Lily se tordit les doigts.

— Malheureusement, ils sont très compétents en situation de combat, ayant bénéficié d'entraînements militaires spéciaux. Au cours de la première année d'entraînement sur le terrain, un incident s'est produit, impliquant l'un des hommes. J'ai regardé la bande.

Lily s'interrompit pour prendre une petite gorgée de thé.

— Je sens que la suite ne va pas me plaire, dit le général McEntire.

— L'un des stagiaires s'est perdu lors d'une mission en Colombie, et il s'est attaqué à la population au lieu de s'en prendre aux cibles prévues. Lorsque le capitaine Miller a tenté de l'arrêter, l'homme s'est retourné contre lui. Le capitaine a été forcé de se défendre et de protéger les autres membres de l'équipe. Le forcené était pourtant un ami proche, mais il a dû le tuer.

Elle avait visionné le film de l'attaque, sanglante et macabre.

Les bandes montrant Ryland Miller après ces événements étaient encore plus insoutenables. Ce n'était qu'un film, mais Lily pouvait presque absorber ses émotions. La culpabilité, la frustration, la colère. Ryland avait connu une dure période d'abattement et de désespoir.

— Vous devez comprendre, général, que les personnes disposant de telles capacités réagissent à des stimuli différents des nôtres. Elles vivent dans le même monde que nous, mais dans une autre dimension. La frontière entre la voyance et la démence est très mince, parfois inexistante. Ces hommes diffèrent de tous les soldats que vous avez pu former. Vous ne vous doutez pas de ce dont ils sont capables.

Lily avala une nouvelle gorgée de thé, appréciant la chaleur qu'elle diffusait dans son ventre. Le général n'était pas en mesure de concevoir la puissance de ce groupe. Mais Lily, elle, savait.

— Pourquoi se sont-ils évadés, s'ils connaissaient les risques qu'ils encouraient ?

Le général regarda les membres de l'assemblée tour à tour, l'air renfrogné.

— Quelles étaient leurs conditions de vie ?

Sa question indiquait qu'il soupçonnait des mauvais traitements, et Lily dut se retenir de lui raconter toute l'histoire. Comment les hommes avaient été mis à l'isolement, séparés les uns des autres, coupés de leur hiérarchie, étudiés comme des animaux en cage, soumis à des tests continuels.

Le crayon se cassa en deux entre les doigts du général, et l'un des fragments jaillit en direction de Lily.

Cette dernière le rattrapa avant qu'il tombe et passa son pouce sur la gomme pour en absorber la texture et les fortes émotions dont elle s'était imprégnée. Elle se raidit, posa furtivement les yeux sur le général, puis détourna le regard. Elle ne lui avait rien dit qu'il ne savait déjà. S'il était en colère, c'était parce que Ryland Miller et ses hommes s'étaient évadés. Il y avait de l'argent en jeu et Ryland se trouvait en travers de son chemin.

Les émotions s'entremêlaient, une mixture de violence et d'impatience due à un plan contrarié. Le général McEntire était plongé jusqu'au cou dans la duplicité et la tromperie. Lily replia tranquillement ses mains sur la table. Elle paraissait aussi sereine et confiante qu'à son habitude, mais elle mourait d'envie d'accuser publiquement McEntire d'être un traître à son pays et d'exiger qu'il lui avoue ce qu'il savait à propos du meurtre de son père.

— Leurs conditions de vie, colonel Higgens : pourquoi ces hommes ont-ils été pris du désir de s'évader ?

— Ils étaient isolés les uns des autres, dit Lily en se forçant à articuler.

— Pour leur propre bien, répliqua sèchement Higgens. Ils devenaient trop puissants lorsqu'ils étaient ensemble, ils étaient capables de choses totalement imprévisibles. Même votre père ne s'attendait pas à ce que leurs pouvoirs combinés deviennent aussi excessifs.

— Ce n'était pas une raison pour bafouer la dignité humaine, colonel. Ce sont des êtres humains, des hommes qui se sacrifiaient pour leur pays, pas des cobayes, rétorqua froidement Lily.

— Votre père avait la totale responsabilité de cette expérience, lui répondit le colonel. Ce qui arrive est sa faute.

— Pour autant que je puisse en juger, dit calmement Lily, mon père, le professeur Peter Whitney, a entrepris cette expérience en toute bonne foi. Lorsqu'il est devenu évident qu'elle était néfaste pour les sujets, il a immédiatement cessé d'essayer d'amplifier leurs capacités et s'est mis à chercher des moyens de les aider à en supporter les conséquences. Malheureusement, personne n'a voulu l'écouter. J'ai lu vos ordres, colonel Higgens, contresignés par Phillip Thornton et par lesquels vous exigiez que l'expérience suive son cours. Sur votre injonction, colonel, le capitaine Miller a demandé à ses hommes de suivre vos ordres, ce qu'ils ont fait. Ces ordres, général, étaient de continuer l'entraînement dans diverses conditions, et les hommes, des soldats rompus à la discipline, ont obéi, même s'ils savaient que leur état de santé se détériorait rapidement et que, plus leur puissance et leurs capacités se développaient, moins ils en avaient le contrôle. Les documents prouvent que mon père a protesté, qu'il vous a fait part des répercussions d'une telle décision, et que lorsque vous avez ordonné que les hommes soient isolés les uns des autres, il vous a dit qu'ils auraient beaucoup plus de mal à supporter ces conditions. Vous n'avez tenu compte d'aucun de ses avertissements, et ce qui s'est passé aujourd'hui n'est que le résultat de vos décisions insensées.

— Votre père a refusé de me fournir les données dont j'avais besoin. (Le colonel Higgens fulminait.) Il voulait inverser le processus et tout abandonner à cause d'une ou deux pertes acceptables.

— Mon père a cherché le moyen de remettre les filtres en marche et de désactiver les zones du cerveau qu'il avait stimulées. Il n'y est pas parvenu. Et il n'y a eu aucune perte « acceptable », colonel ; nous parlons de vies humaines.

Phillip Thornton leva la main.

— Nous ferions mieux de reprendre cette discussion plus tard, lorsque les esprits seront moins échauffés et que nous aurons dormi. Pour l'instant, nous devons trouver le moyen de régler cette situation. Professeur Whitney, vous nous avez fourni beaucoup d'informations, mais nous avons vraiment besoin de savoir ce qui a été fait à ces hommes. Nous collaborons avec certains des plus grands cerveaux de la planète, mais nous devons savoir avec précision ce que votre père a fait, et comment il l'a fait, expliqua Thornton. Pouvez-vous nous l'expliquer, étape par étape ?

— Je suis désolée, Phillip, mais je ne peux pas. Je ne trouve pas ses données d'origine. Elles ne se trouvaient ni dans son bureau aux laboratoires, ni à la maison. J'ai fouillé les deux ordinateurs, et je suis en train d'éplucher ses rapports pour essayer d'y découvrir quelque chose qui me mettrait sur la voie.

Lily laissa transparaître sa lassitude et se passa les mains dans les cheveux.

— Je vous ai dit tout ce que je sais pour le moment, mais je vais poursuivre mes recherches.

Higgens émit un grognement de dégoût. Le général renversa sa tasse de café sur la table et le liquide noir se répandit sur la surface polie.

— Qui est au courant de tout cela ? demanda-t-il, l'air toujours aussi furieux.

— C'est classé, donc quelques personnes seulement, répondit le colonel Higgens. Outre les personnes présentes dans cette pièce, le général Ranier et les techniciens du laboratoire.

— C'est très bien ainsi. Nous devons contenir cette crise et l'étouffer aussi vite que possible. Comment cela a-t-il bien pu se produire ? L'un d'entre vous peut-il me l'expliquer ?

Avec tout le dispositif de sécurité dont dispose le complexe, comment ont-ils réussi ce tour de force ?

Il y eut un court silence. Ce fut une nouvelle fois Higgens qui prit la parole.

— Nous pensons qu'ils ont déjoué le système de sécurité en éteignant les alarmes, en coupant les caméras et en manipulant les gardes. Ils s'y entraînaient certainement depuis quelques semaines.

Le général laissa exploser sa colère et serra très fort les poings.

— Comment cela, en manipulant les gardes ? rugit-il, le visage si rouge que Lily craignit qu'il ait une attaque.

— Je vous l'ai déjà dit, général. Cela fait partie de leur entraînement standard, expliqua-t-elle patiemment. Ils entrent dans l'esprit des gens et leur suggèrent de détourner les yeux. C'est très utile pour infiltrer l'ennemi, pour pénétrer dans un camp de terroristes ou pour résoudre une prise d'otages. Ils sont capables d'exploits incroyables. Ils se servent de leur esprit pour forcer l'adversaire à faire ce qu'ils veulent, sans que ce dernier s'en rende compte.

— Et ces hommes sont lâchés dans la nature ? Des bombes à retardement sur pattes, des hommes qui pourraient très bien devenir des mercenaires, ou pire, passer dans l'autre camp ?

Lily leva le menton pour le regarder.

— Ils ont été sélectionnés pour leur loyauté et leur patriotisme. Je peux vous assurer, général, qu'ils ne trahiront jamais leur pays.

— Leur loyauté a été remise en question dès l'instant où ils sont devenus des déserteurs, professeur Whitney, et ne vous y trompez pas, c'est exactement ce qu'ils sont. Des déserteurs.

Chapitre 8

Le vent qui hurlait dans les arbres faisait ployer les troncs et jonchait le sol de branches. Arrivé devant la clôture, Ryland bondit, agrippa le grillage, le franchit d'un mouvement souple et retomba accroupi de l'autre côté. Sans se redresser, il fit un signe au soldat qui se trouvait à sa gauche.

— *Le dernier homme est passé.*

Raoul Fontenot, dit « Gator », se baissa et se mit à ramper en direction des aboiements. La télépathie n'était pas son fort, mais il pouvait communiquer avec les animaux. Sa mission était de détourner les chiens de garde de ses coéquipiers. Le couteau entre les dents, il avançait dans l'herbe le long de la clôture, priant pour qu'aucun éclair n'illumine la nuit noire. Il y avait trop de gardes le long de l'itinéraire qu'ils avaient prévu pour s'échapper, et malgré les gigantesques capacités de contrôle de Ryland, il n'était pas possible de tous les manipuler. Il aurait fallu un effort collectif, mais, par nécessité, ils avaient dû s'éparpiller.

Des vagues de peur et d'agressivité émanaient des gardes et accentuaient encore le danger que couraient les évadés. Tous souffraient de l'intense énergie générée.

— *Ils arrivent vers toi, Gator.*

Ce dernier jeta un coup d'œil derrière lui, aperçut le geste de Ryland et hocha la tête pour montrer qu'il avait compris. Il passa le couteau dans sa main droite, la lame plaquée contre le poignet pour éviter que le reflet de l'acier le trahisse, et se mit complètement à plat ventre en respirant doucement, imperceptiblement, essayant de se fondre dans le sol. Les chiens, impatients, se précipitaient sur la clôture en direction de ses camarades. Il eut un instant de doute devant l'énormité de sa tâche. Il devait rester couché, complètement à découvert, en espérant que son capitaine parviendrait à détourner l'attention des gardes pendant qu'il dirigerait les chiens sur une fausse piste. À la moindre bévue, ils étaient tous morts.

La pluie tombait sans relâche. Le vent hurlait et gémissait, comme animé d'une vie propre, et semblait protester contre l'anormalité de ce qu'ils étaient en train de faire. De ce qu'ils étaient devenus.

— *Capitaine.*

C'était tout ce que lui permettait son faible talent de télépathe, un seul mot pour se plaindre d'avoir tant de vies entre les mains.

— *C'est du gâteau, Gator. Une meute de chiens sur nos talons, c'est rien pour toi.*

C'était le capitaine Miller qui lui répondait. L'estomac de Gator se détendit un peu.

— *Une vraie balade de santé.*

Kaden en rajoutait une couche, la voix rieuse, comme s'il prenait plaisir à cette montée d'adrénaline après des semaines d'enfermement. Gator se surprit à sourire en pensant à Kaden lâché dans la nature.

Il sentit immédiatement le mouvement de ses camarades, et comprit que Ryland était si bien réglé sur lui qu'il ordonnait déjà au reste de la troupe d'avancer. Les hommes évolueraient dans la tempête comme des fantômes, mais il n'avait pas le temps de se soucier d'eux. Pas plus qu'il ne devait s'inquiéter d'être vu ou capturé. Gator remit son destin entre les mains de son capitaine pour se concentrer uniquement sur l'approche des animaux.

Ryland tentait de percer l'obscurité et les trombes d'eau pour surveiller les gardes et leurs chiens qui approchaient de la clôture. Il faisait confiance à Kaden pour faire avancer les hommes. Sa mission était de protéger Gator et les deux soldats derrière lui. Ryland s'inquiétait pour Jeff Hollister. Ce dernier était mal en point, mais il faisait tout son possible pour ne pas retarder ses compagnons. Il avait eu beaucoup de mal à franchir la clôture malgré l'aide de Gator et de Ian McGillicuddy. Ian se trouvait à côté de Hollister, quelque part derrière Ryland, et ne quittait pas son camarade affaibli.

Les chiens, à présent déchaînés, suivaient les fugitifs à la trace. Ils s'arrêtèrent soudain, reniflèrent le sol et se mirent à tourner en rond sans obéir aux ordres de leurs maîtres. L'un des plus gros molosses se tourna alors vers le sud et se mit à courir en s'éloignant des évadés. Les autres se précipitèrent à sa suite en aboyant à tue-tête.

Gator posa le front contre la terre douce et humide pour tenter d'atténuer la douleur causée par son excès de concentration et d'énergie. La peur qui émanait des gardes se répandait comme une épidémie et infectait tous ceux qu'elle touchait. On avait dit aux gardes que les prisonniers étaient de dangereux tueurs, et tous étaient extrêmement nerveux.

— *Hystérie collective.*

La voix de Ryland avait l'effet d'un véritable baume sur la migraine de Gator.

— *Je sais que l'endroit te plaît, mais ne t'endors pas.*

Gator rampa en direction de Ryland, estimant sa position et revenant sur ses pas aussi silencieusement que possible. Les chiens ne resteraient pas égarés très longtemps, mais la manœuvre leur offrait quelques précieuses minutes qu'ils pourraient mettre à profit pour faire disparaître leurs traces et se mettre à couvert.

Ryland tendit le bras et toucha l'épaule de Gator pour le remercier de l'énorme effort qu'il venait de produire. Ils commencèrent à progresser mètre par mètre dans la prairie à découvert, encadrant Hollister et McGillicuddy.

— *Nous y sommes*, communiqua Kaden pour informer son capitaine que son groupe était arrivé sans encombre à l'autre bout de la prairie.

— *Continuez à avancer. On est juste derrière vous. Gator a dégagé nos arrières, mais ça ne durera pas.*

Ryland était inquiet. Il jeta un coup d'œil sur Jeff Hollister. Le visage de ce dernier était crispé de douleur. Malgré les nuages sombres, la pluie violente et la nuit noire, Ryland distinguait ses traits tirés. Tout en maudissant intérieurement Peter Whitney, il ralentit encore l'allure. La souffrance de Jeff irradiait de son être et touchait chaque membre de l'équipe. Il avait besoin des médicaments que Ryland leur avait interdit de prendre, car il en craignait les conséquences. Il se demandait maintenant si cette décision n'avait pas signé la condamnation de Hollister.

— *Accroche-toi, Jeff. Tu y es presque. On a les remèdes pour te soigner.*

— *Je vous ralentis.*

— *Ne communique pas!* rétorqua vivement Ryland. *Ça te demande trop d'efforts.*

Le capitaine Miller craignait que Jeff fasse une attaque cérébrale si l'assaut que subissait son esprit ne faiblissait pas. Son malaise augmenta encore. Il avait peur pour ses hommes, et pressentait un grand danger.

— *Ian?*

Ian McGillicuddy était un véritable récepteur à ennuis. Il sentait l'approche du danger.

— *Oh oui, on va avoir des problèmes. Et vite.*

Ryland se mit à ramper précipitamment, se dirigeant de nouveau vers Gator.

— *Dépêche-toi, Jeff. Ian, remets-le sur pieds et foncez jusqu'aux voitures. Si je ne suis pas là au bout de cinq minutes, emmène Jeff loin d'ici.*

— *Pas question qu'on parte sans vous.*

La voix de Jeff était mal assurée, rendue stridente par la douleur.

Le cœur de Ryland se gonfla de fierté. Malgré son état, Jeff Hollister faisait toujours passer ses camarades avant lui.

— *C'est un ordre, Jeff. McGillicuddy et toi, vous filez dans cinq minutes.*

À cet instant même, Ryland sentit une explosion d'énergie malveillante au-dessus de lui. Il roula instinctivement sur lui-même pour protéger Gator et leva les yeux en atterrissant sur le dos de son équipier. Ses mains rencontrèrent une masse solide de chair et de sang.

Il sentit plus qu'il ne vit le couteau jaillir vers lui. Ses réflexes et son entraînement le sauvèrent, et il referma fermement les doigts sur le poignet de son assaillant pour prendre le contrôle de l'arme. C'est alors qu'il le reconnut. Russell Cowlings avait surgi dans la nuit pour les attaquer. Ryland s'éloigna de Gator en roulant, entraînant son adversaire plus corpulent avec lui. Il planta fermement son pied dans la poitrine de Cowlings et le propulsa par-dessus sa tête.

Le soldat retomba lourdement, puis fit une roulade et se remit sur pieds, ramassé sur lui-même. Ryland se redressa d'un bond et écarta d'un revers de la main la lame que Cowlings venait de lui lancer en le chargeant de nouveau. Les deux hommes commencèrent à se tourner prudemment autour.

— Pourquoi, Russell ? Pourquoi tu nous as trahis ?

— Si tu m'appelles « traître », moi je vous appelle des déserteurs.

Cowlings feignit d'attaquer et se jeta en avant au moment où Ryland s'écartait ; il lui fonça dessus, tête baissée, le couteau pointé droit devant afin de le blesser mortellement au ventre.

Ryland sentit la pointe du couteau déchirer le tissu épais de sa chemise au niveau de l'estomac. Mais il était déjà en train de pivoter pour saisir le poignet de Cowlings qu'il jeta au sol en le déséquilibrant pour le faire tomber aussi lourdement que possible. Dans un mouvement de riposte, Cowlings tourna son poignet pour saisir le couteau par la lame. Il cria simultanément pour appeler les gardes à sa rescousse.

— Gator, fonce à l'abri ! ordonna Ryland tout en bloquant le bras de son adversaire, qu'il coinça derrière son dos pour le déstabiliser.

Cowlings dut lâcher le couteau pour éviter d'avoir la main brisée. L'arme tomba et, d'un coup de pied, Ryland l'envoya se perdre dans les hautes herbes.

— *Un homme à terre. Jeff est à terre. Il fait une crise*, rapporta Ian McGillicuddy de sa voix invariablement calme.

— Gator, vas-y, répéta Ryland. Va aider Ian à porter Jeff.

Cowlings lança ses jambes en avant et les agita dans l'espoir de faire tomber Ryland.

— C'est ça, laisse-le fuir, cracha Cowlings. Cela ne changera rien, tu sais, ils vont tous y passer.

Ryland s'écarta sur le côté et allongea un méchant coup de pied sur la cuisse de Cowlings.

— C'est ce que Higgens t'a dit ? C'est pour ça que tu nous as vendus, Russ ? Parce que Higgens t'a convaincu que nous allions tous mourir ?

Cowlings jura et cracha par terre, puis tourna la tête pour lancer un regard chargé de haine à Ryland.

— T'es vraiment têtu comme une mule, Rye. Quel mal y a-t-il à utiliser nos capacités pour nous enrichir ? Tu sais quelle est la fortune de Peter Whitney ? Ou celle de sa fille ? Pourquoi est-ce qu'ils s'en mettraient plein les poches alors qu'on prend tous les risques ? Même les employés de Donovans gagnent plus que nous.

Cowlings se précipita sur lui et lui assena deux coups de poing dans la mâchoire. Ryland les para et riposta par un uppercut en direction de la gorge de Russell. Ce dernier parvint à reculer à la dernière seconde et l'évita de justesse.

Ryland entendit des aboiements excités et comprit que les chiens approchaient de nouveau.

— Donc c'est pour l'argent, pas vrai ? Ce n'est même pas une question de vie ou de mort ? rétorqua violemment Ryland. Tu n'as pas peur de mourir, n'est-ce pas ? Pourquoi ? Est-ce que Higgens nous a administré à tous un produit qui provoque ces attaques ?

Cowlings éclata de rire.

— Ils vont tous mourir, Miller. Tous jusqu'au dernier. Tu ne peux pas les sauver, et une fois que vous aurez disparu, qui prendra une valeur inestimable ? Higgens aura besoin de moi.

— Tu as conclu un pacte avec le diable, Russ. Tu crois vraiment que Higgens agit dans le seul intérêt du pays ? Il essaie de nous vendre au plus offrant.

— Il est assez malin pour saisir les occasions quand elles se présentent. Tu t'es mis en travers de sa route, Miller, et ce dès le départ, avec ta mentalité de boy-scout. Bon Dieu, il a déjà essayé deux fois de te tuer, mais tu persistes à ne pas vouloir mourir.

— Higgens se débarrassera de toi à la minute même où il n'aura plus besoin de toi.

Les aboiements se rapprochaient encore. Quelqu'un avait entendu le cri de Cowlings et avait rameuté les chiens.

— Il aura toujours besoin de moi. Je peux lui fournir des renseignements que personne d'autre ne peut obtenir. Il le sait et il ne tuera pas la poule aux œufs d'or.

Ryland fonça droit devant, tirant profit de sa vitesse notoire pour faire reculer Cowlings en multipliant les coups de poing et de pied. Immunisé par son adrénaline, il ne sentait aucun des coups que son ancien camarade parvenait à lui assener. Il se concentrait au point de ne plus voir que son adversaire. Rares étaient ceux qui pouvaient le battre à mains nues, mais Ryland savait que l'issue du combat lui serait fatale s'il était vaincu. Russell Cowlings voulait sa mort.

Ce dernier gémit lorsque le coup de pied circulaire de Ryland lui fracassa les côtes. Le souffle coupé, il tomba comme une masse, étouffant. Les gardes et les chiens étaient déjà trop près. Ils fonçaient à toute allure sur Ryland, que seule la clôture séparait d'eux. Miller décocha un coup de pied dans la tête de l'homme à terre pour achever de l'assommer. Il se retourna ensuite et se mit à courir dans la prairie pour entraîner ses poursuivants loin de Gator, Hollister et McGillicuddy.

Les bottes de Ryland heurtaient violemment le sol boueux. Il faisait volontairement du bruit pour attirer l'attention des chiens. Les bergers allemands aboyaient furieusement et tiraient sur leur laisse. Enfin, leurs maîtres les lâchèrent. Ils se précipitèrent sur la clôture et entreprirent de la réduire en miettes. Quelques-uns tentèrent de sauter par-dessus, d'autres de l'escalader, d'autres encore de creuser pour passer en dessous.

De petits cercles lumineux dansaient en vacillant sur le rideau de pluie, mais les tentatives des gardes pour illuminer la zone restaient vaines. Ryland zigzaguait dans l'herbe en faisant autant de bruit que possible pour attirer leur attention malgré le vacarme des chiens. Il fallut un moment aux gardes pour le repérer, mais ils réagirent ensuite exactement comme Ryland l'avait prévu. Ils se mirent à courir vers lui le long de la clôture, laissant ses hommes derrière eux. Ils suivaient une direction parallèle à la sienne, et pas un seul d'entre eux n'eut l'idée de s'arrêter pour découper un passage dans le grillage à l'attention des chiens. Cela offrit quelques minutes supplémentaires à Ryland pour les entraîner encore plus loin et pour laisser à ses hommes le temps d'évacuer le blessé.

La violence du vent, de la pluie et des éclairs qui déchiraient le ciel était une véritable bénédiction pour Ryland. Ces conditions empêchaient le décollage des hélicoptères qui ne manqueraient pas d'être lancés à leur poursuite. Cela laisserait aux hommes le temps de filer dans les voitures que Lily avait laissées à leur disposition. Arly, son agent de sécurité, en avait garé plusieurs à divers endroits éloignés d'au moins trois kilomètres des laboratoires.

En entendant le cliquetis de la clôture, Ryland s'en détourna et fonça vers les bâtiments les plus proches. L'un des gardes coupa le grillage pour ouvrir un passage aux chiens, qui se précipitèrent aux trousses de Ryland, impatients de chasser leur proie. Les gardes les suivirent, se baissant hâtivement pour franchir le trou ménagé dans le grillage.

Les bottes de Ryland claquaient bruyamment sur le trottoir. Il traversa la rue en courant et bondit sur le toit d'une berline garée. De là, il sauta pour s'agripper au rebord de la corniche d'un magasin. C'était un quartier pauvre, aux bâtiments vieux et délabrés, mais le bois tint bon et il réussit à se hisser sur le toit.

— *Nous sommes en sécurité.*

Ian l'informait qu'ils avaient localisé l'une des voitures et qu'ils avaient pu prendre la route.

— *On peut rester dans le coin et passer te récupérer.*

— *Jeff?*

Ryland voulait que le soldat reçoive des soins aussi vite que possible. Personne ne pouvait dire ce qui se passait dans son cerveau surchargé. Il courut de l'autre côté du toit et sauta sur celui du bâtiment voisin. La pluie rendait les tuiles glissantes et lui fit perdre l'équilibre ; il tomba sur les fesses au moment où une pluie de balles sifflait à ses oreilles.

— *Il a besoin de soins. Donne-nous ta position.*

Ryland traversa le toit en rampant, sans prendre le risque de servir de cible aux excités de la gâchette qui le poursuivaient. Si Cowlings avait dit vrai, et si on avait déjà tenté par deux fois de l'éliminer, il y avait de fortes chances qu'on ait donné l'ordre aux gardes de tirer pour tuer. Il aperçut une porte menant à un petit escalier.

— *Je vous rejoins. Restez en position. Il y a eu des coups de feu. Restez hors de la zone.*

La porte était verrouillée. Ryland ne perdit pas de temps et repartit en rampant jusqu'à l'autre bout de l'immeuble pour regarder dans la rue. Un petit surplomb protégeait l'entrée d'un magasin. Ryland s'y laissa tomber, tenta de trouver une prise sur le bois détrempé et glissa sur quelques centimètres avant de se rattraper. Il sauta ensuite sur le trottoir. La chute, plus rude que prévu, l'ébranla quelque peu.

Il y avait une ruelle à quelques mètres de là, mais il n'était pas sûr qu'elle rejoigne la rue qu'il voulait prendre. Il inspira profondément, bloqua sa respiration et se fondit dans l'ombre du bâtiment. Il ne percevait que le bruit de la pluie qui tombait à verse et les rugissements du vent qui laissait libre cours à sa fureur. Les nuages emplissaient le ciel, tels de noirs chaudrons menaçants et zébrés d'éclairs. Par chance pour Ryland, la foudre n'illumina pas les alentours, ce qui lui permit de se glisser silencieusement dans la rue et d'atteindre l'endroit où la voiture l'attendait, le moteur en marche et la portière du passager ouverte.

Il sauta dedans et claqua la portière. Gator démarra si vite que la voiture chassa sur le bitume détrempé. Ryland se tourna pour regarder Jeff, couché sur la banquette arrière, pâle et silencieux.

— Il est conscient ?

Ian secoua la tête.

— Il est évanoui depuis sa crise. Gator et moi l'avons porté jusqu'à la voiture, mais nous n'avons pas réussi à lui faire reprendre connaissance. J'espère que la fille Whitney sait ce qu'elle fait, sinon on risque de le perdre.

Le silence se fit dans la voiture. Ils avaient déjà essuyé trop de pertes. Était-ce inévitable ? Personne ne le savait.

Lily regardait par la vitre de la limousine qui sillonnait les rues battues par la pluie. Elle avait laissé sa petite voiture sur le parking et était heureuse que John soit venu la chercher. Où était Ryland ? Était-il déjà arrivé chez elle ? Elle était presque paralysée par la peur qu'elle éprouvait pour lui. Elle ne s'était pas attendue à réagir de la sorte. Elle ne pouvait penser ni à son père, ni à la conspiration. Ni aux autres hommes, lâchés dans la tempête, en route vers leur liberté. Elle ne pouvait penser qu'à lui. Ryland Miller.

Elle avait un besoin impérieux de lui. Elle ferma les yeux et le vit, derrière ses paupières, sous sa propre peau. C'était à la fois lamentable, puéril et illogique, mais rien de tout cela n'importait. Elle ne pouvait pas s'empêcher d'y penser.

Il fallait qu'elle sache s'il était en vie ou pas. S'il était blessé. L'envie qu'elle avait de le voir, de le toucher, d'entendre le son de sa voix était si forte que cela l'effrayait. Elle n'osait pas le contacter par télépathie, car l'enjeu était trop important et il avait besoin de toute sa concentration.

La porte de l'immense garage s'ouvrit en douceur et la limousine y pénétra. À son grand soulagement, elle vit que d'autres voitures y étaient garées. Elle se reposa un instant sur l'appuie-tête et expira lentement. La limousine s'immobilisa et le chauffeur coupa le contact.

— John, merci d'être venu me chercher dans cette horrible tempête. Je suis désolée de t'avoir forcé à sortir, mais j'étais tellement fatiguée, et je n'avais pas envie de passer la nuit à Donovans.

Rien n'aurait pu la forcer à rester au laboratoire, maintenant que Ryland n'y était plus. Le désespoir qu'elle éprouvait était étrange, presque terrifiant.

— Je suis heureux que tu m'aies appelé, Lily. Nous étions tous inquiets pour toi. Pourquoi y avait-il tant de gardes pour fouiller la voiture ? C'est la première fois qu'ils montrent autant de zèle.

Le chauffeur se tourna vers elle, le sourcil dressé, mais il s'abstint de faire le moindre commentaire sur la disparition et la réapparition des voitures trempées dans le garage.

— Je suis désolée, John, mais c'est un sujet classé secret défense.

Elle sortit de la voiture en titubant de fatigue. Le vent hurlait derrière les portes du garage, et elle frissonna.

— Quelle nuit atroce.

Il la regarda sévèrement tout en ouvrant sa portière.

— Tu n'as rien mangé de la journée, n'est-ce pas ? Pas une seule bouchée.

Lily se pencha vers lui et déposa un baiser sur le sommet de son crâne.

— Arrête de te faire autant de souci pour moi, John. Je suis une personne robuste, pas un sac d'os famélique.

— Quelque chose me dit que je ne pourrai jamais m'empêcher de me faire du souci pour toi, Lily. Ce qui est arrivé à ton père… je suis tellement désolé. (John secoua la tête.) Je pensais qu'on le retrouverait peut-être, mais jamais il ne t'aurait laissée aussi longtemps sans nouvelles. Et s'il avait été enlevé pour de l'argent ou pour des secrets liés à ses recherches, ses ravisseurs nous auraient déjà contactés.

Lily voyait les rides sur le visage du chauffeur, la teinte grisâtre de sa peau. Elle posa une main sur son bras.

— Je sais combien tu l'aimais, John. Je compatis.

Le chagrin de John l'assaillait et agressait son esprit dénué de protection.

Lily ferma les yeux l'espace d'un instant, inquiète pour Ryland Miller et ses hommes. Elle voulait faire le point avec Arly et s'assurer qu'ils étaient bien arrivés à l'abri des murs épais de sa maison. Une vague de compassion l'envahit tandis qu'elle observait le chauffeur. Tout à coup, John semblait fragile et trahissait son âge. Cela la prit par surprise. Elle ne voulait pas le perdre.

— Il était mon ami, Lily, ma famille. Je connaissais ton père depuis qu'il était tout petit. Mon propre père travaillait pour sa famille. Je crois que j'ai été le seul ami de son enfance. Sa vie était horrible dans la maison familiale. Ses parents et ses grands-parents avaient procédé à une sorte d'expérience pour avoir un enfant d'une intelligence supérieure. Ils ne l'aimaient pas : pour eux, il n'était que le produit du mélange de certains gènes. Ses parents ne lui adressaient jamais la parole, à part pour le pousser à étudier. Il n'avait pas le droit de faire du sport, d'avoir des jouets, ou même de s'amuser avec d'autres enfants. Ils voulaient développer au maximum son cerveau, et tout ce qu'ils lui faisaient faire allait dans ce sens. Et lorsque tu… (il hésita) es arrivée, improvisa-t-il, Peter a juré qu'il ne serait pas comme ses parents. Je lui ai parlé de nombreuses fois de sa distraction. Je sais que cela te faisait de la peine qu'il oublie systématiquement les choses qui comptaient pour toi. (Il secoua tristement la tête.) Mais il t'aimait, Lily. Malgré toutes ses bizarreries, il t'aimait énormément.

Pourtant Peter Whitney avait reproduit la conduite de ses parents. Il avait agi exactement comme eux. Il avait répété leur schéma jusqu'à ce qu'un événement lui ouvre les yeux. Lily prit John dans ses bras lorsqu'il sortit de la voiture.

— Est-ce que tout le monde ici sait que je ne suis pas sa fille biologique ?

John Brimslow se raidit et recula pour la regarder durement.

— Qui t'a raconté cela ?

— Lui-même, répondit-elle. Dans une lettre.

Le chauffeur se passa la main sur le visage, puis saisit Lily par les bras.

— Tu étais tout ce que Peter Whitney avait au monde. (Il s'éclaircit la voix.) Et tout ce que j'ai, moi. Tout ce que nous avons tous. Tu as amené de la joie dans la maison, Lily. Rosa n'a jamais pu avoir d'enfants. Arly a fréquenté énormément de femmes, mais n'a jamais eu la patience de supporter quelqu'un d'autre que lui-même. Nous sommes une famille d'asociaux, Lily. Tu sais tout de moi, je ne t'ai jamais rien caché. Nous avons construit la famille autour de toi.

Lily lui sourit pour le remercier de ces paroles.

— John, est-ce que tu sais dans quelles circonstances mon père m'a adoptée ?

Le chauffeur parut soudain mal à l'aise.

— Il a fait un voyage à l'étranger. D'aucuns disent qu'il t'a achetée, Lily, et je ne sais pas quelles transactions ont eu lieu, mais quelle importance aujourd'hui ? Tu n'avais pas de famille, et nous n'en avions pas non plus.

Ils traversèrent tous les deux le couloir qui reliait le garage à la maison. Lily avait passé le bras sous celui de John, qui continuait à parler.

— Rosa était jeune à l'époque, elle parlait à peine anglais, mais elle avait un diplôme d'infirmière et avait besoin d'un emploi pour pouvoir rester aux États-Unis. Peter l'a engagée pour prendre soin de toi, et, au fil des ans, elle en est venue à s'occuper de toute la maisonnée. (Il lui sourit.) Au départ, mon style de vie lui déplaisait. J'avais déjà rencontré Harold à l'époque et nous vivions ensemble. Peter ne m'a jamais jugé, mais Rosa craignait que mes perversions déteignent sur toi.

— John ! protesta Lily. Elle n'a jamais rien dit ni laissé paraître indiquant qu'elle désapprouvait tes penchants. Rosa a beaucoup d'estime et d'affection pour toi.

— C'était il y a longtemps, lorsque tu étais encore toute petite. Elle a fini par l'accepter, et elle a soigné Harold avec une gentillesse infinie jusqu'à sa mort. Je ne sais pas ce que j'aurais fait sans elle. (Il lui tapota la main.) Ou sans toi, Lily. Je n'oublierai jamais que tu étais là lors de l'enterrement, le bras autour de ma taille, et que tu partageais mon chagrin.

— J'adorais Harold, John. Il faisait partie de la famille, au même titre que toi, Rosa ou Arly. Il me manque toujours, et je sais à quel point il te manque également.

Elle s'arrêta à la porte de la cuisine, où elle savait que Rosa l'attendait.

— As-tu consulté un médecin récemment ? Je veux que tu te reposes et que tu prennes soin de toi. Je n'ai aucune envie de perdre à nouveau quelqu'un que j'aime.

Il lui leva le menton et l'embrassa sur le sommet de la tête.

— J'aimerais que tu n'oublies jamais l'importance que tu as pour nous, Lily. Tu es riche, tu possèdes une magnifique maison, rien ne te force à travailler si tu n'en as pas envie. Ne te laisse pas entraîner dans les histoires de Peter. Je sais qu'il était encore plus distrait que d'habitude ces dernières semaines.

Rosa jaillit de la cuisine et sauta au cou de Lily, qui constata avec stupeur qu'elle sanglotait.

— Je t'ai laissé des tonnes de messages, Lily. Pourquoi ne m'as-tu pas appelée ? Tu n'as pas prévenu que tu serais en retard, et quand j'ai téléphoné chez Donovans, ils ont refusé de me dire quoi que ce soit, à part qu'ils avaient eu des problèmes.

Lily la tint serrée contre elle, stupéfaite que l'insubmersible Rosa soit aussi paniquée par son retard.

— J'ai oublié mon bip dans mon casier. Je suis vraiment désolée, Rosa, j'aurais dû t'appeler. Je suis impardonnable.

— Avec une telle tempête, j'ai cru que tu avais eu un accident.

Rosa s'accrochait à elle, tour à tour l'embrassant et lui tapotant le dos.

— Arly ne t'a pas dit que je lui avais demandé d'envoyer John me chercher ?

Lily lança un regard suppliant à son chauffeur. Rosa piquait régulièrement de grosses colères, pendant lesquelles elle pourchassait les gens dans sa cuisine en les menaçant d'un torchon, mais jamais Lily ne l'avait vue pleurer ainsi, comme si elle avait le cœur brisé.

— En constatant que la police n'appelait pas pour dire que tu avais eu un accident, j'ai eu peur qu'on ne t'ait kidnappée. Oh, Lily… !

Elle détourna les yeux de la jeune femme et se cacha le visage dans les mains, incapable de contrôler ses larmes.

John passa un bras autour de ses épaules en fronçant les sourcils.

— Rosa, allons, ne te mets pas dans un état pareil. Assieds-toi, je vais te faire un thé.

Il l'installa sur la chaise la plus proche.

Rosa appuya le front contre la table et continua à pleurer. John mit l'eau à bouillir. Lily se tenait à côté de son ancienne nourrice, surprise par son comportement.

— Rosa, je n'ai absolument rien. Ne pleure plus. Je te promets que je penserai désormais à t'appeler.

Rosa se contenta de secouer la tête. Lily soupira.

— John, si ça ne t'ennuie pas, je vais rester seule avec Rosa.

John embrassa les cheveux de Rosa.

— Ne te rends pas malade. Cela a été très dur pur nous tous.

Lily attendit que la porte de la cuisine se referme.

— Qu'y a-t-il, Rosa ? Dis-le-moi.

Rosa, la tête toujours branlante, refusait de regarder la jeune femme.

Lily prit le temps de faire le thé. Elle versa tout d'abord un peu d'eau bouillante dans la théière, la vida, y mit la dose de thé puis la remplit d'eau pour laisser le mélange infuser. Ce simple rituel lui éclaircit les idées et mit son cerveau dans les conditions qu'elle préférait, lui permettant d'attaquer le problème sous des angles différents. Elle attendit que le plus gros des larmes soit passé avant de poser une tasse de thé devant Rosa. Pendant tout ce temps, son esprit avait travaillé, assimilé le fait que Rosa était infirmière et que Peter Whitney l'avait fait entrer aux États-Unis.

— Est-ce que tout cela est lié au fait que tu étais ma nounou à l'époque où mon père m'a fait venir avec toutes les autres petites filles ?

Elle posa cette question avec beaucoup de douceur, sans la moindre inflexion qui puisse laisser penser qu'elle l'accusait.

Rosa poussa un cri et regarda Lily d'un air stupéfait. Il y avait de la culpabilité au fond de ses yeux. De la culpabilité et du chagrin. Et aussi du remords.

— Je n'aurais jamais dû accepter de le faire. Je n'avais nulle part où aller, Lily, et je t'aimais tant. Je ne pouvais pas avoir d'enfant. Tu as été ma fille.

Lily s'assit brusquement.

— Pourquoi ne m'as-tu jamais rien dit à propos de mon père, Rosa ? Pourquoi ne m'as-tu jamais parlé de cet horrible dortoir et de ces autres petites malheureuses ?

Rosa regarda tout autour d'elle, effrayée.

— Chut ! N'aborde pas de tels sujets ! Personne ne doit jamais rien savoir sur ce laboratoire ou sur ces pauvres petites. Le professeur Whitney n'aurait jamais dû t'en parler. Il a eu tort. Il a fini par s'en rendre compte et a essayé de leur trouver de bons parents adoptifs. Ce qu'il a fait était mal, contre nature. Ce qui lui a ouvert les yeux, c'est le jour où tu as frôlé la mort.

Lily but une petite gorgée de thé. Rosa semblait croire que son père lui avait tout révélé.

— Ma jambe, dit-elle en reposant sa tasse dans la soucoupe. J'ai fait tellement de cauchemars à ce propos, et papa n'a jamais rien voulu me dire.

— Cela a été un horrible accident, Lily. Ton père était accablé. Il m'a promis que plus jamais il ne te ferait faire une telle chose.

Rosa murmurait de crainte d'être entendue.

— John était-il au courant de la présence des autres petites filles ? Est-ce qu'il savait pour les expériences ?

Lily n'arrivait pas à regarder la femme qui l'avait élevée. Elle ne pouvait pas affronter le visage sillonné de larmes, qui indiquait clairement qu'elle était loin de connaître toute la vérité.

— Oh non, Lily, protesta Rosa. Il aurait passé Peter à tabac et aurait démissionné. Peter avait besoin de John pour qu'il l'aide à conserver un peu d'humanité. Ton père ne laissait que très peu de gens pénétrer dans son univers. John en faisait partie. Ils étaient amis d'enfance, et Peter n'a jamais été gêné par les préférences sexuelles de John.

Lily observait attentivement le visage de Rosa.

— Qu'est-ce qui te bouleverse à ce point, Rosa ? Dis-le-moi. Tout cela remonte à très longtemps. Il ne me viendrait jamais à l'idée de t'en vouloir pour une chose que mon père aurait faite. Tu es une victime, au même titre que moi.

— Je ne peux pas t'en parler, Lily. Tu ne me pardonnerais jamais, et tu es ma seule famille. Cette maison, c'est toute ma vie. John, Arly, toi et ton père composez tout mon univers.

Lily étendit le bras et prit la main de Rosa de l'autre côté de la table.

— Je t'aime. Rien ne pourra jamais changer cela. Cela me fait de la peine de te voir dans cet état.

— Arly m'a dit que quelqu'un était entré par effraction dans la maison. Selon lui, cette personne savait exactement où se trouvaient ton bureau et celui de ton père. Et elle avait les codes des alarmes.

Rosa regardait sa tasse de thé d'un air malheureux.

Lily se força à vider l'air de ses poumons. Elle garda le silence et attendit. Ses doigts se serrèrent autour de la main de Rosa, comme pour la rassurer.

— Ils m'ont menacée, Lily. Ils disaient qu'ils pouvaient me faire expulser du pays. Qu'ils pouvaient me causer des problèmes pour mes papiers. Que je ne te reverrais plus jamais.

— Qui t'a dit tout cela ?

— Deux hommes qui m'ont interceptée alors que je sortais de ma voiture sur le parking de l'épicerie. Deux hommes en costume qui portaient des insignes.

— Rosa, tu sais bien que tu n'as aucun souci financier à te faire et que tout ce que je possède est à toi. Nos avocats ne laisseraient personne t'expulser. Tu vis dans ce pays depuis des années. Tu en as obtenu la citoyenneté, tu es ici en toute légalité. Comment as-tu pu croire que nous laisserions quelqu'un te faire cela ?

— Ils ont dit qu'ils m'enlèveraient dans la rue et que personne ne saurait jamais ce qui m'était arrivé. Ensuite, ils m'ont dit qu'ils pouvaient te faire disparaître, toi aussi. J'aurais dû t'en parler, mais j'avais si peur. Je me suis dit qu'Arly les attraperait, codes ou pas, grâce à tous ces petits gadgets idiots qu'il aime tant.

Rosa n'avait jamais prêté attention à ce qui se passait en dehors du cadre de la résidence Whitney. Ses origines modestes et la culpabilité qu'elle avait toujours ressentie pour sa participation aux terribles expériences l'avaient poussée à se couper du monde extérieur.

— Tu leur as parlé du laboratoire ?

Rosa poussa un cri de terreur.

— Je ne parle jamais de cet endroit maudit. J'essaie d'oublier son existence. Ton père aurait dû le détruire. (Elle leva ses yeux dévastés vers ceux de la jeune femme.) Je suis désolée, Lily. Je suis allée dans le bureau de ton père et j'ai recopié certains de ses documents. J'ai essayé de leur donner des informations sans conséquence, mais je ne savais pas ce qui était important ou pas.

Il y a un traître dans notre maison. Lily se pencha et embrassa Rosa.

— Si tu savais comme je suis soulagée d'entendre tout cela. Je savais qu'un membre de la maisonnée faisait passer des informations, et je croyais que c'était pour des questions financières ou politiques. Ces gens ne peuvent rien contre toi, Rosa.

La cuisinière n'était pas un traître, rien d'autre qu'une femme effrayée qui avait fait de son mieux pour fournir les informations les moins dommageables possible à ceux qui la menaçaient. Lily était submergée par le soulagement.

— S'ils te recontactent, préviens-moi, ou parles-en à Arly.

— Je ne quitte plus la maison, Lily. Je fais livrer toutes nos courses. Je ne veux plus croiser ces hommes.

Elle se pencha vers Lily, les yeux noyés par un nouveau flot de larmes.

— Et s'il s'agissait des personnes responsables de la disparition de ton père ? J'ai tellement honte de moi. J'aurais dû avertir Arly, mais je ne voulais pas qu'il sache que j'avais parlé à ces hommes. Et s'ils t'enlèvent et que je ne te revoie plus jamais ? Je suis morte de peur.

— Personne ne me fera aucun mal, Rosa. Et si jamais tu disparais, je remuerai ciel et terre pour te retrouver. J'ai besoin de connaître quelques détails supplémentaires sur l'époque où mon père t'a engagée.

Rosa secoua la tête et se leva pour aller poser sa tasse dans l'évier.

— Je ne parle pas de ce temps-là. C'est hors de question, Lily.

La jeune femme la suivit.

— Je suis désolée, Rosa, mais je ne te le demande pas par simple curiosité. Il se passe d'autres choses et je dois trouver le moyen de les régler. Aide-moi, s'il te plaît.

Rosa se signa et se tourna vers Lily avec un soupir désespéré.

— Quand on fait le mal, on est hanté à tout jamais. Ton père a commis des actes contre nature et je l'y ai aidé. Quoi que l'on fasse dans le présent, il faut toujours payer pour ses erreurs passées. C'est tout ce que je dirai là-dessus. Va te coucher, Lily. Tu es très pâle et tu as l'air épuisée.

— Rosa, pour quelle raison Peter Whitney s'est-il intéressé à moi ? Qu'est-ce qui me différenciait à ce point des autres ? Je ne devais pas être la seule à pouvoir faire ce que je faisais ?

Rosa laissa retomber sa tête.

— Ce qu'il a fait était mal, Lily. J'ai fait tout ce que j'ai pu pour me racheter. Je ne veux plus penser à cette époque.

— S'il te plaît, Rosa, il faut que je sache.

— Nourrisson, tu arrivais déjà à faire léviter des objets. Si nous ne t'amenions pas ton biberon assez vite à ton goût, tu le faisais venir toi-même. Cela ne sert à rien de penser à ces choses-là. Nous avons retrouvé une vie normale, et tout cela appartient au passé. Va te coucher et dors.

Rosa embrassa Lily et sortit de la cuisine. La jeune femme la regarda s'éloigner, puis posa le front contre l'évier et poussa un gémissement de frustration. Rosa s'était toujours montrée têtue pour les motifs les plus étranges. Il ne servait à rien d'insister. Lily se redressa ct se dirigea vers l'escalier dans le noir.

La jeune femme grimaça lorsqu'elle aperçut Arly qui l'attendait sur la première marche. Elle aurait dû se douter qu'il serait là ; tous ses proches avaient tendance à rôder la nuit.

— J'ai cru que tu n'arriverais jamais. Tu m'as laissé dans un beau bourbier, Lily.

Cette dernière fronça les sourcils en entendant l'agacement et l'accusation dans sa voix.

— Si tu veux savoir, j'ai eu deux ou trois petits problèmes à régler ces dernières heures, Arly. Je te prie d'accepter mes humbles excuses pour t'avoir causé du souci et raccourci ta nuit.

— Tu es d'une humeur de chien ce soir.

— Ils ont réussi ?

Arly se leva et la domina de toute sa taille.

— C'est maintenant que tu le demandes ? Le problème avec les femmes, c'est qu'elles n'ont aucun sens des priorités.

— Si tu continues à m'énerver, Arly, je te promets que je vais t'en coller une. Je ne suis pas d'humeur à supporter ton ego surdimensionné, à te lisser les plumes ou à t'écouter ronchonner.

— J'ai toujours dit à ton père que tu avais un penchant pour la violence. Pourquoi diable n'as-tu jamais été une petite fille sage ? rouspéta Arly.

— Dès les cinq premières minutes passées en ta compagnie, j'ai compris que je n'aurais qu'un but dans la vie : empoisonner ton existence.

Lily posa prudemment la tête contre sa poitrine et leva les yeux vers lui.

— C'est bien ce que je fais, n'est-ce pas, Arly ?

Il l'embrassa sur les cheveux, puis les ébouriffa, comme si elle était encore une petite fille.

— Oui, Lily, tu es ma croix, cela ne fait aucun doute. (Il soupira.) L'un des hommes est en mauvaise santé. Ils ont dit qu'il avait fait une attaque, et tous craignent une hémorragie cérébrale.

Le cœur de Lily s'arrêta à ces mots. Ses jambes se transformèrent en coton. Elle s'agrippa à la manche d'Arly.

— Qui ? Lequel est-ce ?

Il haussa les épaules et la regarda plus attentivement, étonné par l'agitation dont elle faisait preuve.

— Je ne sais pas, un type qu'ils appellent Jeff. Il est dans le coma.

Lily remercia silencieusement le ciel. Ce n'était pas Ryland.

— Emmène-moi les voir, Arly, et je vais avoir besoin de la trousse de premiers secours.

— Tu es sûre de ce que tu fais ? Si ces hommes sont repris ici, cela pourrait nous valoir de gros ennuis. Es-tu prête à cela ?

— Y a-t-il seulement une autre solution ?

Chapitre 9

Ryland l'attendait à la porte. De ses yeux aux reflets argentés, il scruta son visage jusque dans ses moindres détails et remarqua sa pâleur. Il la prit immédiatement dans ses bras. Il avait besoin d'elle. Besoin de la sentir contre lui. De passer ses mains sur son corps et de s'assurer qu'elle n'avait rien.

— Pourquoi es-tu si en retard ? Tu n'as pas pensé que je m'inquiéterais pour toi ? Je n'avais pas l'énergie nécessaire pour te contacter, lui dit-il en la secouant légèrement.

Lily se laissa aller contre la force rigide du corps de Ryland, soulagée qu'il soit en vie. Les battements de son cœur étaient réguliers et rassurants, et la solidité de ses muscles avait quelque chose de sécurisant.

— Je m'inquiétais tellement pour toi, Ryland. J'ai été retenue au laboratoire. J'ai dû parler avec le général McEntire. Il était là lorsque vous vous êtes évadés, et Higgens et Thornton m'ont demandé de les aider à tout lui expliquer.

En cet instant, elle n'avait aucune envie de se demander pourquoi le fait que Ryland soit sain et sauf était si important pour elle. Tout ce qui comptait, c'était qu'il soit indemne. Que son monde reste intact et qu'elle puisse respirer à nouveau.

Lily se rendit compte que ses doigts agrippaient fébrilement les cheveux de Ryland. Il fallait qu'elle le touche. Elle avait envie de pleurer de soulagement.

— Arly m'a dit que l'un d'entre vous avait eu une attaque. *J'ai eu si peur pour toi.*

Elle savait qu'elle révélait trop ses sentiments, mais ne pouvait s'en empêcher.

— Jeff Hollister. On n'a pas réussi à lui faire reprendre connaissance.

Il prit ses deux mains dans les siennes, attira ses doigts jusqu'à la chaleur de sa bouche, douloureusement conscient qu'il n'était pas seul avec elle. Il en éprouvait pourtant un énorme besoin.

— Est-ce que tu sais si on lui a donné un somnifère la nuit dernière ?

— Il souffrait beaucoup. La communication par télépathie lui est difficile même dans le meilleur des cas, et il était déjà épuisé. J'ai essayé de maintenir le lien pour tout le monde mais je…

Il ne finit pas sa phrase, rongé par le remords. Il avait fait preuve d'égoïsme. Il avait voulu retrouver Lily en rêve. Pour la consoler. Être avec elle. En dépensant son énergie de cette manière, il en avait eu beaucoup moins à consacrer à ses compagnons.

Les doigts de Lily se serrèrent autour des siens.

— Ryland, tu ne peux pas être responsable de tout le monde. Je t'assure.

Il y avait trop de compassion dans ses yeux. Lily réussissait à le bouleverser avec une facilité déconcertante. La manière dont elle le regardait suffisait à lui chambouler le cœur. Il l'aimait. Il aimait être avec elle, entendre sa voix, observer les expressions de son visage. Elle s'installait dans son cœur à la manière d'une petite souris creusant son terrier, et il y sentait sa présence.

— Bien sûr que si, rétorqua une voix grave, légèrement amusée.

Lily se retourna pour faire face au nouveau venu, prête à défendre Ryland coûte que coûte. Kaden était grand, et son corps ne semblait être fait que de muscles et de tendons. Ses yeux froids faisaient ressortir son visage de dieu grec. Et il lui souriait à pleines dents.

— Demandez-le-lui. Il est persuadé qu'il porte le fardeau du monde sur les épaules.

Il tourna vers Ryland des yeux noirs et durs, pleins de provocation.

— Et tu as vraiment l'air niais à la regarder comme ça. Tu fais honte au sexe masculin.

Ryland fronça les sourcils.

— Même si je le voulais, je ne pourrais pas être niais.

— Il n'arrête pas de parler de vous, il n'y a pas moyen de le faire taire.

— C'est une habitude chez vous de prendre les gens par surprise ?

Lily essayait de ne pas rire. Il l'avait fait rougir intentionnellement. Elle tenta de se maîtriser, mais son émoi n'avait pas échappé au regard acéré de Kaden. Arly la regarda comme une bête curieuse. Elle refréna l'envie de lui décocher un coup de pied dans les tibias et chercha à retrouver son calme.

— Eh bien, puisque vous en parlez, je dirais que c'est l'une de mes spécialités, répondit Kaden sans le moindre scrupule.

Lily leva les yeux au ciel.

— Où avez-vous installé Jeff Hollister ? J'aimerais l'examiner. Et est-ce que l'un d'entre vous a pensé à apporter les somnifères pour que je les analyse ?

Elle se rabattait sur ce qu'elle connaissait le mieux. La science. La logique. Le savoir. Tout sauf les hommes.

— Ferme ton bec, Inspecteur Gadget, siffla-t-elle en passant devant Arly la tête haute. Tu vas gober les mouches.

Arly se précipita pour la rattraper.

— On ne t'a pas élevée pour faire de toi une petite garce, lui murmura-t-il à l'oreille, suffisamment fort pour que tout le monde entende.

Ryland vit les lèvres de Lily frémir, mais elle parvint à garder son calme et à lui jeter un regard impérieux.

— Je ne sais pas ce que tu as cru voir, mais cela fait un moment que je songe à t'offrir de nouvelles lunettes. Avec des verres épais comme des culs de bouteille, de préférence.

— Oh, je vois ! Tu voudrais me faire croire que je ne t'ai pas vue le caresser comme un petit chat. J'en ai même eu honte pour toi. Où as-tu appris à te comporter comme ça ?

— Tu sais, ces films que tu regardes tout le temps, mais dont personne n'est censé être au courant ? répondit doucereusement Lily. Eh bien, tu les as fait accidentellement passer sur le mauvais canal. C'est incroyable ce qu'ils sont instructifs.

Arly marchait toujours à côté d'elle sans se laisser distancer.

— Est-ce que tu connais seulement son nom ? Je vais tout dire à Rosa.

— Je t'en prie. J'en profiterai pour lui parler de ta collection de vidéos.

Ryland rit doucement.

— On dirait un frère et une sœur en train de se chamailler.

— Elle a toujours été jalouse de ma supériorité intellectuelle, lui expliqua Arly.

Lily rejeta la tête en arrière.

— Ha ! La seule chose dont je sois jalouse, c'est ton corps maigrichon.

Ryland ouvrit la porte qui menait à la chambre du blessé. Lily l'avait fait équiper de lampes bleues, mais elles avaient été tamisées et elle eut du mal à voir où se trouvait Jeff Hollister. Immobile, le visage pâle et les cheveux d'un blond presque blanc, il ressemblait à une statue de cire. Elle entendit une douce mélodie qui couvrait les bruits de la pluie. Malgré les murs épais de la maison, la musique était nécessaire pour que les hommes trouvent le repos dont ils avaient besoin.

— Jeff est originaire de San Diego, en Californie. C'est un as du surf, dit Ryland en se baissant pour tapoter l'épaule de son ami. On ne le croirait pas en l'entendant parler dans son argot habituel, mais il a un QI très élevé et un diplôme du MIT. Sa famille serait dévastée s'il lui arrivait quelque chose. Sa mère lui envoie des cookies tous les mois, et chacun de ses frères et sœurs lui écrit régulièrement.

Lily regardait la douceur avec laquelle les grandes mains de Ryland, portant les cicatrices de nombreux combats, caressaient l'épaule de Jeff. La boule qu'elle sentait dans sa gorge grossit encore. Ryland ne s'en remettrait pas si elle ne trouvait pas le moyen de le sauver.

— Il faut que vous me laissiez l'examiner. Rosa, ma gouvernante, est infirmière, et si nécessaire, je peux appeler un professeur qui restera discret.

Arly s'éclaircit la voix.

— Lily, tu ne peux pas faire venir Rosa ici. Il ne faut pas qu'elle soit au courant de tout ceci. Elle est… bizarre.

— Elle n'est pas bizarre, riposta aussitôt Lily. Elle n'a pas une grande foi dans la science, voilà tout, ajouta-t-elle en fronçant les sourcils à l'attention d'Arly.

— Je ne disais pas cela contre elle, ma belle, répondit Arly en lui touchant l'épaule dans un bref geste de solidarité. Tu sais comment Rosa parle toujours de sa famille… en des termes très religieux.

Lily se serra un instant contre lui, puis se pencha pour examiner Hollister.

Ryland secoua la tête.

—On ne peut pas prendre le risque de faire venir un médecin. S'il a besoin de soins plus poussés que ceux que tu peux lui prodiguer, on le transférera ailleurs. Je refuse de te mettre plus en danger que tu ne l'es déjà à cause de nous.

Lily lui jeta un coup d'œil furtif et remarqua la lueur d'acier dans ses yeux. La détermination. Le regret qu'elle y avait lu auparavant avait disparu.

—Très bien. Qui a vu ce qui lui est arrivé ?

—Moi, madame.

La voix jaillit du coin le plus sombre de la pièce et manqua de faire sursauter Lily. Elle se retourna vivement et vit un homme de haute stature remuer et se lever lentement. Lorsqu'il fut debout, elle eut l'impression de se trouver face à un géant. Il était grand et très musclé, et ses cheveux noisette prenaient des éclats roux dans la lumière tamisée. Il traversa la pièce et vint se mettre à côté d'elle avec un silence qui la surprit.

—Ian McGillicuddy, madame. Vous vous souvenez de moi ?

Comment aurait-elle pu l'oublier ? Elle avait lu son profil avant d'aller le rencontrer, mais rien n'aurait pu la préparer à la puissance brute qui émanait de lui. Ses yeux marron foncé luisaient d'intelligence. Il se déplaçait avec une vitesse et une discrétion qui semblaient impossibles pour un homme de sa taille.

—Oui, bien sûr. Je suis heureuse que vous soyez indemne, monsieur McGillicuddy.

Quelque part dans la pièce sombre, un ricanement amusé retentit comme un écho à la manière formelle dont elle s'était adressée au soldat. Lily comprit alors que tous les hommes veillaient leur camarade blessé.

—Appelez-moi Ian, madame. Je n'ai pas envie d'avoir à enseigner les bonnes manières à cette bande de zouaves.

Elle le regarda et vit une lueur d'espièglerie danser dans ses yeux sombres.

— Non, mieux vaut éviter cela, vous avez raison. Appelez-moi Lily et j'abandonnerai le « monsieur ». Pouvez-vous me décrire tout ce dont vous vous souvenez sur son état de santé ?

— Il était très pâle. Jeff est quelqu'un qui passe tout son temps dehors, qui est bronzé en permanence. On nous a enfermés et cela faisait plusieurs semaines que je ne l'avais pas vu, mais j'ai été choqué de le voir aussi blanc. Il transpirait et m'a semblé moite. Il m'a dit qu'il avait l'impression que sa tête allait exploser. Il n'arrêtait pas de se toucher l'arrière du crâne en le disant. Je sentais qu'il avait peur, et Jeff est pourtant quelqu'un de courageux. Il est du genre kamikaze, à toujours vouloir jouer le tout pour le tout.

— Est-ce qu'il vous a dit s'il a pris un somnifère ?

Ian secoua la tête.

— Non, mais il a dit qu'il avait très envie de dormir pour échapper à la douleur, et que rêver de sable, de surf et de sa famille valait mieux que de savoir qu'il était en train de mourir d'une hémorragie cérébrale. Il était gêné de nous ralentir et n'arrêtait pas de me demander de le laisser.

— L'un d'entre vous a-t-il pris un somnifère ? demanda Lily.

— Ah ça, non, madame.

Un homme grand, à la peau sombre et aux yeux noirs, sortit de l'ombre.

— Le capitaine nous a dit de ne toucher à rien, et nous lui avons obéi.

— Vous devez être Tucker Addison.

Elle se souvenait de son profil. Il avait servi au sein d'une unité antiterroriste et avait été décoré plusieurs fois.

— Il faut que je regarde son cou et l'arrière de sa tête. Auriez-vous la gentillesse d'aider Ian à retourner doucement Jeff?

— Je voulais vous remercier, professeur Whitney, d'avoir accepté de nous laisser installer notre poste de commandement et notre camp chez vous.

Tucker aida Ian à retourner Jeff, avec des gestes d'une douceur incroyable. Il prenait soin du blessé comme s'il s'agissait d'un nouveau-né.

Lily se pencha sur Jeff et passa les doigts sur son crâne. Sa respiration était normale et son pouls régulier. Sa peau était un peu froide, et les veines de ses tempes battaient violemment, mais il semblait dormir. Elle repoussa doucement les cheveux de son cou et examina sa peau. Elle n'observa ni gonflement, ni rupture de vaisseaux. Puis ses doigts trouvèrent les cicatrices : Jeff avait indubitablement des récepteurs implantés derrière les oreilles.

Lily se redressa en étouffant un juron.

— A-t-il séjourné à l'infirmerie dernièrement ? À part moi, quelqu'un est-il venu le voir seul à seul ?

Elle était furieuse. Absolument furieuse. Elle serra fortement les poings. Son père avait décidément bien des comptes à rendre.

Ryland s'approcha rapidement de Jeff et passa les doigts derrière son crâne. Il trouva à son tour les cicatrices derrière les oreilles de son camarade. Il recula, la mâchoire crispée.

Tucker et Ian réinstallèrent doucement Jeff sur les draps.

— Qu'y a-t-il ? Qu'avez-vous trouvé ? demanda Ian.

Ryland tendit le bras pour prendre la main de Lily et, devant ses hommes, commença à déplier ses doigts un à un.

— Jeff se plaignait de grosses migraines. Il y a quelques jours, on l'a emmené à l'infirmerie, soi-disant pour le soigner. Jeff a dit ensuite que ses migraines étaient encore plus fortes qu'avant. Il a cessé d'utiliser la télépathie sous quelque forme que ce soit. Nous l'avons aidé à rester en communication avec nous, pour qu'il sache où nous en étions, mais nous lui avons interdit de répondre, sauf en cas d'extrême urgence.

Ryland porta la main de la jeune femme à sa bouche et souffla de l'air chaud au milieu de sa paume.

— Qu'y a-t-il, Lily ? Que s'est-il passé, à ton avis ?

Elle lui retira brusquement sa main et commença à faire les cent pas dans la pièce, sans sembler remarquer les hommes qui s'écartaient de son chemin. Ryland voulut protester, mais Arly lui fit un petit signe de la tête pour lui indiquer que Lily avait besoin de silence.

Ryland observa les mouvements rapides et nerveux du corps de la jeune femme, les traits tendus de son visage. Elle était très loin d'eux, en train d'analyser les données. Il profita de cette interruption pour examiner ses hommes en passant soigneusement les doigts derrière chaque crâne, à la recherche de cicatrices révélatrices. Il vérifia même sa propre tête. Lorsqu'il eut la certitude qu'aucun autre de ses compagnons ne portait de récepteurs, il poussa un petit soupir de soulagement.

— J'ai besoin de savoir quels sont ses talents psychiques. Que sait-il faire ? demanda Lily.

— Jeff peut faire bouger des objets. Si vous avez les clés de sa cellule, ne les laissez pas traîner, parce qu'il peut les faire venir jusqu'à lui sans le moindre problème, répondit Tucker. Et il peut faire le truc mojo.

Surprise, Lily cligna des yeux et regarda fixement Tucker.

— Excusez-moi, je ne sais pas ce qu'est le truc mojo.

Tucker haussa les épaules.

— Il peut léviter.

— Non, il ne peut pas, rétorqua rapidement Ian. Personne n'y arrive vraiment. C'est juste un tour de passe-passe dont il aime se vanter.

— Il peut léviter ? (Lily chercha du regard l'approbation de Ryland.) Comment diable y parvient-il ? Et en quoi cela complète-t-il vos autres capacités ?

Elle avait visionné les premières bandes des petites filles. Aucune d'entre elles n'avait montré la moindre aptitude à la lévitation et elle n'en avait envisagé ni la possibilité, ni l'utilité.

— Qu'est-ce qu'il fait, il flotte dans les airs ?

— Oui, à quelques centimètres du sol. S'il monte plus haut, cela lui fait mal à la tête et il a des migraines qui durent des jours, expliqua Ryland. Certaines de nos capacités ne valent pas les efforts nécessaires pour les utiliser.

— Combien de temps vous êtes-vous tous entraînés pour développer ces talents ? demanda Lily.

Ce fut Kaden qui répondit.

— Nous nous sommes entraînés ensemble, en tant qu'unité militaire, pendant plusieurs mois, tandis que le professeur Whitney, votre père, nous faisait passer une batterie de tests. Nous avons commencé à développer nos capacités psychiques dans des conditions militaires. Je faisais partie des Forces spéciales – j'y ai d'ailleurs été formé en même temps que Ryland –, mais je suis retourné dans la vie civile, et suis aujourd'hui inspecteur à la brigade criminelle. Je répondais aux critères, j'en ai discuté avec Ryland, et j'ai décidé de me porter volontaire. Une fois nos capacités renforcées, nous avons travaillé ensemble pendant quelque temps.

Il regarda les autres pour qu'ils confirment ses propos.

— Pendant trois ou quatre mois, attesta Ian. C'était incroyable. Nous arrivions à faire toutes sortes de choses. C'était une sacrée montée d'adrénaline.

— Mais vous deviez faire des exercices pour vous protéger des informations et des émotions non désirées, insista Lily.

— Au début, nous accomplissions énormément d'exercices mentaux, mais le colonel Higgens s'est mis à exiger des résultats plus rapides. Il voulait que nous participions à des missions d'entraînement face à des soldats normaux, expliqua Kaden.

— Malheureusement, nous voulions de l'action. Rester assis dans une petite pièce avec des électrodes collées sur le crâne, c'était mortellement ennuyeux, poursuivit Ryland. Ton père nous a prévenus que c'était trop tôt. Après plusieurs réunions, nous sommes tous arrivés à un compromis. Nous passions trois jours sur le terrain, et deux avec des électrodes qui enregistraient le moindre de nos mouvements.

Lily se remit à faire les cent pas. Ryland commençait à identifier les émotions réprimées que trahissaient ses pas rapides. Elle ne se rendait probablement pas compte de sa propre colère, mais son corps révélait l'intensité de ce qu'elle éprouvait.

— Je n'arrive pas à croire qu'il vous ait permis de faire ça. Il savait pertinemment qu'il ne fallait pas jouer avec la sécurité, surtout avec les données dont il disposait déjà.

— Quelles données ? demanda Kaden.

Lily s'arrêta net, comme si elle avait oublié qu'ils se trouvaient dans la pièce avec elle.

Arly détourna volontairement la conversation.

— Ça t'apprendra à parler toute seule. À faire les questions et les réponses.

Lily étouffa un juron, comprenant où il venait en venir.

— Est-ce que quelqu'un sait si Hollister peut contrôler ses rêves ?

Elle évita soigneusement les yeux brillants de Ryland.

Il y eut un petit temps de silence durant lequel les hommes se regardèrent.

— De même que la lévitation, ce talent est considéré comme une pratique occulte, dit Kaden.

Il balaya la pièce des yeux pour tenter d'en percer l'obscurité.

— C'est une capacité inutile.

Ryland haussa les épaules.

— Le professeur Whitney – ton père – estimait que le fait de communiquer en rêve avec une autre personne pouvait être dangereux et il nous a dissuadés de le faire.

— Tu as essayé ? demanda Kaden. Tu aurais dû me le dire, Ryland. Tu sais bien que la règle numéro un est d'avoir un stabilisateur, quelqu'un qui serve de point d'ancrage. Whitney nous l'a suffisamment répété. Et toi aussi.

— En parlant d'occultisme…, marmonna Tucker.

Ryland soupira.

— J'ai découvert accidentellement que j'en étais capable. J'en ai parlé au professeur Whitney, et il m'a affirmé que c'était trop dangereux pour que je persévère. Je lui ai demandé si d'autres hommes en étaient capables, et il m'a répondu qu'un ou deux y parvenaient. (Il balaya la pièce du regard.) Quelqu'un d'autre a-t-il essayé ?

Il y eut un mouvement presque imperceptible dans le coin le plus éloigné de la pièce. Tous les yeux se tournèrent en direction de l'homme assis silencieusement dans l'obscurité. Lily ressentit une impression de ténèbres et de brutalité. D'un danger mortel qui se mettait en mouvement. Elle essaya de distinguer ses traits, mais la lumière faible de la lampe n'arrivait pas jusqu'à lui.

— Nico ? l'encouragea Ryland. Tu es capable de contrôler tes rêves ?

— J'en ai toujours été capable.

La voix correspondait à l'image qu'il renvoyait de lui-même, et un frisson de peur parcourut la colonne vertébrale de Lily. Elle savait de qui il s'agissait. Nicolas Trevane. Il était né dans une réserve indienne et y avait grandi pendant dix ans. Il avait ensuite passé les dix années suivantes au Japon. Il était tireur d'élite dans l'armée, avec un nombre incalculable de médailles et plus de victimes à son actif qu'elle ne souhaitait le savoir. Elle se rappelait ses yeux qui suivaient ses mouvements, alors qu'il était assis au centre de sa cage, parfaitement immobile. Même derrière des barreaux, il l'avait rendue nerveuse et lui avait fait l'impression d'un dangereux prédateur attendant de pouvoir saisir sa chance.

— Mon père a dit « un ou deux » autres. Si Ryland et M. Trevane peuvent tous les deux contrôler leurs rêves, et que personne d'autre ne veut admettre qu'il en est capable, il est possible que M. Hollister puisse le faire lui aussi, extrapola Lily à haute voix.

Elle se dirigeait déjà vers la porte en se frayant un chemin à travers le groupe d'hommes.

— Lily, dit vivement Ryland, où vas-tu ?

Elle s'arrêta, visiblement surprise.

— Désolée. Surveillez son état ; son pouls est vigoureux et il respire normalement. Il faut que je fasse quelques recherches. Je ne veux pas prendre le risque de le réveiller si cela le met en danger. Laissons-le tranquille, mais surveillez-le attentivement.

Ryland sortit avec elle et la suivit dans le couloir.

— Parle-moi, Lily. Qu'est-ce qui lui arrive ? Que soupçonnes-tu ?

— Je pense qu'il a peut-être reçu une très forte décharge électrique dans la tête, concentrée sur une seule petite zone.

Elle marchait vite, en évaluant mentalement les différentes possibilités.

— J'ai besoin de plus d'informations pour établir une hypothèse plausible, mais j'ai déjà mon idée. L'hémorragie cérébrale est un effet secondaire, quoique rare.

Ryland lui saisit le bras pour la forcer à s'arrêter et à le regarder.

— Attends une minute et explique-moi tout cela. Je suis désolé de ne pas suivre ton raisonnement, mais si tu penses que quelqu'un soumet mes hommes à des impulsions électriques pour leur faire subir une sorte de lobotomie, je crois qu'il vaudrait mieux que je le sache. (Ryland lui donna une petite secousse.) Qu'ont-ils fait à mes hommes ?

— Très franchement, je n'en sais rien, Ryland. J'ai quelques soupçons, mais il ne sert à rien de lancer des accusations en l'air.

— Où vas-tu ?

Ses yeux argentés brillaient avec une telle intensité qu'une tempête semblait couver sous la surface.

Lily attendit une seconde, désarçonnée par le ton de sa voix.

— Je te l'ai dit, j'ai besoin de davantage de données. J'ai l'intention de consulter les notes de mon père.

Elle essaya de ne pas laisser paraître son agacement, même si elle comprenait qu'il avait tous les droits de s'inquiéter pour ses hommes. Elle savait qu'elle avait tendance à être abrupte et cassante lorsque son esprit était ailleurs. Arly le lui rappelait assez souvent, et il avait d'ailleurs relevé le même trait de caractère chez son père.

La main de Ryland se referma sur la nuque de Lily, et il l'attira contre lui, contre ses muscles rigides.

— J'apprécierais une explication, technique ou pas. Je ne suis pas complètement idiot, Lily, et j'ai le droit d'évaluer les menaces qui pèsent sur mes hommes.

Lily expira lentement et prit le visage du soldat entre ses mains.

— Si je t'ai donné l'impression que je ne te croyais pas en mesure de comprendre, je te présente mes excuses. J'ai tendance à me noyer dans mon travail et à oublier le monde qui m'entoure. Les choses comme les gens, d'ailleurs.

Ryland se pencha vers elle et s'empara de sa bouche. Le temps s'arrêta. Les murs s'évanouirent et elle se sentit projetée hors du temps et de l'espace, vers un lointain firmament étoilé. Elle entoura le cou de Ryland de ses bras et colla son corps contre le sien.

— Je croyais que c'était un truc d'ados, railla Arly d'une voix forte en arrivant derrière eux, que de se bécoter en plein milieu d'un couloir.

Ryland prit son temps et embrassa Lily avec application. Lorsqu'il releva la tête à regret, il tourna les yeux vers Arly.

— Intéressant comme point de vue, mais pour moi, embrasser Lily, n'importe où et n'importe quand, il n'y a rien de mieux.

Lily passa devant Arly pour se diriger vers le grand escalier en colimaçon qui menait aux étages inférieurs et lui fit une grimace.

— Et comment le saurais-je, Arly, vu que je ne suis pas allée au lycée et que je n'ai jamais embrassé personne dans un couloir ?

Ryland marchait à ses côtés.

— Pour une personne sans expérience, je dois dire que tu passes haut la main l'examen du baiser dans le couloir.

— Merci, répondit modestement Lily. Je suis sûre que j'aurais pu faire beaucoup mieux si Arly nous avait laissé quelques minutes supplémentaires.

— Oh non, c'était très bien, la rassura Ryland. C'était juste pour me rappeler à ton bon souvenir. Couloir ou pas, je voulais que tu te souviennes de mon existence.

Lily rit doucement, mais son sourire s'évanouit dès qu'elle eut tourné les talons pour dévaler l'escalier.

Ryland vit son visage reprendre une expression distante et soupira. Arly secoua la tête.

— C'est un génie, vous savez. Un véritable ordinateur si on lui fournit les données dont elle a besoin. Très peu de gens au monde sont capables de faire cela.

Ryland hocha la tête, mais son visage ne se détendit pas pour autant.

— C'est dur à encaisser pour un ego masculin.

— C'est une perle rare, Miller. Différente à un point que vous n'imaginez même pas. Et c'est vous qu'elle a choisi.

Arly observa son interlocuteur de la tête aux pieds. Il vit les mains balafrées et burinées, témoins de combats répétés, le corps musclé et trapu, et le visage taillé à coups de serpe.

— Outre le fait que vous figurez probablement sur la liste des hommes les plus recherchés par le FBI, avez-vous d'autres compétences dont je devrais être au courant ?

— Des compétences ? répéta Ryland. Est-ce une manière détournée de me demander quelles sont mes intentions à l'égard de Lily ?

— Pas encore, répondit honnêtement Arly. Je ne suis pas sûr de vouloir connaître vos intentions. Je n'ai pas encore décidé. Je peux encore très bien vous mettre dehors.

— Je vois. Vous avez une dent contre l'armée ?

— Outre le fait que vous êtes certainement accro à l'adrénaline, sans quoi vous n'auriez jamais été autorisé à entrer dans les Forces spéciales ni à participer aux expériences déjantées du professeur Whitney ? Ou que les types comme vous finissent toujours les pieds devant, parce qu'ils ne savent jamais quand s'arrêter ? Ou que vous enchaînez les conquêtes féminines ?

Arly désigna les mains de Ryland d'un coup de menton.

— Ou que vous avez probablement fait un nombre important de séjours en prison parce que vous ne pouvez pas vous empêcher de vous bagarrer ?

Ryland émit un petit sifflement.

— Parlez-moi franchement, ne vous donnez pas la peine de ménager mon amour-propre.

— Je n'en avais nullement l'intention. Lily est comme ma propre fille. Elle est toute ma famille. Vous vous rendrez compte que les autres membres de la maisonnée l'adorent et feront tout ce qui est en leur pouvoir pour la protéger. Et elle est plus riche que vous ne pourrez jamais l'imaginer. Elle n'a aucunement besoin d'un aventurier qui tente de lui faire perdre la tête à coup de baisers expérimentés.

— Là, vous vous aventurez sur un terrain glissant, l'avertit Ryland. Je ne suis pas du tout attiré par la fortune de Lily. En ce qui me concerne, elle peut tout donner à des œuvres de charité. Je suis parfaitement capable de subvenir à nos besoins.

Arly haussa un sourcil.

— Et arrogant, pour couronner le tout. Formidable. Cela va coller parfaitement avec son charmant caractère.

Il fit quelques pas en silence, cherchant visiblement comment amener ce qui allait suivre.

— Lily n'est pas comme tout le monde, Miller. Elle a des besoins très spéciaux et son cerveau nécessite un afflux continu de données à analyser. Sans cela, elle ne se sent pas bien. Tout comme vos hommes se conformeront à des critères bien particuliers pour choisir un domicile ou un environnement de travail, il en va de même pour Lily. Si je vous dis tout cela, c'est parce qu'au bout du compte je pense que vous êtes sincère, et aussi parce qu'elle est têtue comme une mule. Si elle a pris sa décision, rien de ce que je pourrais dire ne la détournerait de vous.

— Je sais qu'elle va avoir besoin qu'on prenne soin d'elle.

— Pas qu'on prenne soin d'elle, Miller. Ce dont elle a besoin, c'est de cette maison. De ces murs. De personnes comme moi pour l'entourer, de gens qui ne la vident pas de son énergie et qui ne l'assomment pas d'émotions superflues à longueur de journée. C'est ici qu'elle se sent le mieux, parce que c'est ainsi que son père l'a voulu. Elle ne peut pas rester éloignée très longtemps de la maison.

— Elle m'a parlé d'autres petites filles, qui sont des femmes à présent. Que sont-elles devenues ? Comment ont-elles pu survivre sans la fortune de Whitney et loin de son environnement aseptisé ? demanda Ryland avec curiosité.

Arly déglutit plusieurs fois avant de répondre, puis finit par secouer la tête en signe d'impuissance.

— Je n'ai jamais entendu parler d'autres femmes. Je veille sur Lily, et cela demande déjà toute mon attention.

Ils se dépêchèrent de descendre l'escalier et de traverser un dédale de couloirs pour rattraper Lily. Elle s'était arrêtée à la porte du bureau de son père. La jeune femme composa le code pour la déverrouiller et hésita en regardant attentivement autour d'elle.

— Tu es bien sûr qu'aucune caméra n'a été installée en douce par ici, Arly ? Et tu as bien fouillé à nouveau le bureau de mon père, n'est-ce pas ?

— Oui, tout à l'heure, après le départ du personnel de jour, confirma Arly. C'est notre point le plus vulnérable.

Nous avons besoin de ces employés, mais ils ne nous sont pas nécessairement loyaux. Quel que soit le salaire qu'on leur verse, si quelqu'un leur propose plus, ils vendront des informations et iront peut-être même jusqu'à fouiner dans les zones interdites, ou à cacher des micros.

— J'ai installé un poste de commandement au deuxième étage, dit Ryland. Nous avons déterminé plusieurs itinéraires de repli, par le toit ou par les tunnels. Merci pour les détecteurs de mouvements, Arly. Grâce à eux, les hommes se sentent beaucoup plus rassurés.

— Surtout, respectez les paramètres que je vous ai donnés, lui conseilla Arly. Sans cela, je ne peux pas garantir votre sécurité. Lily m'a dit qu'elle allait travailler avec vous tous pour vous préparer à affronter le monde extérieur et tenter de minimiser les risques de complications. Mais en attendant, n'oubliez pas que le personnel de jour représente la plus grande menace pour vous.

Lily recula pour laisser les deux hommes entrer dans le bureau. Elle voulait s'assurer que la porte était bien verrouillée. Arly avait changé le code, au cas très improbable où un nouvel intrus tenterait de s'y introduire.

— Je vais surveiller la maison depuis mon propre bureau, déclara Arly. Ça va aller ?

Il posa cette question à Lily, détournant ostensiblement son attention de Ryland.

— Je crois que le capitaine Miller est expert en corps à corps, répondit-elle sur un ton sarcastique.

— C'est bien ce qui me fait peur, dit Arly.

Laissant pour une fois paraître l'affection qu'il lui portait, il l'embrassa sur la joue.

— Tu ne portes pas ta montre. Et tu as l'air fatiguée. Tu ferais peut-être mieux de dormir quelques heures avant de te plonger dans tes recherches, Lily.

— Ça ne peut pas attendre, Arly, mais c'est gentil de t'inquiéter. J'irai me coucher dès que possible et je dormirai toute la journée.

— Et mets ta montre.

Lily serra le corps maigre d'Arly contre le sien.

— Ne t'en fais pas pour moi, Arly.

Ryland le regarda quitter la pièce.

— C'est un dur à cuire dès qu'il s'agit de toi. Il m'a fait subir un véritable interrogatoire. J'ai eu l'impression qu'il allait me faire la peau si je paraissais avoir de mauvaises intentions à ton égard.

Il observa avec intérêt Lily s'approcher de l'horloge et manipuler l'aiguille des heures. À sa grande stupéfaction, la façade de l'horloge s'avança et révéla une cavité cachée dans le mur. Il se rapprocha et vit une ouverture dans le sol.

— Il y a beaucoup de pièces comme celle-ci dans la maison ? demanda-t-il en s'engageant après elle dans l'escalier étroit et raide, ses épaules frottant les murs de chaque côté.

— Si tu veux parler de passages et de pièces secrètes, oui, mais rien ne trahit la présence de cet escalier. Il est inséré entre deux des murs du sous-sol. Il mène sous la maison, et je ne crois pas qu'il figure sur les plans, ce qui fait que le laboratoire de mon père est parfaitement caché. Il est équipé d'un matériel dernier cri, ainsi que d'une base de données complète sur ses premières expériences et sur celles menées sur toi et tes hommes.

— Donne-moi des détails sur ces impulsions électriques dont tu me parlais, Lily. Il faut que je comprenne ce qui arrive à Jeff.

Ryland balaya le laboratoire du regard, époustouflé par la méticulosité technologique de la pièce. Il n'y avait pourtant là rien d'étonnant ; Peter Whitney avait vécu pour la recherche et il était assez riche pour s'équiper comme il l'entendait. Pourtant, seuls les meilleurs centres de recherche au monde disposaient d'un matériel aussi élaboré.

— L'idée que les hémorragies cérébrales soient un effet secondaire me dérange, dit Lily en commençant à lire les dates inscrites sur la minutieuse collection de CD. Tout le monde semble trouver cela normal, mais ça ne l'est pas, à moins d'une extraordinaire coïncidence. Il faudrait que les crises soient à la fois très sévères et continues pour en être la cause. Et qu'est-ce qui génère les crises ? Une exposition prolongée à des ondes énergétiques hautement émotionnelles ? L'utilisation de la télépathie sans stabilisateur ou sans garde-fou ? C'est une possibilité – le cerveau est trop sollicité, il reçoit trop de déchets –, mais tout cela ne provoquerait au mieux que de grosses migraines. Cela fait des années que je vis sous le poids d'une surcharge d'émotions et d'informations. Oui, cela me donne des migraines, et c'est épuisant, mais je ne fais pas d'attaque ou d'hémorragie.

— Je ne comprends toujours pas ce qui se passe. Deux de nos hommes sont morts d'hémorragie ; en tout cas, c'est ce qu'on nous a dit.

Lily inséra un CD dans l'ordinateur.

— Au cours de ses expériences initiales, mon père a testé l'effet de petites décharges électriques sur l'activité cérébrale. Il a installé des électrodes directement sur les zones qu'il voulait amplifier. Les microélectrodes enregistraient les réactions générées par des neurones particuliers. Les signaux électriques étaient amplifiés et filtrés. Ils étaient également retranscrits par des signes et même convertis en sons grâce à un audiomètre.

— Il observait la réaction des ondes cérébrales ?

Ryland regardait les données qui défilaient sur l'écran, si vite qu'il n'arrivait pas à les suivre. Lily, en revanche, semblait les analyser tout en lui parlant. Il vit diverses expressions se succéder sur son visage : de l'intérêt, un froncement de sourcils, une petite hésitation tandis qu'elle secouait la tête, puis l'absorption de nouvelles données.

— Et il les écoutait. Les neurones ont des schémas d'activité caractéristiques qui peuvent être à la fois visualisés et entendus, murmura-t-elle sur un ton absent pendant qu'elle se concentrait sur l'écran.

— Mais enfin, Lily ! Est-ce que tu es train de me dire qu'en plus de tout ce que nous avons subi, on nous a implanté quelque chose dans le cerveau ? Cela ne faisait pas partie du contrat.

Il se massa les tempes, l'estomac noué par la colère.

— Jeff Hollister a de toute évidence subi une opération chirurgicale. Mais je ne vois pas comment mon père aurait pu répéter une erreur aussi terrible. Il savait depuis des années que les hémorragies faisaient partie des effets secondaires rares, et il en avait conclu que cela ne valait pas la peine de prendre le risque.

— Donc, tu penses que nous avons tous un de ces trucs implanté dans le crâne ?

Il ne pouvait pas s'empêcher de se passer les mains sur la tête à la recherche de cicatrices. Cette idée le rendait malade.

Lily secoua la tête.

— C'est un procédé complexe. Il aurait fallu poser un appareil sur la tête de la personne et le fixer à la table. Le patient doit être éveillé pour ce genre d'opération, et il aurait été tout à fait conscient de ce qu'on lui faisait. L'imagerie est réalisée par ordinateur afin d'être aussi exacte possible. C'est une opération de grande précision, Ryland, il faut vraiment savoir ce que l'on fait.

Ryland jura à nouveau dans sa barbe, s'éloigna puis revint vers la jeune femme.

— Si une personne se débrouillait pour causer des accidents ou pour faire croire que l'expérience psychique est un échec, reprit-elle, n'importe lequel d'entre vous aurait pu subir une opération similaire dans la salle de chirurgie de Donovans. Il y a là tout le matériel nécessaire.

— Quoi ? Du sabotage ? demanda Ryland en se passant la main dans les cheveux. Les enfoirés.

Lily haussa les épaules.

— Le plus souvent, une conspiration de ce genre est motivée par des raisons financières. Ou politiques. S'ils arrivent à faire croire que vous ne seriez pas en sécurité dehors et que vous ne pouvez pas être utilisés pour des opérations militaires, mais que l'expérience a tout de même fonctionné sans générer trop de complications, ce seraient là des informations pour lesquelles de nombreux gouvernements seraient prêts à payer.

— Qui pourrait savoir que des électrodes implantées dans le cerveau provoquent des hémorragies ? Moi-même je ne le savais pas, admit Ryland. Si Higgens est derrière tout cela, comment a-t-il pu l'apprendre ?

— Thornton est forcément au courant.

En voyant son expression perplexe, elle développa sa pensée.

— Le président de Donovans. Il y a quelques années de cela, des médecins ont commencé à travailler sur un projet de stimulation cérébrale profonde pour soigner la maladie de Parkinson. L'idée ne manquait pas de mérite, et d'autres chercheurs s'intéressaient de près aux applications potentielles du procédé. Thornton et moi avons eu une longue discussion à ce sujet voici quelques mois. Je m'en souviens parce qu'il était très intéressé par le procédé et ses applications. Si mon père lui a dit qu'il avait envisagé cette idée mais qu'il l'avait rejetée parce qu'elle était trop dangereuse, cela a pu éveiller l'intérêt de ceux qui cherchaient à saboter l'expérience.

La question semblait tant la fasciner que cela mit Ryland mal à l'aise.

— Enfin, Lily, est-ce qu'il est possible que nous ayons tous des électrodes dans le cerveau sans le savoir ? Et si c'est le cas, comment peuvent-ils s'en servir contre nous ?

— Il y aurait des preuves, Ryland. De plus, mon père a affirmé catégoriquement qu'il ne prendrait pas le risque de voir réapparaître les problèmes rencontrés lors de la première expérience, même s'il lui était désormais possible de déterminer une zone cible du cerveau avec la plus grande précision. (Elle le regarda.) Le rapport d'autopsie a été fait à Donovans et mon père ne l'a pas cru. Il soupçonnait qu'on essayait de vous manipuler, toi et tes hommes, mais il n'en était pas certain. Jette un coup d'œil là-dessus, Ryland. (Elle reporta son attention sur l'écran.) Mon père a tenté à plusieurs reprises de joindre le général Ranier. Il a même eu plusieurs conversations avec son auxiliaire, qu'il aurait apparemment enregistrées, et dont les bandes doivent être ici, quelque part. Ranier ne l'a jamais rappelé. Mon père lui a également envoyé quatre lettres et plusieurs e-mails, qui sont restés sans réponse. (Elle tapota l'ordinateur du doigt.) Tout est là-dedans, dans son journal. Le général Ranier est un ami de la famille. Je ne pensais pas que mon père avait à ce point multiplié les tentatives pour le contacter.

Ryland se mit à faire les cent pas en jurant à voix basse. Lily vacillait d'épuisement, et les cernes sous ses yeux étaient plus prononcés que jamais. Il avait envie de la prendre dans ses bras pour la serrer contre lui. De la porter jusqu'à un lit et de l'entourer de son propre corps pour la protéger. Il posa les mains sur ses épaules et entreprit de la masser doucement.

— Tu devrais t'allonger un peu, Lily. Va te coucher. Si Jeff n'a rien à craindre pour l'instant, tu devrais dormir.

— Je suis fatiguée, admit-elle. J'ai encore quelques détails à vérifier, puis j'irai voir une dernière fois comment va Jeff.

— D'où proviendrait l'émission d'électricité ? demanda Ryland par curiosité.

Elle parcourut rapidement le troisième CD, en s'arrêtant deux fois, lorsque les données devenaient plus techniques.

— Si l'opération avait été légitime, le patient aurait une petite batterie sur lui, une sorte de *pacemaker*. Il pourrait la déclencher lui-même. C'est un appareil magnétique qui délivrerait l'impulsion la plus faible possible. Aucun d'entre vous ne porte de batterie, ce qui signifie que, si nos soupçons sont fondés, les électrodes ont été mises en place sans le consentement de Jeff, et sans qu'il s'en rende compte. Ensuite, il a dû être soumis à une haute fréquence magnétique émise par une source extérieure. Ce ne sont que des hypothèses, Ryland, je ne suis pas sûre que cela se soit passé de cette manière, ou même si c'est possible.

— Pourquoi ? Pour quelle raison lui aurait-on fait cela ?

— Pour le tuer, bien sûr. (Lily éteignit l'ordinateur.) Viens. Allons voir comment il va. La nuit a été longue.

Il lui prit la main.

— Et la journée encore plus, ajouta-t-il.

Chapitre 10

— *J'ai besoin de toi.*

Lily s'éveilla en sursaut. Son cœur battait d'effroi, ou peut-être d'excitation, et ses yeux tentaient de percer l'obscurité qui régnait dans sa chambre. La voix était claire et sonore. Nerveuse et avide. Cette fois-ci, ce n'était pas un rêve. Ryland se trouvait dans la pièce avec elle.

Elle roula jusqu'au bord du lit et regarda dessous. Riant de sa propre bêtise, elle revint se caler sur l'oreiller et observa le plafond. Le son de sa propre voix l'aida à atténuer la déception qui gagnait son corps. Elle souffrait. Intérieurement et extérieurement, elle souffrait de l'absence Ryland Miller. De l'éclat argenté de ses yeux. De sa bouche irrésistible. De son corps. Elle rêvait de son corps, de le serrer contre elle. De sa bouche et de ses mains qui la touchaient, la goûtaient. Du contact de sa peau. Elle s'était réveillée brûlante et seule. Creuse, vide, et de mauvaise humeur.

Après avoir laissé Ryland au chevet de Jeff Hollister, elle était retournée dans le laboratoire secret de son père dans l'intention de continuer à lire ses notes. Lily avait peur de faire quoi que ce soit qui puisse aggraver l'état de Jeff, mais Ryland refusait fermement de faire appel à un médecin. Elle travailla une grande partie de la matinée ainsi que le début de l'après-midi et s'écroula dans son lit peu avant 17 heures. De toute évidence, elle avait dormi jusqu'à une heure avancée de la nuit.

Elle se refusait à essayer d'entrer en contact avec Ryland. Lorsqu'elle pensait à lui, elle n'arrivait plus à se concentrer correctement. Il était beaucoup plus important de trouver des solutions pour aider les fugitifs. Elle lui avait fourni un refuge sûr et de quoi manger. Aller plus loin avec lui pourrait tout compromettre, se dit-elle fermement. Le meilleur moyen d'aider Ryland Miller et les autres était d'éclaircir autant que possible la manière dont son père s'y était pris pour ouvrir leurs cerveaux aux ondes d'énergie.

Lily passa une main dans l'épaisse chevelure qui retombait en cascade sur son visage. Elle ne pourrait jamais être à la hauteur du rêve érotique qu'ils avaient partagé. Il était facile de se désinhiber complètement dans un rêve, mais elle ne savait pas du tout comment s'y prendre avec un homme en chair et en os, qui s'attendait à une vamp désinhibée. Pourquoi s'était-elle laissée aller à partager ce rêve avec lui ? Son visage devint écarlate, elle grogna et se cacha la tête entre les mains.

— Pense à autre chose, Lily. Pour l'amour du ciel, tu es une adulte. Tu dois absolument trouver les réponses. Arrête de penser à lui !

Lily essaya d'être ferme avec elle-même, et se força à évacuer toute image d'hommes virils et sexy. C'était difficile. Elle soupira.

— OK, Lily, concentre-toi un peu. Le colonel Higgens ne tardera pas à te soupçonner. Tôt ou tard, il trouvera le moyen de contourner les systèmes de sécurité. Arly est persuadé de pouvoir faire des miracles, mais il se surestime.

Lily rejeta les couvertures et se dirigea vers la salle de bains, pieds nus. Elle ne portait qu'une longue chemise. La chemise de Ryland. Elle était encore imprégnée de son odeur, qui l'enveloppait de sa présence comme s'il la serrait dans ses bras. Elle l'avait volée, dans un réflexe pitoyable qui lui faisait un peu honte, mais qu'elle était très heureuse d'avoir osé assumer. Elle l'avait trouvée dans le laboratoire, dans le tas de vêtements qui devaient partir au nettoyage. Elle n'arrivait pas à croire qu'elle en était réduite à chiper une chemise. C'était plus que pitoyable, c'était lamentable.

Elle prit son temps pour se passer de l'eau sur le visage et en profita pour s'admonester sévèrement en se regardant bien en face dans la glace.

— De toute façon, tu ne veux pas de lui, Lily, tu veux être aimée pour ce que tu es, pas parce que le courant passe.

Ses yeux étaient trop grands pour son visage. Elle était trop pâle. Défraîchie. Pourquoi n'avait-elle pas un physique de mannequin, un corps mince et ravissant, perpétuellement bronzé ?

— *Ce genre de courant me convient parfaitement.*

La voix se glissa dans son esprit. Frôla son corps comme une caresse.

Lily se raidit et ses doigts se crispèrent sur le rebord du lavabo. Elle se servit du miroir pour fouiller méticuleusement la pièce du regard. C'était une chose de rêver de lui ; c'en était une autre de se retrouver en face de lui, seule et vulnérable, dans l'intimité de sa chambre. Le lien qui les unissait était trop fort. Elle s'en méfiait… tout comme elle se méfiait de Ryland.

— Est-ce que tu es dans cette pièce avec moi ? J'espère pour toi que ce n'est pas le cas. On t'a assigné une zone sécurisée bien définie, et ma chambre n'en fait pas partie.

Elle prononça cette phrase à voix haute en espérant qu'il répondrait de la même manière. Cet échange était beaucoup trop intime s'il se trouvait dans son esprit. Dans ses pensées. Dans ses fantasmes. Ce n'était plus son seul visage qui rougissait, mais son corps tout entier.

—*J'aime tes fantasmes,* ronronna la voix de Ryland, tel un gros chat satisfait.

Ce ronronnement résonna dans tout son corps et le mit en feu.

Il ne pouvait pas être dans sa chambre. Il valait mieux qu'il n'y soit pas. Son cœur battait très fort sous l'effet mêlé de la peur et de l'excitation. Elle voulait le voir, mais elle craignait de se retrouver seule avec lui. Et elle portait sa chemise… Elle avait une telle envie de lui qu'il était possible qu'elle prenne ses désirs pour la réalité. Elle ferma les yeux. Son imagination lui avait déjà valu des ennuis récemment ; elle n'avait aucune intention de recommencer.

Des mains se glissèrent le long de ses cuisses, écartèrent les longs pans de la chemise, frôlèrent la courbe de ses hanches et remontèrent le long de son buste pour se poser, à la fois douces et rugueuses, sur chacun de ses seins. Lily ouvrit brusquement les yeux et vit le visage de Ryland au-dessus du sien. Cela n'avait rien d'une illusion. Il se rapprocha davantage. Son corps, dur et chaud, se colla contre son dos. Ses mains, sous la fine étoffe de la chemise, étaient ardentes, et ses pouces caressaient ses tétons déjà durcis.

Ryland observa le visage de Lily dans le miroir. Il y lut une peur naissante. De la surprise. Du plaisir. Il pencha lentement la tête jusqu'à ce que ses lèvres lui effleurent la nuque.

—Ne t'inquiète pas, Lily, je te connais. Je sais ce que tu veux. Je sais ce dont tu as besoin en ce moment. J'en ai besoin, moi aussi. Le reste suivra plus tard.

Le désir enflait en spirales chaudes dans son corps, enflammant tous ses sens. Le souffle de Lily se coupa et se doigts se crispèrent davantage sur le rebord du lavabo. Elle aurait dû pousser des hurlements de protestation ; au lieu de cela, elle resta parfaitement immobile, absorbant la sensation de ses mains sur son corps.

— Tu es fou ? Comment m'as-tu trouvée ? Tu ne devrais pas être ici, Ryland.

Elle le désirait plus que la vie elle-même. Mais il se trompait sur elle. Elle ne pourrait jamais se montrer à la hauteur des fantasmes érotiques qu'ils s'étaient forgés ensemble.

Les dents de Ryland passèrent doucement sur son cou et incendièrent sa peau.

— Tu pensais vraiment que je laisserais quoi que ce soit nous séparer ?

Ses mains étaient posées sur ses seins, comme s'ils lui appartenaient.

— Ne crains rien, Lily. Tout ce que nous ferons tous les deux sera parfait.

Elle ne put refréner le frisson d'excitation qui courait en elle, même si sa tête lui rappelait froidement à quel point elle manquait d'expérience. Leurs yeux se croisèrent dans la glace. Elle pouvait voir son désir. Cru et insatiable. Elle détecta sur son visage des rides qu'elle n'avait jamais remarquées auparavant. Sa bouche sensuelle était ombragée et légèrement crispée.

Lily prit une inspiration dans l'intention de lui dire que tout cela était faux, qu'ils ne s'aimaient pas, que cela n'était causé que par une réaction chimique. Elle aurait dit n'importe quoi pour l'éloigner, mais il l'attira encore plus près de lui jusqu'à ce que son corps s'emboîte contre le sien. Elle sentit le renflement rigide de son bas-ventre. Elle avait l'impression de lui appartenir. De ne faire qu'un avec lui. Elle n'était plus Lily, mais une partie de Ryland. Comme s'il ne pouvait y avoir de Lily sans lui.

— Sans toi, je vis un enfer, Lily. Je ne saurais pas l'expliquer autrement. Avec toi, tout va bien. Je peux contrôler ce qui m'arrive.

— On ne peut pas dire que tu te contrôles beaucoup pour l'instant.

Elle n'était d'ailleurs pas totalement sûre de vouloir qu'il se contrôle. Le soldat glissa fermement une main le long de son ventre, la caressant avec une insistance qu'il lui était impossible d'ignorer. La sensation lui fit fermer les yeux et des larmes inopinées se mirent à lui brûler les paupières.

La main de Ryland s'immobilisa aussitôt. Sa gorge se noua.

— Ne fais pas ça. Ne souffre pas comme ça.

Ses mains quittèrent à regret le refuge du corps de Lily. Il la pressa contre sa poitrine en l'entourant fermement de ses bras. Son étreinte était protectrice et ses mains caressaient tendrement ses cheveux soyeux.

— Je sais que tu es troublée. Je sais que tu doutes que ce que nous éprouvons l'un pour l'autre soit réel, ou que les émotions y jouent un quelconque rôle, mais tu te trompes, Lily. Je pense à toi tout le temps, à ce que tu es, à ce que tu ressens. J'aime le son de ta voix, j'aime ton sourire. Ce n'est pas une attirance purement sexuelle.

— Ce n'est pas ça.

Lily tourna la tête et la posa à l'endroit précis où le cœur de Ryland battait si régulièrement. C'était toujours la même chose. Lorsqu'elle était près de lui, elle ne pouvait jamais rien lui refuser. Elle ne pouvait pas le regarder. Elle n'était pas certaine de jamais pouvoir le regarder à nouveau.

— Je ne veux pas te décevoir.

Ryland se tenait parfaitement immobile. C'était bien la dernière chose qu'il s'attendait à entendre. Lily était l'assurance incarnée. Elle était belle et parfaite, et sa bouche était une invitation au péché.

— Lily, ma chérie, regarde-moi.

Elle secoua silencieusement la tête. Ryland lui caressa les cheveux, lissant les mèches épaisses entre ses doigts. Il baissa la tête et s'imprégna de son odeur. De son parfum. *Lily*. Sa Lily.

— Je sais que tu ne me décevras jamais.

Elle recula pour s'éloigner de sa chaleur, de son corps robuste.

— Tu ne devrais pas être ici. Et je n'ai pas envie de parler de tout cela.

C'était trop humiliant. Elle était en train de se ridiculiser complètement. Elle voulut s'éloigner de lui, mais ils étaient coincés dans la petite salle de bains, et elle avait le dos collé au lavabo. Ryland avait un physique imposant. Ses larges épaules emplissaient la pièce et son corps bloquait toute la porte. Elle le regarda bien en face en secouant la tête, ses yeux bleus emplis de tristesse.

— Tu t'attends certainement à ce que je sois comme…

Elle fronça les sourcils et fit un petit geste de la main avant de se décider pour un mot.

— …elle. *La femme sexy et désinhibée qui hante tes fantasmes, qui ne recule devant rien. Absolument rien.*

Le visage de Lily prit à nouveau une teinte écarlate, et elle pria pour que l'obscurité cache cette rougeur qui lui paraissait épouvantable.

Il tendit la main vers elle, entrelaça ses doigts dans les siens et l'attira jusqu'à ce qu'elle accepte à contrecœur de le suivre dans l'obscurité de sa chambre.

— Je crois qu'on ferait bien d'avoir une petite discussion, Lily.

Le cœur de la jeune femme bondit brutalement. Elle se laissa entraîner jusqu'au grand fauteuil à côté du lampadaire. La manière dont sa voix veloutée suffisait à la désarmer était parfaitement ridicule. Son corps se mettait à fondre et elle ne parvenait plus à réfléchir correctement.

Il s'assit confortablement et lui tira le bras pour la faire tomber contre lui. Il l'installa sur ses genoux, plus que conscient de sa nudité sous sa chemise. Sa propre chemise. Il était heureux qu'elle la porte.

— Je ne vois pas ce qu'une petite conversation nous apporterait, Ryland. Je ne peux pas être la femme de notre rêve. Je n'ai jamais vraiment connu d'intimité avec un homme. Tout ce que je sais provient de mon imagination et de mes lectures.

— Cela me donne très envie de lire tes livres.

Ses mains semblaient se mouvoir de leur propre volonté. Elles glissaient sur ses cuisses nues en longues et tendres caresses, effleurant sa peau, douce comme un pétale. Il s'était toujours douté que sa peau serait parfaite. Il ne pouvait s'empêcher de la toucher.

Ses mains remontèrent le long de ses cuisses et se rejoignirent sur ses fesses nues, qu'elles caressèrent au point de lui en faire perdre la tête.

— Ryland, ce ne sera pas la même chose qu'en rêve.

Elle avait l'impression de le supplier, mais elle ne savait pas si c'était pour qu'il la croie ou pour qu'il la persuade du contraire.

— J'espère bien que non. Je veux que ce soit réel. Je veux entrer au plus profond de ton corps. Je veux vraiment sentir tes mains sur ma peau. Ton manque d'expérience n'aura aucune importance, Lily. Tout ce qui compte, c'est que nous voulons nous satisfaire mutuellement et profiter l'un de l'autre.

Elle s'en voulait d'être aussi craintive. Ils passeraient un moment formidable, puis il la quitterait.

— Tu trouves que tu nous facilites les choses, à toi comme à moi ?

Lily bondit comme si le contact du soldat la brûlait. C'était d'ailleurs le cas. Le souffle court, elle commença à arpenter le parquet, dans un sens puis dans l'autre, troublée et vaguement désorientée.

— Et à ton avis, que va-t-il se passer si nous… si je te laisse… (Elle lui jeta un coup d'œil par-dessous ses longs cils noirs.) Ensuite…

Les jambes confortablement étendues, Ryland l'observait en promenant lentement et voluptueusement son regard sur son corps. Il en dévorait chaque centimètre carré des yeux. Elle eut soudain conscience de sa nudité, perceptible sous sa fine chemise. Ses seins lui faisaient mal et son corps lui paraissait lourd, impatient d'être libéré. Par lui.

— Ensuite, j'espère bien tout recommencer. Encore et encore. Je n'en aurai jamais assez.

Lily secoua la tête et recula.

— Nous savons tous les deux que tu finiras par me quitter. Ce ne sera que plus douloureux lorsque cela arrivera.

Il se leva souplement et traversa la chambre pour la rejoindre. Lily recula précipitamment pour l'éviter.

— Ce ne sera jamais plus douloureux que ça ne l'est maintenant, Lily.

Sa voix s'insinua jusque dans les veines de la jeune femme et lui fit bouillir le sang. Il tendit la main avec une vitesse phénoménale et emprisonna son poignet entre ses doigts.

Elle se figea aussitôt, l'estomac noué. Elle le désirait. Même si elle fermait les yeux pour ne plus le voir, cela ne changerait rien. Il était déjà au plus profond de son être. Et qu'y avait-il de pire ? Céder à la tentation et le voir un jour s'éloigner ? Ou résister et rester hantée toute sa vie par le regret ? Quitte à choisir, elle préférait le souvenir de la réalité à celui d'un rêve.

— Lily ?

Sa voix était semblable à du velours, aussi douce que la nuit. Les doigts qui encerclaient mollement son poignet comme un bracelet se resserrèrent tout à coup et la forcèrent à se redresser.

— Lily, qu'est-ce que je ressens pour l'instant ?

Elle se contraignit à croiser son regard, se laissant envahir par les émotions de Ryland. Par son désir. Acéré. Dangereux. Primitif. La force de l'attrait qu'il ressentait pour son corps la déstabilisa. Lorsqu'il lut dans ses yeux qu'elle savait, il ne recula pas.

— Comment peux-tu croire que je fasse une quelconque différence entre ton corps, ton esprit et ton cœur ? J'ai besoin de toi. Je te veux. Chaque centimètre carré de ton être, Lily. Est-ce donc si terrifiant ? Est-ce que tu as si peur de moi ? De me fréquenter ?

Était-ce une note de douleur qu'elle décelait dans sa voix ? Il paraissait toujours si sûr de lui, si maître de la situation, et pourtant il faisait preuve d'une étonnante vulnérabilité lorsqu'il se trouvait avec elle. Elle continua à le regarder, incapable de se libérer du pouvoir hypnotique de ses yeux. Du désir brut qu'elle y voyait.

Alors Ryland baissa lentement la tête au niveau de la sienne. Centimètre par centimètre. Tout en continuant à la garder prisonnière de son regard étincelant. Son pouls, que Ryland pouvait sentir sous son pouce, s'accéléra brusquement. Ses lèvres se collèrent à celles de Lily. Doucement. Sans insister. En les frôlant à peine.

— Tu oublies de respirer.

Son haleine lui réchauffait la peau, la bouche, lui insufflait l'oxygène qu'elle oubliait d'inhaler en allant le puiser dans ses propres poumons.

Les lèvres du soldat étaient douces. Douces comme du velours. Une boule de chaleur enfla dans le ventre de Lily et se mit à irradier une douleur presque agréable. Ryland se pencha davantage et frotta ses lèvres contre les siennes, lui chatouillant les coins de la bouche à coups de minuscules baisers. Plus que jamais séducteur. Tentateur. Sa langue traça le contour de sa bouche avec une douce persistance qui n'avait rien à voir avec les sursauts de désir qui lui parcouraient les entrailles.

Ses mains étaient douces, tendres même, et l'une d'elles se posa sur sa nuque pour la maintenir immobile. L'autre descendit le long de ses côtes, franchit la courbe des hanches et s'arrêta sur ses fesses pour s'en saisir avidement.

Elle sentit une intense chaleur lui parcourir les veines, une flamme sauvage, brûlante et incontrôlable. Cette sensation la surprit, car la grande douceur de Ryland invitait plus qu'elle n'exigeait une réaction. Lily se sentait affaiblie par le désir, lasse de lutter contre l'attirance qu'ils éprouvaient l'un pour l'autre. La chaleur et les flammes tentatrices la privaient de son bon sens. Sa bouche réagit au contact de celle de Ryland en un baiser doux, docile et accueillant.

Les lèvres du soldat se durcirent, chaudes et dangereuses, la forçant à s'ouvrir à lui, tel un génie tentateur. Elle se retrouva aussitôt dans un autre monde, un univers d'émotions, de couleurs et de sensations pures. De petites flammes lui léchaient l'épiderme. Chacune de ses terminaisons nerveuses s'éveilla. Son sang s'épaissit et s'échauffa de désir. Son corps avait un besoin irrépressible de lui ; elle enroula les bras autour du cou de Ryland et moula son buste contre le sien.

Ses seins et son corps tout entier étaient douloureux. Ryland referma les mains sur ses fesses, l'attirant contre la manifestation rigide de son propre désir. Il se frotta à elle jusqu'à ce que le contact devienne presque insoutenable.

Ryland poussa un grognement de désir cru.

—Je deviens fou, Lily. Je brûle pour toi, nuit et jour.

Il murmura ces mots contre la bouche ouverte de la jeune femme.

—Ce n'est ni confortable, ni plaisant, cela me fait un mal de chien. Mets un terme à mon calvaire, ma chérie. Aide-moi, Lily. Je te veux tellement que je n'arrive plus à penser correctement.

Le terme « vouloir » était d'une insipidité inconcevable. Existait-il seulement un mot pour décrire ce qu'il ressentait ? Nuit et jour, il pensait à elle, rêvait d'elle. Lily était une drogue pour son organisme, une faim qui ne pouvait être rassasiée. Son corps bouillonnant restait tendu en permanence. Il n'existait pas de mots assez précis ni assez intenses pour décrire les nuits passées dans des draps trempés de sueur et les journées durant lesquelles il se sentait si comprimé dans son jean que chaque pas devenait une torture.

Ses mains, posées sur les muscles fermes des fesses nues de la jeune femme, commencèrent leur exploration, lente et intime, tels les agents d'une diabolique séduction.

Lily éprouvait un tel désir qu'elle ne parvenait plus à respirer. La bouche de Ryland se jeta sur la sienne et se mit à la dévorer. La douceur de son baiser s'était évaporée dans l'incendie qui grandissait à chaque instant entre eux. Elle laissa son corps répondre pour elle, en silence, et lui signifia son consentement en glissant fébrilement ses mains sur son corps tandis que sa langue entamait un féroce corps à corps avec la sienne.

Ryland poussa un petit grognement du fond de la gorge, mi-grondement, mi-ronronnement. Lily tremblait entre ses mains. Il ne voulait pas qu'elle se sente effrayée ou nerveuse, pas même l'espace d'un instant.

— J'ai rêvé de ce moment, Lily.

Il la souleva sans effort, presque nonchalamment, et la porta jusqu'au lit tandis que sa bouche lui dévorait le visage et le cou.

— J'en ai rêvé si souvent.

Lily sentit la fraîcheur du drap contre son dos lorsqu'il la plaqua contre le matelas. Ses mains fortes et déterminées se mirent à parcourir ardemment son corps. Le visage de Ryland trahissait des émotions très profondes, et ses yeux étaient incandescents. Il ôta la chemise qu'elle portait et la jeta négligemment par terre. Elle l'entendit haleter, son souffle court et rauque coincé dans sa gorge. Ses paumes descendirent lentement depuis ses épaules, franchirent le relief de ses seins, glissèrent sur son étroite cage thoracique pour arriver à sa taille mince et à l'étendue plate de son ventre.

— Ta peau est incroyablement douce.

Ses gestes étaient d'une douceur exquise, à l'opposé du désir ardent qui brûlait dans ses yeux. Il baissa la tête jusqu'à son sein. Elle sentit tout d'abord son souffle sur sa peau. Chaud. Humide. Ses lèvres étaient très tendres.

Lily sursauta au contact de sa bouche inquisitrice. Elle était soudain si sensible que même le frôlement de ses cheveux avait un effet érotique sur sa peau.

Ryland était déterminé à aller lentement, à garder le contrôle, à mettre un frein à la faim dévorante qu'il éprouvait pour Lily. Il voulait à tout prix éviter de l'effaroucher. Il aurait tout le temps de laisser libre cours à sa passion ; pour l'instant, seul comptait le plaisir de Lily.

Lentement. Lentement. Ce mot résonnait dans sa tête comme une litanie. Ses doigts tremblaient en lui caressant la poitrine. Il la vénérait. Il referma la bouche sur son sein et se mit à le suçoter en laissant sa langue danser sur son téton dressé.

Lily poussa un cri et se cabra contre lui, dévorée par le désir. Elle en voulait plus. Beaucoup plus.

— Déshabille-toi, Ryland, le supplia-t-elle. Je veux te toucher, te regarder.

Sa voix, vibrante d'impatience, le déstabilisa. Dès le moment où elle avait posé les yeux sur lui, elle avait su qu'elle le voulait ; aussitôt, elle avait commencé à s'instruire du mieux qu'elle le pouvait sur l'appétit sexuel afin d'apprendre à le satisfaire. Mais rien de ce qu'elle avait lu ou visionné ne l'avait préparée à ce qu'elle était en train de ressentir.

Elle avait cru qu'elle serait gênée et effrayée de se retrouver nue devant lui, mais au contraire, elle adorait la manière dont il la regardait. Dont il la touchait. Dont il la dévorait du regard avec cette lueur possessive au fond des yeux.

Ryland redressa la tête, scruta ses yeux troubles et ses lèvres douces, gonflées par ses baisers impétueux.

— J'essaie de faire les choses avec douceur, ma chérie.

Il essaya de lui expliquer, mais les mots ne franchirent pas le seuil de son cœur. Il était déjà en train de retirer ses vêtements et de les jeter à terre. Son cœur battait à tout rompre. Il avait si souvent fantasmé ce moment qu'il craignait ne jamais réussir à lui décrire ce qu'il éprouvait pour elle. Il n'y avait pas de mots. Elle était une fièvre dans son sang, un besoin impérieux, une obsession, elle était son cœur et son âme. Comment pouvait-il lui dire tout cela ?

— Je te promets que je ne te ferai pas mal.

C'était là un serment. Jamais il ne la blesserait, ni physiquement, ni moralement.

Lily le regarda, couchée dans le noir, captivée par la passion sombre qu'elle devinait sur le visage du soldat. Il lui coupait le souffle. Chaque muscle du corps de la jeune femme était paralysé par la passion, et chacune de ses cellules brûlait au contact de sa peau. Elle aurait dû être effrayée par le désir qu'elle lisait en lui, par l'intensité de sa faim, mais dans son propre corps, dans les recoins les plus sombres de son âme, ses propres désirs secrets se dévoilaient à leur tour.

Ce n'était pas de la glace qui lui coulait dans les veines, mais de la lave en fusion. Son corps abritait un volcan, brûlant, débordant et prêt à exploser, à sortir de l'ombre pour répondre à tout ce que Ryland exigerait. Avec passion. Sans la moindre retenue. Elle posa les mains sur lui.

— Je suis une femme, Ryland, pas une poupée de porcelaine. Je sais exactement ce que je veux.

Leurs bouches fusionnèrent, électriques et chaudes. Les mains de Lily commencèrent à explorer son corps, désireuses d'en sentir chaque muscle, tout comme il avait voulu découvrir le sien. Il resta fidèle à sa tactique et continua à la torturer lentement pour l'amener au paroxysme du désir. Il suçota ses seins plantureux en les excitant avec sa langue et en les frôlant de ses dents et de sa bouche chaude et humide. Il suivit du doigt le contour de ses côtes et la perfection de son ventre. La courbe de sa hanche et chacun de ses creux. Il voulait s'approprier tous les secrets de Lily. Rien d'autre ne pourrait le satisfaire.

— Ryland, s'il te plaît.

Le corps de Lily était désormais si sensible qu'elle craignait de se mettre à pleurer de désir. Elle n'était plus qu'une grande douleur et semblait avoir perdu la raison.

— Regarde-moi, ma puce, dit-il doucement en guidant son regard vers son imposante érection. Je suis plutôt bien membré et je ne veux surtout pas te faire mal, même pas un petit peu.

De ses doigts, il caressa doucement l'entrejambe humide de Lily, et celle-ci se dressa presque sur le matelas.

— C'est de la torture, dit-elle, sans toutefois pouvoir s'empêcher de se lover contre sa main, cherchant désespérément le soulagement.

Ryland l'encouragea à se coller à sa main, puis il enfonça un doigt en elle. Elle était chaude et humide, mais bien trop étroite pour qu'il puisse s'introduire en elle. Il était évident qu'il s'agissait là de sa première expérience et l'idée qu'il serait son seul amant, celui qui lui ferait tout découvrir, augmentait encore son impatience. Lily s'abandonnait à la passion, prête à faire tout ce qui lui viendrait naturellement.

— Je vais t'assouplir un petit peu, ma chérie ; détends-toi. Tu me fais confiance, n'est-ce pas, Lily ?

Il retira son doigt et en inséra lentement deux, les yeux rivés sur son visage, guettant le moindre signe de gêne tandis qu'il poursuivait sa lente progression.

La sensation était si agréable que Lily prit presque peur. Elle avait du mal à respirer et n'exerçait plus le moindre contrôle sur son corps. Elle aurait voulu que Ryland ne s'arrête jamais. Il poursuivit son exploration ; la friction se fit électrique et atteignit des sommets d'intensité. Il lui faisait des choses au plus profond d'elle, caressant et titillant, et la rendant si folle qu'elle ne tenait plus en place. Ses hanches se cambraient sans aucune retenue pour mieux accueillir sa main.

— Cela ne devrait pas faire mal, Lily, je te promets que ce sera agréable, murmura-t-il en lui écartant les cuisses et en s'installant au-dessus d'elle. Regarde-nous, ma chérie. Nous ne faisons qu'un.

Il prit son membre durci dans sa main et appuya le gland engorgé contre l'entrée de son sexe humide.

Il était beaucoup plus large qu'elle s'y attendait, et il écarta ses chairs, lentement, en s'immisçant dans ses replis chauds et en forçant ses muscles étroits à le laisser entrer. Elle cria lorsqu'il s'enfonça plus profondément. Il s'arrêta à la membrane fine, presque inexistante, puis reprit sa progression en un mouvement plus appuyé. Elle ressentit alors une telle plénitude, une telle délicieuse brûlure, qu'elle plongea dans une véritable extase.

Ni l'un ni l'autre ne s'était attendu à cette réaction, à ces vagues de plaisir qui la submergeaient avec l'intensité d'un raz-de-marée. Le corps de Lily s'agrippa et se colla comme une sangsue à celui de Ryland, si fort que ce dernier grinça des dents sous l'effet du plaisir. Un plaisir si intense qu'il en était presque douloureux. L'orgasme de sa partenaire le baigna d'une sensation brûlante et il la pénétra de quelques centimètres supplémentaires.

Lily leva les yeux pour regarder son visage, et sa beauté virile lui coupa le souffle. Elle aussi voulait tout connaître de lui. Elle lui faisait inexplicablement confiance. Et elle ne voulait plus le quitter un seul instant.

— Je veux incarner tes fantasmes les plus débridés.

Les mots sortirent de nulle part et résonnèrent dans la nuit.

— Enseigne-moi comment te satisfaire, Ryland.

La franchise de sa voix le bouleversa et lui arracha le cœur. Il se retira, la pénétra à nouveau lentement, sans précipitation, avec précaution. Pour que cela soit parfait pour elle. Ses mains se crispèrent sur ses hanches et il adopta un rythme lent et régulier en l'encourageant à se mouvoir en cadence.

— Tout ce que tu veux, ma chérie. On fera tout. Je veux connaître ton corps mieux que tu le connais toi-même. Je veux prendre possession de chaque parcelle de ta peau.

Il prit sa taille entre ses mains et, la tenant fermement, inclina le corps de Lily tout en tentant de s'enfoncer le plus loin possible en elle. Lily se mit à haleter sous l'effet de la chaleur qui la consumait et de la présence de Ryland en elle. Ce dernier recommença à bouger, avec des mouvements longs et lents, profonds et parfaits.

Elle poussa un nouveau cri étouffé lorsqu'il accéléra et amplifia la cadence.

— On commence à peine, Lily, lui promit-il. C'est juste un échauffement.

Il se laissa aller, ses hanches s'enfonçant dans les siennes, encore et encore, plus profondément qu'il l'aurait jamais cru possible. Sa tête rugissait et son corps le brûlait, mais il ne voulait pas que l'extase prenne fin.

Lorsque son propre orgasme arriva, il fut explosif. Il lui parcourut le corps avec une force déchirante qui l'ébranla et faillit lui faire éclater le crâne. Le corps de Lily était très réactif au sien. Ils formaient une symbiose parfaite, et cela ne lui était jamais arrivé auparavant. Il était époustouflé par l'intensité du plaisir qu'elle lui avait donné. Et qu'il lui avait rendu.

Ryland s'effondra à côté d'elle. Il la tint dans ses bras, le visage enfoui dans la douceur de son sein, toujours enfoncé profondément en elle. Il avait su qu'il la désirait, que ce serait pour la vie, mais il n'avait pas compris jusque-là ce qu'il y avait réellement entre eux. Un don inestimable, un trésor dépassant ses rêves les plus fous. Il la sentait tellement présente en lui qu'il savait que cela allait plus loin que son corps et que son esprit. Plus loin que son cœur. Elle avait pris possession de son âme.

— Je croyais que c'était douloureux la première fois pour les femmes, dit-elle. Je ne m'attendais pas du tout à cela. Je pensais que tu serais le seul à éprouver du plaisir et que je serais déçue.

— Vraiment ?

Il souriait, le cœur empli de joie. C'était la Lily qu'il connaissait, en train d'analyser les données qui se présentaient à elle.

— Tu devais certainement penser à un autre homme.

Délibérément, il prit son sein dans la chaleur de la bouche, sachant pertinemment qu'à chacun de ses coups de langue, des ondes de choc lui parcouraient le corps et redoublaient son extase.

Lily ferma les yeux, submergée par le plaisir.

— C'est toujours comme ça ? J'ai lu plein de manuels, mais…

Elle ne put poursuivre, interrompue par les caresses de Ryland.

— Des manuels ?

Ryland releva la tête et lui sourit dans le noir.

— C'est tout toi, Lily, lire un livre pour te faire une idée de la vie. Si tu avais des questions, pourquoi ne me les as-tu pas tout bêtement posées ?

Les doigts de la jeune femme trouvèrent ses cheveux et s'enroulèrent dans leurs boucles.

— Cela m'aurait peut-être gênée. Ce n'est pas facile d'aborder des sujets aussi intimes avec quelqu'un.

Elle fronçait les sourcils. Il le savait. Toutes ses réactions le faisaient sourire. Son ton était très scientifique, mais il sentait néanmoins son corps trembler, comme secoué de faibles spasmes.

— On a toujours parlé de tout, ma puce. Je ne t'ai jamais caché que je te désirais. Tu aurais pu me dire que tu n'avais aucune expérience. Si je l'avais su, j'aurais fait en sorte que notre rêve érotique soit plus doux.

— J'ai beaucoup apprécié ce rêve. Les images étaient époustouflantes, bien meilleures que dans les manuels. En fait, je n'étais pas sûre d'être physiquement capable de faire les choses décrites dans les livres.

Il s'éclaircit la voix.

— Et tu les as trouvés où, ces manuels ?

— Sur internet. Les informations sont très explicites, et les gens très heureux de répondre aux questions qu'on se pose.

Il poussa un grognement.

— Ça, je n'en doute pas ; j'aimerais bien y jeter un coup d'œil ! J'ai eu peur que tu me dises que tu avais regardé les films d'Arly.

Elle eut un petit rire mutin.

— Je ne suis pas sûre qu'il en ait vraiment, mais si c'est le cas, il a certainement concocté un système de sécurité pour que je ne mette pas la main dessus.

— Je ne te connaissais pas ce petit côté pervers. (Ryland se pencha pour mordiller son sein offert.) Qu'est-ce que tu sens bon, Lily.

Leurs deux corps étaient toujours imbriqués l'un dans l'autre. Il percevait jusqu'au moindre frémissement des muscles de la jeune femme. Il découvrit que le simple fait de souffler sur ses tétons durcis entraînait une contraction au plus profond d'elle. Elle l'inondait d'une chaleur liquide et emplissait son corps de plaisir.

— Ton odeur m'a toujours fasciné.

Elle frotta son visage contre son cou.

— Et moi, j'aime ton côté sensible.

Et la manière dont il se préoccupait de ses hommes. Et l'amour qu'il vouait à sa mère. Et cette boucle rebelle qui ne cessait de lui retomber sur le front malgré ses efforts pour la remettre en place. Elle était horrifiée de constater tout ce qu'elle aimait chez lui. Elle ne put s'empêcher de passer les mains sur son dos pour en tâter les muscles saillants.

— Je me suis toujours demandé si les miracles existaient.

— Les miracles ? répéta-t-il, troublé par l'émotion sincère de sa voix.

Elle parvenait à le bouleverser par une simple intonation.

— Mais oui, les miracles. Comment définir un véritable miracle, par exemple. Il est fascinant de constater que tant de gens dans le monde ont des convictions religieuses. Mais en fait...

Elle appliqua de longs baisers sur sa gorge, remontant jusqu'à sa mâchoire et effleurant le coin de sa bouche.

C'était téméraire de la part d'une femme sans expérience, et le corps de Ryland réagit et durcit alors que ce n'aurait pas dû être possible. Il l'embrassa à son tour, car il ne pouvait réprimer l'envie de la goûter. De fusionner avec elle et de ne plus bouger, de s'enfermer avec elle dans un univers clos de chaleur et de passion. Ses mains parcoururent son corps, s'enivrant de chaque courbe, de chaque creux. De la texture de sa peau. De la manière dont elle réagissait en contractant ses muscles autour de lui et en expirant de plaisir.

Elle était son miracle. Au cœur d'un enfer qu'il avait contribué à créer, il l'avait trouvée. Le corps voluptueux de Lily était un paradis. Son sourire, le son de sa voix. Même sa manière de marcher, et son allure parfois si hautaine, avec sa bouche appétissante et ses yeux bleus et froids. Il leva la tête pour la regarder.

— Lily, à partir de maintenant, si tu as des questions d'ordre sexuel, adresse-toi à moi.

Il l'attrapa par la taille et roula sur le dos, désireux de ne pas rompre le contact et de rester enfoui au plus profond de son corps brûlant.

Lily, haletante, se retrouva à califourchon sur lui, le corps de Ryland profondément encastré dans le sien. Ses cheveux retombaient autour d'elle en une cascade ébouriffée, et des mèches soyeuses lui chatouillaient la peau. Elle n'était pas le moins du monde gênée de le voir profiter à ce point du spectacle et du contact de son corps. Ryland tendit les mains pour soulever ses seins généreux, et commença à les caresser du bout des doigts.

Lily ferma les yeux et s'abandonna au plaisir de la découverte. Elle remua les hanches, se laissa glisser contre le sexe de Ryland puis raidit les muscles. Elle le sentait tout au fond d'elle, grossissant et s'épaississant un peu plus à chacun de ses mouvements. Elle commença à le chevaucher lentement, se cambrant en arrière pour mieux le faire profiter de l'irrésistible balancement de ses seins. Elle était émerveillée par les sensations auxquelles elle se laissait aller. Elle commença par bouger lentement, observant ses réactions et s'habituant à prendre l'initiative. Puis elle s'enhardit peu à peu, fit passer ses doigts le long de son torse musclé, effleura de ses ongles le ventre dur et plat et joua avec ses mèches. Elle expérimenta de nouvelles poses, raidissant les muscles, allant et venant langoureusement sur toute la longueur de son membre, de plus en plus vite et de plus en plus fort jusqu'à ce qu'elle soit forcée d'ouvrir les yeux et de voir la passion déformer le visage de Ryland.

Elle adorait ses traits rudes et burinés. L'ombre noire le long de sa mâchoire. L'éclat de ses yeux argentés. Il lui coupait le souffle et mettait son corps en feu. Elle aimait qu'il la regarde, qu'il la touche. La chaleur et l'intensité de son regard l'électrisaient et semblaient donner une vie propre à son corps.

Ryland ne pouvait pas détacher ses yeux de Lily. Tout son corps était empourpré par la fièvre de son désir. Ses seins remuaient, provocants, à chaque mouvement de ses reins. Elle le chevauchait sans relâche, incroyablement désinhibée, chacun de ses gestes et chacune de ses caresses trahissant l'exquise torture qu'elle subissait. Ses yeux se troublèrent et sa respiration devint irrégulière. Un son doux s'échappa de sa gorge. Il lui saisit immédiatement les hanches pour la maintenir en place tandis qu'il prenait le relais pour assurer la cadence, déferlant en elle et guidant ses mouvements pour que le corps de la jeune femme se resserre sur lui. Doux comme du velours, brûlant comme de la braise, un feu liquide s'empara de tout son être.

Lily rejeta la tête en arrière, hurla son nom en un halètement émerveillé tandis que son corps se mettait à vibrer au diapason de son extase.

— Tu es incroyable, murmura-t-elle en se penchant pour l'embrasser, comprimant ses seins moelleux tout contre son torse.

Ryland fut étonné de constater à quel point ce simple contact éveillait sa masculinité. Et il fut plus surpris encore par l'impression de manque qu'il ressentit lorsqu'elle se détacha de lui pour se coucher à ses côtés. Il aurait tant voulu rester ancré en elle pour la remplir, la combler, partager sa peau.

— Oh, nous ne faisons que commencer, Lily. Il y a énormément de façons de faire l'amour et de profiter l'un de l'autre. J'ai des projets.

Elle lui jeta un regard suspicieux.

— Quel genre de projets ?

Il lui prit la main, la porta à ses lèvres et, de sa langue, lui lécha sensuellement un doigt avant de l'attirer dans sa bouche. Les yeux écarquillés, elle se sentit à nouveau gagnée par la fièvre, tandis qu'il lui suçait le doigt et se servait effrontément de sa langue pour simuler un accouplement.

Lily rougit violemment, mais son corps échauffé ne pouvait cacher la promesse d'un plaisir effréné.

— Ma cervelle a déjà fondu, Ryland, c'est trop tard.

Elle avait le souffle coupé par la perspective de ce qu'ils pouvaient s'offrir mutuellement, mais elle était épuisée et le savait.

La couette avait glissé au sol. Ryland la tira pour les couvrir tous les deux avant de serrer Lily tendrement dans ses bras.

— Nous avons tout le temps, Lily, je ne vais nulle part. Endors-toi, ma chérie, tu as besoin de repos.

Chapitre 11

Lily sentit les bras de Ryland qui l'entouraient, les mains instinctivement refermées sur ses seins. Il était enroulé autour d'elle, le corps collé au sien et si chaud que la couette était inutile.

— Va-t'en, grogna-t-elle d'un ton autoritaire. Je ne peux plus bouger. Je n'en serai plus jamais capable. Est-ce qu'on peut mourir d'avoir trop fait l'amour ?

Ryland lui mordilla la nuque.

— Aucune idée, mais si tu veux vérifier, je suis partant.

S'éveiller dans les bras de Lily était un moment de pur bonheur.

— Voilà ce que je veux pour le reste de ma vie.

Il n'avait pas eu l'intention de prononcer cette dernière phrase à haute voix, mais elle lui échappa néanmoins.

Lily se retourna dans ses bras et il sentit le frôlement de ses seins veloutés. Elle promena ses yeux bleus sur son visage jusqu'à ce qu'il la sente palpiter, douce comme un murmure, légère comme un papillon.

— Moi aussi, Ryland, mais je ne sais vraiment pas si ce que nous ressentons est réel ou le fait des expériences de mon père. A-t-il pu trouver le moyen d'amplifier nos sentiments ? Et si nous découvrons que c'est le cas, que ferons-nous ?

— Tu penses que c'est possible ?

La concentration lui fit froncer les sourcils.

— Très franchement, je n'en sais rien. Je ne vois pas comment il aurait pu s'y prendre, mais le fait est que ce que nous éprouvons l'un pour l'autre est très intense. Je ne peux pas m'empêcher de te toucher ; ça m'est impossible. Et ce n'est pas mon genre, Ryland. Je me connais très bien, et jamais je n'avais pensé au sexe comme je le fais à présent.

— Supposons que nous découvrions que c'est à cause de lui, Lily.

Il passa délicatement le pouce sur la pointe de son sein, pour le simple plaisir de la sentir frissonner. Il inspira la fragrance de ses cheveux.

— Quelle différence cela ferait-il ? Il a peut-être trouvé le moyen d'amplifier les sensations sexuelles, même si j'en doute, mais il lui serait impossible d'influer sur les sentiments. Même si ton corps m'était interdit, Lily, je te désirerais quand même.

— Pourquoi ? Qu'est-ce que tu me trouves de si spécial, au point de vouloir passer le reste de tes jours avec moi ? demanda-t-elle d'une voix très basse.

— Ton courage, ta loyauté, répondit-il instantanément. Tu crois que je ne vois pas tout cela en toi ? J'ai été entraîné à déchiffrer les gens. Tu prends la défense de ton père malgré tout ce que tu as appris sur lui. Je vois comment tu t'occupes de Jeff, un quasi-inconnu pour toi, et tu le traites pourtant avec douceur et attention. Je vois l'amour que tu portes à ta famille. Tu fais tout pour nous aider, alors que rien ne te forçait à nous ouvrir les portes de ta maison. Bon Dieu, Lily, tu aurais pu nous tourner le dos, tu aurais même dû le faire. Tu penses que je ne m'aperçois pas combien tu t'épuises, combien tu as besoin de repos ? Mais tu t'obstines à résister pour mes hommes, à te couper en quatre pour les aider. Qui pourrait ne pas tomber amoureux d'une telle femme ?

Elle secoua la tête.

— Je ne suis pas comme ça. Je suis simplement moi, Ryland.

Il l'embrassa au coin des lèvres.

— Tu es exactement comme ça. Je découvrirai peut-être d'autres petits détails avec le temps, mais je sais déjà le plus important. Tu as beaucoup d'humour. Et ta conversation est très intelligente. (Il lui sourit de toutes ses dents.) Je ne comprends peut-être pas toujours ce que tu dis, mais ça sonne bien.

Il y eut quelques secondes de silence qu'elle mit à profit pour observer son expression. Comment pouvait-elle douter de lui ? Il venait de mettre son cœur à nu et de le lui offrir sur un plateau. Ryland sentit tout à coup son ventre se nouer de peur.

— Est-ce que cela ferait une différence pour toi si tu découvrais que ton père a joué un rôle là-dedans, Lily ? Est-ce ce que tu essaies de me faire comprendre ?

— Est-ce que tu m'as vraiment regardée la nuit dernière, Ryland ? Il faisait très sombre. Est-ce que tu as bien regardé mon corps ? Parce que je suis loin d'être aussi belle que tu le crois. (Lily s'assit, l'air déterminé.) Il y a beaucoup de choses qui clochent chez moi. J'ai de nombreux défauts. Tu as forcément dû les remarquer.

Ryland s'assit à son tour et mit la main sur sa bouche pour cacher l'amusement qu'il ne parvenait pas à réprimer. Lily était décidément bien une femme. La nuit précédente, elle s'était déchaînée dans ses bras, l'avait chevauché sans la moindre honte, lui avait offert son corps, et maintenant, en plein jour, elle avait l'intention de lui parler de ses « défauts ».

— Des défauts, au pluriel ?

Il se frotta le menton cette fois-ci, prenant toujours soin de camoufler sa bouche.

— Tu en as donc plusieurs ? Eh bien, puisque tu en parles, j'ai bien remarqué une tendance à te montrer hautaine.

Le bleu des yeux de Lily s'intensifia et elle le dévisagea avec défi.

— Je ne suis jamais hautaine.

— Bien sûr que si. Tu as ce regard de princesse dans sa tour d'ivoire que tu nous lances à nous autres, gens de la plèbe, quand tu trouves que nous dépassons les bornes, rétorqua-t-il gaiement. Je l'ai remarqué, mais c'est un défaut si infime qu'il ne me dérange pas.

— Ma jambe, espèce d'andouille. Je parlais de ma jambe.

Elle l'étendit pour la lui montrer. Elle portait des cicatrices sur le mollet, creux et luisant à l'endroit où une partie du muscle avait été sectionnée.

— Elle est hideuse. Et je boite quand je suis fatiguée. Enfin, je boitille tout le temps, mais ça empire avec la fatigue.

Elle observa attentivement son visage, à la recherche d'un signe de dégoût.

Ryland se pencha pour examiner son mollet. Il prit sa jambe à deux mains et la caressa longuement de la cheville à la cuisse. Elle sursauta et voulut reculer, mais il la retint fermement et se pencha davantage pour embrasser les cicatrices les plus profondes. Sa langue en traça les étranges contours.

— Ce n'est pas un défaut, Lily. C'est la vie. Comment fais-tu pour avoir la peau si douce ?

Elle tenta de lui faire les gros yeux, et envisagea même d'arborer son prétendu regard hautain, mais ne put s'empêcher de sourire. La voix de Ryland était sincère, et son regard inébranlable.

— Je crois que tu as toujours nos exploits de la nuit dernière en tête, Ryland. Nous sommes censés parler sérieusement.

Elle n'avait pas très envie de retirer sa jambe des caresses prodiguées par ses doigts. Son contact avait quelque chose d'apaisant. Avec lui, elle se sentait belle, même si elle savait pertinemment qu'elle ne l'était pas.

— Et je n'ai pas franchement la taille mannequin. Je suis grasse par endroits et maigrichonne à d'autres.

Ryland haussa un sourcil étonné.

— Grasse ? s'exclama-t-il en parcourant son corps de ses yeux brûlants et possessifs.

Lily croisa les bras sur ses seins plantureux.

— Tu sais parfaitement bien que mes hanches sont énormes, tout comme ma poitrine. Je donne toujours l'impression que je vais basculer en avant. Et mes jambes sont si maigres que j'ai l'air d'avoir des pattes de poulet.

— Bon, je crois que je vais devoir procéder à une inspection, répondit-il avec bonhomie. Tiens, laisse-moi jeter un coup d'œil.

Lily s'écarta de lui et s'empara de sa chemise pour couvrir son corps. Elle lui lança son regard le plus glacial, mais ses yeux pétillaient.

— Tu es impossible. Il faut que j'aille voir comment se porte Jeff.

Il lui sourit en la regardant se lever et reculer.

— Je ne suis pas trop d'accord, ma puce. Ça te va très bien, mais je suis méchamment jaloux. Je ne crois pas que mon cœur supporterait de te voir te balader au milieu de mes hommes avec seulement ma chemise sur le dos.

Elle leva le nez, l'air faussement fâché.

— Je vais d'abord prendre une douche et m'habiller.

Elle tenta d'adopter un ton cassant, manqua de tout gâcher en riant, mais parvint in extremis à se maîtriser.

Ryland lui emboîta le pas, nu comme un ver. Lily ne l'entendit pas la suivre et sursauta en sentant son corps se coller contre le sien dans la cabine de douche.

— Nous n'avons pas terminé notre petite conversation, si ? demanda-t-il innocemment.

Cette fois-ci, elle le regarda vraiment de haut, aussi froide et hautaine qu'il venait de la décrire.

— Nous avons plus que terminé. Va-t'en.

Ryland éclata de rire et la souleva dans ses bras avant de faire couler l'eau de la douche. Il colla sa bouche sur celle de la jeune femme et étouffa ses protestations. Une chaleur irradia tout à coup entre eux, une faim dévorante et primaire.

— On ne peut pas, haleta Lily en passant ses bras autour du cou de Ryland tandis que ce dernier léchait l'eau qui dégoulinait de ses seins.

Elle sentit ses jambes s'amollir et son corps devenir souple et malléable, douloureux de désir.

— On n'a pas le choix, répondit-il en refermant la bouche sur son sein tentateur. Je te désire tellement que c'en est insupportable.

— Je crois que je vais tomber si tu continues à me faire ça.

— Tu en as envie tout autant que moi.

Ses mains s'étaient lancées dans de savantes caresses et exploraient déjà les possibilités qui s'offraient à elles.

— Mets les bras autour de mon cou. Je vais te soulever et tu vas passer tes jambes autour de ma taille.

— Je suis trop lourde, protesta-t-elle.

Elle lui obéit néanmoins, incapable de lui résister. Elle savait qu'elle ne serait plus jamais capable de lui résister.

Lily poussa un petit cri en s'installant sur lui et oublia toutes ses protestations. Elle ne désirait plus qu'une seule chose : le sentir en elle. Qu'ils restent à jamais ensemble.

Ni l'un ni l'autre n'avait la moindre notion du temps qui s'écoulait. Ils se délectaient d'être ensemble, seul à seul, uniquement préoccupés par le plaisir de leur étreinte. Ils se lavèrent mutuellement, se parlant à voix basse, étouffant des rires.

Lorsque Ryland ferma la douche et lança une serviette à Lily, il remarqua qu'elle fronçait les sourcils.

— Ne me dis pas que tu t'apprêtes à me dévoiler un autre de tes défauts imaginaires, lui dit-il en s'essuyant.

Lily faisait tout pour se retenir de le dévorer des yeux, mais les muscles saillant sous sa peau exerçaient une véritable fascination sur elle.

— Tu te rends compte que je ne sais même pas quel genre de musique tu aimes ?

Ryland sourit et fit claquer sa serviette dans sa direction avant de sortir de la salle de bains, complètement nu, sans la moindre pudeur.

— Quelle importance ?

— Mais si, c'est important. Cela prouve que nous ne savons pas grand-chose l'un de l'autre.

Malgré tous ses efforts, elle n'arrivait pas à détourner les yeux. Ryland éclata de rire.

— J'aime toutes les sortes de musiques. Ma mère écoutait de tout et insistait pour que j'en fasse autant. Elle m'a aussi fait prendre des cours de danse, grimaça-t-il en enfilant son tee-shirt.

Lily ne put s'empêcher de rire devant l'expression de son visage. Elle l'imaginait, petit garçon, ses boucles rebelles lui tombant sur le front, protestant d'un air renfrogné à ce que sa mère lui imposait.

— Moi aussi, on m'a donné des cours de danse, rétorqua-t-elle. Des leçons individuelles, ici même, dans la salle de bal du rez-de-chaussée. J'ai appris toutes sortes de danses. C'était plutôt amusant.

— Oui, mais quand on est un petit garçon de dix ans, on a l'impression que c'est la fin du monde. J'ai dû me bagarrer pendant deux ans avec tous les gars du quartier pour qu'ils me fichent enfin la paix. (Il lui sourit tout en enfilant son jean.) Bien entendu, lorsque je suis arrivé au lycée, je me suis rendu compte que savoir danser avait ses bons côtés, parce que les filles aiment ça. Cela m'a valu beaucoup de succès, et mes copains ont vite ravalé leurs moqueries.

Elle imaginait sans mal sa popularité auprès des filles. Ses boucles noires et son regard ténébreux lui donnaient un air irrésistible.

— Ta mère devait être fascinante.

— Elle appréciait particulièrement les danses d'Amérique latine. Elle riait, et ses yeux étincelaient. Cela me dérangeait beaucoup moins que ce que je lui faisais croire. Nous avions à peine de quoi nous vêtir et nous chausser, mais elle trouvait toujours un moyen de nous payer des leçons. (Il regarda Lily.) Est-ce que ton père aimait danser ?

— Papa ? (Lily éclata de rire.) Grands dieux, non. Cela ne lui aurait même jamais traversé l'esprit. C'est Rosa qui a insisté pour que je prenne des cours de danse, et elle a eu gain de cause parce que Arly voulait que j'apprenne les arts martiaux, une idée qui plaisait à mon père. Rosa l'a convaincu en lui disant que je devais avoir une éducation complète. Des professeurs de toute sorte sont venus m'enseigner leur art à domicile. J'ai eu des professeurs de dessin, de musique, de chant… J'ai appris à tirer au pistolet, à l'arc, et même à l'arbalète.

Ryland était fasciné par la transparence de ses sous-vêtements. Elle portait un simple string de dentelle rouge, et ne se doutait pas le moins du monde de l'effet qu'il exerçait sur lui. Il se sentit durcir de désir.

— Arly dansait avec moi. Arly et John étaient comme des pères pour moi, ou plutôt des oncles très proches. Pour ce qui était de mon éducation, ils avaient autant leur mot à dire que papa, sinon plus. Papa n'était pas un père très attentif. Il pouvait oublier mon existence pendant plusieurs jours d'affilée s'il travaillait sur un projet important.

— Et cela ne te faisait rien ?

Elle disait tout cela sur un ton neutre qui le surprenait. Sa mère à lui s'était intéressée à tous les aspects de sa vie. Ils avaient abordé tous les sujets ensemble.

— Non, il était comme ça. Il fallait le connaître. Les gens ne l'intéressaient pas beaucoup. Pas même moi.

Elle haussa les épaules et enfila un pantalon gris perle qui lui moulait les hanches. Le tissu épousait parfaitement la courbe de ses fesses.

— Il était bon avec moi, Ryland, et je me sentais aimée, mais il ne passait jamais de temps avec moi, sauf lorsqu'il s'agissait de son travail. Il avait mis au point des exercices dont il tenait à ce que je les fasse quotidiennement pour renforcer mes protections mentales. Je compte les enseigner à tes hommes. Je vis dans un environnement protégé, mais je peux évoluer dans le monde extérieur si nécessaire. J'espère pouvoir au moins vous apprendre tout cela, à toi et aux autres.

Elle avait enfilé un chemisier en soie par-dessus son soutien-gorge de fine dentelle. Ryland tendit la main pour fermer les minuscules boutons nacrés, car il avait besoin de la toucher. Les jointures de ses doigts lui frôlèrent les seins, dont les pointes durcirent aussitôt. Les yeux éclatants de la jeune femme croisèrent les siens et ils se dévisagèrent, impuissants face au désir qui les envahissait.

Tout en maintenant fermés les deux pans de son chemisier, il pencha la tête et s'empara de sa bouche. Il avait envie de poser ses lèvres sur la diaphane dentelle de son soutien-gorge et de suçoter son sein, de le mordiller jusqu'à ce que sa peau rosisse et que ses yeux s'embuent, mais il se contenta d'un simple baiser appuyé.

— Ryland, dit-elle d'une voix tremblante. Est-ce que c'est normal ?

— Je n'ai jamais rien ressenti de tel pour une femme. Comment veux-tu que je sache si c'est normal ou pas ?

Il l'embrassa sur les paupières, puis au coin de la bouche.

— Mais, quoi que ce soit, cela nous paraît normal, et cela me suffit.

D'un geste résolu, il termina de boutonner son chemisier, prenant juste le temps de déposer un baiser sur la rondeur de son sein, qu'il sentait sous la soie du vêtement.

Lily fut prise de l'envie irraisonnée de lui saisir la nuque, de lui enfoncer la tête entre ses seins douloureux et de l'y maintenir afin qu'il laisse libre cours à la magie de ses dents, de sa langue et de la chaleur de sa bouche. Son corps lui faisait mal, mais d'une manière exquise, comme pour lui rappeler sans cesse qu'elle était à lui.

— Lily.

Elle cligna des yeux lorsqu'il prononça son nom, émergeant de ses rêvasseries. Elle se rendit compte que ses doigts traçaient les contours de ses muscles et se promenaient sur son corps comme s'il lui appartenait.

— N'avons-nous pas du pain sur la planche ?

— C'est que tu fais tout pour me déconcentrer, lui fit-elle remarquer. J'ai une idée de ce qui pourrait aider Hollister. Ma maison devrait vous offrir à tous le soulagement dont vous avez besoin. Les murs sont très épais, et toutes les pièces sont insonorisées. (Elle le regarda d'un air grave.)

C'est l'autre défaut dont je voulais te parler, Ryland. Je ne serai jamais normale. J'ai besoin de cette maison pour survivre. Tout est entièrement conçu pour préserver ma sérénité. L'ampleur du domaine qui l'entoure. La présence discrète du personnel de jour, avec lequel je ne suis jamais en contact.

Ryland prit son visage entre ses mains.

— Je me fiche de ce dont tu as besoin pour vivre, Lily, tant que tu es vivante. C'est tout ce qui m'importe. Nous comptons tous sur toi pour nous apprendre à nous réhabituer au monde extérieur. Tu as un métier, tu es utile à la société. Nous espérons que tu pourras faire quelque chose pour nous. Que tu nous aideras à revivre.

Elle le regarda, sans déceler tout l'amour qu'il lui portait.

— Je l'espère aussi, Ryland.

Lily s'était attendue à se faire rejeter. Ryland fulminait à l'idée qu'elle ait une si piètre estime d'elle-même. Il percevait sa douleur sourdre sous la surface, et il en avait mal pour elle. Elle venait de perdre son père, et tout ce qu'elle découvrait sans cesse sur lui et sur sa propre vie était impossible à digérer d'un seul coup. Sans compter que Ryland lui avait amené des soucis supplémentaires et l'avait laissée mettre son existence en péril en cachant des fugitifs chez elle.

Il se passa une main dans les cheveux et se détourna.

— Je suis désolé, Lily, je n'avais nulle part où les emmener.

Il s'assit lourdement sur le lit et se baissa pour attraper ses chaussures.

Lily posa une main sur sa tête et ses doigts s'enfoncèrent dans sa chevelure humide.

— Tu as bien fait de les amener. Je vais vous donner des exercices à faire plusieurs fois par jour. J'ai tous les enregistrements des travaux réalisés avec les petites filles et moi. Je crois que c'est là que réside une grande partie du problème. Ils étaient si pressés de vous lancer sur le terrain qu'ils n'ont pas pris le temps de blinder vos cerveaux contre les assauts du monde extérieur. Ils ont ouvert les vannes sans vous donner la moindre protection. Vous étiez tous dépendants de vos stabilisateurs. Et une fois séparés les uns des autres, seuls les stabilisateurs pouvaient évoluer sans connaître une douleur constante.

Il écoutait le ton de sa voix. Elle s'était de nouveau déconnectée de lui et semblait méditer à haute voix plutôt que de parler avec lui. Son esprit tournait le problème dans tous les sens, l'examinait sous tous les angles et trouvait rapidement des solutions. Cela le fit sourire. Sa Lily. Il savourait cette notion. La sienne. Elle lui appartenait corps et âme.

—C'est l'éloignement des stabilisateurs qui a causé vos séjours répétés à l'hôpital. Il faut que je m'y rende pour y consulter les archives et vérifier si les personnes qui y travaillaient étaient toujours les mêmes.

—Attends une seconde, Lily.

Elle était sortie à grands pas de la chambre pour se diriger vers la kitchenette dont toutes les ailes de la maison semblaient équipées. Ryland lui emboîta le pas, la gorge nouée.

—Il n'est pas question que tu retournes là-bas.

Elle le regarda calmement.

—Bien sûr que si. J'y travaille. J'ai des parts dans la société. Les recherches que je mène depuis quatre ans pourront peut-être sauver des vies.

Elle traversa rapidement le sol carrelé de marbre pour atteindre le réfrigérateur.

—Le meurtrier de mon père se trouve chez Donovans, et je compte bien le démasquer.

Il n'y avait ni défi ni crainte dans sa voix. C'était juste une affirmation calme et posée. Elle lui tendit un verre de lait avant de vider le sien.

Il ne servait à rien de discuter lorsqu'elle se trouvait dans un tel état d'esprit. Ryland la regarda, la mine rembrunie.

— C'est tout ? (Il baissa les yeux sur le liquide blanc.) Pas de café ? Pas de petit déjeuner ? Je t'offre une nuit folle et tout ce que tu me donnes en échange, c'est un verre de lait ?

Lily lui sourit d'un petit air suffisant.

— Mettons les choses au clair, Miller. *Je* t'ai offert une nuit folle et je ne fais pas la cuisine. Jamais.

— D'accord, je vois le genre. Ma petite Einstein en jupon ne sait pas cuisiner. Avoue, Lily.

La jeune femme rinça son verre dans l'évier.

— J'ai reçu des cours de gastronomie par l'un des chefs les plus réputés du pays. (Elle désigna les placards d'un geste de la main.) Prépare-toi quelque chose si tu veux. Rosa veille toujours à ce qu'ils soient bien remplis, dans l'espoir que cela m'incitera à manger davantage.

— Cela m'intrigue. Tu sais vraiment cuisiner ?

Lily se prit soudain de fascination pour la mosaïque du plan de travail.

— Ce n'est pas exactement ce que j'ai dit. Seulement que j'ai pris des cours. Le type aurait pu me parler en grec ancien, cela aurait été du pareil au même. (Elle lui sourit.) Enfin non, pas en grec, parce que je parle le grec, mais le fait est que je ne comprenais rien à ce qu'il m'expliquait. C'est un art, et je n'ai pas la moindre fibre créative.

Il plaça un bras autour de son épaule et l'attira contre lui.

— Par chance, je suis un cuisinier hors pair.

Il l'embrassa sur la tempe, lui frôlant simplement la peau des lèvres, mais le frisson qui la parcourut le satisfit pleinement.

— Tu as un fort potentiel créatif, murmura-t-il de façon suggestive. Simplement, tu n'as pas choisi l'art qui te convenait.

Lily se surprit à rougir. Même le simple son de sa voix parvenait à s'immiscer en elle et à lui échauffer le sang. Elle découvrit tout à coup qu'elle était beaucoup plus créative qu'elle ne l'avait jamais imaginé. Elle secoua résolument la tête.

— Arrête de me tenter. J'ai du travail qui m'attend avec Hollister et les autres.

La main de Ryland glissa de son épaule, et s'attarda sur le col de son chemisier en soie pour lui effleurer la peau. Lily retint sa respiration pour tenter de contenir la sensation brûlante que ses doigts laissaient sur leur passage.

— Alors comme ça, je te tente, Lily ? Tu as toujours l'air si froide, et j'ai tellement envie de faire fondre la couche de glace dont tu te drapes.

Elle ne se sentait jamais froide lorsqu'il était là. Elle ne répondit pas et força son esprit à revenir sur le sujet qui l'occupait.

— Ryland, peut-être abordons-nous le problème sous le mauvais angle. Retournons-le. Supposons que l'expérience ait été une grande réussite. Il y a eu plusieurs décès et les hommes ont souffert d'attaques et d'hémorragies cérébrales.

— Ce n'est pas ce que j'appellerais une grande réussite.

Il essayait de suivre son raisonnement, le visage concentré.

— Ne joue pas les scientifiques avec moi. Ces hommes sont des êtres humains, avec des familles. Des types bien. On ne parle pas de la mort de quelques rats de laboratoire.

Lily soupira.

— Tu n'es pas assez détaché, Ryland. Tu dois apprendre à prendre un peu de recul. C'est exactement la réaction attendue. C'est la nature humaine. S'il y a des décès, on abandonne. Les résultats ne valent pas ce prix.

— Bon Dieu, Lily.

Il sentait l'énervement le gagner. Il avait une furieuse envie de la secouer par les épaules. Sa voix était aussi impersonnelle que celle d'un ordinateur.

— Quelques morts n'en valent pas le prix.

— Bien sûr que non, Ryland. Mets tes émotions de côté pendant quelques minutes et envisage d'autres possibilités. Tu as dit toi-même que la première année s'était déroulée sans incidents. On vous a fait participer à des missions d'entraînement et l'équipe tournait bien.

— Il y a eu des problèmes, dit-il en tendant la main devant elle pour ouvrir la porte menant à la chambre de Jeff Hollister.

Lily aperçut les hommes toujours rassemblés autour de leur compagnon. La manière dont ils montaient la garde à ses côtés lui brisait le cœur. Des hommes musclés et endurcis, capables de tuer s'ils y étaient obligés, mais également prêts à murmurer des gentillesses à un ami blessé, prêts à bondir à la moindre de ses requêtes.

— Du nouveau ? demanda-t-elle à Tucker Addison.

À la lumière du jour, il lui faisait penser à un pilier de rugby. Elle ne voyait pas comment il aurait pu passer inaperçu dans un camp ennemi, mais au chevet de Jeff, ses mains faisaient preuve d'une grande douceur.

— Non, madame. Cette nuit, il s'est agité pendant une dizaine de minutes, puis il s'est de nouveau calmé.

Lily examina à nouveau Jeff en se concentrant particulièrement sur son crâne.

— Touche-le, Ryland, il ne fait aucun doute qu'il a subi une opération.

— En effet. On a dû le transporter d'urgence à l'hôpital pour résorber un hématome il y a environ trois mois, répondit Ryland. On lui a fait un trou dans le crâne.

Le regard de Lily était froid et concentré.

— Je doute qu'ils aient fait cela pour réduire la pression sur son cerveau ; il est plus que probable que c'est ce jour-là qu'on lui a installé les électrodes. (Elle se redressa et regarda Ryland.) Je sais que tu l'as déjà fait hier, Ryland, mais si cela ne dérange personne, je souhaiterais examiner tous les hommes. Je veux être absolument sûre.

Gator se releva d'un bond.

— Raoul Fontenot, volontaire, madame. (Il lui adressa un sourire engageant). Nous pouvons aller dans ma chambre, deux portes plus loin sur la gauche.

— Merci, mais ce ne sera pas nécessaire, répondit Lily en passant les doigts sur le crâne du soldat sans se préoccuper des ricanements de ses compagnons. Vous n'avez rien.

Ryland en profita pour assener une petite claque sur la tête de Gator.

— Ton seul problème, c'est que ton crâne est trop épais.

Un par un, Lily examina les autres membres de l'équipe. Seul Jeff Hollister portait les stigmates d'une opération.

— L'un d'entre vous a-t-il souffert de crises similaires ?

— Moi, madame.

Cet aveu provenait de Sam Johnson, le seul Afro-Américain du groupe, hormis Tucker Addison. Il était grand et svelte, et sa réputation de combattant à mains nues n'était plus à faire. Peu de gens étaient capables de le dominer dans ce domaine. Il avait été instructeur dans les Forces spéciales.

— J'étais en mission sur le terrain et j'ai eu une petite crise. Ma caméra et mon micro ne fonctionnaient pas ce jour-là, pas plus que ceux de mon partenaire, et cela n'a donc pas été enregistré. C'est pour cette raison que les rapports ne le mentionnent pas.

Ryland se retourna vivement.

— Tu l'as omis dans ton rapport oral ?

— Oui, mon capitaine, répondit Sam en jetant un coup d'œil dans le coin le plus sombre, où Nicolas restait assis en silence. Nous en avons discuté et nous avons décidé qu'il valait mieux ne rien dire. Tous ceux qui sont entrés à l'hôpital sont morts au bout de quelques semaines. J'en aurais parlé si cela s'était reproduit.

— Mais ça n'a pas été le cas, conclut Lily à sa place. Est-ce que vous vous souvenez si vous avez souffert de migraines avant cet accident, mettons la veille ?

— J'ai eu une migraine insoutenable après, madame. J'avais l'impression que ma tête allait exploser, mais je n'ai pas osé me rendre à l'hôpital, et j'ai surmonté la crise avec l'aide de mon coéquipier. Il connaissait des recettes de grand-mère, et je peux vous dire qu'elles ont fonctionné à merveille.

Lily comprit immédiatement que le coéquipier aux « recettes de grand-mère » était Nicolas. De toute évidence, il connaissait très bien les plantes médicinales. Elle lui jeta un coup d'œil furtif, mais il regardait droit devant lui comme s'il n'avait rien entendu.

— Et avant cela ?

— Nous nous étions entraînés pendant quelques jours et j'avais été séparé de Nicolas. C'est un stabilisateur, et je n'arrivais pas à bloquer toutes les émotions superflues que je recevais. J'avais l'impression d'avoir la cervelle en feu. C'est cette nuit-là que j'ai commencé à vomir et à ne plus rien voir, et j'ai donc demandé des médicaments.

— Qui vous a séparé de votre stabilisateur ? demanda Lily.

— C'était un ordre, répondit Sam. (Il regarda Nicolas.) Du capitaine Miller.

Ryland secoua la tête.

— Je n'ai jamais donné aucun ordre visant à séparer les stabilisateurs des hommes qui leur étaient assignés.

Cela aurait mis toute la mission en péril. (Il chercha Nicolas du regard.) Tu as cru que c'était moi.

— Je n'en étais pas sûr, Rye, et je n'avais pas l'intention de mettre sa vie en danger. Je t'ai observé et j'ai attendu. Si cela avait été toi…

Nicolas haussa nonchalamment les épaules.

Lily frissonna en voyant les yeux froids et durs scruter Ryland de la tête aux pieds. Nicolas n'avait nul besoin de prononcer la moindre menace. Il l'exprimait par le biais de son regard et de son petit haussement d'épaules.

— L'ordre est venu de Russell Cowlings, admit Sam. Il n'y avait aucune raison de penser qu'il n'émanait pas de toi.

— L'enfoiré, explosa Gator. Il nous a attaqués et il a essayé de tuer le capitaine.

— Si je comprends bien, Gator, dit Tucker, Russ est même allé encore plus loin. Il a tenté de faire mourir Sam. Ce n'est pas votre avis, madame ?

— Je crois que c'est en effet ce qu'il a fait. Lorsque Sam a souffert de cette violente migraine après avoir été séparé de son stabilisateur et qu'il a demandé des médicaments, on lui a donné un produit qui a déclenché une crise. Je ne pense pas que ces crises soient causées par le processus d'amplification, ou alors seulement dans le cadre d'un effet secondaire rarissime. Et je ne pense pas non plus que les hémorragies cérébrales soient provoquées par des crises sévères. Je crois que les hommes qui sont morts de ces complications ont, à un moment ou un autre, fait un séjour à l'hôpital. Sous le prétexte de résorber un hématome, on a dû les opérer et leur greffer des électrodes dans certaines parties du cerveau. Ensuite, ces hommes ont été exposés à des champs magnétiques à très haute fréquence. La chaleur a endommagé la texture du cerveau et entraîné les hémorragies.

— Comment ont-ils pu faire une telle chose sans que personne ne s'en aperçoive ? demanda Ryland.

— Ils pratiquaient eux-mêmes les autopsies, n'est-ce pas ? Ils déterminaient la cause de la mort. Quelle meilleure façon de saboter un projet que d'élimer un par un les membres de l'unité et de donner l'impression qu'ils ont été victimes d'effets secondaires ou de complications ?

Tucker jura à voix haute et se détourna, arpentant la pièce à pas vigoureux pour évacuer sa colère. Il était grand et très musclé, et dégageait une impression de considérable puissance.

— Mais qu'ont-ils à y gagner ? demanda-t-il. C'est ce que je ne comprends pas.

Ryland soupira et se passa la main dans les cheveux.

— De l'argent, Tucker. Énormément d'argent. Certains gouvernements étrangers seraient prêts à payer une fortune pour s'approprier nos capacités. Même des organisations terroristes. Nous pouvons forcer l'ennemi à détourner les yeux pour nous infiltrer dans son camp. Nous pouvons désactiver les systèmes de sécurité. Les possibilités sont infinies. Ils ont essayé de nous convaincre de ne pas renforcer nos dons, ni même de les utiliser, tout simplement pour nous ralentir.

— Restons prudents. Je ne dis pas que j'ai raison, les avertit Lily. Peter Whitney était mon père et je l'aimais énormément. Je préférerais penser qu'il a mené cette expérience en toute bonne foi et qu'il l'a continuée jusqu'à ce qu'il prenne conscience du sabotage. Il est possible que je me trompe complètement.

— Que fait-on pour Jeff, alors ? demanda Ian McGillicuddy.

— Tout d'abord, il faut lui faire reprendre conscience, puis il faudra l'emmener voir un chirurgien. Je connais quelqu'un susceptible de nous aider. (Lily se tourna vers Ryland.) Hollister peut contrôler ses rêves, si je ne m'abuse. Je crois qu'il a pris je ne sais quels médicaments…

Ian secoua la tête.

— Ryland avait dit que ce n'était pas prudent. Il ne serait jamais allé à l'encontre d'un ordre.

— Mais ce comprimé lui a certainement été donné bien avant, lorsqu'il était à l'hôpital, et il a dû se dire qu'il n'y avait rien à craindre. Il ne voyait pas cela comme de la désobéissance ; il n'a pas touché à celui qu'on lui a donné cette nuit-là.

— Comment pensez-vous vous y prendre pour l'éveiller sans lui faire de mal ? demanda Nicolas.

Sa voix était très basse, mais elle résonna dans toute la pièce et fit taire les chuchotements du reste du groupe.

— J'ai essayé de le faire à l'ancienne, mais cela n'a pas marché.

Le silence qui s'abattit sur la pièce parut très pesant à Lily. Tous les hommes la regardaient, pleins d'espoir. Elle expira lentement.

— Je crois que nous devons entrer dans son rêve pour le sortir du coma. Et à mon avis, cela ne se fera pas sans mal.

Ryland s'approcha du lit pour étudier le visage pâle de Jeff.

— Comment cela, pas sans mal ?

Lily regardait Nicolas. Son expression n'avait pas changé d'un iota. Il était toujours immobile, mais la dévisageait avec intensité de ses yeux noirs.

— Lily, insista Ryland, à quoi penses-tu ?

— Elle pense qu'on se sert de Jeff pour nous tendre un piège, répondit Nicolas de sa voix calme et égale. Et je crois qu'elle a raison. Je le sens. Quand j'essaie de me connecter à lui, je perçois les avertissements que me lance son esprit.

Ian regarda Lily, puis Nicolas, et finit par poser les yeux sur Ryland.

— Je ne suis pas certain de comprendre. Comment pourraient-ils utiliser Jeff comme appât ?

Lily tapota l'épaule de Hollister, toujours plongé dans un profond sommeil.

— Si je vois juste, il a avalé un antidouleur qu'on lui avait donné lors d'un précédent séjour à l'hôpital. Je pense que cela lui a fait perdre connaissance suffisamment longtemps pour qu'une personne s'introduise dans sa cage et y crée un champ magnétique assez intense pour faire réagir les électrodes. À mon avis, on en voulait à sa vie. Les impulsions électriques étaient trop fortes et ont causé une hémorragie cérébrale. Hollister s'est accroché, certainement grâce à son immense ténacité, pendant votre évasion. Lorsqu'il a eu son attaque, il a compris qu'il était en danger et s'est volontairement coupé du monde grâce à son aptitude à contrôler ses rêves.

— Donc il est ailleurs.

— C'était probablement le seul moyen pour lui de sauver sa peau. Si cette hypothèse est exacte, quelqu'un d'autre est capable de contrôler ses rêves et vos ennemis se servent de Jeff comme d'un appât pour vous attirer dans un piège. Ne me demandez pas de quelle manière. Ce ne sont que des supputations. Si nous parvenons à le réveiller, nous devrons évaluer les dégâts subis par son cerveau. Il faut que j'appelle le docteur Adams ; c'est un grand neurochirurgien qui acceptera certainement de nous aider.

Ryland secoua la tête.

— Nous sommes des fugitifs, Lily. La loi l'obligera à nous dénoncer.

— Oui, bon, atermoya Lily. Hollister a un besoin urgent de soins médicaux. Je peux vous garantir la coopération du docteur Adams. En attendant, nous devons sortir Jeff de son rêve.

— Lily, arrête de dire « nous ». Tu ne peux pas nous accompagner, dit fermement Ryland. Et avant de protester, écoute-moi. Si tu as raison et que Jeff leur sert à nous piéger, alors nous aurons besoin de toi comme stabilisatrice aux côtés de Kaden. Et plus important encore, si quelqu'un nous attend dans son rêve, tu ne pourras pas être identifiée. Cette maison est notre seul refuge. Mes hommes ont besoin d'apprendre les exercices dont tu parles sans cesse. Nous n'avons pas d'autre endroit où aller.

Lily était forcée d'admettre qu'il avait raison, mais cela ne rendait pas pour autant les choses plus faciles à accepter. Elle avait un mauvais pressentiment, une impression de danger qui refusait de disparaître. Nicolas le sentait également.

— Tout le monde devra se connecter à l'onde d'énergie, juste au cas où, ajouta Ryland.

Les hommes acquiescèrent sans la moindre hésitation. Une nouvelle fois, Lily fut touchée par l'esprit de camaraderie qui régnait entre eux et par la manière dont ils étaient prêts à mettre leur vie et leur bien-être mental en jeu.

Nicolas s'assit en tailleur au milieu de la pièce et ferma les yeux pour se concentrer. Ryland s'installa sur le lit, à côté de Jeff. Lily les observa se plonger en eux-mêmes, un exercice de méditation indispensable à toute personne susceptible de subir une surcharge psychique. Elle comprit qu'ils étaient en transe dès le moment où elle les vit adopter une respiration lente et régulière.

Ryland regarda autour de lui avec curiosité. Il se trouvait sur une dune, les yeux tournés vers l'océan. Rien d'étonnant à cela : Jeff avait choisi un cadre qui lui était familier. Les dunes s'étendaient à perte de vue et les vagues se brisaient sur le sable avant de venir mourir dans les mares.

Il commença à marcher le long de la plage, sachant que Jeff ne devait pas être loin. Nicolas apparut brièvement à sa droite. Il courait sur les dunes dans la direction opposée, en se protégeant les yeux du soleil pour scruter la mer.

— Il est là-bas ! dit Nicolas en désignant l'océan. En train de surfer sur les vagues. Et il ne veut pas revenir.

— Dommage pour lui. Il a une famille qui l'attend, répondit Ryland.

— J'ai un mauvais pressentiment.

— Moi aussi. Je me mets en position.

La mer enfla et la vague se fit de plus en plus grosse avant de déferler sur le rivage. Ryland aperçut Jeff sur sa planche de surf, en train de danser sur la crête qui commençait à se transformer en rouleau. L'espace d'un instant, il admira la virtuosité de Jeff, la manière dont il semblait se fondre dans la vague pour l'anticiper, s'enfonçant dans le rouleau pour en ressortir juste au moment où celui-ci s'écroulait.

Malgré toute la fascination que ce spectacle exerçait sur lui, Ryland détacha les yeux de Jeff et observa l'étendue d'eau, à la recherche de menaces potentielles. Il était sur le qui-vive, et ses yeux passaient sans arrêt du ciel à la mer, et de la mer aux dunes. Il savait que Nicolas faisait de même. Il n'avait même pas à vérifier ; Nicolas était constamment sur ses gardes. Il passait des mois derrière les lignes ennemies, des mois à traquer la même cible. Les hommes comme Nicolas n'étaient jamais pris par surprise. C'étaient eux qui tendaient les embuscades. Ryland était heureux d'avoir un tel élément pour surveiller ses arrières.

Nicolas mit ses doigts dans sa bouche et siffla, produisant un son aigu puis grave très particulier qui se laissa porter par le vent. Ryland se retourna vivement et courut vers sa droite, en direction de la rive et de Jeff.

Ce dernier se laissa glisser jusqu'au rivage. Lorsque l'eau ne fut plus assez profonde pour le porter, il prit sa planche sous son bras et courut vers eux.

— Qu'est-ce que vous faites ici ?

— On est venus te chercher.

Ryland lui indiqua les falaises les plus proches, qui offraient une meilleure protection que les dunes. Il laissa Hollister prendre deux pas d'avance et couvrit ses arrières.

— Cowlings est dans le coin, je l'ai déjà repéré deux fois en train de me surveiller.

Hollister se débarrassa de sa planche et continua à courir pieds nus sur le sable.

— Vous n'auriez pas dû venir. Mon capitaine, je ne veux pas y retourner. Je n'ai pas envie de finir ma vie comme un légume.

— Économise ton souffle, dit sèchement Ryland. Et fonce.

Le sifflement traversa l'air une deuxième fois, cette fois-ci sur une seule note. Ryland bondit sur Jeff et le fit tomber en se jetant lui aussi sur le sable. Il atterrit sur le dos de son ami pour le protéger des balles qui s'enfonçaient sourdement dans le sable juste devant eux. Il ne savait pas du tout quel était l'effet d'une mort en rêve sur le corps endormi, mais il se doutait de la réponse. Ils roulèrent tous les deux vers les vagues qui s'abattaient sur le sable, se relevèrent et reprirent leur course. Sans se retourner, ils foncèrent devant eux en zigzagant pour ne pas fournir une cible trop facile aux tireurs.

— Maintenant ! ordonna Ryland au moment précis où un nouveau sifflement se faisait entendre.

Les deux hommes plongèrent sur le sable et rampèrent précipitamment pour se mettre à l'abri. Les balles faisaient sauter des éclats de pierre sur les rochers juste au-dessus de leur tête.

Ils s'élancèrent derrière les rochers et se tapirent contre le sol en se forçant à respirer lentement.

— Tu n'es pas en état de mort cérébrale, crétin, dit Ryland en donnant un coup de poing affectueux à Jeff. Tu es prisonnier d'un rêve. (Il regarda autour de lui.) Où est la fille ?

Hollister éclata de rire.

— Elle s'est évaporée quand j'ai repéré cet abruti de Cowlings. Quand j'ai vu qu'il ne m'attaquait pas, j'ai compris que quelque chose ne tournait pas rond. J'ai compris qu'il était venu pour me tuer. Et en le voyant attendre, j'en ai déduit que tu n'allais pas tarder.

— Il avait compté sans Nicolas.

Ryland sourit, tira un pistolet de dessous sa chemise et le tendit à Jeff.

— Si tu avais ne serait-ce qu'une once de cervelle, tu te serais rendu compte que tu n'étais pas en état de mort cérébrale, car si cela avait été le cas, tu n'aurais pas pu réfléchir à tout cela.

Jeff s'aplatit contre le sol et se tortilla jusqu'à un petit creux entre deux rochers pour jeter un coup d'œil prudent aux alentours.

— Regarde qui vient de se faire piéger.

Il tira trois coups rapprochés et en profita pour se placer derrière un rocher plus gros et plus plat qui lui offrait une meilleure vue.

Ryland le regardait faire avec méfiance. Ils étaient dans un rêve, mais Jeff ne se souvenait même plus qu'il était en train de rêver, et il semblait blessé à une jambe.

— Si on sait qu'on est attendus, ce n'est plus une embuscade. Nicolas ne laisse jamais échapper ses proies. On va se reposer ici et le laisser faire. Cowlings ne savait pas que Nicolas pouvait contrôler ses rêves.

Tout en parlant, Ryland s'éloigna de Jeff en rampant pour éviter qu'ils ne forment deux cibles trop rapprochées. Le piège avait été tendu pour Ryland. S'il n'était pas venu chercher Hollister, Cowlings aurait fini par s'en prendre à Jeff.

— *Fais sortir Jeff, Kaden. Évacue-le.*

Ryland donna cet ordre en utilisant le lien télépathique qu'il maintenait avec son lieutenant. Jeff avait créé ce rêve, et ce serait ensuite à Ryland d'en assumer la charge.

Hollister poussa un petit cri de protestation, mais sa volonté n'était pas de taille à lutter contre la force combinée de tous les hommes.

Jeff sentit la douceur du matelas sous son dos et se prépara à être de nouveau submergé par la douleur écrasante. Il ouvrit prudemment les yeux. Lily Whitney se pencha sur lui, le bombardant de questions d'une voix douce comme pour l'empêcher de s'appesantir sur les possibles séquelles d'un déficit cérébral.

— *Tu peux l'avoir, Nicolas ?*

Ryland perçut une poussée d'énergie dans l'air ambiant.

— *Méfie-toi, il essaie de projeter.*

— *Il faut que je me rapproche.*

— *Il bouge. Il commence à courir.*

Le vent se leva tout à coup très violemment et créa une tempête de sable. Ryland jura et se mit à détaler en changeant constamment de position pour se protéger du sable cinglant son visage. Il garda les yeux fermés mais laissa ses sens se déployer dans le paysage, à la recherche d'ondes d'énergie indicatrices de zones d'activité.

Il entendit une balle siffler, mais elle s'écrasa contre les rochers dont il venait de quitter l'abri. Aussitôt après, il y eut le bruit d'une course sur le sable. Ryland leva la tête pour regarder prudemment par-dessus le petit rocher qui lui servait de refuge. Malgré le sable qui lui piquait les yeux, il entraperçut Cowlings en train de courir en direction de ce qui semblait être une porte. Juste avant qu'il l'atteigne, Nicolas émergea des dunes, un couteau à la main.

Ryland sentit une explosion d'énergie pure, et Cowlings disparut.

— *Kaden ! Évacue-nous tout de suite. Tout de suite ! Nicolas, réveille-toi !*

Il hésita juste assez longtemps pour vérifier que Nicolas lui obéissait avant de s'évaporer. Derrière lui, la plage se transforma en enfer. Le ciel se mit à cracher des boules de feu qui ravagèrent le sable et transformèrent le paysage en un chaudron bouillant de flammes orange et rouges.

Une fois de retour dans la sécurité de la chambre, Nicolas et Ryland échangèrent un regard.

— Vous l'avez senti ? demanda Ryland aux autres.

— Qu'est-ce que c'était ? interrogea Kaden.

— Ce n'était pas Cowlings. Il n'aurait jamais pu générer une telle énergie. Ses pouvoirs télépathiques sont loin d'être aussi puissants, dit Ryland.

Le silence se fit. Nicolas se leva, s'étira et s'approcha de Jeff Hollister. En passant devant Kaden, il lui donna une petite tape sur l'épaule en guise de remerciement.

— Qu'est-ce que c'était, à ton avis ? demanda-t-il à Ryland.

— Je pense que quelqu'un se sert de Cowlings comme intermédiaire. Nous nous sommes retrouvés face à une énergie. Il existe toutes sortes d'énergies. (Ryland regarda

Lily.) Qui pourrait être en mesure de manipuler la puissance ou la tension électrique de l'air ?

Lily soupira.

— Quelqu'un de chez Donovans.

Chapitre 12

— Tu es certaine de vouloir y retourner, Lily ? demanda John Brimslow.

Il laissa le moteur en marche, dans l'espoir que la jeune femme lui demanderait de faire demi-tour et de la ramener à la maison.

— J'ai tellement de travail, John, dit-elle. Je ne peux pas me permettre d'accumuler du retard. Et ne t'inquiète pas pour mon retour, j'ai laissé ma voiture sur le parking et je rentrerai toute seule.

John soupira.

— Je ne veux pas te dire ce que tu dois faire, Lily, mais tout cela ne me plaît pas. J'ai un mauvais pressentiment. Je sais que tu as déjà parlé à plusieurs reprises avec les inspecteurs en charge de l'enquête sur la disparition de ton père…

— Il est mort, John, dit-elle doucement.

— Que t'ont-ils dit ?

— Je sais qu'il est mort. Je l'ai senti mourir. Il a été assassiné. Jeté à la mer depuis un bateau. Il avait déjà perdu beaucoup de sang et ne s'accrochait plus qu'à peine, mais il était encore en vie lorsqu'on l'a jeté dans l'eau glacée. (Elle se passa la main sur le visage.) Une personne travaillant ici… (elle désigna de la main le complexe tentaculaire) est liée à sa mort.

Le visage de John devint rouge de colère.

— Ça suffit, Lily, tu ne peux pas y retourner. Nous devons parler à la police.

— Et qu'allons-nous leur dire, John ? Que mon père menait des expériences sur des êtres humains et qu'il a ouvert une vanne psychique qu'il n'est pas parvenu à refermer ? Que j'ai réussi à le contacter télépathiquement pendant son agonie, et qu'avant qu'on le jette par-dessus bord, il m'a dit que le coupable se trouvait au sein de Donovans ? À ton avis, ils vont me croire… ou m'enfermer ? Je passerais pour la fille hystérique du grand savant, ou pire, celle qui a hérité d'une immense fortune à la disparition de son père.

— La fortune, tu l'avais déjà, fit remarquer John tout en secouant tristement la tête, car il savait qu'elle avait raison. Qu'est-ce que tu entends par des expériences menées sur des êtres humains ? Et qu'est-ce que c'est que cette histoire de vannes psychiques ?

Lily vida lentement ses poumons pour retrouver son calme habituel.

— Je suis désolée, John, je n'aurais pas dû dire cela. Tu sais que papa travaillait pour l'armée et qu'il a souvent participé à des projets classés secret défense. Je n'aurais jamais dû en parler. Oublie tout cela, s'il te plaît, et n'en parle jamais à personne.

Le fait qu'elle ait commis une telle bévue en disait long sur la peur et la détresse qu'elle éprouvait. Il y avait une espèce d'innocence, de fragilité chez John, qui la poussait toujours à essayer de le protéger.

— Arly est-il au courant ?

Lily s'adossa à son siège et regarda attentivement le chauffeur. Depuis la disparition de son père, il semblait avoir vieilli et maigri.

— John, tu ne passes pas toutes tes nuits debout, tout de même ? demanda-t-elle d'un ton soupçonneux.

Le chauffeur la regarda furtivement avant de baisser les yeux.

— Je dors dans le vieux fauteuil au pied de l'escalier qui mène à tes appartements. Avec un fusil, avoua-il.

John !

Elle était abasourdie. Elle ne parvenait pas à se représenter John tirant sur quelqu'un. Elle le voyait plutôt se battre à l'épée. Elle l'imaginait souffleter le visage de son adversaire avec un gant blanc pour le provoquer en duel, mais surtout pas appuyer sur la détente d'une arme à feu et tuer quelqu'un.

— Mais à quoi est-ce que tu rêves ? (Elle était émue par la dévotion dont il faisait preuve.) Arly a tellement sécurisé la maison que c'est à peine si les araignées osent y tisser leurs toiles. Il ne faut plus que tu fasses cela.

— Un inconnu a déjà réussi à s'introduire dans la maison, Lily, et je n'ai aucune intention de te perdre. Tu as besoin que quelqu'un veille sur toi, et c'est ce que je fais depuis bientôt trente ans.

— Je t'aime, John Brimslow, et je ne remercierai jamais assez le ciel de t'avoir intégré dans ma vie, lui dit-elle. Il n'est absolument pas nécessaire de monter la garde devant ma porte. Arly a de nouveau truffé la maison de gadgets flambant neufs. Tu sais que son ego est légèrement hypertrophié, et il n'a pas du tout apprécié que quelqu'un parvienne à déjouer ses joujoux, poursuivit-elle avec un sourire espiègle. J'ai d'ailleurs pris beaucoup de plaisir à le lui faire remarquer.

— Certainement moins de plaisir que Rosa. Elle lui a dit tout le fond de sa pensée en deux langues, et il me semble que le terme « incompétent » est apparu plusieurs fois, répondit John en souriant à cette évocation.

— J'en suis presque désolée pour lui, mais il mérite bien qu'on lui rabatte le caquet de temps à autre. Souhaite-moi bonne chance, John, et ne t'inquiète pas. Il ne m'arrivera rien.

En espérant qu'elle ne se trompait pas, Lily l'embrassa sur la joue, sortit de la voiture et se dirigea vers l'entrée.

Ryland s'était mis dans une colère noire lorsqu'il avait appris qu'elle comptait se rendre à Donovans. Il avait même menacé de revenir par effraction dans le complexe pour garder un œil sur elle. Il avait un tempérament extraordinaire, bouillant et explosif comme un volcan en éruption. Il aurait pu l'intimider si elle avait été assez bête pour se laisser faire.

Mais heureusement pour Lily, il était impératif d'emmener Jeff Hollister chez le docteur Adams. Tous le savaient. Tout le côté droit de Hollister était faible, et sa jambe ne réagissait presque plus. Son visage était engourdi et sa main droite prise de tremblements occasionnels. Elle n'avait pu détecter ni problèmes de mémoire, ni troubles du langage, mais elle tenait à ce que sa thérapie se déroule entre les mains d'un spécialiste. Et elle voulait également savoir s'il fallait ôter les électrodes ou s'il valait mieux les laisser en place. Jeff devait passer un scanner du cerveau, et l'aide dont il avait besoin dépassait les possibilités de la jeune femme.

— Professeur Whitney !

Elle se retourna vivement, et sentit un frisson lui parcourir le dos lorsqu'elle vit le colonel Higgens presser le pas pour la rattraper.

— Je vous accompagne jusqu'à votre bureau.

Lily lui sourit. Poliment. Comme une princesse de glace. Curieusement, la moquerie de Ryland la rassurait. Elle n'avait aucun scrupule à se montrer hautaine et glaciale avec Higgens.

— Merci, colonel. Je suis surprise de vous voir ici. Je pensais que les colonels passaient leur temps à inspecter des garnisons et à mener la vie dure à leurs subalternes.

Elle passa les points de sécurité renforcés avec impatience.

— N'est-ce pas agaçant ? C'est du Thornton tout craché, renforcer la sécurité après que les poules se sont enfuies du poulailler.

— Thornton et moi avons discuté de la situation, professeur Whitney, et il voudrait vous voir dans son bureau dès que possible.

— Pardon ?

Elle continua à longer les couloirs d'un pas vigoureux.

— De quelle situation parlez-vous ?

— Des hommes qui se sont évadés.

— Les avez-vous retrouvés ? (Elle s'arrêta et le regarda bien en face). Ont-ils réussi à sortir de l'environnement protégé du laboratoire ?

Malgré toutes ses barrières mentales, elle percevait les vagues d'aversion émanant de la personne de Higgens. C'était plus que de l'aversion. Il était rongé par la violence et l'avarice. Son odeur lui rappelait celle d'un œuf pourri, et son ventre se souleva.

— Personne ne sait où ils sont. Pourquoi n'êtes-vous pas venue travailler hier ?

Lily garda le silence, les yeux rivés sur le visage de Higgens, les sourcils relevés. Elle attendit jusqu'à ce qu'il ne puisse plus cacher son malaise.

— Je n'ai pas pour habitude de justifier mes allées et venues, colonel Higgens, et encore moins à quelqu'un qui n'a pas le moindre lien avec mon travail. Ce projet ne me concerne plus depuis que ces hommes se sont échappés. On a fait appel à moi en tant que consultante, et j'ai accepté par égard pour mon père et pour Phillip Thornton.

J'ai énormément de travail et je n'ai pas de temps à consacrer à un projet qui n'a plus lieu d'être.

Elle lui adressa un sourire aussi poli qu'hypocrite et pénétra royalement dans son bureau.

Higgens la suivit, le visage empourpré de colère.

— Thornton sera là d'une minute à l'autre. Nous pensons que vous êtes peut-être en danger.

Lily enfila sa blouse blanche.

— Le seul danger que je cours, c'est celui de ne pas pouvoir faire mon travail, colonel. Si vous n'avez rien de capital à me communiquer, je vais devoir vous demander de partir. Je vous sais gré de votre inquiétude, sincèrement, mais le responsable de ma sécurité sait parfaitement ce qu'il fait.

Phillip Thornton entra en trombe dans le bureau. Elle perçut des vagues de peur et comprit qu'il était terrifié par Higgens.

— Lily ! Je m'inquiétais. J'ai appelé chez vous hier, mais votre gouvernante a refusé de me laisser vous parler.

— Je suis désolée, Phillip. Rosa ne veut plus que je vienne au laboratoire. Elle tremble pour moi depuis la disparition de mon père. Je travaille souvent chez moi, comme vous le savez. Il ne m'est pas venu à l'esprit que vous vous feriez du souci pour moi. J'essaie de rassurer Rosa tout en continuant à avancer dans mon travail.

— Rosa n'est pas la seule à s'inquiéter pour vous, Lily. Le colonel Higgens et moi-même pensons qu'il y a un réel risque que le capitaine Miller et son équipe décident de vous enlever.

Lily appuya la hanche contre le rebord de son bureau et croisa les bras, l'air contrarié.

— Oh, pour l'amour de Dieu. Que Rosa s'affole, d'accord, mais pas vous, Phillip. Pourquoi Miller voudrait-il me kidnapper ? Je ne sais rien de ce projet ; j'ai pris le train en marche et j'en sais moins que vous deux. Je trouverais plus logique qu'il s'en prenne à l'un d'entre vous.

— Je pense tout de même que nous devrions vous adjoindre une escorte, dit Phillip.

— Une escorte ? (Lily haussa les sourcils.) Ma famille se serait satisfaite d'un garde du corps. Qu'entendez-vous par une escorte ?

— Le capitaine Miller est à la tête d'un groupe de soldats d'élite, tous issus des Forces spéciales, dit le colonel Higgens. Un simple garde du corps ne suffira pas à vous protéger. Je dispose d'une équipe de soldats surentraînés et disponibles pour nous aider.

— Je ne comprends pas. Pourquoi Miller s'en prendrait-il à moi ? Il sait que je ne sais rien. Je n'aurais aucun moyen de l'aider. En outre, je ne fais pas partie de l'armée, je suis une civile. Vous ne pouvez pas justifier l'utilisation de soldats pour assurer ma protection. Je crois que nous dramatisons tous les choses après la disparition de mon père. Nous sommes un peu sur les nerfs, mais à mon avis, faire appel à des soldats pour veiller sur moi, c'est exagéré. Phillip, si vous êtes vraiment très inquiet, je demanderai à Arly de trouver quelqu'un, si cela peut vous rassurer. Mais devoir franchir tous les points de sécurité du complexe avec un individu suspendu à mes basques serait une véritable plaie.

— Je peux vous trouver une personne disposant de toutes les habilitations nécessaires, proposa Thornton.

— Laissez-moi travailler, répondit Lily avec un sourire pour atténuer la sécheresse de ses mots. Vous savez que votre inquiétude me touche, réellement, mais le capitaine Miller ne m'a pratiquement jamais rencontrée. Je doute de l'avoir marqué à ce point.

Thornton n'était pas homme à insister inutilement.

— J'aimerais que vous continuiez à travailler sur ce projet, Lily. Étudiez tous les documents de votre père et essayez de démêler ce qu'il a fait. C'est important.

— Tout est important. Très bien, concéda Lily avec un soupir. Pendant mon temps libre, si jamais j'en ai, je fouinerai pour voir si je peux trouver quelque chose.

Thornton sortit du bureau en poussant Higgens devant lui, puis se retourna brusquement.

— Oh, Lily, j'avais complètement oublié. Notre soirée de collecte de fonds aura lieu jeudi soir. Votre père devait y donner un discours.

Lily le regardait, le visage parfaitement immobile, et son cœur se mit à battre la chamade. Elle sut alors avec certitude que Phillip Thornton était impliqué dans la mort de son père. Elle le lisait dans le remords qui l'enveloppait. Dans la manière dont il évitait son regard. Dans la sueur odorante qui lui couvrit soudain le corps. La jeune femme serra les doigts sur le dossier de son fauteuil pour se stabiliser. Elle avait peur de bouger, peur de parler, persuadée qu'elle se trahirait si elle articulait un mot. Elle le soupçonnait depuis longtemps, mais elle n'avait désormais plus le moindre doute. Elle connaissait Phillip Thornton depuis son enfance. Elle parvint à hocher brièvement la tête.

— Vous savez combien cette soirée est importante pour notre entreprise et pour les chercheurs, poursuivit Thornton. Elle génère à elle seule plus de soixante pour cent de nos dons. Il y aura quelques invités de marque et plusieurs généraux, dont McEntire et Ranier, et j'aurai besoin de votre participation. Vous connaissez le principe, vous avez l'expérience de ce genre de chose.

— Cela m'était complètement sorti de la tête, Phillip.

— C'est tout à fait compréhensible, Lily, dit-il, et je ne vous le demanderais pas si ce n'était pas indispensable. Tout le monde s'attendra à vous y voir.

Lily hocha la tête. Elle avait été inondée de messages de condoléances, du président aux laborantins. Elle savait que sa présence à un tel événement serait attendue.

— Je serai là, Phillip, bien entendu.

— Et vous ferez un discours ?

Ils savaient tous les deux qu'après la disparition de son père une intervention de la jeune femme leur vaudrait un surcroît de dons. Tout le monde cherchait une manière de lui manifester son soutien, et Lily savait que cette soirée de collecte de fonds était l'occasion parfaite.

— Bien sûr, Phillip, répondit-elle en lui indiquant la sortie d'un geste de la main.

Le général Ranier serait présent, et il ne manquait jamais de l'inviter à danser. Cette soirée lui offrirait l'occasion idéale d'évaluer le général et de savoir s'il était impliqué dans la mort de son père, comme l'était son collègue le général McEntire. Lily avait complètement oublié l'existence de cette soirée, l'événement public de l'année pour Donovans. Ce serait la première fois qu'elle assisterait à une réception aussi importante sans son père. Cette pensée l'attrista. Elle s'assit à son bureau et se laissa gagner par le chagrin.

Mais elle se ressaisit bien vite, car elle ne voulait pas que ses sentiments trop intenses atteignent Ryland. S'il la sentait bouleversée ou en danger, il trouverait le moyen de la rejoindre. Elle fut surprise de constater à quel point elle avait confiance en lui.

Lily passa plusieurs heures à travailler dans son laboratoire et à se concentrer sur des formules et des conjectures. Lorsqu'elle se rendit enfin compte du temps écoulé, elle s'en voulut. Elle rassembla ses notes à la hâte et se dirigea rapidement vers l'ascenseur qui la transporta jusqu'au rez-de-chaussée. L'infirmerie n'était pas très grande, mais suffisamment équipée pour susciter la jalousie de n'importe quel grand hôpital. Lily signa le registre des entrées et se soumit aux contrôles de sécurité pour pouvoir avoir accès aux documents dont elle avait besoin. Elle parcourut tous ceux qui avaient un rapport avec Ryland et ses hommes. Elle se pencha ensuite sur les dossiers du personnel et vérifia les entrées pour voir qui était de garde les jours où les hommes avaient été admis à l'infirmerie, à la recherche d'un schéma logique. Lily ne manquait jamais de découvrir ce genre de schéma, et il y en avait forcément un. Elle compulsa les dossiers concernés, nota plusieurs noms, puis se dépêcha de retourner aux laboratoires en sous-sol, cette fois-ci pour se rendre au bureau de son père.

Lily reconnut l'odeur caractéristique de sa pipe, la même qui imprégnait son bureau à la maison. Personne n'avait remis la pièce en ordre, mais il était évident que quelqu'un avait consulté ses papiers. Elle alluma directement l'ordinateur. En tirant le clavier vers elle, elle fit tomber la souris, qui roula sous le bureau.

Avec un soupir agacé, elle tenta de la ramener avec le pied, le regard toujours rivé sur l'écran, mais elle heurta une brique du mur et un éclair de douleur lui remonta le long de la jambe. Lily regarda sous le bureau. La souris se trouvait tout au fond, presque contre le mur. Elle rampa sous la table et tenta de la récupérer en la tirant à l'aide de son cordon. Lily commençait à s'extirper de cette position inconfortable lorsqu'elle remarqua que le coin de la brique saillait.

La jeune femme s'assit par terre et regarda le mur, puis baissa la tête et s'enfonça plus loin sous le bureau. Elle eut du mal à retirer la brique, qui semblait bien enfoncée, mais elle prit son temps pour la dégager. Une fois l'opération réussie, elle vit tout de suite que son père avait creusé un trou derrière la brique pour y créer un petit espace. À l'intérieur se trouvait un dictaphone miniature à déclenchement automatique.

Tout à coup, les alarmes se mirent à retentir dans tout le bâtiment. Surprise, Lily voulut se redresser et se cogna le crâne contre le rebord du bureau. Elle entendit des gardes courir dans les couloirs alentour. Lily tendit l'oreille quelques instants, mais en l'absence d'annonce par les haut-parleurs, elle oublia toute cette agitation et s'empara du dictaphone.

Elle expira lentement et referma les doigts sur l'appareil. Il faisait très sombre sous le bureau, mais elle sentit une minuscule cassette, si petite qu'elle faillit la manquer. Elle n'avait ni pochette ni boîte pour la protéger de la poussière. Elle vit une seconde cassette dans le dictaphone, mit la première dans la poche de sa blouse et sortit de dessous le bureau en rampant.

Les mains tremblantes, Lily s'assit dans le fauteuil de son père et observa le petit appareil. Elle le mit en marche, mais rien ne se passa. Marmonnant quelques jurons, elle fouilla les tiroirs à la recherche de piles. Il n'y en avait aucune dans les tiroirs du haut. Elle serra les doigts autour du dictaphone et se pencha pour ouvrir les tiroirs inférieurs.

Avant même de se retourner, elle comprit qu'il était déjà trop tard. Elle avait été si excitée à l'idée d'entendre à nouveau la voix de son père et de trouver des indices contre ses meurtriers qu'elle n'avait pas prêté attention à son propre système d'alarme. À demi relevée pour affronter la menace imminente, elle tourna la tête et aperçut la silhouette floue d'un homme. Des vagues de violence et de malveillance la submergèrent, puis tout explosa. Un poing massif s'abattit sur sa tempe. Le monde devint noir, et de minuscules étoiles filantes apparurent derrière ses paupières. Mais avant de s'écrouler, Lily se jeta sur son agresseur, lui griffa le visage et lui arracha sa chemise. Elle ne parvint pas à le voir, mais elle l'entendit pousser un juron. Puis elle sentit un deuxième coup lui projeter la tête en arrière et elle s'effondra sur le sol.

Ryland n'aimait pas ce plan. Il avait passé la majeure partie de la journée à faire les cent pas, usant les tapis hors de prix jusqu'à la trame. Il n'aurait jamais dû laisser Lily retourner aux laboratoires. Sa sécurité comptait plus que l'illusion de normalité qu'elle essayait de créer autour d'elle. Il fallait qu'il la persuade de prendre un congé. Son père avait disparu, et c'était une excuse tout à fait crédible pour qu'elle s'éloigne un peu de son travail.

La nuit était tombée, et c'était le moment qu'ils avaient attendu pour emmener Jeff Hollister. Ryland réprouvait l'idée de le sortir de la maison, mais Lily avait insisté en arguant que la maison de son ami, le docteur Adams, était dotée d'excellentes installations médicales. Elle avait laissé un van et deux voitures à leur disposition à l'entrée du bois, à l'extérieur du domaine. Arly avait assuré à Ryland que le docteur garderait le silence. Le capitaine Miller ne voulait pas prendre le moindre risque avec la santé de Jeff. Ils allaient procéder comme s'ils étaient en territoire ennemi.

— Nico, j'aimerais que tu partes en éclaireur. Prends par le tunnel près du bois. Nous allons essayer de faire le moins de chemin possible avec Jeff. Donne-nous les positions précises de l'ennemi.

— Et si je localise l'ennemi, mon capitaine ? demanda Nicolas Trevane d'une voix calme.

— N'engage pas le combat. Nous devons éviter de laisser des preuves de notre présence près de la maison de Lily, Nico.

Ce dernier acquiesça d'un hochement de tête. Il se pencha plus près de Hollister.

— Je fais tout mon possible pour mériter les leçons de surf que tu m'as promises.

Jeff leva une main tremblante et saisit celle de son ami.

— Je sens que tu vas faire un grand surfeur, Nico, avec ou sans mon aide.

— J'ai besoin de ce qui se fait de mieux pour apprendre, Hollister, alors t'as intérêt à te remettre rapidement sur pied.

Nicolas serra très fort la main de Jeff, puis sortit en silence de la pièce.

Ryland fit un signe à Ian McGillicuddy, et les deux hommes sortirent dans le couloir.

— Il nous faudra deux hommes de plus pour veiller sur Jeff chez le docteur. Je veux que tu t'en charges avec Nico. On ne sait rien sur ce toubib. Si Lily le paie pour qu'il se taise, cela veut dire qu'il est susceptible d'être acheté. Il faudra que l'un de vous deux reste éveillé en permanence.

Ian hocha la tête.

— Vous avez la moindre idée de la façon dont nous pouvons nous sortir de ce pétrin, mon capitaine ?

— Je veux que tous les hommes s'entraînent aux exercices recommandés par Lily. Elle dit que, si nous les faisons correctement, nous avons de bonnes chances de pouvoir vivre dans le monde extérieur dans des conditions à peu près normales. Selon elle, l'expérience n'a pas échoué, et aurait même pu être un grand succès si nous avions appris les choses que nous étions censés apprendre.

— Pense-t-elle que Higgens a tué les autres ? demanda franchement Ian d'une voix glaciale, un éclair impitoyable dans les yeux.

— Higgens est impliqué, en effet, tout comme le général McEntire. Il semblerait que Ranier le soit également, mais nous n'en avons pas la preuve. Dès que nous maîtriserons les boucliers, nous pourrons traquer les responsables. Ce sont non seulement des assassins, mais aussi des traîtres à notre pays, lui expliqua Ryland. Désormais, ils sont obligés de nous tuer. Ils n'ont pas d'autre choix. Ne quittez pas Jeff des yeux, même l'espace d'un instant. Il est hors de question que je perde un autre élément.

— Cela n'arrivera pas, mon capitaine, pas avec moi, répondit Ian. Et Nico est on ne peut plus fiable.

— Veille bien sur Jeff, Ian.

— Je ne le quitte pas d'une semelle, mon capitaine.

Ils retournèrent dans la chambre de Hollister, où les autres les attendaient impatiemment.

— Dès que Nico nous donnera le feu vert, nous évacuerons Jeff, dit Ryland. Tucker, c'est toi le plus fort. Tu le porteras.

Tucker lui renvoya un sourire éclatant de blancheur.

— Ne t'inquiète pas, j'en prendrai soin comme d'un nouveau-né.

Jeff grogna.

— Je n'arrive pas à croire qu'il t'a convaincu de me porter.

Sam lui donna un petit coup de coude amical.

— Je veillerai à ce qu'il ne te laisse pas tomber plus d'une fois, même si un bon coup sur la tête serait peut-être la meilleure thérapie pour toi.

— Tu couvriras leurs arrières, Sam. Il ne faut pas qu'on touche à un seul cheveu de la tête de notre ami surfeur, je ne veux pas avoir sa mère sur le dos, dit Ryland en frissonnant.

— Ah ça, c'est sûr qu'elle ne nous enverrait plus de cookies, râla Gator. Rien ne vaut les cookies de la mère de Jeff.

— Sans parler du fait qu'il attire les filles comme personne, ajouta Jonas Harper tout en continuant à affûter soigneusement une lame de dix centimètres. Quand on se promène dans la rue avec Hollister, ce n'est pas la peine de chercher des femmes, ce sont elles qui nous suivent.

Kyle Forbes étendit les jambes et éclata de rire.

— C'est parce qu'il ne passe pas sa vie à faire joujou avec son couteau, Jonas. Les femmes prennent leurs jambes à leur cou quand tu entres dans une pièce.

Sam s'esclaffa et lança un coup de pied à Jonas.

— Lancer des couteaux, ça n'épate pas franchement les filles, Jonas.

— Ça marchait très bien quand je travaillais dans un cirque, répondit ce dernier. Elles trouvaient ça sexy.

Jeff lança son oreiller sur Jonas.

— Dans tes rêves. Ne m'avais-tu pas dit que ta dernière copine t'avait renversé une bière sur la tête ?

Tout le monde éclata de rire. Jonas leva la main.

— Ça ne comptait pas. Elle m'a surpris avec les jumelles Nelson assises sur mes genoux. Elle s'est complètement méprise.

Tucker récupéra l'oreiller et en profita pour en donner un coup sur la tête de Gator.

— Ce n'est pas ce que j'ai entendu, Jonas. On m'a dit qu'elle t'a surpris au lit avec les jumelles.

— C'est aussi la version que j'ai entendue, dit Kyle, sauf que les jumelles étaient cachées sous ton lit.

Cette phrase fut accueillie par de nouveaux rires. Jonas joua le jeu et sourit d'un air penaud.

— Vous dites n'importe quoi. Gator a du sang cajun dans les veines, et Jeff n'a qu'à prendre son air d'abruti pour que les femmes se pâment devant lui.

— Je suis sûr que j'ai mal entendu et que tu ne m'as pas traité d'abruti, répondit Jeff. Jonas, tu fais le malin uniquement parce que je suis coincé sur ce lit.

Jonas lui adressa un sourire diabolique.

— J'y ai bien réfléchi, Hollister. Une fois que tu ne seras plus là, je pourrais bien tenter ma chance avec ces jumelles.

Tucker, largue-le quelque part dans les bois, tu rendras service à tout le monde.

Kyle leva un sourcil. D'ordinaire très effacé, ce génie des explosifs prenait aujourd'hui part à la conversation pour essayer de remonter le moral de Jeff.

— Jonas, tu oublies ses sœurs, non ? Tu lui as piqué les photos de ses sœurs dans son portefeuille et tu passes tes nuits à les embrasser. Tu penses vraiment que tu auras une chance avec elles si tu ne ramènes pas leur petit frère chéri en bon état ?

L'oreiller vola une nouvelle fois à travers la pièce et atterrit sur l'arrière du crâne de Jonas.

— Alors c'est toi qui as volé les photos de mes sœurs, espèce de dégénéré ? Ne te fatigue même pas à les regarder. Elles vont toutes les deux devenir bonnes sœurs, déclara Jeff en se signant puis en s'embrassant le pouce.

— *On est surveillés, Rye, et pas par des civils.*

Nicolas parlait toujours sur le même ton calme. Personne ne l'avait jamais vu excité ou nerveux.

— *On a le feu vert ? Est-ce qu'on peut évacuer Jeff sans qu'ils nous voient ?*

Ryland avait une confiance totale dans le jugement de Nicolas.

— *On ne peut pas se permettre de mettre Lily en danger.*

Il avait décidé de communiquer par télépathie malgré la présence éventuelle de Cowlings. Ce dernier n'était pas très doué pour la télépathie, et Ryland avait estimé que le risque qu'il soit suffisamment près de la maison pour intercepter leurs conversations était minimal.

— *Ils ne prennent pas leur mission au sérieux. À mon avis, Rye, ils sont là pour surveiller la fille. Ils ne se doutent pas de notre présence, et ne savent pas du tout qu'on arrive.*

— Feu vert, dans ce cas. Préviens-nous quand la voie sera libre. Tucker va s'occuper de Jeff, Sam surveillera leurs arrières et Ian conduira. Les autres contrôleront les gardes.

— Ce sera facile. Ils s'ennuient et ne sont pas très attentifs. Je ne pense pas qu'ils poseront beaucoup de problèmes. Dis à Tuck de se magner.

— On peut y aller, Jeff, dit doucement Ryland avant de hocher la tête à l'attention de Tucker. Kyle et Jonas partiront en éclaireurs. Nico nous attend. Nous savons qu'il y a des gens dehors qui surveillent la maison, mais ils ne doivent pas se rendre compte de notre présence. Ce n'est pas un exercice. Faites honneur à votre réputation de fantômes et traversez leurs lignes. Nous nous retrouverons chez le toubib. Restez à votre poste tant que nous n'aurons pas vérifié que sa maison est sûre. Votre seule responsabilité, c'est de faire en sorte que Jeff et vous-mêmes restiez en vie. Si vous sentez le moindre danger, battez immédiatement en retraite et revenez ici en prenant garde de ne pas être suivis.

Il les regarda en silence un long moment.

— N'oubliez pas que tous ces gens, qu'ils soient soldats ou civils, pensent que nous sommes des fugitifs et que nous avons commis des crimes. À moins que votre vie ou celle de vos coéquipiers ne soit en danger, restreignez au maximum l'usage de la force.

Ryland fit un geste à Kyle et à Jonas. Tous deux serrèrent vigoureusement l'épaule de Hollister, puis suivirent leur capitaine hors de la pièce et se dirigèrent rapidement vers l'entrée du tunnel. La journée avait été longue : ils avaient veillé sur Jeff, s'étaient inquiétés pour lui en constatant la quasi-paralysie de son côté droit et leur impossibilité de faire quoi que ce soit pour lui. Ils avaient attendu que le soleil se couche et que la nuit devienne noire. Pour eux, c'était l'heure la plus propice. Celle où les fantômes pouvaient sortir. Au moins, ils allaient pouvoir faire quelque chose.

Une fois le personnel de jour parti, ils pouvaient se déplacer plus librement sans craindre d'être surpris. Ils disposaient de toute la technologie nécessaire, mais aucun équipement ne pouvait remplacer la confiance qu'ils avaient en leurs capacités.

Ryland émergea le premier du tunnel ; il se déplaçait rapidement, silencieusement, se glissant dans l'obscurité et cherchant l'abri des ombres. Il perçut l'énergie grandissante de ses hommes qui commençaient à se projeter, à murmurer dans la nuit, à enjoindre aux gardes de regarder les étoiles et d'admirer la splendeur de la nuit. De ne prêter aucune attention aux mouvements et aux sons. De détourner les yeux lorsque Ryland signala à Tucker et à Sam de faire sortir Jeff Hollister.

Tucker, massif comme un tronc d'arbre, serrait Jeff de manière protectrice contre sa large poitrine. Jeff était lui-même plutôt imposant, mais à côté de la carrure musclée de Tucker, il avait l'air d'un enfant. Malgré sa corpulence, Tucker se déplaçait comme un véritable fantôme, glissant en silence sur les aspérités du terrain. Sam les suivait à la même allure, les yeux en alerte, l'arme au poing.

Ryland dirigea les gardes dans la direction opposée au chemin forestier que Tucker devait emprunter pour se rendre au point où l'attendaient Ian et la voiture. Ryland passa le premier et se dirigea vers le plus résistant des gardes. Il se concentra pour le persuader qu'il avait une envie impérieuse de discuter avec son collègue. Ryland plongea à plat ventre et rampa rapidement vers le garde. Ce dernier réagit à l'injonction télépathique en se massant la tête et en la secouant comme pour se remettre les idées en place. Il commença à faire les cent pas en se frottant les yeux.

Ryland leva la main pour commander à Tucker de se fondre dans l'ombre avec son fardeau.

— *Je reviens pour vous couvrir*, annonça Nicolas.

— *Aide-les à passer*, ordonna Ryland. *Concentre-toi sur Jeff.*

Il se rapprocha encore du garde et s'arrêta à quelques mètres de lui. Il rassembla toute son énergie et sa force. Il fallait que cela ait l'air d'un accident, qui plus est, plausible. Ryland murmura une prière et implora le pardon si jamais les choses tournaient mal.

— *Deux gamins arrivent. Des ados*, le prévint Nicolas.

Ryland expira lentement et sentit un grand soulagement l'envahir. Son corps se détendit.

— *Sers-toi d'eux. Envoie-les par ici, droit sur le garde. Ils nous serviront de diversion.*

Il se concentra sur la liaison et érigea la passerelle en direction des garçons qui avançaient furtivement dans les bois, équipés de lampes torches et de fusils à plomb. Ils changèrent immédiatement de direction, impuissants face aux ondes d'énergie qui les assaillaient.

Le garde se retourna vivement en entendant leurs rires, provoqués par une blague que l'un des deux était en train de raconter. Sa torche illumina d'un seul coup leurs visages et les éblouit momentanément. Le garde tournait le dos à Tucker et aux autres. Ryland leur fit signe d'avancer tandis qu'il reculait lui-même, toujours en rampant et profitant des éclats de la conversation pour couvrir le bruit de sa retraite.

Tucker traversa rapidement le bois en restant dans l'ombre, au milieu des arbres, même dans les zones les plus sombres, évitant de marcher sur des brindilles et des feuilles qui auraient pu trahir sa présence. Sam courait à la même hauteur que son coéquipier, entre lui et les gardes.

— *Ils sont partis. Ian les a récupérés. Replie-toi, Rye.*

Ian avait dévissé l'ampoule de l'habitacle pour permettre à Tucker et à Sam d'installer tranquillement Jeff dans le 4 × 4 sans que la lumière les trahisse.

Nicolas se glissa dans une voiture à côté de Kaden, qui démarra avant même que la portière soit fermée.

— *On est partis. On est partis.*

Ryland fit signe à Kyle et à Jonas, qui étaient devant lui, et couvrit les arrières du reste de ses hommes qui se hâtaient de sortir de la zone boisée. Derrière eux, le garde était toujours en train de sermonner les deux adolescents et les assaillait de questions dans l'intention évidente de leur faire peur.

Ryland fut le dernier à rejoindre le troisième véhicule, et il ordonna à Kyle de démarrer avant même d'être assis. Ils prirent grand soin de respecter le code de la route, car ils tenaient absolument à éviter d'être arrêtés par la police. La maison du docteur Brandon Adams se trouvait à plusieurs kilomètres du domaine Whitney. C'était une grande et belle bâtisse, entourée de pelouses méticuleusement entretenues et d'une grille en fer forgé.

Kyle dépassa la maison, continua à rouler sur plus d'un kilomètre, fit demi-tour et passa une nouvelle fois devant la propriété. Il ralentit suffisamment pour permettre à Ryland et à Jonas de sortir de la voiture, puis il accéléra à nouveau et poursuivit sans s'arrêter. Il trouva une petite aire de stationnement peu après la maison et se gara sous les branches basses de quelques arbres. Ryland et Jonas étaient déjà en reconnaissance. Ils s'étaient séparés pour couvrir plus de terrain. Nicolas et Kaden firent le tour de la propriété par l'autre côté.

— *Ian, tu n'as aucun mauvais pressentiment ?*

— *Non, je dirais que la voie est libre.*

Ryland procéda à l'inspection des lieux avec sa minutie coutumière. Ils encerclèrent la maison en prenant leur temps et en vérifiant chaque point susceptible d'abriter une embuscade. Il n'y avait personne dans les environs. Kaden et Nicolas escaladèrent la haute balustrade qui entourait le large porche. Kaden continua sur le côté de la maison et y pénétra par une fenêtre du premier étage. Nicolas entra par l'arrière du rez-de-chaussée. Quant à Ryland, il s'introduisit dans la bâtisse par la vitre coulissante. Il se joua du verrou avec une facilité déconcertante.

Il évolua dans les pièces et s'imprégna de l'atmosphère de la maison. Elle était vide, comme Adams l'avait annoncé à Lily. Il entendait le docteur s'affairer à l'étage.

— *OK*, déclara Kaden.

— *OK*, ajouta Nicolas.

— *Faites-le entrer.*

Ryland se mit en position derrière l'escalier. La sonnette tinta mélodieusement. Un homme grand et mince descendit rapidement les marches. Il portait un pantalon noir et une chemise blanche, dont le luxe et la cherté sautaient aux yeux. Il ouvrit la porte sans hésiter. Tucker, sans attendre que le médecin l'invite à entrer, porta Jeff à l'intérieur. Sam et Ian le suivirent en refermant la porte derrière eux et en la verrouillant comme si de rien n'était.

— Emmenez-le jusqu'au fond. J'ai récemment fermé ma petite clinique, ce qui fait que j'ai tout l'équipement nécessaire sur place.

Le docteur leur fit traverser plusieurs pièces spacieuses.

— J'ai préparé une salle à l'arrière de la maison et j'ai donné quelques jours de congé à mon personnel. Lily m'a dit qu'elle voulait récupérer le blessé le plus vite possible.

— Est-ce qu'elle vous a dit qu'on restait avec lui ? demanda Ian. On se relaiera pour le veiller.

— Comme vous voulez, mais je ne pense pas que ce sera nécessaire. À mon avis, il s'en sortira très bien.

La pièce, claire et spacieuse, offrait une vue à couper le souffle. Ian se rendit jusqu'à la fenêtre et tira les lourdes tentures. Sam ouvrit le placard et toutes les portes.

— C'est on ne peut plus nécessaire, doc, mais ne vous faites pas de bile, on ne vous gênera pas. Nous sommes parfaitement autonomes, dit Ian en posant son sac sur la table. Nous avons apporté nos rations.

Lily avait pris soin de leur faire emporter une quantité exagérée de nourriture quand elle avait su qu'ils resteraient avec Jeff. Elle avait également insisté pour qu'ils continuent à travailler leurs exercices.

— Nous aimerions sécuriser la maison, déclara Ian.

Le docteur fronça les sourcils.

— Qu'entendez-vous par là ?

— Vos verrous sont des modèles standard, lui expliqua Sam. Même un enfant pourrait s'introduire chez vous.

— Les portes de devant et de derrière sont équipées de verrous de sûreté.

Le médecin ne prêtait pas vraiment attention à la conversation. Il se pencha sur Jeff Hollister et s'approcha suffisamment pour regarder dans ses yeux. Sa voix ne trahissait pas la moindre inquiétude. Les problèmes de sécurité étaient le cadet de ses soucis.

— Ça ne vous embête pas si on renforce votre sécurité, doc ? demanda Sam.

Adams fit un geste vague de la main.

— Faites tout ce qui vous semblera nécessaire.

Le ventre de Ryland se relâcha. Le docteur Brandon Adams fonctionnait comme Lily. Elle le comprenait. Il ne s'intéressait à rien d'autre qu'au sujet qui l'occupait. Pas à

Jeff Hollister, mais seulement à son cerveau et à ce qu'il pourrait lui révéler.

—À toi de jouer, Nico. On se replie.

Au signal de Ryland, ils quittèrent la maison aussi furtivement qu'ils y étaient entrés. Le médecin ne s'était même pas rendu compte de leur présence.

Chapitre 13

La maison était toujours surveillée. Arly faisait procéder à des patrouilles de sécurité, mais les hommes qui se cachaient dans l'ombre n'étaient pas des civils. Ryland n'aimait pas voir son équipe coupée en deux. Et il s'inquiétait au sujet de Lily. Il avait tenté de la joindre à de multiples reprises au cours des dernières heures, mais elle n'avait pas répondu. Il ne s'était jamais rendu compte de l'importance que cette connexion avait pour lui, et le fait de ne pas pouvoir prendre contact avec elle le déstabilisait. Une fois le transfert de Jeff Hollister réussi, il s'était concentré sur Lily, mais n'avait pas réussi à établir la moindre passerelle entre eux.

À mesure que s'écoulaient les longues heures de l'après-midi, puis de la soirée, l'inquiétude de Ryland ne cessa de grandir. Ian était venu lui dire deux fois qu'il « sentait » un danger, sans pouvoir toutefois en préciser la nature. Ryland essaya de se convaincre que cela venait de l'équipe – indubitablement militaire – qui surveillait la maison. Son incapacité à contacter Lily ne faisait qu'aggraver les choses.

Finalement, n'y tenant plus, Ryland s'introduisit subrepticement dans les lignes ennemies pour établir les positions de leurs adversaires. Il entendit le crépitement d'une radio, émettant un son parfaitement clair dans l'air vivifiant de la nuit. L'un des gardes alluma une cigarette en essayant d'en cacher l'éclat dans le creux de sa main, mais l'odeur de fumée se mit à flotter dans le vent. Ryland les observa un certain temps et remarqua à quel point ils s'ennuyaient. La nuit allait être aussi longue que froide pour ces hommes.

Enfin, il aperçut des phares dans la nuit. La voiture de Lily venait de s'engager dans l'allée sinueuse. Elle était rentrée, et Ryland retrouva son équilibre interne. La journée avait été beaucoup trop longue, et son cœur avait battu la chamade chaque fois qu'il avait pensé à elle, seule dans les locaux de Donovans. Ces gens avaient réussi à assassiner son père, et Ryland craignait que, s'ils ne parvenaient pas à retrouver les fugitifs, Higgens ne commence à paniquer.

Rassuré, Ryland se mit en mouvement. Tel le vent, silencieux et implacable, il se fondit dans l'ombre de la végétation qui longeait la haute clôture. Arly leur avait expliqué que la clôture était équipée de détecteurs et que les alentours étaient truffés de capteurs de mouvements. Il se dirigea vers l'orée du bois à l'arrière du domaine, en se cachant derrière les gros troncs d'arbres pour pénétrer plus avant dans la forêt. Il passa sans encombre devant les deux soldats, engagés dans une ennuyeuse conversation, qui gardaient l'entrée du tunnel le plus proche.

Il tenait une rose à la main, et s'était assuré que sa longue tige ne comportait aucune épine. Il aurait voulu pouvoir en offrir des dizaines à Lily, mais savait qu'il n'aurait pas été prudent de prendre le temps d'en acheter autant. Au mépris de toutes les précautions, il s'était arrêté chez un fleuriste en revenant de la maison du docteur Adams. Il y avait subtilisé une rose en laissant l'argent à la caisse sans que personne ne se rende compte de rien. Il s'était dit qu'une dizaine de roses auraient été trop voyantes.

Ryland franchit rapidement le tunnel étroit et sinueux. Le passage débouchait dans le vestibule du rez-de-chaussée. Le personnel de jour était parti depuis longtemps, mais il ouvrit tout de même la porte avec prudence, sur ses gardes, tous les sens en alerte. L'entrée était plongée dans l'obscurité. Même les veilleuses étaient éteintes. Cela ne le gêna pas ; il se dirigea sans hésiter vers son objectif.

Ryland passa d'ombre en ombre et traversa rapidement l'immense demeure. Il arriva au pied de l'escalier qui menait aux étages supérieurs et à l'aile de la maison où ses hommes l'attendaient. Il monta les marches mais tourna à droite, en direction des appartements privés de Lily.

Alors qu'il entrait dans la chambre de la jeune femme, il entendit un bruit. Doux. Étouffé. Lily, sa Lily, était en train de pleurer. Il s'arrêta net, si bouleversé qu'il en tremblait. Le son de ses sanglots lui mettait le cœur en lambeaux. Ses doigts se resserrèrent autour de la rose, comme pour combattre ce qu'il entendait. Il prit une longue inspiration, la retint et la relâcha lentement. C'est à peine s'il supportait de l'entendre pleurer. Ses jambes flageolaient et tout son être en était retourné. Il avait beau se dire qu'une telle réaction était fort peu virile pour un membre des Forces spéciales, et surtout que Peter Whitney l'avait peut-être réellement manipulé, rien n'y faisait.

Ryland respectait plus que tout le courage, l'intégrité et la loyauté, trois qualités que Lily possédait en abondance. Il s'approcha discrètement pour ne pas l'effrayer.

— Lily.

Il prononça son nom doucement, d'une voix teintée de tendresse et de chaleur.

La jeune femme eut un hoquet de surprise. Elle enfonça le visage dans son oreiller et se détourna de lui, humiliée de s'être laissé surprendre dans un moment aussi vulnérable.

— Qu'est-ce que tu fais là, Ryland ? Arly m'a dit que tu étais parti voir comment allait Jeff.

Malgré l'oreiller qui étouffait les sons, il décela une pointe d'énervement dans sa voix.

— Lily, tu ne t'inquiétais tout de même pas pour moi, n'est-ce pas ? Ne me dis pas que tu pleures parce que tu avais peur pour moi.

Cette idée l'alarmait et lui plaisait à la fois. Il tendit la main pour allumer la lampe de chevet.

— Non. (Elle lui saisit le poignet pour l'arrêter.) S'il te plaît, non.

Ryland hésita un moment, indécis quant à la conduite à tenir. Il fit passer les pétales veloutés de la rose sur sa joue mouillée de larmes, puis la posa délicatement à côté de sa tête sur l'oreiller.

Lily frissonna subitement, tourna la tête vers la rose, puis leva les yeux en direction de Ryland. Le chagrin qu'il y lut était si intense qu'il s'en sentit tout décontenancé.

— Je suis désolé pour ton père, Lily. Je sais à quel point il comptait pour toi.

Il s'assit sur le bord du lit, ôta soigneusement ses chaussures, puis laissa tomber sa chemise sur le sol. Très lentement, de manière à ne pas l'effrayer, il s'étendit à côté d'elle. Avec une douceur infinie, il la prit dans ses bras.

— Laisse-moi te serrer contre moi, ma chérie, juste pour te consoler. C'est tout ce que j'ai envie de faire pour l'instant. Je ne veux plus jamais te voir pleurer comme cela.

Lily se blottit contre lui, enfouit son visage contre sa large poitrine, et son corps se détendit dans le refuge que lui offrait celui de Ryland. Elle posa sa bouche contre son oreille et il sentit son haleine lui réchauffer la peau.

— Ce n'est pas à cause de mon père, Ryland. C'est l'accumulation. J'ai eu un moment de faiblesse. Ce n'est rien.

Une nuance dans la voix de la jeune femme alerta Ryland. Tout ce que son être comportait de viril et de guerrier s'immobilisa. Attendit. Il inspira profondément et sentit... l'odeur du sang.

— Mais... ! (Ses mains l'agrippèrent avec force.) Que t'est-il arrivé ? Où es-tu blessée ?

Lily s'agrippa à lui.

— En fouillant le bureau de mon père, j'ai trouvé un petit dictaphone à activation vocale. Quelqu'un est entré et m'a donné un coup sur la tête. Je suis tombée en arrière, et j'ai reçu un deuxième coup qui m'a assommée. Mon agresseur a pris le dictaphone.

Ryland se raidit et un frisson lui parcourut le corps. Une colère volcanique l'envahit aussitôt. Il jura à voix basse.

— Je vais allumer une bougie pour t'examiner. Tu as eu très mal ? Et où étaient ces crétins de gardes ? lui demanda-t-il d'une voix sifflante.

Voyant qu'elle ne répondait pas, Ryland tendit la main et chercha à tâtons une allumette sur la table de nuit. Elle flamboya brièvement dans un petit sifflement et il alluma une bougie aromatique. Il prit ensuite le menton de Lily fermement dans sa main et tourna son visage dans tous les sens pour inspecter les dégâts. Son ventre se crispa ; une colère noire qui ne demandait qu'à exploser se mit à grossir en lui.

— Bon Dieu, Lily, est-ce que tu as vu celui qui t'a fait ça ?

— J'étais en train de me retourner lorsqu'il m'a frappée. Je l'ai juste entraperçu, puis je me suis retrouvée par terre.

Elle passa le bout du doigt sur ses sourcils froncés.

— Je n'ai rien, je suis un peu endolorie, mais je survivrai.

Ryland passa les mains sur la tête de Lily. Il sentit une grosse bosse au niveau de sa tempe, et elle fit une grimace malgré la délicatesse avec laquelle ses doigts l'examinaient.

Une expression sinistre et prédatrice traversa le visage de Ryland, scintilla au plus profond de ses yeux, et la menace qu'elle y lut la fit frissonner. Il se pencha immédiatement vers elle pour frôler sa tempe et sa joue de sa bouche apaisante.

— Tu es censée être escortée par des gardes quand tu es chez Donovans. Qu'est-ce qu'ils fichaient ? Où étaient-ils lorsque c'est arrivé ? Pourquoi ne te surveillaient-ils pas ? Je n'aurais jamais dû te laisser y retourner. Bon Dieu, je suis officier dans l'armée, et j'ai laissé une civile sans protection dans une situation dangereuse.

Il l'avait laissée – sa Lily – et elle avait été blessée.

La voix de Ryland était si belle qu'elle pénétrait par ses pores jusqu'au tréfonds de son être. Comme toujours, cela la bouleversait plus que tout au monde. Curieusement, l'inquiétude qu'il éprouvait pour elle parvenait à atténuer la douleur de sa blessure. Elle toucha délicatement son visage, désireuse de le réconforter.

— Tu sais très bien que c'était ma propre décision, et que personne n'aurait pu m'en empêcher.

Elle le sentit se raidir et enchaîna rapidement.

— Une alarme s'est déclenchée. Les gardes sont allés voir de quoi il s'agissait, dit-elle avec lassitude.

Elle reposa la tête sur l'oreiller et se blottit instinctivement contre la chaleur du corps de Ryland.

— Lorsque je suis arrivée ce matin, le colonel Higgens est venu à ma rencontre et m'a accompagnée jusqu'au bureau. Phillip Thornton nous y a rejoints, et ils m'ont dit qu'ils voulaient engager des soldats pour assurer ma sécurité parce qu'ils craignaient que tu ne veuilles me kidnapper. Selon eux, c'est peut-être toi qui m'as attaquée.

Il y eut un instant de silence, le temps que Ryland maîtrise sa colère. Les deux hommes savaient pertinemment qu'il ne ferait jamais de mal à une femme.

Puis soudain, il sourit malicieusement en découvrant les dents, une lueur argentée dans les yeux.

— C'est très érotique, un enlèvement, la taquina-t-il.

Malgré le traumatisme qu'elle venait de subir, Lily lui sourit à son tour de ses lèvres douces et tremblantes.

— Tu es insupportable, Ryland. Il n'y a que toi pour imaginer des choses aussi tordues.

Il fourra le nez dans son cou.

— J'aime bien les choses tordues, mon chou, si c'est avec toi que je les fais, répondit-il en lui grignotant le lobe de l'oreille.

— Quelle alléchante perspective !

Elle tenta courageusement de sourire, mais sa voix trahissait son épuisement.

Ryland sentit son cœur se fendre. Il l'attira contre lui et sentit le consentement du corps moelleux de la jeune femme. Il dut contenir la réaction de son propre corps, car il savait qu'elle ne désirait que du réconfort. Il percevait la douleur qui lui perçait la tête.

— Tu as pris quelque chose pour ta migraine ?

— Je n'ai rien voulu accepter de ce qu'ils me proposaient. J'ai préféré attendre d'être à la maison. Je suis fatiguée, mais j'ai surtout envie de m'allonger dans le noir et de me morfondre sur mon sort.

Il couvrit son visage de baisers. Légers comme des plumes. Tendres.

— Ce qu'il te faut, c'est une bonne tasse de chocolat chaud. Je vais appeler Arly et lui demander de faire venir un médecin pour qu'il t'examine.

— Non ! Tu ne peux pas faire ça, Ryland, tu ne les connais pas. Arly, John, Rosa, ils deviendraient fous. Je vais bien, je t'assure, je n'ai qu'une bosse et un mal de tête. De plus, cela me donne une excuse imparable pour ne pas aller travailler pendant quelques jours, et personne ici ne s'en alarmera.

— Je ne veux plus jamais que tu y retournes. C'est inutile.

— Ne fais pas ça, Ryland.

Elle passa le doigt sur la forme parfaite de sa bouche.

— Ne fais pas quoi ? Essayer de te protéger ? Je suis désolé, Lily, mais c'est un instinct qui ne disparaîtra jamais. Je l'ai su dès la première fois où je t'ai vue au laboratoire. Je l'ai compris dès le moment où mon cerveau s'est emballé, où ma peau s'est mise à frissonner, et où mon corps s'est tendu si fort que j'ai eu l'impression que j'allais exploser. Tu es entrée dans la pièce, Lily, et tu étais si belle que cela me faisait mal.

— Ce n'est pas exactement le souvenir que j'en ai.

Il écrasa ses cheveux soyeux dans ses grandes mains et en porta les mèches à son visage pour les frotter le long de sa mâchoire.

— Tu m'as arraché le cœur dès le premier regard, ma belle. Il t'appartient depuis ce moment-là. Bon Dieu, la seule envie que j'ai, le seul besoin que je ressens, c'est de te protéger.

— Ryland… (Elle leva sur lui des yeux d'une sincérité absolue.) Je ressens la même chose pour toi, mais nous sommes tous les deux des amplificateurs. Tout ce que nous ressentons se manifeste plus intensément.

Il prit la rose posée sur son oreiller et la plaça délicatement sur la table de nuit, à côté de la bougie.

— J'y ai réfléchi, j'ai envisagé la question sous tous les angles possibles. Je ne crois pas que ce que je ressens pour toi soit lié à l'amplification, Lily. Je traverserais l'enfer pour te protéger. Je ne suis pas l'un de ces hommes gentils et inoffensifs que tu croises depuis toujours dans ton univers aseptisé. Ne m'imagine pas comme cela, parce que ce n'est pas ce que je suis. Je suis comme je suis, tu n'as pas le choix.

— Je n'ai aucune envie que tu sois différent, Ryland.

C'était vrai. Malgré elle, elle ne pouvait s'empêcher d'aimer ses instincts protecteurs.

— Pour moi, tu es de la magie à l'état pur, Lily. Et tu es à moi, tu es tout ce que j'ai. Tu me plais parce que tu es Lily Whitney, et que tu as plus de courage dans ton petit doigt que la plupart des gens n'en ont dans tout leur corps. Tu es intelligente, tu as le sens de l'humour, un sourire qui me fait tomber à la renverse, et chaque fois que je suis près de toi, j'ai envie de t'arracher tes vêtements. Et je t'assure que je n'ai pas envie de te perdre.

— Tu ne me perdras pas.

Elle leva les cils et il entraperçut ses magnifiques prunelles bleues.

— Je savais bien que tu finirais par aborder le sujet du sexe.

Ryland glissa ses mains autour d'elle en dessous du drap et les posa sur ses seins. Ils épousèrent la forme de ses paumes, chauds et doux comme des pétales.

— Et j'ai oublié de dire à quel point tu sens bon.

Il prit une profonde inspiration pour faire pénétrer son odeur dans ses poumons, où elle tourbillonna comme pour le tenter encore plus.

— Arrête donc de me distraire, Lily, j'ai des choses à te dire.

La jeune femme sourit, faisant apparaître ses adorables fossettes.

— Si je ne m'abuse, capitaine Miller, ce sont vos mains qui sont sur mon corps, et non l'inverse.

Il ferma brièvement les yeux, marmonnant à haute voix les idées que cette phrase murmurée faisait naître en lui.

— La pensée de tes mains sur mon corps affole mes sens, Lily. Je ne peux pas m'empêcher d'imaginer la suite. Ta bouche est si belle… Je pense à toutes ces choses que tu pourrais faire avec.

Elle eut un petit rire, puis ouvrit les yeux pour découvrir son visage à quelques centimètres du sien.

— Vivre avec toi serait épuisant. Tu le sais, n'est-ce pas ?

— Délicieusement épuisant, renchérit-il.

— Et terriblement pervers.

Son sourire se transforma en un rictus satisfait.

— Délicieusement terriblement pervers.

Ryland tenait simplement ses seins dans ses mains, les doigts resserrés sur la chair moelleuse, et Lily sentit la chaleur de ses doigts se diffuser lentement dans son corps. C'était une sensation douce. Délicieusement douce.

Ryland retint son souffle. Lily le regardait avec franchise, sans rien lui cacher. Il pouvait lire son âme à travers ses yeux, y voir de l'amour, une acceptation inconditionnelle. Lily Whitney serait toujours à ses côtés. C'était à la fois une bonne et une mauvaise chose. Bonne car cela signifiait qu'elle lui appartenait. Mauvaise, car elle pensait devoir le protéger. Cela pouvait se révéler dangereux pour un homme aussi coriace que lui.

La lumière vacillante de la bougie s'amplifia momentanément et éclaira son visage couvert de bleus. Elle cligna des yeux et les détourna de lui.

— Je me sens tellement bête. Mon père a dépensé une fortune pour que les meilleurs professeurs d'arts martiaux du monde me donnent des cours. Pire encore, à l'instant où l'alarme s'est déclenchée, et même avant qu'elle se déclenche, j'ai su qu'il allait se passer quelque chose.

Ryland garda le silence, conscient qu'elle avait besoin de parler de tout cela. Le corps doux et chaud de la jeune femme tremblait contre le sien. Il était encore tout retourné à l'idée qu'elle n'ait pas essayé de le contacter lors de son agression. Son cœur balançait entre la peine et la colère.

— J'étais en train de fouiller le bureau de mon père dans l'espoir de trouver un indice qui me mènerait à son meurtrier. Je l'avais déjà fouillé une bonne dizaine de fois, et je suis sûr que Thornton ne s'en est pas privé lui non plus, mais j'étais certaine de pouvoir découvrir quelque chose.

Il embrassa la bosse qui gonflait sa tempe, puis fit glisser sa bouche jusqu'à sa joue enflée.

— C'est tout à fait normal que tu aies envie de démasquer ceux qui ont tué ton père, Lily. Et c'est ce qu'on fera.

— J'ai découvert le dictaphone derrière une brique descellée sur laquelle je m'étais râpé l'orteil en tirant le fauteuil pour m'asseoir. Je me suis agrippée au bureau pour me rattraper et j'ai fait tomber la souris par terre. Pour la récupérer, j'ai dû ramper sous le bureau, et c'est là que j'ai remarqué que la brique saillait du mur. Elle cachait un petit trou, et je l'ai retirée.

— Et bien entendu, ils avaient certainement caché une caméra qui espionnait le moindre de tes mouvements. Ils ont dû se dire que la bande contenait les notes de ton père sur l'expérience et qu'elle leur permettrait de savoir comment il s'y était pris pour amplifier nos capacités psychiques, ou bien qu'elle contenait des informations compromettantes. Dans les deux cas, ils ne pouvaient pas la laisser entre tes mains.

Lily se laissa retomber sur l'oreiller.

— Je me doutais qu'il y avait une caméra, j'y pensais en permanence, mais lorsque j'ai trouvé le dictaphone, l'excitation de la découverte m'a fait oublier tout le reste. C'était comme si j'avais des œillères.

— N'y pense plus, ma chérie. Personne n'aurait pu résister à l'envie d'écouter la bande.

Ses lèvres frôlèrent l'endroit du cou de Lily où battait son pouls, descendirent jusqu'au creux de son épaule et y restèrent.

— Tu n'envisages tout de même pas de t'endormir ?

Il savait que, s'il ne faisait rien, elle resterait là à s'appesantir sur son agression et sur la perte du dictaphone.

— Si. J'ai mal partout. Si tu restes, éteins la bougie. Je n'ai pas envie de mettre le feu à la maison.

— J'adorerais rester avec toi toute la nuit, toutes les nuits, mais je ne dors jamais tout habillé.

Elle hésita avant de répondre.

— Très bien, enlève tes vêtements.

Ryland se débarrassa rapidement de son jean avant qu'elle change d'avis et qu'elle le renvoie. Il se recoucha et l'attira près de lui, inhalant son odeur entêtante et tentant de maîtriser les réactions de son corps lorsqu'il l'enveloppa dans ses bras. Il y eut un bref silence pendant lequel il entendit son cœur battre et son sang pulser dans ses veines.

Lily soupira.

— Tu respires trop fort.

Il rit doucement.

— J'ai une idée, ma puce.

— Eh bien garde-la pour toi. Et arrête de remuer, j'ai mal à la tête.

Le ton de sa voix était somnolent et grognon. Intime. Une chaleur envahit le corps de Ryland et fit étrangement réagir son cœur. Personne ne la voyait jamais comme cela. Lily Whitney, toujours maîtresse d'elle-même, toujours si parfaite, au travail ou en public. Avec lui, elle était différente. Douce. Vulnérable. Enflammée. Grincheuse. Son sourire s'élargit. Lily était si intimement incrustée dans son cœur et dans son esprit qu'il savait qu'elle n'en sortirait jamais.

Il se concentra sur la bougie, remua l'air jusqu'à ce qu'elle s'éteigne et que la pièce retombe dans l'obscurité. La tenir contre lui était à la fois un délice et une torture, mais il l'acceptait. Ses dents mordillèrent son épaule nue.

— J'ai faim, Lily.

Elle émit un grognement satisfait et se blottit plus confortablement contre lui.

—Attends demain.

Le sourire de Ryland transparaissait dans sa voix lorsqu'il lui répondit.

—As-tu remarqué qu'on était un peu ronchon quand on avait faim ? Moi, oui.

Il lui massait la peau. Ses mains étaient chaudes, fortes et rassurantes dans la nuit. Le corps de Lily se détendait, et son mal de tête s'atténuait sous l'effet de ses caresses, mais elle soupira tout de même bruyamment.

—Tu vas me casser les pieds jusqu'à ce que je cède, n'est-ce pas ?

Il lui mordilla le lobe de l'oreille.

—Tout à fait, ma chérie. Il faut que je me nourrisse. Et je sais que tu n'as rien mangé depuis longtemps, toi non plus, répondit-il en se glissant hors du lit.

—Je n'avais pas très faim, rétorqua Lily.

L'absence totale de pudeur chez Ryland la laissait toujours sans voix ; il ne semblait pas connaître le sens du mot. Le jeu de ses muscles était visible sous sa peau, et il se déplaçait avec souplesse, fluide et puissant. Elle ne pouvait pas le quitter des yeux. Avec un petit soupir de regret pour son sommeil sacrifié, elle rejeta les couvertures et le suivit en enfilant sa chemise sans la fermer.

—Moi, je meurs de faim, insista-t-il.

Ryland ne se retourna pas et continua à marcher, magnifique de sensualité, sortant de sa chambre comme un fauve. Tout en traversant l'entrée privée de ses appartements, il prit plusieurs bougies sur une étagère en acajou.

—Tu meurs perpétuellement de faim, répliqua Lily. Tu vas dans la cuisine ? Tu es fou, c'est le milieu de la nuit.

Elle trottinait derrière lui, les pans de la chemise de Ryland chatouillant ses cuisses nues.

—Je ne plaisantais pas lorsque je disais que je ne savais pas cuisiner. Je n'arrive même pas à me servir correctement d'un micro-ondes.

—Moi, je cuisine comme un chef. En outre, j'ai des projets pour plus tard, quand tu seras moins endolorie.

Il tourna la tête par-dessus son épaule et la regarda, ses yeux gris étincelant de malice. Il l'étudia des pieds à la tête d'un air avide et possessif, se délectant ouvertement de ses courbes.

—J'ai besoin de reconstituer mes forces.

—Tu n'as pas besoin de forces supplémentaires, Ryland.

Malgré son ton guindé, elle sentit la pointe de ses seins se dresser sous son regard brûlant, et le désir se mit à grandir en elle.

—Tu vas finir par nous tuer tous les deux. Et pour ton information, j'ai avalé assez de médicaments pour assommer un éléphant.

—Tu semblais avoir mal quand je t'ai examinée.

—Tu as appuyé en plein sur le bleu ! Franchement, je vais bien.

—J'espère pour toi que tu me dis la vérité.

Ils entrèrent dans la kitchenette. Ryland alluma nonchalamment les bougies et les cala sur le plan de travail pour se donner de la lumière avant de décocher un large sourire à Lily.

—Cuisiner à la bougie, il n'y a rien de tel. Ton prof de cuisine était peut-être étoilé, mais il n'y connaissait rien. Il n'avait pas d'âme.

Lily éclata de rire.

— Tu as dû être un petit garçon insupportable. Mais je parie que ta mère te passait tout dès que tu arborais ton sourire irrésistible.

Elle s'appuya contre le coin le plus éloigné du plan de travail et l'observa attentivement, s'abreuvant de tous les détails de son corps sculptural. Il éclatait de santé, et chacun de ses muscles était parfaitement dessiné. Il se déplaçait avec aisance dans la cuisine, complètement nu, sans se soucier le moins du monde de son érection naissante. Son corps la fascinait presque autant que son esprit. Elle raffolait de son absence de pudeur et du fait qu'il ne semblait jamais gêné de ne pas pouvoir lui cacher à quel point il la désirait.

Ryland appréciait de sentir le regard de Lily fixé sur lui. Il se pencha pour étudier le contenu du réfrigérateur, réfléchit un instant et sortit les divers ingrédients dont il avait besoin, tout à fait conscient qu'elle ne le lâchait pas des yeux. Il se sentit durcir encore sous l'effet de son regard. Il était heureux lorsqu'elle était près de lui. Lorsqu'il écoutait la mélodie de son rire et qu'il se régalait du ton paisible de sa voix. Il se languissait d'elle et la désirait, mais pas d'un simple point de vue physique ; il aspirait à une communion de leurs deux âmes.

La chemise était beaucoup trop grande pour elle. Elle drapait son corps, mais s'ouvrait subrepticement sur les courbes intrigantes de ses seins, sur l'ombre du triangle soyeux qui prolongeait ses cuisses. Ce jeu du tissu sur son corps, recélant et laissant apparaître de furtifs trésors, excitait au plus haut point les sens de Ryland.

— J'étais un petit garçon merveilleux, Lily, répondit-il. Tout comme le sera notre fils.

La jeune femme fronça les sourcils.

— Parce que nous allons avoir un fils ?

— Au moins un. Et aussi deux filles.

Il passa devant elle, lui effleura le ventre d'une main caressante, le bout de ses doigts s'attardant sur les boucles noires de son entrejambe, puis se dirigea vers l'évier.

— Lily ! Regarde. Tu as de la pâte à pain.

Un frisson d'excitation la parcourut et son corps se crispa sous le contact de ses doigts.

— Rosa m'en laisse souvent, parce que j'aime beaucoup le pain frais. J'arrive même à le mettre toute seule dans le four.

Il s'immobilisa et lui lança un regard sceptique.

Lily haussa les épaules.

— Bon, d'accord, elle m'a écrit les instructions sur une feuille qui est rangée dans le tiroir à côté du four.

Elle s'approcha de lui, dévorée par l'envie de sentir à nouveau son contact.

— Alors comme ça, tu envisages d'avoir des enfants un jour ?

Elle était tout émue par la perspective de sentir l'enfant de Ryland se développer en elle. Elle posa la paume de sa main sur son ventre, comme pour protéger inconsciemment un bébé.

— Pas un jour, corrigea-t-il. Bientôt. Je ne rajeunis pas.

Il ôta le torchon de la pâte qui était en train de lever.

— Des petits pains à la cannelle, ça te dit ?

Il tendit la main pour préchauffer le four.

— Avec moi ? Tu veux avoir des enfants avec moi, Ryland ?

Il poussa un soupir d'impatience tout en commençant à mélanger les ingrédients dans un saladier.

— Essaie de suivre un peu, mon cœur. Tu es intelligente, je sais que tu peux y arriver si tu fais un effort.

Lily se passa le pouce sur la lèvre inférieure.

— Tu devais être un vrai petit monstre, Ryland. Je suis sûre que tu te fourrais toujours dans des situations impossibles.

Elle passa de l'autre côté du plan de travail en le regardant fixement, une idée folle germant dans sa tête. Il était si sûr de lui. Et il faisait tout son possible pour ne lui prêter aucune attention pendant qu'il cuisinait.

Elle fit le tour de la table et se plaça derrière lui.

Ryland leva à nouveau les yeux.

— J'essaie de travailler, et la lumière de la bougie sur tes seins me distrait. Va te mettre dans l'ombre.

Lily secoua la tête.

— Je pense qu'un peu d'aide te ferait du bien.

Ce n'était pas lui qu'elle regardait, mais ses mains qui pétrissaient la pâte. La voix de la jeune femme avait une nuance rauque et sensuelle qui eut un effet immédiat sur Ryland.

Une onde de chaleur se mit à monter en lui et lui coupa le souffle. Il n'osait pas parler de peur de briser le sort érotique que Lily était en train de lui jeter. Il commença à mélanger les ingrédients dans un petit saladier, d'un geste sûr et habile.

Lily le tira par ses jambes musclées et le força à reculer du plan de travail. Elle sortit une planche escamotable qui lui avait servi de marchepied dans son enfance.

Ryland commençait à manquer d'air.

— Je ne vois pas bien comment tu pourrais m'aider, osa-t-il dire d'une voix si rauque qu'il la reconnut à peine.

— Je montais dessus quand j'étais petite et que je voulais attraper quelque chose dans les placards.

Elle sortit entièrement la planche pour lui montrer les pieds qui se dépliaient.

— Je me suis dit que je pouvais m'asseoir ici pour te regarder travailler. Cela ne te dérange pas, j'espère ?

— Assieds-toi, ordonna-t-il d'un ton bourru, incapable de prononcer un autre mot.

Lily se laissa lentement descendre sur le petit tabouret et s'assit directement en face de lui. Le corps nu de Ryland était tout proche d'elle, palpitant et rigide.

— Je me disais bien que je serais pile à la bonne hauteur. Ne t'occupe pas de moi, je vais voir ce que je peux faire pour te détendre.

Elle en avait rêvé. Elle l'avait désiré. La tentation était trop forte. Les cuisses de Ryland étaient massives comme des colonnes, et Lily les frôla délicatement du bout des doigts. Il sentit son membre durcir encore, empressé de découvrir la chaleur soyeuse de sa bouche. Lily glissa les mains jusqu'à ses fesses, qu'elle caressa tout en l'incitant à se rapprocher d'un pas.

— Tu es bien sûr que je ne vais pas te distraire ?

Elle prolongeait volontairement l'attente, la faisait durer, laissant la chaleur de son haleine effleurer le membre engorgé de désir. Avant qu'il ait eu le temps de répondre, sa langue lui prodigua une caresse furtive.

— Parce que je ne voudrais surtout pas te déconcentrer. Des petits pains à la cannelle, ça me met en appétit. Des pains bien chauds, avec du sucre glace et des épices.

Le souffle de Ryland jaillit d'un seul coup de ses poumons.

— Lily.

C'était un ordre, pur et simple.

Elle rit doucement.

— Qu'est-ce que tu peux être impatient !

Elle voulait lui faire perdre la tête, se sentir puissante et maîtresse de la situation. Mais elle n'avait que très peu d'expérience, et maintenant qu'elle avait commencé, elle avait peur de le décevoir.

— Je peux lire dans tes pensées, ma puce, dit-il tendrement.

Il rassembla ses cheveux et les froissa entre ses paumes.

— J'aime tout ce que tu fais. Quand nous sommes tous les deux comme cela, nous sommes si proches que je n'ai aucun mal à deviner ce que tu veux. Ouvre-moi ton esprit, de la même manière que tu m'ouvres ton corps. Tout est là, dans ma tête, tous les fantasmes que j'ai imaginés te concernant. Et tous ceux que tu as eus, toi.

— Tu as quelques idées intéressantes, admit-elle.

— Toi aussi, rétorqua-t-il.

Lily se pencha en avant et le prit dans sa bouche chaude, humide et étroite. Ses lèvres se mirent doucement en action, et elle le chatouilla de sa langue, laissant le plaisir envahir tout son corps et exploser comme un volcan en lui. Il frissonna en sentant sa bouche se resserrer, sa langue le provoquer et ses mains lui appuyer sur les hanches pour le faire bouger à son rythme. L'espace d'un instant, son esprit sembla se fissurer sous l'effet de l'extase qui le submergeait.

La lumière des bougies mettait le visage de Lily en relief. Elle était si belle, avec ses cheveux soyeux et ses yeux illuminés par la passion. Les mains de Ryland s'immobilisèrent lorsqu'il se vit entrer et sortir de sa bouche, désireux d'immortaliser cet instant dans sa mémoire.

C'était la vie telle qu'elle devait être. Lily qui l'aimait et qui l'excitait. Ryland qui lui rendait la pareille. Leur monde. Son fantasme. Et il était bien déterminé à donner corps à tous leurs fantasmes. Lily avait besoin de lui pour que son monde soit parfait. Elle avait besoin de passion et d'amour, et d'être un peu secouée de temps en temps.

Ryland se remit à la tâche et commença à donner forme à la pâte, l'étalant sur le plan de travail tout en laissant le plaisir envahir son corps. Il pétrissait la masse chaude d'un geste cadencé, ses hanches se balançant vers l'avant tandis que la bouche de Lily se resserrait, tantôt joueuse, tantôt insistante, et que ses doigts l'effleuraient, tantôt légers comme un frémissement d'ailes, tantôt vigoureux et fébriles. Elle entoura son membre de sa main et s'accorda au rythme de Ryland, sa bouche si brûlante que ce dernier sentait des flammes lui dévorer les entrailles.

Un son s'échappa de sa gorge.

— Je crois que nous avons trouvé le domaine où tu exprimes pleinement ta créativité. Tu as une technique formidable.

Tout son être, toute son existence semblaient concentrés dans la chaleur de la bouche exquise de la jeune femme. Il la saisit et stoppa ses mouvements avant qu'il soit trop tard.

— C'est trop, Lily. Je veux que ce moment soit pour toi, pas pour moi.

Il la fit se lever du petit tabouret. Le corps de Lily remonta le long du sien, doux et provocant. Ryland ferma abruptement la bouche pour étouffer un nouveau grognement alors qu'il la soulevait pour l'installer sur le plan de travail.

— Assieds-toi. Ne fais rien, reste assise.

— Je m'amusais bien, se plaignit-elle en écartant ses cheveux ébouriffés de son visage. Ce geste fit bâiller sa chemise, et ses seins se retrouvèrent entièrement exposés.

Il lui sourit.

— Et il paraît que c'est moi l'impatient.

Il natta rapidement la pâte et y ajouta le mélange du saladier.

— Nous aurons tout le temps nécessaire une fois que j'aurai enfourné ceci, ajouta-t-il en joignant le geste à la parole.

Lorsqu'il se retourna, l'expression de son visage chavira le cœur de Lily. Il s'avança vers elle tel un tigre sur sa proie, toute trace d'amusement évanouie, les yeux comme des braises, brûlants d'intensité. Lily le regarda approcher et sentit son pouls s'affoler. Elle était incapable de faire le moindre mouvement. La volonté et le désir de Ryland l'hypnotisaient totalement.

Il lui saisit les jambes et les écarta pour glisser son corps massif entre elles. Il l'attira contre lui et repoussa ses épaules en arrière afin qu'elle se couche sur le plan de travail. La lueur vacillante des bougies illuminait magnifiquement les courbes et les creux de son corps. Avec une grande douceur, il effleura son corps de ses mains en suivant les jeux de lumière.

— Est-ce que tu sais combien je te trouve belle, Lily ?

Il trempa négligemment le doigt dans un pot de confiture à la fraise et se mit à tracer une ligne dans le vallon qui reliait son décolleté à son nombril.

— Tout ce que je sais, c'est que je te laisse me faire des choses scandaleuses, dit-elle en haletant.

C'était à cause de la manière dont il la regardait. Comme si elle était la seule femme au monde. Le désir qu'il éprouvait pour elle était si intense qu'elle avait l'impression d'être devenue son unique raison de vivre. Tout son être semblait l'affirmer.

Il posa la main sur l'entrée humide de son sexe et entama de lentes caresses, se retenant d'en franchir le seuil.

— Les choses scandaleuses n'ont même pas commencé, murmura-t-il avant de baisser la tête pour effacer le trait de confiture avec sa langue.

Lily frissonna de plaisir et ses tétons durcirent sous l'effet de la fraîcheur de l'air. Le contact de la langue de Ryland, qui léchait son corps sans se presser, comme s'il avait tout son temps, ne faisait qu'amplifier son attente. Il y répondit en enfonçant deux doigts en elle, avec une lenteur hypnotique.

Le souffle coupé, Lily sentit ses dents lui frôler le téton et sa bouche se refermer sur son sein. La sensation fut si forte qu'elle la souleva presque du plan de travail. Il suivit le trait de confiture jusqu'à son ventre, tourna autour de son nombril, puis plongea la tête dans les boucles de sa toison brune.

— Tu me tues, dit-elle en enfonçant les mains dans ses cheveux.

Un brasier ardent se fit entre ses jambes tandis qu'il insérait ses doigts plus profondément en elle. Il leva la tête pour voir les yeux de Lily se voiler. La voir réagir ainsi ne faisait que décupler son propre plaisir. Il voulut retirer ses doigts, mais elle se propulsait en avant pour profiter de leurs caresses, les forçant à pénétrer plus loin encore pour combler son désir.

La tête rejetée en arrière, le dos cambré et les seins dressés, tout en Lily l'invitait à la remplir entièrement. Il se contenta de sourire et conserva son rythme lent, exhalant de l'air chaud sur son entrejambe chauffé à blanc. Sans même lui laisser le temps d'exprimer une pensée cohérente, il retira complètement ses doigts et les remplaça par sa langue inquisitrice.

Lily émit un son à mi-chemin entre un cri et un gémissement et le saisit par les cheveux pour le rapprocher d'elle. Son corps n'était plus qu'éruptions successives. Profitant d'un instant de répit, Lily inspira, mais se trouva de nouveau secouée par les spasmes de la jouissance tandis qu'il saisissait fermement ses cuisses pour les maintenir ouvertes et continuer sa délicieuse exploration.

Il avait ardemment désiré la voir ainsi, étalée devant lui, ouverte, son goût et ses cris le rendant fou. Il en avait si souvent rêvé, et s'était réveillé débordant de désir, sans Lily pour le soulager. Il en profita, prit son temps, la poussa jusqu'au bord de l'extase avant de s'interrompre, prenant plaisir à la voir se tordre et à l'entendre le supplier. Elle était aussi brûlante que les flammes de l'enfer, et lui offrait un avant-goût de ce qu'il ressentirait lorsqu'il s'enfoncerait profondément en elle. Ses mains la caressaient, exploraient les secrets de chaque repli, de chaque ombre, jalonnant ce territoire qu'il s'était approprié, lui montrant qu'elle lui appartenait. Tout autant qu'il voulait lui appartenir. Et pendant ce temps, sa bouche et ses doigts la transportaient aux portes du délice.

Lily sanglotait presque de désir.

— S'il te plaît, Ryland, je n'en peux plus.

Elle n'exagérait pas. Son corps était en train de se consumer et elle se noyait littéralement dans les sensations.

— Cela ne fait que commencer, Lily, dit-il doucement en levant la tête et en se léchant les doigts avec délectation. Tu vas m'accueillir tout entier au plus profond de toi. Je veux te faire découvrir ce qu'aucun autre homme ne pourra jamais te faire. Je vais te connaître si intimement que tu ne pourras jamais envisager de me quitter.

Son arrogance la fit sourire. Depuis qu'elle avait posé les yeux sur lui, aucun autre homme n'avait eu de place dans ses pensées. Et elle n'avait certainement jamais envisagé de faire aucune des choses qu'elle était en train de faire, avec lui ni avec aucun autre.

— Arrête de parler, je veux de l'action, réclama-t-elle.

Il la saisit par les hanches, la tira du plan de travail et la retourna pour l'incliner sur le marchepied. Elle avait un derrière magnifique. Il adorait la regarder marcher, car le balancement de ses hanches était toujours pour lui une tentation irrésistible. Il posa une main sur sa nuque pour la maintenir en place tandis qu'il lui caressait les fesses de sa paume rugueuse.

— Tu te sens à l'aise, avec la tête comme ça ? Je n'ai pas envie que tu aies mal.

Elle rit doucement et cala ses fesses contre sa main.

— Ce n'est pas à ma tête que je pense pour l'instant, Ryland.

Il vérifia une dernière fois qu'elle était prête à le recevoir et, de sa main, lui écarta les jambes tandis que son membre s'enfonçait résolument en elle.

Il ne se contrôlait déjà plus qu'à peine, tout comme Lily. Elle se projeta en arrière tandis qu'il la pénétrait d'un coup de reins. Elle était douce comme du velours, brûlante comme une flamme, et si étroite qu'il avait l'impression d'avoir été saisi par un poing qui l'étreignait fermement. La position dans laquelle il l'avait installée l'empêchait de bouger, et Ryland en éprouva une enivrante sensation de puissance. Il pénétra en elle, encore et encore, entrant jusqu'à la garde et forçant son corps doux et docile à l'accueillir jusqu'au dernier centimètre. Elle suivait son rythme et poussait de petits cris tout en frémissant de plaisir. Il poursuivit son vigoureux va-et-vient, sortant et entrant en elle, s'enfonçant au plus profond de son intimité, saisi par une passion brutale et féroce.

Lily se laissa aller et l'orgasme la percuta comme un train lancé à pleine vitesse, la déchirant avec une force incroyable. Son corps se convulsa, et la sensation lui parut si fulgurante qu'elle eut du mal à ne pas hurler de plaisir. Elle resta comme elle était, vidée de son énergie, incapable de bouger, Ryland toujours enfoncé en elle.

— Lily, dis-moi que tu ressens ce que je ressens, dit-il, la bouche contre sa nuque. Je ne t'ai pas fait mal, j'espère ?

— Est-ce que je t'ai donné l'impression d'avoir mal, gros malin ? Dès que tu auras recouvré tes forces, j'aimerais que tu me portes jusqu'à mon lit. Je ne pourrai plus jamais marcher.

Les mains de Ryland explorèrent les contours de son dos, la caressant avec une infinie tendresse.

— Je ne sais pas ce que j'ai fait pour mériter tout cela, Lily, mais je te remercie.

Elle tourna la tête pour lui sourire, toujours trop engourdie pour bouger. Entièrement satisfaite, complètement détendue. La bosse qu'elle arborait à la tempe lui causait toujours des élancements, mais cela n'avait aucune importance. Ryland semblait ne pas pouvoir s'empêcher de la toucher et de la regarder. Il prenait ce qu'il voulait, mais lui donnait tellement plus en échange.

— T'a-t-on déjà dit à quel point tu étais beau, Ryland ?

Il prit ses seins entre ses mains, en caressa les pointes avec ses pouces et savoura la manière dont ses muscles tressaillaient à chacune de ses caresses.

— Non, mais si tu as envie de me le dire, ne te gêne surtout pas. À l'heure qu'il est, tu es toi-même absolument magnifique, dit-il avec la plus grande sincérité.

Il lui fallut longtemps pour être de nouveau en mesure de la prendre dans ses bras et de la ramener dans la chambre. Ils se régalèrent des petits pains à la cannelle et de confiture avant de prendre une douche aussi longue qu'érotique.

Longtemps après que Lily s'était endormie dans ses bras, Ryland avait toujours les yeux rivés sur le plafond. La facette sinistre et dangereuse de sa personnalité avait été réveillée. Quelqu'un avait osé porter la main sur Lily. C'était une erreur.

Chapitre 14

Lily se regarda dans le miroir. Le bleu sur sa joue était trop gros pour passer inaperçu.

— À mon avis, tu n'arriveras pas à le dissimuler à Arly, dit Ryland. Tu as l'air très… colorée.

— Oh, ne me parle pas de lui ! Je vais rester cachée toute la journée. Tu pourrais peut-être me couvrir et lui dire que je suis allée au laboratoire.

Elle fronça les sourcils et toucha les marques bleu et noir. Sa joue était gonflée, et une bosse importante lui déformait la tempe.

Arly et Rosa allaient lui arracher la tête. Et John, au tempérament si doux, allait probablement en avoir les larmes aux yeux. Mais c'était une bonne excuse pour ne pas aller travailler.

— Fais seulement mine de vouloir y retourner, l'avertit Ryland, et je te dénoncerai si vite à Arly que tu en auras le tournis.

Elle lui fit une grimace.

— Je commence à te voir sous ton véritable jour. Tu as très mauvais fond.

Elle examina une nouvelle fois son visage. Aucun maquillage ne parviendrait à couvrir ces marques violet et bleu.

— Je crois que je vais devoir envoyer Arly en Alaska pour une mission de la plus haute importance.

— Tout ce que tu veux, tant que tu ne retournes pas à Donovans aujourd'hui.

Ryland lui tendit le téléphone, puis la regarda composer le numéro et laisser un message à l'attention de Thornton pour dire qu'elle travaillerait chez elle jusqu'à ce que son visage ait désenflé.

Lily rendit le téléphone à Ryland.

— Inutile de prendre ce petit air suffisant, fit-elle. J'avais la ferme intention d'aller travailler aujourd'hui, cela n'a rien à voir avec tes manières autoritaires. Je crois qu'avoir en permanence tous ces hommes sous tes ordres t'est monté à la tête.

— C'est ton côté féministe qui ressort ? rétorqua Ryland en levant un sourcil. Si c'est le cas, je te conseille de te regarder encore une fois dans la glace.

Lily ne tint pas compte de sa remarque et entreprit de nouer ses cheveux en un chignon strict quand un son bizarre sorti de la gorge de Ryland la fit se retourner vivement.

— Qu'est-ce que c'est que ce ronchonnement ? Tu souffres d'une affliction dont tu voudrais me faire part ?

— Ce n'était pas un ronchonnement. C'était une protestation involontaire.

— C'était bien un ronchonnement, et de quoi diable peux-tu bien te plaindre ? Tu es un grand garçon, non ? demanda-t-elle sérieusement en relevant son joli front d'un geste altier.

— Un grand garçon ? Lily, tu perds la tête. Je crois que tu n'as pas la moindre idée de ce que je fais. Mes hommes obéissent à mes ordres parce qu'ils ont confiance en mon jugement dans des situations à haut risque.

Personne ne lui avait jamais désobéi ni remis ses ordres en question. Personne sauf Lily.

— Vraiment ?

Elle le regarda de haut, telle une princesse s'adressant à un gueux.

— Les hommes obéissent à tes ordres à cause de ton grade. Les femmes, elles, réfléchissent, puis décident toutes seules de ce qu'elles doivent faire.

Elle lui tapota le crâne, ses doigts s'attardant juste un instant sur ses boucles emmêlées.

— Ne t'en fais pas, maintenant que je suis au courant de ton petit problème d'ego, je ferai de mon mieux pour me pâmer lorsque tu te frapperas la poitrine comme un gorille.

— Petit problème d'ego ? Mon ego va très bien, merci ! Comment t'es-tu débrouillée pour inverser la situation ? Ma belle, continue comme ça et tu verras à quel point je peux être pervers !

Lily semblait amusée par sa réaction.

— Bien entendu. Le sexe. Quand un homme est à court d'arguments, il ramène toujours tout au sexe. J'imagine que ta référence à des mœurs sexuelles déviantes te sert à flatter une sorte d'instinct d'homme des cavernes. J'avais lu un livre à ce sujet, mais n'ayant jamais expérimenté la chose, cela ne m'avait pas semblé très emballant.

— Veux-tu que nous remédiions à cela ? proposa Ryland, exaspéré. Je serais ravi de te donner un exemple. J'aimerais bien voir ce livre dont tu parles sans cesse, Lily, et je te jure que, si tu te moques de moi, tu auras droit à une fessée déculottée. Tu es toujours aussi agaçante ?

Elle se pencha pour embrasser sa mâchoire mal rasée.

— Cela empire lorsqu'on essaie de me dicter ma conduite. Demande à Arly. Même mon père a fini par abandonner. Il disait que j'avais du mal à supporter l'autorité.

Elle caressa la barbe naissante de son menton, et ressentit aussitôt un délicieux picotement entre les cuisses. Elle se rappela le contact râpeux de sa barbe sur sa peau et cela l'excita plus encore.

Ryland prit la main de Lily dans la sienne et la porta à sa bouche. Un par un, il suça lentement chacun de ses doigts. Sa langue s'enroulait autour de sa peau, la mouillant et la titillant. Elle sentit une flamme sourdre au fond de son corps, et un liquide brûlant se mit à lui courir dans les veines. Lily s'écarta brusquement de lui, les yeux fous, le rouge aux joues.

— On devrait te déclarer hors la loi.

Ryland lui sourit, satisfait de sa réaction.

— Je suis un hors-la-loi. Et j'apprécie que tu caresses mon ego dans le sens du poil, lorsque c'est sincère.

Elle écarquilla les yeux. Sa bouche s'ouvrit, mais aucun son n'en sortit. Enfin, elle secoua la tête.

— Va-t'en, j'ai du travail. Je dois retrouver toutes les bandes enregistrées par mon père lors de sa première expérience et étudier chacun des exercices. Ce qui marchait, ce qui ne marchait pas.

Le sourire de Ryland s'élargit, et ses yeux gris argenté étincelèrent.

— Lily se cache derrière la science et le travail quand elle sent qu'elle perd pied.

— Je n'ai pas perdu pied, rétorqua-t-elle sèchement. Je ne perds jamais pied. J'ai simplement décidé de mettre un terme à cette conversation idiote, car j'ai du travail. Va donc casser les pieds à tes hommes. Je parie qu'ils seront ravis de jouer les grands mâles virils avec toi.

— C'est beaucoup moins drôle lorsqu'ils ne sont pas au complet. À ton avis, quand le docteur nous donnera-t-il des nouvelles de Jeff ?

— Je suis sûre qu'il me contactera dans la journée.

Elle l'écarta de son chemin et sortit de la chambre. Ryland la suivit sans difficulté.

—Je t'accompagne, Lily. Deux paires d'yeux valent mieux qu'une.

Elle s'arrêta net, mais sans le regarder.

—Le personnel de jour est là. Ce n'est pas prudent, ils pourraient te voir.

—Je peux les éviter sans aucun problème, Lily. Ce n'est pas pour cette raison que tu rechignes tant à ce que je vienne avec toi. Tu ne veux pas que je voie les bandes de ton enfance.

Sa voix était d'une telle douceur, d'une telle tendresse que le cœur de Lily se fendit et qu'elle dut retenir ses larmes.

—J'éprouve un sentiment de trahison lorsque je les visionne, et si tu les regardes toi aussi, j'aurai l'impression de le trahir, lui. Ce qu'il a fait était mal, Ryland. Qu'il m'ait fait subir tout cela est déjà atroce en soi, mais il y a d'autres petites filles, qui sont aujourd'hui des femmes, et qui n'ont pas bénéficié du luxe de cette maison ni du soutien de ses occupants. Elles ont dû beaucoup souffrir, certaines se sont peut-être même fait interner. Ce n'est pas juste. Ça ne le sera jamais, et rien de ce que je pourrai y faire n'y changera rien.

Ryland lui prit la main et appliqua un léger baiser sur sa paume ouverte.

—Il a appris à aimer grâce à toi, Lily. Il a appris à discerner le bien du mal à force de te connaître et de t'aimer. Tu n'as pas à avoir honte de l'avoir aimé. Il a essayé de bien faire avec toi. Il savait qu'il était incapable de s'en sortir tout seul, et il a fait venir des gens pour que tu n'aies pas à souffrir de ses manquements. Et il leur a donné un foyer, un but dans la vie, une famille. Peu de gens sont tout blancs ou tout noirs, Lily. Il y a un peu des deux en chacun de nous.

Elle hocha la tête.

— Je le sais, Ryland, mais ça fait mal. Entrer dans cette pièce sordide, et voir les souvenirs rejaillir... Regarder ces bandes et entendre ces voix. Je n'étais rien pour lui à l'époque. On perçoit son impatience lorsque mes performances ne répondent pas à ses attentes. Rosa – qu'il avait alors engagée comme infirmière – est beaucoup plus jeune sur ces images, et elle a l'air très différente de ce qu'elle est aujourd'hui. Elle essaie de me consoler et il passe son temps à lui hurler dessus.

Elle appuya une main sur son front et s'obstina à ne pas le regarder.

— Lily, pourquoi est-ce que tu t'infliges tout cela ?

— J'ai besoin des données pour notre bien à tous. Pour tes hommes, pour ces petites filles. Une fois que je les aurai, même si cela me prend toute ma vie, je les retrouverai toutes et m'assurerai qu'elles vont bien.

— Rien ne t'oblige à être seule pour visionner ces bandes, répondit-il en lui serrant les doigts. Nous sommes partenaires, dans tous les sens du terme. Je sais que tu aimais ton père, et tu n'as pas besoin de t'excuser pour l'amour que tu lui portais, Lily. Il t'aimait lui aussi, et il a fait de son mieux pour te donner un foyer, une famille et la meilleure éducation possible. Il n'y a rien de honteux à cela.

— J'aurais honte si tu voyais tout cela, insista Lily. Il me regarde comme si j'étais un spécimen. Je ne veux pas que tu voies cela. Je ne peux pas te laisser me voir ainsi.

Elle ne parvenait pas à trouver les mots pour lui expliquer son sentiment d'humiliation. Cela la réduisait à une enfant effrayée et mal aimée, entourée d'inconnus. Ryland la verrait comme cela. Elle ne le supporterait pas.

— Je t'aime, Lily. (Il lui saisit le menton et lui fit lever les yeux.) Et je vais aimer cette petite fille, car elle est en toi.

Lily retira la tête.

— Ryland, arrête. Tu n'en sais rien. Tu ne sais pas ce que tu ressentiras à mon égard lorsque tu verras ces enregistrements.

Il commença à protester mais s'arrêta net lorsqu'il vit que les mains de Lily tremblaient. Il avait mal pour elle, il percevait ses tourments intérieurs, et la douleur qui la submergeait l'envahissait lui aussi.

— Lily, si je suis superficiel au point de ne plus t'aimer parce que tu as été une enfant maltraitée, alors mieux vaut que tu en aies tout de suite le cœur net. Est-ce que tu penses réellement cela de moi ?

Elle ferma les yeux l'espace d'un instant.

— Non, Ryland. C'est que j'ai beaucoup de mal à les regarder moi-même. À admettre que c'est réellement la vérité. Il ne m'y avait pas du tout préparée, je n'en avais aucune idée.

— N'oublie surtout pas que ton père a appris à t'aimer. Tu lui as offert une chose plus précieuse que tout l'or du monde.

— Tout le problème n'est-il justement pas là, Ryland ?

Pour la première fois, la voix de la jeune femme était teintée d'amertume.

— Il nous a achetées, et lorsque les choses ont mal tourné, il s'est servi de son argent pour se sortir de l'embarras.

— À l'époque, Lily, c'était le seul moyen qu'il connaissait.

Il passa un bras autour d'elle et l'attira contre son épaule.

— Affrontons cela ensemble. Ce sera plus facile si nous sommes tous les deux.

Elle ne se détendit pas et se tint le plus loin possible de lui.

— Je fais partie de toi. Que cela te plaise ou pas, je fais partie de toi. Je ressens ce que tu ressens. C'est bien réel, Lily, et cela le restera même si nous sommes séparés. Emmène-moi avec toi.

À ces mots, Lily le regarda enfin. Elle leva ses yeux bleus sur son visage et en étudia chaque trait un par un. Comme si elle cherchait quelque chose. Ryland fit une rapide prière dans l'espoir qu'elle le trouverait.

— La nuit dernière, tu m'as fait entièrement confiance, Lily. Il faut que tu croies en moi.

— Il ne s'agit pas que de moi.

Elle lui murmura cette phrase, désireuse qu'il comprenne, qu'il se rende compte de ce qu'il lui demandait. Il y avait toutes ces petites filles. Elle avait une dette envers elles. Elle se devait de préserver leur vie privée. De les respecter. De les protéger.

Les doigts de Ryland lui massèrent la nuque, et il l'entraîna dans le long couloir menant à l'escalier en colimaçon.

— Je sais ce que cela fait de vouloir prendre soin des autres. De devoir prendre soin des autres. C'est un instinct, nous n'y pouvons rien. Partage cela avec moi et laisse-moi te soulager.

Lily savait déjà qu'il l'accompagnerait. Elle avait besoin de lui, car cette fois-ci, elle allait devoir tout visionner. Elle avait une obligation envers Ryland et ses hommes. Les données contenues dans ces bandes avaient une valeur inestimable pour eux, et peut-être aussi pour ses anciennes camarades. Elle devait tout regarder d'un seul coup, car elle ne pouvait pas s'accorder le luxe de prendre son temps.

Fidèle à sa parole, Ryland évita facilement les employés de maison et attendit patiemment qu'elle ouvre la porte du bureau de son père. Il se glissa à l'intérieur, puis recula pour la regarder la verrouiller de nouveau, afin d'éviter qu'on les dérange.

— Tu as dit à Arly où tu serais ?

Lily fit une grimace.

— J'évite Arly. Il va faire passer des provisions en douce sous le nez de Rosa pour tes hommes. Par chance, il a toujours disposé d'appartements privés, et il fait lui-même ses courses. Je ne veux pas que Rosa soit au courant de quoi que ce soit tant que tout cela n'est pas terminé.

— Pour blanchir mes hommes, j'aurai besoin d'aide. Si on ne l'obtient pas auprès de Ranier, il faudra viser plus haut dans la hiérarchie, Lily.

Il la suivit dans l'escalier et remarqua qu'elle boitait plus que de coutume.

— Ta jambe te fait mal ?

Elle tourna la tête pour le regarder, et l'estomac de Ryland se noua lorsqu'il aperçut de nouveau sa joue gonflée et la bosse sur sa tempe. Il fut envahi d'une bouffée de colère, d'un besoin de violence, du désir soudain de l'emporter dans ses bras et de l'enfermer en un lieu sûr.

— Je ne m'étais pas rendu compte que je m'étais remise à boiter. Quelquefois, cela me donne une crampe très douloureuse. Je n'y fais pas très attention.

— Comment est-ce arrivé ?

Lily haussa les épaules alors qu'elle pénétrait dans le laboratoire.

— Personne ne m'en parle jamais vraiment. Si je pose la question, Rosa s'énerve et se signe. Elle me dit qu'on ne doit pas parler de choses maléfiques.

— Ta jambe est maléfique ?

Ryland ne savait pas s'il devait se mettre en colère ou éclater de rire.

— Pas ma jambe, andouille.

Lily s'esclaffa, ce qui fit disparaître instantanément les ombres tapies au fond de ses yeux.

— Avec Rosa, tout est potentiellement maléfique. Une simple chute peut être maléfique si tu tombes mal. Qui sait ?

Je ne me penche pas de trop près sur les idées loufoques de Rosa.

De la main, elle lui désigna le mur du fond, où étaient soigneusement alignés des livres, des bandes et des CD.

— Tout est rangé par ordre chronologique. Il me semble que c'est surtout sur les bandes les plus anciennes que l'on trouve les exercices dont nous avons besoin.

Lily appréhendait moins d'affronter cette pièce froide avec Ryland à ses côtés. Elle lui sourit, incapable de traduire par des mots ce qu'elle ressentait. Combien elle appréciait qu'il l'aime au point d'avoir lourdement insisté pour l'accompagner.

Ryland l'observa tandis qu'elle laissait glisser sa main sur la vidéothèque. Il y avait tellement de bandes. Il la sentait se détendre avec lui, mais ce fut tout de même avec une certaine nervosité qu'elle sortit plusieurs vidéos des rayonnages.

— La plupart sont commentées par mon père, mais il a également laissé plusieurs carnets qui semblent compléter les bandes. Il y notait des données supplémentaires ainsi que ses réflexions sur ses découvertes, expliqua Lily d'une voix aussi neutre que possible.

Ryland s'installa sur le grand canapé. De toute évidence, Peter Whitney avait passé de nombreuses heures dans ces pièces, et le sofa avait dû lui servir de lit. Lily lança la première bande.

Plusieurs petites filles étaient assises à des bureaux. Elles portaient toutes des nattes, un tee-shirt gris et un jean. Le cœur de Ryland fit un bond lorsqu'il se rendit compte que la petite à gauche de l'écran était Lily. Il regarda la Lily actuelle ; son visage résolument impénétrable était rivé sur l'écran.

Pendant trois heures, Ryland observa les petites filles exécuter avec application divers exercices psychiques. Peter

Whitney semblait oublier qu'elles n'étaient que des enfants. Il les réprimandait pour leur paresse et leur criait dessus dès qu'elles pleuraient, visiblement exaspéré. À un moment, l'une d'entre elles se plaignit d'un mal de tête, et il lui répondit qu'elle ne pouvait s'en prendre qu'à elle-même, car elle n'avait pas travaillé assez dur.

Lily ne dit rien pendant les deux premières bandes. Elle se contenta d'observer attentivement les exercices que Peter Whitney assignait aux enfants, et d'écouter ses commentaires sur ceux qui lui semblaient efficaces pour renforcer leurs défenses et les soulager des assauts sonores et émotionnels du monde extérieur.

Whitney avait très vite observé que certaines fillettes servaient de point d'ancrage aux autres et leur permettaient de mieux fonctionner. Il retira les stabilisatrices, fit écouter divers bruits aux autres fillettes, et demanda même à deux des infirmières de faire semblant de se disputer. Les petites filles s'effondrèrent en se prenant la tête entre les mains et en se balançant d'avant en arrière. Il fallut leur administrer un calmant.

Sur la troisième bande, on voyait Lily, assise par terre dans l'une des petites salles insonorisées. Elle passa un long moment immobile, le visage dénué de la moindre expression. Tout à coup, les jouets qui l'entouraient se mirent à prendre vie.

La jeune femme se redressa et se pencha en avant, les yeux rivés sur l'écran. Les jouets bougeaient, les poupées dansaient, les balles volaient dans les airs. La voix de Peter Whitney commentait ce qui se passait. *« Le sujet Lily parvient de mieux en mieux à contrôler les objets. L'une des infirmières de son orphelinat avait déjà remarqué cette capacité, et lorsqu'elle était encore nourrisson, le sujet Lily avait une réputation d'enfant du Diable. Lorsque l'on m'a rapporté ces histoires de mobile tournant et dansant au-dessus de son berceau, j'ai tout de suite su que je devais me l'approprier. Elle possède un fort talent naturel, et grâce à l'amplification, elle deviendra peut-être le modèle de base des générations futures. »*

Ryland se raidit. Il n'osait pas la regarder. Il maudissait Peter Whitney et aurait souhaité le voir rôtir en enfer. Quant à Lily, elle cherchait à comprendre toutes les implications des paroles de Peter Whitney. Elle pensait depuis longtemps que son père avait manipulé la très forte attirance physique que Ryland et elle-même éprouvaient l'un pour l'autre. Le commentaire de cette bande ne faisait qu'étayer cette idée.

— C'est un exemple typique de reproduction de schéma familial, dit Lily en se passant une main sur le visage. Est-ce que tu n'es pas atterré par la manière dont les familles répètent les cycles de violence ou de délits ? Ou, dans ce cas précis, d'expériences ? Mon père aurait dû tirer les leçons de sa terrible enfance ; pourtant il a reproduit exactement le même schéma.

— Il a fini par comprendre, Lily.

— Vraiment ? Dans ce cas, Ryland, pourquoi a-t-il recommencé ses expériences sur toi ?

La voix du chercheur parlait toujours à l'écran. *« Je l'ai encouragée à manipuler ses jouets de cette manière, et j'ai découvert que son talent s'affirmait, et même qu'elle l'affinait. Le seul moyen d'obtenir sa coopération a été de l'isoler des autres enfants. Elle ne montrait que peu d'intérêt pour les jouets lorsque les autres petites filles étaient présentes. Il a fallu isoler le sujet pendant seize heures d'affilée pour qu'elle commence à s'intéresser aux objets placés autour d'elle. »*

— C'est vrai, dit doucement Lily. Sur les premières bandes, je ne contrôlais qu'une ou deux poupées, et leurs mouvements étaient saccadés. Sur celle-ci, presque tous les jouets de la pièce bougent avec une parfaite fluidité.

Lily semblait calme en apparence, mais Ryland, qui était au diapason de la moindre de ses émotions, vit qu'elle s'enfonçait les ongles dans la paume.

L'enfant à l'écran poussa soudain un cri et se prit la tête entre les mains. Les jouets retombèrent par terre et cessèrent de bouger. Whitney poussa un soupir de frustration et Rosa se précipita dans la pièce pour prendre la petite fille en pleurs dans ses bras.

Ryland sentit des larmes lui monter aux yeux. Lily sortit la bande et inséra la suivante, mais il n'eut pas le courage de la regarder. Peter Whitney n'avait rien fait pour consoler l'enfant. Il s'était contenté d'exprimer son mécontentement lorsque l'expérience avait dû être interrompue.

Cette fois-ci, Lily était assise toute seule dans la même pièce d'observation. La jeune femme passa en avance rapide jusqu'à ce que l'action commence.

À l'écran, la petite fille secouait obstinément la tête et serrait ses petits poings. On voyait Rosa en arrière-plan, une main sur la bouche, les joues inondées de larmes.

« Tu es trop petite pour faire ça, tu ne crois pas, Lily ? », demanda Peter Whitney d'un ton empreint de mépris et de sarcasme.

Lily, les yeux brillants, releva le menton. Elle s'appuya contre le mur, les jambes allongées devant elle, et riva courageusement son regard sur la grosse boîte vissée au sol dans le coin de la chambre. Un par un, les boulons se mirent à bouger, à tourner, puis se détachèrent complètement. L'enfant appuya les mains contre ses tempes, mais garda les yeux cloués sur sa cible. Centimètre par centimètre, la boîte commença à décoller du sol.

« Plus haut, Lily. Ne perds pas le contrôle. »

La voix de Peter Whitney trahissait une violente impatience, un triomphe implacable.

La boîte monta encore, pencha d'un côté et se mit à trembler sur un rythme irrégulier.

« Maintenant, fais-la voler dans la pièce. Tu peux le faire, Lily, je sais que tu en es capable. »

Le cœur serré par l'angoisse, Ryland regarda la boîte, visiblement très lourde, continuer à s'élever et commencer à flotter à travers la pièce. De la télékinésie. Il n'avait aucune idée du poids de la boîte, car Lily avait passé le début de la bande en avance rapide, mais il sentait qu'elle était extraordinairement lourde.

La petite Lily était maintenant en sueur, mais elle ne quittait pas la boîte des yeux. Cette dernière tremblait désormais violemment et oscillait dans les airs. Elle était presque à la hauteur du plafond, mais n'avait parcouru qu'une trentaine de centimètres par rapport à son point de départ. La petite Lily grimaça et le balancement de la boîte s'amplifia.

« Concentre-toi ! lui ordonna sèchement son père. »

Ryland observait l'enfant. Son visage était livide, ses yeux écarquillés. L'effort faisait apparaître de petites rides aux coins de sa bouche.

Tous les muscles du corps contractés, Ryland commença lui aussi à suer. Il se rappela l'énorme effort de concentration qu'il fallait fournir pour maintenir un objet en suspension, et les souffrances subies par ceux de ses hommes qui en étaient capables. Des adultes, qui plus est. Voir l'enfance de Lily se dérouler sous ses yeux le rendait malade. Il voulut la prendre dans ses bras et la serrer contre lui, mais la jeune femme s'était écartée de lui, et son attitude disait clairement qu'elle désirait qu'il la laisse tranquille. Ses bras étaient croisés sur sa poitrine, comme pour se protéger, et elle avait relevé les genoux.

Écœuré, Ryland regarda la boîte commencer à traverser la pièce, centimètre par centimètre. Plus elle se rapprochait de Lily, et plus le contrôle exercé par cette dernière semblait s'améliorer. La boîte se stabilisa, tourna sur elle-même, puis repartit dans l'autre sens.

Et tout à coup, l'expérience s'interrompit. La petite Lily porta précipitamment ses mains à ses tempes en criant de douleur. La boîte tomba comme une pierre depuis le plafond. Elle heurta la jambe de Lily, pénétrant la chair, déchirant les muscles et brisant les os. Lily se mit à pousser des hurlements lorsque le sang jaillit de la plaie et commença à former une flaque autour d'elle. L'impact avait brisé la boîte, et tous les poids qu'elle contenait s'étaient répandus au sol.

D'un bond, Rosa se précipita en avant, tendit les mains vers la jambe de Lily pour tenter de stopper l'hémorragie et hurla des ordres au professeur Whitney. Ce dernier se tenait immobile, sous le choc, le visage exsangue, les yeux rivés sur la petite fille qui se tordait de douleur.

« Professeur Whitney, aidez-moi ! » aboya Rosa d'un ton péremptoire, oubliant sa timidité habituelle.

« C'est votre faute, c'est ce qui arrive quand on se croit plus fort que Dieu ! Maintenant, vous devez réparer les dégâts ! Faites ce que je vous dis. »

Lily porta la main à sa gorge, comme si elle cherchait à se protéger.

— C'est donc pour cela que Rosa ne veut jamais parler de ma jambe. Elle a toujours été persuadée que mes capacités n'étaient pas naturelles, et qu'il ne fallait jamais en parler. Combien de fois m'a-t-elle répété de ne jamais rien faire qui soit « contre nature » si je ne voulais pas que Dieu me punisse.

Instinctivement, elle porta la main sur sa jambe blessée.

Ryland ne pouvait en supporter davantage. Il se leva brusquement et arrêta la bande.

— Je ne vois pas pourquoi tu tiens tant à visionner ces images, Lily. Que peuvent-elles bien nous apporter ?

Lily se tourna enfin vers lui. Elle semblait sous le choc, les yeux hagards. Troublée.

— Les bandes nous fournissent des informations que nous pouvons comparer aux données que nous possédons sur toi et tes hommes. Si certains exercices ont été omis, ou s'ils n'ont pas été faits quotidiennement, je pourrai vous les enseigner. Le but de tout cela, c'est de vous permettre de reprendre une place dans la société. Si possible en tant que personnes parfaitement fonctionnelles.

Ryland baissa les yeux sur les mains de Lily. Elle se tordait les doigts, signe certain de son agitation. Tous ses hommes faisaient de leur mieux pour éviter de se servir de leurs talents psychiques, notamment la télépathie, sauf en dernier recours. Si Cowlings se trouvait suffisamment près, il pourrait peut-être les localiser grâce au pic d'énergie qu'ils généraient.

Au fil des ans, Lily avait développé des boucliers mentaux qu'elle utilisait automatiquement. La maison, grâce à ses murs insonorisés et à son isolement, était pour eux un refuge qui les protégeait des bruits du monde extérieur. Tous reconstituaient leurs forces et pratiquaient avec application les exercices que Lily leur avait donnés. Le simple fait de l'avoir rencontrée et de constater l'aisance avec laquelle elle évoluait dans le monde extérieur leur avait rendu le moral. Elle était pour eux un exemple, un GhostWalker parfaitement à l'aise dans le monde. Elle leur démontrait qu'une vie normale était possible, et elle faisait tout pour les aider.

Depuis qu'il était dans la maison, Ryland n'avait pas essayé de percer les boucliers de Lily. Les émotions de la jeune femme se déversaient en lui lorsqu'ils faisaient l'amour, mais il les acceptait avec gratitude et les lui renvoyait, augmentées des siennes. Il avait envie de la toucher, de ressentir ce qu'elle ressentait, de partager sa douleur. Cela venait du plus profond de lui, tel un chagrin qu'aucun mot ne pouvait apaiser.

Ryland avait observé le visage de Peter Whitney, étudié son expression abasourdie devant la fillette blessée qui gisait, impuissante, sur le sol. C'était à ce moment que tout avait basculé, que le professeur s'était rendu compte que son cobaye était un être humain.

— Lily, dit Ryland en tendant la main vers elle.

La jeune femme recula prestement et eut un geste pour lui interdire de la toucher. Elle n'avait aucun moyen de lui expliquer à quel point cette scène avait été humiliante pour elle. À l'époque, elle n'était pas une enfant, mais un rat de laboratoire, ainsi qu'il s'était défini lui-même lors de leur première rencontre.

— Je ne peux pas, Ryland. J'espère que tu comprends.

Il s'approcha d'elle, aussi imperceptiblement que possible.

— Non, ma chérie. (Il secoua la tête.) Je ne comprends pas. Tu n'es plus seule et tu n'as pas à ressentir de honte ou de douleur. C'est pour ça que je suis là.

Ses doigts se posèrent doucement sur le poignet de Lily et se resserrèrent tel un bracelet avant d'attirer implacablement le corps crispé de la jeune femme contre lui.

— Je ne peux pas faire disparaître cela, Lily. Tu as le droit d'avoir de la peine pour cette petite fille. Mais je l'ai vue souffrir, moi aussi. J'ai vu une enfant qui aurait dû être aimée et protégée se faire exploiter, et cela m'a soulevé le cœur, de savoir un homme capable d'une telle cruauté.

Elle détourna vivement la tête, mais Ryland lui saisit le menton.

— Mais j'ai aussi vu cet homme ouvrir les yeux et se rendre compte qu'il avait tort. Ce n'était pas rien. Cet accident a été le catalyseur qui a bouleversé sa vie. Je l'ai vu sur son visage. Lorsque tu te sentiras suffisamment forte, tu pourras visionner à nouveau cette bande, et tu y verras ce que j'ai vu. Ce qu'il a fait était atroce, Lily, mais au bout du compte, tu as rendu Peter Whitney profondément humain. Sans toi, sans cet accident, il n'aurait jamais donné une partie de sa fortune à des institutions caritatives ni œuvré pour tenter d'améliorer le sort de son prochain. Il n'aurait même pas remarqué que le monde avait besoin de tout cela.

— Dans ce cas, pourquoi a-t-il tout recommencé ? éclata Lily, les yeux brillants de larmes. Pourquoi y a-t-il seulement songé ? Il vous a enfermés dans des cages, Ryland. Il vous a traités avec encore moins de respect que ces petites filles. Vous, des hommes qui servent leur pays. Des hommes qui risquent leur vie pour protéger la population. Des hommes qui chassent les criminels. Il vous a fourrés dans des cages sans vous offrir la protection dont vous aviez besoin. Pourquoi aurait-il permis à certains d'entre vous de quitter la sécurité du laboratoire et de vos stabilisateurs, lui qui savait que vous ne disposiez plus d'aucune barrière naturelle et que vous n'aviez pas pu vous en forger de nouvelles ? Comment a-t-il pu faire cela ?

— Peut-être ne lui a-t-on pas laissé le choix, Lily. Tu le voyais comme quelqu'un d'omnipotent. Son argent et sa réputation lui offraient certainement une plus grande marge de manœuvre que celle du commun des mortels, mais il était en lice avec des gens extrêmement puissants.

— Phillip Thornton est un parasite. Il est doué pour générer de l'argent, et c'est la raison pour laquelle mon père l'a soutenu lorsqu'il a postulé au poste de président de la compagnie, mais c'est un faible, Ryland. Un lèche-bottes qui fréquente les bonnes personnes et dit ce qu'on attend de lui. Il n'aurait jamais osé s'opposer à mon père. Jamais. Il aurait eu trop peur.

— Thornton détestait ton père. Il avait peur de lui, Lily. Un jour, il est entré dans le laboratoire et nous a interrompus en plein milieu d'une expérience. Ton père s'est mis dans une colère noire et lui a immédiatement ordonné de sortir. Je me trouvais à l'autre bout de la pièce, mais l'onde de haine et de malveillance qui émanait de lui m'avait choqué. Le visage de Thornton ne laissait rien paraître. Il s'est excusé avec un sourire et il est sorti, mais ses yeux étaient froids et durs, et rivés sur ton père. Pour moi, s'il y avait quelqu'un qui voulait la mort de ton père, c'était lui. Avait-il quelque chose à y gagner ?

— Bien sûr que oui.

Lily s'échappa de la chaleur des bras de Ryland et commença à faire les cent pas, animée par une énergie fébrile.

— La voix de mon père avait un poids énorme. S'il s'était trouvé en désaccord avec Thornton et qu'il avait voulu le faire mettre à la porte, il n'aurait eu aucun mal. En tout cas, je sais que Phillip est très proche de Higgens. Mon père et moi détenons la majeure partie des parts de la société. Papa avait énormément d'influence sur les actionnaires.

— Est-ce que tu hérites de ses actions ?

— J'hérite de tout, mais l'absence de cadavre va compliquer les choses. La maison est à moi depuis des années. Mon père me l'a donnée pour mes vingt et un ans. Je dispose d'un énorme fonds d'investissement. Heureusement, tout ce que détenait mon père est également à mon nom, ses sociétés et tout le reste, donc ma signature permet de continuer à tout faire tourner. Nous avons essuyé quelques revers financiers au moment de sa disparition, mais j'ai engagé un publicitaire pour mettre en avant notre réputation de solidité, ce qui semble avoir fonctionné. Qu'est-ce que tu penses du colonel Higgens ? C'est sur lui que je miserais. Il détestait mon père lui aussi.

Ryland secoua la tête.

— Non. Chez Higgens, cela n'avait rien de personnel. C'est un être totalement dépourvu d'émotions. Je le crois parfaitement capable d'éliminer quelqu'un de gênant, mais cela ne lui ferait rien de plus qu'écraser une araignée.

Lily appuya les mains sur sa tête.

— Je crois qu'il faut que je reprenne mes exercices, Ryland. J'ai mal à la tête.

Il la ramena vers le sofa et la fit s'asseoir avant de lui masser doucement les épaules.

— Tu subis une énorme pression, Lily. Il n'y a rien d'anormal à ce que tu souffres de maux de tête.

Il chercha comment lui faire penser à autre chose qu'à son père.

— J'ai l'impression que nous sommes de retour à l'école et que nous apprenons ce que nous devrions savoir depuis des mois. Tout le monde se plaint du dernier exercice que tu nous as donné. Tu devrais voir Jonas contrôler le crayon et bloquer les bruits pendant que Kyle fait la danse du poulet en tournant dans la pièce !

Comme il l'avait prévu, Lily éclata de rire.

— Je crois qu'on devrait filmer Kyle en pleine action pour le faire chanter dans quelques années. Et dis à Jonas d'arrêter de faire le bébé. Le crayon, ce n'est qu'un début. À terme, il contrôlera de bien plus gros objets tout en bloquant les bruits extérieurs, en regardant Kyle battre des ailes et en menant une conversation télépathique.

— La révolte couve.

— Les hommes sont vraiment de gros bébés. Je faisais tout cela à cinq ans. Si vos protections ne sont pas suffisantes, comment pensez-vous survivre si vous êtes faits prisonniers ? Même au cours d'une mission à plusieurs, si tu t'infiltrais dans le camp adverse et que Gator se retrouvait séparé de son stabilisateur, il faudrait qu'il soit capable de se débrouiller tout seul.

Lily passa les mains derrière la tête, attrapa celles de Ryland et les serra fort.

— Si nous arrivons à régler ce souci avec les militaires et que vous êtes complètement blanchis et réintégrés dans vos fonctions, tu sais que Jeff Hollister aura toujours une faiblesse du côté droit. Et encore, à condition qu'il suive très sérieusement la thérapie que recommandera le docteur Adams.

— C'est bien ce que je me disais, Lily. Je crois que cela l'effrayait, d'ailleurs.

— Cela ne signifie pas nécessairement que les gens le remarqueront, mais lui, si, et je ne pense pas qu'on le laissera réintégrer votre équipe, en supposant que vous restiez ensemble.

— Kaden est un civil. Il s'est engagé uniquement dans l'unité antiterroriste, et seulement pour être appelé en cas de besoin une fois sa formation terminée. Il est inspecteur de police, excellent qui plus est. Certainement parce que son intuition est un vrai talent psychique. Je suis curieux de voir si cela aura un effet sur le nombre d'enquêtes résolues, et s'il arrêtera les coupables encore plus vite. Il a toujours été impressionnant. Nous avons été formés ensemble, il y a plusieurs années de cela, et nous sommes restés amis durant tout ce temps.

— Est-ce que tu connaissais aussi les autres ?

— Seulement Nico. Kaden, lui et moi nous sommes rencontrés lors de notre préparation militaire, puis nous avons été tous les trois recrutés par les Forces spéciales.

Lily frissonna.

— Nicolas est un peu effrayant, Ryland.

— C'est un type bien. Quand on exerce son métier, cela déteint forcément sur la personnalité. C'est l'une des raisons pour lesquelles il a accepté de s'embarquer dans ce projet.

— Tu l'imagines dans la peau d'un civil ?

Ryland haussa les épaules.

— Nico est le prototype même du GhostWalker. Il peut disparaître de manière qu'on ne le retrouve jamais si cela le chante.

— Mais il ne vous abandonnera pas.

— Pas à moins que nous soyons pris. Dans ce cas, il se cacherait jusqu'à ce qu'il soit en mesure de nous faire évader. Il est très loyal, Lily. Il est prêt à affronter la mort pour ses amis.

— Il t'aurait tué si c'était toi qui avais donné l'ordre de séparer les hommes de leurs stabilisateurs. Je l'ai lu dans ses yeux, Ryland.

— Et c'est exactement ce que j'aurais attendu de lui, Lily, répliqua-t-il calmement. Quelqu'un était en train de tuer nos camarades.

Elle se leva avec sa grâce et sa rapidité habituelles, sans se douter le moins du monde de l'effet ravageur qu'elle avait sur lui.

— Tu ne vis pas dans le même monde que le commun des mortels, n'est-ce pas ?

Cette fois-ci, ce fut Lily qui lui prit la main.

Ryland se rapprocha d'elle et leurs deux corps se touchèrent.

— J'ai les deux pieds fermement plantés dans ton monde, Lily, tout comme les autres. Les GhostWalkers n'ont d'autre choix que de se serrer les coudes.

Un sourire illumina subitement le visage de la jeune femme, donnant à ses yeux immenses une intensité particulière.

— Est-ce que c'est Nico qui a trouvé ce surnom ?

— Tu commences à connaître mes hommes, répondit Ryland, satisfait.

— Je commence à te connaître, toi. (Elle passa la main le long de sa mâchoire.) Quand tu es là, je me sens toujours mieux. Je ne sais pas ce que l'avenir nous réserve, mais si jamais j'oubliais de te le dire, je suis heureuse que tu sois entré dans ma vie.

Il embrassa la paume de sa main. Elle ne connaissait pas encore Ryland Miller, mais cela n'allait pas tarder. Lily était sa moitié. Il le savait au plus profond de son cœur et de son âme, et chaque minute qui passait le lui rappelait. Il ignorait de quoi leur avenir serait fait, mais savait que, quoi qu'il arrive, ils resteraient ensemble. Et il était plus que probable que ses camarades ne seraient pas loin, eux non plus. Ses hommes.

Lily surprit son sourire furtif, et fronça les sourcils.

— Qu'est-ce qu'il y a ?

— Rien, je pensais aux enfants.

— Quels enfants ? demanda Lily sur un ton soupçonneux.

— Ceux qui sont là-haut.

Chapitre 15

Jeff Hollister fut discrètement réintégré dans la maison le jour de la collecte de fonds. Lily passait la plus grande partie de son temps à travailler avec les hommes et à s'assurer qu'ils faisaient bien leurs exercices mentaux. Elle sentait qu'elle ne pourrait plus les contenir très longtemps. Ces hommes d'action étaient contraints de se cacher ; même si l'entraînement qu'ils subissaient était nécessaire, ils ne le supportaient pas très bien. Tout en gardant leur bonne humeur, ils ronchonnaient chaque fois qu'elle élevait le niveau sonore et qu'elle leur assignait des tâches multiples.

— Vous n'êtes qu'un tas de bébés, leur dit-elle ce soir-là pour les taquiner, parcourant des yeux la chambre de Jeff, où ils avaient pris l'habitude de se rassembler.

Elle admirait la solidarité dont ils faisaient preuve envers leur camarade blessé.

— Et vous, une véritable esclavagiste, rétorqua Sam.

Elle n'osait pas regarder Ryland. Au cours des deux dernières nuits, elle s'était réveillée entre ses bras, pleurant comme un bébé. Même dans le noir, lorsqu'ils étaient seuls, elle n'avait pas réussi à trouver le courage de lui dire ce qu'elle avait l'intention de faire. Elle l'annonça précipitamment devant tout le monde, en espérant qu'il n'exploserait pas de colère.

— Je ne sais plus si je vous l'ai dit, mais je dois sortir ce soir. D'ailleurs, je suis déjà en retard.

Elle regarda sa montre pour souligner ses propos, l'air aussi détaché que possible.

— Il faut encore que je m'habille. Je dois donner un discours pour la soirée de collecte de fonds organisée par Donovans.

Le silence tomba d'un seul coup sur la pièce. Tous les hommes la regardèrent, comme si elle leur avait annoncé qu'elle était enceinte. Leurs yeux passaient d'elle à Ryland. La réaction de ce dernier fut à la hauteur de leurs attentes.

— Comment ça, tu vas à une soirée ? Tu as perdu la tête, Lily.

Ryland parlait d'une voix très basse, la mâchoire crispée.

Lily sentit son cœur bondir. Elle aurait préféré qu'il se mette à crier. La tension soudaine de la pièce aggravait encore sa nervosité.

Ryland fit un pas vers elle.

— Thornton est impliqué jusqu'au cou dans cette affaire. Comme il ne peut pas t'atteindre dans ta maison, il tente de t'attirer dehors. Si tu ne veux pas faire l'effort de prendre ta propre sécurité au sérieux, Lily, je vais être obligé de m'en occuper moi-même.

Lily tapota l'épaule de Jeff Hollister avant de se redresser pour faire face à Ryland. Elle tenta de paraître insensible à sa colère, mais la peur la poussait à se coller contre le lit.

— Je crois que tu as passé trop de temps enfermé avec Arly. Crois-moi, si je négligeais ma sécurité, il m'enfermerait à double tour dans ma chambre.

Elle passa la main sur les cheveux de Jeff, cherchant à changer de sujet. Elle était ennuyée que sa main tremble, détail que l'œil acéré de Ryland n'avait pas manqué de remarquer.

— Est-ce que vous faites bien les exercices que je vous ai expliqués, Jeff ? Je sais que vous êtes encore faible, mais ils sont très importants. Si vous parvenez à ériger de solides barrières mentales, vous pourrez supporter le bruit et les gens pendant de plus longues périodes. C'est exactement comme si vous faisiez de la musculation pour renforcer votre corps.

— C'est beaucoup plus dur, objecta Hollister en prenant l'air le plus pitoyable possible. Je viens à peine de rentrer, et le trajet a été épuisant. Le toubib a trifouillé je ne sais quoi dans mon crâne. Mon cerveau n'est pas prêt pour ce genre de musculation.

— La musculation vous permettra de rentrer chez vous et de retrouver les vôtres. Ne faites pas l'enfant, lui ordonna-t-elle. Bon, si vous voulez bien m'excuser, je dois me préparer pour ce soir.

Cela déclencha un tonnerre de protestations. Nico se leva, et le jeu de ses muscles provoqua en Lily une fugitive sensation de panique. Elle battit en retraite en direction de la porte.

— Continuez de travailler et de vous tenir correctement. Tous autant que vous êtes. Je passerai vous voir en rentrant et vous raconterai ma soirée.

Elle sortit précipitamment. Ils avaient tous l'air dangereux.

Ryland la suivit dans le couloir, les yeux scintillants de menace.

— Je pensais que tu avais une intelligence hors du commun. Tu ne vois donc pas le risque que tu prends ?

— Cette soirée est prévue depuis plusieurs mois. Mon père devait y donner un discours, et je vais le remplacer. Il ne t'est pas venu à l'esprit que, si je ne continuais pas à faire semblant de mener ma vie normale, j'allais éveiller les soupçons et que cela nous mettrait tous en danger ?

— Mais enfin, Lily, il y a des militaires aux aguets aux portes de ta maison, en train de patrouiller tout autour de ton domaine, et qui essaient d'espionner la moindre de tes paroles à l'aide de gadgets qui te dépassent complètement.

Lily se tourna vers lui, un sourcil dressé.

— Bon, d'accord, ils ne te dépasseraient peut-être pas complètement, concéda-t-il. Mais bon Dieu, tu es surveillée. Il faut que tu te fasses plus discrète.

Lily descendit les marches deux par deux en tentant inconsciemment d'échapper à Ryland. Il avait raison, bien entendu, et elle le savait. Faire ce que Phillip Thornton lui avait demandé n'était pas sans danger, mais c'était un risque calculé qui, selon elle, valait largement la peine d'être pris.

— Lily !

Ryland n'avait aucun mal à la suivre.

Elle s'arrêta à l'entrée de son salon.

— Je dois y aller, Ryland. J'ai promis de prononcer ce discours, et les dons sont capitaux pour l'entreprise, figure-toi. Plusieurs de nos chercheurs ont besoin de bourses. Leurs travaux sont importants. Mon père ne manquait jamais de s'y rendre. Il détestait les soirées, et tout ce qui le détournait de son travail, mais il insistait toujours pour que j'y aille moi aussi.

— Je doute fortement qu'il aurait insisté au point de risquer ta vie. Tu as déjà été agressée une fois, Lily.

— Parce que j'ai trouvé le dictaphone. (Elle s'arrêta net au milieu de sa chambre.) Il y avait une autre bande, Ryland. Je l'ai glissée dans la poche de ma blouse avant de ressortir de dessous le bureau. Je parie que mon agresseur ne s'est même pas rendu compte de son existence. Comment l'aurait-il su ? Et comment ai-je pu l'oublier ? Elle doit encore se trouver dans la poche de ma blouse, pendue au portemanteau de mon bureau. (Elle le regarda.) Il faut que je la récupère.

— Pas ce soir, Lily. Tu me rends fou. Tu ne peux pas risquer ta vie pour ça. Tu aurais pu te faire tuer.

Il serra le poing. Son estomac se tordait de peur pour elle.

— Pourquoi est-ce que tu t'entêtes à ce point ? Si tu tiens tant à récupérer cette fichue bande, je forcerai les portes du labo et j'irai la chercher à ta place.

— Certainement pas !

L'affolement se lisait dans les yeux de Lily. Il était probablement capable de le faire.

— Ryland, ne t'en prends pas à moi comme cela. Je n'ai aucune envie d'aller à cette soirée. Sincèrement. C'est uniquement politique. Il y aura des sénateurs, des membres du Congrès, plein de gens influents. Tous les domaines seront représentés, l'armée y compris. Tu comprends ce que cela signifie ? Le général Ranier sera présent. Je le connais depuis que je suis toute petite. Quand je le verrai, je saurai s'il ment ou pas. Si je lui parlais au téléphone, je ne pourrais pas en être certaine.

Lily pénétra dans son dressing, où sa robe l'attendait. Elle l'enfila immédiatement. L'étoffe satinée, d'un rouge éclatant, moulait adorablement ses seins et sa taille, telle une seconde peau, mais s'évasait suffisamment à partir des hanches pour la laisser libre de ses mouvements. À l'arrière, elle s'échancrait en un profond dos nu qui descendait presque jusqu'aux fesses. Elle portait des boucles d'oreilles en diamant, ainsi qu'un petit pendentif, en diamant lui aussi, juste au-dessus de son décolleté.

— Cela fait trois ans que le général vient à cette soirée, et il ne manque jamais de danser avec moi. Je le connais depuis toujours, et nous l'avons toujours considéré comme un ami fidèle. C'est l'occasion idéale pour lui parler.

Elle pencha la tête d'un côté et étudia son reflet dans le miroir tout en relevant ses cheveux pour voir quelle coiffure irait le mieux avec la robe. Elle croisa son regard dans la glace et eut un petit rire embarrassé.

— Il est rare que je m'occupe moi-même de ma coiffure ou de mon maquillage pour ce genre d'événements. Je fais généralement appel à quelqu'un, mais j'ai préféré y renoncer cette fois-ci, au cas où nos ennemis en auraient profité pour faire entrer un espion dans la maison, ce qui vous aurait tous mis en danger. Mais je ne suis pas très douée pour ce genre de chose.

Elle avait passé une heure dans son bain, puis une heure de plus à choisir sa robe avant d'aller rendre visite aux hommes. Lily s'observa plus attentivement et fronça les sourcils.

— Laisse-les retomber.

La voix de Ryland était rauque, et il arborait une expression intimidante tandis qu'il s'approchait d'elle.

— Tu es très belle. Trop belle pour aller seule à cette soirée. (Sa main frôla la courbe de ses fesses.) Est-ce que je dois vérifier ce que tu portes là-dessous ?

Elle se lova contre lui, épousant parfaitement les formes de son corps.

— Tu es vraiment obsédé par mes sous-vêtements.

— Pas par tes sous-vêtements, mais par leur absence. Ce n'est pas la même chose.

— Regarde bien cette tenue, Ryland, elle ne laisse aucune place aux sous-vêtements, ils gâcheraient tout son effet, répondit-elle en lui souriant dans le miroir. Tu ne préfères pas des courbes bien fluides ?

— Ta robe n'a pas de dos. Il n'y a pas l'ombre d'un bout de tissu, constata-t-il en effleurant le bord de son audacieux décolleté. Tu vas déclencher une émeute.

— Cela veut dire qu'elle te plaît ? dit-elle, les yeux commençant à scintiller.

— Tu vas donner des infarctus aux vieillards. (Les jointures de ses doigts remontèrent le long de ses seins.)

Et tous les hommes vont se retrouver avec une bosse embarrassante dans le pantalon, ajouta-t-il en se collant contre elle pour ne laisser aucune ambiguïté à ses propos.

Cela fit rire Lily, qui se retourna contre lui et chercha sa bouche. Elle s'abandonna totalement à son baiser, se consumant entre ses bras. Elle alimentait les flammes qui ravageaient le ventre de Ryland, à tel point que celui-ci n'éprouvait rien d'autre qu'un insatiable besoin d'elle. Une dévorante envie d'elle. Il la serra encore plus fort contre lui. Pourquoi avait-il toujours l'impression qu'elle allait lui échapper ? À certains moments, elle lui appartenait et partageait ses pensées et ses pulsions. Mais l'instant d'après, elle lui semblait totalement insaisissable.

Lily poussa un petit cri, et Ryland se rendit compte qu'il l'écrasait.

— Désolé, ma puce, murmura-t-il en couvrant son visage de légers baisers. Je ne veux pas que tu risques ta sécurité juste pour parler au général. Vu la tournure des événements, il fait probablement partie de la conspiration…

— Comme cela, je pourrai dissiper les doutes, tu ne crois pas ? J'ai toujours réussi à lire en lui quand nous dansions ; j'arrive à percevoir ce qu'il ressent rien qu'en lui serrant la main. (Lily se glissa hors de ses bras.) Ça va aller. Arrête de t'inquiéter. (Elle jeta un coup d'œil au miroir.) Heureusement, ces quelques jours ont permis à ma joue de désenfler. J'arriverai au moins à camoufler les bleus avec un peu de maquillage.

— Où se déroule cette soirée ?

Elle haussa les épaules.

— Arly le sait. Il peut me joindre au cas où. C'est à l'hôtel *Victoria*.

— Je vois. Celui qui a une grande verrière, et où on ne peut entrer que si l'on porte une cravate.

— Exactement.

Ryland posa la main sur la nuque de Lily et l'attira de nouveau contre lui. Sa bouche avide ravagea la sienne, comme pour la marquer au fer rouge. Puis il se retourna brusquement et sortit de la chambre.

Lily regarda la porte longtemps après qu'il fut parti, les doigts sur les lèvres. Le goût de Ryland lui brûlait encore la bouche et le corps bien après qu'elle fut arrivée à l'hôtel et qu'elle eut commencé de saluer les invités. Elle avait l'étrange impression que Ryland était présent, comme si une partie de lui subsistait toujours en elle. C'était peut-être d'ailleurs le cas.

La pulsation de la musique, forte et très rythmée, semblait la consumer. Malgré l'immensité de la pièce, la foule débordait dans les halls et dans la salle à manger. Il y avait tellement de monde qu'elle se sentait oppressée. Elle avait du mal à maintenir ses barrières mentales en place et à résister à l'écrasant déversement d'énergie émotionnelle qui faisait crépiter l'air autour d'elle.

Alors qu'elle naviguait dans la pièce et allait à la rencontre des gens, Lily se força à se concentrer sur la collecte de fonds. Elle lisait dans l'esprit de toutes les personnes à qui elle serrait la main, qu'elle embrassait ou qu'elle prenait hypocritement dans ses bras. Peter Whitney lui avait maintes fois répété combien il était important de connaître les bonnes personnes et de s'assurer leur soutien. Cela n'avait jamais été aussi capital pour elle. Pendant que les invités dégustaient le succulent repas préparé à leur intention, elle fit un discours exalté sur l'aide humanitaire et les besoins de financement des chercheurs. Elle engagea une grosse somme pour lancer le bal et sourit avec juste ce qu'il fallait d'assurance lorsque les applaudissements retentirent.

Elle traversa la foule pour se rendre à la salle de bal, discutant gaiement avec les convives et donnant admirablement le change. La lumière tamisée de la salle lui agressait moins les yeux. Le rythme martelant de la musique la soulagea un peu de l'excitation et de la tension sexuelle latente, des disputes qui éclataient ici et là, des rumeurs et conspirations sous-jacentes.

Lily observa le jeu de séduction des femmes, serrées dans leurs robes moulantes. De simples regards, un battement de cils, un murmure dans une oreille, le frôlement des corps se croisant dans le secret de la pénombre pour se séparer aussitôt. Les regards. Observateurs. Spéculateurs. Sexy. C'était le genre d'endroit où elle aurait aimé se trouver avec Ryland.

Lily se glissa dans l'ombre et regarda les danseurs. Le rythme lourd et insistant du morceau se répercutait dans son corps. C'était la première fois qu'elle remarquait à quel point la musique pouvait s'immiscer en quelqu'un et lui échauffer le sang.

— Lily, ma chère.

Phillip Thornton leva son verre pour lui porter un toast.

— J'aimerais vous présenter le capitaine Ken Hilton. Il attend de danser avec vous depuis le début de la soirée. Vous êtes magnifique. Votre père aurait été fier de votre discours.

— Merci, Phillip.

Lily passa outre à la crispation soudaine de son ventre et évita de toucher Thornton en souriant au capitaine.

— Ravie de vous rencontrer.

Dès que Lily eut glissé sa main dans la sienne, Hilton l'entraîna sur la piste, où il se révéla être un danseur hors pair. L'aisance avec laquelle il évoluait trahissait sa force et sa confiance en lui.

— Cela faisait longtemps que je désirais rencontrer le célèbre professeur Whitney, dit-il.

Lily leva les yeux vers lui.

— C'est mon père, le célèbre professeur Whitney. Moi, je me terre dans mon labo.

Il rit.

— Quel dommage. Quand on est aussi belle que vous, c'est un crime de se cacher.

Elle fit papillonner ses cils et se rapprocha de lui avant de s'écarter aussitôt. Les mains de Hilton l'attirèrent de nouveau vers lui, avec insistance.

— Vous dansez très bien, professeur Whitney.

— Lily, corrigea-t-elle avec un sourire.

Il la considérait comme une proie facile. Une femme trop riche et rendue vulnérable par la disparition de son père. Il était censé garder l'œil sur elle, mais n'avait rien contre le fait de profiter de la situation tout en faisant son devoir. Après avoir absorbé cette information, elle remit son bouclier en place et voleta sur la piste avec lui. Il n'était pas le premier homme à en vouloir à sa fortune, et certainement pas le dernier.

— Vous êtes venu avec le colonel Higgens ? demanda-t-elle de son air le plus candide. Ou bien avec le général ?

— Avec le général McEntire, répondit le capitaine Hilton. Et appelez-moi Ken.

Tandis qu'ils s'approchaient d'un mur plongé dans l'ombre, Lily entraperçut deux yeux sombres qui les regardaient. Des yeux noirs comme la nuit. Froids comme la glace. Des yeux qui les suivaient sur la piste de danse, dans un corps immobile comme une statue. Lily manqua de trébucher et dut se rattraper à son partenaire pour retrouver son équilibre. Le capitaine pensa naturellement qu'elle l'avait fait exprès.

Qu'est-ce que Nicolas faisait ici ? S'il se trouvait dans la salle de bal, cela voulait-il dire que Ryland était également présent ? Quelque part dans la foule ? Elle n'arrivait plus à se concentrer sur ce qu'elle faisait, à moitié paralysée de terreur à l'idée qu'il ait eu l'audace de venir, mais également excitée en pensant qu'il avait réellement bravé le danger pour elle.

Tout en fouillant du regard les coins les plus sombres de la pièce, elle sourit à Hilton.

— Et si nous allions prendre un verre, capitaine ?

Il la saisit par le coude, comme s'il avait peur de la perdre dans la mêlée. La lumière était si faible qu'on ne voyait presque rien. Hilton la serra contre lui tout en se frayant un chemin jusqu'au bar et en agitant la main pour attirer l'attention du barman.

Un homme en costume noir percuta Lily, la remit d'aplomb, murmura une excuse et disparut dans la foule sans presque lui laisser le temps de le reconnaître. C'était Tucker.

— Professeur Whitney ?

Hilton semblait inquiet. Son corps musclé se rapprocha d'elle.

— Ce n'est peut-être pas une très bonne idée.

Elle lui répondit par un sourire éclatant. Elle aurait dû se douter que Ryland ne serait pas loin. Cela aurait dû la mettre en colère, mais elle se sentit au contraire aimée et protégée.

— Une petite bousculade n'a jamais tué personne. Phillip Thornton ne vous aurait-il pas demandé de veiller sur moi, par hasard ?

Le capitaine, qui était en train de lui présenter un verre, s'arrêta net.

— Je rêvais d'avoir l'occasion de veiller sur vous. Le général McEntire et le colonel Higgens craignaient tous les deux que vous ne couriez un danger quelconque. Je me suis porté volontaire pour cette mission.

Hilton étouffa un juron lorsqu'une femme vêtue d'une robe orange vif quasi transparente le frôla tout en lui adressant un sourire séducteur.

— Invitez-la à danser, suggéra Lily. Vivez un peu, capitaine. Elle est plus votre type.

La jeune femme fixait impudemment Hilton du regard en faisant papillonner ses cils et en formant un baiser de ses lèvres couleur rubis.

— Aucun doute sur ses intentions, le provoqua Lily.

De manière inattendue, le capitaine Hilton lui répondit par un grand sourire. C'était le premier sourire sincère qu'il lui adressait.

— Une femme comme celle-ci me mangerait tout cru. Je peux affronter sans trembler deux ou trois hommes armés jusqu'aux dents, mais si elle continue à me regarder de cette manière, je vais m'enfuir en courant.

Lily éclata de rire.

— Dans ce cas, vous pouvez enfiler vos baskets, capitaine, parce qu'elle n'a pas l'air d'avoir l'intention d'arrêter.

Le capitaine secoua la tête.

— La meilleure protection, c'est de rester à vos côtés.

— Impossible. Personne ne m'invitera à danser si vous vous plantez devant moi en montrant les dents. Et j'ai justement promis la prochaine danse au général Ranier.

Lily lui tapota l'épaule. Le capitaine semblait perdu et regardait la femme qui le dévorait si ouvertement des yeux. Lily devinait parfaitement l'énergie collective qui s'accumulait autour d'eux, les murmures autoritaires, l'influence subtile qui s'exerçait sur le capitaine et sur sa séductrice.

— Allez-y, dit-elle à voix basse en ajoutant son énergie à celle des GhostWalkers.

Le capitaine Hilton s'éloigna d'elle, les yeux rivés sur la jeune femme. Lily regarda cette dernière faire courir ses ongles longs sur les bras du militaire et frotter son corps à peine couvert contre le sien tandis que le couple se fondait dans l'ombre.

Lily scruta ensuite les alentours mais ne vit aucun autre visage familier. Néanmoins, elle percevait leur présence. Ils étaient partout autour d'elle. Elle était déchirée entre la peur et l'excitation, et l'adrénaline affûtait tous ses sens. Elle se dirigea vers l'entrée de la pièce en contournant la piste de danse. Tout en saluant d'un sourire les personnes qu'elle croisait, elle ne pouvait s'empêcher de laisser son regard se promener dans les zones de pénombre

Enfin, elle aperçut le général Ranier et modifia sa trajectoire pour l'intercepter. Il se trouvait dans un groupe composé entre autres du colonel Higgens, de Phillip Thornton et du général McEntire. Lorsqu'il la vit approcher, le colonel Higgens se raidit et son regard balaya la pièce, certainement pour essayer de localiser le capitaine Hilton. Lily arbora son sourire le plus suave.

— Messieurs, les salua-t-elle royalement en passant sous le nez de Higgens pour glisser son bras sous celui du général Ranier. Quel plaisir de vous voir tous ici. Cette soirée est un véritable succès. Phillip, comme à l'accoutumée, vous vous êtes surpassé. Je trouve le dîner et le bal très réussis.

— Merci, Lily, lui répondit Phillip Thornton avec un sourire radieux, immédiatement distrait par le compliment.

La jeune femme se dressa sur la pointe des pieds pour embrasser le général sur la joue.

— Le meilleur ami de mon père. Je suis vraiment ravie de vous revoir. Il faut que vous veniez dîner un soir à la maison.

— Lily.

Le général la serra si fort dans ses bras qu'il manqua de l'écraser.

— La disparition de votre père est pour moi un coup terrible. J'ai multiplié les déplacements ces derniers temps, et vous n'étiez jamais là lorsque j'appelais. Naturellement, je suis de près le déroulement de l'enquête. Comment vous portez-vous ? Ne me cachez rien. Delia est ici ce soir, et elle s'inquiète beaucoup pour vous.

— Elle m'a écrit une lettre adorable, général, confirma Lily, dans laquelle elle m'invitait à passer quelques jours chez vous. C'était très gentil de votre part.

— L'invitation était sincère. Vous ne devriez pas rester seule à vous morfondre dans cette monstrueuse baraque que votre père aimait tant. Delia a peur que vous ne vous noyiez dans votre travail.

— Je suis venue quelques fois au laboratoire, mais je travaille surtout depuis chez moi. Phillip a été formidable.

Elle lança un charmant sourire au président de Donovans avant de reporter toute son attention sur le général Ranier.

— J'aimerais beaucoup que vous m'accordiez une danse. C'est toujours le grand moment de ma soirée, lui dit-elle avec une gracieuse révérence.

Le général lui prit immédiatement la main.

— Tout l'honneur est pour moi.

Le colonel Higgens les observa d'un œil soupçonneux lorsqu'ils s'éloignèrent pour rejoindre la piste de danse. Lily le regarda comme s'il n'était pas là, sans même daigner remarquer ses manières rustres.

La valse offrit à Lily l'occasion idéale pour discuter avec le général. Son cavalier la faisait tourner d'une main experte au milieu des autres couples et l'emmena hors de la vue du groupe qu'ils venaient de quitter.

— Maintenant, dis-moi la vérité, petite Lily, comment vas-tu réellement ? J'ai entendu dire que tu t'es fait agresser l'autre jour dans le bureau de ton père, c'est bien vrai ?

Lily cherchait des preuves de duplicité, de remords ou de malveillance, mais le général Ranier n'exprimait rien d'autre qu'une grande anxiété.

— Qui vous l'a dit ?

— Oh, j'ai toujours une oreille qui traîne lorsqu'il s'agit du bien-être de ma petite chouchoute. Je te connais depuis tes onze ans, Lily. Tu avais des yeux immenses, très sérieux, et tu parlais déjà comme une adulte. J'adorais t'entendre rire. Après la mort de notre fils, Delia et moi n'avons plus eu d'enfant, et tu as comblé ce manque en nous. Je soudoie Roger pour qu'il me tienne au courant de ce qui se passe. Il appelle directement chez moi pour éviter de passer par mon auxiliaire. Le capitaine est un garçon intelligent, mais il se prend un peu trop au sérieux.

Lily scrutait la pénombre. Un couple virevoltant s'approcha d'eux et frôla légèrement le bras de Lily. Elle aperçut l'éclat des dents de Gator, ainsi que ses yeux rieurs, alors qu'il entraînait sa cavalière dans la foule. L'audace des GhostWalkers l'époustouflait. Elle se surprit à rire à voix haute.

— Toi aussi, tu trouves qu'il se prend trop au sérieux ?

— Votre auxiliaire ? J'ai bien peur de ne l'avoir jamais rencontré.

— Tu viens de danser avec son frère, Lily. Le capitaine Ken Hilton est le frère de mon auxiliaire. Je pensais que vous vous connaissiez.

Lily ingéra cette information.

— Est-ce que vous saviez que mon père avait appelé quatre fois votre bureau, et qu'il vous avait envoyé plusieurs e-mails dans la semaine qui a précédé sa disparition ?

Et qu'il vous avait écrit plusieurs lettres dans lesquelles il vous expliquait ses craintes à propos de l'unité des Forces spéciales ? Il a également cherché à vous joindre chez vous à plusieurs reprises.

— Il n'a laissé aucun message. Nous étions en voyage, mais je consulte régulièrement mon répondeur.

Le général s'arrêta net sur la piste de danse. À la même seconde, la jeune femme perçut l'avertissement.

— Lily, s'il ne fait pas partie des conspirateurs et qu'ils pensent qu'il en sait trop, ils le tueront. Recommencez à danser et fais en sorte qu'il garde son calme.

La voix de Ryland lui caressait la peau et s'attardait dans son esprit. Elle suivit le rythme de la musique et força le général à l'imiter.

— S'il vous plaît, ne vous arrêtez pas de danser, et faites comme si nous ne parlions que de choses sans importance.

Le général Ranier réagit immédiatement et éclata de rire en rejetant la tête en arrière, tout en ramenant Lily dans l'ombre et dans l'anonymat de la foule.

— Où veux-tu en venir, Lily ?

Son ton n'avait plus rien de paternel. Il avait retrouvé son autorité naturelle et insistait pour savoir la vérité. Il la regardait fixement de ses yeux noirs perçants.

Lily soutint son regard.

— Mon père m'a demandé de participer à ce projet en tant que consultante. Le jour même de sa disparition, je me suis rendue aux laboratoires. Les hommes étaient isolés les uns des autres, humiliés et enfermés dans des cages qui les privaient de toute intimité. Ils avaient été envoyés sur le terrain contre l'avis de mon père. Celui-ci avait fait plusieurs fois remarquer au colonel Higgens qu'ils avaient besoin de défenses mentales plus solides. Je ne suis pas en mesure de le prouver, mais il y a eu trois morts que je soupçonne être des meurtres, plus une tentative d'assassinat pour laquelle, cette fois, j'ai des preuves.

— Ce sont là des allégations très sérieuses, Lily. Tu te rends compte de quoi tu es en train d'accuser un officier supérieur ? Le colonel Higgens est une personne respectée, un homme d'honneur.

— Il ne s'agit pas seulement du colonel Higgens. Le général McEntire était au courant de ce projet bien avant que les hommes s'échappent, et il savait déjà tout lorsqu'il a exigé que je lui explique la situation. Phillip Thornton est lui aussi dans le coup.

— Dans quel coup, Lily ? Tu parles de meurtres. D'une conspiration. Ces hommes sont des officiers supérieurs de l'armée américaine...

Il ne finit pas sa phrase et ses traits se durcirent. Un muscle se mit à battre dans sa mâchoire.

— Mon Dieu, Lily, tu as peut-être découvert ce que nous cherchions depuis longtemps. C'est très dangereux. N'en parle surtout à personne.

— Général, les hommes...

— Lily, je ne plaisante pas. Tu ne dois en parler à personne. (Il lui donna une légère secousse.) Si mes soupçons sont fondés, ils te tueront s'ils pensent que tu sais quelque chose.

— Ils vous tueront également, général, comme ils ont déjà tué mon père. Si j'étais vous, je me méfierais de votre auxiliaire. Vous êtes la dernière chance pour ces fugitifs.

La musique se termina et le général ramena Lily sur le bord de la piste.

— Lily, dis-moi que tu n'as rien à voir avec leur évasion. Tu ne sais pas où sont ces hommes, tout de même ? Ils pourraient parfaitement être impliqués là-dedans et ils sont dangereux. J'ai lu les rapports.

— N'oubliez pas qui a écrit ces rapports, général. Pensez aux sommes que d'autres gouvernements ou des groupes terroristes seraient prêts à payer pour s'approprier ces capacités. En faisant passer cette expérience pour un échec complet, en discréditant ces hommes et en les coupant de leur hiérarchie légitime, Higgens pouvait facilement prendre le contrôle de la situation. Je parie que c'est lui qui est chargé de les retrouver, et que c'est encore lui qui a déclaré qu'ils étaient dangereux…

— Mais ils le sont, Lily. Es-tu en contact avec eux ? demanda-t-il d'une voix bourrue qui exigeait une réponse. Je t'interdis de te mettre en danger. Delia serait bouleversée s'il t'arrivait quelque chose. C'est hors de question, Lily. Je t'assignerai à résidence chez moi et te ferai surveiller jour et nuit.

— Comment savez-vous avec certitude en qui vous pouvez avoir confiance ? J'avais peur de vous parler de tout cela, car vous n'avez jamais répondu aux appels téléphoniques ou aux e-mails de mon père.

— Je n'ai reçu ni message ni lettre de ton père, Lily. Tu me crois, n'est-ce pas ? Je n'arrive pas à me faire à l'idée qu'il soit mort.

Elle entendait le chagrin dans sa voix et le lisait dans son esprit. Une telle tristesse ne pouvait être feinte.

— Ils l'ont jeté à la mer. J'ai senti le moment où il est mort.

Le général Ranier la prit dans ses bras. Elle percevait la profondeur de son chagrin, la colère qui commençait à bouillir en lui. La honte de savoir que les coupables étaient peut-être des gens qu'il connaissait.

— Je suis désolé, Lily. C'était un génie, et c'était mon ami.

— Ne vous en faites pas pour moi, général. Arly veille à ma sécurité. Personne ne viendra me faire de mal chez moi, lui assura-t-elle. Cela fait trop longtemps que nous discutons.

Ils risquent de s'inquiéter de ce que nous pouvons nous dire. Vous allez devoir paraître aussi naturel qu'à votre habitude avec eux tant que nous n'aurons pas trouvé de preuves.

— Pas nous, Lily, moi. Et je ne plaisante pas, considère cela comme un ordre. Reste en dehors de tout cela. Et si tu sais quelque chose sur ces hommes ou sur leur disparition, tu ferais mieux de me le dire tout de suite.

Lily garda un silence borné.

Le général Ranier soupira.

— Je crains que la musique ne finisse par donner la migraine à ma pauvre Delia. Contacte-moi personnellement tous les jours, Lily. Appelle Delia et dis-lui que tu vas bien.

— C'est promis, général. (Elle l'embrassa sur la joue.) Merci d'être vous-même. Vous ne vous doutez pas à quel point cela me soulage.

Lily le regarda s'éloigner dans la foule avant de se retourner pour observer les danseurs. Elle commença à faire le tour de la piste, lentement, nonchalamment. L'excitation montait en elle. L'espoir. La peur. Tant d'émotions, intenses et difficiles à contrôler. Son pouls s'accéléra et son cœur se mit à battre la chamade.

— *Viens vers moi, Lily.*

La voix de Ryland lui traversa langoureusement l'esprit. Elle percevait son désir brut. Au beau milieu de cet enchevêtrement d'intrigues et de dangers, il ne pensait qu'à une chose, et cela n'avait rien à voir avec des généraux, des colonels ou des conspirations.

Il se trouvait ici, dans la même pièce qu'elle. Ryland Miller. Quelque part dans l'ombre, vibrant comme elle au rythme de la musique. Il était une partie d'elle. Elle traversa la foule, le corps palpitant de vie. De désir. De séduction. Ses seins la faisaient souffrir et sa peau la brûlait. Son sang paraissait bouillir dans ses veines et battait au rythme de la musique.

Lily savait qu'il l'observait. Elle sentait le poids de son regard. Tout ce qu'il y avait de féminin en elle se dressa pour répondre à son appel, se délectant de se savoir admirée. Elle bougeait comme seule une amante peut le faire, son corps exprimant de façon muette ce que son cœur ne pouvait dire. Quelques hommes l'arrêtèrent au passage pour l'inviter à danser. Elle les remarqua à peine et poursuivit son chemin en secouant la tête, consciente de l'effet qu'elle exerçait sur les autres hommes, et ravie que Ryland puisse le voir. Elle continua à marcher, parfaitement sûre d'elle, au milieu de la foule compacte, sachant qu'il la regardait avec des yeux avides et brûlants. Pour Lily, rien n'existait en dehors de son amant fantôme, assez téméraire, assez arrogant, assez fou pour oser la suivre ici, où il courait un danger bien plus grand qu'elle n'en connaîtrait jamais.

Lily savait qu'elle devait partir et ne pas céder à la tentation. Ryland courait un danger énorme rien qu'en s'approchant d'elle. Mais le risque d'être démasquée ne faisait qu'accentuer son hypersensibilité, ses sens à vif. Son corps s'éveilla. Son cœur prit son envol et elle sourit involontairement. Ses hanches se mirent à onduler lascivement tandis qu'elle naviguait dans la foule qui bordait la piste de danse. Elle était heureuse d'avoir pris un tel soin à s'habiller, d'avoir glissé la robe chatoyante sur sa peau parfumée en imaginant que c'était pour lui. Pour Ryland. En imaginant que c'était lui qu'elle allait retrouver sur la piste de danse.

Bien entendu, Ryland avait lu ce fantasme dans la tête de Lily au moment où, devant sa glace, elle lui avait montré la robe qui épousait délicieusement ses seins et la courbe de ses hanches. Elle avait voulu qu'il ait envie d'elle pendant son absence. Qu'il pense à son dos, audacieusement dénudé jusqu'à la limite de ses reins.

Lily ne chercha pas à regarder où se trouvaient leurs ennemis. Pour cela, elle faisait confiance à Ryland. Elle se reposait sur ses hommes pour qu'ils le protègent, pour qu'ils surveillent le colonel et le tiennent à distance. Lily continua à faire lentement le tour de la piste, en alerte. Avec une impatience grandissante. Elle avait de plus en plus chaud, et son corps, liquéfié par le désir, appelait son amant.

Ce fut son souffle qu'elle sentit tout d'abord, sur sa nuque. Puis la chaleur de son corps tout près du sien. Doigts écartés, la main de Ryland glissa avec empressement autour de sa taille, l'enserra juste au-dessous du sein, ne faisant qu'attiser son désir. Il l'entraîna sur la piste, leurs deux corps se mouvant en une union parfaite tandis qu'ils rejoignaient le tourbillon des couples.

Lily leva les yeux vers lui au moment où leurs corps se joignirent brièvement avant de se séparer à nouveau. Et lorsqu'elle vit son visage, elle sentit sa respiration se bloquer. Les cheveux noirs de Ryland retombaient autour de sa tête en une cascade de boucles soyeuses. Ses yeux gris scintillaient d'une teinte vif-argent. Son corps glissa contre celui de la jeune femme, le toucha à peine, l'effleurant peau à peau, sa main guidant ses mouvements avec une maîtrise parfaite. Au fil des pas complexes, leurs bustes se frôlaient intimement. C'était excitant. Érotique. Une scène d'amour torride au beau milieu d'une salle de bal.

Les yeux de Ryland l'hypnotisaient. Elle n'arrivait pas à détourner le regard. Elle n'en avait d'ailleurs aucune envie. Elle voulait s'y noyer pour toujours, dans la chaleur de son désir. La musique s'écoulait en eux et les enveloppait d'une ardeur passionnée. Il la fit tournoyer jusqu'à lui et la tint serrée contre son torse, le temps d'un ou deux battements de cœur. Sa main caressa la courbe de son sein et frémit au contact de sa chair palpitante, à la lisière du tissu.

Des flammes la parcoururent de la tête aux pieds et lui léchèrent la peau, telles de petites langues rouges. Chaque mouvement de sa robe créait un frottement qui venait durcir la pointe de ses seins. Il l'approcha à nouveau de lui et l'enferma dans le refuge de ses bras tandis que leurs corps évoluaient à l'unisson. Lily était heureuse que la lumière intermittente offre une certaine intimité aux couples tournoyant sur la piste. Son corps se moula à celui de Ryland. Ils se frottaient l'un à l'autre à chaque pas, les seins de Lily pressés contre les muscles puissants de sa poitrine, les mains du soldat épousant la courbe de ses hanches, caressant ses fesses, tandis que chaque frôlement ravivait son érection. Leur danse brûlante semblait douée d'une vie propre.

Elle tourna sa tête, qu'elle avait posée sur son épaule, pour jeter un coup d'œil au colonel. Elle eut tout à coup peur qu'ils soient restés trop longtemps sur la piste et qu'ils se soient fait repérer malgré la lumière tamisée.

— *Ne pense à personne d'autre qu'à moi.*

Ces mots lui effleurèrent l'esprit. Il caressa ses tétons du dos de ses doigts et posa la bouche sur son cou. Puis ils se séparèrent et se réunirent à nouveau. La main de Ryland toucha involontairement sa cuisse et lui frôla l'entrejambe. Le corps de Lily réagit aussitôt et son sang se mit à bouillir.

L'air jaillit de ses poumons et son cœur s'affola. Sa raison s'était évaporée, tout comme la présence des autres danseurs. Seul Ryland était encore réel, avec son corps musclé et ses yeux scintillants. Il la fit tournoyer à bout de bras une nouvelle fois, la ramena vers lui et coinça sa cuisse entre ses jambes pour la garder prisonnière. L'espace d'un bref instant de conscience, elle sentit la preuve rigide de son désir contre la courbe de sa hanche.

Il la maintint dans cette position tout en continuant d'ondoyer au rythme assourdissant de la musique, ses hanches se balançant de manière suggestive. Chacun des mouvements de Ryland mettait son érection grandissante en contact avec le corps doux et souple de Lily et lui faisait l'effet d'un éclair. La musique semblait avoir pris le contrôle de son esprit et de son corps.

Il avait eu l'intention de faire les choses différemment cette fois-ci, de prêter attention aux petits détails qu'une femme attend d'un homme. Les rires étouffés. Les conversations intimes. Les plaisanteries partagées. Il avait voulu séduire Lily comme elle le méritait. Mais il s'embrasait dès qu'il était près d'elle. Ce n'était pas un simple incendie, mais une tempête de flammes qui grossissait jusqu'à en devenir incontrôlable. Un brasier brûlant, aveuglant et dangereux.

Il avait besoin de l'entendre haleter, de voir ses yeux s'embuer de sensualité. Elle était si sexy et si affolante qu'il perdait toute maîtrise de lui-même à ses côtés. Il en devenait dangereux pour elle, mais aussi pour quiconque tenterait de s'interposer entre elle et lui.

Le morceau se terminait, les dernières notes mourant dans le silence. Il avait compté la libérer et se satisfaire de ce bref contact, mais sa tête semblait assaillie par une armée de petits marteaux-piqueurs, et il se sentait si mal qu'il avait peur de ne pas pouvoir l'accompagner sans encombre hors de la piste de danse.

Pour le morceau suivant, un slow langoureux et nostalgique, l'éclairage se fit encore plus faible. Tenant Lily dans ses bras, Ryland s'infiltra au sein de la masse mouvante des danseurs, loin d'espions éventuels. Le capitaine Hilton était hors d'état de nuire. Sa séductrice n'avait offert aucune résistance aux suggestions mentales de Ryland. Celui-ci savait que ses hommes étaient cachés dans l'ombre et attendaient qu'il se replie. Qu'il ramène Lily chez elle à présent qu'ils avaient assuré sa sécurité et lui avaient laissé le plaisir d'une danse avec elle. Ryland s'assura que personne ne suivait leurs mouvements et entraîna Lily plus loin encore, là où personne ne le verrait, là où il pourrait l'avoir pour lui seul.

Chapitre 16

L'escalier en colimaçon était massif. Lorsqu'il avait procédé à la reconnaissance de l'hôtel, Nicolas avait découvert les recoins cachés de la cage d'escalier. Construit dans les années 1930, le bâtiment avait depuis été rénové, et au fond d'un débarras fermé à clé se trouvait une porte étroite camouflée par du papier. Elle menait à une petite pièce qui avait certainement servi à des activités illicites. Nicolas avait montré cette cachette à Ryland pour qu'il l'utilise en cas d'urgence. Et pour Ryland, rien n'était plus urgent.

Il entraîna Lily sous l'escalier, tourna au coin et descendit les quelques petites marches qui conduisaient au débarras. Il n'eut aucun mal à ouvrir le gros verrou, et fit entrer la jeune femme dans l'étroite pièce où tant d'autres personnes étaient venues s'enfermer avant eux.

— À l'époque de la Prohibition, lui dit-il en riant doucement, il y avait des judas dans les murs. On peut encore en voir les fentes.

Elle ne lui répondit pas. Elle n'en était pas capable. Elle ne savait pas si elle devait le gifler pour lui apprendre à se montrer si sûr de lui, ou se jeter dans ses bras et l'étouffer sous ses baisers.

Ils se regardèrent, la chaleur augmentant implacablement entre eux. Ryland décida pour elle. Il la poussa dans l'ombre de l'escalier et la serra fébrilement dans ses bras.

— Embrasse-moi, Lily. J'ai besoin de ta bouche.

Le désir qu'elle percevait dans sa voix, conjugué à l'attrait de l'interdit, la fit succomber. Elle pencha la tête en arrière, et sentit son souffle se bloquer dans sa gorge lorsque les lèvres de Ryland se posèrent sur les siennes, brûlantes et affamées. Lily sentit sa passion, son avidité. La langue de Ryland, caressante et tentatrice, balaya toutes ses inhibitions et toutes ses peurs, au point que Lily commença à lui répondre avec la même intensité.

Cet homme était à elle. Il lui appartenait. Il la voulait. Il avait besoin d'elle. Elle était incapable de résister à la force de son désir. Il était en train de la dévorer, dans l'ombre de la cage d'escalier, ses mains posées sur ses fesses pour que son corps s'imbrique parfaitement au sien. À quelques mètres d'eux, ils entendaient un brouhaha de voix, de rires et d'entrechoquement de glaçons. La musique, qui s'immisçait par les fentes de la mince paroi, emplissait la minuscule pièce et faisait presque trembler le sol. Ryland releva la tête, les prunelles enflammées par la passion, et plongea ses yeux dans ceux de Lily. Son corps était en proie à une excitation si douloureuse qu'une lueur d'amusement éclaira le visage de Lily.

Ryland devinait le contour de ses tétons, sombres et tendus contre le tissu moulant de sa robe, l'attirant irrésistiblement. Il posa la main sur son décolleté et, agrippant le tissu, le tira petit à petit pour découvrir l'un de ses seins.

L'air frais sur sa peau surchauffée ne fit que décupler ses sensations. Elle le voulait tout de suite, elle voulait sentir ses mains sur elle, son corps enfoncé profondément dans le sien. L'attirance qu'elle éprouvait pour lui dépassait tout ce qu'elle avait jamais connu, ou même tout ce qu'elle aurait cru possible. Elle mourait d'envie de déchirer sa chemise et de se délecter de la beauté de sa poitrine, de passer les mains sur ses muscles, de sentir son désir enfler entre ses doigts et contre son corps. D'un geste délibérément provocant, Lily posa les mains sur ses seins, en effleura des doigts les courbes affolantes et les fit redescendre le long de son ventre plat, excitée par la manière dont les yeux brûlants de son amant suivaient sa manœuvre.

Le corps de Ryland se durcit encore plus. Écrasée contre le mur, les lèvres gonflées et rougies par les baisers, Lily était l'image même de la séduction. Tout en elle invitait au péché, du chatoiement de son élégante robe du soir à la blancheur de ses seins qui mettaient tous ses sens en émoi. Ses doigts suivirent le chemin que la jeune femme avait tracé sur sa poitrine et frôlèrent la peau soyeuse en s'attardant pour la caresser.

Il sentit le corps de Lily frémir sous ses doigts. Il souffla sur son téton déjà durci et baissa lentement la tête pour céder à la tentation.

Lorsque sa bouche, chaude et humide, se referma sur son sein, Lily poussa un gémissement. Sa langue bougeait au rythme de la musique, douce et brutale à la fois. Il aspirait avec force, comme s'il voulait la dévorer, la marquer comme sienne.

Tout à coup, il ressentit le besoin impérieux d'enfoncer ses doigts en elle. De sentir l'intensité de sa réaction. Ryland se serra encore plus contre elle, coinçant le corps de Lily dans l'obscurité. Sa main trouva le rebord de sa robe, et il entoura sa cheville de ses doigts avant de glisser sa paume le long de son mollet, s'attardant un instant avec tendresse sur les cicatrices. Sa main remonta ensuite jusqu'à son genou et se faufila jusqu'en haut de sa cuisse dénudée.

Lily prit la tête de son amant entre ses mains, noyée dans l'océan de ses sensations. C'était de la folie pure. Elle s'entendit pousser un grognement étouffé lorsque ses doigts effleurèrent sa toison humide.

— Ryland, murmura-t-elle, la bouche dans ses cheveux noirs. Je vais exploser.

— C'est bien mon intention, Lily. Je veux que tu te consumes pour moi.

Ses doigts trouvèrent le minuscule bout de tissu qui faisait office de sous-vêtement. Ses dents mordillèrent le côté de son sein.

— Je pensais que tu ne portais rien sous ta robe. Je suis très déçu.

Le sexy petit string ne l'empêcha pas d'enfoncer son doigt en elle pour tester l'intensité de son désir. Son halètement ne fit que l'exciter davantage. Les muscles de son bas-ventre brûlant se contractèrent, doux comme du velours, si tentants que le corps de Ryland se mit à trembler du désir de s'enfouir en elle. Elle lui semblait si belle. Si indispensable. Elle n'imaginait pas l'importance qu'elle avait pour lui.

Ryland ferma les yeux et laissa libre cours à sa passion, cédant à la tentation que le corps de la jeune femme exerçait sur lui. Il enfonça son doigt encore plus loin tout en continuant de lui dévorer frénétiquement le sein. Les doigts de Lily étaient emmêlés dans ses cheveux et le maintenaient contre elle. La musique tourbillonnait autour d'eux, mêlée du bruit des pas sur l'escalier, de voix et de rires.

La bouche de Ryland quitta son sein pour remonter le long de sa gorge et s'arrêter à son menton.

— Ouvre ma braguette, Lily.

Il souffla ces mots tentateurs. Il les murmura. C'était une supplication démoniaque et irrésistible.

— Ryland, protesta-t-elle doucement, le souffle court, alors même que ses mains trouvaient le devant de son pantalon et que ses doigts attisaient son membre rigide. C'est de la folie. Nous devrions rentrer à la maison…

Elle ne finit pas sa phrase, les poumons vidés de leur oxygène. Elle le désirait tant, ici même, sans autre artifice. Elle le voulait sauvage et incontrôlable, complètement dévoré par la passion qu'elle lui inspirait.

Ryland était tendu de désir, son membre gonflé et palpitant d'impatience. Il avait désespérément envie d'elle. Il lui saisit la jambe et l'enroula autour de sa taille tout en lui appuyant le dos encore plus fort contre le mur.

— Tu brûles pour moi, ma puce, murmura-t-il. Ne dis pas non. Personne ne nous trouvera jamais ici, ajouta-t-il en retroussant encore sa robe pour l'enrouler autour de sa taille. Ne me laisse pas dans cet état-là. Je n'ai jamais ressenti un tel besoin.

Pour ne pas risquer d'essuyer un refus, Ryland se colla contre sa chaleur humide. Ses mains trouvèrent à tâtons le petit morceau de dentelle rouge et l'arrachèrent pour la dénuder complètement.

— Je veux que tu éprouves le même désir pour moi, Lily. Le même besoin. Ce n'est peut-être ni le bon endroit, ni le bon moment, mais fais-le quand même.

Lily ferma les yeux, sentant son membre durci lui presser doucement l'entrejambe. Il était bien membré, et son propre corps était étroit. Cela semblait impossible dans cette pièce minuscule, avec ses fentes dans les murs et son passé chargé d'histoire. Sans compter le danger omniprésent…

Ryland se tenait parfaitement immobile, patient. Priant.

Les doigts de Lily plongèrent dans sa chevelure.

— Je te désire plus que tout, admit-elle en se frottant langoureusement contre lui.

Moite de désir, elle le laissa s'insinuer en elle, centimètre par centimètre. Il la pénétra jusqu'à ce que sa respiration se mue en halètements de plaisir. Elle aussi avait besoin de lui.

Besoin de le sentir profondément ancré en elle, comme s'il faisait partie de son être et qu'ils partageaient le même corps.

Ryland commença à bouger et adopta délibérément une cadence passionnée, au rythme de la musique sensuelle qui résonnait autour d'eux. Effectuant des mouvements tantôt rapides, tantôt délicieusement intenses, il souhaita que cet instant ne se termine jamais. Elle était si étroite que son corps paraissait fait pour accueillir le sien. Les petits bruits étouffés qui sortaient de sa gorge le rendaient fou. Lily planta ses ongles dans son dos, haletante, les yeux embués d'extase.

Il la souleva pour la forcer à enrouler ses jambes autour de lui et à s'ouvrir encore plus à son ardeur. Il s'enfonça plus profondément en elle, les mains resserrées sur ses hanches.

— Chevauche-moi, ma puce, vas-y, prends-moi tout entier.

Il lui murmura ces mots en observant les couleurs de son visage et le plaisir qu'il lui donnait.

Lily obéit aussitôt, allant et venant sur lui, les muscles contractés, suivant le rythme de la musique comme il l'avait fait. Elle avait oublié où elle se trouvait. Qui elle était. Elle ne sentait plus que le plaisir qui envahissait son corps, les flammes qui la dévoraient tandis qu'elle rejetait la tête en arrière pour se laisser submerger par la jouissance.

Des lumières vacillantes commencèrent à danser dans ses yeux et elle les ferma en suivant la pulsation. Elle chevauchait Ryland, chacun de ses muscles plus vivant que jamais. Elle sentait son corps se tendre, se crisper autour de lui, empli de désir, de faim et d'exigence.

Ryland murmura quelques mots qu'elle ne comprit pas et ses mains resserrèrent leur étreinte sur ses hanches alors qu'il s'enfonçait sauvagement en elle. Perdant le contrôle, Lily rejeta la tête en arrière, frémissant de plaisir sous l'effet des vagues successives qui déferlaient en elle. Ses cheveux formaient une auréole noire autour de son visage et venaient lui chatouiller effrontément les seins. Elle sentit un cri de plaisir se former dans sa gorge et enfouit précipitamment son visage contre l'épaule de Ryland. Ses muscles puissants étouffèrent ses cris, et elle laissa l'une de ses jambes glisser jusqu'au sol, en quête d'un point d'appui.

Son corps était un enfer, doux comme de la soie, qui enserrait Ryland comme un étau. Le contact était presque insupportable, et son plaisir si intense qu'il touchait à la douleur. Il s'enfonça en elle une dernière fois, et la musique explosa en même temps que lui, en une éruption volcanique qui faillit lui faire perdre la tête. Les jambes de Ryland prirent la consistance du caoutchouc et son corps devint aussi lourd que du plomb, comme si elle l'avait vidé de toutes ses forces. Il la reposa contre le mur, son front contre celui de la jeune femme, luttant pour retrouver son souffle.

Ils restèrent ainsi, étroitement entremêlés, appuyés contre le mur, car c'était pour eux le seul moyen de ne pas tomber. Lily essayait de reprendre son souffle en écoutant le morceau suivant, un slow aux résonances mélancoliques. Elle avait toujours une jambe passée autour de sa taille, et leurs deux corps étaient restés soudés. Elle percevait le moindre de ses mouvements, le moindre frémissement de sa respiration, le moindre geste de sa main lui caressant le mollet.

Lily fut surprise de ne pas s'effondrer lorsque Ryland, enfin capable de bouger, lui embrassa le cou et se redressa lentement. Sa jambe lâcha son emprise sur sa taille et son pied retomba par terre. Il lui tendit ce qui restait de son string, désormais inutilisable.

Lily regarda avec effarement le morceau de dentelle en lambeaux, puis leva les yeux vers Ryland. Un sourire naissant éclairait son visage. Plein d'autosatisfaction. De virilité. Elle ne put s'empêcher de sourire elle aussi.

Ryland l'observa. Elle semblait au comble de l'extase, toujours appuyée contre le mur, la robe roulée autour de la taille, les seins pointés vers lui. Sa bouche était enflée par ses baisers, et il pouvait voir sa semence couler le long de sa cuisse.

— Tu es sans aucun doute la plus belle femme que j'aie jamais vue.

Un peu surprise de ne ressentir aucune gêne, Lily essuya nonchalamment sa jambe à l'aide du string rouge. Ryland lui saisit la main, reprit le bout de dentelle et commença à le faire lui-même, lentement. Ses doigts semblaient s'attarder sur sa peau hypersensible, ses caresses provoquant de nouveaux tremblements.

— Ne fais pas ça, murmura-t-elle.

Le simple contact de ses doigts engendrait un besoin qui ne serait jamais comblé.

— Tu ne croirais jamais ce que je suis capable de faire, répondit-il, parfaitement sûr de lui.

Ses doigts s'immiscèrent de nouveau en elle, délicieusement fureteurs, encourageant le corps de la jeune femme à réagir aux caresses de son pouce.

Son orgasme arriva si vite et si violemment qu'elle en resta abasourdie. Elle s'accrocha à son épaule pour ne pas tomber, tremblante et douloureuse.

— Si tu n'arrêtes pas immédiatement, je vais me mettre à hurler et attirer tout le monde.

Il l'embrassa, encore et encore, regrettant de ne pouvoir disposer de plus de temps avec elle.

— Je veux passer des heures rien qu'à te faire l'amour, Lily.

Elle balaya du regard la petite pièce en désordre.

— Je n'arrive pas à croire que nous soyons dans ce réduit miteux. Pire encore, je n'arrive pas à croire que j'aie envie d'y rester avec toi.

Ryland se pencha et posa sa bouche sur la sienne. Ce n'était plus la brûlure intense qu'ils avaient éprouvée plus tôt, mais une douce fusion.

— Je t'aime, Lily Whitney. De tout mon cœur.

Il passa la main sur sa nuque et releva son menton avec le pouce pour l'obliger à le regarder dans les yeux.

— Ce que je sais, c'est que tu aimes mon corps.

— Nom de Dieu, c'est donc si difficile à dire ? Je le sens chaque fois que tu me touches. Que tu m'embrasses. Arrête de faire ta têtue, bon Dieu. J'apprécierais un peu d'aide.

— Deux blasphèmes, fit remarquer Lily d'une voix pensive.

Elle passa les bras autour de son cou et appuya ses seins voluptueux contre son torse tout en lui grignotant les oreilles et le cou.

— Je crois que je vais être obligée d'y réfléchir, vu comme tu insistes.

Ryland perçut la pointe de moquerie dans ces propos, et son ventre commença à se relâcher.

— Je compte bien insister encore, Lily. Je me disais que nous pourrions peut-être rentrer à la maison et reprendre cette conversation au lit.

— Tu es bien sûr de toi, dis-moi.

La langue de Lily dansa dans son oreille et vint lui chatouiller le coin de la bouche.

— Lily, tu es en train de jouer avec le feu. (Il s'éloigna d'elle.) Je suis à deux secondes de te prendre à nouveau, et ce coup-ci, on risque vraiment de se faire surprendre.

L'un d'entre eux devait se montrer ferme. Il remonta le haut de la robe sur les seins de Lily et rattacha l'agrafe derrière son cou. Elle ne fit rien pour l'aider et resta immobile à le dévorer de ses yeux immenses, d'un air presque provocant.

Ryland déroula résolument sa robe et tira dessus jusqu'à ce qu'elle retombe avec grâce.

D'un geste suggestif, Lily lui frôla la poitrine puis baissa la main d'une trentaine de centimètres et le caressa une dernière fois avant de refermer son pantalon noir.

Le corps de Ryland se raidit, trembla, puis prit feu sous le contact intime de sa main. Lily manquait peut-être d'expérience, mais elle débordait de confiance en elle, et elle savait qu'il la désirait.

— Je ne vais pas survivre, Lily, dit-il d'un ton suppliant.

Elle eut pitié de lui. Elle prenait beaucoup de plaisir à jouer ce rôle de séductrice, mais ils ne pouvaient se soustraire plus longtemps à la réalité, et elle sentait monter la tension de Ryland.

— Je ne t'ai pas dit comme je te trouvais beau dans ce costume. Où as-tu bien pu te le procurer en aussi peu de temps ? Et les autres ? Ils doivent eux aussi s'être habillés pour la soirée.

— Arly. C'est un garçon plein de ressources.

Lily sourit.

— Il est merveilleux, n'est-ce pas ?

— Je ne sais pas si j'irais jusque-là, ma puce. Quand comptes-tu me présenter à Rosa ? Je commence à me lasser de devoir me cacher sous ton lit ou dans ta penderie les matins où elle décide de monter ton petit déjeuner. Même si ta penderie est plus vaste que la caravane dans laquelle j'ai grandi.

Il l'observa attentivement et remit ses cheveux en place sur ses épaules.

— Dès qu'on sera sortis, tu me diras ce que tu as appris sur le capitaine et sur le général. Tu as pris un gros risque en lui parlant. Nous avons dû combiner toutes nos énergies pour empêcher Higgens et les autres de s'approcher de vous.

— Je crois que le capitaine te doit une sacrée chandelle. Cette bonne femme a dû l'emmener chez elle et lui faire passer un bon moment.

— Elle était venue dans l'idée de se trouver un beau militaire pour mari, répondit Ryland. Elle s'était habillée en conséquence, et lui-même semblait déterminé à jouer les séducteurs.

— Ne me regarde pas avec ces gros yeux, dit Lily en riant. Je n'avais pas l'intention de faire quoi que ce soit avec ce type.

Ryland fit descendre son doigt le long de la colonne vertébrale de la jeune femme, jusqu'aux courbes de ses fesses.

— Il te tripotait comme si tu lui appartenais.

— Comme s'il avait envie que je lui appartienne, répliqua Lily en lui prenant la main. Il en voulait à ma fortune. C'était l'argent qui l'intéressait, pas moi. Et ce n'était rien qu'une pensée fugace. Il avait pour mission de rester à mes côtés, et je parie qu'il va devoir s'expliquer sérieusement demain matin.

— Il s'en fichera, affirma Ryland. Il se dira qu'elle en valait la peine.

— Comment allons-nous te faire sortir d'ici ?

Lily essayait de ne pas paraître inquiète. Ryland, lui, débordait de confiance.

— Les hommes sont-ils partis ? Est-ce que quelqu'un surveille Higgens ?

— Ils se replieront, ne t'en fais pas pour eux, répondit Ryland en lui tirant la main pour la faire sortir du réduit. Tu m'accompagnes, Lily. Pas question que je parte sans toi. Les hommes s'attendront à ce que nous évacuions les lieux ensemble. Tu as risqué ta vie pour récolter des informations qui peuvent nous être utiles, et il n'est pas question que nous t'abandonnions ici sans protection. Ils savent tous que je ne te laisserais pas seule à cette soirée. Et d'ailleurs, au cas où tu envisagerais de discuter, ce n'est pas négociable.

Lily frotta son menton contre l'épaule de Ryland.

— Je suis fatiguée, et ma jambe ne va pas tarder à me lâcher après toutes ces danses. J'ai tellement de choses à te dire.

Elle ne voulait pas qu'il croie qu'elle partait parce qu'il l'avait décrété. Ses bleus lui fournissaient l'excuse idéale. Elle dirait plus tard à Phillip Thornton qu'une migraine l'avait forcée à s'esquiver discrètement pour rentrer se reposer.

— Je n'arrive plus à les contenir. Higgens envoie des hommes dans toutes les directions à la recherche de Lily. Fais-la sortir par l'escalier de service, je vous couvre.

L'avertissement envoyé par Nicolas était si puissant que même Lily perçut le ton pressant de sa voix.

Ryland réagit sans attendre. Il prit Lily par la main et bondit jusqu'à la porte la plus proche. Il passa le premier et lui fit monter les marches, avant de la coller avec lui contre le mur sous l'escalier en colimaçon. La foule était proche, et de petits groupes s'en détachaient, à la recherche d'un endroit discret où parler affaires tout en regardant les danseurs. Ne suivant que son instinct, Ryland se fraya un chemin entre les invités, se servant de la foule comme d'un camouflage. Dans son costume noir, il pouvait se fondre dans l'ombre, mais la robe de Lily était d'un rouge éblouissant, et ses cheveux noirs retombant en cascade sur ses épaules ne faisaient qu'attirer encore plus l'attention. Ryland savait que, s'il ôtait sa veste, sa chemise blanche deviendrait aussi visible qu'un néon.

Lily se rendit compte qu'elle le mettait en danger.

— Pars sans moi, je te rejoins. John m'attend dans la limousine.

Elle essaya de lui retirer sa main, mais il encercla fermement son poignet et l'attira contre lui.

Il lui entoura la taille de son bras musclé. Elle découvrit alors à quel point il pouvait être inflexible, la face cachée de l'amant passionné qui pouvait se montrer si tendre.

— Fais ce que je te dis et tais-toi. Il est hors de question que nous nous séparions, Lily, alors ne perds pas de temps à discuter.

Elle leva les yeux vers son visage et y vit une concentration intense. Ses yeux argentés, en alerte, ne cessaient de scruter la foule des invités à la recherche des hommes à l'allure sévère qui étaient en train de traverser la piste de danse et de longer les murs et les recoins les plus sombres.

Ryland savait que les soldats étaient en train de chercher Lily et sa robe rouge. Lui-même l'aurait immédiatement repérée. Il lui fit traverser rapidement l'immense pièce en rasant les murs, son corps faisant écran pour minimiser les risques qu'elle se fasse voir. Ils cherchaient une femme, pas Ryland Miller. Le vestiaire se trouvait derrière l'ascenseur. Ryland prit le carton de Lily et le présenta au guichet. Le manteau de Lily, une longue cape de velours noir ornée d'une capuche, descendait jusqu'aux pieds. Il l'emmitoufla dedans avec soulagement.

—*À droite. Je brouille un peu ton image.*

Ryland attira Lily entre ses bras et l'adossa contre la forêt de plantes en pot, tel un amoureux ardent, le dos orienté vers la droite pour la soustraire aux regards indiscrets. Il lui murmura des choses à l'oreille d'une voix cajoleuse, comme s'ils étaient en train de partager un secret, une plaisanterie accessible seulement à eux deux. Pendant ce temps, Lily perçut les courants d'énergie se renforcer autour d'eux, au point que l'air se mit presque à crépiter. Ryland et Nicolas combinèrent leurs efforts pour persuader le soldat en costume sombre de regarder de l'autre côté. L'homme aperçut furtivement une robe rouge et se dépêcha de la suivre tandis que la femme qui la portait disparaissait par une porte.

Ryland entraîna immédiatement Lily vers l'escalier, comme s'il était pressé de se retrouver seul avec sa conquête. L'espace d'un court instant, ils furent obligés de traverser le hall illuminé. Il espérait que le manteau serait assez long pour couvrir l'ourlet rouge de la robe de Lily.

— Enlève tes chaussures, lui ordonna-t-il lorsqu'ils se retrouvèrent dans la sécurité toute relative de la cage d'escalier. Il ne faut pas que tes talons nous ralentissent si nous devons nous mettre à courir.

Lily se retint à son bras et ôta ses chaussures avec son autre main.

— Il se trouve que j'aime beaucoup ces chaussures, déclara-t-elle. Je n'ai pas envie de les perdre.

— Tu es bien une femme, à te préoccuper d'une paire de chaussures dans un moment pareil, répondit Ryland en levant les yeux au ciel et en la tirant par la main. Ils nous attendent forcément à l'un des étages inférieurs, Lily. Je ne comprends pas pourquoi ils courent dans tous les sens.

Ils descendirent deux étages à la hâte.

— Pourquoi le feraient-ils s'ils ne savent pas que tu es là ? Tu penses qu'ils t'ont repéré, toi ou l'un de tes hommes ?

— J'en doute, répondit-il tandis qu'ils dévalaient deux étages supplémentaires.

Lily boitait désormais visiblement. Elle essaya de lâcher la main de Ryland, consciente qu'elle le ralentissait. L'expérience lui avait appris qu'elle ne tarderait pas à être gagnée par les crampes, ce qui lui ferait vraiment traîner la jambe.

— C'est toi qui es en danger, Ryland. Qu'est-ce qu'ils pourraient bien me faire devant tous les invités ? Je vais retourner à la salle de bal et me mêler à un groupe. Dis à Arly de m'envoyer John.

—Avance, Lily, répondit sèchement Ryland, le visage fermé. Je ne te laisse pas le choix.

Il referma les doigts autour de son poignet et lui fit descendre un étage de plus.

—Ma jambe, Ryland, commença-t-elle.

Ce dernier plaqua sa main contre sa bouche. Lily le sentit s'immobiliser abruptement. Il passa les bras autour d'elle, la serra contre lui et la fit reculer contre le mur du palier du deuxième étage. Il jeta un coup d'œil un étage plus bas, la bouche contre son oreille.

—La lumière est éteinte, en dessous. Quelqu'un nous attend. Je le sens.

Lily ne percevait rien que la douleur terrible de la crampe qui gagnait son mollet, et la sensation de brûlure dans ses poumons après cette course effrénée dans l'escalier. Son cœur battait à tout rompre. Comment le colonel Higgens avait-il pu se rendre compte de la présence de Ryland dans l'hôtel ? À moins que ce ne soit elle qu'il cherchait, à cause du temps qu'elle avait passé avec le général Ranier ? *La colère du général était peut-être telle qu'il a mis la puce à l'oreille de Higgens par inadvertance.* Cette pensée l'effrayait. Si c'était le cas, Ranier était en danger, et peut-être même Delia, son épouse. Si Higgens et Thornton n'avaient pas hésité à tuer déjà quatre fois, ils ne reculeraient certainement pas devant un cinquième meurtre, même si leur victime était un général.

Les lèvres de Ryland remuèrent et il parla d'une voix si basse que ce fut à peine si elle comprit ce qu'il disait.

—C'est Cowlings. Ses capacités télépathiques sont quasiment nulles, mais il perçoit les pics d'énergie. On descend. Reste près du mur et resserre bien ta cape.

Elle hocha la tête pour lui montrer qu'elle avait compris. Ryland la lâcha, emportant avec lui une bonne partie de la chaleur qui les enveloppait. Lily se recroquevilla contre la balustrade et Ryland descendit dans le noir. Sans un bruit, il s'engagea dans l'escalier tel un prédateur. Lily lui toucha le dos pour se rassurer. Elle sentait le jeu de ses muscles à mesure qu'il descendait les marches. Elle tenta d'imiter son silence, plaçant soigneusement ses pieds et faisant tout son possible pour contrôler sa respiration. Mais malgré ses efforts, son souffle paraissait résonner dans le silence de l'escalier.

Une porte s'ouvrit brièvement loin au-dessus d'eux, et des rires fusèrent dans la nuit. L'odeur de la cigarette parvint jusqu'à eux. Ryland se figea et leva la main pour lui indiquer de faire de même. Ils restèrent immobiles jusqu'à ce que la porte se referme et que les bruits de conversation s'éteignent. Il lui toucha la main. Il entremêla ses doigts dans les siens et les serra pour la rassurer.

Lily essaya de retenir sa respiration pendant qu'ils descendaient jusqu'au palier du premier étage. Plus ils s'en rapprochaient et plus son cœur battait fort, au point qu'elle eut même peur qu'il fasse éclater sa poitrine. La montée d'adrénaline la faisait trembler des pieds à la tête. Ryland, en revanche, était solide comme un roc. Lily ne parvenait pas à déceler le moindre changement dans son rythme cardiaque, et pourtant il caressait avec nervosité le pouls de son poignet. La jeune femme cligna des yeux, et le poignet de son compagnon lui glissa de la main.

Il disparut tout à coup et elle se retrouva seule, aplatie contre le mur sur la quatrième marche, tremblant de peur dans le noir. Il n'y avait pas le moindre bruit. Lily tenta de se calmer et se força à inspirer lentement jusqu'à ce que son cœur se soit apaisé et qu'elle ait retrouvé le contrôle de sa respiration. Elle attendit, résistant à l'envie de contacter

Ryland par télépathie. Si Cowlings se trouvait dans les parages, il percevrait le pic d'énergie.

Elle ressentit soudain l'envie de bouger. Un murmure résonna dans sa tête sans qu'elle puisse vraiment en saisir les mots. Lily resta immobile, collée au mur, car elle se méfiait de cette connexion qui n'était ni aussi forte ni aussi intime que celle qu'elle partageait toujours avec Ryland. Nicolas était extrêmement puissant, et elle le connaissait. Elle sentait qu'il aurait réussi à lui envoyer un message clair. Elle attendit, enveloppée dans sa cape de velours. Tendue. Effrayée. Déterminée à ne pas céder.

Les secondes s'écoulaient comme des heures. Le temps ralentit sa marche et se figea. Lily détestait ce silence, elle qui s'y réfugiait pourtant si souvent. Il y eut une ébauche de mouvement, plus deviné qu'entendu. Un frottement de tissu contre le mur juste à côté d'elle. Lily essaya de se faire aussi petite que possible et retint sa respiration. Elle regarda fixement dans la direction d'où provenait ce bruit. Petit à petit, elle commença à discerner l'ombre furtive qui grandissait et la traquait dans la nuit.

Elle ressentit alors le besoin implacable de s'enfuir en courant, mais elle se força à rester immobile. Elle avait confiance en Ryland. Elle le sentait près d'elle. Elle savait qu'il respirait avec elle. Pour elle. Qu'il lui donnait la force d'attendre que la menace arrive jusqu'à elle.

Quelque chose tomba alors comme une masse et atterrit lourdement sur le dos de l'inconnu, le prenant par le cou et le tirant violemment, ce qui eut pour effet de faire tomber les deux corps sur le palier. Lily entendit le bruit écœurant d'un poing percutant la chair.

—*Allez-vous-en!*

La voix était forte et nette dans la tête de Lily. Nicolas, pas Ryland.

Elle hésita un court instant, puis obéit en passant près des deux hommes engagés dans une lutte féroce. Elle se précipita dans l'escalier et jeta un coup d'œil en arrière. Les deux adversaires étaient de nouveau debout. L'une des ombres se détacha de l'autre et s'élança vers elle, dévalant les marches deux à deux pour essayer de l'attraper.

Lily tenta de s'enfuir et prit appui sur sa mauvaise jambe. Ses muscles se bloquèrent. Sa jambe lâcha et elle se retrouva assise en plein milieu de l'escalier. Ce fut ce qui la sauva. Si elle n'était pas tombée, l'homme l'aurait percutée en plein milieu du dos, mais il ne put que la heurter à l'épaule avec le pied et la manqua complètement. La force de l'impact faillit précipiter Lily jusqu'en bas de l'escalier. Son agresseur atterrit plusieurs marches plus bas, puis se retourna et se précipita vers elle. Elle pouvait voir une lueur de triomphe dans ses yeux. Il tendit les mains, lui saisit la cheville, puis tira sans ménagements.

Alors que Lily commençait à glisser, Ryland se dressa, menaçant, sombre et solide. Le coup de pied qu'il décocha percuta Cowlings en pleine tête, et ce dernier tomba en arrière.

Ryland attrapa Lily, l'attira contre lui et passa ses mains sur son corps pour vérifier qu'elle n'était pas blessée.

— Tu n'as rien ? Est-ce qu'il t'a fait mal ?

La main de Lily effleura la poitrine du soldat et sentit un liquide visqueux.

— Ryland ?

— Ce n'est rien, Lily, il avait un couteau. Ce n'est qu'une égratignure, rien de plus. Est-ce que tu peux marcher ?

— Je n'en sais rien. Cela m'arrive quelquefois : tout va très bien, et puis le muscle lâche tout d'un coup lorsqu'il est trop tendu.

Elle voulut soulever la chemise de Ryland pour examiner sa blessure, mais il la remettait déjà sur ses pieds, le bras autour de la taille, pour lui faire descendre hâtivement les dernières marches menant jusqu'au rez-de-chaussée.

Ryland ouvrit la porte, scruta les alentours, puis la mena précipitamment vers une porte latérale.

— *Derrière toi!*

L'avertissement lui parvint au moment même où Cowlings débouchait de l'escalier en courant. Ryland plongea dans une alcôve et poussa Lily loin de lui avant de se retourner pour affronter son adversaire. Les deux hommes commencèrent à se tourner prudemment autour.

— Je vais te tuer, Miller, grógna Cowlings tout en essuyant le sang qui coulait de son nez cassé.

Son visage était en bouillie. Même ses yeux étaient enflés.

— Essaie toujours, répondit doucement Ryland.

Lily se concentra sur le tableau suspendu à la droite de Ryland. Le cadre se mit à trembler violemment, puis jaillit du mur en direction de Russell Cowlings. Il tourna sur lui-même, plongea vers le sol et remonta brutalement en prenant de la vitesse. Cowlings tentait désespérément d'éviter les assauts du tableau déchaîné.

Ryland en profita pour se précipiter sur lui, feignant une attaque pour détourner son attention. Cowlings trébucha en arrière et se concentra de nouveau sur son adversaire humain. Le tableau s'écrasa violemment sur son crâne. La toile, le verre et le cadre se brisèrent et l'objet finit sa course autour de son cou. Cowlings semblait plus assommé que blessé.

— Sauve-toi, Lily!

Ryland n'avait pas le choix. S'il laissait leur ennemi en vie, Lily serait en danger, comme tous ses hommes. Il ne voulait surtout pas qu'elle assiste à ce qui allait suivre.

Elle obéit et s'enfuit en boitant lourdement. Sa jambe la lançait tellement qu'elle manqua de s'évanouir. Au bord de l'épuisement, elle tenta de se traîner jusqu'à la sortie.

La lourde tenture qui bordait le mur de l'alcôve se mit soudain à bouger, comme mue par une volonté propre ; elle claqua pour venir s'enrouler autour d'elle, l'emprisonnant dans des spirales de tissu, si serrée qu'elle allait la priver d'oxygène. Lily ne voyait plus rien et n'arrivait pas à se dépêtrer de ce piège. Ses bras étaient immobilisés contre ses flancs.

Sa jambe lâcha et elle tomba, coincée dans l'étreinte croissante de la tenture, prête à suffoquer.

— *Ryland !*

Paniquée, elle souffla mentalement son nom.

— *Gardez votre calme.*

C'était Nicolas. Elle s'étonna d'avoir pu l'entendre malgré les hurlements qu'elle poussait dans sa tête.

Le cœur battant, elle ferma les yeux et tenta de réfléchir. Ses années d'entraînement lui avaient permis d'accumuler une puissance et une maîtrise télépathique hors pair. Russell Cowlings était occupé par son combat et ne pouvait prétendre se mesurer à elle. Lily se concentra pour essayer de prendre le contrôle des lourdes tentures. La lutte fut de courte durée. Cowlings n'avait ni suffisamment d'énergie pour un combat mental prolongé, ni les capacités nécessaires pour démultiplier son attention.

Ryland se battait comme un enragé, désireux d'en finir au plus vite. Nicolas n'était pas loin, mais il contrôlait les caméras de sécurité et détournait les couche-tard de l'alcôve. Cowlings était un combattant rapide et brutal. Il avait toujours excellé au combat au corps à corps, et il avait la présence d'esprit de se tenir hors de portée de Ryland en lui décochant de violents coups de pied pour le forcer à rester à distance.

Ryland contenait son envie de se jeter sur son adversaire et prenait son temps en parant les coups et en gagnant lentement du terrain. Il était physiquement plus fort, et une fois qu'il réussirait à poser les mains sur Cowlings, le combat serait terminé. Ryland aperçut à l'entrée de l'alcôve un cendrier juché sur un pied d'un demi-mètre. Le cylindre était en métal. Tout en continuant à coller Cowlings aussi près que possible, il se concentra sur le cendrier et le fit lentement tomber sur l'épaisse moquette pour qu'il ne fasse aucun bruit.

Tout en esquivant plusieurs coups violents, il envoya le cendrier rouler entre les jambes de Cowlings. Ce dernier trébucha en arrière. Ryland se jeta immédiatement sur lui et lui envoya le tranchant de la main dans la gorge. La puissance du coup fut dévastatrice. Dégoûté, Ryland regarda le traître tomber et tenter en vain de respirer. Il s'efforça de ne rien ressentir. D'étouffer sa sensibilité.

Il se retourna d'un seul coup et vit que Lily le regardait, horrifiée, les yeux écarquillés. Elle parvint à se sortir des pesantes draperies et se mit à ramper en direction de Cowlings, avec la vague intention de lui venir en aide.

— *Évacuez ! Évacuez ! Ils sont trop nombreux à descendre, je ne peux pas les contenir.*

Ryland l'attrapa par la taille, la souleva dans ses bras et fonça jusqu'à la porte. Il s'élança dans la nuit et courut jusqu'à l'endroit où il savait qu'Arly l'attendait dans sa voiture.

— Il faut que je reparte avec John. Si la limousine est toujours garée pour m'attendre, Higgens saura que je ne suis pas partie tout de suite, protesta Lily.

Ryland ne ralentit pas, pas plus qu'il ne regarda Nicolas lorsque ce dernier émergea d'une autre porte pour venir se placer à côté de lui. Ils se séparèrent devant la voiture et plongèrent sur la banquette arrière, chacun par une portière.

— Démarrez, Arly, vite, ordonna Ryland d'une voix rude avant de s'adresser à Lily. Appelle John depuis ton portable et dis-lui de déguerpir d'ici.

Lily regarda le visage fermé de Ryland et obéit. John protesta et voulut savoir ce qui se passait, mais le ton pressant de la voix de la jeune femme finit par le convaincre. Il promit de partir sur-le-champ pour la maison.

— Merci d'être resté pour nous couvrir, dit Ryland.

Nicolas haussa les épaules.

— Kaden a ramené les enfants à la maison. Cette petite sortie leur a fait du bien. Mais comme j'avais encore envie de m'amuser, je me suis dit que j'allais rester un peu. (Il se pencha pour examiner le visage de Lily.) Tout va bien ? Vous êtes blessée ?

— Pas moi, mais Ryland, oui. Cowlings avait un couteau, répondit-elle.

Arly se tordit le cou pour les regarder.

— Qu'est-ce qui s'est passé ?

— Regardez la route, rétorqua sèchement Ryland. C'est une égratignure, rien de plus, ajouta-t-il en voyant Lily se dresser sur ses genoux et Nicolas soulever sa chemise pour l'examiner.

— Tu as eu une veine pas croyable, dit Nicolas. Tu aurais dû lui briser le cou lorsque tu en as eu l'occasion la première fois. Tu savais qu'il devait être éliminé. Tu lui as délibérément laissé une seconde chance.

Ryland ne répondit pas, mais garda les yeux obstinément tournés vers la vitre, le regard sombre.

— Elle aurait pu se faire tuer, Rye. Il s'en est pris à elle pour te déstabiliser.

— Bon Dieu, Nico, je le sais. Tu crois vraiment que ça ne m'a pas traversé l'esprit ? explosa Ryland en tournant la tête pour le regarder méchamment.

Nicolas haussa une nouvelle fois ses larges épaules avec une nonchalance étudiée.

— Tu aurais dû le tuer la première fois qu'il était entre tes mains, devant la clôture, lors de notre évasion.

Ryland se laissa aller contre l'appuie-tête et ferma les yeux. Il lutta contre la colère qui montait en lui, et ses doigts cherchèrent les mèches épaisses et soyeuses de Lily. Il referma la main et les garda dans sa paume sans même s'en rendre compte. Il avait simplement besoin de sa présence.

Chapitre 17

— Bon Dieu, Lily, je viens de tuer un homme. Quelqu'un que j'appréciais. Ses parents m'avaient reçu chez eux. Que pouvais-je faire d'autre ?

Ryland faisait les cent pas, les nerfs à vif et la voix âpre, incapable de contenir son émotion.

— C'était un bon soldat. Un type bien. Je ne sais pas du tout ce qui a pu lui arriver.

L'évocation du souvenir de Russell Cowlings lui faisait mal.

Il n'osait pas la regarder, de peur de revoir l'horreur dans ses yeux. Il lui tournait résolument le dos alors qu'il arpentait sa chambre comme un fauve en cage. Lily était toujours en train de faire couler son bain, sa mante en velours jetée négligemment sur le dossier d'un fauteuil. Sa somptueuse robe rouge gisait sur le sol. Il la ramassa et froissa le tissu entre ses mains.

— Tu aurais pu te faire tuer, Lily. Il aurait pu te tuer. Je l'ai laissé en vie la première fois parce que j'avais peur de ce que tu penserais. Bon Dieu ! s'exclama-t-il avec une violence incontrôlable. Je suis bon dans ce que je fais. Tu n'as pas le droit de me regarder avec cet air accusateur, ça me bouleverse et ça m'empêche de fonctionner correctement. Est-ce que tu as la moindre idée de ce qui se serait passé si je l'avais laissé s'échapper ? J'ai mis tous les hommes en danger pour essayer de ne pas le tuer sous tes yeux.

Il espérait que c'était vrai. De tout son cœur. Si ce n'était pas le cas, cela voulait dire qu'il avait hésité parce que Cowlings avait été un ami. Et cela aurait été terrible. D'une manière ou d'une autre, il avait de toute façon mérité les remontrances de Nicolas.

Lily s'attacha les cheveux et se glissa dans la baignoire en priant pour que l'eau chaude détende les muscles noués de sa jambe. Son épaule la lançait à l'endroit où Cowlings l'avait heurtée lorsqu'il lui avait sauté dessus dans l'escalier, et elle savait que le choc avait laissé un énorme bleu. Elle n'avait même pas pris la peine de vérifier ; avec les larmes qui lui inondaient le visage, elle n'était pas sûre de pouvoir apercevoir clairement son reflet dans la glace. Elle avait mal pour Ryland. Elle percevait sa douleur, son dégoût et la colère qu'il éprouvait envers lui-même. Il était en train de lui crier dessus, mais elle savait que sa rage sauvage était en fait dirigée contre lui-même.

Lily se força à entrer dans l'eau chaude d'où s'échappaient des volutes de vapeur. Elle ne pouvait rien pour lui. Elle ne pouvait penser à aucun moyen de le soulager. Il avait partagé sa peine lorsque son père avait été assassiné. Il avait été là lorsqu'elle avait découvert la sordide vérité sur son enfance. Mais pour l'heure, elle ne pouvait que rester allongée dans ce gigantesque jacuzzi en marbre, à pleurer et à se demander pourquoi une personne aussi brillante qu'elle ne parvenait pas à trouver la moindre solution.

— Lily…

Ryland appuya la hanche contre le chambranle de la porte de la salle de bains, la robe de soirée toujours chiffonnée dans sa main. Elle ne l'avait pas regardé une seule fois depuis leur départ précipité de l'hôtel. Pas une seule fois, comme si elle ne pouvait supporter de poser les yeux sur lui. Elle n'aurait pu lui faire plus de mal en lui enfonçant un couteau dans le ventre.

— Autant que tu te mettes ça immédiatement dans la tête. C'est ce que je fais, ce que j'ai été formé à faire, nom de Dieu !

Elle s'obstinait à garder les yeux droit devant elle pour ne pas le regarder. Ryland s'approcha. Il pourrait attendre longtemps avant qu'elle consente à accepter ce qu'il disait. Le soldat pouvait voir la hideuse contusion noir et violet qui était en train de se former sur l'arrière de son épaule.

— Tu m'écoutes ? (La colère avait disparu de sa voix.) Pas question que je te laisse partir parce que tu m'as vu en train de faire une chose qui était nécessaire. Je te préviens tout de suite que c'est hors de question. Ce serait stupide de m'abandonner pour ça.

Il porta le tissu rouge à son visage et le frotta contre sa mâchoire. Il n'avait aucune intention de la perdre.

Ryland ne savait ni comment, ni quand cela s'était produit, mais elle était si fermement enracinée dans son cœur et dans son âme qu'il ne pouvait plus respirer sans elle. Lorsqu'il constata qu'elle ne répondait toujours pas et qu'elle restait immobile dans l'eau, les cheveux frisés sous l'effet de la vapeur et le visage inondé de larmes, il poussa un gros soupir qui le purgea de toute sa colère.

— Ne pleure pas, ma chérie. Je suis désolé d'avoir dû le tuer, dit-il d'une voix basse et mesurée. Je t'en prie, ne pleure plus, tu m'arraches le cœur.

— Réfléchis un peu ! Ce n'est pas parce que tu as dû le tuer que je pleure, Ryland. Je suis désolée qu'il soit mort, mais il a essayé de nous tuer tous les deux. C'est pour toi que je pleure. Je ne sais pas du tout comment t'aider.

Gênée, elle s'aspergea le visage pour couvrir ses larmes.

Il resta silencieux quelques secondes et observa son visage détourné.

— C'est pour moi ? C'est pour moi que tu pleures ?

Une nouvelle fois, elle avait réussi à le bouleverser par quelques phrases. Qu'allait-il devenir avec elle ?

— Lily, ne fais pas ça. Ce n'est pas la peine de verser des larmes pour moi.

La crispation de son ventre avait laissé place à une douce chaleur. Il se sentait aussi bien que si elle lui avait offert un cadeau. Cela faisait bien longtemps que personne n'avait versé de larmes pour lui.

Lily perçut la nuance dans sa voix. Elle sentit sa joie résonner dans la pièce malgré le poids de sa culpabilité. Ce petit changement lui permit de respirer à nouveau.

Elle tourna la tête par-dessus son épaule. Ses longs cils humides formaient des pointes ; sur sa peau douce, les gouttes d'eau roulaient jusqu'au bout de ses seins. Malgré ses bleus, le spectacle qu'elle offrait, assise dans la baignoire, était affolant. Ses cheveux retombaient en cascades ondulées dans la vapeur. Les bulles du jacuzzi lui caressaient sensuellement le corps. Elle lui coupait le souffle. Lui brisait le cœur. Elle pleurait pour lui.

— Je n'arrive pas à réfléchir quand je te vois comme ça, Lily. Pourquoi faut-il que tu sois si belle ?

Il ne parlait pas de sa beauté physique, même si l'une n'allait pas sans l'autre. Ce qu'il avait dû faire le rendait malade. Il avait cru ne jamais pouvoir laver le sang de son ami qui souillait désormais ses mains, mais les larmes de Lily y étaient parvenues. Ryland la regarda, trônant au milieu de ce qui ressemblait à un palais de cristal, une princesse qu'il ne méritait pas mais qu'il allait garder.

— J'aimerais beaucoup être belle, Ryland. Avec toi, je me sens belle.

Son regard bleu et vif s'attarda d'un air pensif sur les traits rudes du soldat.

—Comment as-tu pu croire que je t'en voudrais de nous avoir sauvé la vie ? Je sens ce que cela t'a coûté. Je l'ai perçu lorsque tu l'as fait.

—Je l'ai lu sur ton visage. Tu voulais le sauver.

Il ravala les larmes qui lui montaient aux yeux de manière inattendue. Sa gorge lui faisait mal.

—Et j'ai lu sur le tien. C'est pour toi que je voulais le sauver.

Elle tendit la main vers lui et attendit qu'il la lui saisisse et qu'il s'asseye au bord du jacuzzi.

—Nous sommes liés, sans que je sache comment. Et tu as raison. Cela n'a aucune importance que mon père ait peut-être trouvé le moyen de manipuler notre attraction mutuelle. Je suis heureuse que tu sois entré dans ma vie.

Ryland porta la main de la jeune femme à sa bouche et lui embrassa les doigts en résistant à l'envie de l'attirer contre lui. La générosité dont elle faisait preuve lui donnait l'impression d'être tout petit.

—Est-ce que tu as mal à l'épaule ?

Il se pencha vers elle et déposa délicatement un baiser sur la grosse contusion.

—Je vais bien, Ryland. Et tes côtes ? Arly m'a dit qu'il avait nettoyé la plaie, mais tu sais que les blessures de couteau entraînent souvent des infections.

Elle semblait anxieuse, dépourvue du calme inébranlable dont elle faisait généralement preuve.

Il s'agenouilla à côté de la baignoire et plongea la main dans l'eau à la recherche de son mollet. Il entama un massage lent et appuyé, s'appliquant à détendre ses muscles noués avec une infinie douceur.

— Ne t'en fais pas. Arly l'a badigeonnée avec un produit nauséabond qu'il appelle du jus de punaise. Ça brûlait terriblement. Aucun microbe ne peut survivre à ça.

— Quand j'étais petite, il ne jurait que par ce truc. Je crois qu'il le concocte lui-même dans son laboratoire, comme un savant fou. Chaque fois que je m'égratignais les genoux, il m'en badigeonnait, et ma peau prenait une teinte violette absolument affreuse.

Ryland éclata de rire.

— C'est bien ça.

Il la sentit grimacer sous l'effet de ses doigts et adoucit encore son massage.

— Parle-moi de ta conversation avec Ranier. Qu'est-ce que tu en as pensé ?

— Il m'a dit la vérité, répondit Lily. Cela a été un énorme soulagement pour moi. Je le connais depuis toujours et je ne sais pas si j'aurais pu supporter qu'il soit impliqué dans un complot contre mon père. Apparemment, il n'a reçu aucun de ses messages. Ni ses lettres, ni ses e-mails, ni ses coups de téléphone. Et j'ai appris une chose intéressante : son auxiliaire est le frère de Hilton, le soldat à qui le colonel Higgens avait demandé de me surveiller.

Elle plongea la main dans l'eau et lui saisit le poignet.

— Le général Ranier est devenu d'un seul coup très inquiet, comme s'il faisait le lien entre plusieurs indices. Je crois qu'il y a des fuites depuis un certain temps, et qu'il a enfin compris ce qui se passait.

— Peut-être. S'il y a eu un problème de fuites, ils ne l'auront pas crié sur les toits. L'enquête aura été interne. Personne ne soupçonnerait le colonel Higgens. Ses états de service sont impeccables. Au départ, j'ai préféré croire que c'était ton père qui nous avait trahis. Et le général McEntire… j'ai encore du mal à croire qu'il puisse s'être abaissé à trahir son pays. C'est un cauchemar, Lily. Du début à la fin.

— Est-ce que tu crois que Cowlings était une taupe ? Un espion que Higgens aurait placé dans le projet ? Lorsque j'ai lu son rapport, je me souviens d'avoir été étonnée de voir à quel point ses scores psychiques étaient faibles. Je m'étais dit que mon père l'avait pris afin de voir si l'amplification marcherait sur une personne dénuée d'un véritable talent naturel. Et en effet, cela a marché.

Lily avait retrouvé sa voix de chercheuse passionnée. Ryland comprit immédiatement que, de personnelle, la conversation était devenue professionnelle. Cela aurait dû l'agacer, mais il ne put s'empêcher de sourire.

— Il n'était peut-être pas doué pour la télépathie, mais il était capable de prendre le contrôle d'objets inanimés. C'était impressionnant.

— Lily, tu as bien détruit les notes que ton père avait prises sur l'expérience, n'est-ce pas ? Il n'aurait pas voulu qu'elle soit reproduite.

La crampe de son mollet commençait à s'atténuer sous l'effet du massage et de l'eau chaude. Lily poussa un soupir de soulagement et s'enfonça plus profondément dans les bulles.

— Mon père voyait cette expérience comme un échec, argua-t-elle.

— Au départ seulement, répondit calmement Ryland en se retenant de la toucher plus intensément. Il pensait que quelqu'un l'avait peut-être sabotée, et ses soupçons étaient encore assez solides pour qu'il te demande de faire disparaître son travail. Tu dois respecter ce souhait, Lily. Tu peux garder les bandes des exercices, au cas où tu en aurais besoin lorsque nous aurons retrouvé les autres femmes, mais tu dois détruire tout le reste, pour que tout cela ne se reproduise jamais.

— C'était génial, Ryland.

Elle se redressa, et ses yeux bleus se mirent à pétiller.

— D'un point de vue purement scientifique, ce qu'il a fait était absolument génial.

— Mes hommes et moi nous sommes portés volontaires, Lily, mais les autres petites filles et toi n'avez pas eu le choix. Ce que Peter Whitney vous a fait était d'une cruauté sans nom.

Les doigts de Ryland lui encerclèrent solidement la cheville et la secouèrent doucement.

— Pense à ce que tu as éprouvé en voyant ces fillettes. En te voyant, toi. Pense à la vie que doivent aujourd'hui mener ces femmes et à ce qu'elles ont dû subir pendant toutes ces années. Et mes hommes, comment vont-ils réussir à survivre au monde extérieur pendant les années qu'il leur reste à vivre, sans finir à l'asile ? Oui, du point de vue strictement militaire, avec l'aide que tu nous apportes désormais, l'expérience aurait pu être un succès. Soit dit en passant, j'ai beaucoup apprécié le fait de pouvoir diviser mon énergie pour me battre contre Cowlings tout en faisant autre chose avec l'autre moitié de mon cerveau. Mais le plus important, c'est que nous devons fonctionner en groupe. Ceux qui ne disposent pas d'un stabilisateur pour les soulager des excédents d'énergie auront beaucoup de mal à mener une vie normale.

— Je sais, je sais. Mais, Ryland…

Ce dernier resserra son étreinte.

— Il n'y a pas de mais, Lily. Ces hommes et ces femmes méritent une vie normale. Ils veulent fonder une famille et subvenir à leurs besoins. Ils n'ont pas ta fortune, ni ton palais où se réfugier. Je n'arrive pas à croire que tu puisses songer à continuer.

Lily poussa un petit soupir.

— Ce n'est pas ça, Ryland. Je te jure que non. Mais je ne peux pas m'empêcher de voir l'intérêt et le génie du principe. (Elle baissa la tête.) J'ai beaucoup de mal à envisager de me débarrasser des affaires de mon père. Surtout de ses notes manuscrites. Grâce à elles, j'ai l'impression qu'il est toujours parmi nous.

La main de Ryland s'emmêla dans les cheveux de la jeune femme.

— Je suis désolé, Lily. Je sais la douleur que l'on éprouve lorsque l'on perd un de ses parents. Tu n'as pas eu de mère et je n'ai pas eu de père. Nous allons former un couple de parents intéressants pour nos futurs enfants.

Elle rit, ce qui dissipa les ombres de son regard.

— Je ne sais absolument rien sur les enfants.

Ryland se pencha au-dessus de la baignoire pour embrasser le sommet de son crâne.

— Ce n'est pas grave, ma puce, tu pourras toujours commander des livres sur internet.

Lily lui fit les gros yeux.

— Très amusant. Ces livres étaient très instructifs, figure-toi.

— Je ne me plains pas, répondit Ryland, avant que son sourire ne s'efface. Je suis désolé à propos de Russell Cowlings, Lily. Nicolas avait raison, tu sais. J'aurais pu en finir la première fois que je l'ai affronté. Je l'ai épargné. Je n'arrêtais pas de penser à ses parents, à notre formation commune. Et je n'arrêtais pas de me dire que tu ne me pardonnerais peut-être jamais si je tuais quelqu'un. Je ne voulais pas que cela se termine de cette manière. Au lieu de cela, je t'ai mise en danger. (Il caressa légèrement son épaule contusionnée.) Il ne t'aurait jamais agressée si j'avais agi comme j'aurais dû.

— Je suis heureuse que cela t'ait fait hésiter, Ryland. C'est un acte exécuté sans la moindre arrière-pensée qui m'aurait inquiétée.

Elle bâilla et essaya de le cacher avec sa main.

— Allez, ma chérie, répondit-il immédiatement. Allons nous coucher. On pourra réfléchir à tout cela demain matin. Est-ce que ta jambe va mieux ?

Lily hocha la tête.

— Beaucoup mieux, merci.

Elle coupa les jets du jacuzzi et s'assit sur le banc carrelé pour s'essuyer.

Ryland lui prit la serviette des mains et commença à le faire pour elle, la frottant méticuleusement afin d'effacer les gouttelettes si tentantes.

— J'aimerais être en mesure de fournir des preuves au général Ranier, mais pour l'instant, je n'ai que des suppositions. Cela ne suffira pas à me sauver de la cour martiale.

Lily se figea et écarquilla les yeux.

— Les preuves, nous les avons peut-être, Ryland. Cette bande. Elle est toujours dans la poche de ma blouse. Je l'ai accrochée au portemanteau à côté de la porte de mon bureau à mon retour de l'infirmerie. Comme je n'avais confiance en personne, je n'ai pris aucun médicament avant de revenir à la maison. J'avais si mal que je suis rentrée directement. Si seulement je m'en étais souvenue à ce moment-là. Comment une chose aussi importante a-t-elle bien pu me sortir de la tête ?

— Peut-être parce que tu as été assommée par le coup qu'on t'a assené sur le crâne ? suggéra-t-il.

Lily passa devant lui en boitant, entra dans sa chambre et ouvrit à toute volée les portes de sa penderie. En la voyant choisir un chemisier parmi tous ceux accrochés aux cintres, Ryland fit une grimace.

— Cela fait longtemps que je veux te parler de cette penderie. Elle est assez grande pour loger une famille.

Il s'empara du chemisier qu'elle s'apprêtait à enfiler par la tête.

— Qu'est-ce que tu fais ?

— Je vais au labo récupérer cette bande, dit-elle en tirant à son tour sur le vêtement.

— Lily, il est 4 heures du matin. Où as-tu la tête ?

— Le colonel Higgens n'est pas idiot. Lorsqu'il découvrira le corps de Russell Cowlings dans l'alcôve alors qu'il lui avait de toute évidence demandé de me surveiller, il s'arrangera pour que j'aie un petit accident, ou pour me faire kidnapper, voire me faire assassiner dans mon bureau. Si j'y vais tout de suite, j'ai une chance de récupérer la cassette sans me faire prendre. Il ne s'attendra pas à ce que je me rende là-bas. Il cherchera le moyen de franchir la sécurité de la maison, ou de se servir de l'un de mes proches – John, Arly ou Rosa – pour m'avoir.

Elle se tortilla pour faire passer le chemisier, qui franchit avec difficulté ses seins généreux.

— C'est ma seule chance de récupérer la bande. Il ne le sait pas.

— Il est 4 heures du matin ! Tu ne penses pas que cela risque d'éveiller les soupçons des gardes ?

Elle haussa les épaules, choisit un pantalon et l'enfila.

— Je ne le crois pas. Je vais souvent travailler à n'importe quelle heure. Ils pensent tous que je suis un peu dérangée. (Elle se pencha et l'embrassa sur la bouche.) Ne t'inquiète pas. Je sais que je prends un risque, mais le jeu en vaut la chandelle. Higgens n'est pas au courant pour cette cassette. Ils croient que le dictaphone et la bande qu'il contient sont tout ce qu'il y avait à récupérer. Je ne sais même pas si quelque chose est enregistré dessus. Elle est peut-être vierge, mais si ce n'est pas le cas, elle nous fournira peut-être la preuve dont nous avons besoin contre Higgens. Cela vous innocenterait tous et le général Ranier serait forcé d'en tenir compte.

— Cela ne me plaît pas, Lily.

— Cela te plaira encore moins demain lorsque Higgens et Thornton auront eu le temps de reprendre leurs esprits. Je connais Thornton. Pour l'instant, il est complètement soûl et cuve son vin dans son lit. Il n'y a aucune chance qu'il se trouve au complexe. Je t'assure, Ryland, si nous voulons cette cassette, c'est notre seule chance de la récupérer. Tout de suite.

— Lily, tu peux à peine marcher.

— Arrête d'essayer de me mettre des bâtons dans les roues alors que tu sais pertinemment que j'ai raison. Dans quelques heures, il sera hors de question que je retourne au laboratoire. C'est maintenant ou jamais.

Elle leva le menton. Il lui fallait mobiliser tout son courage pour se décider à y aller, et elle ne voulait pas avoir à discuter, de peur de céder malgré l'urgence de la situation.

Elle devinait la lutte sur le visage de Ryland. Il y serait allé sans hésiter, mais c'était sur elle que pesait le danger, et pas sur lui. Lily lui toucha le bras.

— Tu peux venir avec deux ou trois autres pour m'attendre dans les parages en cas de problème. À notre connaissance, Cowlings était le seul capable de détecter les communications télépathiques, et il est mort. Si nécessaire, nous pourrons nous parler comme cela, et détourner l'attention des gardes pour me permettre de sortir. Il faut agir vite, sur-le-champ.

Ryland jura dans sa barbe mais hocha la tête, car il savait qu'elle avait raison. La bande était trop importante pour ne pas tenter de la récupérer. Si elle contenait la moindre information, ne serait-ce que les soupçons de Peter Whitney, cela en valait la peine. Ils devraient prendre le risque de passer au travers des hommes que Higgens avait positionnés autour du domaine, et l'aube approchait rapidement. C'était faisable, mais de plus en plus difficile à chaque minute. Lily elle-même ne pourrait sortir comme si de rien n'était. Les gardes en avertiraient aussitôt Higgens.

— Je vais dire à Arly que nous aurons besoin des véhicules qu'il a garés autour de la propriété, annonça Ryland, complètement rendu à la cause de Lily. Je rassemble l'équipe.

— Je ne ferai qu'entrer et sortir. Toi et les autres pouvez rester ici. Je vous avertirai si j'ai besoin d'aide. (Elle mit sa montre à son poignet.) Arly y a installé une radio miniature. Il pourra me surveiller lui aussi.

Ryland appela Arly pour le mettre au courant tandis que Lily cherchait un manteau.

— Pas question que nous restions ici, ma puce, il faut que nous soyons près de toi, sinon nous ne servirons à rien.

Il parla à voix basse dans le combiné, raccrocha et se tourna à nouveau vers elle.

— Ne discute pas, sinon tu ne vas nulle part.

Elle leva les yeux au ciel.

— J'adore quand tu joues au macho avec moi. Ne t'inquiète pas, Ryland. J'ai peur. Je ne veux pas qu'il t'arrive quoi que ce soit, mais cela me rassure que tu ne sois pas loin. Je ne prendrai aucun risque.

Ils se dépêchèrent pour prendre le soleil de vitesse. Ils empruntèrent les tunnels, et combinèrent une nouvelle fois leurs forces pour détourner l'attention des gardes. C'était plus facile, car ces derniers étaient beaucoup moins alertes après une nuit de veille. Nicolas et Kaden coururent jusqu'au garage situé derrière la maison du gardien pour en ramener deux voitures. Arly conduisit Lily jusqu'à Donovans, suivi par le deuxième véhicule qui s'arrêta non loin de la clôture entourant le complexe.

Arly stoppa la voiture au portail et prit un air de profond ennui lorsque le garde illumina l'habitacle de sa lampe torche avant de vérifier la pièce d'identité de Lily.

— Nouveau chauffeur, professeur Whitney ?

Lily haussa les épaules.

— C'est mon agent de sécurité. Thornton et le colonel Higgens s'inquiètent pour moi, dit-elle sur un ton vaguement irrité. Je me suis dit que cela calmerait leurs angoisses.

Le garde hocha la tête et recula. Arly fit pénétrer la jolie petite Porsche dans le parking, et suivit les indications de Lily jusqu'au bloc de bâtiments où était situé son bureau.

— J'aurais dû penser que le changement de chauffeur éveillerait les soupçons des gardes, avec tout ce qui s'est passé ici. D'habitude, c'est John qui me conduit avec la limousine, ou bien c'est moi qui viens toute seule avec la Jaguar. (Lily soupira.) Si je te dis de fuir, Arly, ne discute pas, fais-le. S'ils m'attrapent, je ne veux pas qu'ils s'emparent aussi de toi.

— C'est bien ce que je compte faire, ne t'inquiète pas. Vas-y et dépêche-toi de ressortir. (Arly la regarda avec anxiété.) Je ne plaisante pas, Lily, file droit à ton bureau et reviens directement.

La jeune femme hocha la tête.

— C'est promis.

Lily tremblait de peur. Elle n'avait décidément rien d'une héroïne. À la moindre alerte, elle avait prévu de détaler comme un lapin. Elle regarda sa jambe, toujours douloureuse et qui la faisait encore boiter. Elle ne pouvait s'en prendre qu'à elle-même, car elle avait enchaîné les danses sans s'accorder de pause, puis avait fait sauvagement l'amour avant de dévaler un escalier en courant. Elle avait oublié de ménager sa jambe, et en payait désormais le prix.

Lily fit un signe de la main aux gardes et passa facilement la sécurité. Il n'était pas rare qu'elle vienne travailler de nuit pour profiter du silence et éviter le bouillonnement émotionnel du complexe en pleine journée. En entendant l'écho de ses propres pas dans le couloir vide, elle se mit à songer aux nombreuses caméras qui suivaient sa progression.

Elle sentit la panique enfler en elle, comme l'envol simultané d'un millier de papillons. Elle sentit son ventre se tordre et son cœur s'affoler. La bouche sèche, elle entra dans l'ascenseur vide et descendit vers les niveaux inférieurs, où se trouvait son bureau.

Le couloir n'était éclairé que par la pâle lumière des petites lampes insérées dans le sol. Partout se dressaient des ombres sinistres qu'elle n'avait jamais remarquées auparavant, bougeant en même temps qu'elle, comme si elles la suivaient. Le silence était extrêmement pesant. Lily avait envie de se parler à voix haute pour se donner du courage.

Elle ouvrit la porte de son bureau, entra et la referma derrière elle. Certaine qu'on avait installé une caméra dans la pièce, elle essaya d'avoir une attitude aussi normale que possible. Elle enfila sa blouse, comme à son habitude, et se dirigea droit vers son bureau comme si elle y avait oublié quelque chose d'important.

Lily commença à fouiller les tiroirs. Elle les déverrouilla, puis mit la clé dans sa poche tout en vérifiant que la bande était toujours là. Elle était minuscule, à l'échelle du dictaphone miniature. Elle mit les mains sur les hanches pour feindre l'agacement et en profita pour glisser la cassette dans la poche de son pantalon. Elle referma ensuite les tiroirs avec irritation, regarda sur le dessus de son bureau, puis remit la clé dans son sac à main et pendit à nouveau sa blouse à son crochet.

Même s'ils visionnaient mille fois ces images, Lily était certaine que ses ennemis ne verraient jamais la cassette, et qu'ils ne se douteraient même pas de son existence. Avec un grand soupir de soulagement, elle ouvrit la porte de son bureau.

Des mains dures la heurtèrent sans ménagement à la poitrine. Elle tomba en arrière et se retrouva par terre, à la fois surprise et effrayée. Un homme râblé qui ressemblait beaucoup au capitaine Hilton, son cavalier de la soirée, pénétra à grands pas dans le bureau tandis que le colonel Higgens refermait doucement la porte. Lily comprit que l'inconnu était l'auxiliaire du général Ranier.

Higgens baissa sur elle ses yeux froids et inflexibles.

— Eh bien, jamais je ne vous aurais crue aussi audacieuse.

Il commença à arpenter la pièce, d'autant plus menaçant qu'il ne laissait transparaître aucun sentiment de colère.

Lily leva les yeux vers lui sans essayer de se relever, toujours à la recherche de son souffle. Elle se passa la main sur le visage puis croisa les deux mains sur ses genoux tout en cherchant à tâtons le bouton d'alerte sur sa montre. Elle l'enclencha pour avertir Arly, espérant qu'il décamperait.

— Vous avez quitté la soirée très tôt.

Lily haussa les épaules.

— Je vois mal en quoi cela autorise votre ami à me malmener.

— Saviez-vous qu'un homme avait été tué au rez-de-chaussée de l'hôtel hier soir ? demanda Higgens en tournant autour d'elle, frôlant son pantalon de ses semelles.

— Non, colonel, je n'en savais rien. J'espère que vous avez une bonne raison d'essayer de m'intimider, parce que je vous préviens que je vais appeler la sécurité.

Le capitaine Hilton la frappa derrière la tête.

Lily regarda les chaussures du capitaine. Elle les avait déjà vues quelque part. Elle se souvenait de la curieuse éraflure, longue de deux ou trois centimètres, qui zigzaguait à l'intérieur près de la couture. Elle releva ensuite les yeux vers Higgens.

— Donc, vous essayez de me menacer.

— Ne jouez pas les idiotes avec moi. Vous êtes loin de l'être. Vous disposez de toutes les archives de votre père, n'est-ce pas ? demanda le colonel, qui continuait à lui tourner autour.

Lily massa sa jambe endolorie sans le regarder.

— Si je les avais, je les aurais données à Phillip, colonel. Le code utilisé par mon père sur ses ordinateurs, ici et chez lui, n'avait aucun sens. Vous aviez déjà accès à tout ce que j'ai lu dans ses rapports. Tout ce que j'ai pu reconstituer ou deviner, j'en ai fait part au général McEntire. J'en ai d'ailleurs tapé un mémo que j'ai envoyé à Phillip, ainsi qu'à vous. Mais à part cela, je ne sais pas du tout comment mon père s'y est pris pour amplifier les capacités psychiques de ces hommes.

— Je ne vous crois pas, professeur Whitney. Je pense au contraire que vous savez parfaitement comment il a fait, et vous allez me l'écrire. Du début à la fin.

À ces mots, Lily le regarda enfin, les yeux écarquillés et accusateurs.

— Vous croyez que votre sbire va tout me faire avouer en me tapant dessus ? Si vous pensiez vraiment que je connaissais le procédé, vous ne toucheriez pas à un seul cheveu de ma tête. Vous ne pourriez pas vous le permettre.

Le colonel Higgens tendit le bras vers elle, la saisit par les cheveux et la força à se relever. Lily eut beaucoup de mal à s'appuyer sur sa mauvaise jambe. Les larmes lui montèrent aux yeux, mais elle refusa de les laisser couler.

Elle gardait les yeux rivés sur la chaussure. Sur l'éraflure. Higgens la repoussa violemment et elle percuta son bureau en trébuchant.

Elle se rattrapa au rebord pour ne pas tomber. Elle n'avait aucun espoir de s'échapper, même s'ils la lâchaient un moment des yeux. Sa jambe était trop faible. Elle appuya la hanche contre le bureau pour la soulager de son poids.

— Est-ce que vous vendez ces informations au plus offrant, colonel ? C'est bien ça ? Vous trahissez votre pays pour de l'argent ?

D'un geste presque nonchalant, Hilton la gifla. Lily poussa un juron et, du tranchant de la main, lui décocha un coup sur la carotide. Sa riposte était si inattendue qu'il n'eut pas le temps de l'esquiver et qu'il recula, asphyxié par le coup. Lily lui envoya ensuite son genou dans l'entrejambe avant de le faire tomber et de lui donner un coup de pied brutal à la tête.

Sa jambe affaiblie s'écroula immédiatement sous elle. Elle se retrouva à nouveau par terre, juste à côté de l'homme qui était en train de se tordre de douleur. Lily fit une roulade et lui envoya son poing dans le plexus solaire, ce qui coupa la respiration au capitaine. Elle remonta le poing, suffisamment en colère pour s'attaquer une deuxième fois à sa gorge, mais le colonel Higgens la saisit sous les bras et la tira pour l'éloigner de sa victime.

— Debout, Hilton, dit-il d'une voix dégoûtée. Relevez-vous avant que je vous frappe moi-même. Elle a une patte folle, mais cela ne l'a pas empêchée de vous mettre une raclée.

En grognant, Hilton se retourna et parvint à se mettre à genoux.

Lily ne se débattit pas et laissa Higgens l'aider à s'asseoir sur le rebord du bureau. Elle ressentait des élancements dans la jambe, qui était déjà gagnée par les crampes, mais le regard qu'elle posa sur les deux hommes était parfaitement vide de toute expression.

Toujours à quatre pattes, Hilton tourna la tête et la regarda haineusement.

— Je vous tuerai de mes propres mains.

Lily regarda les mains du capitaine, comme attirée par une force dépassant sa propre volonté. Elle reconnaissait ses mains. Son poignet. Sa montre. Cela n'avait duré que très peu de temps, mais elle avait vu par le biais des yeux de son père. Des mains qui le traînaient sur le pont d'un bateau. Une chaussure éraflée.

Une colossale poussée d'énergie commença à emplir la pièce, en pics si puissants que les ampoules se mirent à vaciller. La lampe de bureau explosa en une myriade d'éclats de verre. De gros livres jaillirent des étagères et foncèrent comme des missiles sur Hilton. Les stylos, les crayons, le coupe-papier, tous les objets pointus de la pièce se mirent en branle, focalisés sur un seul objectif, et traversèrent le bureau à la vitesse de l'éclair pour s'enfoncer dans le corps du capitaine.

Ce dernier s'effondra en hurlant. D'un geste lent, le colonel Higgens sortit son arme et logea une balle dans le bureau, à quelques centimètres de Lily. Terrorisée, la jeune femme se déconcentra et les projectiles retombèrent au sol sans dommage. Lily et Higgens se regardèrent. Le pistolet était pointé en plein sur sa tête.

— Le professeur Whitney vous a donc amplifiée vous aussi, à ce que l'on dirait.

Lily haussa les sourcils.

— Il s'intéressait à l'amplification psychique et aux possibilités qu'elle offrait parce que j'avais des capacités naturelles. En voyant ce dont j'étais capable, il a voulu savoir si le phénomène pouvait être poussé plus loin sur d'autres sujets.

Hilton se releva difficilement tout en essayant d'arracher les différents objets plantés dans sa peau. Heureusement pour lui, la veste qu'il portait faisait que la plupart de ses blessures étaient superficielles.

—Si jamais vous vous demandez où sont les deux épingles à cheveux qui étaient posées sur mon bureau, elles sont dans votre système sanguin, en route vers votre cœur, dit obligeamment Lily.

Hilton répondit avec un hurlement.

—Je vais vous couper en petits morceaux et vous jeter aux requins, dit-il d'une voix rageuse, visiblement presque aussi effrayé que furieux.

—Vraiment ? Dans ce cas, je vous conseille de bien tenir le couteau, sinon c'est vous qui risquez de servir de déjeuner aux requins.

Tout en parlant d'une voix aimable, dénuée de la moindre rancœur, elle se concentrait sur le pistolet que tenait le colonel Higgens.

La main de ce dernier commença à trembler et l'arme vacilla, comme si elle avait l'intention de se détourner de Lily pour pointer en direction de Hilton. La jeune femme vit les yeux de ce dernier s'écarquiller de terreur.

—Arrêtez ça, professeur Whitney, ordonna Higgens. J'ai besoin de votre cerveau, mais pas du reste de votre corps. Si vous ne voulez pas que je vous tire dans la jambe, tenez-vous tranquille.

Lily détourna les yeux du pistolet.

—Je me tenais parfaitement tranquille, colonel. Je voulais juste qu'il meure. J'aurais dû faire entrer les éclats de verre jusqu'à son cerveau, répondit-elle avec un sourire. Mais ne vous inquiétez pas, je suis fatiguée. Malheureusement, le défaut des talents naturels, c'est qu'ils ne durent pas très longtemps. C'est pour cela que mon père voulait amplifier ces hommes, pour les rendre plus puissants et plus résistants.

— Donc, vous en avez parlé avec lui.

— Bien entendu. Nous en avons discuté pendant des années, rétorqua-t-elle en penchant la tête. Est-ce vous ou Ryland Miller qui a fait assassiner mon père ?

— Pourquoi aurais-je souhaité la mort de votre père ? demanda Higgens. J'avais besoin de ces informations, mais il n'en démordait pas.

— Vous ne lui avez pas fait les bonnes propositions. Où est Miller ?

Sa voix était froide comme de la glace, son regard direct.

— *Sois prudente, ma puce. Ne va pas trop loin. Il est malin.*

La voix de Ryland vint effleurer les parois de son esprit, mais il semblait très loin.

Lily secoua ses cheveux et les fit retomber derrière son épaule.

— *Pas tant que cela. Il a fait tuer mon père, et il se sert du même crétin pour me faire subir le même sort.*

— *Bon Dieu, Lily. Ne le provoque pas trop, c'est dangereux*, lui répondit Ryland sur un ton inflexible.

— Vous voulez Miller ?

Hilton, qui avait enfin réussi à se redresser, jeta le dernier stylo par terre et fit un pas en direction de Lily. Il s'arrêta net lorsque Higgens lui fit un signe de la main, mais maintint son regard haineux rivé sur le visage de la jeune femme.

Elle n'y fit pas attention.

— Si Miller a tué mon père, alors oui, je le veux. Retrouvez-le et tuez-le. Montrez-moi son cadavre et je vous expliquerai le processus. Sinon, vous feriez mieux de me tuer tout de suite. Vous n'arriverez à rien sans mon aide.

Le colonel réfléchit un court instant.

— Vous avez la vengeance dans la peau, on dirait. Je n'aurais jamais cru cela de vous. Vous êtes toujours si froide.

— Il a tué mon père, déclara-t-elle. Savez-vous où se cache Miller ?

— Pas encore, mais il n'a pas pu s'évaporer dans la nature. J'ai mis des hommes sur sa piste. Nous finirons par l'avoir. Qu'a dit Ranier ?

— Le général Ranier ? Qu'a-t-il à voir là-dedans ?

— Vous avez passé un long moment avec lui, répondit le colonel Higgens en fronçant les sourcils.

Lily sentit une sueur froide lui couler le long de la colonne vertébrale. Elle percevait les vagues de malveillance qui émanaient de Higgens. L'intention de violence. Elle se força à hausser nonchalamment les épaules, sachant qu'elle tenait la vie du général entre ses mains.

— Il s'inquiétait pour moi. Delia m'avait invitée à demeurer chez eux après la disparition de mon père. Elle ne va pas bien depuis quelque temps, et le général m'a expliqué que cela lui serait aussi bénéfique à elle qu'à moi.

— A-t-il mentionné le nom de Miller ?

— C'est moi qui en ai parlé, répondit Lily en jouant avec le feu. J'espérais que Miller l'aurait contacté, mais le général ne savait rien d'utile. J'ai rapidement changé de sujet pour ne pas éveiller ses soupçons. Ensuite, nous avons parlé de Delia.

— Pour votre propre sécurité, professeur Whitney, je pense que je vais vous placer en résidence surveillée. Miller représente une grande menace pour vous.

— Ma maison est très bien protégée.

— Personne n'est à l'abri de Miller. C'est un véritable fantôme. Un caméléon. Il pourrait se trouver dans cette pièce, juste sous notre nez, sans que nous puissions nous rendre compte de sa présence. Il a été formé à cela. Non, vous serez bien plus en sécurité avec nous, conclut le colonel avec un hochement de tête à l'attention de Hilton.

Ce dernier saisit les mains de Lily et les tira violemment avant de lui passer une paire de menottes. Sous le prétexte de vérifier si elles étaient bien refermées, il lui secoua méchamment les poignets dans tous les sens.

— Cela suffit, Hilton. Partons d'ici.

Lily sortit du bureau et prit prudemment appui sur sa mauvaise jambe. Elle pouvait boiter en traînant la patte, mais elle ne parviendrait jamais à courir. Avec un soupir résigné, elle emboîta le pas à Hilton. Dehors, quelque part, les GhostWalkers attendaient. Elle espérait que le colonel n'avait pas exagéré en les qualifiant de caméléons, et qu'ils étaient à l'affût, prêts à bondir sur ses ravisseurs.

Chapitre 18

L'absence de gardes ne surprit pas du tout Lily. Phillip Thornton était certainement impliqué dans les plans du colonel Higgens, et il avait dû ordonner que ce dernier reçoive toute la coopération nécessaire. Les gardes avaient été envoyés dans un autre secteur du laboratoire. Lily gardait la tête baissée et se concentrait sur le mécanisme de fermeture des menottes. Elle n'avait jamais été très douée avec les verrous. Même après avoir étudié leur fonctionnement, il était rare qu'elle parvienne à les ouvrir. Cela demandait beaucoup de concentration, une énergie très intense, mais aussi un doigté et une précision infaillibles. Lily s'en voulait terriblement de ne pas avoir pris le temps d'acquérir cette compétence.

— *Nous sommes en place, Lily. Sers-toi de ta jambe comme prétexte pour les ralentir. Il ne faut pas que le colonel te soupçonne de pouvoir courir.*

Ryland semblait très sûr de lui. Lily fronça les sourcils.

— *Je suis incapable de courir. Et ne te fais pas attraper. Je peux m'en sortir toute seule.*

— *Petite menteuse. Tu as besoin que je vienne à ta rescousse.*

Son ton amusé et provocateur lui mit du baume au cœur. Ce ne fut qu'à cet instant qu'elle se rendit compte qu'elle frissonnait de peur. Elle secoua ses cheveux et leva les yeux au ciel, au cas où, par miracle, Ryland pouvait la voir, mais elle ralentit l'allure et traîna un peu plus la jambe.

Le colonel Higgens posa sa main sur son épaule.

— Je vais dire à Hilton d'aller chercher la voiture pour vous éviter d'avoir à marcher.

Croyant qu'elle soupçonnait Miller d'être l'auteur du meurtre de son père, il pouvait se permettre de se montrer prévenant.

— Il ressemble au capitaine avec qui j'ai dansé hier soir, dit Lily dans l'espoir de continuer à le distraire.

— Ils sont frères. Ils ne sont pas très malins ni l'un ni l'autre, mais ils sont utiles.

Le colonel posa la main sur son arme lorsqu'ils entrèrent dans l'ascenseur. Il n'avait que peu de contrôle sur les gardes du rez-de-chaussée, et l'un d'entre eux risquait de repérer les menottes.

— J'abattrai tous ceux qui tenteront de nous barrer la route, la prévint-il. Considérez ceci comme une mission mettant la sécurité nationale en jeu. Vous avez l'occasion de sauver des vies, professeur Whitney. C'est à vous de voir.

Il s'arrêta pour attraper deux blouses blanches dans une petite pièce à côté de l'ascenseur et en jeta une à Hilton.

— Vous n'avez pas l'air en très grande forme ; enfilez ceci pour cacher le sang.

Il enroula l'autre veste autour des poignets de Lily pour camoufler les menottes.

— Nous allons tous sortir ensemble, en rang très serré. Hilton, vous nous amènerez la voiture.

— Il envoie son homme de main chercher la voiture. C'est lui qui a tué mon père.

Elle se sentit soudain entourée par une forte vague de chaleur. Elle comprit alors que tous les hommes participaient à ce partage d'énergie. Ils écoutaient et attendaient, prêts à frapper pour elle. Jamais la confiance ne lui était revenue aussi vite.

— Il y a encore des gens qui disent « homme de main » ? demanda Ryland.

Cette question déclencha un brouhaha étouffé de réponses négatives, mais aussi quelques rires gentiment moqueurs.

— Je suis désolé, ma chérie. Visiblement, plus personne n'utilise ce terme vieillot.

— Vieillot ?

Elle retint son souffle lorsqu'elle aperçut deux gardes qui venaient vers eux depuis l'autre bout du couloir.

— Qu'est-ce que j'aurais dû dire, « lascar » ? Est-ce que c'est plus moderne à ton goût ?

La surcharge d'adrénaline la faisait trembler, comme sous l'effet d'une drogue, mais elle atténuait également la douleur dans sa jambe, ce qui lui permettait presque de marcher normalement.

— Encore quelques minutes, Lily, l'encouragea Ryland. *Ton cœur bat trop vite. Fais-le ralentir.*

Une autre voix se mêla à leur conversation.

— C'est à cause de la joie qu'elle se fait de nous revoir. Elle m'aime bien, dit Gator avec son accent traînant de Louisiane.

Lily dut se retenir de rire malgré le danger. Elle n'osait pas regarder Higgens de peur que l'expression de son visage ne la trahisse. Les hommes faisaient décidément tout leur possible pour lui changer les idées.

— C'est vrai, Gator. Je vous ai trouvé très mignon, la première fois que je vous ai vu.

Les gardes les croisèrent, hochant la tête à l'adresse du colonel Higgens.

C'était l'heure de la relève. Tout le monde était fatigué. Higgens n'était peut-être pas si bête, après tout. Les gardes n'avaient aucune envie de remarquer quoi que ce soit d'inhabituel. Ils voulaient juste rentrer chez eux et dormir.

— *Ne te fatigue plus à regarder Gator,* décréta Ryland. *Pas si tu le trouves mignon, en tout cas. Et c'est quoi, « mignon », d'abord ?*

— *C'est ce que tu n'es pas,* lui expliqua Gator.

Malgré leurs badineries, Lily perçut la tension qui commençait à se faire sentir dans leurs voix. Higgens, Hilton et Lily approchaient de la sortie du bâtiment. Elle garda la tête baissée et ralentit encore tout en traînant la jambe.

Hilton ouvrit la double porte et lui fit signe de passer. Lily ne le regarda pas. Il était mort, mais il ne le savait pas encore. Elle marcha jusqu'à ce que Higgens la tire par le bras et la force brutalement à s'arrêter. Hilton continua en courant.

— Vous avez fait le bon choix en ne disant rien aux gardes. Ne vous mettez pas de sang sur les mains, vous le regretteriez.

Lily leva la tête et le regarda droit dans les yeux.

— Ne vous laissez pas abuser par le fait que je suis une femme, colonel. Lorsque les circonstances l'exigent, la violence ne me dérange pas du tout. Des gens sont responsables de la mort de mon père, et je vais les trouver.

Il lui sourit, mais ses yeux restèrent toujours aussi froids.

— Je vous le souhaite, professeur Whitney.

La voiture s'arrêta devant eux. Higgens tendit la main pour ouvrir la portière. Lily fit mine de se pencher pour se glisser sur la banquette arrière, puis lui assena un coup de pied dans la poitrine en y mettant tout son poids. Le coup atteignit Higgens en plein dans le plexus solaire. Le souffle coupé, il s'effondra comme une baudruche dégonflée. Avant qu'il ait atteint le sol, Kaden arriva derrière lui et termina le travail d'un violent revers de la main sur la nuque. Le colonel Higgens tomba sur l'asphalte comme une pierre.

Sans hésiter un seul instant, Kaden poussa Lily dans la voiture et s'y engouffra derrière elle.

— Démarre, démarre !

— *Phase une terminée. Nous avons l'objet, je répète, nous avons l'objet.*

— Les gardes en faction au portail vont nous arrêter, fit remarquer Lily. Kaden, détachez-moi ces menottes. Je ne les supporte pas.

La phase une, c'était elle. L'objet à récupérer. Cette idée l'irritait, mais pas autant que les bracelets métalliques qui lui enserraient les poignets.

— Nous avons pris le contrôle du portail, Lily, répondit-il avec douceur. Patientez encore quelques minutes, le temps que je m'assure que nous ne risquons plus rien.

— Arly s'est-il sauvé ?

Elle regarda le chauffeur dans l'espoir de l'identifier. Il portait la blouse de Hilton.

Jonas leva les yeux dans le rétroviseur et lui fit un clin d'œil.

— Il attend dehors avec la Porsche. Jolie petite bombe, cette voiture. J'aimerais bien l'essayer, déclara-t-il sur un ton plein d'espoir.

Jonas arrêta la voiture à la hauteur du portail. L'homme en uniforme qui s'y tenait ouvrit la portière et se glissa de l'autre côté de Lily, qui se retrouva entourée sur la banquette.

Ryland prit son visage dans ses mains et l'embrassa de toutes ses forces.

— Bon Dieu, Lily, je vais t'enfermer dans une pièce capitonnée où je serai sûr que tu ne risqueras rien, dit-il avant de se retourner pour vérifier qu'ils n'étaient pas suivis.

Lily vit qu'il avait une arme à la main.

Derrière eux, les laboratoires furent secoués par plusieurs explosions. Elle se retourna pour regarder par la vitre arrière. Des colonnes de fumée montaient vers le ciel.

— Qui a fait cela ?

— Kyle, bien sûr. Il adore jouer avec les explosifs.

— Beaucoup d'innocents travaillent ici, rétorqua-t-elle.

Jonas arrêta la voiture à côté de la Porsche, devant laquelle Arly faisait les cent pas. Ils se trouvaient à quatre pâtés de maisons des laboratoires, et entendaient très clairement les hurlements des sirènes d'alarme. Ryland tira Lily hors de la banquette et l'installa dans la Porsche, puis prit les clés des mains d'Arly sans même lui laisser le temps de réagir.

— Qu'est-ce que tu fais ? demanda Lily.

— Je t'éloigne de cet endroit, et vite, répondit Ryland.

— Je n'ai même pas pu embrasser Arly, protesta-t-elle. Il a dû se faire un sang d'encre.

— *Il* a dû se faire un sang d'encre ?

Ryland changea de vitesse avec plus de brutalité que de finesse.

— Tu m'as fait vieillir de dix ans. Arly devra attendre. Pour l'instant, je t'emmène aussi vite que possible très loin de Donovans. En ce qui me concerne, le complexe peut brûler jusqu'à la dernière pierre, déclara-t-il tandis qu'un muscle faisait battre sa mâchoire crispée. Ils auraient pu te tuer, Lily.

Elle s'adossa contre l'appuie-tête tandis qu'il manœuvrait dans la circulation fluide du petit matin.

— Je sais. J'ai vraiment eu peur. Mais j'ai récupéré la bande, et Higgens ne s'est douté de rien. (Elle ferma les yeux.) C'est Hilton qui a jeté mon père à la mer.

Ryland la regarda, inquiet.

— Je sais, ma chérie. Je suis désolé. Tu es blessée ? Est-ce qu'ils t'ont fait mal ?

Il avait envie d'arrêter la voiture et d'examiner chaque centimètre carré de sa peau.

Sans ouvrir les yeux, Lily secoua la tête avec lassitude.

— Pas vraiment. Mais j'ai eu très, très peur. Il m'aurait tuée dès que je lui aurais expliqué le processus.

Ryland fronça les sourcils.

— Tu ne le connais pas, ce processus, n'est-ce pas ?

— Pas vraiment. Je vois où mon père voulait aller, et le connaissant comme je le connaissais, je n'aurais aucun mal à en reconstituer la majeure partie. Tout se trouve dans l'ordinateur portable du laboratoire secret, à la maison. Tout y est. J'aurais inventé un truc pour Higgens.

Elle était épuisée et ne rêvait que de se mettre au lit. Elle leva ses poignets menottés.

— Tu peux faire quelque chose pour ça ?

Elle semblait si proche des larmes que Ryland en fut bouleversé.

— Dès qu'on arrivera au garage dans les bois, ma puce. Patiente encore un peu.

Lily regarda ses mains.

— Les livres que j'ai lus parlaient de menottes, tu sais. Mais je trouve cela beaucoup moins emballant en pratique qu'en théorie.

Ryland posa la main sur la sienne et lui caressa doucement le poignet avec le pouce. Les menottes étaient trop serrées et lui entaillaient la peau.

— Une séance de bondage, ça me tenterait bien, dit-il d'un ton spéculatif dans l'espoir de la faire rire. (Si elle se mettait à pleurer, il en aurait le cœur brisé.) À mon avis, des liens en soie seraient beaucoup plus adaptés que des menottes métalliques, poursuivit-il en passant le pouce sur les cercles bleuâtres qui s'étaient formés sur son poignet. Ce genre de chose n'arriverait jamais avec moi. Tu devras faire preuve de plus de discernement, la prochaine fois que tu voudras tenter ce genre de pratique. (Il remua les sourcils.) Je ferais un maître idéal.

Lily manqua de s'étouffer.

— Un maître ? Je vois. Je serais ton esclave.

Il lui répondit par un sourire diabolique.

— C'est une façon de voir les choses. Mais t'attacher au lit et prendre tout mon temps pour explorer ton corps, c'est une idée qui m'attire beaucoup. Je serais ravi de consacrer quelques heures à ton seul plaisir.

Lily posa les yeux sur ceux de Ryland. Tout son corps rougissait à cette évocation.

— Merci de me faire penser à autre chose qu'aux menottes, elles me font vraiment mal. Et j'ai l'impression d'être coincée. C'est presque comme si je ne pouvais plus respirer.

— On arrive, ma puce, encore quelques minutes de patience, la rassura-t-il.

Il fit entrer la Porsche dans le garage et ferma la porte, ce qui les plongea dans le noir, puis il lui prit la main.

— Comme je n'ai pas mes outils, je vais devoir me concentrer. Cela risque de prendre un peu de temps.

— Je m'en fiche, tant que tu m'en débarrasses.

La menace des larmes était passée, maintenant qu'elle était en sécurité et presque chez elle.

Il fallut quelques minutes de concentration à Ryland, puis les menottes tombèrent par terre. Il les ramassa et les tendit à Lily avant de la soulever dans ses bras.

— Je vais te porter, ma puce.

— Je suis trop lourde, répondit-elle, soulagée d'être enfin libérée.

Ryland poussa un soupir de dérision et la souleva de la petite voiture.

— On ne devrait pas attendre les autres, pour qu'ils détournent l'attention des gardes qui surveillent la maison ?

Elle était si fatiguée qu'elle espérait s'endormir et ne jamais se réveiller.

— Nous pouvons le faire nous-mêmes. Un par un. Je t'avertirai lorsque le moment sera venu de combiner nos énergies.

Lily dans les bras, Ryland sortit du garage pour s'enfoncer dans la végétation dense de la forêt.

Les rayons du soleil matinal filtraient à travers l'épais feuillage. Un petit vent faisait danser légèrement les branches. Lily, émerveillée, regardait autour d'elle. Elle avait oublié la beauté de la nature. Par-dessus les cris de dispute des écureuils résonnaient les appels et les réponses des oiseaux.

Lily cala sa tête contre l'épaule de Ryland et passa les bras autour de son cou.

— J'aime bien ce style de bondage. J'ai l'impression que c'est toi mon esclave, et pas le contraire.

Ryland baissa la tête et mordilla le cou de Lily avec taquinerie, apaisant de sa langue les minuscules morsures.

Lily rit doucement.

— On dit que les hommes n'ont que le sexe en tête, et je crois bien que c'est vrai. Car c'est bien à cela que tu penses, et pas aux gardes, n'est-ce pas ?

— Tu dis cela comme si c'était une mauvaise chose. Bien sûr que oui. C'est à cause de notre petite discussion. Comment est-ce que tu arrives à sentir aussi bon après tout ce temps ?

Lily sentit alors son ton badin devenir sérieux. Il ne se raidit pas, mais elle perçut une puissance en mouvement dans son corps, brutale et mortelle. Il fit un signe de tête en direction de leur gauche. Lily perçut une rupture dans les ondes naturelles qui les entouraient. Il y avait quelqu'un d'autre dans la forêt.

Elle ferma les yeux, joignit son énergie à celle de Ryland, alimentant le lien qui les unissait et laissant Ryland prendre la direction des opérations. Ce fut lui qui suggéra au garde d'aller faire une ronde de l'autre côté. Le subtil flux énergétique resta en place jusqu'à ce que l'homme s'éloigne d'un pas nonchalant et leur libère l'accès à l'entrée du tunnel.

Une fois à l'intérieur, Ryland avança sans hésiter dans le dédale de passages pour les faire déboucher dans le couloir le plus proche des appartements de la jeune femme. La lumière du jour resplendissait par les fenêtres. Il ferma les rideaux puis l'allongea sur le lit.

Lily le regarda dans les yeux.

— Je n'ai pas la force d'aller chercher un dictaphone.

Elle sortit la bande miniature de la poche de son pantalon et la lui tendit.

— Arly doit en avoir un quelque part. Tout ce que j'ai envie de faire, c'est rester couchée à te regarder.

Il déposa la précieuse bande sur la table de nuit et s'agenouilla près du lit pour lui retirer ses chaussures.

— Je veux examiner ta jambe. Elle te fait mal ?

— Je suis si fatiguée, Ryland, admit-elle, que je ne peux même pas y penser.

Ryland jeta ses chaussures par terre avant de lui ôter son pantalon, qui finit lui aussi sur le sol.

— J'avais oublié que tu ne portais pas de culotte. Bon Dieu, Lily, ce n'est pas étonnant que j'aie constamment des pensées grivoises. Tu me fais peur, et ensuite tu essaies de me séduire.

Un petit sourire se forma aux coins de la bouche de Lily.

— Comment veux-tu que je te séduise ? Je suis simplement couchée sur mon lit.

L'idée aurait mérité d'être approfondie si Lily n'avait pas été si épuisée. Mais la manière dont il la regardait parvint néanmoins à lui remuer le sang.

Ryland examina son mollet avec attention tout en massant les muscles perclus de crampes. Elle se laissa faire sans bouger, les yeux fermés, vêtue d'un simple chemisier. Le tissu remonté laissait voir son nombril et le dessous d'un sein. Ryland passa une main le long de sa cuisse d'un geste possessif.

Lily entrouvrit à peine les yeux.

— Je ne sais pas ce que tu es en train d'imaginer, mais sache que j'ai l'intention de dormir.

— J'inspecte les dégâts, répondit-il.

C'était en effet ce qu'il faisait. Sa cuisse portait le début d'un bleu.

— C'est surtout sur les fesses et la poitrine, murmura-t-elle d'une voix endormie. J'ai mal partout, Ryland. Merci d'avoir ôté mes menottes. Je sais que ce n'était pas facile.

Il lui prit tendrement les mains et les tourna dans tous les sens, fronçant les sourcils à la vue des marques noires qu'avaient laissées les menottes.

— D'où te vient cette marque à la jambe ?

La colère enflait dans le ventre du soldat, mais il se força à la contrôler et à conserver une voix douce.

— Je ne sais pas. Je me suis battue. Hilton m'a giflée et j'ai perdu la tête l'espace d'une minute.

Elle se retourna sur le côté en se serrant encore plus contre son oreiller.

— Je l'ai attaqué.

— Il t'a giflée ? Qu'a-t-il fait d'autre ?

Ryland remonta le chemisier pour exposer son dos. Il découvrit deux marques bleuâtres sur ses fesses. Il commençait à ressentir une nouvelle envie de tuer.

— Ne t'en fais pas, je lui ai rendu la monnaie de sa pièce, répondit-elle d'une voix pleine de satisfaction. Je lui aurais même mis une sacrée raclée si Higgens ne s'en était pas mêlé. Le bleu sur ma cuisse vient certainement de la balle qu'il a tirée dans mon bureau. Il y avait des éclats de bois dans tous les sens. J'étais si furieuse que je ne sentais pratiquement pas la douleur.

— Il a tiré une balle juste à côté de ta jambe ? (Ryland se passa une main sur le visage.) Bon Dieu, Lily.

Elle n'ouvrit pas les yeux, mais sourit. Avec une certaine suffisance.

— C'est un terme que tu utilises décidément beaucoup.

— Il n'y a pas de quoi être fière. Tu me donnes des cheveux blancs. Tu t'es bagarrée avec ce type ? Pour la fille d'un milliardaire, tu es beaucoup moins civilisée que je l'aurais cru.

— Je suis trop moderne pour me laisser tabasser par un homme des cavernes, contra-t-elle.

Les doigts de Ryland lui massaient le cuir chevelu, à la recherche de blessures éventuelles.

— Et il t'a frappée à la poitrine ? Laisse-moi voir.

— Pas question que je te montre ma poitrine, rétorqua-t-elle avec un petit rire étouffé. Fiche le camp et laisse-moi dormir. Ce n'est rien qu'une lamentable excuse pour regarder mes seins.

— Je n'ai pas besoin de lamentable excuse pour regarder tes seins, corrigea-t-il. Je veux voir les dégâts.

Il saisit le bord du chemisier et tira dessus jusqu'à ce qu'elle abandonne et qu'elle se soulève suffisamment du lit pour lui permettre de le retirer.

— Je suis vraiment fatiguée, Ryland. Donne la bande à Arly et regarde si elle valait tout le mal qu'on s'est donné pour elle. Laisse-moi dormir une heure, et ensuite nous irons parler au général Ranier pour voir s'il accepte de nous aider.

Il la recouvrit avec le drap et se coucha auprès d'elle. Une fois certain qu'elle était endormie, il souleva l'une de ses mains meurtries et l'examina à la lumière du soleil.

— Bon Dieu.

Il prononça ces mots à voix basse et se pencha pour embrasser les cercles violets tout en cherchant un moyen de la soigner. Il monta la main de Lily jusqu'à sa poitrine et la posa sur son cœur, comme si les battements de ce dernier pouvaient effacer les marques.

Il était si concentré sur son désir de guérir les contusions de Lily, si focalisé sur elle, qu'il n'entendit ni ne perçut aucun changement dans la pièce. Il n'y eut aucun bruit, mais quelque chose l'incita à lever les yeux, qu'il posa alors sur une femme d'un certain âge. Elle se trouvait dans l'encadrement de la porte, et un mélange de surprise et de peur se lisait sur son visage.

Très lentement et très tendrement, Ryland reposa la main de Lily sur le drap et s'assit.

— Vous devez être Rosa, dit-il sur son ton le plus charmant. Je m'appelle Ryland Miller. Lily et moi sommes…

Il chercha hâtivement un mot. N'importe lequel. Il n'avait pas envie de dire « amants », mais « amis » semblait hors de propos alors qu'il se trouvait assis sur le lit de Lily, elle-même nue sous le drap. Sous le regard de la nouvelle venue, il se sentait comme un adolescent surpris dans la chambre de sa petite amie. Il n'avait pas la moindre idée de ce qu'il ferait si elle s'enfuyait en hurlant et avertissait toute la maisonnée.

— Oui, je suis Rosa, répondit-elle, les yeux pleins de colère. Pourquoi Arly ne m'a-t-il pas parlé de vous ? Il sait forcément que vous vous trouvez dans la maison. Personne ne peut y pénétrer sans qu'il le sache.

— En fait, madame…

Rosa le tenait sous la coupe de son regard inflexible, et Ryland – qui ne tremblait devant personne, même des ennemis armés jusqu'aux dents – commença à se tortiller.

— …c'est compliqué.

— Cela me paraît clair comme de l'eau de roche, au contraire.

Rosa pénétra d'un pas énergique dans la chambre, et claqua la langue en signe de désapprobation lorsqu'elle s'approcha du lit. Elle aperçut les cercles violet foncé sur les poignets de Lily et poussa un cri d'horreur. Elle alla même jusqu'à se frapper la poitrine.

Abasourdi, Ryland ne savait que dire. Rosa envahissait toute la pièce de sa présence. Jamais il ne s'était senti intimidé à ce point. Il ne savait pas si elle allait s'évanouir, se mettre à hurler, ou lui taper sur la tête avec la première chose qui passerait à sa portée.

— Qu'est-il arrivé à mon bébé ?

Rosa aperçut alors la paire de menottes, et ses yeux s'écarquillèrent. Un silence très pesant envahit soudain la chambre.

Ryland sentit le rouge lui monter au cou. Sa chemise lui sembla tout à coup trop ajustée, et des gouttes de sueur commencèrent à se former sur sa peau.

Rosa se baissa, ramassa les menottes et les agita sous le nez du soldat. Elle se lança alors dans une interminable tirade en espagnol, l'abreuvant de toutes les injures qui lui passaient par la tête, plus quelques-unes improvisées dans le feu de l'action, et ne s'arrêta que lorsqu'elle fut à bout de souffle. Ce fut cela qui le sauva.

— Écoutez, madame, dit-il. Ce n'est pas moi qui lui ai passé ces menottes. C'est quelqu'un d'autre.

— Il y a un autre homme dans cette pièce ?

Rosa tourna vivement la tête dans tous les sens et se dirigea vers la penderie, dont elle ouvrit la porte à toute volée.

— C'est l'un de ces ménages à trois ? C'est ce genre de chose que vous enseignez à ma petite colombe ? poursuivit-elle en inspectant la penderie dans ses moindres recoins. Dites-lui de sortir et de me regarder en face !

— Madame…

Ryland était partagé entre l'hilarité que provoquait en lui ce qu'elle avait en tête et le désespoir à l'idée qu'elle essaie de le mettre à la porte.

— Rosa, ce n'est pas cela du tout. Lily s'est fait attaquer cette nuit. On a voulu l'enlever.

La gouvernante poussa un cri suraigu qui fit trembler les vitres. Elle lui lança même les menottes au visage et il dut se baisser pour les éviter. Ryland sauta du lit et tenta de la calmer.

— Mais pour l'amour de Dieu, arrêtez ce raffut, vous allez rameuter toute la maison. Arrêtez, je vous en prie !

Lily remua, leva légèrement la tête et se retourna pour regarder Rosa avec des yeux embués de sommeil.

— Est-ce que Ryland t'a fait peur ?

— Moi ? dit Ryland en se passant un doigt dans le col. Comment peux-tu dire cela ? Elle pense que nous avons fait une petite séance de bondage.

Lily battit vivement des cils, puis referma les paupières.

— Et alors, c'était bien ton intention, non ? répondit-elle d'une voix douce et fatiguée, mais également amusée.

— Lily, c'était pour te faire rire, pour te remonter le moral.

Il commençait à se sentir très mal à l'aise sous le regard désapprobateur de Rosa.

Quelqu'un poussa un grognement moqueur. Ryland se retourna brusquement et vit Kaden et Nicolas dans la porte, et Arly juste derrière eux. Plusieurs autres membres de son équipe se pressaient également dans le couloir, dressés sur la pointe des pieds pour essayer de mieux voir, attirés par les hurlements de Rosa. La porte grande ouverte avait rendu inopérante l'insonorisation de la pièce. Ryland leva les mains de dépit et se rassit lourdement sur le bord du lit.

— Lily, réveille-toi. C'est chez toi, après tout, débrouille-toi.

Le rire doux de la jeune femme le fit frissonner, comme s'il sentait le contact de ses doigts.

— L'armure de mon preux chevalier semble avoir quelques accrocs. Rosa ne ferait pas de mal à une mouche, c'est un amour, sois gentil avec elle.

Elle se retourna et le drap glissa dangereusement, exposant une alléchante peau blanche.

Rosa en eut le souffle coupé d'indignation. Ryland rattrapa le drap et le remonta jusqu'au menton de la jeune femme.

— Ne bouge pas. On a de la visite.

Lily leva les cils et aperçut la foule massée dans sa chambre.

— Mais enfin, et le droit à la vie privée ? Je suis certaine de pouvoir en bénéficier.

— Pas quand vous hurlez, rétorqua Kaden.

Elle agrippa le drap et le serra contre elle.

— Ce n'était pas moi, nia-t-elle fermement. C'était Rosa ! Sortez tous. Je veux dormir.

— Je n'ai pas l'impression que c'était votre intention, avança Kaden. Je vous ai clairement entendue dire que Ryland s'intéressait au bondage. Si vous comptez lui passer les menottes, je veux être là pour voir ça.

— Toi, tu as regardé mes films, l'accusa Arly.

— Quels films ? intervint Gator. Vous nous cachez des choses ? Vous avez des vidéos porno et vous refusez de nous en faire profiter ?

— Mais vous êtes tous obsédés par ça ! s'exclama la jeune femme.

— Lily !

La voix de Rosa fit immédiatement retomber le silence dans la pièce.

— Qui sont ces gens et que se passe-t-il chez moi ? J'exige une explication.

Lily chercha des yeux une robe de chambre. Ryland lui en tendit une et, se servant du drap comme d'un paravent, l'aida à l'enfiler pour qu'elle puisse s'asseoir.

— Je suis désolée, Rosa. J'aurais dû t'en parler. Mon père était impliqué dans un projet chez Donovans. Une expérience pour amplifier les talents psychiques.

Lily regarda Rosa en priant pour que la gouvernante ne s'effondre pas.

La peau lisse de Rosa pâlit visiblement sous sa teinte olive, et elle chercha du regard une chaise. Arly l'aida à s'asseoir. Les yeux de la gouvernante restaient rivés sur ceux d'Arly.

— Il a fait cette horreur, après tout ce que nous avions déjà subi ?

Lily hocha la tête.

— L'expérience a commencé à mal tourner. Quelqu'un voulait s'emparer de ses notes pour s'approprier le processus, et le vendre à d'autres pays et à des organisations terroristes. Même dans le secteur privé, la découverte de mon père pouvait être utilisée pour faire du profit. Mais pour parvenir à leurs fins, ils devaient convaincre mon père que l'expérience était un échec. Pour cela, ils ont assassiné les sujets un par un en faisant passer leur mort pour des effets secondaires.

Rosa se signa, puis s'embrassa le pouce.

— C'était mal, Lily.

— Je sais, Rosa, répondit doucement la jeune femme en cherchant à la réconforter. Mon père a commencé à soupçonner que ces décès étaient dus à un sabotage, pas à des effets secondaires, et il m'a demandé de me pencher sur la question. Il ne m'a rien dit du tout, certainement dans l'espoir que je garderais un point de vue neutre. Malheureusement, lorsque j'ai commencé à travailler officiellement sur cette expérience, nos ennemis se sont dit que je pourrais leur fournir les réponses qu'ils cherchaient. Ils ont assassiné mon père et l'ont jeté dans l'océan.

— *Madre mia !*

Rosa étouffa un cri de terreur et saisit la main d'Arly, qu'elle serra fort dans la sienne.

— Tu en es sûre, Lily ? Ils l'ont tué ?

— Je suis désolée, Rosa, mais oui, il est bien mort. Je le sais depuis le jour où il a disparu. Ce sont les mêmes personnes qui t'ont forcée à leur donner les codes de la maison pour qu'ils puissent la fouiller. Ils n'ont rien trouvé, grâce à la vigilance d'Arly, mais cela ne les a pas découragés.

Rosa se balançait d'avant en arrière.

— C'est insensé, Lily. Complètement insensé. Il avait promis de ne plus jamais faire une chose pareille. Pourquoi a-t-il recommencé ?

— Ces hommes sont les sujets de son expérience. Je les ai aidés à s'évader de chez Donovans et je les ai amenés ici. L'un d'entre eux est en convalescence après une opération au cerveau.

Rosa secouait furieusement la tête, incapable d'en entendre plus. Lily continua néanmoins.

— Je leur enseigne les exercices qui m'ont permis d'évoluer dans le monde extérieur. Ils n'ont nulle part où aller, Rosa. Ce sont des hommes recherchés, traqués, et si nous les mettons dehors, ils se feront abattre.

Rosa secouait obstinément la tête sans regarder Lily.

— Ils sont comme moi, Rosa. Comme moi. Où pourraient-ils aller, si ce n'est ici ? Il leur faut un endroit où vivre. Toi, John, Arly et moi sommes tout ce qu'ils ont au monde. Tu veux vraiment que je les jette dehors et qu'ils se fassent tuer ?

Un sanglot sortit de la gorge de Rosa. Arly s'accroupit à côté d'elle et passa un bras autour de ses épaules en lui murmurant quelque chose à l'oreille. Elle posa la tête sur sa poitrine, sans cesser de la secouer, même si elle y mettait désormais moins de conviction.

— Rosa, je suis amoureuse de Ryland.

Cet aveu, prononcé d'une voix basse mais claire, résonna si fort dans le silence de la pièce qu'il aurait été impossible de ne pas l'entendre.

Rosa leva les yeux, soudain attentive.

Lily emmêla ses doigts dans ceux de Ryland.

— Je l'aime et je veux passer le reste de ma vie avec lui. Cette maison est la tienne. Elle le sera toujours. Tu es ma mère, et aucune fille ne pourrait t'aimer plus que je t'aime. Si tu ne veux vraiment pas de Ryland et de ses hommes, nous partirons. Tous. Je partirai avec eux.

— Lily. (Les yeux de Rosa étaient noyés de larmes.) Ne parle pas de partir. C'est chez toi.

— C'est chez toi également. Et j'aimerais qu'ils soient ici chez eux, aussi longtemps que cela sera nécessaire. Je peux les aider. Je le sais. Nous détenons une bande que mon père a enregistrée avant de la cacher. J'espère qu'elle contient des preuves définitives. Si c'est le cas, j'en ferai des copies et j'en donnerai une au général Ranier. S'il le faut, je peux monter encore plus haut dans la hiérarchie. Si la bande les innocente, ce sera parfait ; sinon, nous continuerons à chercher des preuves.

— Ils vont forcément s'en prendre à toi, Lily. Le colonel Higgens sait qu'il t'a révélé son jeu. S'il n'arrive pas à te kidnapper à nouveau, il essaiera de te tuer, déclara sinistrement Ryland.

— Je le sais. Il trouvera un moyen pour fouiller la maison. Ce ne sera pas facile, et il ne découvrira jamais ni les tunnels, ni les hommes. (Elle regarda Kaden et Nicolas.) Vous devrez surveiller Jeff de très près. Il ne sera pas en mesure de se déplacer rapidement. Qui est auprès de lui pour l'instant ?

— Ian et Tucker. Ils ne laisseront personne s'en prendre à lui, répondit Kaden sur un ton d'assurance absolue.

— Parfait. Mon évasion va rendre le colonel Higgens encore plus furieux. Il va forcément venir frapper à la porte avec un mandat. Il n'aime pas que l'on contrecarre ses plans. (Elle se blottit contre Ryland.) Tu avais raison.

— Je veux écouter cet enregistrement, dit Arly.

Ryland lui lança la minicassette.

— Vous avez de quoi la lire ?

Arly l'attrapa au vol et se redressa. Il fouilla dans ses poches et finit par en sortir un dictaphone miniature à activation vocale.

— Tout à fait. Je l'avais emporté en me disant que cela pourrait servir au cas où nous serions arrêtés.

Il sortit la cassette vierge de l'appareil et y inséra l'autre. Après un court silence, une voix se mit à parler.

« Emmenez-le à l'infirmerie et injectez-lui plusieurs doses de cette saloperie. Faites subir quelques décharges électriques à son cerveau pour donner l'impression qu'il a succombé à une attaque. Demain, je veux qu'il soit mort. (Le colonel Higgens parlait sur un ton dur.) *Et ce soir, lorsque Miller aura pris ses somnifères, transférez-le aussi à l'infirmerie et rôtissez-lui la cervelle. J'en ai plus qu'assez de son insubordination. Et n'échouez pas, cette fois-ci, Winston. Je veux que Hollister meure et que Miller soit transformé en légume. Si cela ne convainc pas Whitney que son expérience est un échec, tuez cet enfoiré. Dites à Ken que je veux que le cas de Miller soit réglé ce soir. »*

« Miller ne dort pas beaucoup. Nous ne pouvons pas nous approcher de lui s'il est éveillé. »

Higgens jura.

« Ken ne pourra pas éternellement filtrer les appels de Whitney. Un jour ou l'autre, il finira par réussir à parler à Ranier. Je peux arranger quelque chose pour Ranier, peut-être un incendie. Il faut que cela ait l'air d'un accident. On ne peut pas tuer un général et sa femme sans déclencher une enquête. Des câbles défectueux pourraient faire l'affaire. Mais chaque chose en son temps. Faites en sorte que Hollister soit obligé d'aller à l'infirmerie, pour que nous puissions travailler sur son cerveau, et débarrassez-vous de ce salopard de Miller. »

Un silence absolu régnait dans la pièce. Ryland expira lentement et regarda Lily.

— À mon avis, cela suffira amplement à convaincre Ranier. Arly, vous pouvez nous en faire des copies ?

— Aucun problème. Je peux en faire plusieurs, et nous garderons l'original dans le petit coffre-fort de Lily, répondit Arly en faisant un clin d'œil à cette dernière.

Lily prit ensuite le téléphone et composa le numéro personnel du général. Après une brève conversation, elle regarda ses amis, l'air frustré.

— L'employée affirme qu'ils sont partis pour la journée et qu'ils doivent revenir demain matin. Elle n'a pas voulu me dire où ils se trouvaient. Au moins, il prend des précautions.

— Pourquoi ne prendriez-vous pas tous un peu de repos ? Vous êtes restés éveillés toute la nuit, et il est près de midi. Puisqu'on ne peut pas joindre Ranier, autant faire une petite pause.

Ryland voulait que Lily dorme. Ses contusions ne cessaient de s'accentuer.

— Je peux faire le repas pour tout le monde, proposa Rosa en se montrant aussi maternelle à leur égard qu'elle l'avait toujours été pour Lily. Et j'ai un diplôme d'infirmière. Laissez-moi examiner le convalescent.

— Rosa, dit Lily en se glissant au plus profond des draps, fais-leur faire leurs exercices. Je suis trop fatiguée pour les surveiller.

— Je croyais qu'on prenait notre journée, protesta Gator. Qu'on allait se détendre en regardant ces fameux films de bondage.

— Les exercices sont obligatoires, quelles que soient les circonstances, le gronda Rosa. Il est capital de s'entraîner tous les jours.

Elle commença à faire sortir tout le monde de la chambre, mais elle se retourna brusquement et se dirigea avec raideur vers le lit. Avec un regard sinistre pour Ryland, elle prit les menottes et les emporta.

Arly lui emboîta le pas et lui murmura quelques propos licencieux à l'oreille. Cela lui valut une tape sur le bras, mais ils entendirent Rosa glousser alors qu'elle refermait la porte.

— Tu as vu ça ? demanda Ryland. Elle m'a confisqué les menottes.

Lily se tortilla pour se défaire de la robe de chambre et la laissa tomber par terre.

— Pour que tu n'aies pas l'idée de t'en servir sur moi.

— Ce n'était pas ce que j'avais en tête.

Ryland se passa la main dans les cheveux et ébouriffa encore plus ses boucles noires.

— Pourquoi est-ce que tout le monde pense que j'utiliserais de vraies menottes ? Je prendrais de la soie.

Il se pencha sur Lily et déposa un baiser entre ses seins.

— Je n'aurais rien contre le fait de t'attacher, mais avec de la soie.

Elle enfouit la tête dans son oreiller pour étouffer son rire.

— Mon pauvre poussin, personne ne te croira. Rosa te prend pour un pervers.

— Elle n'a pas tort, avoua-t-il. Mais seulement avec toi. Et tu remarqueras qu'elle a pris les menottes et qu'elle est sortie de la chambre en gloussant avec ton copain Arly, qui semble être un grand amateur de ce genre de pratique. Tu admettras qu'il y a de quoi se poser des questions.

Lily mobilisa suffisamment d'énergie pour le frapper avec son oreiller.

— C'est répugnant. Je te défends de penser qu'ils puissent faire quoi que ce soit de ce style ensemble. Rosa est comme ma mère, et Arly… eh bien… c'est Arly, voilà tout. (Elle regarda Ryland en secouant la tête.) Pas question. Ce n'est pas possible. Jamais ils ne…

Elle ne finit pas sa phrase et frissonna.

Ryland lui rit au nez.

— Bien sûr que si. Il a une lueur caractéristique dans les yeux lorsqu'il la regarde. Les hommes sentent ce genre de choses.

Il laissa tomber ses vêtements par terre et se glissa sous le drap en entourant la jeune femme de son corps.

— Je n'ai pas envie de savoir, alors abstiens-toi de me mettre au courant si tu découvres qu'Arly et Rosa se fréquentent. Tu penses que le général et sa femme sont vraiment à l'abri ?

— À mon avis, Ranier est un vieux tigre très rusé à qui Higgens aurait mieux fait de ne pas se frotter. Il est parti mettre sa femme en sécurité. C'est ce que j'aurais fait à sa place, et lorsqu'il reviendra, il sera prêt à se battre. Il ne s'arrêtera que lorsqu'il aura gagné, ou lorsqu'il sera mort.

Il passa son bras autour du corps de Lily et prit fermement son sein dans sa main.

— Je n'ai pas vraiment apprécié que tous mes hommes sachent que tu ne portais rien sous ton drap. Nous allons devoir avoir une conversation sérieuse à propos de sous-vêtements.

Lily éclata de rire et se retourna pour lui faire face. Ses yeux erraient avec amour sur son visage.

— Tu es le plus bel homme que j'aie jamais vu. Lorsque tu es là, plus personne d'autre n'existe.

Ses doigts tracèrent le contour de son visage et trouvèrent les rides profondes, les petites cicatrices, la mâchoire volontaire. Pendant ce temps, elle ne le quittait pas des yeux.

— Dans ce cas, je vais devoir faire en sorte d'être toujours là, n'est-ce pas ? dit-il.

— Je pense que ce serait une bonne idée, répondit Lily.

Chapitre 19

Ryland se réveilla à la tombée de la nuit. Il resta immobile et écouta la respiration douce de Lily. Elle était allongée à côté de lui, le corps serré contre le sien, telles deux pièces voisines d'un puzzle. Lorsqu'il bougea, la texture de sa peau, douce comme un pétale de rose, glissa contre son cuir tanné, lui rappelant la beauté éternelle de la femme.

Il était allé voir les hommes à plusieurs reprises dans la journée. La plupart dormaient, mais Nicolas était toujours éveillé, constamment sur ses gardes. Il se contentait généralement de sourire, de le saluer ou de hocher la tête, mais il parlait rarement. Ryland s'étendit avec paresse, confiant dans les systèmes de sécurité d'Arly, mais agacé par la nonchalance dont tout le monde semblait faire preuve dans la chambre de Lily.

Il se glissa hors du lit et ferma la porte à clé pour être sûr qu'ils ne seraient pas dérangés. Nu comme un ver, il marcha à pas de loup vers la fenêtre et tira lentement le lourd rideau sur le côté pour laisser la lueur de la lune envahir la chambre et illuminer la peau de Lily. Il n'arrivait pas à croire qu'elle ne voie pas sa propre beauté. Couchée ainsi, ses cheveux noirs et soyeux éparpillés sur l'oreiller, elle était à couper le souffle.

Il trouvait très excitant de rester dans l'ombre à la regarder dormir. De pouvoir retirer le drap et profiter du spectacle qu'elle offrait. De la dévorer avec des yeux affamés.

Une bouffée d'air frais la fit bouger et s'étaler sur le lit, une main étendue sur l'oreiller de Ryland, comme si elle le cherchait. Le corps du soldat se rigidifia presque douloureusement. Chacune de ses cellules avait besoin d'elle. Son cœur battait à tout rompre lorsqu'il la regardait. D'où venait-elle ? Comment avait-il réussi à la trouver ? Lily, sa belle insaisissable. Par moments, il avait l'impression qu'elle était comme de l'eau au creux de sa main, obsédante pour un homme assoiffé, mais lui glissant entre les doigts dès qu'il se penchait pour boire.

Il la désirait. Il la voulait tout entière ; pas seulement son corps, mais aussi son cœur, son âme et son cerveau de génie. Sa mâchoire se durcit. Peu de choses lui échappaient lorsqu'il se mettait en chasse. Lily était trop importante à ses yeux pour qu'il la laisse disparaître de sa vie.

Lily tourna directement la tête vers lui, comme si elle sentait le danger dans le noir.

— Ryland ? Est-ce que tout va bien ?

— Tout est parfait, Lily, répondit-il.

— Qu'est-ce que tu fais ?

— Je contemple ce qui m'appartient. (Il attendit l'espace d'un battement de cœur.) Je réfléchis à toutes les manières dont je veux te faire l'amour.

— Je vois.

Il y avait un soupçon d'amusement et d'invitation dans sa voix.

— Et est-ce que ces réflexions portent leurs fruits ?

Ryland posa la main sur son entrejambe gonflé de désir, preuve de l'effet qu'elle lui faisait et de son faible pour les fantasmes.

— Oui, j'en ai l'impression.

— Approche pour que je voie cela. (Lily poussa un rire doux et joyeux). J'ai toujours pensé que ce serait amusant de satisfaire tous tes fantasmes. De quoi as-tu envie, là, tout de suite ?

Ryland y réfléchit.

— Plus que tout, j'aimerais faire disparaître toutes les marques sur ton corps. Remplacer chaque point douloureux par du bien-être. Je veux que tu oublies tous tes cauchemars, tous tes chagrins et que tu ne penses qu'à moi, même si cela ne dure que quelques minutes. Je veux que tu sois heureuse, et je veux être l'homme qui te rendra heureuse.

Lily eut l'étrange impression que son cœur se mettait à fondre. Tout son corps se transforma en un liquide en fusion. Ce n'était pas du tout la réponse qu'elle avait attendue de lui. Pour tout ce qui touchait au sexe, Ryland était déchaîné ; il devenait un tigre, l'air prédateur, les yeux emplis d'une lueur affamée. Elle sentit que le corps de Ryland était brûlant, rigide, et nécessitait une action immédiate. Comment était-il possible de lui résister lorsqu'il disait de telles choses sur un ton aussi sincère ?

— Dans ce cas, approche, Ryland, répondit-elle doucement.

Il avança vers le bord du lit et la regarda se tourner de son côté et tendre vers lui des doigts cajoleurs. Elle lui caressa les cuisses et il la laissa faire, désireux de la satisfaire, car son instinct lui disait qu'elle voulait sonder son corps tout autant qu'il avait besoin d'explorer le sien. Sa paume était chaude sur sa cuisse et ses ongles lui frôlaient délicatement la peau. Elle lui saisit ensuite les testicules, les serra très légèrement, les caressa. Ryland en eut le souffle coupé de plaisir, et il changea de position pour se rapprocher.

— Lily, gémit-il d'un ton qui était plus une supplication qu'une protestation.

— Non, laisse-moi faire. Je veux mémoriser la forme de ton corps. J'adore les sensations que j'arrive à te donner.

La lune éclairait le corps du soldat. Lily aimait regarder ses doigts, sa peau, effleurant sa silhouette, dansant sur lui, le chatouillant et le forçant à respirer par à-coups. Ryland pouvait lui faire perdre la tête si facilement. Avec ses mains. Sa bouche. Avec son corps. Elle voulait s'assurer qu'elle détenait le même pouvoir sur lui. Qu'ils étaient sur un pied d'égalité.

Ryland comprenait que cela était important pour elle. Son corps était dur comme de la pierre, et ses caresses langoureuses une véritable torture, mais il pensait que cela lui faisait plaisir.

— Un de ces jours, lorsque les autres ne seront pas là, je te ferai partager ce que tu me fais ressentir. Tu le sentiras toi aussi, dit-il entre ses dents.

Il regardait son visage émerger de l'ombre et avancer lentement vers lui. Elle était belle, dans un style classique, avec son petit nez aristocratique et sa bouche charnue. Ses longs cils soyeux. Et ses yeux. Elle le regarda, et il se sentit sombrer, comme happé par ses prunelles.

Sa bouche, chaude, étroite et humide, glissait sur lui, et sa langue dansait de telle manière qu'il crut que sa cervelle allait exploser. Ses mains se crispèrent dans la chevelure de Lily et ses doigts commencèrent à caresser les mèches soyeuses. Il laissa sa tête partir en arrière et s'abandonna totalement au plaisir qu'elle lui donnait.

Les mains de la jeune femme étaient partout, sur les muscles fermes de ses fesses, sur ses hanches, le long de ses cuisses. Elle traça le contour de ses côtes, de son ventre plat, et encouragea ses hanches à adopter un rythme lent et mesuré tandis que les flammes de la sensualité ravageaient le corps du soldat.

Lorsqu'il sut qu'il était sur le point de perdre tout contrôle, il s'éloigna d'elle, lentement et à contrecœur. Il eut beaucoup de mal à retrouver une respiration normale et à forcer ses jambes de plomb à bouger. Il se dirigea vers le bout du lit et s'y agenouilla, les yeux rivés sur elle.

— Lily, je veux que cette nuit soit pour toi. Je veux que tu sentes à quel point je t'aime. Quand je te touche, quand je t'embrasse, quand je te fais l'amour, je veux que tu saches définitivement qu'il ne s'agit pas seulement de sensations physiques. Ce qui existe entre nous est tellement plus intense. Je n'ai pas de jolis mots pour t'expliquer tout cela. Tout ce que je peux faire, c'est te le montrer.

— Tes mots sont magnifiques, Ryland, le contredit-elle.

Il avait commencé à masser les muscles de son mollet, ce qui eut pour effet de couper le souffle et la parole à la jeune femme. C'était toujours la même chose lorsqu'il la touchait. Et il avait raison. Elle pouvait sentir son amour. Il coulait du bout de ses doigts lorsqu'il caressait ses cicatrices et ses muscles endoloris. Elle le sentait dans ses lèvres qui se posaient sur chaque contusion. Dans sa langue qui virevoltait sur les marques décolorées et lui apportaient un bien-être doux et salvateur. L'amour qu'il lui portait lui fit monter les larmes aux yeux.

Ryland remonta le long des jambes de la jeune femme, trouva les boucles noires de sa toison et s'y plongea, comme à la recherche d'un trésor. Lily faillit en tomber du lit. Il la rattrapa par les hanches et la tira pour la rapprocher de lui tout en donnant libre cours à la faim qu'elle lui inspirait. Il prenait possession de son corps. Il voulait qu'elle comprenne qu'il n'y avait personne d'autre au monde pour elle. Ni pour lui.

Lily gémissait à mesure que les flots d'extase déferlaient en elle. Les mains de Ryland étaient fermement accrochées à ses hanches et la rendaient complètement vulnérable à ses assauts. Il prenait son temps, traitait son corps avec vénération et tentait d'augmenter le plaisir qu'elle ressentait de toutes les manières qu'il connaissait. Et ses connaissances étaient très vastes. Elle demanda grâce, le supplia de la prendre, l'implora de ne faire qu'un avec elle, pendant que son corps réagissait à chacune de ses initiatives.

Il prit son temps pour explorer chaque ombre, chaque creux. Il grava dans sa mémoire chacune des réactions de Lily. Il trouva les bleus et les bosses, toutes les zones sensibles de son corps. La jeune femme était déchaînée. Elle tentait de l'attirer contre elle et lui murmurait ses désirs, au plus sombre de la nuit.

Ryland installa son corps au-dessus de celui de Lily. Il sentit la douceur de sa peau, qui fondait presque contre la sienne. Les hanches de la jeune femme s'encastrèrent délicatement entre les siennes. Elle était chaude et humide, prête à l'accueillir. Il pénétra dans ses replis soyeux, mais seulement de quelques centimètres, pour profiter des sensations qu'elle diffusait.

— Dis-le-moi, Lily. Je veux te l'entendre dire à haute voix.

La jeune femme leva les yeux jusqu'à son visage.

— Te dire quoi ? Je crois que tu m'entends déjà très bien. Je veux que tu entres profondément en moi et que tu prennes la place qui t'attend.

— Nous ne faisons qu'un. Nous étions faits l'un pour l'autre.

Il s'enfonça plus loin en elle et la sentit se raidir et lui résister, avant de se détendre pour l'accueillir. La sensation lui déchira les entrailles.

— Tu le sens Lily ? Tu crois que d'autres personnes ont déjà ressenti ce que nous ressentons ? Crois-tu que cela ait jamais été possible ?

Il avança encore un peu plus, le souffle coupé. Il resserra les doigts sur les hanches de la jeune femme, pour l'immobiliser pendant qu'il la prenait lentement. À sa manière. Totalement.

— Je t'aime, Ryland. Je ne veux pas d'autre homme. Dis-le, toi aussi. Qu'est-ce que tu attends de moi ?

Ses yeux étaient trop bleus. Trop lucides. Ryland pouvait y lire son intelligence. Elle était tout ce qu'il n'était pas. Riche. Cultivée. Raffinée. Elle avait reçu plus d'instruction qu'il n'en aurait jamais l'occasion au cours de sa vie. Il raffermit son emprise et s'enfonça encore plus profondément, en de longs mouvements destinés à leur faire perdre la tête à tous les deux. À leur faire quitter le monde réel pour les plonger dans un univers de chaleur, de flammes et de passion, où Lily était la seule chose qui comptait.

Ici, dans ce lit, éclairé par la lune, il faisait partie d'elle. Il alla jusqu'aux limites de sa capacité à garder le contrôle, sans ménager ses efforts, récompensé par les cris essoufflés de Lily, par ses mains crispées sur les siennes, par les réactions sauvages de son corps qui adoptait sans la moindre hésitation toutes les cadences qu'il lui imposait. Elle le suivait avec une confiance totale, sans la moindre gêne, et se donnait entièrement à lui.

Lily s'entendit crier, perçut un râle dans la gorge de Ryland tandis que les flammes les consumaient et que le monde explosait autour d'eux, un tourbillon de couleurs et de lumières, un déferlement de plaisir qui la laissa allongée, hors d'haleine, à contempler son visage. Son visage adoré. Elle en aimait chaque trait rugueux, chaque cicatrice, le soupçon de barbe dont il semblait ne jamais parvenir à se défaire. Les vagues de plaisir se succédaient en explosions brutales, et elle resta soudée à lui, satisfaite, heureuse. À sa place.

Elle le serra fort dans ses bras, comme si elle pouvait le garder dans cette position, dans la même peau qu'elle, dans le même corps, pendant que leurs cœurs battaient à tout rompre et que le moindre mouvement de l'un ou de l'autre leur faisait l'effet d'une véritable onde de choc.

Ryland se souleva sur ses coudes pour la soulager d'une partie de son poids, mais sans toutefois lui rendre son corps. Il étouffa son visage de petits baisers, en s'attardant sur sa bouche.

— J'aime tout en toi.

— Je l'avais remarqué.

Les doigts de Lily s'enfoncèrent dans ses cheveux ondulés. Ryland était tout en angles et en muscles, mais il avait de jolies boucles noires et brillantes. Elle les adorait.

— J'aimerais qu'on règle quelques petites choses, Lily.

Cette dernière écarquilla les yeux, puis un sourire se dessina lentement sur ses lèvres.

— Cela ressemble étrangement à une phrase de rupture, comme quand, au cinéma, le héros annonce : « Il faut qu'on parle. »

— Il le faut, en effet, écoute-moi bien.

— Je ne peux même pas penser, alors parler ! protesta-t-elle. Mon processus de pensée est désactivé. Tu as court-circuité mon cerveau.

— Lily, tu ne t'es toujours pas engagée envers moi. Je veux que tu m'épouses. Je veux avoir des enfants avec toi. Le veux-tu toi aussi ?

Il y eut quelques secondes de silence au cours desquelles elle le regarda. Il perçut sa réponse dans son corps, par le mouvement infime qu'elle fit pour se dégager.

— C'est injuste, bien sûr que je veux tout cela avec toi. Simplement, je ne sais pas si c'est possible. Je dois découvrir ce qui se cache dans cette pièce, Ryland. Il y a encore tellement de choses que j'ignore. Je dois retrouver ces femmes. J'ai fait une promesse à mon père, et je compte bien la tenir.

Ryland resserra les mains sur ses épaules et la secoua légèrement.

— Je veux être sûr que cela ne changerait rien, Lily. Dis-le-moi. On peut rester dans cette fichue pièce, lire chaque dossier, regarder chaque bande, trouver ces femmes et nous assurer qu'elles mènent des vies normales, et tout cela ensemble. Dis-moi que rien de ce que nous risquons de découvrir ne nous séparera jamais.

Il prit le visage de la jeune femme entre ses mains, la couvrant toujours de son corps.

— Si tu peux me dire cela sincèrement, alors je pense qu'il ne faut pas détruire le labo secret. Il nous sera peut-être utile. Qui sait, nos enfants en auront peut-être besoin. Mais si tu ne peux pas me dire tout cela droit dans les yeux, Lily, alors je te jure que je le démolirai moi-même.

De son regard bleu vif, Lily étudiait l'intensité de l'expression de Ryland, l'acier dans ses yeux étincelants. Un sourire se forma lentement sur sa bouche. Elle s'approcha de lui, lui embrassa le nez, les lèvres, les deux yeux.

— Tu te rends compte à quel point cette menace est ridicule ? Si je voulais garder le labo intact, je n'aurais qu'à te mentir.

Il secoua la tête.

— Le mensonge ne fait pas partie de ta panoplie. Ou tu veux de moi pour toujours, et cela t'importe autant qu'à moi, ou tu ne veux pas. Je veux te l'entendre dire. Je veux que tu t'engages. Ce qui se trouve dans cette pièce ne comptera pas, si tu m'aimes autant que je t'aime. Je n'en veux pas moins. Je veux bien signer un contrat prénuptial à cause de ta fichue fortune, et je me moque de ne presque jamais comprendre ce que tu fais. Mais je veux savoir, pas seulement deviner, savoir que tu m'aimes et que tu me désires autant que moi.

La jeune femme se raidit et son cœur s'affola.

— Tu parles de me quitter. C'est bien ce que tu dis, n'est-ce pas ?

— Lily, ce que je dis, c'est que je suis prêt à assumer les promesses que tu as faites à ton père. Je suis prêt à vivre ici avec toi, si c'est ce dont tu as besoin pour ton bonheur. Je suis prêt à ce qu'Arly, Rosa et John deviennent ma famille. Tout ce que je te demande en retour, c'est la même chose de ta part. Accepte-moi, moi et ma famille. Ces hommes qui n'ont nulle part où aller. Éprouve toi aussi ce que j'éprouve pour eux, Lily, engage-toi. C'est donc si difficile, bon Dieu ?

Il le vit tout d'abord dans ses yeux. Tout au fond, là où cela comptait. Ryland sentit son cœur exploser dans sa poitrine. Il posa ses lèvres sur les siennes, avalant les mots qu'elle s'apprêtait à prononcer pour qu'ils atteignent directement son âme. Lily. Sa Lily pour l'éternité.

Tout à coup, Ryland releva la tête, tous les sens en alerte. Puis il jura.

— On va avoir de la compagnie, annonça-t-il en se dégageant rapidement d'elle.

Lily remonta les draps jusqu'à son menton.

— Comment ça ?

— Les enfants sont sortis de leurs lits.

La porte de la chambre s'ouvrit violemment et plusieurs hommes entrèrent.

— Mais enfin, que se passe-t-il ? Vous n'avez vraiment rien d'autre à faire que de venir m'embêter dans ma propre chambre ? Vous venez d'interrompre une demande en mariage.

Lily essaya d'adopter un ton outragé en espérant leur faire comprendre qu'ils l'importunaient.

Kaden haussa nonchalamment les épaules.

— Tout le monde sait que vous allez l'épouser. Il est toujours un peu lent à passer à l'action.

— Ça fait dix fois que je le lui demande, s'insurgea Ryland. C'est elle qui hésite tout le temps.

Lily jeta un regard furieux à son fiancé.

— Pourquoi n'avais-tu pas fermé la porte ?

— Elle était verrouillée, répondit-il. Mais ce n'est pas le genre de détail qui les gêne. Nos enfants sont des rois de l'effraction.

— Formidable. Et l'art de frapper aux portes, personne ne le leur a appris ?

Elle transféra son courroux sur les hommes et sur ce petit sournois d'Arly, dans l'espoir de les foudroyer sur place.

Plusieurs d'entre eux levèrent les mains pour faire semblant de se protéger, sans toutefois cesser de sourire jusqu'aux oreilles.

— Ian a un mauvais pressentiment, annonça Kaden, une fois les rires calmés. Il pense que quelqu'un est en train de s'en prendre au général Ranier.

Ryland retrouva instantanément son sérieux et tendit le téléphone à Lily.

— Appelle-le. Préparez-vous. Nous partons tout de suite. Nous vérifierons sur place pour voir s'il s'est passé quelque chose.

— Ça ne répond pas, Ryland, dit Lily en fronçant les sourcils. D'habitude, il y a toujours quelqu'un, de nuit comme de jour. Ce n'est pas normal, et cela m'inquiète.

— J'ai de mauvaises perceptions, ajouta Ian. Si nous attendons, nous risquons d'arriver trop tard.

— Compris, Ian, répondit Ryland tout en commençant à s'habiller sans la moindre pudeur. Dépêche-toi, Lily, pas question que je te laisse ici. Je n'ai pas confiance en Higgens. Arly peut assurer la sécurité de Rosa et de John, mais il ne pourrait rien faire si le colonel décidait de te kidnapper.

Lily leva les yeux au ciel.

— Tout ça, c'est pour jouer les machos devant vous. Il savait que je viendrais de toute façon, alors il n'a pas pu s'empêcher de faire comme s'il me donnait des ordres. Et figure-toi, mon Rambo d'amour, que je suis tout à fait prête. Et qu'un peu d'intimité ne me déplairait pas.

Elle s'enroula dans le drap et se dirigea vers la penderie.

— Il te faut une tenue de nuit, Lily, c'est-à-dire du noir, répondit Ryland en lui mettant dans la main une combinaison extensible noire. Ça fera l'affaire. Je l'ai trouvée dans cet entrepôt que tu appelles penderie. Et mets des chaussures de sport ; tu en as bien une paire, n'est-ce pas ?

— Une bonne dizaine, affreux personnage. Mais je ne suis pas sûre de pouvoir entrer tout entière là-dedans, ajouta-t-elle.

Elle entra dans la salle de bains pour faire un brin de toilette hâtif et tenta d'enfiler la combinaison.

— Je vais ressembler à une saucisse.

— Je vais vous aider, proposa Gator.

— J'apprécie beaucoup votre offre, répondit Lily, et je pourrais bien vous prendre au mot.

— Pas avant que je t'abatte, dit Ryland à son soldat.

— Qu'est-ce qu'il peut être sensible, Lily, soupira Gator.

Lily passa la tête par le coin de la porte pour faire une grimace à Ryland.

— C'est un gros bébé, c'est tout, déclara-t-elle à Gator.

Elle vint se placer à côté de Ryland et ils se dépêchèrent de rejoindre le tunnel. Elle se pencha à son oreille.

— Il n'est pas humainement possible de porter des sous-vêtements sous ce truc.

Il lui mit la main sur la bouche et adressa un regard inflexible à ses hommes. Aucun n'osa faire de commentaire, mais tous lui adressèrent un sourire entendu.

Ian roula sous la haie et avança rapidement jusqu'à Ryland.

— Je ne sens pas du tout cet endroit, mon capitaine. Il y a quelqu'un, et s'il s'agit du général, il n'est pas seul.

— *Je dénombre quatre personnes dans la maison et deux gardes du côté nord*, les informa Nicolas.

— *J'en compte deux dans la maison, plus un garde sur le balcon est*, dit à son tour Kaden.

— *Sniper sur le toit. Un autre sur le toit de l'autre côté de la rue*, ajouta Jonas. *Cela fait deux snipers, sur deux bâtiments différents.*

Ryland évalua la situation.

— *Nous devons pénétrer dans la maison. Vous avez la preuve formelle que le général s'y trouve ?*

— *Il y a un homme à terre dans la cuisine, près de la table. Je ne le vois pas assez bien pour savoir s'il s'agit d'un employé ou d'un militaire. Le plus probable, c'est que le général est bien là, et qu'il a des visiteurs importuns*, suggéra Kaden.

— *Dans ce cas, on n'a pas le choix. Nico, sécurise les toits. Kaden, Kyle et Jonas, occupez-vous des gardes. Si vous ne savez pas dans quel camp ils sont, allez-y mollo. Sinon, travaillez proprement et sans coups de feu. Silence absolu. Prévenez-moi lorsque vous aurez fini et nous entrerons.*

Lily était recroquevillée dans un coin de la voiture et essayait de se faire aussi petite que possible. Elle se trouvait à un pâté de maisons de l'action. Elle savait que Ryland avait laissé l'un de ses hommes veiller sur elle. Elle devinait qu'il s'agissait de Tucker, qui dispensait en permanence une grande impression de sécurité. Elle n'arrivait pas à le voir, mais il était là, quelque part, et il éloignait les dangers de la nuit. Arly était sur le siège du conducteur et trahissait son anxiété en tapotant le volant.

— Tu n'aurais pas dû venir, Arly, dit Lily avec nervosité. Je n'arrive pas à croire que tu nous aies accompagnés. John et Rosa…

— …sont en parfaite sécurité. Rosa m'arracherait la tête si jamais il t'arrivait quelque chose. Elle m'a demandé de m'assurer personnellement que tu reviennes saine et sauve. Enfin, ajouta-t-il à contrecœur, toi et ton petit copain.

— Quelqu'un a posté des gardes autour de la maison du général. Les hommes de Ryland sont en train de les neutraliser, lui expliqua Lily avant de se pencher vers son siège. Arly, depuis quand Rosa et toi êtes-vous ensemble ?

Il la regarda attentivement.

— Depuis quand le sais-tu ?

— Pourquoi avez-vous gardé cela pour vous ?

— C'était contre ma volonté. Je lui ai demandé sa main des milliers de fois. Mais elle refuse de m'épouser. C'est parce qu'elle ne peut pas avoir d'enfants.

— Rosa n'est plus en âge d'avoir des enfants, Arly, qu'est-ce que cela peut bien faire ?

— C'est exactement ce que je lui ai dit hier. Remarque, j'aime bien le côté secret de la chose, ça ajoute un peu de piment. Mais je me fais trop vieux pour grimper par les fenêtres et raser les murs.

— Et elle a dit oui ?

— Je lui ai expliqué qu'avec tout ce que nous faisions ensemble, elle brûlerait en enfer si elle ne m'épousait pas. Donc elle a accepté.

— Formulée comme cela, la demande a dû être irrésistible. (Lily se pencha par-dessus le siège pour l'embrasser.) Cela me fait plaisir ; tu as besoin d'avoir quelqu'un à tes côtés pour te garder à l'œil, dit-elle en inspirant profondément. Cette fois-ci, j'ai vraiment peur. Pour Ryland. Pour le général. Pour tous les hommes. Et pour nous.

Arly lui serra la main.

— Moi aussi. Mais laisse-moi te dire une chose : j'ai déjà vu des gros durs se sortir de situations impossibles, mais ils ne feraient pas le poids à côté de ton Ryland et de ses copains.

— *OK*, annonça Kaden.

— *OK*, dit à son tour Jonas.

— *OK*, ajouta Kyle.

Ryland patienta encore. S'il était possible de sécuriser les toits, Nicolas le ferait. Ian semblait très mal à l'aise. C'était mauvais signe. Il était extrêmement sensible aux intentions violentes ou meurtrières, dont les ondes d'énergie maléfiques le prenaient toujours pour cible, sans prêter la moindre attention aux autres. Ryland voyait la sueur perler sur son front.

— *C'est bon, les toits sont sécurisés*, rapporta Nicolas avec son calme habituel, sans rien trahir de ses sentiments. *Le premier avec douceur, le deuxième franchement moins.*

Ryland soupira. Cela ne rendait sa décision que plus difficile. Higgens était venu avec des soldats, des hommes qui ne faisaient qu'obéir aux ordres. Seuls un ou deux d'entre eux connaissaient la vérité. Le fait de savoir que certains de ces soldats étaient dupes des machinations du colonel augmentait les risques de l'opération. Enfin, il se décida.

— *Il y a quatre personnes à l'avant de la maison. Si le général est chez lui, c'est là qu'il sera. Répartissez-vous quatre secteurs et balayez la zone. Débarrassez-vous de ce qui se trouve entre vous et le général. Il y a peut-être des employés de maison, mais traitez-les de la même manière. Vous neutralisez tout le monde et vous continuez.*

Ryland traversait déjà l'immense pelouse en rampant, afin de ne pas se faire voir en terrain découvert.

Lily fit la grimace en entendant cet ordre. Elle ne voulait pas les distraire pendant qu'ils progressaient vers la maison, mais plusieurs questions lui trottaient dans la tête. Elle interrogea donc Arly, car elle avait besoin d'y voir plus clair.

—Je ne comprends pas comment Higgens pourrait avoir convaincu tant d'hommes de trahir leur drapeau pour ce seul projet. Il ne doit pas en être à son coup d'essai, s'il est capable de recruter autant de volontaires.

Arly haussa les épaules.

—Il est dans l'armée depuis longtemps, Lily. C'est un officier, un homme de pouvoir qui ne doit avoir aucun mal à lire les faiblesses des autres.

—Mais Phillip Thornton et Donovans…, commença-t-elle, le cerveau en ébullition. Nous avons plusieurs contrats sur des questions de sécurité, mais… Oh non. Nous sommes peut-être dans les ennuis jusqu'au cou, Arly. Donovans détient le contrat sur les satellites espions de l'armée. Si Higgens a eu accès à ces informations, il est en mesure de vendre les localisations des satellites américains. (Ses doigts s'enfoncèrent dans le bras de son ami.) Il détient peut-être les clés de notre système d'alerte précoce, ou de notre capacité à riposter à une attaque à grande échelle. Il aurait même accès aux données de communication. Thornton ne dispose pas de ce genre d'habilitation. Seules quelques rares personnes y ont droit dans l'entreprise.

—Et le colonel Higgens en fait partie ?

—Pas à ma connaissance. (Elle pianota sur le bord du siège.) Cela pourrait être très grave, Arly. Thornton n'est quand même pas assez fou pour vendre les secrets de la nation.

Lily voulait informer Ryland de tout cela, mais elle avait peur de le distraire. Les hommes étaient en train de pénétrer dans la maison depuis quatre endroits différents.

Ryland se hissa par-dessus la balustrade du porche, retomba silencieusement au sol et s'éloigna d'une roulade pour laisser la place à Ian. Des ombres noires entouraient la maison de toutes parts et arrivaient de partout, aussi silencieuses que les fantômes à qui elles avaient emprunté leur nom. Le temps de cligner des yeux, ils n'étaient déjà plus là.

Ian se mit en position devant la porte et neutralisa la serrure avec une telle facilité qu'ils eurent à peine besoin de ralentir. Ryland et Ian entrèrent presque en même temps, l'un vers la gauche, l'autre vers la droite, tous les deux au ras du sol. Ils firent une roulade et se mirent en place, leurs armes prêtes à tirer. L'entrée était vide. La maison était plongée dans le noir, et aucune lumière n'était allumée.

Dehors, un chien aboya. Ryland perçut une brève poussée de tension, puis l'animal se calma. Il entendit des murmures dans la pièce sur sa droite. Il le signala à Ian, et les deux hommes se placèrent de manière à voir toute la pièce à eux deux.

— *Ils appuient une arme contre la tête de Ranier. J'ai le feu vert ? J'en ai besoin tout de suite.*

Comme toujours, la voix de Nicolas était parfaitement détendue.

— *Tu l'as dans ta ligne de mire ?* demanda Ryland.

— *En plein dedans*, répondit Nicolas.

— *Vas-y.*

Ryland sentit l'énergie qui s'accumulait déjà dans la pièce tandis qu'ils combinaient la puissance de leurs esprits pour détourner l'arme de la tête du général Ranier. Lorsque Nico tirerait son coup de feu, étouffé par un silencieux, la balle atterrirait en plein entre les deux yeux de l'homme qui tenait Ranier en otage, et il n'y aurait ainsi aucun risque que son arme parte et tue le général.

Higgens vit le trou se former au milieu du front du soldat. Il le vit s'effondrer comme une pierre aux pieds du général. Il se retourna d'un bond, l'arme à la main, à la recherche d'une cible. Le général était sa seule planche de salut. Il pointa donc son arme vers lui. Les deux autres soldats, muets de stupeur, se mirent dos à dos pour se protéger.

— Je sais que vous croyez ce que le colonel Higgens vous a raconté, dit doucement Ryland aux deux hommes. Il est venu assassiner le général Ranier, et il fait de vous ses complices. Posez vos armes et reculez. La situation est sans issue.

Parcourant l'onde d'énergie, sa voix semblait jaillir de toutes les directions. Pendant ce temps, ses hommes pilonnaient l'inconscient des deux soldats pour leur suggérer d'obéir.

Ils se regardèrent, presque impuissants, posèrent leurs fusils sur le sol et reculèrent, les mains en l'air. Immédiatement, le flux de télépathie collective se tourna vers le colonel Higgens. Il s'y était préparé et il résista en luttant pour garder le contrôle de ses propres actions.

— Si vous faites quoi que ce soit, je le tue. Debout, mon général, nous partons, ordonna Higgens.

Il chercha ses adversaires d'un regard affolé, mais en vain.

— C'est mon dernier avertissement, mon colonel, reprit Ryland. Nico vous a en ligne de mire. Il ne manque jamais son coup. Vous connaissez son palmarès. Vous ne pourrez jamais tuer le général, et il est hors de question qu'il vous accompagne. Posez votre arme.

— Bon Dieu, Miller, j'aurais dû vous tuer lorsque j'en ai eu l'occasion, répondit Higgens dans un grognement de haine avant de se retourner pour prendre la fuite.

— *Encerclez-le.*

Ryland se précipita auprès du général tandis qu'Ian fouillait les deux soldats. Ils étaient désorientés et coopératifs, assis par terre le dos au mur et les mains jointes derrière leur tête.

Ryland aida le général à se relever.

— Excusez notre retard, mon général. Nous n'avons pas reçu l'invitation à temps.

Le général Ranier se traîna jusqu'à une chaise en titubant, avec l'aide de Ryland. Il se toucha la tête et vit que sa main était couverte de sang.

— Ce traître m'a assommé avec son pistolet.

Il s'écroula lourdement sur la chaise, la tête baissée.

Ryland lui trouvait l'air vieux et fatigué, et le visage presque gris.

— *Appelez les médecins. Sécurisez la maison et faites venir Lily.*

Le visage fermé, Nicolas poussa le colonel Higgens dans la pièce. Il le fit avancer jusqu'à une chaise et le jeta dessus.

— La maison est à nous, mon capitaine. Trois civils sont touchés et ont besoin d'assistance médicale. L'homme dans la cuisine est mort. C'était un militaire.

— C'était mon garde du corps, dit Ranier d'une voix accablée. Quelqu'un de bien. J'ai emmené Delia loin d'ici pour la mettre en sécurité, puis je suis revenu pour qu'ils s'en prennent à moi. J'avais le pressentiment qu'ils essaieraient et que cela mettrait ma femme en danger. (Il regarda le colonel Higgens.) Vous avez tué un bon soldat ce soir.

Higgens ne répondit pas, mais ne quitta pas Ryland de ses yeux froids.

— Mon général, nous avons appelé les secours, ils ne vont pas tarder. Mes hommes s'occupent de votre personnel. Je suis le capitaine Ryland Miller, déclara-t-il avec un salut militaire.

— C'est donc vous qui êtes à l'origine de toute cette histoire. Peter me parlait souvent de cette amplification des capacités psychiques et j'ai finalement accepté de donner le feu vert à son plan de savant fou, mais je n'ai jamais pensé qu'il fonctionnerait vraiment. (Il se rassit et posa la tête contre le cuir du dossier.) Si je l'avais cru, j'aurais été plus attentif à ce qui se passait.

Ryland lui tendit une serviette propre pour sa tête.

— Mes hommes et moi sommes portés déserteurs, mon général. Nous aimerions nous rendre à vous.

— Capitaine, vous avez reçu l'ordre de faire tout ce qui était nécessaire pour protéger vos hommes et les secrets de notre pays lorsqu'on vous a désigné pour cette mission. À votre connaissance, est-ce bien ce que vous avez fait ?

— Oui, mon général, en effet.

— Dans ce cas, je ne vois pas en quoi vous pourriez être portés déserteurs ; vous obéissiez aux ordres. Et pour moi, votre mission a été un succès.

— Merci, mon général. Néanmoins, l'un de mes hommes est blessé. (Ryland regarda Higgens.) Vous pourrez ajouter la tentative de meurtre aux accusations qui pèseront contre lui.

Lily se précipita dans la pièce et se jeta au cou du général Ranier.

— Général, vous êtes blessé ! Quelqu'un a appelé une ambulance ? Ryland, il devrait être allongé.

Le général la serra contre lui.

— Ce n'est rien, Lily, ne te mets pas dans cet état. J'ai juste été un peu secoué. J'essaie d'assembler toutes les pièces du puzzle depuis notre dernière conversation.

— C'est forcément le contrat de la défense. Higgens devait vendre des secrets depuis longtemps, répondit Lily en baissant la voix. Pour lui, cette expérience n'était qu'un bonus. Il voulait vendre les informations, mais il n'aurait pas pu disposer de tant de personnes en place si rapidement à moins d'avoir fait cela depuis longtemps. Plusieurs années, à mon avis.

— Il n'a pas pu agir seul. Il n'a jamais fait partie du programme des satellites de défense, signala le général Ranier. J'étais du même avis que toi, Lily. Nous nous doutions qu'il y avait des fuites, mais le colonel Higgens était au-dessus de tout soupçon. Ses états de service sont irréprochables.

— J'ai une bande enregistrée par mon père. Il avait dû installer le dictaphone à activation vocale dans un endroit où il était sûr que le colonel parlerait librement. Mon père se méfiait beaucoup de lui. Sur la bande, on entend clairement Higgens préméditer votre mort, à vous et à Delia, par le biais d'un incendie à votre domicile, maquillé en « accident ». Arly en a fait des copies et nous gardons l'original pour les comparaisons vocales.

Le général Ranier tourna les yeux de l'autre côté de la pièce, vers le colonel Higgens.

— Depuis combien de temps cela dure-t-il ?

— Je nie tout en bloc. Ils ont tout inventé pour couvrir leur propre lâcheté et leur culpabilité, répondit le colonel. Je refuse de parler de ces inepties hors de la présence de mon avocat.

— Je pense que le général McEntire est impliqué lui aussi, général, dit Lily avec chagrin, car elle savait quel coup elle portait là à Ranier. Je suis désolée, je sais qu'il est votre ami. Mais je crois que c'est lui qui dirige tout et que Higgens travaille pour lui. Hilton a dû être placé auprès de vous pour vous surveiller et, soit introduire des preuves vous incriminant, soit vous tenir à l'écart de tout ce qui aurait pu vous paraître suspect. Comme les nombreux messages de mon père, par exemple. (Elle regarda Higgens.) McEntire n'avait rien à voir avec l'expérience. Au départ, il n'était même pas au courant. Vous ne pensiez pas vraiment qu'elle porterait ses fruits. Mais un jour, vous les avez vus en action et vous vous êtes rendu compte que personne ne connaissait leur potentiel. Cela représentait une valeur inestimable, et pour une fois, vous étiez en première ligne. Au départ, vous l'avez caché à McEntire, n'est-ce pas ?

Higgens lui lança un regard malveillant.

— C'est vous qui avez décidé de saboter l'expérience pour que mon père pense qu'elle avait échoué et qu'il y mette un terme. Mais il était beaucoup plus intelligent que vous ne le pensiez, et les hémorragies cérébrales lui ont paru suspectes. Elles n'avaient aucun sens vu qu'il n'utilisait pas d'impulsions électriques. Il avait averti Thornton du danger, n'est-ce pas ? Vous vous êtes donc servi de cette méthode pour tuer les hommes.

— J'ai du mal à suivre, Lily, avoua le général Ranier.

— Je vous expliquerai tout de manière que vous compreniez combien d'hommes il a éliminé pour satisfaire son appât du gain, répondit Lily. Vous allez passer le reste de votre vie en prison, colonel, avec votre ami McEntire. Tout l'argent que vous avez amassé en trahissant votre pays et en assassinant des innocents ne vous servira à rien, et j'espère que vous en avez bien profité pendant que vous en aviez encore le temps.

— Le général McEntire ? répéta Ranier. Il a débuté dans l'US Air Force, au Bureau national de reconnaissance. Ensuite, il s'est spécialisé dans la construction et l'exploitation de satellites espions. C'est grâce à lui que Donovans a décroché le contrat de la défense.

— C'est un ami de Thornton, expliqua Lily.

— Ils étaient à l'école ensemble, dit tristement le général Ranier. Avec moi.

— Je suis désolée, général, répondit Lily en le prenant dans ses bras.

Chapitre 20

— L'histoire a éclaté ce matin dans tous les médias, annonça Arly.

Il se pencha, embrassa Rosa en plein sur la bouche, puis sourit sans le moindre remords lorsqu'elle le frappa à l'aide d'un journal roulé.

— McEntire, Higgens, Phillip Thornton et plusieurs autres ont été accusés d'assassinat, d'espionnage et de divers autres délits.

— L'enquête a duré une éternité, se plaignit Jeff, s'appuyant pesamment sur sa canne. J'ai cru que j'allais mourir de vieillesse avant qu'elle soit terminée. Pourquoi ont-ils mis tant de temps ?

— Le général McEntire et le colonel Higgens étaient des hommes très respectés, aux états de service irréprochables, répondit Kaden. Tout a commencé il y a longtemps. Ils étaient encore à l'école, ils ont décrété qu'ils étaient plus malins que le reste du monde et ils se sont dit que l'espionnage serait la carrière idéale pour des hommes de leur trempe. Ils trouvaient cela excitant tous les deux et prenaient un plaisir infini à tromper tout le monde.

Ryland hocha la tête.

— Thornton a avoué tellement de choses qu'ils n'arrivaient plus à le faire taire. Il voulait parvenir à un accord. Thornton était seulement intéressé par l'argent. Il a accepté d'aider Higgens à saboter l'expérience parce qu'il détestait

Peter Whitney. Whitney était plus intelligent, plus riche et plus influent que lui. Ils s'étaient accrochés à plusieurs reprises, et Thornton avait toujours eu le dessous. Son image comptait plus que tout pour lui. Il a commencé à ruminer les affronts imaginaires que Whitney lui avait fait subir et il a attendu l'occasion de se débarrasser de lui. Il s'est vanté d'avoir aidé Higgens à l'attirer sur le bateau où ils devaient le tuer. Il a dit à Whitney qu'il avait des informations importantes à lui transmettre à propos de Higgens, et cela a suffisamment mis la puce à l'oreille de Peter pour qu'il y aille seul.

Arly grimaça.

— Lily n'était pas là pour entendre cela, j'espère ?

Ryland secoua la tête.

— Non, elle a été si occupée à essayer de maintenir Donovans à flot et à sauver les emplois et la réputation de sa société qu'elle n'a eu le temps pour rien d'autre.

— Ça, ce n'est pas vrai ! protesta Jeff en prenant une poignée de chips. Depuis que le général Ranier l'a placée à la tête de notre groupe, elle passe la plus grande partie de son temps à pondre des exercices sadiques pour renforcer nos esprits. Quand ce n'est pas ça, ce sont les exercices physiques. Sans parler de la thérapie. Cette femme est une esclavagiste.

— Ce qui te met en rogne, c'est que, lorsqu'elle a invité tes proches à te rendre visite, ta mère était d'accord avec elle pour ta thérapie, le corrigea Ryland. Et mieux vaut pour toi qu'elle ne te voie pas manger ces chips. N'es-tu pas au régime ?

Retenant une exclamation, Rosa donna une tape sur la main de Jeff pour lui faire lâcher les chips.

— Vous avez perdu la tête ? Mangez une pomme !

Tucker adressa un clin d'œil à Jeff et fit léviter un sachet de chips jusqu'à lui. Rosa fit semblant de ne rien voir et se consola en se disant que « les garçons », comme elle les appelait, étaient chaque jour plus forts et suivaient à la lettre les exercices que Lily leur donnait.

— Où est Lily ? demanda Arly. Je ne l'ai pas vue de la journée. Elle n'est quand même pas allée travailler ce matin ?

— Le jour de son mariage ? (Rosa était horrifiée.) J'espère pour elle qu'elle n'a pas fait ça !

Ryland profita un moment de l'ambiance joyeuse de la cuisine, des rires et de la camaraderie que Lily avait fait naître entre eux tous. Elle avait généreusement ouvert sa maison aux hommes. Elle leur avait donné son temps et ses connaissances. Tous étaient aujourd'hui plus forts grâce à son aide et au toit qu'elle leur avait fourni. Même Jeff avait fait des progrès remarquables.

L'unité de Ryland était dans les petits papiers de sa hiérarchie et obtenait de bons résultats lors des missions d'entraînement. Le général Ranier prenait une part active à leurs opérations quotidiennes. Les choses n'auraient pas pu mieux se dérouler… pour eux. Lily, elle, portait le fardeau. Elle réparait les erreurs de son père. Se démenait pour sauver des emplois et des vies. Œuvrait en secret pour essayer de retrouver les jeunes femmes dont l'existence avait été brisée avant même d'éclore. Sa Lily.

Il savait où elle se rendrait le jour de son mariage. Il adressa un petit sourire à Nicolas et sortit nonchalamment de la pièce, même si la nonchalance était loin d'être son sentiment dominant. Il se dirigea tout droit vers le bureau de son père, heureux d'avoir demandé à Arly d'ajouter ses empreintes au système de sécurité de la porte.

La pièce était vide, mais il savait qu'elle se trouvait au sous-sol. Il percevait sa présence, se sentait attiré par elle. Cela ne changerait jamais. Il verrouilla la porte derrière lui, tout aussi obnubilé par la sécurité que l'était Lily. Cette pièce représentait l'enfance de la jeune femme. Elle abritait également des secrets dans le domaine de la recherche psychique. Lily se levait souvent au milieu de la nuit pour descendre au laboratoire souterrain en apprendre davantage. Son père avait soigneusement archivé toute une vie de succès et d'échecs.

Lily éprouvait un mélange d'horreur et de fascination pour l'œuvre de son père. Tout comme Ryland. Maintenant que son unité fonctionnait correctement et qu'aucune menace de mort ne pesait plus sur elle, il voulait savoir comment devenir plus fort. Il voulait savoir de quoi ses hommes et lui étaient vraiment capables. Le laboratoire secret était un puits de connaissances. Il comprenait le désir de Lily de s'y abreuver.

Ryland s'engagea dans l'étroit escalier dont chaque marche le rapprochait d'elle. Il la percevait désormais facilement, elle et la profonde tristesse qui semblait faire partie intégrante de son être. Sa Lily, prête à endosser les péchés de son père et à remettre le monde d'aplomb.

Lily regardait à l'écran l'image figée d'une jeune fille. Lorsqu'elle leva les yeux vers lui, il vit qu'elle avait pleuré. Ses longs cils étaient mouillés, et le simple fait de la regarder lui brisa le cœur.

Elle lui sourit.

— Je savais que tu viendrais. J'étais en train de me demander si mon père était oui ou non un monstre. Et je savais que tu viendrais.

Ryland lui prit la main et la serra fort.

— C'était un homme qui vivait dans la tristesse avant de te connaître, Lily. Souviens-toi du père que tu connaissais, pas de l'homme qu'il avait été auparavant. Tu l'as transformé, tu as donné un sens à sa vie. Tu as fait de lui quelqu'un de bien, et après cela, il a fait de son mieux pour améliorer le sort de l'humanité.

Il s'assit près d'elle, cuisse contre cuisse, comme s'il voulait la protéger.

— Je l'aimais tant, Ryland. Je l'admirais, j'admirais son génie. J'ai fait énormément d'efforts pour ne pas le décevoir.

Il porta la main de la jeune femme à sa bouche et la fit passer plusieurs fois sur ses lèvres, en petites caresses répétées.

— Je le sais, Lily. Et il était très fier de toi. C'est tout à fait normal pour une fille d'aimer son père. Il l'avait bien mérité.

— J'essayais d'imaginer ce que je ressentirais si j'étais l'une des autres filles. Si j'avais été abandonnée à cause de mes défauts. Peux-tu imaginer cela, Ryland ? J'ai presque peur de les contacter, même en sachant que je peux leur apporter de l'aide si elles en ont besoin. (Elle toucha le visage à l'écran.) Regarde ses yeux. Elle a l'air complètement hagard.

La voix de Lily vibrait de compassion.

— Nous devons prendre les choses une par une, lui rappela-t-il doucement. L'enquête est terminée, les médias viennent de dévoiler toute l'histoire. McEntire et Higgens vendaient des secrets à des gouvernements étrangers depuis des années. Tout le monde s'affole pour limiter les fuites et évaluer les dégâts. Mes hommes et moi sommes totalement blanchis, et nos dossiers ne comporteront rien qui pourrait faire du tort à nos carrières. D'ailleurs, nous avons même été félicités pour avoir sauvé le général Ranier et fait éclater toute l'histoire au grand jour. Mes hommes sont capables d'évoluer en extérieur pendant des périodes de plus en plus longues, et mieux encore, sans la présence de leurs stabilisateurs. L'état de Jeff s'améliore de jour en jour. Tu leur as donné l'espoir, la sécurité, et un toit. Tu as bouleversé nos vies, Lily.

Elle posa la tête sur son épaule.

— Il n'y a pas eu que moi, Ryland. Les choses se sont mises en place d'elles-mêmes. (Elle ne quittait pas des yeux le visage de la petite fille.) Quand je la regarde, je me demande où elle est, comment s'est déroulé son enfance. Si elle me détestera lorsqu'elle me verra. (Elle tourna les yeux vers Ryland.) Je dois la retrouver. De n'importe quelle manière. Je dois la retrouver.

Elle espérait plus que tout qu'il la comprenait.

Ryland lui prit immédiatement le visage dans les mains.

— Bien sûr, Lily. Le détective privé s'est mis au travail. Nous disposons de plusieurs dossiers, et des noms des familles d'accueil choisies par ton père. Nous les retrouverons toutes. Ensemble.

— Je savais aussi que tu dirais cela.

Elle se pencha contre lui. L'embrassa. Prit savamment possession de sa bouche.

— Tu as toujours réponse à tout, n'est-ce pas ?

Elle murmura ses mots contre sa gorge tandis que sa langue suivait les contours de sa peau et que ses doigts commençaient à effleurer son jean soudain trop étriqué.

— Qu'est-ce que tu fais ? Lily ! Ça me rend dingue. Où est-ce que tu as bien pu apprendre ce truc ?

Comment pouvait-elle exercer un effet aussi immédiat sur lui ? Un simple mouvement lui suffisait pour mettre tout son corps en éveil.

Elle lui répondit sur un ton moqueur.

— Dans mon livre, bien sûr. C'est notre nuit de noces. Je me suis dit que quelques petites nouveautés seraient les bienvenues.

— Il faut que je lise ce livre.

Les doigts de la jeune femme continuèrent à caresser et à tapoter son entrejambe jusqu'à ce que Ryland ait l'impression de devenir fou. Dans le même temps, sa langue imprimait le même rythme sur sa gorge.

— Lily, je ne peux pas me tenir devant tous ces gens en flagrant délit d'érection, lui dit-il fermement.

— Pourquoi pas ? Après tout, tout le monde entre dans ma chambre quand je suis nue sous mon drap, fit-elle remarquer.

La magie de Ryland commençait déjà à agir. Sa tristesse se dissipait et son monde retrouvait son équilibre. Lily prit la télécommande et éteignit le magnétoscope.

— Tu réussis toujours à me faire sentir que nous ne sommes qu'un.

Il lui saisit le menton.

— Mais nous le sommes. Unis pour la vie. Des GhostWalkers. Nous ne sommes pas très nombreux et nous devons nous serrer les coudes.

— Je crois que c'est le cas.

— Bon, tu te sens mieux ? Tu comptes toujours m'épouser ce soir ?

Lily éclata de rire.

— Absolument. J'ai une intelligence hors du commun. Je ne vais pas faire la bêtise de te laisser t'échapper.

— Alors recommence.

— Recommencer quoi ?

— Ce truc avec ta langue et tes doigts. Recommence.

— Pas maintenant. C'est pour notre nuit de noces. Je te l'ai dit, je te réserve une petite surprise.

— D'accord, mais maintenant que tu m'as mis dans cet état, tu ne peux pas me laisser comme ça.

EN AVANT-PREMIÈRE

Découvrez un extrait de la suite des aventures
des GhostWalkers :

JEUX D'ESPRIT

(version non corrigée)

Traduit de l'anglais (États-Unis) par Frédéric Grut

La jeune femme se glissa hors de la maison et revint sous le couvert des arbres en se tenant la tête entre les mains. Elle tomba à genoux et bascula immédiatement en arrière, victime d'une crise violente. Les caméras restèrent rivées sur elle tandis qu'un filet de sang lui coulait de la bouche. Quelques secondes plus tard, elle gisait sur le sol, immobile.

Ryland jura et se détourna de l'écran. Il croisa le regard de Nicolas, et les deux hommes s'observèrent un long moment, sur la même longueur d'onde.

Lily mit sur « pause », figeant à l'écran la pénible image de la jeune femme à terre.

— Qu'est-ce qui cause cette douleur ? J'ai parcouru les notes de mon père et j'ai visionné toutes les autres vidéos d'entraînement. Chaque fois qu'elle est seule, elle parvient à réaliser des exploits quasiment incroyables, mais si un humain est dans les parages, elle subit des douleurs insoutenables et finit le plus souvent par s'évanouir.

— Elle est submergée par les émotions ? proposa Gator. Sans stabilisateur, elle n'a pas la moindre protection contre les stimuli extérieurs. Les hommes en embuscade devaient être effrayés et en colère, et en vouloir à leurs supérieurs de les avoir mis dans une telle situation. J'imagine que le risque d'être transformés en torches humaines ne leur plaisait pas vraiment.

— Peut-être, répondit Lily d'un air songeur, mais je pense que c'est plus compliqué que ce que nous subissons nous-mêmes. Je ne suis pas certaine qu'elle parvienne à lire les émotions, ou tout du moins pas de la même manière que la plupart d'entre nous.

Nicolas resta un long moment à regarder l'écran et la jeune femme inconsciente.

— Elle ne perçoit pas la présence de ses adversaires de la même manière que nous, n'est-ce pas ? Elle ne s'appuie pas sur les émotions, mais sur autre chose.

— Je pense qu'il est question d'énergie, dit Lily. Mon père ne comprenait pas réellement le rôle des stabilisateurs. Lorsqu'il a procédé à cette expérience sur le groupe de petites filles dont je faisais partie, il pensait qu'il ne s'agissait que de liens d'amitié. Il n'avait pas saisi que certaines d'entre nous bloquaient la surcharge émotionnelle des autres et leur permettaient de fonctionner normalement. Amour, ou Dahlia, n'est pas une stabilisatrice ; elle en a besoin pour travailler sans douleur. Vous avez peut-être remarqué qu'elle est seule sur la majorité des vidéos d'entraînement. On lui a construit une maison, un peu comme celle-ci a été conçue pour moi, protégée du monde extérieur. Le professeur Whitney pensait qu'elle pouvait lire dans les esprits de la même manière que la plupart d'entre nous, et il pensait la protéger des émotions extérieures.

— Tu as trouvé tout ça dans ses notes ? demanda Ryland. À quel point est-elle dangereuse, selon lui ?

Lily haussa les épaules.

— Il parle à plusieurs reprises de la nécessité de l'isoler, mais il a tout de même permis que l'entraînement aille à son terme. J'ai étudié les bandes, comme il l'avait certainement fait lui-même, et elle n'attaque jamais à moins d'être persuadée qu'elle n'a d'autre choix que celui de se défendre.

Cela signifie probablement que durant son adolescence, elle a acquis un semblant de contrôle sur ses capacités.

Lily leur montra les autres bandes, les unes après les autres. Elle les avait déjà regardées, elle avait déjà vu ces scènes déchirantes où cette jeune femme qui, elle en était certaine, était la petite Dahlia disparue, utilisait les arts martiaux et anticipait chaque mouvement de ses adversaires. Elle les battait tous, malgré sa petite taille et sa constitution chétive, mais s'effondrait inévitablement ensuite, tétanisée par les spasmes musculaires et les vomissements, des filets de sang s'écoulant de sa bouche, voire de ses oreilles. Elle ne criait jamais ; elle se contentait de se balancer d'avant en arrière en appuyant les mains sur ses tempes avant de s'écrouler définitivement. Les bandes montraient un entraînement probablement de préparation à des missions en infiltration et, chaque fois, la jeune femme baptisée Amour terminait de la même manière, recroquevillée sur elle-même en position fœtale.

Ces séquences rendaient Lily malade. Lorsque son père s'était rendu compte que Dahlia ne pouvait pas travailler dans les conditions attendues, il aurait dû la soustraire immédiatement à ces exercices. Malheureusement pour elle, elle remplissait toujours l'objectif qui lui était assigné avant de s'évanouir. Lily, qui se souvenait de l'enfant bornée et rancunière du laboratoire, se demandait de quoi ils avaient bien pu la menacer pour qu'elle accepte de travailler pour eux, alors qu'elle était de toute évidence largement assez têtue pour refuser.

Plutôt que de regarder l'écran, elle observa les réactions des hommes. Elle voulait envoyer le plus compatissant d'entre eux à la recherche de Dahlia. Cette dernière subissait un fort traumatisme depuis des années. Elle avait besoin de la sécurité offerte par le manoir Whitney, de la protection de ses murs épais et de la bienveillance de son personnel. Tous les membres de son entourage possédaient des barrières naturelles grâce auxquelles ils n'inondaient pas les GhostWalkers d'émotions indésirables. Le père de Lily avait fait construire cette maison pour elle, et la jeune femme, à son tour, avait choisi d'y accueillir les hommes que son père avait utilisés comme cobayes.

Lily regarda leurs visages et, pour la première fois, elle eut envie de rire. Comment avait-elle pu imaginer qu'elle réussirait à lire en eux ? Ils cachaient leurs pensées derrière des masques impénétrables. Ils avaient été bien préparés par l'armée, et tous avaient reçu une formation spéciale avant même d'être recrutés dans la section des GhostWalkers.

Elle attendit la fin de la dernière cassette, pour que l'impact sur les hommes soit le plus fort possible. Dahlia Le Blanc était le genre de femme que tout homme aurait envie de protéger. Petite, menue, avec d'immenses yeux tristes et une peau parfaite. Si l'on ajoutait à tout cela ses superbes longs cheveux noir de jais, elle ressemblait à une poupée. Lily savait que Dahlia aurait besoin d'aide, d'énormément d'aide, pour réussir à se réadapter au monde. Elle était déterminée à lui offrir tout ce que le professeur Whitney n'avait pu ou su lui donner. Une demeure, un refuge, des personnes qui remplaceraient la famille qu'elle n'avait jamais eue et sur lesquelles elle pourrait compter. Mais il n'allait pas être facile de la convaincre de revenir à l'endroit où elle avait tant souffert durant son enfance.

Ryland passa le bras autour de Lily et pencha la tête contre la sienne.

— Tu as les larmes aux yeux.

— Ce devrait être le cas de tout le monde, répondit Lily tout en battant rapidement des paupières. Mon père lui a volé sa vie, Ryland. Personne n'a voulu l'adopter. Personne ne *pouvait* l'adopter. Je ne sais même pas si nous avons la capacité de l'aider. Et pourquoi me ferait-elle confiance ?

— J'irai à sa recherche, dit soudain Nicolas.

C'était inattendu. Et malvenu.

Lily tenta de dissimuler sa consternation. Elle prit une longue inspiration qu'elle relâcha lentement.

— Tu reviens à peine de cette mission au Congo, Nico. Je sais qu'elle a été difficile. Tu as besoin de te reposer, pas de repartir. Je ne peux pas te demander cela.

— Tu ne m'as rien demandé, Lily. (Elle n'osait pas bouger sous le poids de son regard.) Et je sais que tu ne le ferais pas, mais cela n'a aucune importance. Je suis un stabilisateur, et je peux m'occuper d'elle. Je suis disponible, en congé prolongé. J'irai.

Lily voulait protester, mais ne trouva aucune raison valable de l'en empêcher. Nicolas, qui pouvait lire en elle comme dans un livre ouvert, voyait à quel point il la mettait mal à l'aise, et cela ennuyait la scientifique. Ce n'était pas qu'elle ne l'appréciait pas, mais ses yeux trop froids et sa résolution implacable l'effrayaient. Et sa spécialité de sniper ne faisait rien pour arranger les choses.

— Je me disais que Gator connaissait mieux la région, et qu'il la localiserait plus facilement.

Elle n'avait pas trouvé de meilleure excuse.

Nicolas se contenta de la regarder.

— Je vais la chercher, Lily. Si j'ai besoin de documents officiels qui m'autorisent à la faire sortir de son institution pour la ramener ici, occupe-t'en. Je pars dans une heure.

— Nico, protesta Ryland. Tu n'as eu que quelques heures de sommeil. Tu viens à peine de rentrer. Accorde-toi au moins une nuit de repos.

Lily savait qu'aucun des hommes ne contredirait Nicolas. Personne ne le faisait jamais. Et elle-même n'avait aucune raison valable à lui opposer. Dahlia serait en sécurité avec lui. Elle jeta un coup d'œil à Gator, dans l'espoir que ce dernier se porte volontaire pour l'accompagner, mais il ne la regardait pas. Bien entendu, les hommes feraient tous corps derrière Nicolas. Elle soupira et rendit les armes.

— Je vais demander à Cyrus Bishop de rédiger les papiers qui te donneront l'autorisation de l'emmener avec toi. Nous savons que nous pouvons compter sur sa discrétion.

Lily n'avait pas d'emblée fait confiance à l'avocat de son père lorsqu'elle avait appris l'étendue des secrets de ce dernier, car elle ne savait pas à quel point Cyrus Bishop était impliqué. Procéder à des expériences sur des êtres humains, en particulier sur des enfants, était une chose monstrueuse, mais Peter Whitney lui avait pourtant offert un foyer aimant et une enfance merveilleuse. Elle ne parvenait toujours pas à réconcilier les deux facettes de la personnalité de son père.

Ryland attendit que sa femme ait quitté la pièce avant de se tourner vers Nicolas.

— Si elle était au courant de ce petit accident qui a failli te coûter la vie, elle serait dans tous ses états, Nico.

— Je dois y aller, Rye.

D'un geste de la main, Nicolas signala aux autres qu'il était en conversation télépathique privée. Il leur avait fallu de longs mois d'entraînement pour réussir à diriger leurs communications sur une personne en particulier sans que les autres puissent entendre, mais c'était un outil très utile, et Nicolas s'était donné beaucoup de mal pour le maîtriser.

— Lily a tout fait pour éveiller leur compassion envers cette femme. N'importe quelle personne capable de générer un champ antigravitationnel, ou une chaleur suffisante pour déclencher un incendie ou modifier la structure d'un câble, est dangereuse. Ils hésiteraient tous à faire le nécessaire si elle s'en prenait à eux. Moi, je n'hésiterai pas.

Ryland expira lentement. Nicolas était toujours le même. Calme, dépourvu de la moindre émotion… froidement logique. Ryland se demanda s'il existait une chose en mesure de le toucher et de chambouler sa nature tranquille.

—*J'ai confiance en toi, Nico, mais Lily a peur pour cette femme. Elle pense que son père a privé Dahlia de tout ce à quoi elle avait droit. Des parents, un foyer, une famille, une vie en fait.*

—*C'est bien ce qu'il a fait. Lily endosse sa culpabilité, et elle ne devrait pas. Elle est une victime, au même titre que cette pauvre femme, mais rien de tout cela n'atténue le danger qu'il y aura à tenter de persuader Dahlia de quitter le seul refuge qu'elle connaît. Tu ne vois donc pas ce qu'ils ont fait, Rye ? S'ils se servent d'elle comme agent, comme le soupçonne Lily, ils la tiennent sous leur coupe car elle a besoin de cette maison dans les marais. Elle n'a d'autre choix que d'y retourner. Elle ne peut pas vivre en dehors de cet environnement, donc elle fait ce qu'on lui demande pour qu'on l'autorise à y revenir. Ils n'ont même pas à la surveiller, ils savent qu'elle n'a nulle part où aller.*

Nicolas se leva pour s'étirer, réprimant une grimace qui trahissait les protestations de son corps. Les balles étaient passées un peu trop près de son cœur à son goût, et il était toujours convalescent. Il avait attendu avec impatience cette période de congé. À leur tour, les membres de son équipe se levèrent aussitôt. Ian McGillicuddy, Tucker Addison et Gator étaient tous fatigués et avaient besoin de repos. Nicolas savait qu'ils envisageaient de l'accompagner. Il leur fit les gros yeux.

—Vous pensez vraiment que je ne suis pas de taille à affronter tout seul ce petit bout de femme ?

Les hommes échangèrent des sourires.

—Je crois que tu n'es de taille à affronter aucune femme, Nico, répondit Tucker. Et surtout pas ce bâton de dynamite.

Tu auras besoin de nous si tu ne veux pas qu'elle te botte les fesses.

— Tout à fait d'accord, ajouta Gator. Elle ne fera qu'une bouchée d'un pigeon comme toi.

Ian poussa un grognement de dérision.

— Si elle tombe sur ta face de rat, elle risque de s'enfuir en courant. Elle te prendra certainement pour un monstre des marais venu l'entraîner dans les profondeurs du bayou. Si on veut avoir une chance de la ramener, il faut lui envoyer un beau gosse.

— Et ce n'est pas de toi qu'on parle, n'est-ce pas ? enchaîna Gator en lui donnant un coup de coude. Je connais le bayou, Nico, et je sais que ton sens de l'orientation est pitoyable.

Ryland observa les hommes plaisanter avec Nicolas. Ils savaient tous que ce dernier pouvait partir pendant des mois dans la jungle la plus profonde ou dans l'immensité du désert, et qu'il accomplissait toujours sa mission. Mais rien de tout cela ne comptait. Ils auraient beau lui lancer tout ce qui leur passait par la tête, Nicolas encaisserait les moqueries avec bonne humeur mais, au bout du compte, il partirait sans son équipe.

Tous avaient participé à cette mission au Congo et avaient passé des semaines à infiltrer l'ennemi, dans des villages ou dans des camps, pour récolter des informations vitales. L'utilisation prolongée des capacités psychiques, particulièrement pour se protéger de groupes étendus, était une activité incroyablement épuisante. Tous avaient besoin de repos. Nicolas se préoccupait avant tout de ses hommes, et il les protégerait de Dahlia Le Blanc en dépit de toute la compassion qu'ils éprouvaient à son égard.

— *Fais de ton mieux pour rassurer Lily.*

Ryland avait beaucoup plus de facilités à utiliser la télépathie depuis quelque temps. Les exercices que Lily leur imposait quotidiennement leur avaient non seulement permis d'augmenter leurs capacités de contrôle, mais aussi de reconstituer une petite part des barrières naturelles que son père avait démolies dans le cadre de son expérience d'amplification. Lily ne ménageait pas ses efforts pour les conditionner, dans l'espoir qu'ils disposent des outils nécessaires pour être capables d'évoluer à nouveau dans le monde, au sein de leurs familles et auprès de leurs amis. En attendant, elle leur offrait sa maison et son temps et travaillait avec chacun d'entre eux. La générosité dont elle faisait preuve ne faisait qu'accroître l'amour que Ryland lui portait. Il souhaitait que Nicolas trouve le moyen de la rassurer. Mais Nico n'était pas homme à mentir, même pour le bien-être de Lily.

—*S'il y en a la moindre possibilité, je lui ramènerai Dahlia. C'est tout ce que je peux te promettre.*

Ryland hocha la tête et laissa les hommes à leurs plaisanteries. Il leva les yeux vers la caméra et fit un signe de la main au cas où Arly, le responsable de la sécurité de la maison, était en train de le regarder partir à la recherche de sa femme. Il la trouva dans leur chambre, devant la grande baie vitrée, en train de contempler les pelouses du domaine.

—Lily, il a promis de te la ramener.

Elle ne se retourna pas.

—Ce n'est pas que je ne l'aime pas, Ryland. J'espère que tu le sais. J'espère que lui le sait. Mais il est si froid. Elle a besoin de quelqu'un qui l'aime et qui compatisse à toutes les épreuves qu'elle a subies. Je ne crois pas que Nicolas soit capable d'une telle chose.

—Donc tu crois que c'est par simple sens du devoir qu'il laisse ses hommes ici ? Il veille sur eux, il les protège. Il accomplit lui-même toutes les tâches dangereuses, Lily, et crois-moi, ce que tu demandes est extrêmement risqué.

— Il est capable de la tuer, protesta-t-elle.

— Tout comme elle est capable de le tuer elle aussi.

Lily le regarda, les yeux pleins de chagrin.

— Mon Dieu, qu'est-ce que mon père a fait ?

AUBIN IMPRIMEUR

Achevé d'imprimer en juillet 2011
N° d'impression L 74603
Dépôt légal, août 2011
Imprimé en France
81120574-1